# 小說月報

## 从小说到影视（三）

《小说月报》编辑部　编

天津出版传媒集团
百花文艺出版社

图书在版编目（CIP）数据

小说月报：从小说到影视. 三 /《小说月报》编辑部编. -- 天津：百花文艺出版社, 2022.9
ISBN 978-7-5306-8364-4

Ⅰ. ①小… Ⅱ. ①小… Ⅲ. ①中篇小说-小说集-中国-当代②短篇小说-小说集-中国-当代 Ⅳ. ①I247.7

中国版本图书馆 CIP 数据核字(2022)第 157422 号

小说月报：从小说到影视（三）
XIAOSHUO YUEBAO：CONG XIAOSHUO DAO YINGSHI（SAN）
《小说月报》编辑部 编

出 版 人：薛印胜
选题策划：汪惠仁　　编辑统筹：徐福伟
责任编辑：邱钦雨　　美术编辑：郭亚红
出版发行：百花文艺出版社
地址：天津市和平区西康路 35 号　　邮编：300051
电话传真：+86-22-23332651（发行部）
+86-22-23332656（总编室）
+86-22-23332478（邮购部）
主页：http://www.baihuawenyi.com
印刷：天津新华印务有限公司
开本：710 毫米×1000 毫米　1/16
字数：430 千字
印张：25.75
版次：2022 年 9 月第 1 版
印次：2022 年 9 月第 1 次印刷
定价：68.00元

如有印装质量问题，请与天津新华印务有限公司联系调换
地址：天津东丽开发区五经路 23 号
电话：(022)58160306　邮编：300300

# 目录

# 神鞭

冯骥才

古古古古古古古，今今今今今今今，
古非今兮今非古，今亦古兮古亦今；
多向精气神里找，少从口眼鼻上认，
书里书外常碰巧，看罢一笑莫细品。

那年头，天津卫顶大的举动就数皇会了。大凡乱子也就最容易出在皇会上。早先只有一桩，那是嘉庆年间，抬阁会扮演西王母的六岁孩子活活被晒死在杆子上。这算偶然，哄一阵就过去了。可是自打光绪爷登基，大事庆贺，新添个“报事灵通会”，出会时，贾宝玉紫金冠上一颗奇大珍珠，硬叫人偷去。据说这珠子值几万，县捕四处搜寻，闹得满城不安。珠子没找着，乱子却接二连三地生出来。今年踩死孩子，明年各会间逞强斗胜，把脑袋开了瓢。往后一年，香火引着海神娘娘驻跸的如意庵大殿，百年古庙烧成了一堆木炭。不知哪个贼大胆儿，趁火打劫，居然把墨稼斋马家用香泥塑画的娘娘像扛走了。因为人人都说这神像肚子里藏着金银财宝。急得善男信女们到处找娘娘。您别笑，您也得替信徒们想想：神仙没了，朝谁叩头？

天津人，好咋呼。有人直眉瞪眼说，他看见娘娘给人藏在鼓楼东海福南味店的后院里。一伙人不管掌柜伙计阻拦，跳墙进去，把堆在院角两垛黄酱坛子胡乱折腾一遍，也不见影儿，肝火没处泄，就砸酱坛子，还有的往上边撒尿。偏巧这家掌柜和知府大人沾点亲，便把闹事的抓起几个来。索赔却赔不起，因为，这几个都是整天惹祸招灾，无事生非的土棍儿，家里顶多一床褥子、两床被、几十个臭虫，连吃饭的家伙都没有。这下子，主张禁会的老爷们算逮住理儿了，到处嚷嚷说，天津卫这地方五方杂处，民风霸悍，重义尚气，易滋事端，不宜举办这种倾城出动的皇会。可谁能把会禁掉？

您再想想，天津卫是靠渔盐漕运发的家。行船出海，遇上黑风白浪，就得指望海神娘娘护佑了。即使头品顶戴，大聚宝盆，也拿灾病没辙，更别说命同猫狗的小百姓们。所以人们就借着海神娘娘诞辰吉日，百戏云集，万人空巷，烧香祝寿，讨娘娘高兴。还要把娘娘的塑像从东门外的天后宫里请出来，黄轿抬，华辇推，各会随驾表演逞技，城里城外浩浩荡荡绕几天，拿娘娘的威严，压一压邪魔妖怪。

人都说，人管不了的事，全归神仙管。天津卫这里的“三界、四生、六道、十方”，都攥在娘娘的手心里。可是娘娘也有偷懒耍滑的时刻，又把一些扎手的事推回到人间来。原来神仙也会推活船儿。人不尽天职，天不从人愿，于是就生出今年皇会上这桩稀奇古怪的事来。

## 第一回　邪气撞邪气

三月二十二，照例是娘娘“出巡散福”之日。

这天皇会最热闹。津门各会挖空心思琢磨出的绝活，也都在这天拿出来露一手。据说今年各会出得最齐全，憋了好几年没露面的太狮、鹤龄、鲜花、宝鼎、黄绳、大乐、捷兽、八仙，等等，不知犯哪股劲，全都冒出来了。百姓们提早顺着出会路线占好地界，挤不上前的就爬墙上房。有头有脸的人家，沿途搭架罩棚，就像坐在包厢里，等候各会来到，一道道细心观赏。

干盐务的展老爷今年算是春风得意了。他顺顺当当发了一笔财，又娶了一房如花似玉的小婆，心高气盛，半月前就雇了棚铺，在估衣街口最得看的开阔地，搭一个气派十足的大看台。上头用指头粗的宜兴埠苇子扎成遮阳棚顶，下头用冒着松香气味的宽宽的白板松子铺平台面，两边围着新席，四匹红绸包在外边，又打胜芳买来几盏花灯挂起来。另外还雇了几个打小空的，换上一色青布裤褂，日夜轮班站在台前护棚。

俗话说，这叫拿钱壮的，也是拿气壮的。怕事的小百姓们不觉站远些，不知哪股邪气要是和这股气撞上，非出大事不可。谁知这预感居然应验了。请往下看——

自打出会那天，展老爷新娶的小婆就闹着要登台看会。谁不知，这小婆是打侯家后小班里赎来的姑娘子。本名紫凤，善唱档调，艺名唤作飞来凤。这飞来凤本是弱中强。如今绝不像一般从良女子，隐姓埋名，稳稳当当过起清闲富足的日子。她偏偏要到这紧挨着侯家后的估衣街上露个脸儿，成心叫人认出她，看她，咬着耳朵议论她，却不敢对她这个摇身变成官眷的老娘指指点点。她还有另一层意思：以她这种贫贱身份，只要在人前一出头，展家大奶奶死也不肯同时露面，这就能压过大奶奶一头。但她没料到，大奶奶不来，展老爷也不敢来，死缠硬逼全没用，她便赌气自己来，而且打好主意闹出点名堂，叫姓展的一家子知道她不是软茬儿。

她坐在一张铺着绣花垫子的靠椅上，戴着翠戒指的雪白小手有姿有态地往扶手上一摆；在她的身后，站着一个老妈子，头上梳着苏州鬏儿，横竖插满串珠、绒花、纯银的九连环簪子，足蹬小脚细羊皮靴，青洋绸肥腿裤，月白色大襟褂子绷着四寸宽的花袖箍儿，襟口掖着一条纺绸帕子。她姓胡，人叫她胡妈，是展家最会侍候人的老用人。当下她站在飞来凤椅子后边，还在飞来凤身旁放一张茶儿，摆好各类零食，像大官丁家的糖堆儿、鼓楼张二的咸花生、赵家皮糖、查家蒸食，等等，名家名品，应有尽有，罩上玻璃罩子，防备爆腾上尘土。但飞来凤很少掀开罩子捏点什么吃，却偏偏让胡妈把台下挎小篮卖杨村糕干的村姑叫上来，张口就说“包圆儿”了。其实她根本不吃这种街头小食，她一是摆份儿，二是成心糟践展老爷的钱。这还不算，每逢一道会来到棚前，她必叫仆人拿着展老爷的名帖去截会。依照皇会的规矩，有头有脸的人家，如果专意看哪一道会，便叫仆人拿着名帖到会头前，道一声辛苦，换过帖，请求表演，就算把会截住了。会头把旗子一摇，小锣当当一敲，全会止住，表演一番，像狮子、重阁、法鼓、杠箱等，都有一段精彩的功夫。演过一段，会头的小锣当当再响两声，就走过去，后一道会便跟上来。截会的人必须送上事先预备好的点心包，作为犒劳答谢。

飞来凤早就使钱请来“打扫会”，把台前街面喷水扫净。这几天，她不管有没有看头，逢会必截。展老爷财大势大，捧出他的名帖，谁敢拨棱脑袋。何况她犒赏极厚，看台上一边堆了数百包点心，一码十斤大包，正经八百都是祥德斋的大八件。即便天津八大家，也没这么大手大脚过。这一来，她看会，人家都看她，看看这个走了红运的小娘儿们怎么折腾法。

虽说她赌气这么干，可是拿钱大把大把往台下撒，也是神气至极。此刻，鹤龄会的鹤童们，舞着“飞”“鸣”“宿”“食”四只藤胎布羽的仙鹤，转来转去，款款欲飞，还朝着她唱吉祥歌。胡妈在她耳边说：

"二奶奶，您瞧，那小童子脖上套着的银圈圈，就是乾隆爷看会时赐给的。听说，乾隆爷当年是坐在船上看会，还不如您这儿得看呢，嘻！"

飞来凤忽然想到，去年皇会，她还在侯家后，同宝银、自来丑、月中仙几个姑娘子，嘴里嚼着冰糖梅苏丸，在人群里挤得一身臭汗。说不定那姐儿几个现在正在人群里，眼巴巴望着自己呢！想到这里，鹤龄会已然演完，她心中高兴，叫仆人拿点心，赏给敲单皮鼓的、吹唢呐的、舞龙旗的，连同扛软硬对联的，每人一大包；六个鹤童和会头每人两大包。

鹤龄会收获甚丰，兴冲冲就要起行，忽见一人拿着朱漆大凳子，"啪"地迎头一撂，一撅屁股坐下来，大模大样架起二郎腿，翘着下巴朝会头冷口叫道：

"等等。照刚才那样儿，给你三爷演上十八遍。点心包——二奶奶那儿有的是，她替你三爷给啦！"

这几千人开了锅似的热闹场面，好像被泼一大盆凉水，登时静下来。再瞧这人的打扮，可算隔路——

古铜色湖绸套裤，裤腿紧缠着宝蓝腿带，净袜乌鞋，上身一条半长的深枣红拷纱袍子，挺像本地小阔佬，可袍子外边紧巴巴套着件没袖没领的小短衣，像马褂又不是马褂，倒像张七把摔跤时那件坎肩。这件小短衣做工挺讲究，上边耷拉着怀表链，胸口上还挂着七八个稀奇古怪、不金不银的牌牌儿。有些在鸟市看过洋片匣子的人，认出这是洋人身上的东西。可是他帽翅上插着那小梳子干嘛用？广东娘儿们好在头发上插一把小梳子，随时拢拢头发，但从没见过老爷儿们玩这套。别看这小子一身四不像的侉打扮，还挺得意。好像人人看他这身穿戴都眼馋。

有人才要拿话逗弄他，一瞅他帽子下边瘦瘦的青巴脸，梆子头底下一双横眼，尤其左边那只花花眼珠，一缩脖子赶紧把话咽进肚里。这原来是大混星子玻璃花！

在这城北估衣街上，甭说招他，谁敢多瞧他一眼？连老娘儿们哄孩子都轻轻唱这么两句："别哭啦，快睡吧，玻璃花，要来啦！"这也算是一种传统教育方式——在怀抱里就加入浓烈的社会内容。

可是，玻璃花今儿要做嘛？

凡是在这一带市面上混日子的人，心里都有数，玻璃花今儿并不是胡闹来的。要问这根由，那就得提到他那只花眼珠子的来历。

够份儿的混星子，都得有一段凶烈、带血的故事。

十年前玻璃花还是一个无名的土棍，小名三梆子。有一次，他闯进香桃店，闹着“拿一份”。香桃店是侯家后俗称“大地方”的大妓馆。店大人多，领家招呼七八个伙计操着斧把儿围起他来。那时打架兴用斧把，因为斧把一端是方的，有棱有角，抡上就皮开肉绽。依照混星子们的规矩，必须往地上一躺，双手抱头护脑袋，双腿弯曲护下体，任凭人家打得死去活来。只要耐过这顿死揍，掌柜的就得把他抬进店，给他养伤，伤好了便在店里拿一份钱，混星子们叫“拿一份”。这天，三梆子就这样抱头屈腿卧在那儿，叫人打上一袋烟工夫。他仗着年轻气盛，居然没吭一声。一个在这店里拿份的混星子死崔，将斧把头砸在他左眼上，血糊糊的，只当瞎了。伤好后，眼珠子还在，却黑不黑白不白成了花花蛋子，那个打坏他眼珠儿的死崔，在江叉胡同的福聚成饭庄花钱摆一桌请他，当面赔罪。这死崔心毒手黑，暗中在靴筒掖一柄小刀，只要他闹着赔眼珠，就拔刀下手。谁知道，三梆子非但不闹，却花钱买下这桌酒饭，反过来谢谢他。这因为混星子们不带伤不算横，弄上这点彩儿，正是求之不得。真怪！这世上真是嘛人都有：有的对别人下狠手表示厉害，也有人对自己下狠手显威风，有的把伤藏起来，以为耻辱，有的就挂在脸上，成了光荣的标记。从此，三梆子得号“玻璃花”也就名噪津门了。侯家后的妓馆，无论大店小店，随他抽份拿钱。遇到客人找碴闹事，花丛荆棘，叫他知道，必来报复。那些身不由己的姑娘子，争着要他当后戳，求他坐劲，哪个不是他的相好？飞来凤在侯家后也是个人物，没在他怀里打滚撒娇才怪呢！精明人拿这些瓜葛一连，就明白玻璃花今儿成心是恶心攀上高枝的飞来凤来了。天津人管这叫“添堵”。

其实，飞来凤一瞧突然扎进来这人的装束，就认出是玻璃花。虽说这混星子是地道的土造，偏偏喜好洋货，飞来凤脖子上挂鸡心盒的洋金链，还是这小子送的呢！她从良之后，她就一直揪心玻璃花会跟她捣乱，没想到今儿当着成百上千的人给她难看。她不知道玻璃花要把事闹得多大。眼下，这小子正犯劲，软硬法子都使不上。如果叫仆人轰他，非惹得他翻天覆地，搅成满城丑闻不可。她急得心里有点发躁。

会头是个识路子的明白人。二话没说，旗子一摇，指挥鹤童们面向玻璃花，一连演两遍。然后走到玻璃花面前掬着笑说：

“三爷，您老给个面儿，改天再去拜会您。”

玻璃花面不改色，声不改调：

“去你妈的！向例出会都兴截会，怎么就不准你三爷？”

“这不是单给您连着演过两遍了吗？”会头小心翼翼，生怕玻璃花借个词儿，闹得再大。

“你耳朵长倒了？没听三爷说，叫你演十八遍！”玻璃花说。

会头被难住了。他明白，绝对不能动肝火，就稳稳当当地说：

“三爷，我们这会停了不少时候了，后边还压着三四十道会呢！压长了人家不干。您是天津卫最开面的老爷。三爷您要看得起我们鹤龄会，改日给您演上整整一天，怎么样？”

“去去去，别他妈择好听的说给我！”玻璃花非但不动心，反而把话凿死，“你三爷是嘛人，你拿耳朵摸摸去，说过的话嘛时候改过？”

两下这算僵住了。后边挤上来几个穿戏装、勾花脸的汉子。这是五虎杠箱会的人，压在后边，等不及了。那扮演濮天鹏的汉子，人高马大，再给硬衬的一托，显得魁梧粗壮。他上来对玻璃花一抱拳，说话却挺客气：“您先受我一拜。”声音嗡嗡贯耳。

玻璃花斜瞅他一眼，没当回事，跷着二郎腿，仰脸朝天，故意变尖了嗓音说：

“今儿不刮西北风，怎么吹得夜壶直响？”

人群里发出呵呵笑声。

这一句话把杠箱会的汉子噎回去。天津人说话，讲究话茬。人输了，事没成，话茬却不能软。所谓“卫嘴子”，并不是能说。“京油子”讲话，“卫嘴子”讲斗，斗嘴也是斗气。偏偏这汉子空长一副男人架子，骨头赛面条，舌头赛凉粉，张嘴没一句较上劲儿的话：

“三爷，眼瞅着快下晌了，弟兄们耍了一天，还饿肚子呢！不看僧面看佛面，不看佛面，也看娘娘的面子，就叫我们快点过去吧！”

“嘛？看娘娘的面子？娘娘的面子也不如二奶奶的面子。那台上堆着的都是祥德斋的点心，饿了就找她要去！”玻璃花说着，用他那只灰不溜秋的花眼珠向飞来凤瞟一眼。

看来他今儿非要向飞来凤脸上抹一把屎不可了。

飞来凤坐在台上一动没动。站在身边的胡妈看得出，二奶奶涂了红油的嘴唇都发白了。

这一来，几方面的人全说不出话来。玻璃花占了上风，神气十足，打怀里掏出一个磨花的洋料小水晶瓶，打开盖，往掌心倒出点鼻烟，在上嘴唇两边抹个大蝴蝶，吸两下，打几个喷嚏，越发来了精神，索性把脚拿到凳子上，看样子今儿要在这儿过夜。

四周的百姓看不成会了，却都瞪大眼珠子，瞧这局面怎么收场。天津卫逢到这种硬碰硬，向来是不碰碎一个不算结。

## 第二回　跳出一个大傻巴

反正老天爷不会一边倒。这世道就像一杆秤，不会总摆不平，无论身内身外的事，都好比搁在这秤上。一头压下去，另一头就该翘起来。月光照完东窗，渐渐去照西窗；运气和霉气一样，在众人头上蹦来蹦去。日头太毒，便逼来浓云疾雨；雨下得过狂，又招来一阵大风，直把云彩吹得一丝不见。就说眼下玻璃花把会硬截在估衣街口，人们干瞪眼、愣没辙的当口，忽然，一个三十来岁的汉子走进人圈，朝玻璃花作个长揖，说道：

"这位大爷，您老开心顺气。抬抬胳膊放他们几位过去就算了。"

敢出头管事，胆子就算好家伙，但他的话茬并不硬，不像个打算使横的人。玻璃花打量这汉子：中等个子，方面大耳，秤锤鼻子，眯缝着小眼，脸颊上粗粗拉拉净是疙瘩，还带点傻气。再瞧他身上那件崭新的蓝布大褂，甭猜，一准是个缺心眼的穷汉子，换上新衣专意来看会，碰到这场面，不知轻重地想当个和事佬。因此玻璃花更上了劲，撇嘴一笑，站起身，晃晃悠悠走到这人跟前：

"嘿，傻巴，哪位没提裤子，把你露出来了？你也不找块不渗水的地，撒泡尿照照自己。这是嘛地界，你敢扎一头！"

这话不错。眼前这种事躲还躲不开，竟还有人往里边掺和，可见此人多半是个大傻巴。他瞅玻璃花这架势，非但没有赶紧缩回去，偏偏觍着脸笑嘻嘻地说：

"今儿，大伙都图个吉利，多一事不如少一事，您老也少生气。"

"看来，你小子倒挺孝顺。告诉你，三爷向来肚子里没气，专会气人！"说着又瞟了飞来凤一眼，然后拿这傻巴找乐子，"头次咱爷俩见面，你拿嘛孝敬我？脱下你这大褂，三爷正少个门帘。哎，要说你这辫子真不赖，就揪下它来送你三爷吧！"

傻巴头上盘着一条少见的粗黑油亮的大辫子，好像码头绞盘上的大缆绳。若非精足血壮，绝没有这样好的头发。不等他说话，玻璃花上手抓住，打着哈哈说：

"给你三爷还舍不得？"

说话一扯，竟没扯动。这傻巴就像一根铁柱子，辫子就像拴在铁柱上的粗绳子一般。玻璃花本想吓唬他一下，叫他疼得嚷两声，开开心，只用了四成力，可这一下没扯动，立即把他的肝火逗起来。得势人的脾气是沾火就着的。他大叫一嗓子："我揪下你这狗尾巴！"这回使足了十成力，猛一扯。只听"啪"一响，四周的人不禁抬手捂脸，不忍看这把辫子生扯下来的惨状。谁知道，这一下根本没扯动，由于用劲过大，反倒把玻璃花带过来了，踉踉跄跄几乎和这傻巴撞个满怀，傻巴忙用双手搀住他说："您老站好了！"那样子，就像晚辈给老辈叩头行礼那样。

人们止不住"哄"的一声笑了。玻璃花大怒，待他把傻巴的辫子挽上一道，要加劲狠扯时，忽觉得攥在手心的辫子哧溜一下没了，跟着眼前黑影一闪，哧——啪！好像一条皮鞭抽在自己脸上。由左眼角到右嘴角，斜着一道，火辣辣地疼，他瞪眼一瞧，那傻巴倒背手站在他对面。大黑辫子已经松松绕肩一圈，辫梢搭在胸前。玻璃花蒙了，不知这一下怎么挨的，但傻巴的小眼睛却露出吃惊目光，仿佛他自己也不知道这是怎么档子事。

玻璃花不觉向飞来凤瞅一眼，那小娘儿们脸上竟显出几分神气。

"好你妈的，今天三爷算碰上对手啦！来，三爷非把你卸了不可！"玻璃花一边脱去袍褂，一边吼："三爷叫你爹从今天就绝后！"面对傻巴拉开动武的架势。

傻巴双手直摇，不愿意开打。

看热闹的人见要出事，胆小的赶紧溜走，胆大的也往后退。只有一些土棍儿们站着不动，拍着手，念着歌，起哄架秧子：

打一套，闹一套，
陈家沟子娘娘庙，
小船给五百，
大船给一吊。

虽说混星子只讲使横逞凶，耍光棍儿，不讲功夫，玻璃花却跟一位本领高强的师傅练过一年半载，但他凡事不经心，心浮气躁，半了咯叽会几下子，仅仅能对付一气。他见傻巴站在那里不肯出招，先下手为强，上去劈胸就是一拳。这拳将要碰到傻巴，忽然一条黑蛇似的东西已到眼前。他脑子一闪，又是那条辫子！他赶忙收拳闪躲，辫梢闪电般在他眼珠上一扫，眼睛顿时睁不开了；紧接着"哧——啪"，前身重重挨了一下，好像钢条抽的，劲力奇猛，他胸口发闷，眼前一黑，脚底朝天摔在地上。四下登时一片喊叫，有的惊叫，有的呼好。

玻璃花的脑袋像拨浪鼓那样摇两下，稍稍清醒就赶紧一个滚儿跳起来，却见傻巴照旧那样背手站着,长辫子仍然搭在胸前,好像根本没使劲,但一双小眼烁烁放出光彩。这一下真可谓神差鬼使。玻璃花虽然给打得蒙头转向,还没忘了瞅一眼飞来凤。飞来凤那里正笑吟吟嗑瓜子儿,好像看猴戏一般。

玻璃花狂叫一声:“三爷活腻啦!”回身操起朱漆凳子朝傻巴砸去。他用劲过猛,凳子斜出去,把鹤龄会的灯牌哗啦一声砸得粉碎,破玻璃满天飞。众人见事情闹大了,吓得嗯喇散开,由于不知东西南北,反而挤在一起。有的土棍儿们便往人群里扔砖头了。不知谁叫一嗓子:“台上的点心管饱呀!”一群土棍儿就像猴子纷纷爬上台,抢点心包。玻璃花挤在人群里,左一脚,右一脚,踢打挤来挤去的人,他心疼刚才脱下身的袍褂怀表给人乱踩,又想瞅住那傻巴拼命,但傻巴早已不见,台上的飞来凤也不知飞到哪儿去了。

一个头扣平顶小帽的矬混混儿挤上来,扯着脖子叫着:

“三爷!嘛事?哥儿们来了!”

“去你奶奶的,死崔,早干嘛去啦?快给我揪住那傻巴!”

“傻巴?哪个傻巴?”

“他——辫子,揪住他的辫子!”

这话奇了!在那年头哪个爷们儿脑袋后面没辫子,揪得过来吗?

## 第三回　请神容易送神难

玻璃花鼻青脸肿,一头扎进估衣街上的大药铺瑞芝堂里,找冯掌柜要了后院一间房躲起身。一来因为他把皇会搅乱,保不准官府跟他找点麻烦,好汉不吃眼前亏,躲过势头再说。二来因为像他这种大混星子,当众栽了,脸皮再老也挂不住,那几下挨得又不轻,挂着彩去逛大街,岂不更难看!三来因为冯掌柜是个脓包,在这药铺养伤再好不过,吃药用药随便拿,冯掌柜还精通医道,尤擅推拿按摩,可以给他医治。

冯掌柜巴不得有机会叫玻璃花使唤,拉好关系,以后少跟自己搅和。他细心给玻璃花疗理,还好酒好菜侍候。玻璃花的伤愈来愈见好,心里也就愈烦躁。他不知该怎么出去露面,要想重振雄风,非得把傻巴那条辫子扯下来不可,偏偏找不到傻巴踪影。如果那傻巴是外地人,碰巧撞上闹一下就滚了,他还真没处捞回面子。但听傻巴口音还是地道的天津味儿,这小子究竟在哪儿?自打那天,玻璃花一直躲在药铺里,外边一切消息都靠死崔打听。死崔整天在外边转,非但没找着傻巴,捎回来的全是气杀人的传闻。据说傻巴扬言,还要拿辫子把他两眼抽成一对"玻璃花",往后叫他连饭锅茅坑都分不出来。还说只要他脱下裤子在估衣街口,屁股上插一串糖堆儿,撅一个时辰,今后傻巴绝不在天津出现。还有些更难听的话,气得玻璃花连喊带骂,非要找到傻巴,分个雄雌。但他冷下来一琢磨:自己不是个儿。于是只能屋里摔桌子打板凳,把冯掌柜摆在条案上的一对乾隆官窑的青花帽筒都摔了。弄得冯掌柜直挠头,不敢言声儿。请神容易送神难,只好挨着。

一天,展家的老妈子胡妈来了,说要见玻璃花。玻璃花藏身在此是绝密的,因此冯掌柜只好摇着脑袋说没见过玻璃花。胡妈笑了笑,把一包东西交给冯掌柜说:"这是我家二奶奶送给他的。"转身就走。

冯掌柜把包儿拿到后院。玻璃花打开一瞧,竟是一件碧青崭新的洋马褂,兜里鼓鼓囊囊,掏出来看,竟然是张帕子包着一块真正洋造的珐琅表,上边画着洋美人打秋千。这是飞来凤送给他的。她准是猜到,闹事那天,自己丢了怀表马褂,便照样弄来两样更好的叫自己高兴。这小娘儿们真念旧!他对冯掌柜说:

"瞧这洋货多爱人!哎,你他妈为嘛不卖洋药,我听说有种洋药,比指甲盖还小,无论哪儿疼,吞下去眨眼就好。你是不是有药不给我用?看着我疼得冒汗,你好解气!"冯掌柜赔着笑说:

"三爷说到哪儿去了!有好的,还能不尽着您?我这是国药店,没洋药,您老要吃,我叫伙计到紫竹林去买,那药叫嘛名号?"

"叫……叫白、白……你是卖药的,干嘛问我?"玻璃花忽然瞪起眼。

"洋人的东西我哪懂?您这件坎肩就没见过。"

"这哪叫'坎肩',这叫'洋马褂',洋人穿在小褂外边的,你他妈真老赶儿!"他嘴里骂骂咧咧,心里却挺美,手指头捏着表链玩。

"您老帽子上的小梳子呢?"冯掌柜见玻璃花高兴,自己也轻松了。有意卖个傻,好显得玻璃花有见识。

"这也是洋打扮!你真是不开眼,土鳖!"

冯掌柜虽然挨了骂,却挺舒服,他搓着手,笑道:

"赶明儿,我也学您老,头上挂个梳子。"

"屁,土豆脑袋也想挂洋梳子!"玻璃花说着,不知想到哪儿,神气忽然一变,问道:"哎,展家送东西来的那个老妈子怎么知道我住在这儿?"

冯掌柜摇头说不知道。其实眼下满城已经无人不知,丢人现眼的玻璃花躲进瑞芝堂药铺。自打他藏到这儿的第三天,就常常有人假装买药,打听他的下落。药铺里的人都瞒着他。不是怕他,而是怕死崔。

但愿死崔这号人只在这书里，世上一个别有。

这小子原先家住在河北粮店街，人刁心毒，原名崔大珠。有一次，他灌了几挂肉肠子，晾在当院，被人隔墙用竿子挑了去。一般人碰到这种事儿，爱闹的就四处查找，无能的自认倒霉，往后再晾肠子换个地方挂也就算了。崔大珠偏不，他买包砒霜掺在肉里，灌了一挂肠子，仍旧挂在老地方，转天又被人偷去。再过一天，就听说前街上开水铺的皮五一家四口都死了。据说是被砒霜毒死的。县里下来人查来查去，把崔大珠抓了去。崔大珠毫不含糊，上堂就点头承认是他在肉肠子里下了毒，但他说这是药耗子用的，谁叫皮五偷嘴吃？这话不能说没理。官府把这案子翻来倒去，也没法给崔大珠治罪，只好放了。可是从此粮店街上，没人再敢搭理这个心比砒霜还毒的人了。那年头，没有"道德法庭"一说，他在人心中被判了死刑，得了"死崔"这个外号。他自知在河北那边待得没味儿了，就挪窝到估衣街上来。估衣街上有两个人人恨又人人怕的家伙，一个是面狠的玻璃花，一个是心毒的死崔。当下，两条狼都扎在冯掌柜的羊圈里。

玻璃花转转眼珠，问冯掌柜："你说，为嘛飞来凤那娘儿们送我这洋表洋马褂？"脸上明显冒出一股气来。

冯掌柜不知这是哪股气，又不能不答，便说：

"讨您喜欢呗。"

"滚你妈的！那天我给她添堵，她知道我丢了洋表洋马褂，今儿成心拿这玩意儿给我添堵！"玻璃花甩手把衣服怀表狠狠摔在地上，大叫："明儿，我弄瓶镪水泼在她脸上，叫她成活鬼！"此时已然满脸杀气。

冯掌柜吓得腿发软，想跪下来。他不知怎么对付这个说火就火、软硬不吃的混星子了。他弯腰把马褂怀表拾起来，说话的声音直打哆嗦：

"幸亏这洋表结实，没坏，一点儿没坏。还是您老这洋货好！"

"拿榔头来，我把它砸瘪了！"玻璃花吼着。

这时，门儿"呀"地一响，进来一个细高爽利的年轻汉子。这是冯掌柜新收进铺子的小伙计，名叫蔡六，精明能干，刚进铺子一年，一个人已经能当两人使唤。蔡六知道掌柜的被玻璃花缠住了，在窗根下偷听一会儿，心里盘算好了才推门进来。他进门就说：

"三爷，小的有句话，明知您不爱听，也得说给您听。"

玻璃花拿眼一瞄他，分明一种找碴的神气：

"有屁就放！"

蔡六并无怕意，反而坐在玻璃花对面的椅子上，笑道：

“您老纯粹被自己蒙住了！”

冯掌柜见自己的伙计敢这么讲话，吓得头发根冒凉气。玻璃花伸出的手指尖几乎碰到蔡六的脸：

“嘛意思？”

蔡六纹丝儿没动，还是笑呵呵：

“小的估摸，您到今儿还不知道那玩辫子的是谁？”

“谁？你知道，为嘛瞒着你三爷?!”

“三爷是嘛人，您不叫小的张嘴，小的哪敢在您面前逞大尾巴鹰？”

“三爷叫你说！”玻璃花没想到这小子知道傻巴，急啾啾地问。

玻璃花的火气明显落下一截，蔡六含着笑点点头说：

“好，我告您，那玩辫子的在西头担挑儿，卖炸豆腐，人叫‘傻二’，这是贱名。”

天津卫的孩子从小都有个贱名，叫什么傻蛋、狗剩儿、狗蛋、大臭、二臭、三臭、秃子、狗不理等等。据说，那是为了叫阎王爷听见，瞧不上，就写不到生死簿上去，永远也点不走，能长命。不管人们信不信，大家都这么做，图个吉利。

“这傻王八蛋的大名呢？”

“臭炸豆腐的，谁叫他大名？”

“他的窝在哪儿？”

蔡六见玻璃花被自己的话抓住了，便有意说得平心静气，慢条斯理，好压住玻璃花的火气：

“多半在西头吕祖堂一带。哪条街哪个门可说不准。我小时候，家就在吕祖堂后边。记得六七岁时，我娘领我去庙里烧香，认师傅，打小辫儿。不是说，那么一来，就算入佛门了；有佛爷保着，不会再惹病招灾。那天，正赶上傻二去剃小辫儿。按照庙里的规矩，凡是认师傅的，到了十二岁再给老道点钱，老道在大殿前横一条板凳，跳过去，就出家成人，熬过了‘孩灾’。俗例这叫作‘跳墙’。照规矩，跳过板凳，就不许回头，跑出庙门，直到剃头铺，把娃娃头剃成大人样。这例儿三爷您听说过吧？”

“往下说——”

“傻二的辫子长得特足。十二岁跟大人一般粗细，辫梢长过屁股。他跑出庙门，没去剃头铺，直奔回家，听说他舍不得头上的辫子。所以他现在才长得这么粗，像条大鞭子。”

“你总提他穿开裆裤时候的事儿干嘛？三爷问他那狗尾巴上有嘛功夫？”

“您别急，小的全告诉您，半句也不留。听人说他爹有两下子，可从来没跟人使过，天天都在西头那边走街串巷，卖炸豆腐，听说他家是安次县人，那边人多练查拳。但傻二能耍辫子，从来没人知道。再说天下谁听说过辫子上还能有功夫？外边人都议论着，拿辫子当刀枪使唤，真是蝎子屎——毒(独)一份儿了。”

“那傻巴的功夫是他爹传的？”

“多半是吧，还能有谁？对了，从小听说，他爹罚他，就把他小辫拴在树上吊着。人都说他爹做买卖挺和气，对孩子却够狠的。他家就爷俩儿。还有人说，傻二是他爹领来的。亲骨肉谁舍得把儿子的小辫拴在树上吊着？现下再回回味儿，想必那就是练功吧！”

“说完了？”

“啊——”

“就这点屁，顶嘛用，滚吧！”

蔡六没使劲，稳稳当当说：

“您别急。事说完，话没完。小的想告诉您，那傻二虽然有功夫，三爷您能耐却比他强！”

玻璃花用他那浑球般的花眼珠盯蔡六一眼：

“你小子拿我找乐子，还是捧我？”

“哪儿的话。小的再有胆，也不敢跟您开涮！小的虽然不会武艺，却看得出来，傻二全靠着那条辫子占便宜。您琢磨，动手时谁还防着对方的辫子？可他的辫子一甩出来，就等于两条胳膊再加上一条。三条胳膊对您两条胳膊，您还不吃亏？”

玻璃花听得入神，不觉点两下头。冯掌柜忙说：

“那辫子一转，何止三条胳膊，简直是千手观音。”

玻璃花没搭理冯掌柜，直盯着蔡六一张白净的脸儿问道：

“你说三爷拿嘛法儿降他？”

蔡六这才给玻璃花指出一条明道：

“您有那么多有能耐的朋友，谁有绝招就叫谁来，他们还不全听您三爷的招呼！”

“去你妈的！三爷打架向来一对一。”玻璃花说着照蔡六当胸就一拳。蔡六却看出玻璃花尖巴脸上有了活气，显然是听得中意，也中了自己“移花接木”之计。

这时，矬壮的死崔闯进来。蔡六忙给冯掌柜使了眼色走出来。到了前屋，蔡六笑着对冯掌柜说：

“这下子，玻璃花该滚蛋了。”

冯掌柜迷迷糊糊，没弄明白。蔡六说：

“我知道他怕傻二那条辫子，便出个道儿，叫他去找人帮忙。他一去，咱就算把这位爷请出去了。”

“他肯去吗？”

“他恨不得吃了傻二，怎能不去？”

“要是打不过傻二，不又回来了？”

蔡六笑道：

“您放心，无论胜败都不会回来了！如果胜，就用不着住咱铺子里；如果败，甭说咱铺子，连估衣街上也待不住了。”

冯掌柜依然忧虑未解地说：

“崔四爷未必肯叫他去吧？”

蔡六说：“您还没看透，死崔不是不叫他出头露面。他这一招够绝——他先把玻璃花关在咱药铺里，然后在外边散风说，玻璃花藏着不敢见人。为了叫人们嚷嚷玻璃花尿了，把玻璃花名声弄臭。下边，他巴不得撺掇玻璃花去找傻二拼命，好借傻二的辫子除掉他！”他的口气很肯定，好像把下面三步棋全看在心里。

“这不能，他们是一伙的！不是哥们儿爷们儿吗？”

“别信那套！嘛叫哥们儿爷们儿？不过为了给自己助威。轮到两人分一块肉时，刀尖又专往哥们儿身上要命的地方捅。”

冯掌柜听到这儿，白胖胖的脸现出笑容，他没料到这新来的小伙计有脑子又有办法。他像危难中碰到保护人，好像大雨中找到一块房檐。他不由自主提起茶壶的铜提梁，一边给蔡六斟茶，一边问蔡六：

“你刚才说傻二那些事都是真的？”

“管它真假，唬住他就成！”蔡六接过茶碗，不客气地喝了。

蔡六故意这样不客气，好像应该应分一样。因为这么一来，他在这个脓包掌柜的面前身份就不同以往了。

## 第四回　不信也是真的

不等天大亮，玻璃花就叫死崔陪着，打药铺出来，到南门外去请打弹弓子的戴奎一。两人横穿出估衣街，到了北城门口，并没走“进北门出南门”那条近道，而是沿着城根儿往西，绕城半圈才到南门外。这因为玻璃花怕人瞧见他，一路还穿街走巷，专择僻静人稀的路走。混星子们在街上向来爱走街心，车轿驴马都得躲着他们，他们还拿眼东瞅西瞅，谁要是多瞧他们一眼，茬子就来了。今儿玻璃花却使劲低脑袋，恨不得把脑袋揣在怀里。死崔在一旁心想：我叫你小子打今儿甭想再露脸儿啦！

那时，南门外一片大开洼，净是些蚊子乱飞的死水坑，柳树秧子，横七竖八的土台子，没人添土的野坟，再有便是密不透气的芦苇荡。住在这儿的多是雁户。拿排枪打野雁、绿头鸭、草鹭和秧鸡，到墙子那边去卖。这是个常年热热闹闹的野市，俗叫“南市”，凡吃、穿、用的，随便买卖，应有尽有。鲜鱼新米、四时蔬果之外，还有些打八叉的小商小贩，倒腾各种日用的新旧杂货。江湖上的“金、瓶、彩、挂”，什么拆字的，算马前课的，拉骆驼或“黄雀叼帖”的，打把式卖艺的，变戏法的，耍滦州影儿的，唱包头落子、哈哈腔、西河大鼓的，等等，都聚在这儿混吃糊口。天津这地方，有块地儿就有主儿。河有河霸，渔有渔霸，码头上有把头，地面上有脚行，商会有会长，行行有师祖，官场里上上下下，大大小小，一个衙门里有一个说一不二的老爷。在这集市上，欺行霸市要数“三大块儿”——戴奎一、何老白、包万斤，都是“安座子”已久的老江湖（“大块儿”是指身上的钢筋铁骨腱子肉）。这三位“大块儿”能耐最大的便是戴奎一。他手里的一把弹弓可称天下奇绝。顶拿手的一招，是把一个薄瓷的小酒壶放在桌上，瓶口放一颗泥弹儿，这泥弹儿与瓶口大小不离，他站在三十步远的地方一弹射去，把那泥弹儿打碎在壶中，绝不损伤瓶子。他用这手绝顶功夫招人观看，实是卖“化食丹”。只要演过几招弹弓，他就捧着一块血淋淋的鲜牛肉，生嚼生吃，再吞下几粒羊屎蛋似的丸药，口称这丸药到肚里，生冷俱消。他拿这种叫人目瞪口呆的法儿卖药，人们花钱买药，并非相信这药真能化食，而是害怕他这股恶劲。据说，光绪二十年，河南来个马班儿表演“小刀山”。河南的马班子大都会几手少林功，恃仗本领在身，没有先去拜会他，把他惹恼了。当一个年轻的女把式爬上三四丈高的大杉篙拿大顶时，戴奎一站在远处大叫一声：“戴爷给你换个左眼！”开弓一打，“啪”地把一个泥珠射进那女把式的左眼窝，马班子的男男女女都要跟戴奎一动武，眼望着这把上了子儿的弹弓，谁敢靠前？从此谁也不敢招惹他了，就是玻璃花那左眼放着没用，也不愿意换个泥球。

“戴爷，咱哥们儿麻烦您来了！”玻璃花拱了拱手说。他此时气不壮，说话时精神也不足。

“您这是嘛话，三爷！哥们儿我在城南，您在城北，城隔着人，不隔着义气。前儿，崔四爷来，把您的话捎给我。我跟四爷说了，只要您三爷一句话，咱哥们儿掉脑袋也认！不过……我刚才用脑瓜又琢磨琢磨，那个卖炸豆腐的傻小子，值我戴奎一的一个泥球吗？啊？哈哈哈哈……”

戴奎一咧大嘴叉子，仰面狂笑。他光着膀子，这一笑满身疙瘩肉像活耗子那样上下直动。他长得人高面阔，猿背蜂腰，鹰鼻豹眼，宽宽一条橘黄色亮缎腰带上，别着一根柳木叉架、牛皮筋条的大弹弓子。当下，他正站在自家店门口，店内迎面墙上挂着两副死人的骨头架子。这背景和打扮一衬一托，就越发显得凶厉。本来戴奎一答应好今天为玻璃花去拔撞。虽说他向来天不怕地不怕，但是个人就有脑子，这两天耳边经常听到有关傻二辫子的传言，传得神乎其神。在将信将疑之间，他开始掂量起来，为这个从来也没对自己出过力、眼下正走背字的混星子，去碰碰那个不知根底的傻二，值不值得……

死崔好像看见了戴奎一心里怎么拨棋子儿。他想，如果戴奎一不帮忙，就会挤着玻璃花对傻二暗中下手。反正玻璃花绝不敢再跟傻二明着较量，而且已经几次计划着，派几个小混星子暗中对傻二下手。暗着干向来比明着干能成事。只要把傻二弄残，玻璃花就会在估衣街上重新抖起来。故此，必须设法使戴奎一去和傻二打一场。如果戴奎一赢了，就在外面散风说，玻璃花没能耐，借刀杀人，玻璃花的脸上也不光彩；如果傻二赢了，戴奎一必然恨玻璃花毁了他的名声，还会有玻璃花的好？想到这儿，死崔就拿话激戴奎一：

“戴爷，听那傻巴说您根本算不上咸水沽人。”

“怎么讲？”戴奎一没听明白这话是嘛意思。

“那傻巴是咸水沽人。他说，咸水沽水硬，人也硬，不出螃蟹。”死崔说。

“我听不懂你的话。”戴奎一说。

死崔含笑道：

“就是骂您呗！螃蟹的骨头长在外边，肉长在里边，外硬里软，不过看上去挺硬罢了。您先别生气，那傻巴还有话——他说，要论胳膊大腿之外的功夫，谁也顶不住他的辫子，您的弹弓子不过是小菜儿！”

对付人的本事，全看能不能摸准对方的要害。看准要害，一捅就玩完。死崔深知，戴奎一虽然人高块大，心眼并不比针眼大。他更懂得，嫉妒这东西挺哏：男人嫉妒男人，女人嫉妒女人，同辈嫉妒同辈，同行嫉妒同行；出门在外，同乡还嫉妒同乡——没听说过，山海关一个名厨子，会嫉恨起广东一个卖字画的，哪怕这舞笔弄墨的家伙比他名气更大。

果然，戴奎一的胸膛里盛不下这几句话，气得骂开了。

死崔火上再浇油：

“人家都管傻巴那辫子叫‘神鞭’！”

这“神鞭”是死崔为了气戴奎一，顺口编出来的。

“嘛叫‘神鞭’？”戴奎一吼着。他心里的火顺着血流遍全身，手背、胳膊、脖子、太阳穴上的面条粗细的青筋，根根都鼓胀起来。

“他说，只要是凡人，想抽谁就抽！”死崔说着拿一双乌黑的小眼瞅着戴奎一发怒的脸。他要眼看着这妒火，直把戴奎一的胸膛烧透了才成。

戴奎一大叫道：“他是神仙，我也把他射下来！”说着，把腰间的弹弓取在手，扭身来一招“回头望月”，把两个泥弹儿连珠射上去。只听天上“啪”一响。第二个泥弹儿飞去得更急，直把第一个打得粉碎。

玻璃花拍手叫道：

“好功夫！管叫那傻巴的脑袋成漏勺！”

戴奎一听了，脸上立见笑容。他叫徒弟进屋取出一个缎面绣花弹囊，再从一排排晾在青石板上的泥弹儿中间，择出一些最圆最硬、颜色发黑的胶泥弹儿装满袋囊。戴奎一转了转眼珠儿，进屋拿了两个铁弹丸掖在腰间，便走出屋来，带着两个徒弟，与玻璃花、死崔去找傻二打架。

从西关街走到头儿，有个土坯打墙围着的院子。墙挺高，上边只露出三两个青瓦顶子，几棵老枣树黑紫黑紫，没发芽儿，带刺的树杈，密密实实罩在上边。院里没动静，树上没鸟叫，烟囱眼里没有烟往外冒，倒像什么奇人怪客住在里头。

有人给玻璃花壮胆，他顿时精神多了。上去“啪啪”拍门，扯着脖子叫喊：

“耍狗尾巴的，三爷找上门儿来了！”

砸了一会儿，毫无响动。他找了半块砖刚要朝门板砸去，忽听一个哑嗓音：

“我在这儿！”

他们不觉回头瞧，只见不远处的几棵大柳树下，站着傻二。还是那件蓝布大褂，粗长的辫子盘在头上。玻璃花跑上去，恨不得把傻二撕了：

“你别以为三爷栽了，今儿找你结账来啦！”

傻二态度谦恭，话说得诚心诚意：

“三爷说到哪儿去了？我哪有能耐跟您闹。那天我也是稀里糊涂，赶巧碰您三爷两下，您不当回事就算了！”

“好小子，你还想寒碜我！你他妈‘稀里糊涂’就把我打了？好大口气！傻巴，明白告你，今儿还不用三爷教训你。这位，瞧见了吗？戴奎一，南市打弹弓的戴爷——你三爷的兄弟，来给你换眼珠子来了。有能耐你就使！”

戴奎一站着没动，拱拱手说：“我这个属螃蟹的，来会会神鞭！”这几个字，酸不溜秋，拿着劲儿，好像从牙缝里挤出来的。

傻二听蒙了。嘛是属螃蟹的？神鞭？神鞭是嘛玩意儿？他说：

“我别听差了音儿。闹不明白您说的是嘛话，劳驾再说一遍。”

戴奎一嘿嘿一笑：“你是听美了，还想再听一遍。我可从来不用嘴皮子侍候人。既然咱俩都是咸水沽人，拿咸水养大——有你没我，有我没你，来吧！”他脱去外衣，取弓上弹。

玻璃花凑上前说：“戴爷真行，往后城北有事就找我。哎，您可小心他的辫子！”

傻二又听什么喝咸水的话，更加莫名其妙了，不等他问明白，戴奎一狠巴巴逼着他：

“怎么玩法？”傻二说：

“算了，您的功夫我见过。咱们何必做仇呢？”

死崔在旁边叫道：

“您听明白了吗？戴爷，他只说见过您的功夫，可就不说好坏。见过算嘛？吹糖人、捏面人的也见过！”

这是往火头上再吹一口气。戴奎一气呼呼盯着傻二的脸说：“你不动，我动！”他已然把弹弓抻开，拉紧的牛筋直抖。

傻二想了想，走到三丈远的地方站好，对戴奎一说：

“您打我三个泥弹儿，咱就了事，行不？”

戴奎一说：

“三个？不用，一个就穿瓢！看着——”

说着，右腿往后跨一大步，上半身往后仰，来个“铁板桥”。这招也叫“霸王倒拔弓”。随即手指一松，弓声响处，一个泥弹儿朝傻二飞去，快得看不见，只听得“哧”地穿空之声，跟着，“啪”！泥弹儿反落到场地中心，跳了三下，滚两圈儿，停住了！再瞧，傻二的辫子已经从头顶落在肩上。这泥弹儿分明是让辫子抽落在地的。这一下真可谓“匪夷莫思”，使戴奎一和众人亲眼看到傻二辫子上不可思议的神功了。

戴奎一输了一招。顾不得刚才自己说过的话，出手极快，取出那戴在腰间的两个生铁弹丸，同时射去。这叫“双珠争冠”，一丸直取傻二的脑袋，一丸去取下处，使傻二躲过上边躲不过下边。这招又是戴奎一极少使用的看家本事。

铁弹丸又大又沉，飞出去呜呜响，就听傻二叫声："好活！"身子一拧，黑黑的大辫子闪电般一转，画出一个大黑圈圈。啪！啪！把这两个弹丸又都抽落在地。重重的铁弹丸一半陷进地皮。傻二却悠然自得地站在那儿，好像挥手抽落两个苍蝇，并不当回事儿。众人全看呆了。

这一下，如果不是亲眼瞧见，谁都会不信。但事有事在，不信也是真的。

戴奎一大脸涨成红布。他不能再打了。原本说好打一个弹儿，已经打出三个；再说，自己也没有更厉害的招法，只有认输。他把弹弓子往腰带上一插，拱手说：

"该你的了，撒开手来吧！"

傻二摇着双手说：

"戴爷，您要再打，我也绝不还手。今儿咱们算交个朋友，不算比功夫。您不过打几个弹儿玩玩罢了。"

这几句话丝毫没有带着钩儿刺儿，明摆着这傻二不想多事。戴奎一心里盘算，要是就此打住，还能带着脸儿回去；要是闹下去，非把脸儿丢在这里不可。自己绝对顶不住傻二这条神出鬼没、施过法术似的辫子。还是识路子，借傻二的话赶紧下台阶为好。这时，傻二又说：

"戴爷，我是炸豆腐的，不是武林中人，也没打算往这里边扎。故此，不愿跟任何人做仇。您刚才说的那些话，我琢磨不透——你干嘛说我是咸水沽人？我往上数八辈都是安次县人，我也生在乡下老家。还有，您说那'神鞭'指的又是谁？是不是您弄拧了，还是有人拿瞎话赚您？反正我说的都是实在话，没一个字儿虚的。"

这几句话，登时把戴奎一心里的火全撤了。他没答话，双手抱拳朝傻二拱一拱说："你是亮堂人，我——走了！"转身没搭理玻璃花和死崔，径自去了。

傻二见事情了结，也回家了。

玻璃花赶上戴奎一说：

"戴爷，不能就这么算了。甭听傻巴得便宜卖乖的话。您一走，可就算栽给他了。您不是还有一手'换眼珠'吗……"

戴奎一好似胸膛鼓满气，不吭声，大步噌噌往前走，走着走着，忽然停住，张嘴大骂玻璃花："滚你妈的，我差点叫你砸了牌子！你他妈打不过人家，拉我来垫背。我姓戴的从来没像今天这么窝囊过，你还把我往死里推。我先给你换个眼珠子！"说着，扯起弹弓就要打。皮筋一下拉得像线儿那么细。看来，他要把心里怒气全拿这泥弹子发泄出来。

玻璃花一害怕,竟然扑腾跪在地上,惊恐地大叫:

“戴爷,戴爷,您是我爷爷!您千万不能废我,我家里还有八十岁老母和怀抱的儿子呢!”

其实他光棍一条。这是江湖上求人饶命的套话。

混星子们哪能怕死?玻璃花向来拿死当儿戏,今儿为嘛脓了,难道叫傻二的辫子把脊梁骨抽折了?这一来,众人可就瞧不起玻璃花了。

“死崔,你还不打个圆场!”玻璃花想叫死崔了事。

死崔嘿嘿阴笑,一句话不说。他要的正是这个结果。

玻璃花只好跪在地上向戴奎一求饶。

戴奎一使劲一扯弹弓,泥弹子没往外打,倒把双股的牛筋条“啪啪”全扯断了,弓架撇在道边沟里。他板着铁青大脸二话没说,带着徒弟走了。

玻璃花跪了一阵子。忽然想到死崔,扭头一看,空无一人,死崔早不见了。

他站起身,想了想,觉得事情有些不妙,便直奔北大关的“锅伙”。这“锅伙”是混星子们聚会议事的地方。死崔正在里边,他进屋就和死崔闹翻了。死崔不像往常,不单不怕他,反而比他还横;平时跟在他屁股后边的小混星们,也都跟他上劲儿。以往,他给一股恶气顶着,在估衣街上说一不二,今儿仿佛气散了,怎么也硬不起来,竟叫混混们像轰狗一样轰出来。他没处去,又跑到瑞芝堂药铺,还惦着住到后院那间屋去。此时,照看铺面的已是蔡六。这小子皮笑肉不笑,话里话外使点损腔,没叫他进去,反把他请出来,气得玻璃花在街上大骂:

“好啊!破鼓乱人捶呀!等三爷把傻巴的辫子揪下来,就砸你的铺子!”

蔡六拿鸡毛掸子轻轻抹着柜台上的尘土,好像没听见。路上的人都站住脚,看玻璃花大吵大闹,就像看笼子里边的恶虎,样子虽然可怕,却又没什么可怕的了。

## 第五回　谁知是吉是凶是福是祸?

一连好些天,傻二没有担挑上街卖炸豆腐了。甭说出门,只要门儿开条缝,就有小孩子在外边叫:“神鞭出来喽!”还有些闲人,蹲在家对面的大树下边,等着瞧他,好像等着瞧出门子的新媳妇。平时,他整天进进出出也没人瞧,站在街头扯着嗓子叫喊:“油炸——豆腐!”声音从这条街传到那条街,也叫不来几个。看来世上的事,不是叫喊就成的。

他真后悔！那天万万不该使唤辫子。他还觉得对不起死去的爹。他爹咽气前，拿出一辈子最后一点劲儿，把平时叮嘱过成百上千遍的话，吭吭巴巴再重复一遍：

"这辫子功……是咱祖宗一代代传下来的。我一辈子也没使过……记着……不到万不得已，万万别使……露出它来，就要招灾惹……祸，再有……传子传孙，不传外人……记好了吗……"

临终的话，就是遗言。老子的话平日少听两句没嘛，遗言不能违背。可是，那天见到玻璃花截会，自己哪来那么大的火气？整个头皮都发烧，连辫子好像也有了感觉！头发根发抖，辫子往上撅，好似着了魔，控制不住要痛快地发泄一番。他抽玻璃花头一下，几乎想也没想，辫子自己就飞出去了。哪里知道辫子上竟有千斤力呢！

他自小跟爹学辫子功，不曾与人交手，不知如此神速和厉害！而且使起来，随心所欲，意到辫子到，甚至意未到辫子已到。这辫子上仿佛有先知先觉。他疑惑，是不是祖宗的精灵附在上面？

正如父亲再三嘱告的话，辫子一使出来，就给他招惹一串麻烦，先是玻璃花，玻璃花引来戴奎一，戴奎一引来在西市上的砸砖头的王砍天，王砍天又引来鸟市上拉硬弓的柳梆子……全都叫他抽跑了。几天前，四门千总马老爷打发人拿来帖子请他去，想派给他一个小缺，在护城营当什长，只教授武功，别的不干，饷银不高，倒是清闲得很。但他家世代不沾官场，他相信：进了官场，没好下场。当即对千总爷说，自己只会耍辫子，属于歪门邪道，拳脚棍棒，一概不通，推掉了这个差事。千总爷也不勉强他，只叫他耍耍辫子，当玩意儿看看，他不好再推辞，花里胡哨耍一通，耍上性，还当场打落飞来飞去的几只蜻蜓，千总爷看得眼珠子都瞪圆了，当即把府、县、镇、署、前后左右中各营的几位老爷用轿子抬来，叫他重新再耍一遍。他只得照样再耍耍，不用真本事，几位老爷已经开了眼，赏了他许多财物。老爷们一点头，傻二的大名就不是歪名。于是，从早到晚，都有人来拜师。人们不知道他的姓氏名号，又不好问，人家都出了名，还好问人家姓嘛叫嘛，只得尊称他"傻二爷"。他三十来岁，一直被人称呼贱名"傻二"，忽然贱名后边加个"爷"字，反而有点别扭。他还想叫傻二，还想卖豆腐，但已经不行了，眼下，只有一条祖传的规矩得牢牢把住，便是不收徒弟。他不管那些求师心切的人，怎么死磨硬泡，索性拴上门，砸门也不开。饿了就炸豆腐吃。但是，总不能天天吃炸豆腐活下去吧。

他捏着自己这条大辫子，耳听外边把那个不知从何而来的"神鞭"的绰号，愈叫愈响,真不知是祸是福,是吉是凶。一方面,他想到这辫子居然把地面上那些各霸一方的有头有脸的人物,通通打得晕头转向,暗暗自得;另一方面他又犯嘀咕,天津卫这地方,藏龙卧虎,潜龙伏蛟,强中自有强中手,能人后边有能人,以后不知还要引出嘛样的凶神恶煞呢。他总有点不祥的预感!

## 第六回　祖师爷亮相

不出所料,三天后,有人又嚷又叫,使劲砸门了。听声音,就知不是好来的。开门看,又是玻璃花。但这小子一见傻二就后退三步,好像是怕叫辫子抽上,看来他是给辫子抽怕了。

然而,今儿玻璃花精神挺足,大拇指往后一挑,撅着下巴说:

“傻巴,你看看,今儿谁来会你了?”

大门外停着一顶双人抬的精致的轿子。前后跟着八个汉子,一水青布衫,月白缎套裤,粉绿腰带,带子上的金线穗儿压着脚面;脚上穿薄底快靴,头上各一顶短梁小帽,显得鲜亮爽利。单从这跟随的衣着上看,轿子里坐的绝非一般人。此地人多官多,官儿从七品数到一品,城里城外到处都竖着旗杆刁斗,老爷便是各种各样的了。谁知这是谁?但这阵势已经把傻二唬住了。

“怔着干嘛?”玻璃花朝傻二厉声叫道,“还不有请索老爷。”

傻二说:“有请索老爷!”心里却糊里糊涂,不知这索老爷是哪位。

轿夫扬起轿杆,两个跟随上去左右一齐撩起轿帘,打里边走出一个老者:清瘦脸儿,灰白胡子,眉毛像谷穗长长地从两边耷拉下来;身穿一件扎眼的金黄团花袍子,宝蓝色贡缎马褂,帽翅上顶着一块碧绿的翡翠帽正,镶在带牙的金托子上。他耷拉眼皮,像闭着眼,似乎根本没瞧傻二,大气至极。看上去,不是微服私访的大官,就是家财万贯的大老爷,多半是来请自己去做武师或护院的。他正盘算,万一这位大老爷请他,自己怎么谢绝。但玻璃花一说出这老头姓名,叫他心里像敲锣似的一响:

“索天响,索老爷。津门武林的祖师爷,不认得,还是装不认得?”

天津谁人不知索天响的威名!他在武林中稳坐头把交椅。都说,单指拿大顶,脚踢苍蝇,躺在蜘蛛网上睡觉,是他的“三绝”。他住在西门里镇署对过的板桥胡同,但幽居深院,找他不见,也从不在公众前露面,他的名帖却没有走不通的地方。大人物都是金脸儿银脸儿,本都是难得瞧见的,今儿居然找到他门上。傻二不明其故,又有些受宠若惊。他恭恭敬敬给索天响作了长揖,说道:

“您老要是不嫌脏，就请屋里坐，我给您泡茶。”

索天响好像没听见他说话，眼睛仍旧半闭半睁，不说话，也不动地方。

玻璃花便朝傻二叫道：

“索老爷是嘛身份，能进你的狗窝？索老爷听说你小子眼里没人，叫你见识见识，也教教你今后怎么做人。”

傻二慌忙摇手，惊慌地说：

“不成，不成，我哪是索老师傅的对手！身份、辈分、能耐，都差着十万八千里，绝不成！索老师傅，傻二在您面前，屁也不是。”

索天响的神气好像睡着一样。待傻二说完，他却开口冷冷地说：“你不是要拿什么‘神鞭’，把我当‘冰猴’抽吗？”嗓音又哑又硬，像是训人。

“我可不敢这么狂！索老师傅，我……”傻二不知是惊是怕，说不出话来。

“好，我问你，你的功夫跟谁学的？”索天响依旧半闭着眼。

“傻二这点能耐是家传的。”

“哪门哪派？”

“门派？提不上门派。我爹也没跟我说过。”

索天响轻蔑地一笑，依旧闭着眼说：“没有门派，叫嘛功夫？那不成了戴奎一的江湖之技了？好，我先考考你的见识，你——”他虽然听见傻二惶恐的推辞声，还是硬逼着问道：“天津卫谁的功夫最高？”

“自然是您索老师傅，您底下才是霍元甲、鼻子李、铁手黄。”傻二说完脸上掬出笑容，以为索天响听了准高兴。

谁知索天响听到霍、李、黄三个，两边嘴角同时向下一撇，似乎说那三个在他名字后边也不行，应当只提他一个才是。索天响干咳两声，又问：

“武林人常说，南拳北脚。你会几种南拳？”

“我……一种也没见过。”傻二挺窘。

“哼，你这也自称练武之人。那你说，你听说过几种南拳？”索天响的口气，很像主考官。

“……听人说，梅花拳厉害得很。我还听……”

“胡说！”索天响截住他的话说，“南北都有梅花拳，你说是哪个？北方查拳分十路。一路母子，二路行手，三路飞脚，四路升平，五路关东，六路埋伏，七路才是梅花。南拳分大小梅花拳，并非十分厉害。厉害的要数——刘拳、蔡李佛拳、洪佛拳、白眉拳、虎鹤双形拳、龙形拳、南杖拳、螳螂拳、插拳、黑虎拳、太虎拳、龙门拳、铁线拳、天罡拳……”

索天响一口气顺溜地说出一百多种，傻二听得瞪圆小眼，心想今儿碰上高人，该栽跟斗了。

玻璃花得意至极，叫着：

"傻巴，听傻了吧！你有师娘吗？"

索天响的跟随们也都面露讥笑。

索天响接着问道："你上辈说没说，你这点功夫，是从哪路拳里化来的？"这口气越加咄咄逼人。

"形意吧——好像是。"

"好，你说，形意为谁所创？"

"说不好！是不是达摩老祖创的？"

"哈哈，达摩老祖！那都是乡野之人，不学无术，以讹传讹。你连形意拳的开山鼻祖都说不出来，也敢把自己和形意扯到一块儿。这形意本是国朝初年山西蒲州人姬龙丰所创。张芸的《形意拳述真》说，'明清之交有姬公际可，字隆风者，蒲东诸冯人，精大枪术，遍游海内，访求名师，至终南山，得岳武穆五拳谱，意既纯粹，理亦明畅，后受之于曹继武，于是传衍下来。'这在雍正十三年的《心意六合拳谱》、马学礼的《形意拳谱》上都有记载。形意分三派：河南一派传马学礼，山西一派传戴龙邦，河北一派由戴龙邦传给李洛能。你既是安次县人，家学形意，可知道李洛能？"

傻二听得汗都下来了，他摇摇头，但不甘心在玻璃花和周围一些人眼里一无所知，草包一个，想了想便说：

"我爹曾对我说，我祖上创这辫子功，是从豹子甩尾悟出来的。这便是得到'形意'的要领。"

"更是胡说！你要说'少林五拳'，还扯得上。'少林五拳'为龙、虎、豹、蛇、鹤五形拳。内应心、肝、脾、肺、肾五脏，外应金、木、水、火、土五行，并与精、力、气、骨、神交互修炼。其中确有一门'豹形拳'。形意的'十二形'为熊、鹞、龙、虎、龟、燕、蛇、猴、马、鸡、鹰、骀。哪来的'豹'？形意要六合，心与意合，意与气合，气与力合，肩与胯合，肘与腰合，手与足合。还有三层道理，三层功夫，你可懂？"

"嘛叫'三层'？"傻二搭不上腔，真像个不掺假的傻巴了。

"嘿，今儿可算费了牛劲。听着，三层道理是——练精化气，练气走神，练神还虚。三层功夫是——一层明劲，二层暗劲，三层化劲。你连这个也没听说过？我的徒孙也能背出来呢！"

"我真正嘛也不懂。您老跟我盘道，我嘛也说不出来。"

“好笑！凭你这点道行，也想往津门武林中插进一脚来？还要称王？可笑！你年轻，不懂事，才这样轻狂。我可以告明白你，打你没生下来，这世上的每一寸地面上都有名有姓。你想立足，谈何容易。你别是缺心眼儿吧！”

玻璃花和众人一齐哄笑。

“索老师傅，我绝不想往武林里扎。我只会耍几下辫子，身上的功夫就像破鞋跟儿——提不上。”傻二认真地说。

“哦？”索天响一直半闭的眼睛忽然睁开，一双灰眼珠淡而无光。他问：“你身上没功夫？”

“我能骗您？您不信就试试我。”

“好，我试试你。你动辫子吗？”索天响说。

“不动辫子，就试腿脚，您一摸就知我身上没功夫。”

索天响说：“咱有话在先，说好就试腿脚啊！”然后双手一分，就要用武。

一个跟随上来问索天响，是否脱去袍褂，索天响摇摇头，只把袍子的前襟提起来别在腰带上，对傻二说一句：“我这叫‘三十六招连环脚’，瞧！”说着就来到傻二跟前，两条腿使出踢、蹬、踹、点、扫、铲、勾、弹，专取傻二下盘。一招一式，有姿有态，出手绝非寻常，颇有大家气派。傻二忽想起春和营造厂的粉刷师傅毛吹灯，每次粉刷房子，都穿一身黑，一举一动，像天福戏园老生马全禄的做派那么讲究。刷完浆，身上居然一个白点不沾。凡是这种高手，举动就不一般，自己绝不可半点大意。他想到父亲教过他的八字身法——吞、吐、沉、浮、闪、展、腾、落，一边回忆，一边用心使用，虽然生疏，倒能躲左避右，应付一气。他因有言在先，不动辫子，逢到机会也绝不甩出辫子来。打了一阵子，觉得有点奇怪，这索老师傅的拳脚固然有招有式，举手投足讲究又好看，怎么没有叫人触目惊心、突兀险奇的招数？看来，这老头不愿意欺侮晚辈，有意对自己摆摆样子，并不打算伤害自己。这也是人家祖师爷该有的气度。

这是五月天气，今儿芒种，天阴发闷。索天响两边太阳穴已经沁出汗来，脑袋晃动，太阳穴，就像蝉翼一般，闪闪发亮。按说索天响这种轻功极佳的人不该这样，也许年岁大了，毕竟不如年少，再过数招，居然“呼呼”有些微喘。傻二说：“您老是不是歇一歇？”索天响趁他说话，不大留意，冷不防扬起一脚，直踹傻二的小肚子，这一脚可是往要害的地方去的。傻二不由得来个“嫦娥摆腰”，刚好把这脚让过去。索天响踢空，用劲又过猛，险些把身子带出去。他赶忙收腿，一时立不稳，慌乱中两只手摆了摆，才算立住身子，就势手一指傻二，说道：

“你既然累了，我让你喘喘。”

在场的人都看出索天响有些气力不济。傻二心想，这老头儿远道来，闷在轿子里，中了暑热吧，便收住式子，说："我去给您老端茶。"刚转身，只觉得身后寒光一闪，一阵冷森森的风直奔自己的后脖子。他心想不好，头上的发辫反应比他的念头更快。"啪"一响，再扭身，只见地上插着一柄半尺多长扎眼的快刀。索天响像木头柱子戳着发呆，右手的手背上有一条红红的印子，显然是给自己的辫子抽的。而自己的发辫已然搭在肩上，就像玩蛇的，绕在肩上的大青蛇，随时都会再蹿出来。这突然的变化，叫众人看傻了。有人想到，怪不得索天响刚才不脱袍褂，原来怀里藏刀，那傻二又是怎么比眨眼还快，把这刀抽落在地上的？

索天响偷袭不成，一不做二不休，抢上一步要去拔插在地上的刀子，傻二的辫子比他的手快得多，辫梢一卷刀把，往上一拔，就劲唰地扔出去，嚓！直剁到左边一棵大柳树上，深入寸许，震颤有声。

四下响起叫好声！

索天响浑身上下，数脸皮没色了。他对傻二说话的口气依然挺大："你小子言而无信，称不上武林中人，说好不动辫子，趁我不防动了。你等着，改天叫你尝尝少林正宗'山'字辈儿的佛门拳。所谓内、初、山、寺、团、同、胜、国、少、年、用、者、思、多、猷、民，都是大架佛门，'山'字是前三辈，使出这功夫，保叫你断筋折骨，皮开肉裂！"说完这套话，一头钻进轿子，不等跟随上来落轿帘，自己就把轿帘拉下来，跟着就走。那玻璃花已然跑到轿子前边去，走得更快。

傻二站着没动，眼瞅着飞快而去的轿子，心里纳闷，这等声名吓人的人物，怎么一动真格的就完了。见面先盘道，拿辈分当锤子，迎头先一下，论功夫，一身花拳绣腿，全是样子活。一分能耐，两分嘴，三分架子。能耐不行就动嘴，嘴顶不住还有架子撑着。他原先以为天底下的人都比自己强，从来不知自己这条辫子，把这些头头脸脸的人全划拉了。原来大人物，一半靠名，那名是哪来的，只有他妈鬼知道了。他开始相信自己的本领了。他高高兴兴走进院子，关上门，站在当院，拿桩提气，认认真真要了一套祖传的一百单八式的辫子功。他越发感到这辫子真是随心所欲，挥洒自如，刚猛又轻柔，灵巧又恢宏，似有一股扫荡天下、所向无敌之势。他脑袋一晃，唰，辫子顺溜溜盘绕在头顶，这时他心里拱起一股暖乎乎的美劲儿，但冷静下来之后，又觉得这美劲儿里头，还是混着一些模模糊糊、说不清楚的不安。是啊，世上的事不知道的总比知道的多，想象的总比实在的容易得多。走着瞧吧！

## 第七回　广来洋货店的掌柜杨殿起

人像蜜蜂，哪儿开花往哪儿飞。

您点儿高时，乱哄哄一大团围住您，没法分清；可是等到您点儿低的时候，真假远近，可就立时看得一清二楚。天津卫有句俗话，叫作：倒霉认朋友。

这几个月，落魄的玻璃花算尝到了倒霉的滋味。没人理他，也没人怕他。一个人，就是一股子精气神。像他这类人，没人怕，一切全完。他没胆子在估衣街上露面了，那里的威风、便宜、势头、气候，连侯家后大小店铺以及姑娘班子里的油水，一概都叫死崔霸去。他后悔，当年他势头最硬时，没借着死崔打坏自己一只眼，把他废了。现在干瞪眼、生气，也没辙。谁叫自己栽给傻二？怨谁，怨天怨地，不如怨自己。往往坏事的根由还是自己。

他不敢再去找人帮忙。戴奎一、王砍天、柳梆子，全弄得身败名裂。他指望索天响打败傻二，谁想到这祖师爷竟是唬牌的。索天响挨了一辫子，露了馅，回去后，家里边差点叫徒弟们端了。傻二"神鞭"的威名便加倍叫响。人们一谈起"神鞭"，自然扯到玻璃花。就是他在皇会上一闹，才惹出这条"神鞭"，要不傻二今天还在卖炸豆腐，埋没着呢！因此无论谁说神鞭，还都得从他那天"四脚朝天"的大跟斗说起。愈是把神鞭说神了，就愈得把他玻璃花说得惨些。他还能牛气起来？只有甘心当小狗子。

有一天，他没钱花了，就来到东北城角三义庙左近的展家，敲门后，找飞来凤借钱。胡妈出来拿一包碎银子，说是二奶奶给他的。他觉得这样有点像打发要饭的，又一想自己当下还不如要饭的呢，便接过银包，对胡妈说："告诉你家二奶奶，钱花完了，还来找她。"他用这些银子混了二十天，花完了，真的又来敲后门，胡妈出来告诉他：大奶奶把二奶奶锁起来了。他不信，以为飞来凤不理他，便隔着那堵磨砖对缝的高墙，往里边扔砖头，把院子里的金鱼缸砸碎了，引出展家几个男仆要抓他，吓得他一口气跑到海河边，在盐坨里藏了一天一夜，饿了就抓点盐末子往嘴上抹抹。第二天清早才爬出来，刚走到宫北，忽听有人叫"三爷"。他心里一惊，因为这几个月没听人叫他"三爷"了。扭头瞧，原来是广来洋货店的掌柜杨殿起。

杨殿起专门倒腾洋货，卖美国斜纹布、英国麻布、日本的T字布和绉纱。各国的瓷器、金属器、纸张、烟卷、针线等等小商品也够齐全。这几年，喜好洋货的人渐渐多起来，有人见洋货得使，有人买个新鲜，有人拿洋货为荣，这就使他的买卖愈做愈赚钱。他还带手收罗土产的红枣、黄麻、驼毛、花生、蚕茧、草帽辫、牛皮羊毛以及骨角等等，卖给洋人运出海去，得利也不少。那年头，没有进出口一说，实际上进出口全都叫他包了，做的是来回都赚钱的买卖。这人细高挑儿，小白脸儿，目光锐利，精明外露，脑子快得很。他在紫竹林里结识不少洋人，能说几种洋话，家里有的、摆的、拿的、吃的，净是稀奇好玩的洋玩意儿，叫洋货迷们看了眼馋。有时他还陪着蓝眼睛、红胡子、金头发、白手套的洋人们在城里城外逛一逛，比洋人更不把中国人放在眼里。那时，攀上洋人算一种荣耀。站在洋人堆里，自己也觉得比中国人高一截儿。别看玻璃花喜欢洋货，在杨殿起看来不过是个土鳖。不过，杨殿起来船运货，必须同玻璃花这类人打交道。玻璃花也弄点古董玩器，来和杨殿起换些新鲜洋货，这样一来二去，两下就算很熟了。

杨殿起把玻璃花请到后屋，茶水点心照应，一口一个"三爷"，却绝口不谈玻璃花当下的处境。

玻璃花心想：自己的事，有耳朵不聋就能知道，多半这小子刚打外边做生意回来，还没听到自己的事，不然不会这么待承他。买卖人无论看货看人，都瞧行情。但如果姓杨的真不知道，就该唬着他。

"三爷新近又弄到嘛好玩意儿？"杨殿起问。

"好玩意儿倒是常有。估衣街上那些老板掌柜的，哪个弄到新鲜东西不孝敬我？"玻璃花说。

杨殿起粉白的脸上浮现一丝嘲笑，才出现又消失了。他接着问：

"有嘛，拿一件瞧瞧。"

玻璃花忽然想到飞来凤送给他的那块怀表在身上，便掏出来往桌上一撂，说："瞧吧！"那神气，好像还有十块八块。

杨殿起根本没伸手去摸，只用一种不以为然的眼神扫一下，起身从柜子里取出一个鸡心样的洋缎面的小匣子，也放在桌上：

"你瞧瞧我这块，打开——"

玻璃花也想装得吃过见过，不去动，但心里痒痒，止不住动手打开匣子，里边平放着一块辉煌锃亮、式样新奇的大怀表，个儿大，又讲究。自己那块表摆在旁边，就像不入品的小乡甲站在人家一品中堂身边一样。杨殿起从匣里拿起表来，用手指轻轻一推表壳上小小的金把儿，里边居然发出比胡琴还好听的悦耳之声。玻璃花看得那只花眼珠都冒出光来。杨殿起对他说：

"这比你那块画珐琅的怎样？三爷，你听了别生气，你那块是平平常常的洋货，我这块在洋货里才是上等的。这叫'推把带问'。瞧！镂金乌银壳，打点打刻不打分，一个钟点打四次，每刻一次。你要是想问几点，不用看，一推这把儿，响儿下，就是几点。”

杨殿起说着又推一下小金把儿，叮叮当当打了八下，墙上的挂钟的时针正指在“Ⅷ”字上。

“里边好像有个人儿。”玻璃花情不自禁叫起来。

“比人报得还准！人还有遗忘的时候呢。”杨殿起笑道。

“嘛价儿？”玻璃花问。

杨殿起说：“这是压箱底的宝贝，哪能卖呢？”说着把表收在匣里。匣子却摆在玻璃花面前。

玻璃花忍不住总去瞅，一瞅心里就像有个小挠子，挠他的心。他瞟了杨殿起一眼，忽然说道：

“你他妈别来这套，不想出手你给我看？你箱子里绝不止这块表，还不是装满了洋货！”

杨殿起笑而不答，好似默认了，跟着把话扯到另一件事上去：

“您那两个小铜炉还在手里吗？”

于是两人斗起法来。杨殿起一边贬他的铜炉是宣德炉，年份太浅，一边还追着要。这铜炉原是北大关落子馆唱莲花落的一斗金孝敬他的。他曾经拿这炉子，打算和杨殿起换一副玳瑁架的洋茶镜，没有成交，这次又嚼了半天舌头，还是没谈妥。杨殿起掏出一个洋指甲剪子，嘎嘎剪指甲，玻璃花头次见到这稀奇玩意儿，看得入了迷，再也沉不住气了，说拿自己两个铜炉加上飞来凤给他的珐琅表，换一块“推把带问”的怀表，外加这把指甲剪子。杨殿起觉得很合适了，但仍不吐口，非要玻璃花把铜炉拿来细看一看再说。

“我那两个炉子存在一个小混混家，今晚我去取，明早给你送来。”

“那好。明早我正要你跟我走一趟。”杨殿起说。

“哪儿？”

“紫竹林。”

“干嘛去？”玻璃花一怔。紫竹林是洋人的租界，那时候，一般人都怕去租界地。杨殿起笑了。

“瞧你，喜欢洋货，却怕洋人。我不告诉你，但准有你的好处。”

玻璃花脖梗一歪说：

“三爷怕过谁？好处不好处，咱爷们儿不在乎，你得说明白，嘛事？”

“有位洋大人要会会神鞭。你不是跟他交过手吗？洋大人请你去说说，神鞭那小子有嘛绝活，这还不容易？你就近还可以逛逛洋场。”

玻璃花一听这话才明白,原来杨殿起早就知道自己的景况。他没给自己白眼,是因为有求于自己。准是洋人给他什么好处,他才为洋人找自己的。好小子!想白使唤人,没那样便宜事!他就故意说自己明天有事去不成,想挤杨殿起现在就拿出表来。杨殿起立刻明白玻璃花这点蠢念头,他换了一种教训人的口气说:

"你挺明白的人,怎么犯傻了?这洋大人是东洋武士,要找神鞭打一架。你琢磨,咱国货抵不上洋货,国术哪能抵得过洋术?这东洋武士要把神鞭撂倒,你三爷不是又精神起来了,这事情一半也是帮你的忙哪!难道你打算后半辈子就这样窝窝囊囊下去了?东西算嘛?都是身外之物,再说,我还能少你的?"

玻璃花一晃脑袋,登时明白过来,马上答应明天去紫竹林。他把桌上的点心全划拉到肚子里,起身走出洋货店,趁着肚里有食,胡混一天,天擦黑就去金钟桥边那个小混混家去要铜炉。他踢开门,掏出一把刀子在自己胳膊划一道,鲜血直淌。小混混以为玻璃花报复来的,"扑通"趴在地上直叩头,没想到玻璃花开口却是要铜炉。他当即拿出铜炉来,用纸包好,交给玻璃花。玻璃花见床上放着一顶崭新的珊瑚顶子的小帽翅,不知这小混混打哪抢来的,他顺手操起,扣在头上就走了。

## 第八回　出洋相

转天大早,玻璃花换上出会那天不中不洋的打扮,袍子外边特意套上飞来凤送给他的那件洋马褂,来到广来洋货店。杨殿起见了就笑道:

"袍子外边怎么还套上西服坎肩?哈哈哈哈,到洋人那儿去,哪能这种打扮,甭说你这套行头不伦不类,就是穿上地道的洋装,在洋人眼里也是中国人,洋人反而看不上。"

杨殿起的穿着是顶顶考究又华美的国服。横罗大褂、拷纱马褂、两道脸儿的银缎鞋,一码崭新,用料上等,做工更是精致讲究。腰带上坠着九大件:扳指儿啦,怀表啦,笔筒啦,眼镜啦,胡梳啦,鼻烟壶啦……一概装在镶金嵌银的绣花套子里,下边垂着八宝流苏,一走三摆,手里还拿一把香妃竹的绢面扇,上边有字有画。

"好啊,铃铛寿星全挂齐啦!"玻璃花叫道,"八大家的老爷们儿也不过这一身吧!"

杨殿起笑一笑,没吭声。

玻璃花觉得自己跟人家一比，就露穷相了。这要在过去，他准得开口向杨殿起借身行装，现在不知为嘛，舌尖嘴皮都不硬气。他一面脱去洋马褂，一面把纸包的铜炉交给杨殿起。杨殿起打开一看，就说："呀，那天我在灯下没看清楚，一直以为是宣德炉，谁知竟是假宣德，你瞧这锈，都是浮锈，纯粹是做出来的；再看底上的字儿，多赖！算了算了，带去当作见面礼送给洋大人吧！"说着交给同去的小伙计。

"你他妈别拿它借花献佛，我没钱时，还指着它当点钱花呢！"玻璃花说。

"你堂堂三爷，干嘛说话露这种穷气。我嘛时候叫你流过血？和你交朋友，就得认赔！你凭良心说，是不？"

杨殿起说着笑着，两人一同穿过二道街，来到河边，那里早停着一辆大胶皮轮子的东洋马车。两人钻进四面透亮玻璃车篷，伙计登上车尾的踏板上，车夫"当——叮"一踩罐子样的大铜车铃，车子直上新修官道，唰唰地奔往东边的紫竹林租界。

玻璃花几年没进紫竹林，隔着玻璃窗子认出道边的江苏会馆、风神庙、高丽馆，以及邢家木场堆成大山小山似的蒿秆木板，溜米厂晾晒的东一片西一片的白花花的小站米，都是老样子。可是一进马家口，满认不得了。洋房、洋行、洋人，比先前多许多。各种各样的洋楼都是新盖的，铺子也是新开张的；那些尖的、圆的、斜的楼顶上插着的洋旗子，多出来好几种花样。还有一些树直花斜的园子，极是雅静；路面给带喷嘴的洒水车淋湿，像刚下过小雨，又压尘，又潮湿，男女老少的洋人，装束怪异，悠闲地溜达，活像洋片匣子里看的西洋景。玻璃花恍惚觉得自己留洋出海，到了洋人的世界中来。

杨殿起叫车夫停了车子。两人下车，伙计付了车费。没等玻璃花闹明白这里原先是哪条道，忽然一个东西飞来，又硬又重，"啪"地一下砸在他的腮帮上。他晕晕乎乎，还以为是谁扔来的砖头；前几天，在东门里就不明不白挨了一下，多亏歪了，砸在肩上。他捂着生疼的脸大骂：

"×你姥姥，都拿三爷不当人！"

"别乱骂，这是洋人的球。"杨殿起说着，拾起一个毛茸茸的球儿给玻璃花看，"瞧，这叫网球。"

只见左边一片绿草地上，一男一女两个洋人，中间隔着一道渔网似的东西。每个人手里都攥着一个短把儿的拍子，朝他咯咯笑，那男的愈笑愈厉害，索性躺在地上，笑得直打滚儿，一会儿肚子朝上，一会儿屁股朝上。那女的边笑边朝这边喊着洋话。杨殿起也朝他们喊洋话。

“你说的嘛？”玻璃花问。

“他们向你道歉，我说别客气。”

“客气？他打了三爷，就该赔罪！”

“您真不明事理。洋人能朝你笑，还道歉，就算很客气了。我看这两个洋人年轻，要是年岁大的，对你客气？不叫狗来轰你，就算你走运。”

“我他妈要是不客气呢？”

“叫白帽衙门的人碰见，起码关你三个月，还得挨揍，挨饿，外带罚银子。行了，三爷，别瞧您在天津城算一号，在这儿，随便一个洋人，就比咱知府大三品。这儿不是咱的地盘。咱平平安安，把东洋武士请去给您消消那口气，比嘛不强！”

玻璃花捏捏这又硬又软、挺稀罕的球儿，说道：

“行，三爷不跟他生气。但也不能白挨这一下，这洋球归我啦！”

他扭身刚要走，那女洋人穿着白纱长裙，像个大蝴蝶，跑上来两步，喊几句洋话。杨殿起叫玻璃花把球扔给她，少惹麻烦，玻璃花心里窝囊，也没辙，发泄似的把球狠狠扔过去，口中骂道：

“拿彩球往你三爷头上砸，三爷也不要你这臭娘儿们！”

那边两个洋人都不懂中国话，反而笑嘻嘻一齐朝他喊了一句洋话。玻璃花问杨殿起：

“他们说嘛？三块肉？是不是骂我瘦？”

杨殿起笑着说：

“这是英国话，说是‘谢谢’的意思。这两个洋人对你可是大大例外了。我来租界不下一百次，也没见过这么客气的！”

嘻嘻，玻璃花心里的怒气全没了。

没走多远，杨殿起引他走进一座洋人宅院。头缠青布的黑脸印度仆人进去报过信，他们便登上摆满鲜花的高台阶，见到一个名叫“北蛤蟆”（实际叫“贝哈姆”，是玻璃花听了谐音）的洋人，秃脑袋，黄胡子，挺着松松软软的大肚子。人挺和气，总笑，还是哈哈大笑，好像觉得一切都很好玩。此外，还有两个上了岁数、身上散香气的洋女人，眼珠蓝得像猫，腰细得像葫芦，仿佛一碰就折。玻璃花头次在洋人家做客，真有点蒙头转向。特别是处处洋货：洋房、洋窗、洋桌、洋椅、洋灯、洋书、洋画、洋蜡、洋酒、洋烟和种种古怪有趣的洋零碎，叫他眼睛花得嘛也看不清楚，而且一半连名字也叫不上来。连养的一只长毛的花花大洋狗也隔路，趴在地上看不出哪儿是脑袋。以前，弄点洋货，好比大海捞针，这次算是掉进“洋”海里了。

杨殿起和北蛤蟆去到另一间屋，不知干嘛，甩下玻璃花一人。他正好得机会把这些洋玩意儿细心瞅一瞅，否则就白来了。他一眼先瞧见桌上有个黄铜小炮，心想多半是个小摆设，好奇地一按炮上的小钮，“咔”一下，从炮口射出一个东西，掉在地上，吓他一跳，再看原来是根洋烟卷。他把洋烟卷拾起来，却怎么也塞不回去了。他以为自己把这东西弄坏了，便将烟卷揉碎，偷偷掖在坐垫下边。他老实地坐了一会儿，不见人来，斜眼又见手边有个倒扣着的小银碗，上边有柄，柄上刻着两个光屁股的女人。他轻轻一拿，只听“叮叮叮”响，原来是铃铛。应声就有一个大胡子的印度人跑进来，瞪圆眼睛对他说话，他不懂，以为人家骂他，可这大胡子立即端来一杯又黑又浓又甜又苦的热水。

他不通洋话，吃亏不小。杨殿起和北蛤蟆有说有笑，说来道去。那北蛤蟆对杨殿起腰上拴的九大件感兴趣，从进门到出门，不断地摸摸这个，捏捏那个，不住地怪声呼叫，还拉来那两个女人看，好像见到什么宝贝。他坐在一旁，不知做什么，又不懂得洋人礼节，只好随着杨殿起去做去笑，人家点头他点头，人家摇头他摇头。一举一动都学人家，可活活累死人。后来北蛤蟆似乎对他发生了兴趣，总对他笑。到底是喜欢他，还是他脸上蹭了黑？弄不明白。一直到他与杨殿起告别时，北蛤蟆连说几声“白白”，又看着他，拍着自己的秃脑壳狂笑不止。

杨殿起进紫竹林，就像回老家，东串西串，熟得很，也神气得很。他叫玻璃花在一个尖顶教堂门前稍稍等等，自己进去一阵子才出来，然后带他往左边拐两个弯，再往右拐三个弯儿，走进一家日本洋行。这儿从院子到走廊都堆着成包成捆的中国药材、皮货、猪鬃、棉花之类。打这些冒着各种气味的货物中间穿过，在一间又低矮又宽敞的屋子里，与洋行老板喝茶。杨殿起换了一口日本话与老板谈了一会儿，老板起身拉开日本式的隔扇门，只见当院一张竹榻上，盘腿坐着一个穿长衫的日本人，垂头合目，似睡非睡，倒挺像庙里的老和尚打坐。

洋老板会说中国话。他告诉玻璃花，这就是东洋武士佐藤秀郎先生。跟着，洋老板朝佐藤咕咕嘎嘎喊了几句日本话。

佐藤把他谢了顶的脑袋一抬，露出一张短脸；眼儿一睁，一双藏在眉棱子下边的鹰眼，灼灼冒光。他双臂一振，像只大鸟，款款跳下竹榻，立在地上，原来是个矮子，矮身短腿，胳膊奇长，评书上说刘备“两手过膝”，原来世上真有这样的人。这家伙阴森森，真有点吓人。

洋老板叫玻璃花讲讲神鞭的能耐，玻璃花虽与神鞭交过手，又亲眼见过神鞭大败戴奎一、索天响等人的情景，但至今他也没弄明白那辫子怎么来怎么去，一闭眼只觉得晃来晃去，有如一条蛇影。此时，他为了在洋人面前表示自己是有用之人，便把那神鞭真真假假、云山雾罩地白话一通，真说得比孙猴子的金箍棒还厉害。

没料到，东洋武士听得上了火。他叫人拿来一条赶大车的马鞭，交给玻璃花，叫玻璃花抽他。玻璃花哪敢。

洋老板说：

“佐藤先生叫你抽，你自管用劲抽。”

杨殿起也说：

“东洋武士瞧不起没能耐的，你不抽我抽。”

玻璃花心想，三爷不抽你是客气，打便宜人谁不会。他挽起袖口，抡起鞭子死命朝佐藤抽去。“啪”一响，并没抽上佐藤，鞭梢好像挂在什么地方了，抬头看看，头上无树，也没有别的东西缠绕，再一瞧，原来是给佐藤抓在手里。玻璃花吃惊地叫出声来：

“这——”

佐藤已撒开鞭梢，叫他再抽。他一鞭鞭，上下左右地，一鞭比一鞭狠。但每一下都给佐藤抓住，出手之快，看也看不清。玻璃花把鞭子扔在地上，抱拳说：

“佩服，佩服，佐爷！我没见过这种本事。”

杨殿起笑道：

“你就知道洋货好。洋人不强，洋货能强？”

老板把这些话翻译给佐藤，佐藤脸上毫无得意之色，大声喊来四条身材矮粗的日本汉子，看上去个个结实蛮勇，一人手里一条长鞭。四人站四角，挥鞭抽打佐藤，佐藤左腾右跃，鞭子渐渐加快，佐藤的身子化成一条鬼影也似，分不出头脚，却没有一鞭沾上他。只听得鞭子在空气里挟带劲风的飒飒声。玻璃花看得发晕，一只眼显然更不够使的了。

忽然，鞭影中发出佐藤一声怪叫，佐藤就像大鸟从中闪电般地蹿出来一样转眼间落在竹榻上。四条日本汉子傻站在那里，鞭子挥不动，原来四条鞭子的鞭梢竟给佐藤挽个扣儿，扎结在一起了。

杨殿起大声叫好称绝。玻璃花连“好”都喊不出来，为了表示自己不是外行，他琢磨一下，对佐藤说：

“佐爷，原来您练的是专门抓小辫！”

佐藤秀郎不答话，神气却傲然，好似天下所有人的辫子都能叫他抓在手里。玻璃花真算不白来，大开眼界，由此便知，天底下，练嘛功夫的人都有，指嘛吃饭的也有。当下,佐藤拜托玻璃花,送一张战表给神鞭傻二,约定三日后在东门外娘娘宫前的阔地上比武,到时候不到人就算认输。玻璃花见有这样的后戳,胆气壮起来,答应把战表交到傻巴手心里,把话捎到那傻巴的耳朵眼里。随后,杨殿起又用日本话同老板佐藤说了一小会儿,玻璃花插不上嘴,有些气,心想杨殿起这小子不是有话背着自己,便是有意向自己炫耀通洋语。分手时,玻璃花为了表示自己不是土鳖,就把刚才从北蛤蟆那里听来的两个字儿的洋话说出来:

"白——白!"

这一来,反弄得日本人大笑。

在返回城去的马车里,玻璃花问杨殿起,洋人为嘛总笑自己。杨殿起说:

"三爷不知,洋人和咱中国人习俗大不相同,有些地方正好相背。比如,中国人好剃头,洋人好刮脸;中国人写字从右向左,洋人从左向右;中国书是竖行,洋人是横排;中国人罗盘叫'定南针',洋人叫'指北针';中国人好留长指甲,洋人好剪短指甲;中国人走路先男后女,洋人走路先女后男;中国人见亲友以戴帽为礼,洋人就以脱帽为礼;中国人吃饭先菜后汤,洋人吃饭先汤后菜;中国人的鞋头高跟浅,洋人的鞋头浅跟高;中国人茶碗的盖儿在上边,洋人茶碗盖儿在下边。你刚才在贝哈姆先生家把碟子当碗盖,盖在茶碗上,人家当然笑话你了。"

杨殿起说这些话时,有一股精神从小白脸儿直往外冒。

"你敢情真有点见识!"玻璃花感到自愧不如。可是他盯了杨殿起的脸看了两眼,忽然说道:"我明白了——你小子原来两边唬——拿中国东西唬洋人,再拿洋货唬中国人。今儿你腰上拴这些铃铛寿星,就是为了唬北蛤蟆的。对不对?哎,我那两个铜炉子呢?"

杨殿起没说话,从怀里摸出两样东西给他。一样是指甲剪子,一样是块亮闪闪的金表,正是昨天见到的那种"推把带问"的。但不是昨天镂金乌银壳那块,而是亮光光、没有做工的镀金壳,显然是杨殿起刚从洋人手里弄来的。

"你小子,拿我那两个铜炉子换了几块表?"玻璃花问。

杨殿起看他一眼说:"你不要就别攥在手里,拿来!我把那两个假宣德还你。你知道我往里搭进多少东西?一大挂五铢钱,还有一盒子血浸铜浸的玉件!"

"好小子,反正真假都由着你说。你和北蛤蟆跑那屋捣嘛鬼,我也不知道。

认倒霉吧！”玻璃花推了一下表把，放在耳边，美滋滋地听一听，随即把表揣在怀里，链卡子别在胸前。

“你可还得给我再搜罗些铜佛、掸瓶、字画什么的。我——还有些好玩意儿，你见也没见过呢！”杨殿起说。

玻璃花身子随着车厢的摆动，眼瞅着在胸口上晃来晃去的金表链，听着杨殿起的话，忽然精神抖擞起来：

“等东洋武士打赢，三爷我翻过把来，咱他妈就大折腾折腾！”

## 第九回　佐爷的本事是抓辫子

四名长衣短裤的日本汉子在娘娘宫前的阔地上，用刀尖画个大国，场子就打出来。不管人多挤，谁的脚尖也不敢过线。

这儿，除去山门对面的戏台不准上人，四边的楼顶、墙沿、烟囱，能站人的地方都站满了人。还有些人爬到过街楼“张仙阁”，推开窗子往下瞧。只见东洋武士佐藤秀郎和神鞭傻二面对面站着。东洋武士浑身全黑，短身长臂，鼠面鹰目，那样子非妖即怪。傻二还是宽宽松松一件蓝布大褂，辫子好像特意用蓖麻油梳过，上松下紧，辫梢夹进红丝线头绳，漂漂亮亮盘在顶上。人们都盯着他这神乎其神的辫子，巴望亲眼看见他显露神功。

东洋武士一抬手，玻璃花捧上一根碗口粗、四尺长、上平下尖的木桩子。东洋武士接过木桩，尖儿朝地，拿拳当锤，哐、哐、哐、哐，硬往下砸，眼见木桩一寸一寸往地下扎。这一出手就把人们看呆了。玻璃花高兴得又喊又叫。

玻璃花纯粹傻蛋一个。前三天说好，今天比武，日本洋行的老板不来，这边全靠杨殿起和玻璃花照应。杨殿起还得当翻译。偏巧昨晚杨殿起说铺子里有急事，坐船去了宁河的东丰台。玻璃花哪知道杨殿起由于天津人自打咸丰九年望海楼那桩教案，仇洋的情绪好比涨满的河水，使点劲就会溢出来，他怕招惹众怒，耍个滑儿躲开了。玻璃花竟然挺美，他以为杨殿起不在，日本人又不懂中国话，他想怎么说就怎么说了：

“傻二，瞧！今儿东洋的哥们儿，替三爷我拔创来了。怎么样？三爷的路子野不野？今儿叫你小子明白明白，是洋大人神，还是你那狗尾巴神。看谁还敢骑着三爷的脖梗子拉屎！谁他妈恶心过三爷的，今儿东洋哥们儿就替三爷出气！哎，傻巴，你怔着干嘛？”

傻二确是有点发怔。

大前天，有人把战表包块砖头扔进他家院子，他就怵头。为嘛？说也说不明白。反正那时候中国人怵洋人，谁也不知道为了嘛。有原因就有办法，没原因就没办法。直到昨天后晌，他还犹犹豫豫，依然没有回表应战。这当儿有人敲门，他坐在屋里没开门，转眼却见一个人站在跟前，就是一阵风刮进来，也没这么快。这人身材瘦小，鼻子奇大，单看目光透澈的双眼，就知有修行深厚的功夫在身。没等他开口，这人纵身往后一跃，竟然毫无声息地贴在墙上，两脚离地三四尺，原来他左手的无名指勾在墙壁的钉子上，凭借这一指之力自由自在地悬起整个身体，就像蜻蜓落在上边一样，这功夫可是天下少见的。这人笑嘻嘻对他说：

"我看你的神气不对。哥们儿，难道你怵洋人？那你还算不上一条好样的汉子。洋人不过眼珠、头发、皮肤的颜色和咱不同，说话两样，至于其他嘛——喜怒哀乐，行止坐卧，吃喝拉撒睡，还不都和咱一样？他们吃饱不打嗝儿，受凉不打喷嚏，睡觉不打呼噜吗？要说能耐，各有各的长处，要说比武打架，非压他们一头不可。哥儿们，论功夫，你在我之上。可是我都不把洋人当回事，你呢？咱初次见面，总不能叫我把你看尿了吧！尿给谁，也不该尿给洋人！洋人的武功再格色，总离不开手眼身法步，你只要留神他用嘛法子，破法拆招，保你打赢。何况你还多一条辫子呢……哎，兄弟，你给我把扇子，这天跟下火差不多。"

傻二转身拿扇子，边问：

"师傅尊姓大名？"

"鼻子——李。"

只听这三个字，回身已然不见墙上那人。头两字"鼻子——"声音还是在那面墙上，最后一个"李"字，已经是从门外边传进来的。

原来此人竟是赫赫有名的鼻子李。轻功盖世，名不虚传。人家既然如此看重自己，胆气也就足了。至于人家说功夫在自己之下，也并非一般客套话。像这种有真本事的人，总爱把自己藏在别人的后边；没真本事的人才总往前蹿，生怕丢掉自己。怕人忘掉是最悲惨的事——这是题外的话了。

且说这时，东洋武士已经把木桩子砸进地里一尺半，地面上露二尺半，他双臂一展，落在木桩上，像只老鹰落在旗杆顶上。他并不进攻，而是朝傻二比画两下，叫傻二进招。傻二想到鼻子李嘱咐他的话，用心琢磨对方的招法，悟到东洋武士身材矮小，够不上自己的发辫，故此先立个木桩，站在桩上，居高临下，逮机会好捉自己的辫子。傻二看破对方招数，也就马上有了对策，他纵身贴前，拳掌并用，就是不动辫子。东洋武士手法极快，把他的来拳来掌，一一抵住，而那双鹰眼始终死盯着他头上的发辫。傻二主意拿定，不到紧要关口，绝不使唤神鞭。东洋武士也看透了他的用意，故意卖个破绽，待傻二贴前，猛出双掌，快若迅雷疾电，傻二赶忙招架，两双胳膊顿时绞在一起，傻二的左腕被拨在中间，只要对方发力，就可能被拨断。使辫子！他刚一动念，辫子已经抽在东洋武士的脸上，这一下，打得东洋武士立即松开双臂，身子一晃，险些掉下木桩，但傻二这一辫子打出去，似乎感觉辫梢碰到什么，这是东洋武士的手！他立即明白东洋武士今天憋足劲是来捉自己的辫子的，挨了打也没忘了抓他的辫子。他变个招数，不用横抽，而是如蛇出洞，寻到空隙直戳出去。软软一条辫子，使得像铁杆扎枪，刚猛异常。玻璃花在一旁叫道："佐爷！小心辫梢扫眼睛！"东洋武士不懂中国话，怔了一下，就给傻二的辫梢飞快地戳上眼睛，不等他睁开眼睛，傻二抡起辫子就抽，"啪"声如霹雷，打得东洋武士在木桩上转了两圈，若不是脚下有根，早跟土地爷热乎去了。

这两下把东洋武士打糊涂了，他闹不清辫子的来龙去脉，甚至不知这辫子究竟在哪儿。可是他忽然见傻二的辫子一甩，像棍子一样横在自己眼前，东洋武士见这机会绝好，出手抓辫，指尖将将沾上辫子，这辫子又变成链条在他手腕唰地缠了两道。跟着傻二来个"狮子摆头"，硬把东洋武士从木桩上甩起来，同时一拳打在东洋武士胸口上。这一拳为了不叫东洋武士借机抓他辫子，因而运足气力，锐不可当，直把东洋武士晕头转向地扔在对面的戏台上去。就这一瞬，傻二已然站在那木桩上，神鞭乌光光又松松地绕在肩上，双手倒背，神气十足，好像站在那儿看戏。

在众人叫好和哄笑中，东洋武士就像名丑刘赶三，傻乎乎立在戏台上。不知谁大喊一声："打他妈洋毛子呀！"跟着一大群人跳进场子和四个日本汉子打成一团。看热闹的人见闹事了，有的往南跑，有的往北跑，反而挤成大瞎团。一时拳飞棒舞，不知谁揍谁。死崔忽然带着一帮小混混，冲进人群，围住玻璃花，一把将他胸前的金表夺去，跟着混混们手舞斧把、竹竿、门闩，把玻璃花打得杀猪一般嚎叫，一直把嗓子喊劈了，出不来声音。

## 第十回　它本是祖宗的精血

傻二鞭打东洋武士，不单威震津门，也落得美名四扬。本地乡绅送来厚礼和钱帖，才子们送来条幅对联，还有梅振瀛写的两对大漆描金的横匾。一块是"张我国威"，一块就是这"神鞭"二字，尤其这"神鞭"写得尤见气势。"鞭"字最后一捺甩出来，真像傻二的辫子一甩那股劲——又洒脱又豪猛。可惜他房小屋低，没处悬挂。本地的山西、闽粤两家会馆就召集买卖人募捐银钱，张罗泥工瓦匠，给他翻盖房屋。因为他这一鞭，压住了洋人的威风，也压住了洋货如潮、猛不可当的势头。一连多少天，卖国货的铺子盈利眼看着往上增。故此，无论傻二怎样推却，也推不掉众人这份盛情。紧接着，就有更多好武少年求他开山收徒，传授神功。他祖辈的规矩非子不能传。但不知谁在外边嚷嚷，说他大开门庭，广收弟子。每天叩门拜师的人很多，杂七杂八，嘛样都有。有的脑袋后边的辫子不比老鼠尾巴长多少，毫不自量，也要学辫子功。有一天，来一个黑脸的胖大汉子，辫子比棒槌粗，长得几乎挨地，竟然比傻二的神鞭还长。傻二愈看愈不对，上去一抓，掉下来一多半，原来掺了假发！傻二没工夫和这些人胡缠，便关上门，门板上贴张黄纸，写明不收徒弟。可外边照样有人自称是他的嫡传弟子。大仪门口的益美丰当铺迎面墙上，挂出一条大辫子，说是当年"傻二爷"送的。下边贴张红纸，写着"神鞭在此，百无禁忌"八个大字，引得不少人去观看，说真说假，议论不已。后来各买卖铺一窝蜂都挂出辫子来，也就没人再论真假了。

市面上闹得这样厉害，傻二是凡人，凡人不能免俗，难免得意扬扬，迷迷糊糊像驾了云。他想自己出人头地，穿着打扮都得合乎身份，便在人家送来的礼品中，择了一套像样的袍褂，刚要试穿，忽听门外传来拨动椽头的声音，知道这是担挑儿剃头刮脸的王老六。自己也正该把辫子精心梳洗整理一番，便开门把王老六招呼进来。

王老六是宝坻县人，本领出众。据说他当年在老家学艺时，师傅叫他抱着挂霜的老冬瓜剃，只准剃去瓜皮上的一层白霜，不准划破瓜皮。老冬瓜都长得坑坑洼洼，练过这一手才算真本事。王老六在西头一带，走街串巷二十多年，没听人说他划破过谁的头皮。可他今儿有点反常，不一会儿已经在傻二的头上划破五条口子，每划破一道口，就赶紧用胰子沫堵住，不叫血出来，杀得头皮好疼。傻二抬眼见王老六握剃刀的手直抖，便问：

"你怎么啦？"

这话问得直。王老六以为傻二看出自己心里的鬼来，扑腾跪在地上，浑身都抖起来，声音都发抖：

"您饶了我吧，傻二爷！"

傻二摸不着头脑，但觉得事情里边有事，往深处一追，王老六招出。原来玻璃花和杨殿起把他找去，说洋人要花一百两银子买傻二头上的辫子。他们先给王老六十两，待王老六割下辫子，再把赏银补齐。王老六一时贪财应了这事，临到动手心里又怕起来。王老六说到这儿，把头磕得山响，掉着泪说：

“不管您打我骂我，还是饶了我，从今儿我都再不在天津卫担挑剃头了。我白活了六十岁，什么发财的机会没碰上过，如今百十两银子就把我买了。别看我岁数大，到老不做人事，也不算人！”

这事叫傻二听了吃惊不小。

他好言把这财迷转向的老东西安慰一番，打发走后，西城的金子仙来访。这位金先生在各大南纸局挂举单，卖字画，自然一手好字好画，以画“八破”称名于世。这八破，即破碎的古瓶，虫咬的古书，霉烂的古帖，锈损的古佛，熏黑的古画，断残的古钱，磨穿的古砚和撕裂的古扇。他原先最爱吃傻二的炸豆腐，现在就自称是傻二的“老哥们儿”，常来串门。每来必送一幅字，都是用最考究的红珊瑚笺帛写的。

傻二把刚刚发生的事告诉金子仙，并说：

“我纳闷，他们割去我的辫子有嘛用？至多半年不又长出一条？”

金子仙慌忙说：“不，不，你快敲木头，这话不能说。这神鞭既是你父母的精血，又是国宝，焉能叫洋人弄去。”他沉一下，放缓口气说：“老哥们儿，虽说你神功盖世，要论您这人……我下边要说的话就有点愣了……”

“你有话干嘛留在肚里！”

“您——哩！您这人可算冥顽不灵。对外，看不明白世道；对己，看不明白……您这神鞭。”

傻二想一想，连连点头说：

“对、对、对！是这么回事。你怎么看，说说。”

金子仙的话题非同一般，神色也变得庄重起来，皱成干枣儿似的眉头上，还颇有些忧国忧民之意：

“如今这世道是国气大衰，民气大振，洋人的气焰却一天天往上冒。他们图谋着，先取我民脂民膏，再夺我江山社稷。偏偏咱们无知愚民，不辨洋人的奸诈，反倒崇尚洋人。就说市面上那些怪怪奇奇的洋货，都是海外洋人的弃物，愚民竟当作珍宝，怪哉！还有洋人的图画，徒有形貌，毫无神韵，更是无笔无墨，上无刘李马夏，下无四王吴恽，全然以媚俗取悦于人，愚民也好奇争买。有人瞧见，紫竹林一家商店摆着一件塑像，名号叫‘为哪死’（维纳斯），竟是赤身裸体的妇人！这岂不是要毁我民风，败我民气！洋人不过都是猫儿狗儿变的，能有多少好东西？民不知祖，就有丧国之危！老哥们儿，您再想想自己头上这辫子，哪来这样出神入化？您自己也说过，想到哪儿，辫子就到哪儿，想多大劲儿，辫子就多大劲儿。凡人岂有这样的能力？这本是祖先显灵，叫你振奋国威民志，所谓‘天降大任于斯人’！洋人想偷神鞭，意在夺我国民之精神！身上毛发，乃是祖先的精血凝成，一根不得损伤。您该视它为国宝，加倍爱惜才是。老哥们儿，我看您为人过于憨厚，凡事不计利害，怕您吃亏，才不管您爱不爱听，把话全扔出来！”

这一席话，已然使傻二听得浑身起鸡皮疙瘩。人们常说，神呀，仙呀，灵呀，魂儿呀，现在竟都在自己身上。他瞥一眼自己的辫子，仿佛弄不明白是嘛玩意儿了。好像脑袋后边拖着的不是辫子，而是整个大清江山，那么庄严，那么博大，那么沉重。但再寻思寻思，这事情确乎有点神。谁有这辫子，谁又听说过这样的辫子？一时，他有种当皇上那样的气吞山河之感。还有种感觉——那时没有“使命感”这个词儿——他就是这种自我感觉。他心想，既然自己的功夫不能外传，就该赶紧娶妻生子，否则便会打他这儿中断了祖辈传衍的神功，对不起祖宗。他见金子仙是个古板人，循规蹈矩，能信得过，便拜托金子仙帮他找个媳妇。金子仙家正好有个老闺女，就送过门来。这女人名叫金菊花，模样平常，人却勤恳诚实，对他的辫子真当作宝贝一样爱惜，三日一洗，一日一梳，为了安全，剃头的事都由她自己来做。梳洗好拿块蛋黄色绣金花的软绸巾包上；还专门缝个细绢套，睡觉时套上，怕压在身子下边挫伤了。逢到场面上的事该出头露面，她在这辫子每一节都插上一朵茉莉花，香气四溢，黑中缀白，煞是好看。这女人就一步不离地守在他身边，防备歹人意外偷袭，这样子极像四月初八城隍庙赛会上，各所看守古董玩器的童子。

## 第十一回　神鞭加神拳

光绪二十六年，有个歌儿唱彻天津城：

一片苦海望天津，
小神忙乱走风尘。
八千十万神兵起，
扫除洋人世界新。

这歌儿来得突然，事情来得更突然。天下闹起义和拳！

但如果您要在那时候活过，身子叫在教的二毛子们当驴骑，眼见过知府大人在洋人面前不如三孙子,您又不会觉得义和拳来得离奇突然。俗话这叫:事出有因嘛!

清明一过,直隶省遍地义和拳纷纷竖旗立坛。一入五月,文安、霸州、静海、丰润、青县、沧州、安次、固安等地团民,呼啦啦潮水般拥进天津卫,凭借着两丈高的城垣,与紫竹林的毛子们交上火。炮弹来回来去,像蝗虫一样飞。人都说义和拳能避洋枪洋炮,天津卫的哥们儿应声闹起来,把各个庙宇、祠堂、公馆、公所、学院,甚至大家宅院,全都占作坛口。镇守天津的总督裕制军弹压不住,换个笑脸,穿着朝衣补褂,方头靴子,向各路拳首三拜九叩行大礼。这一来,满街走的都是义和拳了。文官遇上下轿,武官碰上下马,叫这些平时仰头走路的大老爷们垂头丧气,小百姓们自然高兴。这时,像广来洋货店那样的字号,在"洋"字上边贴个"南"字,像玻璃花去紫竹林坐的那类东洋车,也改称作太平车。一切沾"洋"字都犯忌。信教的二毛子、三毛子、直眼们大都给团民们捉去。腿快的逃往租界。杨殿起虽然不在教,平时发了洋财,无人不知,他机灵得很,不等义和拳闹起来,便提早躲进紫竹林,后来"天下第一团"的首领张德成,用八十一条火牛往租界里一冲,他怕租界守不住,就随同贝哈姆的家眷坐轮船出海渡洋,从此不当中国人了。

这些日子,外边人都嚷嚷傻二去紫竹林拿神鞭打毛子,其实他一直待在家。他心里痒痒,想摆个坛口,但又犯嘀咕,不大相信义和拳真能闭住洋枪洋炮。金子仙更是不叫他和乱民掺和一起。他整天闷在屋里,并不死心。

五月十七日,傻二在家,听大街上有人叫喊,传告各家用红纸蒙严烟囱,不许动火吃荤,三更时向东南方供馒头五个、凉水一碗、铜钱五枚。义和拳大师兄要到紫竹林去拆洋人大炮上的螺丝钉,如果马到成功,洋毛子的炮弹就落不到城里来了。不一会儿,又有人喊叫,各家都用竿子挑起红灯一盏,红灯照仙姑今晚要降神火烧教堂。傻二将信将疑,叫金菊花照样做了,一天一夜,竟然真的没有洋人炮弹落下来;当晚城那边果然起了大火,冒起三柱粗粗的黑烟,夹着一闪一闪的大火星子,直把东半边天都烧红了,比正月十五放烟火盒子还要辉煌壮观。一打听,原来是西门内、镇署前、仓门口的三座洋教堂,给红灯照借来神火烧着了。

转天,傻二在家中无事,忽听有人敲门找他。开门进来一个穿团服的矮小老头儿,倒梨样的圆脸儿,腰间别着一根九孔小管,自称是傻二老乡——安次县廊坊西边香芦村人。他忙请老头儿屋里说话。他不认得这老头儿,老头儿却知道他。因为老头儿和傻二的爹同辈儿。

“你听说一个外号叫‘青头愣’的吗？”老头儿问他。

傻二想起，爹爹生前提到过此人，吹一口好笛，在村里的“吹歌会”领头。这会是纯粹的音乐会，红白喜事不吹，只在逢年过节演奏一番，讲求音调和味道。“青头愣”本姓刘，排行老四，由于头皮青得发蓝，乡人给他起了这个蚂蚱的绰号。傻二说：

“原来您是刘四叔呵！”

老头儿高兴得咧开嘴唇，直露出牙花，连连点头。这刘四说，早在乡间就听说天津卫出了一个“神鞭”，他猜到这是傻二爹，谁知这次到天津一打听，没料到傻二爹没了，但功夫已经传到傻二身上。傻二问刘四，怎么会猜到是他家。刘四说，天下还有谁会这独门奇功？跟着，他告诉傻二所不知道的事儿——

传说傻二的老祖宗，原先练一种问心拳，也是独家本领，原本传自佛门，都是脑袋上的功夫。但必须仿效和尚剃光头，为了交手时不叫对方抓住头发。可是清军入关后，男人必须留辫子，不留辫子就砍头。这一变革等于绝了傻二家的武艺。事情把人挤到那儿，有能耐就变，没能耐就完蛋。这就逼着傻二的老祖宗把功夫改用在辫子上，创出这独异奇绝的辫子功……

刘四啧啧赞赏地说：

“你祖辈有能耐，这一变，又是绝活！”

傻二好似一下子找到自己的根儿，心里十分快活，呼叫金菊花备些酒菜招待。刘四说，团有团规，不准吃荤、喝酒、逛窑子、诈钱财，违者挨一百杖，还要给赶出坛口。然后就问傻二身怀绝技，为什么待在家，不去竖一杆旗，上阵灭敌，光宗耀祖。他正色说：

“东洋武士都败在你手下，难道你还怕洋人？你匾上写着‘张我国威’，挂在这儿给谁看的？你要是把这辫子当作古玩，它可就成死的了。如今，大男儿不去为民除害，以身报国，等啥？我老汉乡下还扔着一大家子人呢！”

“您……今年高寿？”

“整整七十啦！”刘四说。但乡下人操心少，活动多，吃新米鲜菜，都显得年轻硬朗。

“这样高龄也上阵吗？”

“不上阵，我一百多里下卫来干啥？虽然舞不动铁枪钢刀，穷哥们儿杀毛子时，我也吹吹笛，鼓鼓劲儿呗！”

傻二心里一动，眉毛也一动，问道：

“刘四叔，我入你的团如何？”

金菊花一旁想要阻拦，却被傻二的目光逼得没敢张嘴。

刘四笑道：

"不瞒你说，今儿是义和拳的总头领曹福田老师叫我请你来的，当下就在近边的吕祖堂。说啥人不入团，请你去做老师！神鞭一到，团民立刻要精神十倍呢！"

傻二把搁在心里的话说出来：

"人都说义和拳都避枪炮，这话当真？"

刘四看他一眼，说：

"不假。你要看，就随我来！"

傻二把"神鞭"往头上一盘，对刘四说声："走！"就拉着刘四走出大门。

他们来到吕祖堂，这清静的庙宇如今大变模样。殿顶墙头插满牙边绣面的黄红团旗，就像戏台上武生后背插着的靠旗，好不威风！大殿前月台上，团民正操演排刀，殿前摆一条大香案，供着大大小小许多神牌。一尊水缸大的生铁炉子插着数百根线香，团团浓烟往上冒，直与那些旗子卷在一起。团民们齐刷刷站了一圈，四周还有不少百姓，观看团民拜神上法，表演过刀。这场面可是既奇特又神秘，傻二以前在乡间看过白莲教、红枪会铺坛，连气氛都很相像。

义和拳按八卦中的乾、坎、艮、震、巽、离、坤、兑，分八门，又分红黄白黑四色。曹团是乾字团，主黄，故团民一色黄包头，黄褡膊，黄裹腿。有的青蓝布衫外边罩一个金黄兜肚，镶滚紫边，当胸拿红布缝个"☰"，高矮胖瘦，老少豪秀，嘛样都有，却一概威风凛凛，神情庄重，若有神在。

一个年轻团民跳到月台中央。这小子圆胖小脸，肥嘟嘟小噘嘴，左眼下有块疤，嗓门又哑又尖，一口地道的天津话。他脚上穿一双白布孝鞋，十分刺眼，自称能求来孙猴子附体。他走到香案前对着神牌先叩三个头。这些木头做的神牌上，用墨笔写着神仙的姓名，却都是戏里的人物。有关羽、姜太公、诸葛亮、张天师、周仓、孙行者、黄天霸、黄三泰、窦尔墩、杨六郎、武松、秦叔宝等等。他叩过头，站在香案旁一位络腮胡须、个子高大的师兄，拿起一道符，口中念道：

快马一鞭，
几山老君，
一指天门开，
二指地门开，

要学武技请师傅来。

这穿孝鞋的圆脸团民也口念一咒语：

北六洞中铁布衫，
止住风火不能来，
天有天道，地有地道，
齐天大圣护我身，五雷刚。

念过后，闭上眼，浑身猛地一抖，好像有神附入体内，跟着陡然旋身疾转，手舞足蹈，每一动作都极像猴子。傻二看出这是“猴拳”的招式。大个子师兄问团民：“何人下山？”这团民尖声答道：“我乃悟空，刀枪不入也。不信就拿刀来试一试！”这声调与戏台上孙猴子的道白差不多。师兄操起一柄开了刃的九环大刀，朝这团民哗哗响举起来。这团民并不怕，拉开衣裤，一运气，肚子鼓得像扣上去的一个小盆儿。师兄一刀砍在肚子上，但听“咔”一响，居然皮肉不伤，刀刃砍过之处，只有一道白印，渐渐变红。这一来，团民越发神气，对师兄叫道：“你拿洋枪来，我也不怕！”师兄就从香案下取出一支洋枪。这洋枪里没上子弹，而是塞满掺了沙子的火药，抬起来，枪口对着团民。这场面可够惊心动魄，谁料这小子胆大包天，非但不避，反而把肚子凑近枪口，带着股刚烈气息，尖声叫得刺耳：“来呀，毛子们来呀！”只听轰一响，硝烟飞过，这小子毫无损伤！他像掸尘土那样，把打在肚皮上的沙子用手都拂下来。众人看得说不出话来。傻二心想，这团民用的是不是硬气功！即便如此，这也是顶上乘的功夫。他从未见过，也没听说过。因此对这附神上法也就信多疑少。哪知道，那时义和拳就是用这样的高手、稀世的绝招，鼓动士气，使人相信上阵能避枪炮、灭洋人，以此招徕团众。经过这叫人信服的操演，那些要去打洋人、却畏惧枪炮的哥们儿，就都嚷嚷着要入坛了。

这时，忽从五仙堂走出几个团首，簇拥着一个背披斗篷、腰悬大刀、气度非凡的黑瘦汉子。这汉子正是津门义和拳总头领曹福田。刘四忙引傻二登上月台去见曹老师。

曹老师是行伍出身，浑身带着干练精悍的劲头，见傻二就单手打个问心说：

“神鞭一到，不愁赶尽洋毛子！”

众人见是神鞭傻二来入坛，一齐欢呼起来，气氛很是热烈。

傻二说：

“曹老师为咱中国人雪耻，要率弟兄们去紫竹林与洋毛子一决雌雄，胆量气节，都叫我五体投地。”

曹老师说：

“哪儿的话！你的神鞭给我添了十倍的力量。就请您当众略施神功，壮我士气！”

傻二马上慨然答应，叫八名团民挥刀砍他，眨眼之间，啪啪数响，不及看清，那八柄腰刀早给横七竖八抽落在地。惊得众人一时无声，然后哄地同声喊起好来。

傻二这几辫抽出精神来，他对曹老师说：

“几时去紫竹林接仗，我愿同往！”

“今日后晌就去。我给您两队团民，由您带领。殷师弟——”曹老师扭头对刚才演排刀、穿孝鞋那个圆脸团民说，“你跟着去！”

“好！”殷师兄过来对傻二说，“只要您叫我上，迎着枪子儿也上，如有半点含糊，就是狗娘养的！”

傻二对他含笑点头。他已经深为这团民的豪气所感动。

“眼看晌午，我就不回家送信了，快快上阵。”傻二说到这儿，心想还是上法在身更牢靠些，便抱拳对曹老师拱拱手说，“愿借神威！”

曹老师当即拿出黄表朱墨，写了咒符一张给他，傻二接过来看，上边写着：

家住东海南，
日没昆仑山，
沙子赛冰凌，
闭炮不冒烟。

这四句咒语后边还画个“五雷正法”的符图。

他看了半天，似懂非懂，等他把这符咒折成三折，塞进辫根里，感到满脑袋的头发都发烫。似乎真有法力注入他的辫子里。他想：神鞭加神拳，毛子全玩完。心里有种纵入紫竹林，一扫洋人的渴望。

这时，曹老师已经派遣三名精壮团民到紫竹林去下战表。那战表上这样写着：

统带津、静、盐、庆义和神团曹，谨以大役布告六国使臣麾下：刻下神兵齐集，本当扫平疆界，玉石俱焚，无论贤愚，付之一炬，奈津郡人烟稠密，百姓何苦，受此涂炭。尔等自恃兵强，如不畏刃避剑，东有旷野，堪作战场，定准战期，雌雄立见，何必缩头隐颈，为苟全之计乎？殊不知破巢之下，可无完卵，神兵到处，一概不留，尔等六国十载雄风，一时丧尽，如愿开战，晌后相候。

晌午，傻二随同团民饱餐一顿百姓送来的得胜饼和绿豆汤，然后，列齐队伍，刀上贴了符纸，开拔上阵。兵分做二路，曹老师一路出东门直捣马家口，傻二一路出南门径取海光寺。临行时，曹老师赠给傻二一块缝着乾字图样的头巾。傻二掖在怀里没戴，而是故意把那四尺多长的神鞭乌光光顶在头上。

一时，城中人都说，这一下，傻二爷要把毛子们都赶到海里去，就势还要拿神鞭将紫竹林里的洋楼和电线杆全都抽倒。说到电线杆，因为那时百姓们都认为电线杆里藏着洋人的妖法。

## 第十二回　一个小小的洋枪子儿

地有准，天没准，说阴就阴。虽然没有倾盆瓢泼往下浇，空中飘起又细又密的雨毛毛，不一会儿，树皮草叶就湿乎乎冒光，地皮也发滑了。

刚刚，傻二带领团民与毛子们打了一场硬碰硬的交手战。毛子果然有隔路的招数，挺着枪刺只捅不扎，与咱中国人使唤扎枪的法子大不相同，傻二也使出拿手好戏，辫梢专抽毛子们的眼睛，只要毛子睁不开眼，团民上去挥刀就砍。毛子吃了大亏，忽然脱开肉搏，退到土岗子后边放一排枪。傻二头一次与毛子们交战，这洋枪子儿比戴奎一的泥球神得多，连声音都听不见，辫子自然也毫无举动，身后的团民却一个个倒下去。待他们冲上土岗子，毛子们连影儿也没了。傻二见倒在身边一个团民，胸口给洋枪子儿穿三个洞，鲜血直冒，心里犯起嘀咕，还有几个年少的团民看着发怔，似乎也对“刀枪不入”起了疑惑。那个穿孝鞋的殷师兄走过来说：

“这几个哥们儿功夫没练到家，请不到神仙附体，就顶不住洋枪子儿！”

话刚说这两句，忽然跑马场那边毛子们打起炮来。西瓜大的乌黑的弹丸，眼瞧着远远地飞过来，落在开洼地里，炸得泥水、土块、小树乱飞。殷师兄一点也不怕，对众团民叫道：

“站好啦，甭怕，怕鬼才被鬼吓着！等大炮咋呼完了，毛子们就该出窝啦！”

团民们都迎着又凉又湿的风站着，没一个躲藏。

这阵炮没伤着人。随后，在前边墨绿色的树丛后边竖起一杆小洋旗来，摇了两摇，小鼓咚咚响，毛子们出来了，前后三排，端着枪，踩着鼓点直挺挺走过来。团民们正待迎上去肉搏，毛子们忽然变化阵势，头排趴下，二排单腿跪下，三排原地站着。轰！轰！轰！三排枪。立即就有许多团民向前或向后栽倒。其余团民不明其故，仍旧站着不动，殷师兄尖声喊道：“趴下！趴下！”于是团民们和傻二都趴在泥地上。

毛子们换上子弹。轰！轰！轰！又是三排枪。

子弹贴着傻二他们的头和后脊梁骨飞去，压得他们抬不起头来。殷师兄就趴在傻二身边，他的头巾被打煳了一块，压得他必须把脸贴在泥地上，他嘴巴上蹭了一大块泥印子，气得他脸憋得通红，眼珠子直掉泪，奶奶娘地大骂，愈骂火愈旺，忽然跳起来，用那撕扯人心的尖嗓子大叫一声：“×他祖宗，我娘叫他们糟蹋，我把他们全×死！”就像疯了一样舞着宽面大刀冲上去。他那穿着白孝鞋的脚，几步就闯入敌阵中间。

应声的团民们立即全都蹿起来，迎着飞蝗一般洋枪子儿上，不管谁中弹倒下，还是不要命往前冲。傻二自然也不管身上有没有法了，夹在团众里，一直冲入毛子们阵中，挥刀舞辫，碰上就打。耳边听着哧哧枪子儿响，跟着还有一阵阵助阵的鼓乐声从身后传来。这乐曲好熟悉！是《鹅浪子》吧！它这悲壮的、尖啸的、凄厉的、一声高过一声的声音，好像带着尖，有形又无形，钻进耳朵，再使劲钻进心里，激起周身热血，催人冒死上前，叫人想哭、要怒，止不住去拼死！呀！这就是刘四叔那小管儿吹出来的吧！他来不及分辨，连生死都不分辨了。一路不知辫子已经抽倒了多少毛子。忽然轰一响，眼一黑，自己的身子仿佛是别人的，猛地扔出去，跟着连知觉也从身上飞开了。待他醒来，天色已暗，周围除去几声呱呱蛙叫，静得出奇，他糊里糊涂以为自己到了阴曹地府。再一看，原来是在一个水坑里，多亏这坑里水浅，屁股下边又垫着很厚的水草，鼻尖才没有沉到水面下边，不然早已憋死。他从水里站起来，身上腿上都没伤，肩膀给洋枪子削去一块肉，血染红了左半边褂子。

他爬上坑边一看，满地都是死人，有毛子，也有团民，衣服给小雨淋得颜色深了，伤口的血却被雨水冲淡，一片片浅红濡染尸体与草地。他忽然发现殷师兄和一个毛子死死抱在一起，一动不动卧在地上。他用手一掰，原来殷师兄的大刀扎在毛子的胸口里，毛子的枪刺捅进殷师兄的肚子，早都死了。在湿地上，那孝鞋白得分外刺眼。他四下把团民的尸体翻翻看，没发现一个有气儿的。不知为嘛，他急于离开这地方。

他辨明方向，往城池那边走。走不多远，忽见一个黄土台上，横躺竖卧一堆死人。细看竟是他老家来的吹歌会，已然全部捐了性命。牛皮大鼓被炸裂，木头鼓梆还冒着烟儿，地上扔着唢呐、笙、小钹、鼓槌。在这中间，斜躺着一个老头儿，头上的包布脱落，脑壳露在外边，给雨淋得像瓜似的，冒着幽蓝幽蓝的光。他手里紧紧攥着一根九孔小管，呀，正是刘四叔！他差点叫出声来。当他俯下腰给刘四合上眼皮时，心里一阵难受，并涌起一股火辣辣的劲儿来，头发根儿都发炸，他猛扬头，一甩辫子，要只身闯入紫竹林决死一拚，但他忽然感到脑袋上的劲儿不对，再一甩，还不对，辫子好像不在脑袋上，扭头看，还在后背上垂着，真怪！他把辫子拉到胸前一看，使他大惊失色，原来这神鞭竟叫洋枪子儿打断了，断楂烧焦起来，只连着不多几根。掖在辫子里边的黄表符纸也烧得剩下一小半。嘛？神鞭完啦？

啊！他蒙了，傻了，不知道是怎么回事。一时好似提不住气，一泡尿下来，裤裆全湿了。

天黑时，他才回去，却不敢回家，又怕路上撞到熟人，叫人看见。他用曹老师给他的那块头布包上脑袋，进城后赶快溜进丈人金子仙家。金子仙听了，惊得差点昏过去，待他神智稍稍清醒，就忙把傻二严严实实藏起来，千万不能叫外人听到半点风声！

## 第十三回　只好对不起祖宗了

天津城陷后，很长时候，没人提起傻二。有人说，他去紫竹林接仗那天，踩响毛子埋的地雷，丧了性命；也有人说，他叫毛子们施了法术，关进笼子，还用电线捆起神鞭——那时人们不知电线怎么回事，以为其中有魔——装上船，运到海外展览。庚子变乱之后，一连几年，人心不定，社会不宁。毛子们拆去天津城墙，又把租界扩大一倍，天津地面上的毛子更多起来。中外一仗，有人打明白了，不再怕毛子；有人打糊涂了，更怕毛子。他们想，天上诸神下界，都拿毛子没辙，一条神鞭，即便真是祖宗显灵，也顶不住戗。

金子仙人够精细。他把傻二这么一个五六尺，咳嗽喘气的大活人，藏在家里半年多，居然没人知道。傻二养好肩上的伤，断辫子却一直没长好。那辫子是给洋枪子儿斜穿肩膀打断的，上边只剩下半尺多，养了半年，长过了二尺却愈长愈细，颜色发黄，好比黄羊屁股上的毛，而且尖头出了叉儿。头发一生叉就不再长，辫子少了一尺，甩起来不够长，也没劲，打在人身上就像马尾巴扫上一样。

这些天，金子仙父女和傻二的心情极糟，真像打碎一件价值连城、祖辈传下来的古董。金子仙跑遍城内外的药铺，去找生发的秘方。直把腿肚子跑细了一寸，总算打听到估衣街上瑞芝堂的冯掌柜有这样的秘方。金子仙马不停蹄来到估衣街，谁知药铺的掌柜早换了蔡六。蔡六说冯掌柜在半年前，洋人洗城时，叫一堵炸塌的山墙压死了。金子仙不死心，又幸亏他鼻子下边长了一张不嫌费事的嘴，终于在北大关"一条龙"包子铺后边找到冯掌柜。冯掌柜如今在一间豆腐块大的门脸房摆小糖摊。一提药铺，冯掌柜就哭了。

原来，庚子变乱之时，聂军门武卫军的马弁们在估衣街上，趁乱烧抢当铺，大火把瑞芝堂药铺引着。蔡六抢在水会来到之前，把账匣子扔到火里。药铺的钱账，早就由冯掌柜交给蔡六掌管，花账、假账肯定不少。这一烧就没处查对。火灭之后，蔡六买通一伙人，自称是债主，向冯掌柜讨债，冯掌柜拿不出账来，蔡六又里应外合，点头承认铺子欠着这些人债款，只有人家说多少给多少，直把冯掌柜逼得倾家荡产。最后把药铺盘出去，才把债还清，谁知收底盘下这铺子的正是蔡六。冯掌柜抹着泪说：

"这应了一句老话，真能治死你的，就是身边的人。"

金子仙感慨不已。人活五十，都经过九曲八折，都有追悔莫及的事，联想傻二的辫子，他后悔变乱时，不该叫傻二和菊花住在城外，若在身边，他绝不叫傻二去和洋枪洋炮玩命。他见冯掌柜胆小怕事，老实软弱，不会在外边多说多道惹麻烦，就悄悄把傻二辫子的事告诉冯掌柜。他明白，如果他胡诌一个什么亲戚得了鬼剃头，冯掌柜不会拿出秘方来。他话到嘴边，犹豫一下，不自主用点心眼儿，只说傻二喝醉酒，辫子叫油灯从中烧断的。冯掌柜听了，叫道：

"呀！神鞭断了，这还得了！您老别急，我这儿有个家传秘方，还是太后老佛爷用的。这方子我没给过任何人。前年头里，阮知县得秃疮，掉头发，我也没给他使过这方子，只给他抄一个偏方。偏方和秘方是两码事。我祖上传这方子时，有四句诀：'青龙丹凤，沾上就灵；黑狗白鸡，用也白用。'傻二爷不是凡人，那辫子是家传法宝，只要用上这方子，保他眨眼就生出黑油油的头发！"

金子仙叫道：

"太好了！我就信家传的！人家告我紫竹林一家德国药店，卖什么'拜耳生发膏'，灵透了，我就不信。不信洋人比咱祖宗高明。”

冯掌柜听得眉开眼笑。他先收了摊子，关上门，然后打开屋角的花梨木箱子，从箱底取出一个紫檀小匣，开了铜锁，捧出一个用宋锦裹得方方正正的小包，上边系着一条皇绫带子，解带剥包，再把一层又一层缎的、绸的、绢的、毛纸的包皮打开，最后才是一块玉片压着的几张药方。药方的纸儿变黄，那些拿馆阁体的蝇头小楷写的字依旧笔笔清晰。他恭恭敬敬把药方放在桌上，用镇纸压牢，取了纸笔，一边郑重其事誊抄，一边把各药的用法细心讲解出来：

“这是《千金方》。寻叶、麻叶……各三两……米泔水煮汤，要等它不凉不热时拿它给傻二爷洗发。它有促生毛发健旺之效。这是《圣惠方》，本是太后老佛爷最喜爱的梳头药。总共三味药：榧子，三个，去壳；核桃，两个，带皮；侧柏叶，一两，生用，放在一起捣烂了。切切记住，药引子必须是雪水。千万不能用一般河水井水。要用雪水泡透药末，再用梳子蘸着药水梳发。这核桃的功效在于'润肌黑发'，如果新发赤黄，就在里边多加一个核桃……你能记得住吗？”

金子仙拍着手说：“行了，行了，这下神鞭保住了！”他又问道：“多少钱，我付！”

冯掌柜虽然软弱，却好激动。他见金子仙这样高兴，又激动起来。摆着手说：“分文不取！保住神鞭，也是保住咱祖宗留下的元气。我情愿赠送！”他又另给金子仙抄了两个秘方。一是“老佛爷护发膏”，一是“老佛爷香发散”。这样，洗梳撒涂的药，全都齐了。冯掌柜嘱咐他，把这药分在几个药店去买，别叫人暗中抄去了方子。医药之道，剽窃抄袭更是厉害。

金子仙心想，自己真是碰上大好人。千恩万谢之后，便揣起方子快快活活去抓药。回去按方一用，果见成效。这药仿佛藏着神道，不多天，傻二的头发渐渐变黑变亮，仿佛用油烟墨一遍遍染上的。随后就眼看着粗起来，有如春天的草枝。半月后，忽见每根头发都拱出乌黑湛亮的尖子来，好像蹿芽拔节，叫金家父女惊喜得直叫。而且，用药以来，金菊花用新鲜的雪水泡药，拿它天天给傻二梳洗头发，眼看日长三分，过年转春，那一条光滑乌亮，又粗又长的神鞭完全复原了。

傻二要几下，和先前那条并无两样。

这时候，外边到处传说，傻二没死，也没给洋人运到海外，他的辫子叫油灯烧断了，像秃尾巴鸡一样躲在老丈人金子仙家里。于是就有好事的人，假装到金家串门，包打听。金子仙反而从这些“包打听”口中套出，这些传说竟是打冯掌柜嘴里说出来的。他想，没错！这些话正是自己告诉冯掌柜的。幸亏那天留个心眼儿，真话没全说，否则人们都会知道神鞭是给洋枪子儿打断的，岂不坏了大事！这真叫他后怕得很。他愈想愈气，直拍桌子，还要去找冯掌柜算账，但沉下心一想，对冯掌柜这种软弱的人，骂他一顿又有嘛用？别看这种人脓包，更坏事。他心中暗道：

“这也应上一句老话：可怜人必可恨！”

傻二宽慰老丈人：

“何必气呢，明儿我上街一逛，露露面，保管嘛闲话全没了！”

第二天，金家父女陪着傻二城里城外转一大圈。人人都看见傻二，也看见傻二头上耀眼的神鞭，传言立时无影无踪了。看来，谣言不管多厉害，禁不住拿真的一碰。就像肚子里的秽气，只能隔着裤子偷偷往外窜。

尽管在外人眼里，神鞭威风如旧，但傻二的心里不是滋味。那天，在南门外洼地上，看不见的洋枪子儿穿肩断辫的感觉，始终沉甸甸压在他心上，高兴不起来。虽然他在众人面前强撑着“神鞭”的功架，“张我国威”的大匾依旧气势昂扬地挂在家中。他五脏六腑总觉得空荡荡，没有根，底气不足。这辫子在头顶上就像做了一个灿烂又悠长的梦。现在懵懵懂懂地醒来，就像有股气从辫子里散了。

近一年来，金子仙的日子不好过。花钱买他的“八破”自来多是遗老遗少，而遗老遗少总是愈来愈少。他每天唉声叹气，不知要念上多少遍“古调虽自爱，今人多不弹”。但不卖画就没饭吃，肚皮常常会瓦解人的硬气劲。他便改用费晓楼的笔法，给活人画小照，给死人画小影。偏偏这时，洋人的照相业传进来，花不多钱，就能把人的相貌神气，一点不差留在小纸片上。洋人的照相术虽然奇妙，却也有缺陷，相片不能大，画像要多大有多大。但没等他发挥画像的长处，排挤照相，跟着打海外又传来一种擦炭画法，把相片的人放大，并且画得和相片一样逼真。这纯粹不叫金子仙吃饭了，气得他大骂洋人，逢“洋”必骂，发誓不买洋货，还把家里一台对时的洋座钟砸了。可是庚子之后，城拆了，没城门，不用按时辰开门关门，鼓楼上又驻扎洋人的消防队，那“一百零八杵”大钟早就停止不打。他便无法知道时辰，只有看太阳影和猫眼睛里那条线了，遇事常常误点。他犯上犟劲，就是不买洋钟洋表，于是就这样一误再误地误下去。

这时傻二与金菊花早搬回西头的家去住，日子却要靠金子仙接济。他见老丈人手头一天天紧起来，再下去该勒裤带了，就对金子仙说：

“我和菊花一直没孩子。辫子功必须传给子孙这条规矩，看来是行不通了。我寻思，一来，总不能把这门祖宗留下的功夫绝了，二来，一日三餐，柴米油盐，没钱不成。反正肚子空了，到时候准叫。我打算开个武馆，教几个徒弟，不知这样做，是不是犯了祖宗？”

金子仙没言语，想了三天，回答他：

“我看也只有这样了。反正功夫没传给洋人，就算对得起祖宗。但收弟子时千万要挑选正派人，宁肯少而精，切忌多而滥，万万不可辱没家风。”

傻二以为老丈人古板得很，这种违反祖宗的事，必定反对。听了这话，自己反倒犹豫起来，害怕祖宗的魂儿来找他。

金子仙之所以同意，还有一个说不出口的原因，就是金菊花不能生育，傻二无后，但如功夫不传外姓，便会生出再娶一房小婆的打算，因此金家父女极力撺掇他开武馆，收徒弟，金菊花还总拿着空面袋、空盐罐、空油瓶给他看。傻二被逼无奈，一咬牙，开山收徒。一时求师的人真不少，他从严挑选了两个，并给这俩取了艺名。姓汤就叫汤小辫儿，姓赵就叫赵小辫儿，待到功夫练成，再称呼大名。傻二还和金子仙商量出武馆的八则戒条，为“四要”和“四不准”，由金子仙用朱砂纸写好，贴在墙壁上：

一、要知尊师敬祖；
二、要知忠孝节义；
三、要知礼义廉耻；
四、要知积德累功；
五、不准另拜别师；
六、不准代师收徒；
七、不准泄露功诀；
八、不准损伤发辫。

收徒那天，傻二向祖宗烧香叩头，骂自己大逆不道，改了祖宗二百年不变的规条；但又盟誓，要把辫子功发扬光大，代代传衍。这才是真正不负古人，不违先辈创造这神功的初衷。

其实，他是给事情赶到这一步，不改不成，改就成了。祖宗早烂在地下，还能找他来算账？总背着祖宗，怎么往前走？

## 第十四回　到了剪辫子的时候

傻二开了武馆，一直教授这两个徒弟。徒弟都是富裕人家的子弟，学艺钱和额外的孝敬，足够傻二夫妇糊口了。他一心传艺，两个徒弟碰上这样难得的高师，自然认认真真学本事。几年过去，一百单八式的辫子功，实打实地学会了三十六式。可是这时候，大清朝亡了，外边忽然闹起剪辫子。这势头来得极猛，就像当年清军入关，非得留辫子一样。不等傻二摸清其中虚实，一天，胖胖的赵小辫儿抱着脑袋跑进来。进门松开手，后脑袋的头发竟像鸡毛掸子那样奓开来。原来他在城门口叫一帮大兵按在地上，把他辫子剪去了。

傻二大怒：

“你没打他们？你的功夫呢！”

赵小辫儿哭丧着脸说：

“我饿了，正在小摊上吃锅巴菜，忽然一个大兵拦腰抱住我，不等我明白嘛事，又上来几个大兵，把我按在地上。更不等我知道为嘛，稀里糊涂就给剪去了。”

“等？等嘛！你不拿辫子抽他们！”

“辫子没啦，拿嘛抽……”

“混蛋！你不懂大清的规矩，剪去辫子，就得砍头！”

金菊花在一旁插嘴：

“你真气糊涂了。大清不完了吗？”

傻二一怔，跟着明白现在已是民国三年。但他怒气依然挺盛，吼着：

“他们是谁？是不是新军？我去找他们！”

“眼下这么乱，看不出是哪路兵。他们说要来找您。有一个瘦子还说，叫我捎话给您，他要找上门来报仇。”

“报仇？报嘛仇？他叫嘛？”

“他没自报姓名，模样也没看清。是个哑嗓子，细高挑儿，瘦得和咱汤小辫儿差不多，有一只眼珠子好像……”

正说着，有人在外边喊叫：“傻巴，滚出来吧，三爷找你结账来啦！”随着喊声，还有一群男人起哄的声音。

傻二开门出去，只见一个瘦鬼儿，穿着“巡防营”中洋枪队的服装，站在一丈开外的地方，后边一群大兵穿着同样的新式军衣，连说带笑又起哄，傻二不知是谁。

“你再拿眼瞧瞧——连你三爷都不认得了？还是怕你三爷？”瘦子口气很狂。

傻二一见他左边那只不灰不蓝的花眼珠子，立时想到这是当年的玻璃花，心里不由得一动，听玻璃花叫着："认出来了吧，俗话说'君子报仇，十年不晚'。庚子年，那个曾经祸害你三爷的死崔，给洋人报信，叫义和拳五马分尸干了，也算给你三爷出口气。不过，毁你三爷的祸根还是你的辫子。今儿，三爷学会点能耐，会会你。比画之前，先给你露一手——"说着把前襟一撩，掏出一个乌黑乌黑的家伙，原来是把"单打一"的小洋枪。

傻二一见这玩意儿，立时一身劲儿全没了，提不住气，仿佛要尿裤。当年在南门外辫子被打断时的感觉，又出现了。这时，只听玻璃花说声："往上瞧！"抬手拿枪往天上一只老鹰打去，但没有打中，把老鹰吓得往斜刺里飞逃而去。

几个大兵起哄道：

"三爷这两下子，还不到家。准是不学功夫，只陪师娘睡觉了！"

玻璃花说："别看打鸟差着点，打个大活人一枪一个。傻巴！咱说好。你先叫我打一枪，你有能耐，就拿你那狗尾巴，像抽戴奎一的泥弹子那样，把我这洋枪子儿抽下来，三爷我今晌午就请你到紫竹林法租界的'起士林'去吃洋饭。你也知道，三爷我一向好玩个新鲜玩意儿，玩得没到家，不见得打上你。要是打不上，算你小子走运，今后保准再不给你上邪活；要是打上了，你马上就得把脑袋上那条狗尾巴剪下来，就像你三爷这样——"说着，摘下帽子，露出一个小平头。

大兵们大笑，在一旁瞎逗弄：

"你叫人家把辫子剪了，指嘛吃饭？人家就指这尾巴唬人钱呢！"

"三爷，你先叫人挨一枪，可有点不够，给他上一段德国操算了！"

"三爷可得把枪对准，别又打歪啦，栽面儿，哈哈！"

玻璃花见傻二站在对面发怔，不知为嘛？一点神气也没有。这样玻璃花更上了劲："傻巴，别不吭气，你要认脓，就给我滚回家去，三爷绝不朝你后背开枪！"一边说，一边把一颗亮晶晶的铜壳的洋枪子儿，塞进枪膛。

傻二瞅着这洋枪子，忽然扭身走进院子，把门关上。汤小辫儿和赵小辫儿见师傅皱紧眉头，脸色刷白，不知出嘛事了。墙外边响起一阵喊叫："傻巴傻啦，神鞭脓啦！神鞭神鞭，剪小辫啦！"一直叫到天黑。大兵走了，还有一群孩子学着叫。

神鞭傻二一招没使，就认栽给玻璃花，真叫人摸不着头脑。外边人都知道，玻璃花在关外混了多年，新近才回到天津，腰里掖着些银钱，本打算开个小洋货铺子。谁知在侯家后香桃店里又碰上飞来凤。原来大清一亡，展老爷气死，大奶奶硬把飞来凤卖回到香桃店，这么一折腾，人没了鲜亮劲儿，满脸褶子，全靠涂脂抹粉。玻璃花上了义气劲儿，把钱全使出来，赎出飞来凤当老婆。自己到巡防营当大兵，拿饷银养活飞来凤。他这人脑袋浑，手底下又糙，嘛玩意儿都学不到手。这洋枪是从管营盘的排长手里借来的，没拿倒了就算不错。今儿纯粹是想跟傻二逗闷子，怄一怄，叫他奇怪的是，傻二这么厉害，为嘛连句硬话没说，掉屁股就回窝了？他想来想去，便明白了，使他镇住傻二的，还是这玩意儿。于是他只要营盘没事，就借来小洋枪，别在腰间，找上几个土棍无赖陪着，来到傻二门前连喊带叫，无论他拿话激，拍门板，往院里扔砖头，傻二就是闭门不出。他们拾块白灰，在傻二门板上画个大王八，那王八的尾巴就是傻二的神鞭。这辱没神鞭的画儿就在门板上，一连半个多月，傻二也不出来擦去。他想，莫非这傻二不在家?

有一天，玻璃花在街上碰上赵小辫儿，上去一把捉住。赵小辫儿没了辫子，也就没能耐，好像剪掉翅膀的鸽子，不单飞不上天，一抓就抓住。玻璃花问他师傅在家干嘛。赵小辫儿说：

"我师傅早已经把我赶出来，我也半个月没去了。"

玻璃花不信，又拉了几个土棍，拿小洋枪顶着赵小辫儿的后腰，把他押到傻二家门前，逼他爬上墙头察看。赵小辫儿只好爬上去，往里一望，真怪！三间屋的门窗都关得严严的，而且一点动静也没有。院里养的鸡呀、狗呀、鹅呀，也都不见，玻璃花等人听了挺好奇，大着胆儿悄悄跳进院子，拿舌尖舔破窗纸往里瞧，呀，屋里全空着，只有几只挺肥的耗子聚在炕头啃什么。

哎呀呀，傻二吓跑了！

傻二为嘛吓跑了？管他呢，反正他跑了。

玻璃花抬脚踹开门，叫人把梁上那块"神鞭"大匾摘下来，拿到院子里，用小洋枪打，可惜他枪法不准，打不上那两个字，只好走到跟前，在"神鞭"两个字上，各打了一个洞。

## 第十五回　神枪手

一年，才刚开春，草木还没发芽子，远远已经能够看见点绿色了。南门外直通海光寺的大道两边开洼地，今儿天蓝水亮，风轻日暖，透明的空气里飘着朵朵柳絮。这时候，要是在大道上放慢腿脚溜达溜达，四下望望，那才舒服得很呢！

玻璃花来到道边一家小铁铺，给营盘取一挂锁栅栏门的大链子。他来得早些，铁匠请他稍候一候。他骂一句街，便在大道上闲逛逛，逛累了，在道旁找到一个石头碾子，跷腿坐在上边，看见过路的大闺女小媳妇，就哼哼一段婆娘们哄孩子的歌儿，找个乐子：

小小子儿，坐门墩儿，
哭哭啼啼要媳妇儿，
要媳妇儿干——嘛，
做鞋做袜儿，穿衣穿裤儿，
点灯说话儿，吹灯亲嘴儿。

女人家见他这土痞模样，不敢接茬，赶紧走去。他见道上行人不少，忽然想到要显一显自己才弄到手的小洋货，便打怀里摸出一根烟卷，叼在嘴上，还模仿洋人，下巴一甩劲，烟头神气地向上撅起来。跟着他又摸出一盒纯粹洋人用的“海盗牌”的黄头洋火，抽出长长一根，等路人走近，故意手一甩，“嚓”地在裤腿上划着，得意扬扬点着烟，嘴唇巴巴响地一口口往里嘬，就这当儿，忽然“啪”一下，烟头被打灭，他还没弄清怎么回事，“啪”又一下，叼在嘴上的烟卷竟给打断；紧接着，“啪”帽子被打飞了。三声过后，他才明白有人朝他开枪。他原地转一圈，看看，路人全吓跑了，正在惊讶不已的时候，打开洼地跑来一个瘦瘦的少年，递给他一张帖子说：

“我师傅要会会您。”

他帖子没看就撕了，问道：

“你师傅是哪个王八蛋？”

瘦小子一笑，说：“随我来！”走了几步，故意回头逗他一句，“您敢来吗？”

“去就去，三爷怕嘛！神鞭都叫你三爷吓跑了！”玻璃花毫不含糊，气冲冲跟在后边走。

他随这瘦小子从大道下到开洼地，走不多远，绕过一小片野树林子，只见那里站着一个四十多岁的汉子，阔脸直鼻，身穿宽宽绰绰的蓝布大褂，头上缠着很大一块蛋青色绸料头巾。他见这人好面熟，再瞧，哟，这不是傻二嘛！怎么这样精神？脸上的糟疙瘩都没了，一双小眼直冒光，可是玻璃花立即也拿出十足的神气唬住对方：“傻巴，你是不是想尝尝‘卫生丸’嘛味的？”他一撩前襟，手拍着别在腰间的小洋枪啪啪响，叫道：“说吧，怎么玩法？”他拿傻二最怕的东西吓唬傻二。

谁知这傻二淡淡一笑，把双襟的褂子中间一排扣儿，从上到下挨个解开，两边一分，左右腰间，居然各插着一把六眼左轮小洋枪，他双手拍着左右两边的枪，对瞪圆眼睛的玻璃花说："眼下，我也玩这个了。你既然要玩这东西，我陪着。我先说个玩法——咱们一人三枪，你一枪，我一枪，你先打，我后打。你那两下子我知道，我这两下子你还不知道。我要是不告诉你，那就算我欺负你了！你看——"傻二指着前边，十丈远的一根树杈上，拿线绳吊着一个铜钱，在阳光下锃亮，像一颗耀眼的金星星。

"你瞧好了！"

傻二说着一扭身，双枪就唰地拿在手里，飞轮似的转了两圈，一前一后，"啪啪"两响，头一枪打断那吊铜钱的线绳，不等铜钱落地，第二枪打中铜钱，直把铜钱顶着飞到远处的水坑里，腾地溅出水花来。

玻璃花看得那只死眼都活了。他没见过这种本事，禁不住叫起来："好枪法，神枪！神枪！"再一瞧，傻二站在那里，双枪已经插在腰间。这一手，就像他当年甩出神鞭抽人一样纯熟快捷，神鬼莫测。玻璃花指着傻二说："你那神鞭不玩了？"

傻二没答话，带着一种莫名其妙的微笑，抬手把头布一圈圈慢慢绕开取下，露出来的竟是一个大光葫芦瓢，在太阳下，像刚下的鸭蛋又青又亮。玻璃花惊得嗓音变了调儿："你，你把祖宗留给你的'神鞭'剪了？"

傻二开口说：

"你算说错了！你要知道我家祖宗怎么个情况才创出这辫子功，就知道我把祖宗的真能耐接过来了。祖宗的东西再好，该割的时候就得割。我把'鞭'剪了，'神'却留着。这便是，不论怎么变，也难不死我们；不论嘛新玩意儿，都能玩到家，绝不尿给别人。怎么样，咱俩玩一玩？"

玻璃花这才算认了头：

"三爷我服您了。咱们的过节儿，打今儿就算了结啦！"

傻二一笑，把头布缠上，转身带那瘦徒弟走了。玻璃花看着他的身影在大开洼里渐渐消失，不由得摸着自己的后脑壳，倒吸一口凉气，恍惚以为碰到神仙。他回到营盘后，没敢跟任何人说起这件事，怕别人取笑他。不久，听说北伐军中有一个神枪手，双手打枪，指哪打哪，竟说一口天津话，地地道道是个天津人，但谁也说不出这人姓名，玻璃花却心里有数，暗暗吐舌……

1984年6月5日，天津云峰楼

**附记**

近来,忽有兴致,要在《雕花烟斗》《高女人和她的矮丈夫》等这一条路之外,也在《铺花的歧路》《走进暴风雨》等那一条路之外,另辟一条新路走一走。即写写地道的天津味儿。笔下纸上都是清末民初,此地一些闲杂人和稀奇事。写它做甚?所使何法?读者看后自得分晓。此乃若干中篇与若干短篇组成,不成"系列",可谓"组合",冠之总名:怪世奇谈。

(《小说月报》1984年第11期选载)

# 你以为你是谁

池莉

## 一

大礼拜对陆武桥来说无所谓，但对陆武桥的朋友王一川、白伟华、王继平来说很有意义。他们三人都在机关工作且都是独当一面的小头目，平日工作简直太忙太忙了，哪有什么八小时不八小时？晚上不过十点还想回家？这个大礼拜是绝对要放松放松的。三人一进门，陆武桥就让他们关掉了BP机。陆武桥当着他们的面关掉了自己的BP机，关掉了电话，关上了房门，打开了激光音响，室内的一切飘浮在轻柔的音乐声中。陆武桥准备的烟是红塔山和三五，他知道白伟华抽三五；准备的茶叶是上好的碧螺春；准备的麻将牌是骨质的，沉甸甸手感极好；还准备了几盒有点颜色但不太过分的录像带。最好的还是陆武桥早已离婚，这二十平方米有地板的高空间的从前的英租界的老房子完全是男人的天地。只有这些已婚十年左右的男人才真正懂得，女人并不任何时候都必需。

陆武桥说：哥们儿，今天你们要暂时忘掉科长处长的身份，彻底放松，回到大家同学时候的少年时代。大江东去浪淘尽千古风流人物。人生如梦转眼就是百年啦。

王、白、王三人叫道：好！

王一川叫“好”的时候不当心挣出了一个响屁，大伙笑着又叫了一声好，说到底是处长，最能领会今天的放松精神。

在充满了男人那种粗俗的愉快的气氛中，麻将牌哗啦一声倾泻在麻将桌上。就在这个时候，房门被怯怯地敲了两下。

陆武桥问:谁?

房外的人说:是我,邋遢。

陆武桥说:滚。

老板,门外的声音低三下四:老板,是是是急事。

陆武桥:邋遢,我不是告诉过你们今明两天谁都不要来找我吗?你下去给我一字一句告诉武丽,就说这两天皇帝老子下驾,餐馆里起火都不要来找我!

门外一丝动静也没有。

陆武桥喝道:邋遢!

门外立刻响起一串急急忙忙下楼的声音。

大家都笑起来,说:还是当老板威风啊,完全过的是旧社会的瘾。

陆武桥说:什么老板?值几斤几两?别人笑话我也就让他去,你们也来笑话我?

说笑着刚刚码好牌,窗户底下响起陆武丽清脆但冒着火气的叫声:大哥!陆武桥!

陆武桥说:别理她。

白伟华说:哪能不理她呢?我来我来。

白伟华起身到窗前,探出头去的时候下意识地捋了捋头发。陆武桥说:告诉她我死了。

白伟华从二楼居高临下看见了陆武丽。陆武丽一身黑, 紧身大开襟黑T恤,下面是黑色超短羊皮裙,一头黄发烫得波浪汹涌,嘴唇艳若桃花,一只红玛瑙坠子晃荡在雪白双乳的沟壑之间。白伟华说:武丽,怎么不上来?上来吧。

陆武桥说:告诉她我死了!

陆武丽说:白科长,我大哥呢?真的有急事!

陆武丽朝白伟华举了举手里的汉字显示BP机,气急败坏地叫起来:陆武桥!妈死了!

陆武丽叫得嗓子变了调,接着"哇"地大哭起来。

王一川和王继平都来到窗口,叫道:武丽武丽,有事上来说,别着急。

陆武丽哽咽着抬脸说:王处长。王处长。

两王答应了,吩咐白伟华下楼叫陆武丽上来。

陆武桥一动不动坐在桌边,若无其事地抽烟,心里却是恼火极了。他想:怎么我不死啊!里里外外都是我撑着,我他妈算什么人?怎么没人肯说陆武桥死了啊!

白伟华扶着陆武丽的胳膊进来时，陆武丽抽抽搭搭将 BP 机拍在桌面上，让所有的人看里头显示的字:桥桥,妈死了,在同济急诊室抢救,快快来！掌珠。掌珠是陆掌珠,陆武桥的姐姐。陆武桥一把握住 BP 机站了起来。他原以为打 Call 机的是他那无事生非的爹呢。

王一川王继平白伟华都说:武桥,你快赶到医院去吧。

王一川已经在找他的领带。

陆武桥抢步过去把王一川的领带又扔回床上。陆武桥说:我姐肯定急糊涂了,人死了还抢救什么？人是肯定没死的,我也立刻就赶去。但有一条:你们不要走！今天你们谁走谁就是看不起我！

白伟华说:下回吧,下回吧,下回再聚也一样。

陆武桥说:别！

陆武桥说:人生有几次下回？这次能凑一桌,轻松一番不知道是多少年修来的缘分。还是那句话,谁走谁就是不给我陆武桥面子！我呢,去看看我妈;你们呢,玩你们的。听音乐,看录像,抽烟,喝茶,打麻将,随便玩。一天三餐带夜宵,我早准备好了,到时候下面餐厅会送上来的。我没搞大肉大鱼,知道那东西你们见了就怕,搞的是清淡可口的时令小菜,酸甜苦辣,保证吃得开胃吃得舒服吃了不长胖。麻将缺只角,不要紧,马上上来一只角,湖北大学李老师,大知识分子,和你们档次更般配,牌也玩得好。武丽呢在下面当坐堂老板,大礼拜,生意多,没坐堂的不行,各位多包涵,有事就随时叫她。

陆武桥对陆武丽说:丽丽,记住,生意再忙也要当好这里的后勤。那些人吃饭给钱,人走茶凉,关哥什么事？这三位可是哥小时候撒尿和泥巴的朋友,没有他们的友谊,哥活着白活。懂了？

陆武丽频频点头:嗯,懂了。

陆武丽很乖的模样。陆武丽转向王一川等三人,乖巧地一笑,说:别走了,给我一个机会在我大哥面前表现一下,好让他给我涨工资。

三个人都笑了,坐了下来。白伟华说:好,今天我们就绅士一次,帮帮小姐。如果回头我们一致认为武丽工作得不错,武桥,你可一定要给她涨工资。

陆武桥说:一定。大丈夫一言出口,驷马难追。

陆武丽对王一川王继平白伟华一人道了一声谢。她每弯腰一次就闪现一次乳壕。

陆武桥在拿他的摩托车钥匙和头盔,装出一副浑然不觉的样子。

## 二

湖北大学李老师住在一楼。二十平方米大的房间用五夹板拦腰一隔，也就成了两间。儿子大了儿子住一间，他们夫妻住一间，厨房设在外面的楼梯下面，书房和卧室合二为一，起了床往前一趴就可以在书桌上做学问。实事求是地说，这条件在中国的大城市里真不能算差。日子一长，习惯成了自然，后来湖北大学两次分给李老师两室一厅单元房他都没要。作为一个大学教师、一个知识分子竟不愿意居住校园环境，李老师自己都觉得有点心虚：他感到有必要对同事们解释一番。在进行解释之前，李老师首先问老婆：尤汉荣，你到底愿意不愿意住到武昌我们学校去？

不愿意！就是不愿意！他老婆干脆利落地回答。在回答了李老师之后，他老婆意味深长地挑了挑眉梢，说：难道你愿意？

他老婆尤汉荣尽管是个工人，可智商显然高于他。尤汉荣不依不饶地接着说：李老师，其实你不用问我也可以在你们学校放风，就是因为我不同意住那边。凡你脸面上过不去的事情尽可以往我身上推，反正我是个工人，反正现在工人在社会最底层，虱子多了不痒。你嘛，认为什么说法放在自己身上有光彩就怎么说好了。任你在外面一张嘴巴再能干，实质上还是和我一样住惯了洞庭里的地板房，吃惯了滋美和冠生园的新鲜点心，坐惯了十分方便的公共汽车，和我一样吃喝拉撒，吃相还不如我斯文，得，就行了。

李老师哑口无言。

李老师毕竟还是个凡人，囿于凡俗的局限，没法正视自己的灵魂深处，果真在学校对同事们说：我老婆住惯了汉口，上班方便，生活也方便，加上孩子上学的问题，没办法，只好依她，牺牲我自己了。

李老师给人造成了一种印象：由于有个粗俗的老婆而导致他长期沦陷在汉口小市民的生活环境之中。

那么，李老师自己对自己又如何解释自己现行的生活方式呢？李老师这个人是个自认为很深刻很高尚的人，如果他找不到凌驾于这种世俗生活之上的精神生活，很难想象他会正常地吃饭和排泄。也许他会精神分裂也许会闹离婚，总之尤汉荣一直有这种担心，也曾悄悄对陆武桥倾吐过。尤汉荣的话很简洁很有穿透力，她说：我们老李人不错，他只有一个毛病，这就是需要找到崇高的借口才能进行实际生活。尤汉荣对陆武桥交心谈心是希望陆武桥作为邻居能够善待自己的丈夫。

尤汉荣说:要说那个一些的好话给他听。那个,明白了吗?

陆武桥说:明白。无非是酸一些的。

尤汉荣说:对了。

其实,尤汉荣的担心根据不足。李老师到底是有知识的人,许多书不是白读的。关于自己现行的生活方式,李老师早已形成两种解释。一种是彻底否定洞庭里十六号的生活是汉口小市民之生活。从历史上来看,洞庭里十六号的原始主人是洋行高级职员,继而是中国共产党领导下的中国工人阶级,是陆武桥的父亲陆尼古,一个江岸机务段的铁路工人及其师兄师弟们,现在是陆武桥。陆武桥原本也是工人,变压器厂的车间主任,留职停薪承包居委会的餐馆是这五六年的事。即便不再是工人做了老板也不能因此定性为小市民,像他们这些人现在应当称为历史的弄潮儿。洞庭里十六号除了一个大学教师之外,其他五户人家全是工人或出身于工人。工人阶级是中国的先锋阶级和领导阶级,陆尼古就是一个典型的以天下为己任的慷慨激昂的工人。于是,李老师认为完全可以为洞庭里十六号人们的生活属性重新定性。前几年,国家曾一度提出知识分子也是工人阶级的一员,李老师非常兴奋,他跃跃欲试地写了许多文章,投稿报社,论证自己住在洞庭里十六号正是适得其所,不知为什么终于没看到文章见诸报端。

既然某一种观点覆盖不了社会,李老师便建立了第二种解释。他把自己在洞庭里十六号的所有生活不当作真实的生活,而当作自己对生活的体验。李老师就是这么看的,如果说他津津乐道地住在拥挤破败的洞庭里十六号,在这里吃饭拉屎和老婆睡觉,在这里看书写字与邻居议论物价飞涨,那么他无疑是个委琐的庸人;如果他大大睁着高于生活的纯精神世界的一只眼睛,尽管他的实际生活较之前面并无二致,那么他无疑就不再是委琐的庸人了。事实上李老师正是在体验生活收集素材,他自己装订了一个巴掌大小但却很厚的笔记本,无时无刻不带在身边,随时记录武汉民间生动的语言,准备撰写一部关于武汉方言的长篇巨著。

由于有了高级的精神生活,李老师的内心获得了平衡。他安心安意地居住在洞庭里十六号,既学跳舞也学打牌,既敢喝高度白酒也敢唱它一嗓子卡拉OK,既愤世嫉俗也同流合污,比如不时接受陆武桥的邀请,去参加一些饭局。李老师明知陆武桥这小子是利用他,把他当陪客,用他大学教师的地位往自己脸上贴金,但李老师又想:我不去我怎么深入了解社会生活及流行语言?怎么会认识海参和鱿鱼、鱼翅和燕窝?

李老师从世俗的场面上应酬回来之后必定有个思索问题的阶段。这阶段他噙着牙签，双腿跷在书桌上，神态十分冷峻和傲然，他的思绪穿行在人类的进步，哲学与生活的关系，中国吃文化的美学品格和精神深度以及形而上内涵等重大的问题上。这种思索使李老师拥有了博大而洁净的胸怀，他感到自己对这世上的芸芸众生有一种深刻的怜悯和痛心，尤其对陆武桥。如果恰巧这个时候陆武桥精神抖擞地经过他家窗前，他就会鄙视地低沉地说：不就是为了几个臭钱，不就是有几个臭钱吗？除此之外，小子，你还有什么？

这位李老师正是陆武桥要请上楼为自己的贵客凑角的那位李老师。

## 三

陆武桥下楼下到拐弯处就闻到了由底下冲上来的浓烈的鱼腥味，他知道这又是李老师尤汉荣两口子在挤小鱼。菜市场时不时有缺钱花的乡下老汉卖一堆河沟里撮起来的小鱼，这种鱼小得没办法动刀剪，只好一条条用手工挤出肚肠。一般人买几毛钱的小鱼是做猫食用的，李老师家却是人吃。

如果是往日，陆武桥就会赶紧退回家，让他们挤完小鱼再出门，陆武桥实在不愿意领教李老师在诸如挤小鱼之类的琐事上的宏论。但今天不行，今天他事情紧急，没有退路。

陆武桥一边下楼一边打招呼：李老师，挤小鱼啊。

尤汉荣抢着打招呼：挤小鱼。刚才武丽哭叫什么你妈死了，这丫头又犯倔脾气了？

陆武桥说：不是，我妈恐怕真出了点毛病，掌珠打来的 Call 机。我正为这事要求嫂子和李老师帮点忙呢。

尤汉荣一听赶紧抓过抹布擦手，说：是不是去医院？

陆武桥说：嫂子你别急，没你的事，你挤小鱼挤小鱼，一边挤一边听我说。

李老师说：武桥啊，一口一个挤小鱼，生怕别人听不到吧？

李老师根本不给时间陆武桥回答，紧接着说：是的我们的确在挤小鱼，准备用油炸酥了吃。你可能只看到了这种小鱼很便宜，便把便宜与贫穷联系在一起了，你却没想到小鱼大鱼本质上都一样，都含有丰富的蛋白质，而且有人偏爱吃油炸小酥鱼，比如这位尤汉荣同志，即便你让她当了女王她也喜欢买小鱼挤小鱼的。

陆武桥用头盔击了一下被烟熏得漆黑的楼梯扶手，说：我×！

尤汉荣暗中踹了李老师一脚，李老师哈哈笑起来，李老师说：我说了什么？我没说什么嘛。我只是由此引申一个道理，与武桥探讨探讨。武桥不会介意的，是不是？

倒是。陆武桥说：我一点也不介意。

尤汉荣飞快递给陆武桥一个眼神，陆武桥接受了这女人替丈夫表达出的歉意，也用眼睛飞快地笑了一笑。尤汉荣虽年已四十五却风韵不减，可想而知年轻的时候肯定如花似玉。这么一个秀外慧中的女人怎么能够忍受李老师这种夹生不熟的知识分子呢？俗话说得真不错：好汉无好妻，癞蛤蟆娶仙女。人生有什么道理可讲啊！陆武桥心中暗自感叹着，嘴上却一点不耽误地讲了请李老师上楼凑角的事。

李老师说：哎呀今天我忙极了，一篇论文人家等着翻译成英、法两种文字，要到联合国去宣读，我这儿还只写了一半呢。

陆武桥又和尤汉荣交换了一个眼神。如果不是因为尤汉荣这个女人心明眼亮通情达理，陆武桥凑角或者陪饭局哪会找李老师，受他这种装腔作势的酸臭气？天涯何处无芳草？只不过有个通达的女人在李老师身后，陆武桥懂得比找一个背后赘着傻婆娘的通达的男人要强得多。况且李老师好歹身份不俗，上了场面倒也会玩会喝会讲几段男人的荤故事，进入了状态与大多数人没什么区别。再说了，捎上李老师也出于一部分怜香惜玉的心理，让李老师得些实惠，尤汉荣的负担也就轻多了。

李老师嚷忙，陆武桥没急着接话，递了一根香烟过去，送火点燃了，这才说：李老师你别给我说什么论文不论文，我们没文化，不懂。你忙我知道，楼上楼下住了几十年，还不知道你忙。今天我是来请求帮助的。你曾讲过人家美国人与人之间的关系很富于人道主义精神，一般都问别人：你需要帮助吗？需要就别客气，说 Yes。不需要就直截了当说 No，我现在已经对你说了 Yes 了。

尤汉荣忍不住笑出了声，说：行，我们李老师马上上楼帮助你。

李老师说：可是，但是，这个这个……

陆武桥掏出一沓钞票放在灶台上：这是一千块钱，输了是我的，赢了是你的。输多了我高兴，输少了我也高兴。就这样吧，拜托！

李老师说：钱倒是小事，会不会有人来抓赌？

陆武桥说：你一千个放心。在武汉市，只有他们抓别人，没有别人抓他们的。再说了，杀杀家麻雀属正常娱乐范围。

李老师望望尤汉荣，说：这么说恭敬不如从命了？好吧，我就再牺牲一天时间。

尤汉荣催陆武桥:快去医院吧。

陆武桥骑上摩托，没出里弄就看见妹妹陆武丽在马路对面的餐厅门口坐着,六神无主的样子傻瞧着大街。

陆武桥把陆武丽带进餐厅的库房,摇了摇她的脑袋,说:妈不一定死了,你知道不知道啊！打起精神来,像个小老板的样子。

陆武丽说:我知道妈不一定死了。可是你一不在,我就没精神。

陆武桥阴沉着脸,瞪了陆武丽一眼,扔过一条油渍麻花的围裙让她穿上。围裙穿上之后陆武丽的酥胸不见了,活像个伙计。

陆武桥说:这两天都不准脱掉围裙。去烤羊肉串。楼上的饭菜让邋遢送上去。如果他们叫你,你就去一下,就这样,叉着两只沾满了孜然的巴掌,说:羊肉串生意真好,吃羊肉串还是田螺串?

陆武丽定定地盯着陆武桥。

陆武桥说:听大哥的话好吗?

陆武丽的眼泪一骨碌滚了出来,说:好。

## 四

同济医院急诊室门口新修的花坛上一般不准坐人,但此刻坐了人。退休于著名的江岸车辆厂的老工人陆尼古大模大样地坐在花坛上。几个老人其中包括戴着红袖章管理花坛的老人,也都坐在陆尼古身边,全神贯注地听他谈天说地。医院外喧闹的解放大道和医院内痛苦深重的呻吟哭叫好像不与他们生存在同一空间。

陆尼古精瘦,白发,黄脸,中气十足。在等候大儿子陆武桥的一个多小时里,他已经向老人们回顾了江岸车辆厂的历史和二七大罢工的概况。他从张之洞、李鸿章的洋务运动讲到京汉铁路的诞生,从江岸车辆厂讲到江岸铁路地区的形成以及共产党人包惠僧、项英、施洋在这里搞的地下活动,从京汉铁路总工会的成立讲到林祥谦之死。中国工人阶级就是由此走上世界政治舞台的,当年共产国际还发表了支持和赞扬的宣言。陆尼古沉浸在国家主人翁的自豪和骄傲之情中。

有老人问:“二七”那天的情景和《红灯记》里李奶奶说的一样吗?

陆尼古说:《红灯记》? 那是戏。实际上更惨,死了四十多人,伤了几百人,抓了四十多人。吴佩孚,那个狗日的军阀,真下得了手哇! 端着机枪,嗒嗒地扫射——

陆尼古说到这里感觉不对劲,他侧头一看,陆武桥站在一边瞪着他。他顿时泄了气。他赶紧对老人们补充说他是在二七惨案发生后十年出生的,但是他的父亲和叔叔都亲自经历了大罢工和一万多工人的大游行。为了保持自尊,已经无心再讲的陆尼古最后强调了一句:我好像完全身临其境,我现在都还记得当年的口号——为自由而战,为人权而战。

老人们却不介意陆尼古是在什么时候出生的,他们说:这口号多好!

陆武桥始终不表态。陆尼古梗起脖子吼道:别把眼睛瞪得像个牛卵子盯着我!

陆武桥说:敢情我妈没事?

陆武桥说:你知不知道我有多忙?

陆武桥说:走吧! 干干地过嘴巴瘾,现在什么世道了!

汉口古田路有一大片工人阶层的住宅区,叫作简易宿舍。所有经过该区的电车公共汽车在这里都设有一站,站牌上就写着“简易宿舍”。武汉市自二十世纪五十年代末期开始绘制的市区地图,就有简易宿舍这个地名。尽管简易宿舍比较简易,作为天花板的预制板裸露在外,等等,但简易宿舍的社会地位算是很高的了,这一点显而易见,毋庸置疑,地图不仅仅是给全中国人民看的,外宾一样也看。再说,像这一大片整齐划一的楼房确实能够体现出中国工人阶级高度的组织性、纪律性和坚决性。不管历史发展到二十世纪九十年代的今天别人拿什么眼光来看待简易宿舍,也不管有多少住户千方百计地搬离简易宿舍,陆尼古吴桂芬夫妇对这里是有着深厚的无产阶级感情的。他们喜欢这里。他们喜欢住宅区里弥漫的机油味柴油味和汽油味, 喜欢下班时候鱼群一般游进住宅区的老中青工人;青工们经常是下班后冲了澡回来的,姑娘们披着湿漉漉的头发,小伙子们神采奕奕,老工人仍穿着他们喜爱的蓝色帆布工装和大头鞋。所有的人从同样的房间里出门,奔向工厂的机器,然后呼啦啦一块儿下班回到同样的楼房里,其中有一股子团结的力量叫人激动和信赖。陆尼古吴桂芬夫妇已经对他们的四个孩子,尤其是对长子陆武桥再三申明,他们将乐意死在这里。

除陆武丽之外,陆家一家五口人终于聚齐坐在简易宿舍三楼,一间被炊烟熏黑了的房子里了。

吴桂芬半卧在床上,身后靠着大女儿陆掌珠。谁也没有撒谎,今天吴桂芬的确闭过气了几分钟。一到仲秋,吴桂芬的枯叶性哮喘就要发作。本来哮喘也不至于那么厉害,主要是吴桂芬的肺不行了。她十二岁进武汉裕华纺纱厂,做过择花、弹花、挡车等工种一直做到五十岁才退休,在漫长的三十八年里,棉花纤维完全浸润了她的双肺。近年来年岁逼人,吴桂芬的呼吸越来越困难。今天主要是听了陆掌珠哭诉她丈夫要抛弃她的事,吴桂芬气愤不过,咳喘得一口气接不上来,死过去了小半会儿。不过及时地送到医院挂了一瓶吊针,人也就恢复过来了。事实上当陆尼古和陆掌珠抬她下楼的时候她就苏醒了,在苏醒的那一刻她认为这个家无论如何要开个会了。吴桂芬知道现在要想召回大儿子,除非自己有生命之虞。所以她让大女儿赶快去打Call机。她命令大女儿说:要桥桥赶快来医院,就说我死了!

陆掌珠觉得这么说不合适,她迟迟疑疑地说:妈。

吴桂芬掐了她大女儿一把,说:你要不这么说我就真死给你们看!桥桥不回来,谁能管你的事?你吃多了糊米酒蒙了心了!

糊米酒是武汉市历史悠久家喻户晓老少咸宜的一种甜食,由精细的糯米粉和醪糟做成的糊汤,晶莹濡滑,上面撒着几粒糖桂花。因为价廉物美,它成了大众食品。

陆尼古今天是无辜的。他并没有一定要召回陆武桥的意思。他对吴桂芬说:人家是老板,人家生意忙,叫他做什么?掌珠的事我们商量就行了。现在离婚算什么大事?报纸上说现在北京人在街上见面了不再问吃了没有,而是问离了没有。

放他妈臭屁!吴桂芬说:写这种事的肯定是流氓小报,党报写了没有?《人民日报》《长江日报》写了没有?桥桥不管掌珠,我们商量能行?你行?你搞得过刘板眼?反正我是不行的。我有自知之明,一个工人大老粗,又没钱又没权现在在哪儿吃得开叫得响?老头子,放清醒一点,不是五十年代六十年代了!

陆尼古犟着说:刘板眼还不是个工人。尽管当了个小科长,也没转干还不是工人,十几年都撅着屁股翻砂,工人味还跑得掉?

在去医院途中的争论几乎使吴桂芬再度昏厥。

陆尼古怎么如此不开窍!居然还拿转干不转干来衡量一个人的深浅。

刘板眼之所以被取绰号板眼,就是因为他有能耐有本事,心眼活眼头亮嘴巴甜啊!他的命好,根子落在了国家大型钢铁企业。一搞改革开放,他就承包了工厂附属企业又参加竞选受聘担任了供销业务科科长。他家里的罐装青岛啤酒喝不完,微波炉都有四台多得没办法用,小轿车换代了两次。刘板眼他这是什么意义上的工人啊!他那架势,如日中天,老工人管得住他?吴桂芬毫不动摇地吩咐:就说我死了!让桥桥来!

无辜的陆尼古坦然地面对着大儿子陆武桥,剥着带壳的花生喝小黄鹤楼酒。酒抿得滋儿滋儿响,花生也剥得咔嚓咔嚓响,房间里的人一时间都无话,都呆呆听着这声音。近年来陆尼古和吴桂芬在对待儿女的问题上发生了原则性的分歧,陆尼古认为儿孙自有儿孙福,他们爱怎么着怎么着,自己拿点退休工资,喝点革命小酒,打点居委会组织的麻将,交点老工人朋友,如此安度晚年就行了。而吴桂芬认为全家一条心,黄土变成金,认为幸福不会从天降。要想陆家人人过得好,必须父母护儿女,儿女敬父母,大家拧成一股绳。

寂静中鸽子飞回来了,在阳台上咕咕地叫。陆建设拿一只掉了漆的搪瓷碗装了半碗玉米粒去喂鸽子,陆武桥说:我来。

陆武桥推开阳台门,鸽群扑扑地飞了起来。陆武桥愣了下,他不相信家里的鸽子会生疏他。鸽子包括这用角铁钢筋焊成的鸽子笼都是当年他亲手抱来亲手做成的,结婚后他把它们都移交给了弟弟陆建设。当年的青工少年郎有一只钟爱的鸽子叫点点,点点带着鸽哨在武汉的上空飞啊飞啊,它寄托了少年郎的多少痴情和幻想。

喂完鸽子,陆武桥将那只印有“江岸车辆厂第三食堂”的搪瓷碗哐啷扔在装玉米的塑料桶里。陆建设阴阳怪气地笑起来,用模仿崔健的嗓音喝道:啊朋友怎能忘记过去的好时光——

吴桂芬用力拍了拍床沿,说:号丧啊小工贼!

陆建设的歌声顿时转变为无声的但节奏感极强的摇晃。

吴桂芬望着陆武桥,目光灼灼,说:给一句话吧,你到底管不管掌珠的事还有建设的事?

陆武桥笑笑,说:妈说让我管我敢说不吗?

气氛缓和过来之后,陆武桥去上厕所。他把自己关在厕所里静静坐了一会儿。他惦记着自己那边的三个贵客和餐厅的情况,惦记着生得太漂亮的妹妹陆武丽,还惦记着几笔别的生意,还惦记着前妻身边的女儿陆苇。他想他如果熬到敢说不的那一天就好了。要说四十周岁的陆武桥还有什么不切实际的理想的话,这就是。

## 五

在富有革命斗争经验的老纺织女工吴桂芬的主持下，家庭会议开得和工厂的会议一样正规，郑重和有程序。程序是先易后难。先讨论陆建设的问题。

陆建设一九七〇年出生，是陆尼古夫妇计划外的孩子。像他这种历史性的孩子，中国有一茬人。那时候"文化大革命"搞得停工停产，没什么事做。一般工人，也不是革命的焦点所在，工资照发，不愁吃喝，社会地位又比较高，精神上极舒坦。正所谓：饥寒起盗心，饱暖思淫欲。陆尼古夫妇经常在家耳鬓厮磨，一不当心，便有了陆建设。

也是冥冥之中，上天有灵。这个意外的孩子长得与其他的孩子就是不一样。女的不比，比比陆武桥就不难看出蹊跷来。哥俩同一父母，陆武桥生得身材颀长，五官端正，气宇轩昂；陆建设却生得猥琐矮小，脸色苍白，一双三角眼坏坏地乱转。陆建设初中没毕业就虚报年龄顶了吴桂芬的职。纺织厂的修理工，蛮好的职业，身边都是女同志，就像贾宝玉的生活环境一样，上班也如同休息。开初有两年还不错，厂里反映说除爱占年轻女工的小便宜之外其他都挺好。但后来经常开假病休单，上班三天打鱼两天晒网，到处赌博抹牌，还被派出所抓赌拘留过两次，罚款五百元。最近的问题更严重，有人看见陆建设在汉口宝丰路一带民工聚集的地方设地摊用猜牌的方式骗钱。

陆武桥问弟弟：是不是？

陆建设说：不是。

陆尼古说：这小杂种！有人亲眼看见的，说得出时间地点，你还鸭子死了嘴巴硬！

陆建设说：他妈个×！谁看见的？你们说是谁看见的？我倒希望三人对六面，让他好好看看我。

陆尼古说：什么？你还想报复别人？休想！你休想知道告诉我们的是谁！

陆建设说：那就是造谣！是诬陷！

父子俩隔着饭桌向对方抻直脖子，两人都是怒目喷火的样子。

吴桂芬说：算了算了，这样解决不了问题。

吴桂芬从陆掌珠手里接过茶，喝了一口，又递回去，说：死老头子，你住嘴。一点方式方法都不懂。你又不是这小工贼的同学同事。建设，你实话告诉生你养你的妈，做过那事没有？

陆建设立刻说：没有。

陆建设用阴鸷的目光久久地盯着他的母亲。“小工贼”是他平生刻骨痛恨的一个名词,她可想过?

陆武桥说:没有就好。我希望以前没有,更希望往后没有。

陆建设又阴阳怪气地嘎嘎笑,说:桥老板说话像知识分子。

一直没开腔的陆掌珠突然说话了,她说:建设,别做犯法的事,犯法了要坐牢的,人一坐牢一切都完了。方丹丹肯定就不会和你结婚了。

陆建设说:陆掌珠,你不说话没人会把你当哑巴的,苕里苕气,一边去吧。

陆掌珠气得结结巴巴,说:你看你这个人……你看你这个人……

吴桂芬抄起床上挠痒的竹制痒抓,劈头朝陆建设打去。陆武桥在半空中擎住了母亲的手,夺下了痒抓。吴桂芬一句话欲说说不出来,捂住胸口一阵狠咳。

陆武桥在陆建设离开之前对他说了一段话。

陆武桥说:建设,你是我骨肉相连的亲弟弟,我总是巴望你好。我挖着脑袋撅着屁股拼命做生意,绝不是为了我自己一个人。老头老娘退休老工人,没几个钱的工资;姐姐厂里效益不好,已经内退在家,每月生活费五十元;武丽的厂倒闭,在家待业;这一家老小妇孺,只有我俩是大男人了。

陆建设插了一句嘴说:陆老板请你别把我当个大男人。

陆武桥像没听见弟弟的话一样继续说:你们厂效益不行这谁都知道,但这年头有句话也谁都知道,叫作:遍地是黄金,就看你舍得不舍得吃苦玩命地干。平时大家都忙难得有闲坐在一起,说这种动感情的话也不大好意思,一家人谁不明白谁?还用说什么?但今天我要硬着头皮说一通。建设,我把丑话说在前面,以前的事,我们一笔抹去。但从今以后,如果让我抓到了证据,我就对不起你了。

陆武桥的话越说越狠,声音冰凉似铁,房内鸦雀无声,都盯着他的脸。

陆武桥说:你做什么事都可以,就是不能做那下三烂的犯法的事。不管怎么样,老头老娘生你养你二十四年,你不能打他们的脸。他们虽然只是工人,但在中国的历史上,在社会上,在这简易宿舍一大片地方,在亲戚朋友中,他们是光荣的是体面的,走哪儿都是清清白白昂首挺胸的,从来都只有他们说别人没有别人指他们后背的。所以,对你要求只有一个:不要丢他们的脸,让他们体体面面过完这一生。

吴桂芬挺直了背脊,叫了一声:好!这就是孝心!

陆尼古却泪眼婆娑,背转身扯起袖子揩眼角。他激动地说:我们陆家四代工人阶级啊!

陆建设用轻松而客气的语调说:我可以走了吗?

他说:我很忙,我的一寸光阴一寸金。拜!

陆建设说完就走,把门带得轰隆一响。

半晌,吴桂芬才说:我要是有枪,我就给这小工贼一粒花生米!我真后悔当年怎么要了这个小孽障!

四代堂堂正正的工人!陆尼古说:四代堂堂正正的工人!我爹的名字在二七大罢工的史册上永垂不朽,我们为党为人民开了一辈子的机器,我自豪啊!毛主席都说工人阶级是领导阶级,我们应该自豪啊!现在倒好——

得了!陆武桥给陆尼古泼了一瓢冷水:给你点颜色就开染坊。

陆尼古对吴桂芬说:你看你看,你看这小狗日的怎么对他老头讲话。

吴桂芬把脸转到墙壁那边。

陆武桥说:老头老娘,我也要劝你们一句,对建设好一点。你们当工人的时候神气,他现在的处境却是非常糟糕,真的。

这时门外仿佛有响动,陆武桥敏捷地过去贴着房门听了听。他又赶紧跑到阳台上,看见了弟弟陆建设穿过简易宿舍的背影。在陈旧的蒙满了岁月灰尘的千篇一律的枯燥的工人住宅区,他的处境糟糕,不受父母疼爱的工人弟弟在踽踽独行,他将去哪儿呢?一种钝钝的疼痛细细密密地绗过陆武桥的心。

## 六

轮到谈陆掌珠问题的时候,陆掌珠从她母亲背后抽出了身,在房间光线明亮的地方,陆掌珠的模样让陆武桥大吃一惊。

距离现在最近的对于陆掌珠比较深刻的印象是今年的春节。正月初二的那天陆掌珠带着儿子刘帅回家拜年,说刘帅他爸作为领导给厂里职工拜年去了不能一同前来。陆掌珠说话和颜悦色,接着脱掉羽绒大衣光穿着毛衣下厨房做菜。她的毛衣是大红的颜色,穿一条将军呢的全毛西裤,头发做成大花披在肩上,两腮椭圆,椭圆处闪着粉红的光泽。她和武丽在厨房边做活边说话,不时听到她嘹亮爽朗的一串串笑声。

从春节到现在,时间无非只过去了七八个月。现在的陆掌珠枯瘦得像一块门板,前前后后都是平的,骨骼显得异常粗大僵硬。她肤色晦暗干涩,嘴唇瘪了下去,唇周的皱纹深刻而仇恨地放射出来。她的耳朵、颈脖、手指和手腕上全都戴着赤金的首饰，但首饰已经十分肮脏。她的羊毛衫上面缀着大朵的玻璃珠花，下面穿着一条黑色踩裤。这种踩裤不知是谁发明的，裤腰那儿就是一道橡皮筋，裤脚那儿有一条带子让人踩在脚下，质地是纯粹的化纤，动辄便有静电吸附许多的灰尘。即便质地好这种款式也让人生厌，将一条带子套在脚上是什么意思？不过，奇怪的是这种踩裤居然由武汉开始流行继而风靡全中国，在大街上森林般的人腿中，踩裤的比例之高让人难以置信，好像全中国的妇女们开过会似的。陆武丽在前两年率先穿踩裤，当效仿的人一多，她马上就扔掉了并且非常赞成陆武桥的观点。陆武丽仅是个连高中都没读完的赶时髦的女孩，而陆掌珠高中毕业时已经熟读了唐诗三百首。可陆掌珠竟然被卷入已经发展到俗不可耐的连引车卖浆者流都起哄的市井时髦当中去了。陆掌珠还文了眉毛和眼线，没有了质感的两撇模式化的蓝眉毛使她活像动画片里头的妖精。

陆武桥感到了深深的悲哀。失业像个魔法，很快就把一个大方开朗、感觉准确、精神饱满的织袜女工变成了一个丧魂失魄，求助于美容化妆及首饰和时髦来表示自己存在的俗妇。

尽管是自己的一母同胞，陆武桥心里还是公正地承认现在这个模样的陆掌珠比较可怕。

陆掌珠似乎意识到了什么，不好意思地用手遮了遮眉毛。她的第一句话便是说：你刚才还说我有五十元的生活费，你真是贵人多忘事，我们厂和我们早就两不靠了。

陆武桥说：什么叫两不靠？

陆掌珠说：你呀，现在工人都知道什么是两不靠。就是工人保留厂籍和工龄，但不上班，厂里也不给工人钱，互相不依靠，这就叫两不靠。

陆武桥说：两不靠了工人吃什么？

陆掌珠说：你问我，我问谁？下海呗，做小生意呗，偷呀抢呗。

陆尼古一听很不高兴，说：别把工人说得那么没觉悟。

吴桂芬下地了，扶着膝盖在挪动。她果断地制止了一家人漫无边际的谈话，说：掌珠，抓紧时间讲刘板眼变“修”的事！

刘板眼与陆掌珠的故事是一个新时代的老故事，古老得和宋朝的陈世美秦香莲大同小异。当年刘板眼陆掌珠一同下放当知识青年，两人并肩战斗，情投意合。由于陆掌珠出身好，根子红，又年轻活泼，在两人的关系上，刘板眼十分主动。后来在招工招生的人生关键时刻，刘板眼屡次受挫，痛不欲生。是陆掌珠陪伴他安慰他，又是陆掌珠把自己到武汉钢铁公司当工人的名额让给了他。刘板眼感激涕零，曾跪在陆掌珠面前对天发誓，要一辈子热爱和忠于陆掌珠，海枯石烂不变心。再后来陆掌珠也顺利招工回到武汉。两个人每个星期六都逛中山公园，两个人共同使用一个存款折子每月攒钱。当钱攒到了他们预定的数目后，他们就结了婚。头年结婚，第二年生子刘帅，不幸刘帅是个先天弱智。恰在此时，电视大学业余大学成人大学风起云涌，刘板眼陆掌珠都想读书。一番磋商，结果是陆掌珠牺牲自己，上班带孩子做家务，支持刘板眼读完电大。此时，刘板眼对陆掌珠更是铭感于心，枕边激动之时差点敬陆掌珠为母，亲吻她的脚尖，言称她对自己有再造之恩。从此，夫妻感情弥笃，生活和美，刘板眼处处依从陆掌珠。不料二十世纪八十年代后期刘板眼搞承包，当经理，又搞竞选，当科长，家庭生活逐渐发生变化。变化是家里一天比一天富有，高档家用电器一件件地增加，而刘板眼在家露面的时间一天比一天少。陆掌珠在刘板眼崛起的开初满心欢喜，准备再次全力以赴支持丈夫。谁知刘板眼业已变心，在外面勾搭上一个年轻漂亮的女子。最近正式向陆掌珠提出离婚要求。男人一阔脸就变，可是陆掌珠现在连个组织都没有，没人帮她讨公道，没人维护她的正当权益。

日前刘板眼下了最后通牒，如果陆掌珠还不在离婚协议书上签字，从下个月起，刘板眼既不给他们母子的生活费也不回家。

陆尼古一拳擂在饭桌上，说：他妈个×，真是欺人太甚！

陆掌珠早伏在吴桂芬怀里哭得直抽冷气。吴桂芬抚摸着大女儿的后背，面色铁青，说：桥桥，你看这事怎么办？

陆武桥沉默着，一手支着头，一手玩弄陆尼古的青花小酒杯。他将杯子这么转一通那么转一通，这么转一通那么转一通。怎么办？其实他的答案他们知道，那就是：离呗。他自己不就是离了？说男人一阔脸就变，女人何尝不是一阔脸就变？谁又不是一阔脸就变？应该这么理解问题：阔了变脸是正常的，阔了不变脸才是不正常的。一个富翁还像个小瘪三合适吗？显然不合适。我们不能责怪任何人的变化。我们可以理睬他可以不理睬他，可以绝交可以离婚，但责怪别人毫无道理也毫无意义。以上这些话，陆武桥不愿意说。老工人接受不了，遭到时代和男人双重抛弃的织袜女工更接受不了。他们今天不想听他讲新观念新道理，他们要他拿出阻止离婚的具体办法。他是陆家的头男长子，又当着老板骑着日本进口的摩托车，他们要求他显示陆家的气魄。

这样，这样，陆武桥说：姐你别哭了，老头老娘你们也放松点，别为刘板眼这小子生气，不值得。

陆尼古赞成，说：是啊，为一个小流氓生气确实不值得。

陆武桥说：刚才你光说如果你不离的话他就下恶法，如果你离呢？

陆掌珠鼻涕眼泪糊了一脸，说：他说我同意离他什么也不要，穿裤衩背心走人。每月给六百块钱生活费，刘帅的学杂费教育费和医疗费实报实销。

陆尼古说：至少每月一千块钱生活费。一般还应该给一笔青春赔偿费，至少五万块。

陆武桥赶紧接着父亲的话问：姐，你看这条件行吗？

陆掌珠木呆呆傻子一般反应不过来，但吴桂芬立刻觉察出了这种说法的偏离原则。她厉声喝道：桥桥！她更严厉地说：死老头子！亏你有脸自称"二七"烈士后代，好没工人阶级的志气！

吴桂芬感慨地摇了摇头，说：我知道现在时代不同了什么都讲钱。但是我们家的姑娘不卖钱。青春是用多少钱也买不来的，后半辈子的孤独也是用钱打发不了的。不能让那些忘恩负义的东西以为用钱就能买到他良心的平坦。人争一口气，佛争一炷香，这才是我们的主要意思。掌珠，你说呢？

陆掌珠连连点头，妈说得对。谁稀罕那狗杂种的臭钱。

陆武桥不愿意在谈离婚不离婚的问题上钻死胡同。二十世纪九十年代中期了，谁把离婚还当作天大的事？要办的大事多着呢。陆武桥只得转过来先捧吴桂芬，让她高兴了松口了事情也就好办了。

陆武桥说：嘿，看我老娘这番话说得多好！妈，难怪你的名字和吴桂贤只差一个字，中国的纺织女工真是了不起。照说吴桂贤能当副总理，你怎么着也可以当个国务院发言人之类的。看来只是机遇不好罢了。

吴桂芬果然给逗笑了，她拍了大儿子一巴掌，说：你还别取笑老娘，还真是个机遇问题。要毛主席活着，还真是说不准。

这种谈话陆尼古最喜欢。他积极地参与进来。说：咳，还谈毛主席活着的话干什么？他老人家活着，谁敢搞腐败？天津的张子善刘青山贪污了几个钱？怎么样？还不是挥泪斩马谡了。像现在三令五申不准公款吃喝，不准买豪华轿车，那大街上不照样豪华轿车一分钟比一分钟多？高级餐厅不照样顾客盈门？

吴桂芬说：行了行了别来劲。只要把我们中国搞得国富民强，咱们工人阶级也能识大体顾大局，今天不提昨天的话。

机会来了。

陆武桥说：老娘啊老娘，真是觉悟高！明白事理！识时务者为俊杰嘛。这么说，我倒开了窍，姐的事我看我们也应该放在现在的历史背景下冷静地分析分析。

不离！吴桂芬说，就是不离！国家大事现在没咱的份儿。家里的事还是能够说了算的。刘板眼做我女婿十五年，我陆家待他不薄。掌珠如花似玉一个黄花闺女嫁给他为他奉献了一切，让他得逞，天道不公！他两口子好好的十几年脸都没红过，去年年初还怀了孕打过胎。就是那狗杂种有钱了烧得慌，想再做一次如意新郎。做他的黄粱梦去吧！他以为男人四十一朵花，女人四十豆腐渣，那就拖住他，让他过十年二十年再看看自己是不是一朵花？

陆掌珠又呜呜地哭起来。

吴桂芬说：哭什么哭？把你的要求一五一十告诉桥桥，让他去找刘板眼。他妈个×，现在世人都看不起工人，那狗杂种也墙倒众人推，落井下石，好！我的乖乖儿，那咱娘俩就走着瞧吧。

在离开简易宿舍各回各家的路上，陆武桥带陆掌珠到一家饭店的酒吧坐了一会儿。

陆武桥说：刘板眼这个人我们都知道，他脑子灵光得很，你拖着他，我担心他会给你苦头吃的。老头老娘和我们这些兄弟姊妹毕竟不能够和你们住在一起，这一点你想过吗？

陆掌珠泪又泉涌，一边拿手绢擦泪擤鼻涕，一边小声说：我想过。

停了停，陆掌珠不吭声。

陆武桥说：还有一点不知你想过没有？他现在是先礼后兵。他是可以单方面向法院起诉的。你知道现在有钱，即便他买不通法院，他坚持起诉下去，恐怕最终还是一个离字，可你不知要被白耗多少年。

陆掌珠说：这我也想过。他现在神通广大。有钱嘛。

陆掌珠说完闭紧了嘴，光抹泪。陆武桥抽了一支烟，陆掌珠还是不开腔。

陆武桥说：我的姑奶奶你说话呀，你既然这也想过那也想过。那一旦结果是离，你怎么办？

陆掌珠眼中闪出强烈的光芒，说：我死！反正刘帅和傻子差不多，活着今后也受罪。我们一家三口同归于尽。毒药我都准备好了。

陆武桥张着嘴，半天说不出话来。他一点也不怀疑陆掌珠说话的真实性。

可是——陆武桥说：姐你这是何苦呢？像我和苏素梅，好说好散不也挺好吗？活着更重要。留得青山在，不怕没柴烧。你这么死心眼到底是为了什么嘛！

陆掌珠说出了“死”字之后反而不哭了，泪也干了，人也沉静下来，忽而说话很有顿挫。

说呢有点儿说不出口，不说呢你又不明白——陆掌珠说：凭你和苏素梅那么玩笑似的闹闹，你自然是不懂的。我没有你们潇洒。我为什么愿意与他一同死而不愿意离？因为我非常，非常爱他。

陆掌珠居然脸红了一下，飞快接着说：你以为我这穿金戴银文眉毛抹胭脂地赶时髦我自己不受罪？这不也是为了他！

陆掌珠说完最后一句，站起来转身就走。陆武桥目送着姐姐陆掌珠，一时间头脑一片空白。

## 七

陆建设和李浩淼一人骑一辆山地车从简易路出来，拐上了解放大道。李浩淼紧跟在陆建设后面，提醒陆建设说：嗨，嗨，过马路！

按交通规则，他们不过马路是对，过了马路是反方向行驶。他们故意反方向骑车，猫着腰，骑得飞快，逼得自行车道上其他自行车纷纷躲闪，有人因此撞到了马路的护栏上。他们希望有穿着体面车牌比较响亮的人撞上他们。他们唯恐世界不乱。

李浩淼是李老师的儿子，其长相综合了李老师尤汉荣夫妇的缺点：尖嘴猴腮，鬼头鬼脑，苍白发青的脸上拥有一双总是充血的小眼睛。李浩淼没考上大学，上了职业中等专科学校，学的是园林专业，毕业后参与修剪汉口市中心的马路绿化带和花坛。李浩淼对自己的工作有个蔑称：城市农民。

城市农民李浩淼长期不上班，因工资福利待遇菲薄而愤世嫉俗。他衣着时髦，骑一辆来历不明的山地车，在武汉三镇转悠，一心渴望着遇上发财的机会。

李浩淼比陆建设小四五岁，他称陆建设为“拐子”。用普通话解释，“拐子”与“哥们儿”相近，但武汉市所谓的“拐子”含有老大的意思，匪气十足。李浩淼并不想被人称为拐子，他认为这种称呼江湖气太重，有辱他书香子弟的斯文。再说，他更乐意做一些幕后的工作，想些点子出些主意之类的。陆建设正好喜欢出风头，喜欢从形式上主宰别人，干起事来一往无前，宁折不弯，却寡言少语，没什么话说。他们俩是一对很好的搭档。

解放大道从同济医院开始，进入繁华的市中心地带。陆建设李浩淼两人在同济医院外面宽敞的人行道上停下了车,望着马路对面高耸的亚洲大酒店。

李浩淼说:我认为我们有必要进去在二楼安静的水手吧议一议我们今天的打算。

陆建设没表情。

李浩淼说:议一议很有必要!不能打无准备之战——最近我在看一本毛泽东写的书。

陆建设白了李浩淼一眼,说:好。去吧。这回该你掏钱了。

拐子!拐子!李浩淼媚笑着连呼拐子,他说:最近我确实没钱,月底了,手头紧得很,下回你点饭店我埋单。

陆建设说:那就别看见豪华地方就犯瘾好不好!

李浩淼说:拐子,这个道理你就有所不知了。我们到现阶段是必须开会了。如果不找个比较好的场所开会,我们就不可能平心静气不受干扰地商议问题。如果我们不能平心静气,做出的决定就有可能——

少扯淡!陆建设说:走吧!

陆建设李浩淼一前一后,挺胸腆肚,旁若无人地进了亚洲大酒店。

他们在水手吧一个比较隐蔽的角落落座。刚一坐下,便有身着制服的酒吧服务员小姐过来问先生们用点什么?

李浩淼说:陆总,热咖啡行吗?

陆建设点点头。

李浩淼对服务员小姐发号施令:两杯热咖啡,两份汉堡包,希望也是热的。

服务员小姐说:好的。请问汉堡包是要牛肉馅的还是土豆馅的?

李浩淼说:小姐,我们是食肉动物。

服务员小姐并不欣赏李浩淼的幽默,毫无反应地转身离去。李浩淼装作与陆建设对话,大声说:陆总,我看这酒店的软环境不行啊!咱们的美国商务考察团不能住这里吧?

陆建设一把逮住李浩淼,将他扯到自己眼前,说:你这小狗日的刚吃过早点又要汉堡包,不是吃你自己的钱是不是?

李浩淼说:快松手!拐子,咱们这是在什么地方啊!下回不点汉堡包了行不行?

陆建设松了手,说:李浩淼,你哪像大学教师的儿子啊,一点知识分子的傲骨都没有。

李浩淼说:时代不同了,衡量知识分子的标准也应该不同。李老师他老人家都经常挑选待遇好的会议去开，何况他的儿子？现在我们的原则是：宁弯不折。明白吗？宁弯不折——一个生命力多强的新成语！

陆建设李浩淼笑起来。

他们用一杯咖啡和一个汉堡包使用了水手吧整整一个上午。他们细嚼慢咽，享受着楼下大厅钢琴的弹奏声。他们一致认为这种生活应该是他们的日常生活。他们对简易宿舍这种灰不溜秋的工人住宅区烦透了，也对租界房子洞庭里十六号烦透了。到处是被风雨剥蚀的墙面，到处是被炊烟熏黑流油的天花板和楼梯，到处是生活垃圾，到处尘土飞扬。这里是多么明丽啊！女人个个轻言细语，男人们全都衣冠楚楚。晶亮的大门里时不时进来一个或者出去一个高挑的豪华的打扮十分别致的粉面丽人，有时还是洋人相伴。她们给了陆建设李浩淼一个恍若资本主义国家的生活背景。在这种背景下李浩淼几乎只费了吹灰之力，就驳倒了陆武桥苦口婆心施加给陆建设的道德观念和生活原则。

李浩淼这个刚从少年步入青年，嘴唇周围还是孩子的茸毛的苍白发青的城市农民，没有正形地极舒服地盘踞在软椅上，一手端着热咖啡，一手夹着香烟，长篇大论夸夸其谈。他说：在今天这个历史时期，工人阶级重又坠入困境。你、你老头老娘、你姐、我老娘，还有大街上许多摆地摊做小生意的，蹬麻木的士的，等等，都是活生生的例子。企业效益普遍不好，在一部分人都已经别墅小车三妻四妾的时候了，我们却发不出工资，闹什么破产啦合并啦留职停薪啦两不靠啦。我们一日三餐都受到威胁了，还有什么体面？还有什么光荣？

陆建设一直在和着钢琴的演奏打拍子。他似乎一直没听，但李浩淼知道他一直在听。

李浩淼说：不错，也有搞得很不错的企业和工人。但那都是些什么企业？要么国家支柱企业，要么合资企业，要么私营企业，和大部分工人不相干呢？至少和你不相干。刘板眼是工人，很有钱，你哥曾经是工人，现在也干得不错，他们这样的人有一批，可他们还算工人吗？他们的钱是做工赚来的吗？他们已经蜕化成了新兴的资产阶级！因为他们长得比咱们漂亮，讨人喜欢——李浩淼说到这里尖声尖气地咯咯发笑。

陆建设横了李浩淼一眼，李浩淼表示服他管理，不笑了。

李浩淼最后下了结论，说：我们已经是彻头彻尾的无产阶级，要创造人类的幸福全靠我们自己。我认为我们不必忌讳陆武桥之流，完全可以采取巧妙的手段把分配不公的钱赚一点过来，一点——够我们与时代同步就成了。

陆建设问：说完了？

李浩淼说:暂时告一段落。

陆建设说:你可真有学问哪,真是人小鬼大,比起你老头,我看是青出于蓝而胜于蓝了。

李浩淼说:那是你十年不见我老头了。人家长进大大的,现在人家一点不耽误形而下的生活,一刻都不离形而上的话题,在他那个领域活跃得很呢!作为他的儿子,我还只学了一点皮毛。

陆建设说:住嘴,我不爱听你谈这些废话。我对李老师毫无兴趣。我要的是开始行动。

李浩淼一听兴奋得睁大了眼睛:现在吗?

陆建设点头。陆建设朝柜台打了一个响指,说:小姐埋单。

李浩淼说:陆总,按刚才商量的一号方案还是二号方案?

陆建设说:一号。

英明!李浩淼说:英明啊!

服务员小姐过来埋单,李浩淼没放过恶作剧的机会,他煞有介事地说:小姐,我给你提个醒,好让你到时候不至于太伤心。我们陆总是美国商务司驻中国办事处总经理,有个商务洽谈会准备住这里,陆总今儿特来微服私访,看看软环境。谁知你以外貌取人,对我们的服务并不像对上帝那样。我们已决定通知你们的老总王宏涛。

服务员小姐窘迫地叫了陆建设一声:先生。

陆建设理也不理,大步下了楼。李浩淼紧紧跟随着陆建设,但也没忘记给服务员小姐一句警告。他说:顾客都是上帝。请接受这次人生的教训。

半个小时之后,陆建设李浩淼从同济医院门诊部的厕所里出来已经是另一副模样:陆建设肋下拄着双拐,穿着非常破旧的西装,一看而知是个有残疾的又还有点斯文的城市青年。李浩淼穿了一套从建筑工地偷来的服装,脸上抹了灰,夹只旧公文包,活像一个发了小财的民工小工头。

他们骑车向市中心最繁华地段的交通路进发。

交通路与著名的商业街江汉路毗邻,旧社会是条文化图书街,有古籍书店,有翰墨林,过去许多进步知识分子在这儿从事文化文学活动,如邹韬奋等人开的生活书店,胡风、曹白、萧军、萧红他们编的杂志《七月》,等等。现在除了交通路口还保留着古籍书店和翰墨林外,实际上这里已是一个极专业化的大型鲜鱼海货山珍禽蛋市场。书店门口经常有卖蛇人在为顾客宰蛇,小蛇溜进翰墨林的文房用品中也是常有的事。由于交通路与花楼街相连又与江边武汉港客运码头相通，这里外来人员流量非常大，而且大多是没什么文化，怀里揣了几个钱，还想碰运气挣更多钱的鱼肉贩子、民工、县城乡村级的小老板等人。陆建设李浩淼对交通路格外属意，将它列为一号目标。唯一使陆建设担心的是，他哥哥陆武桥的餐厅与这里只隔一条街道。不过他知道陆武桥一向是清晨采购并且在花楼街有固定的供货人。李浩淼则认为眼皮底下恰恰是盲点。他们对今天的行动充满了信心。

## 八

宜欣走过来了。

宜欣的面容白白净净，披一头光滑的短发，穿一身鼠灰色全棉休闲装，背一个牛仔背包，胸口挂着块七星瓢虫形状的彩色电子表。她从轮渡码头下来，绕过英国建筑海关钟楼，精神抖擞，步履轻盈地走在江汉路上。路上不时有人看她，她一副浑然不觉的模样。实际上宜欣当然知道不断地有人为她回头。宜欣还清楚地知道自己并不属于千娇百媚天生丽质的绝代佳人之列，但她知道自己的整体精神面貌比较怡人。她洁净整齐，衣着素净而质地优良，她的双腿修长，步态漂亮，胸部丰满度适中。她知道她健康的乳房在随着她漂亮的步态活泼地有节有奏地弹动。女人走路绝对是需要技巧的，可惜这个问题只能意会不能言传。宜欣庆幸自己有很强的领悟力。

这是宜欣无数个星期天之中的一个。在武昌读大学又读硕士研究生的八年里，宜欣度过星期天的方式其中有一种，这就是：独自逛汉口。

宜欣在天气晴好的周日清晨便起床，照例学一个小时英语，之后背上牛仔背包跑步出校园，坐轮渡过长江，从江汉路步行进入闹市区。当她走到鄱阳街口的时候，她在“标新立异”早点铺吃一碗牛肉米粉。在逛完了商店服装店和书店之后，一般时间已是下午三点多钟。归途中她乐意在“标新立异”烧烤铺吃一两串烤羊肉或烤别的什么。“标新立异”还有一个装修豪华的餐厅，宜欣没进去过。

宜欣站在烤箱旁边吃羊肉串或者坐在铺子里头吃，观察那些从餐厅进出的人。这些人身上几乎都是西装，但也有脚下穿旅游鞋的。他们进去时是理所当然，踌躇满志的神情；出来时红光满面，意满志得，一副穷人乍富，挺胸凹肚的模样。宜欣有时候会兀自发笑。有时候会与炸羊肉串的伙计议论一两句。宜欣成了“标新立异”早点铺和烧烤铺的常客。一来二去与伙计邋遢混得很熟。

第一次吸引宜欣停下来吃早点的是“标新立异”这个店名。作为餐厅的店名无疑它很文化很别具一格。吃了牛肉米粉之后又发现这里的牛肉米粉绝对正宗地保留着老汉口的风味。后来又发现“标新立异”烧烤店的确在标新立异，它不仅将新疆的烤羊肉串演变成油炸羊肉串，还将猪肉鸡肉演变为佐以孜然的烤肉串。它一个电烤箱一口电油锅，可供油炸或烧烤的原料一般人难以想象，除羊肉猪肉鸡肉之外，还有田螺肉、火腿肠、牛蛙腿、臭豆腐干、鹌鹑，等等，它随季节的变化而永远标新立异。

执掌烧烤油炸的伙计邋遢是个面相和善的乡下小青年，脸上总会有一到两块乌云般的油烟灰，他一开口就笑，很惹人喜欢。宜欣吃过几次烧烤之后问他：你叫什么名字？

邋遢腼腆地答：邋遢。

宜欣说：什么？

邋遢。邋遢说：就这名字，爹起的。来武汉后，我们老板也喜欢这名字，说有趣。

宜欣大笑，说：对，非常有趣。

在两年多的许多个星期天里，宜欣通过邋遢看见了标新立异的老板陆武桥。陆武桥经常送宾客出餐厅的大门，是个帅气的男人，很善于应酬，但从不让人看上去肉麻。餐厅及两个连锁店的名字就是他起的。许多吃的花样也是他创造的。邋遢一说到老板陆武桥钦佩之情溢于言表。邋遢有一句话永远挂在嘴边：我们老板，那才了不起哪！

宜欣还认识了陆武丽。陆武丽偶尔过来帮邋遢的忙。对宜欣非常客气，每次都要说：“好走”和“再来”。宜欣仅凭陆武丽的几次表情就觉察出她对她哥哥陆武桥的感情非同一般。当然她不敢往深处乱想，她也毫无必要往深处乱想。不过，宜欣认为，这样了解和深入社会生活很有意思。“标新立异”是她学生生涯中的一道别开生面的风景线。

今天，宜欣与往常一样过了汉口，在“标新立异”早点铺吃了牛肉米粉，逛了两个小时服装城一无所获，在中心百货商场买了一支洗杯子的棕刷，顺路进“东方快车”吃了一份快餐作为午饭，然后一家家逛书店，最后到了交通路口的古籍书店。宜欣非常喜欢古籍书店，喜欢它的幽深和清静，还喜欢二楼的特价书室，她每次都要坐在地板上细致地淘取自己喜爱的旧书。

宜欣今天在淘取旧书的时候一点也没有想到再过半小时，她的生活之船将会冲撞出一朵巨大的浪花。

残疾青年陆建设悄悄地来到了交通路口,他四下侦察一番之后,熟练地选了一处路边空地坐下来,将双拐垫在屁股底下。

陆建设悠悠吸着烟,瞅准时机在自己面前铺开一张报纸,在报纸上摆了三张扑克牌,其中有一张红桃K。他开始专心地玩起三张牌来。他将三张反着的牌不停地调换位置。不一会儿,就有行人驻足看他。也有人不懂,问:这是干吗呢?

陆建设头都不抬,不睬这不懂的人。旁边就有好事的人解释,说:这都不懂?猜牌啊,赚钱的事啊。

听说是赚钱的事,外地人又凑上来了几个,问这如何是赚钱的事?

武汉人就说三张牌反着都一样,是不是?

外地人就说是呀。

武汉人说:庄家翻其中一张让你看清楚,一般是红桃K,醒目得很。你看过之后庄家将牌反过来,然后与其他两张调换位置,如果调换之后你能猜出红桃K,钱就归你,猜错了,钱就归庄家。

外地人说:就这三张牌?庄家会不会搞假?

武汉人很内行,说:怎么会搞假?大家都睁大眼睛看着。只有一条,就是怕碰上调牌调得飞快的高手,你猜不准。

有人脾气硬,大声说:不就三张牌吗?我就不信我看不清楚他怎么玩法!来!咱试它一烙铁,碰碰运气。

众人乐了,都朝此人看去,一看是个民工工头模样的人,就怂恿:试试!试试!

此人就是李浩淼。

## 九

李浩淼的眼睛像农村人那样直着,操一口黄陂话,黄陂是武汉市的郊县,黄陂有很多人在武汉打工,其语言的腔调比较滑稽。李浩淼左右晃动他那比陆建设大一位的块头,向众人友好地讨主意:试试?试试?

围观者越发多了起来。陆建设依然低头玩牌,手法好像不那么熟练,人也不那么理直气壮,不敢抬头邀战。

大家都叫起来:试一试嘛!

李浩淼脚一跺,拍出一张十元的钞票,但他紧接着又把钞票捏回手心,与众人说:我是个乡里人,他是城里人,要是我赢了他赖账呢?城里人不管本事大不大可都有本事欺负我们乡里人。

众人急了,纷纷给他打气和担保,说:不会的,不会的。赌场无大小,人人平等。这又不是别的场合。他万一赖账还有我们呢。我们保证替你主持公道。大街上呢,青天白日,又是自己出来摆的场子,他哪会赖,只怕你赖呢。

有人朝陆建设说话了:喂,跛子,你到底敢不敢玩真的?莫丢武汉人的脸好不好?

千呼万唤,陆建设这才抬起头来,眼神比羊羔还懦弱和迷惘,说:哪个要真玩?

众人都推李浩淼,说:他。他。工头老板。

陆建设打量一眼李浩淼,稍露怯色但口里却说:玩吧。

李浩淼说:好!玩!但是我把丑话说在前头,既然你摆了场子,就会有输赢,生死由命,富贵在天。我们都是男人,好歹算条汉子。不管输赢怎样,赌钱给钱,赌命给命,一句啰唆都不要,怎么样?

众人喝彩,说:好!

陆建设咕噜说:什么怎么样?玩就玩。

于是,在众目睽睽之下,李浩淼蹲了下来,与陆建设面对面瞪着。陆建设翻出一张红桃K示意众人,李浩淼说:看清了,红桃K,翻过去吧。

陆建设翻转了红桃K,然后与并排的其他两张牌调换位置。李浩淼和围观者的目光都死死盯着那张红桃K。

陆建设的动作越来越快,但显然还是无法混淆众人所盯好的红桃K。陆建设努力地操作了一通,停了下来,说:猜吧。

李浩淼笑了,拿十元钱毫不迟疑地拍在他一直盯着的那张牌上。

陆建设将这张牌一翻:红桃K!

陆建设似乎不敢相信这种结局,他发呆地看着牌,李浩淼说:喂,庄家,拿钱来呀!

陆建设再次向众人抬起他装出的羊羔般的眼神,众人笑着说:跛子你输了!

陆建设不太情愿地从怀里掏出了一张十元钱,一眨眼,这十元钱就与李浩淼的那十元钱叠在一起装进了李浩淼的公文包。这时候,李浩淼拨开人群要走，陆建设说了话：喂喂，伙计，再来一把怎么样？

李浩淼收住脚，说：来就来！赢了一把就走也不好意思。但你要明白，这是你要来的，我是就你的意思，输了赢了都要干脆利索一点。陆建设有点愤怒了，说：你怎么那么多话？难道我刚才没给你钱！

李浩淼又蹲下来。这次在陆建设进行的过程中，许多人都蹲下来细细看着，围观者已经水泄不通。这一次陆建设更努力，调换牌的次数简直多得超出了常规，最后他抱了肩，很有把握地对李浩淼说：猜吧。

众人几乎齐声叹息，说：完了跛子！

因为几乎所有人都没有盯丢那张红桃K。果然，李浩淼喜不自禁，他拿出一张百元的钞票拍在那张牌上，众人震惊，都望着陆建设，只见陆建设不慌不忙也抽出一张百元大钞压在李浩淼的钱上面。结果一翻开：红桃K！

陆建设仿佛挨了意外的一击，垂下头揉太阳穴。众人大哗，说：这民工今天走运了！他家祖坟冒青烟了！

说：跛子啊跛子，你还远没学熟呢！赶快回家关起门练去吧。

说：跛子你也太胆大了，这手法也出来混，可怜的。

正说着笑着要散去，陆建设突然昂起头，咬牙切齿道：我就不信邪！今天我就豁出去了，就他妈算交学费！

陆建设神经地抖动着，激昂地叫道：乡巴佬！你别走！别他妈的像没赚过钱似的！再来一次！

众人拦住了李浩淼。

众人都兴奋得吃了兴奋剂似的，说：啊，跛子今天脾气来了。再玩一次，再玩一次。

李浩淼显出非常犹豫的样子，说：我不想再赚他的钱。他肯定不行。初出道的又是个残疾人。再说我到五台山找一个高人算过命，他说我正走财运，真是的，人家做房地产都亏，我一个乡下老粗，在武汉做一片房子卖一个好价，做一片房子卖一个好价，我自己都赚得吓不过了。

众人"哦"了一声，对李浩淼刮目相看。说：是啊，真是运气来了门板都挡不住。

李浩淼对众人拱拱手，说：所以，我忙我的去了，我不和他玩了，可怜初出道的又是一个残疾人，我不能黑这个心。

陆建设怒不可遏地从地上蹦了起来，差点摔倒，旁人一把扶住了他，递给他拐杖。陆建设说：你妈个×，得了便宜还唱哑调！老子有残疾怎么样？装得像蛮有义气似的,你以为老子就没有?来!再玩一次,我赢了请在场所有人吃一顿,输了面不改色心不跳,算花钱交个朋友。

众人都说:好好好,两人都是好汉!都是好汉!

李浩淼说:那好,就再玩一次。

紧接着寂静突然降临,麻麻密密的围观者被吸引在陆建设和李浩淼身边。大家全都屏息静气地看着三张被不停地互换位置的扑克牌。陆建设的额头上冒出了汗珠,他使出浑身解数,动作迅速得有点让人眼花缭乱。但当他停下之后,李浩淼笑了,说:说句得罪你的话,兄弟,我还是猜得出红桃K,真的,我一点没走眼。

李浩淼左右小声告诉了旁人哪张是红桃K,旁人都点头,小声说:跛子又栽了。下一盘我来跟他玩。

陆建设催促说:快猜!

李浩淼说:这次我真拿不准押多少钱,既然真的赌,眼看能赚的钱不赚那也是个窝囊废,但你初出道又是残疾人,怀里能揣几个钱?

陆建设说:看来我还真想交你这个朋友。多少钱我来替你押个数!

陆建设从怀里刷地掏出一叠百元钞票,上面还有银行封签,扎得紧紧的,整整齐齐。陆建设说:看好了,上午刚从银行取出来的,一千块整,是我今天带在身上的所有的钱。我们残疾人是不是比你们更有气魄?你翻,是红桃K的话你把这扎钱拿了就走,你不要钱就是不愿意交我这个朋友!

李浩淼被感动了,他嗓子有点呜咽,他说:好好!交个朋友,交个朋友。

李浩淼把公文包打开,倒出所有的东西,除了一大沓盖着红色公章的合同和批件外,钞票数一数只有两百来块,李浩淼一边数钱一边自顾自地说今天出门只是送一份批件,没带什么钱,李浩淼着急了一阵,对众人抱一抱拳,说:说我财运好呢我还自己不当心带少了钱。伙计们,承蒙各位一直在这里帮我,壮我的胆。我把这赚钱的机会让各位都得一点。这两百块是我的,其余大伙押,谁押多少就得多少,数目到一千就够了,手脚晚一步请不要怪我不照顾机会。

众人情绪正热烈,又见陆建设可怜兮兮直瞟他的一千元钱,结结巴巴说:伙计……伙计……你没带钱就算了,要别人押干什么?

就在陆建设伸手想收回那叠钱的时候,人群中有一个男人甩出了一百元钱,说:我押一百。

接下来立刻是争先恐后的局面,你二百,我三百,顷刻间一千元就齐了。李浩淼清点整理了一大堆各种票面各种成色的钞票,将一千元之余的两百块钱退给了两个悔恨自己动作迟缓的男人。

李浩淼举着这一千元钱说:我押了?

众人说:你押吧你快押!

李浩淼说:有没有谁认为我看得不准,愿意出面替大伙押的?这责任多大呀!

众人相互看看,说:没有,没有。你押那张就行了。

在这个过程中,陆建设一直用哀求的目光追逐着李浩淼,小声说:算了吧……算了吧。

众人见此情形,越发焦急地敦促李浩淼快押。李浩淼仿佛是非常难过非常抱歉地在一张牌上押上了一千元钱。两叠千元的钞票摞在一起,众人的眼睛望着它们,闪闪发亮。几乎所有押了钱的人都有强大的幸福感,觉得今天多么好运,在大街上可以白白地得钱。

陆建设轻声说:我要翻了。

有人讥讽说:跛子快翻吧,长痛不如短痛。

陆建设轻巧地翻开李浩淼押的那张牌,却是一张黑桃8!黑桃8不是红桃K!陆建设赢了!

围观者顿时目瞪口呆。在这一瞬间,陆建设飞快地将两扎钞票揣进怀里,扬手叫了一辆出租车。就在陆建设打开车门要上车的时候,一只手拉住了他。

陆建设一看,是他哥哥陆武桥。

## 十

陆武桥隐蔽在一边,观看陆建设和李浩淼的双簧已经多时了。他吸着烟,不动声色地等待着最后的结局。他知道在最后的结局出现之前这两个家伙随时可以找出充足的理由为自己辩护。

尽管陆武桥已经经商几年,但像这样亲眼看见人们对金钱如蝇逐臭,竟然丝毫不怀疑陆建设与李浩淼是一对“桥子”,他依然感到震惊。

陆武桥抓住陆建设胸口将他拖离出租车。

陆建设最初一刻的恐慌已经过去。他仇恨地与陆武桥对视着,说:放开我!

陆武桥说:把钱吐出来!

放开我!

吐不吐?

狗杂种,与你相什么干!

陆武桥劈面挥过一拳,陆建设口喷鲜血,趁势捂紧胸口的钱跪倒在地上。

李浩淼一见陆武桥出现,便觉大事不妙,正好人们也因陆武桥的出现一阵骚动,放松了对李浩淼的围攻,李浩淼腰一猫,抱头鼠窜。不过李浩淼并没走远,陆建设身上的那一千元钱与他血肉相连。在陆建设坚强地与陆武桥抗衡的时候,李浩淼又悄悄溜了回来,伺机帮助陆建设。当陆建设好像被打死一般倒了下去,李浩淼便凄惨地大叫起来:打死人了!

李浩淼装出义愤填膺的样子,颇含煽动性地向众人呼救:他要打死他了!他是个人高马大的壮年人,可他是一个瘦弱的残疾人,不能让他这么打残疾人啊!

李浩淼说:我还不是输了几个钱,赌场有输赢嘛,拦住跛子不让他走,我们把钱赚回来就是。可是输了几个钱就把人家往死里打,还是不是裆里长鸟的大男人啊!救命啊!求求大家拉住那大个子!要不就会出人命啦!

在李浩淼又叫又跳的时候,陆武桥又给陆建设几拳几脚。因为陆建设死活捂住胸口不放,还咒骂陆武桥说:我×你妈×你姐妹!

陆建设除了骂骂咧咧并不还手,与李浩淼一呼一应,在陆武桥的拳脚相加下大声惨叫,滚来滚去,弄得到处是鲜血。

人群中有几个年长一些的男人出面了,说:算了算了,别真的打死了,他也是可怜。

人们一拉住陆武桥,李浩淼立刻奔到路边拦了一辆出租车,他把公文包往地上一扔,说:我这里头的批件价值百万元,我押在这里,先把跛子送医院抢救,回头一切好说。拜托千万放妥我的包!救人要紧啊!

陆建设再一次差点上车溜走。

陆武桥这一次先击倒了李浩淼,随后逮住陆建设,叫道:邋遢!

邋遢应声而出,死死抱住了陆建设的双臂。陆武桥伸手掏了一把,掏出陆建设那叠整齐的所谓刚从银行取出的千元钞票。陆武桥抽掉上下的两张一百元,然后顺手一甩,白花花的纸片纷纷飞舞,人群大哗。

陆武桥对众人说:你们怎么能够相信他们呢?他们是一对“桥子”,扎伙骗钱呢!

人们这时才恍然大悟,寻找李浩淼。李浩淼却已无影无踪。人们真正愤怒起来,嚷道:把钱交出来!把他打死算了。

陆武桥对陆建设说:把钱还给他们!

陆建设说:还了钱之后呢?

陆武桥说:跟我去派出所!

陆建设说:桥老板,我劝你不要赶尽杀绝!

陆武桥说:可是我有言在先!

好吧。陆建设叹了一声,说:你把钱拿去还给那些苕货们。

陆武桥信以为真。他刚一靠近,陆建设飞起一脚直踢他裆部,陆武桥立刻失声叫疼,捂住裆部弯腰蹲了下去,邋遢赶紧奔过来搀扶自己的老板。陆建设又一次要钻进出租车。人们一拥而上,围住陆建设,这时陆建设突然拔出了一支手枪。乌黑的枪口所指之处,人们纷纷溃退,大几十号人在眨眼间顿作鸟兽散。出租车司机也吓得吱溜一声将车开走。陆武桥已经站了起来,与邋遢一前一后堵住了陆建设。

陆武桥吼道:建设!建设!你别发浑!别发浑!

陆建设此刻面色铁青,眼睛也红了,他带着哭腔叫道:别过来!你让我走!别过来!

陆武桥还是在一步一步地走过来,他说:建设!你是我的亲弟弟呀!我不能让你胡来!建设!放下枪,把钱还给别人,我给你钱去做生意,好不好?买辆车开出租,好不好?

陆建设将枪口对准了陆武桥:别走了!

陆建设哭起来:我求你别往前走了!

陆建设闭上了眼睛,弯过手指去扣扳机。大街上下的行人和车辆都停住了,都远远地惊惶地望着这个场面。在这一刻,陆武桥的心也横了,他想死吧,就死在弟弟的枪口下算了!他想不能让他弟弟以为靠枪可以横行世界,他不挺身出来告诉弟弟这个道理指望谁挺身而出!他想死就死,一声枪响倒也痛快,亲弟弟都忍心朝哥哥开枪,活得还有什么人味啊!他想死吧,倒也有趣,他在突然之间可以什么都不管了。

宜欣坐在地板上翻着一堆旧书。后来她发现书店的人都趴在窗口往下看。

宜欣走过去一瞧,看见了“标新立异”的老板陆武桥和伙计邋遢。这正是陆武桥闪电般击倒李浩淼又逮住陆建设的那当口。宜欣想:这可有点意思。

看着看着,陆建设忽地就拔出了枪。大家不由自主把身子往后一缩,议论说现在可不得了,好事做不得,一般歹徒都有枪。又议论说这下好了,又要出个勇斗歹徒的英雄人物了。宜欣拨开人群转身下楼。一楼书店的大门已被关上,人们都挤在窗户边观看,宜欣打开大门就冲了出去。

宜欣从陆建设的斜后方冲出来的时候,陆武桥看见了她。但陆武桥只来得及朝她喊一声:别! 宜欣就已经将陆建设的手臂撞向天空。

陆建设的这一枪直射蓝天,但枪口里射出的不是子弹而是一线水柱,水柱在空中变成了五彩缤纷的肥皂泡,节日般绽开在大街的上空。

在所有人的怔忡之中,陆建设最先清醒,他大骂道:妈个×,骗到老子头上来了!

陆建设将手枪狠狠砸到地上,抱着头,跪在地上号啕大哭。

## 十一

在一个秋色澄净的黄昏, 宜欣的生活之船不知不觉地驶入了鄱阳街洞庭里十六号陆武桥的港湾。

陆武桥像个伤员那样半卧在床头,宜欣坐在与他遥遥相对的沙发上,他们在轻松愉快地聊天。你的童年,我的童年;你记忆中的稀罕事,我记忆中的稀罕事;你最喜欢吃什么,我最喜欢吃什么;你最讨厌哪一种人,我最讨厌哪一种人;你看小说吗? 我看小说吗;你看电视连续剧吗? 我看电视连续剧吗。在他们的笑声中,海关钟楼的钟声又一次敲响。他们静下来,倾听圆润悠远的"噹——噹——"的钟声。

钟声一落,陆武丽端了一果盆雪梨进来。

陆武丽热情洋溢地说:宜欣姐,吃梨吃梨。吃了梨我送你到码头。八点钟了,八点半是最后一班轮渡。

宜欣微笑了一下,拿了一个梨吃。

陆武桥说:武丽,你该回家了。等一会儿我让邋遢送宜欣,打个的,三分钟就到码头。我们给邋遢提供一个做绅士的机会吧。

三个人都笑起来。

陆武丽退出去了又伸进头来,说:大哥,我让邋遢一刻钟以后上来。

一刻钟之后邋遢果然准时上了楼。

陆武桥告诉邋遢:你忙你的去吧,宜欣不坐船了,待会儿自己坐出租车回去。

邋遢诺诺退下。

陆武桥与宜欣相视一笑。

陆武桥问:不坐船可以吗?

宜欣说:当然。

陆武桥说:很久很久没有和人这么聊天了,我觉得非常好,非常愉快,还想聊。

宜欣说:那就聊吧。

陆武桥说:你不是为了陪我吧?

宜欣说:就是为了陪你又有什么呢?

陆武桥哑口无言,但心里很舒服。只好问:梨怎么样?

宜欣说:梨很好。吃吗?

陆武桥点头。

宜欣挑选了一个梨,对着灯光看看,放下,又挑选了一个梨,对着灯光左瞧右瞧,说:这个肯定又嫩又甜,你相信吗?

陆武桥说:我相信。

陆武桥声音很平淡,热浪却一直涌到他的喉咙口。他被宜欣小巧的动作和专心致志的神情还有柔和的嗓音打动了。没有其他女人为他如此这般地挑选过梨,尤其是一个如此美好雅致的女人。

陆武桥埋头吃梨,几大口就吃得只剩一个梨核。宜欣接过梨核时惊讶地扬起了一只眉毛,说:世界上竟还有如此勇猛吃水果的人！在学校,男生和男老师吃水果都非常斯文,当然,那是有我们女生在的场合。

陆武桥说:后半句话补充得好。

两人又不由自主相视一笑。陆武桥觉得宜欣非常动人。

十点的钟声在渐渐寂静的夜里格外响亮地中断了陆武桥和宜欣的谈话。

钟声响过,宜欣捋了捋头发,说:我得走了。

陆武桥说:我们刚才正在谈什么呢？还没谈完吧?

宜欣说:可是时间到了,我得走了。

陆武桥说:时间到哪儿啦?谁给我们规定了时间?对了,我们正在谈微观世界,谈微观世界里的纳米技术,纳米技术可以把一根头发粗细的纤维拉长到九百米还是九千米？纳米技术，高新科技领域里的宏观世界和微观世界很有意思，但谈论它们的同时我感到自卑、渺小、愚蠢，我觉得自己像他妈一只蛾子在大油锅里扑腾，做什么都是在进行这种扑腾，真是生不如死，你明白吗？

宜欣不再说走，她注视着陆武桥，清澈的眼睛里转动起薄薄的泪光。

陆武桥一发而不可收，他说：你可以走了。是的，我知道你这种人。你们有个时间表。你们的人生可以按照时间表准点到达预期的目标。七岁到十二岁，读小学，十二岁到十七岁，读中学，十七岁到二十一二岁，读大学，大学毕业考硕士，读硕士与人同居或者结婚，然后在同居者或者妻子丈夫的侍候下考博士——

我没有与人同居！宜欣插话说：我没有与人同居也还没有结婚，我自己洗衣服和床单！

可是，陆武桥说：可是我们没有时间表。我们抓不住时间这个玩意！我想念书它搞"文化大革命"，我想上大学它搞知识青年"上山下乡"，我当了光荣的工人阶级它推崇文凭，我去读电视大学挣了文凭它搞改革开放。我结婚之前，姑娘要求我是党员和有大专文凭，结婚之后却要求有钱有权力，当我有了钱的时候老婆早已经跑了！你知道吗？我多么想抓住这青春还没消尽的岁月，哪一天跑得远远的，和你一样，做自己想做的事，穿自己想穿的衣服，逛自己想逛的大街，吃着羊肉串看戏似的观赏一个疲于奔命的餐厅老板的人生！

宜欣的泪水潸然淌下。

陆武桥朝宜欣伸出手，宜欣站起来走了过去，陆武桥拍拍床沿示意她坐下。

陆武桥的声音柔和了一些，他说：宜欣，我不是想伤害你，懂吗？

陆武桥说：我只是为我自己感到遗憾。你看，我尽管有了一点钱，按说可以潇洒一些，但是不行。今天你看见了我弟弟，他竟是这种东西；我还有贫穷的父母，还有失业的姐姐和不懂事的妹妹，还有离了婚的前妻和女儿，还有邋遢他们十几个靠我生存的农村孩子。我哪儿也不能去，我得为他们一天天地硬着头皮干，我得处理许多恶心的龌龊的事——你懂吗？

宜欣说：我懂。

宜欣宁静地注视着陆武桥，把自己的手伸过去放在了他的手掌里。

宜欣洗漱完毕回到房间。

陆武桥说：睡吧。

宜欣环顾一周，抱过一床被子，准备睡到沙发上。

陆武桥说:这就不好了。我怎么能让你睡沙发呢?

宜欣说:可你没有另外的床。

陆武桥说:傻丫头,真是枉读一世书。为什么还要有另外的床呢?

宜欣抱着被子后退了几步,一双眼睛迷雾般望着陆武桥。

陆武桥反倒糊涂了。

陆武桥说:你?你难道是个缠过小脚的女硕士?

宜欣摇头。

那么,陆武桥说:思想可以解放,但实际上从没与男人在一张床上睡过?

宜欣仍然摇头。

怎么啦?陆武桥问。

宜欣垂下了她的头。她矛盾极了。她喜欢陆武桥可陆武桥不在她人生的时间表上。她不想和他关系太深。

怎么啦?陆武桥更加迷惑地追问。

宜欣在陆武桥的频频追问下抬起了头,她告诉他:我不想和你关系太深。

陆武桥笑起来,说:深不了。来吧,上床吧。今天我受了伤,这你知道,我想深也深不了。

宜欣说:没羞!她捂住脸,一低头钻进了被子。

两人在被子里紧紧拥在一起。宜欣在陆武桥耳边说:我真怕伤害你!

陆武桥也在宜欣耳边热切地说:什么话!

真的,宜欣说:你记住我今夜的话,我是不愿意伤害你的!

陆武桥说:你伤害不了我。我从来没受过如此美好的伤害。你知道吗?我从不愿意与人谈自己的那些事,不愿意倾诉。我从没遇上过能够倾诉的人。我瞧不起喜欢倾诉的男人。可是今天我对你什么都说了而且还有说不完的话。

说吧,说吧——宜欣将陆武桥的头揽入自己的怀中。陆武桥在宜欣的抚摸下再也把持不了自己,他流下了作为男人的第一次眼泪。陆武桥汹涌澎湃的泪水湿透了宜欣的胸脯,这饱满柔软温润馨香性感的胸脯让陆武桥觉得亲得不得了,他往里拱着钻着,宜欣也感动得浑身颤抖泣不成声,两人就这么相依相偎地呜咽了很久很久……

## 十二

因为有了宜欣,在处理刘板眼与陆掌珠闹离婚的问题上,陆武桥考虑得与原来不一样了。他认为他应该在这件事上投入更多的精力，了解比较全面的情况，尽量不要伤害每个人的感情。他回想起不久前陆掌珠忽然吐露出“我非常爱他”的表情时，他还觉得十分可笑，现在他已经不觉得可笑了。他理解和尊重陆掌珠的个人情感。他希望刘板眼和刘板眼的情人也能够理解和尊重。

陆武桥在处理陆建设的事情之前就与刘板眼接触过一次，刘板眼虽然很客气但对离婚的态度强硬得很。那次陆武桥基本没说什么话，光听刘板眼絮叨陆掌珠和他的陈谷子烂芝麻的家事。事业上比较成功人才又有几分且还没有衰老的男人，离婚理论几乎都是一样的。

刘板眼的理论是：首先陆掌珠可以肯定是一个好人，但好人并不一定就是好太太——刘板眼已经不用“老婆”这个名词了。其次陆掌珠多年来对他摆出一副救世主的姿态，工资全部交给她掌管，使他经常口袋里一分钱没有，这种屈辱他已经再也受不了，而事实上这种局面再也不可能存在下去。此外陆掌珠多疑，唠叨，刁蛮，日渐俗气，动不动跑回娘家或者跑到妇女联合会去哭诉，这些做法已经完全消磨了家庭的温暖和夫妇间的感情。这种婚姻已经名存实亡，还有什么必要维持呢?

陆武桥那次没有说什么话。他没有回答刘板眼的提问。这种提问是时代的提问，中国有那么一大拨人的婚姻遇上问题了，是时代造成的，时代你说怎么办?这不是废话一句?还是现在市面上许多青年和妇女杂志上的那句流行语言比较好，说婚姻好比鞋子，谁的脚穿着不合适只有他自己最清楚。刘板眼不谈具体的硌脚之痛，拉大旗做虎皮，使陆武桥只想给他一老拳，让他满面开花。

当然，陆武桥的出面还是起了一定的作用，刘板眼将下个月不给生活费和离家分居的威胁作为他个人的权利暂时保留起来了。

从表面看，陆掌珠的婚姻进入冷战状态。但实际上刘板眼加强了对陆掌珠的压力。陆掌珠两次拖着傻儿子刘帅找到“标新立异”餐厅，刘帅一个劲儿地黏着陆武桥叫大舅。陆掌珠时时刻刻以泪洗面，说：他让我做肉菜，我做了他说太咸，又换了做鱼，又说太淡，青菜说炒得生了，再炒又说焖黄了，一餐饭搅得全家都吃不好。

让你吃不好饭。让你睡不好觉。让你看不到笑脸。让你需要的时候不给。让你不需要的时候强加于你。看你到头来离不离婚?

如果按陆武桥的老办法，事情发展到这一步就只有下狠招了。

陆武桥问陆掌珠：我把他双腿废了怎么样?

陆掌珠说：好，我情愿照顾他一辈子。

幸亏这时天上掉下个林妹妹，感谢生活，宜欣出现了。宜欣并没有在陆掌珠的婚姻问题上参与任何意见。宜欣对别人的私人生活丝毫不感兴趣，她感兴趣的是陆武桥。她听陆武桥说准备去废刘板眼的时候惊诧得捧腹大笑。她说陆武桥一定是武侠小说看多了。在那一天接下来的时间里，宜欣不住地戏称陆武桥为陆大侠哥哥。

宜欣无意中将陆家一个十分严峻的决策冲淡成了玩笑。这一下使陆武桥蓦然心惊，顿时觉出了自己的狭隘和浅薄，他将事情重又考虑了一番。他觉得自己有把握比较好地处理这件事了。

在与宜欣短短的两周里，当然是干柴烈火、如胶似漆的两周，陆武桥的人生起了质的变化。好女人真是男人的人生课堂——陆武桥现在慢慢体会到了先哲们说过的一些话。

陆武桥在敲丁曼的门的时候表现得非常自信。

这是一重铁门又一重纱门再一重木质门的戒备森严的人家。陆武桥用力叩响铁环，同时朗声叫道：丁曼，丁曼。

里头的丁曼说：哎，来了。谁呀？

陆武桥说：是我。

被叫作丁曼的女人打开房门之后立刻将房门收得窄窄的只露出一张脸，说：你是谁？我不认识你。

陆武桥说：我是陆武桥。想和你谈谈。

刘板眼肯定与丁曼讲过陆武桥是谁。所以丁曼一听，说：我不认识你！之后就要关门，但陆武桥早将一只脚插进了房里。丁曼一用力，陆武桥立刻叫起来：哎呀夹了我的脚。

丁曼一松手，陆武桥已经进了房间。

丁曼警惕地退出很远，说：你想干什么？

陆武桥说：我只想和你谈谈。

丁曼说：出去！我不认识你，我没什么和你谈！

客厅里有一架钢琴，钢琴上面摆着一只时髦的相框，里头是刘板眼和丁曼的合影。和许多电影中浪漫的镜头一样，刘板眼着大花沙滩短裤戴墨镜，丁曼着游泳衣斜偎在刘板眼身边，长发飞扬，他们身后的背景是蓝色的大海。

陆武桥出其不意地拿到了这个相框。他端详着。他由身段窈窕的年轻的丁曼身上看到了二十年前他姐姐的影子。他心里不太好受。

丁曼搬过一把凳子坐在离他挥拳打不到的地方,说:谈吧。

陆武桥并没有把相框怎么样,他将它轻轻放回了原处。他说:丁曼,我对你做过调查,我在来之前就知道你是一个爽朗大方、富有教养而且工作能力很强的姑娘。

陆武桥并没有特意做过调查。陆掌珠告诉过他许多关于丁曼的情况,她说丁曼实际上是卖粉的。武汉市现在称妓女为“粉”,干这一行叫作“卖粉”。为什么这么叫?不清楚。陆掌珠还描述过丁曼的长相,说吊眉毛斜眼睛大厚嘴巴全靠浓妆撑着。说这“粉”为人极刁,毫无廉耻,张口就是脏话。在陆武桥看来,他姐姐似乎说的是另一个女人。眼前的丁曼只化了淡妆,也远远谈不上刁蛮。陆武桥对她已经有了几分把握。

陆武桥说:今天我来谈什么,你肯定以为心里有数。但你错了,我首先希望你我能相互信任。我们都能开诚布公,坦诚相见,之后,把这次谈话忘了,不要再对任何人提起,因为我不愿意伤害任何人。

丁曼在陆武桥说完话之后还瞅了他半晌。然后说:行。

丁曼站起来,给陆武桥倒了茶,又打开一盒香烟,递给陆武桥一支,自己夹了一支,移坐到陆武桥茶几这边的沙发上。陆武桥拿出打火机首先为丁曼点了火。点火时他想如果此时此刻陆掌珠见他如此肯定要气得昏过去。

丁曼说:谢谢!

丁曼一笑,说:真出我意料之外,我以为你们那种工人家庭的人个个都是泼皮呢。我愿意信任你。我信奉简单化的生活原则。

陆武桥比丁曼更意外,他怎么也没有想到进入现在这些年轻姑娘的世界竟如此容易。陆武桥断定丁曼肯定不了解刘板眼和陆掌珠的真实情况和二十余年的感情历程。于是,陆武桥便提出了这个问题。

丁曼说:对。我不了解。我只对自己的事感兴趣。再说我从不指望从男人嘴里听到他对自己太太的真实评价。

陆武桥问:你急切地需要和刘板眼结婚吗?

板眼?丁曼惊讶地问。

陆武桥说:哦,那是他的绰号,我们叫他老刘好了。

丁曼立刻回答陆武桥的问题,说:不,恰恰相反。

陆武桥说:那么你答应过他如果他现在离婚你将会和他结婚吗?

丁曼说:是的。但我也说过以他现在的实力我才会考虑。

陆武桥说:如果将来他没钱了呢?

丁曼说:将来的事谁说得准!

陆武桥说:假设,我假设老刘患了某种慢性的严重疾病或者瘫痪之类的,你能够服侍他一辈子吗?

丁曼像猎犬一般警觉地耸起了身子。她加重语气对陆武桥说:你们别干蠢事!

多么聪明的姑娘啊!陆武桥不由暗自感叹。

丁曼接着说:我不能服侍谁一辈子。我的理想和追求是快快乐乐过一生。我珍惜生命,我的,你的和他的。我认为生命高于一切!

陆武桥说:爱情呢?

丁曼眼里流露出沧桑之感。她说:那是女人的终生之狱,我不谈爱情。

他们又点了一支烟,接着说。

## 十三

一周过去了。陆武桥正考虑还要不要给点时间让刘板眼适应失恋的痛苦,刘板眼自己找上了门。

在一个浓雾的阴晦的上午,刘板眼瞪着火光闪闪的眼睛,直接闯进了“标新立异”餐厅三楼陆武桥的总经理办公室。

陆武桥在居委会与老太太们合用一张课桌做了好几年总经理,终于苦尽甜来,最近有了自己的办公室。办公室的室内装修刚刚竣工,吊灯铝合金窗户护墙板地毯黑色的大班桌意大利真皮沙发,一切都新得像刚出娘胎。陆武桥有点像喜欢和爱护自己的眼珠一样喜欢和爱护这间办公室。他要做更大的生意了,他要与海外财团谈项目了,他的总经理办公室正以颇具实力的气派等待着海外财团的客人。可是,刘板眼用沾满灰尘的肮脏皮鞋踹开了办公室精致的镶着浮雕图案的门。

陆武丽在后面紧紧追赶着刘板眼,叫喊道:臭流氓!滚出去!臭流氓!滚出去!

陆武桥正在打电话。一见如此情形,连忙挂断电话,说:嗨,刘板眼,你把我的门踹坏了!

刘板眼本来已经进了办公室,听了这话又特意回去踹了两脚。陆武桥这才发现此刻的刘板眼已经不是平常的刘板眼了。陆武桥说:武丽,出去!带上门谁也别让进来!

陆武丽说：大哥，他疯了一样。

陆武桥说：知道。你听我的！

但陆武丽一出门，刘板眼就抓了个报纸夹朝陆武桥直扑过来。刘板眼在扑过来的时候吼叫道：你妈个×！你威胁丁曼！

陆武桥根本来不及分辩，身上就挨了狠狠一家伙。陆武桥躲闪着，喝道：刘板眼！别胡来！

陆武桥话音未落，又结结实实挨了一下，报夹都打折了。陆武桥说：哎，搞真的了？

陆武桥不敢相信刘板眼真的失去了理智。刘板眼这类人几乎不可能真的失去理智。刘板眼是哪一类人呢？是武汉男人中外形比较体面内在比较弯弯绕嘴皮子比较能干的那一类男人。一般来说，武汉男人普遍比较瘦小，但刘板眼之类生得一副好架子，瘦瘦高高，宽肩直背，五官摆得也比较端正，是古典小说中所谓人们一看，此公子骨骼清奇，相貌不凡的那种形象，但他们实质却没什么不凡之处，都是红尘之中庸庸碌碌之辈。他们的特点是好文不好武。遇事首先要很有逻辑十分周全地分析一通，分析了之后再看如何办理。他们心细如发，善于察言观色，任何时候都会三思而后行。这类人的绰号几乎都被取做“板眼”。所谓板眼，那就意味着有沉得住气的本事，意味着有既要玉不碎又要瓦也全的本事。所以，陆武桥对刘板眼估计不足。

刘板眼丢掉半截报夹，顺手又抄起一盆紫砂花盆，里头养的是仙客来，花朵开得正娇艳。陆武桥着急得不得了，这盆花是宜欣大老远从武昌的青山苗圃里买了抱过来送给他的。陆武桥厉声说：刘板眼，你放下它！

刘板眼说：你妈个×！让你威胁丁曼！刘板眼举着花盆瞄准了陆武桥，像掷铅球一样扔了过来。陆武桥本来在沙发后面躲闪刘板眼，见花盆飞过来，心里痛惜，竟挺直身体伸手去接。仓促间陆武桥没有接住，花盆直擂他的左肩，人和花盆一块摔在地上，花盆撞上落地台灯的基座，顿时粉身碎骨，花泥委地。

陆武桥捂着肩大叫：你个婊子养的刘板眼！你妈的搞邪完了！这叫给脸不要脸，地狱无门你偏来！好吧，老子今天要让你认清现实！

陆武桥虎虎地站了起来，一下子扭住了刘板眼。要论打架，刘板眼哪儿是陆武桥的对手。陆武桥这种工人家庭长大的孩子，从小靠打架维持自己的统治地位，武汉三镇，龟山蛇山，长江汉水，他哪里没战斗过？刘板眼家庭出身不好，先天的底气就不足，孩子关在家里养，还谈什么虎气？所以，两人扭打在一起，不过四五个回合，刘板眼就被揍得鼻青脸肿，趴在地毯上不再动弹。

陆武桥回家洗漱,把刘板眼留在办公室让邋遢照料。

邋遢是个乖巧的人,扶起刘板眼,给他洗脸洗伤口,喷气雾剂,贴创口贴、消炎止血胶布,又给他擦衣服刷皮鞋,还一脸憨厚的笑意。有一句无一句地说:刘总,不是我说您,跟桥老板打什么架?我们桥老板天天早晚练沙袋。

又说:我们乡里有句话,说是家鸡打得团团转,野鸡打得满天飞。你们再打也是一家人,瞧都是打得皮肉伤,几天就好,不碍事。我们桥老板这人好也就好在这里,顾家。他家里人家里事包括我们这些人的事,他豁出命也要管。

又说:您在沙发上躺一会儿休息一下。桥老板刚才下楼吩咐给您宰了只甲鱼,现正炖着呢。

刘板眼最后实在忍受不了邋遢的絮叨,说:滚一边去!

尽管刘板眼呵退了邋遢,但他的确彻底清醒了。

刘板眼躺在陆武桥的意大利真皮沙发上闭目养神,他知道在武汉,在这间办公室,自己绝对不是陆武桥的对手。陆武桥要文有文,要武是个亡命之徒,他倒下了还有陆建设那小子,那小子更不善。后面还有陆武丽,也是个翻脸不认人能喝生人血的小泼妇。陆家果真不是好惹的,幸亏陆掌珠还算念旧情。刘板眼想:生存还是死亡啊?亲爱的莎士比亚大师,一个问题提了三四百年不给予回答,让我们在无比悲伤的关键时刻从文学里找不到人生的答案,却令我们更加悲伤,我们还读文学作品做甚?刘板眼在悲痛中不无遗憾地想:当年要是不读中文系就好了。应该读经济系或者管理系的。像国外那些亿万富翁,一甩手给你成百万上千万的钱,哪个女人肯不离婚?刘板眼认为还是自己款不够大,钱不够多,离不掉陆掌珠留不住丁曼,怪谁呢?

不到一个小时,陆武桥回到了餐厅,整整齐齐一点不像打过架的样子了。

陆武丽安排了一间小小的雅室,陆武桥请刘板眼吃饭喝酒。开初两人都不说话,单纯地吃喝。酒过三巡,刘板眼开了口,说:你告诉我一件事好不好?我没什么别的要求,我只要求你如实回答我的一个问题。男子汉说话算话,这,我先喝了这一杯酒。

陆武桥说:你说吧。能回答的我回答,不能回答的我没办法,但我陪三杯酒。

刘板眼问:你到底找丁曼说了些什么?

陆武桥一听这问题,自己主动连喝两杯白酒。喝了之后说:我不喝三杯是因为我还可以告诉你丁曼说过的一句话。在告诉你之前我劝你不要再谈丁曼这件事，这件事应该说已经没什么意义。

刘板眼淡然一笑，说：你以为问题就彻底解决了？假如我还是要离呢？

陆武桥说：你别不明白。你先听我告诉你丁曼的话之后再假设这个那个。

陆武桥说：我问丁曼，我说如果老刘的双腿废了你能够照顾他一辈子吗？丁曼毫不犹豫地回答：我可不能。我的理想和追求是要快快乐乐过一生。慢着！同样就这个问题我也问了我姐，我姐的回答也毫不犹豫：我能！我心甘情愿服侍他一辈子，再苦再累也绝不后悔。

刘板眼傻了。

陆武桥说：我想这就是所谓的一日夫妻百日恩，百日夫妻海水深吧。

刘板眼再也没有话。

最后，刘板眼用低沉的语调对陆武桥提了一个希望。他希望陆武桥一定管管陆掌珠，让她今后别再逼他清晨拉屎和每晚睡觉前喝一支外面卖的五花八门的补养液。陆武桥答应了他。郎舅二人又无话，大醉方休。

关于陆掌珠的婚姻问题基本上算是兵不血刃地解决了。陆武桥受到了全家的热烈赞扬。吴桂芬不顾身体有疾，亲自下厨。陆掌珠帮厨，头一天就开始忙碌。她们煨了排骨藕汤，卤了一罐子猪肚子牛肉鸡蛋什么的，烧了时令菜八宝香酥鸭，清蒸了鳊鱼，炒了武汉家常小菜，如茼蒿、霉千张之类。时候一到，摆上桌来，足有十好几个菜。

在欢声笑语中，陆掌珠提到了宜欣。陆尼古吴桂芬老两口喜得半天合不拢嘴，说咱们工人有志气，这回找了个女硕士！

陆武丽的小脸垮了下来，说：像他妈个妖精！

陆掌珠说：哪里像妖精。白白净净甜甜脸，穿着像女排运动员，又精神又朴素大方。

陆武丽说：你老土吧？什么朴素！她那都是美国的名牌服装！上千块钱一套。她是省油的灯？年轻貌美的女硕士找个体老板是什么意思？傍大款哪！

陆武桥哈哈大笑。

吴桂芬问：有武丽说得这么吓人吗？

陆武桥说：老娘啊，你放心，我马上娶过来给你看。

陆武桥再一次哈哈大笑。在一个多月的时间里，他终于设法让陆建设束手就范并同意去外地学习开车与修车技术；说服了刘板眼；分清而且交割了与居委会的产权关系；装修了新的办公室；他顺利地解决了一个又一个棘手的问题,还得到了一个红颜知己宜欣。宜欣有多好他们谁能想象得到啊！一个出类拔萃的女人能够激发出连男人自己都不敢相信的智慧和爱情，这又有几个人能够亲自体会啊!

陆武桥觉得这是他有生以来生活得最有激情最有活力最有目标最有意思的时刻,尽管他的人生已有四十年的历程,然而他自己触摸得到的一种他喜欢的生活从现在才开始。

## 十四

紧接着的又一场浓雾把秋天真正地带到了城市。在浓雾的笼罩和浸润之中,树叶无声地变黄,悄悄地飘落,飘落在各种楼房的屋顶或者阳台上。这是个星期天的清晨,宜欣带着秋叶的气息来到了陆武桥的床前。宜欣的额发、眉毛和睫毛挂着细碎的晶亮的雾珠,双颊因凉风的刺激而呈现出妃色。她把他给她的房门钥匙轻轻塞在他的枕头底下。她看着他,她很想永远记住他的模样。

陆武桥突然一惊,醒了。他不相信这是真实的宜欣,梦中的孩子一般伸手去摸。宜欣握住了他的手。陆武桥一骨碌坐起来,说:宜欣,真的是你?

宜欣说:真的是我。

宜欣仍然一直看着陆武桥，目光深处的含义使陆武桥蓦然心惊，陆武桥说:你怎么啦?

宜欣说:什么怎么啦? 没什么啊。

陆武桥把宜欣拉到身边,伸出胳膊揽住了她的后腰。陆武桥说:我们结婚吧。

宜欣温柔又调皮地说:我们已经结过了。

陆武桥的嘴被宜欣的手指压住,宜欣告诉他今天她有一个希望和设想。希望像一般的夫妻那样过一天,设想是早上去买菜,回来做饭做菜收拾房间然后吃饭喝点儿酒——就是夫妻对酌的那种喝酒方式,然后午休,然后上街逛逛然后晚餐,然后看电视,谁想看哪一个台都可以抢着按钮。然后睡觉,睡它好好一觉,明天清晨——宜欣说:明天清晨我就得走。明天我有一个非常重要的实验要做。

陆武桥非常高兴地认同了宜欣的希望和设想。他们几乎每次都在饭店或餐馆吃饭,都穿戴整齐,正襟危坐。他们俩不约而同都不习惯当代小青年们在公共场合勾肩搭背的恋爱方式。彻底放松一天，通俗一天，过一过婚后平常夫妻的日子，陆武桥认为这个主意简直好极了。

陆武桥忽然明白了宜欣今天这么老早赶到汉口的原因，准是为了早点儿上街买菜。宜欣说：对了。

浓雾消散，碧空如洗，阳光明亮又柔和，大街上车极少，有活泼的老人在路边沉醉地跳他们的老年迪斯科。陆武桥揣着钱包，宜欣提一只竹菜篮，两人肩靠肩踏着满地梧桐黄叶去菜市场。

走了一会儿，宜欣将自己的手插进陆武桥的胳臂弯，说：多好的早晨。

陆武桥说：是啊！

陆武桥有十几年没有这么早走在大街上，更不用说身边陪着俏佳人。

又走了一会儿，宜欣自言自语道：在一个金色的秋天的早晨，我们踏着黄叶去买菜。有一群鸽子飞过城市的上空。

陆武桥再次从宜欣湿漉漉的目光深处捕捉到了某种忧伤，这种忧伤与他有关，一旦捕捉到他便有心惊肉跳之感。陆武桥说：今天你怎么啦？

宜欣关闭了她的深层目光，看看陆武桥，说：没什么啊。

菜市场的繁荣和热闹使陆武桥宜欣顿时活跃起来。为了不被人挤散，他俩只好紧紧牵着手。任何漂亮的色泽鲜艳的菜摊都会使宜欣停下来，她用手摸摸新鲜的小白菜或者水灵灵的白萝卜，问人家多少钱一斤，人家报了价之后，宜欣就说，哦，太贵了。走到了卖水产的一溜摊子面前，宜欣逐一观看鱼虾螃蟹之类。卖螃蟹的人一看宜欣二人的架势，便怂恿她买螃蟹，说：太太你看多好的河蟹呀，这秋天正是蟹黄饱满的季节，买一斤回去，两口子看电视喝点酒，不知有多好。宜欣被人说得笑眯眯的，问：多少钱一斤？人答：六百六十块钱一斤。

陆武桥说：那就来一斤。

宜欣连忙拦住了他，说：吓我呀，六百六！我们吃了这顿就不再吃饭了？

陆武桥笑起来，说：偶尔吃一次也没那么严重吧？

宜欣说：不买不买！你这人也太不会过日子了。

宜欣拉开了陆武桥。陆武桥笑着说：太太，你真的这么会当家吗？

当然，宜欣非常进入角色地说：当然是真的。

宜欣认真地选购了一大篮子蔬菜，有七八个品种，每次买菜时她都要警告卖方：秤要给足啊，我回家要复秤的。

当陆武桥替她将这一大篮菜提回家之后，宜欣窘了，红着脸坦白说她只会炒鸡蛋和小白菜。但是——宜欣说:我非常愿意学,我一定要为你做几样可口的菜。

陆武桥及时地表扬了宜欣并鼓励她戴上围裙,从择菜和切菜学起。

由于两人的柔情蜜意,诗情画意便从最琐碎的日常生活中腾腾升起,像电流一样形成了一个磁场,使这对情人超凡脱俗地度过了世俗的吃喝拉撒的很平常的一天。

夜来临了。宜欣先去冲了个澡,回到房间就溜进被子让陆武桥去冲澡。陆武桥回到房间时,大灯已经熄灭,窗帘严丝合缝,台灯拧到极弱的光线,音响里放着低到若有似无的轻音乐《致爱丽丝》。再看床上,床上没有人。陆武桥正纳闷,一双柔软的胳膊从他身后绕过来环抱住了他的腰。宜欣在贴紧他,他的腿挨着她的腿,他的背部感觉到了乳房的压力,他知道了她此时此刻的状态:一丝不挂。这是他们之间从来没有的。他们只是在被子里头脱光衣服。他们总是关掉所有的灯,没想到过要音乐。如果谁起床干什么,比如倒水喝拿烟抽取毛巾,谁都要穿上衣服。他们之间并没有隔膜和羞涩,只是好像习惯这样。好像是从小受着封建传统教育长大的又多年来相敬如宾的一对老夫老妻。

宜欣从背后的示意是轻微的,但是陆武桥懂了,他开始脱掉自己的衣服。他乐意接受宜欣所有关于白天和夜晚的希望和设想。其实他也知道,他们终有一天会彻底地坦然相对,彻底地与对方在一起,想怎么做就怎么做。只是他没料到这朵原始的天然的野性之花,会开放在今天这个晚上。

在陆武桥也一丝不挂之后,他握住缠绕在腰间的手把宜欣轻轻牵引到了自己面前。宜欣微微低头,让短发遮着半边脸。陆武桥撩开了宜欣的头发,悄声说:要彻底就完全的彻底。好吗?

宜欣点了点头,鱼一般滑进了陆武桥的怀里。

这是一个自由之夜。陆武桥和宜欣之间达到了高度的默契与和谐。他们差不多没有说话,除了情不自禁的几声呻唤。他们谁对谁都可以任意动作,互相顺从互相屈就。他们用身体进行了远胜过语言的表白和交流。并且情意愈来愈浓密,以至于一波未平一波又起,从黑夜到黎明。当曙色透过窗帘的时候,两人才昏昏沉沉地睡了去。

## 十五

陆武桥只睡了一会儿,就被宜欣的抚摸弄醒了。宜欣不住地抚摸着陆武桥的额头和头发。陆武桥刚说了一句:再睡一会儿吧。他突然发现宜欣已经穿戴齐整,坐在床沿上,而且宜欣眼眸深处的那重目光再次打开,专注地望着他。

某种时刻到了!陆武桥的脑袋被这个预感击中。他一时一刻无法知道它们是什么,但他已经感应到了它的发射出的格外寒冷的凉气。陆武桥甚至觉得自己无法阻拦无力抗拒它们。它们是什么?

陆武桥说:说出来吧。

宜欣说:你首先得答应我躺着别动。

陆武桥说:我答应。他的心被提得悬悬的十分难受。

现在是早晨六时过五分,我说十分钟的话,说完了我就走。你躺着别动,再睡一觉,再醒了就好了。宜欣说:答应我。

陆武桥至此已猜到几分:分手的时刻到了。可是为什么?他说:我答应。

宜欣的眼睛转向空无一物的墙面。她舒缓地沉静地开始叙述,可以想象她是暗自练过了无数遍才获得了这种舒缓沉静的语气的。

宜欣说:我要走了。我不再来了。我将嫁给一个加拿大的男人。他和我是同行,是一个很了不起的科学工作者。我无法对你解释清楚这一切。但我心里始终明白一个问题,这就是我是不可能同你生活在一起的,这与爱情没关系。

陆武桥瞅着宜欣的嘴唇,好像漫游在一个他完全陌生的地方。这地方河流不像河流,山川不像山川,树从天上往下生长。

宜欣说:我们在方才的一个白天和夜晚已经过完了我俩的一生。那就是我俩今后的日子。再好也好不过它们了。可我不能一辈子都这么过,我会很快厌倦的,你也会很快习以为常的。我们绝对不可能夜夜都如这夜甜蜜和美好。

陆武桥看见宜欣从这个陌生古怪的地方走出来,像一个手执教鞭的讲解员,为他讲解一道关于生命奥秘的方程式。

宜欣说,我想这样安排自己的一生:在环境舒适的异国他乡,有一个终身都视我为谜的外国丈夫,同样,我也不会努力去了解他,我们至死都保持着对彼此的神秘感。但他能为我提供良好的生存条件,不为吃穿发愁;我们都不想要孩子,这世界上的人口已经太多!我们都醉心于自己的专业工作。我要争取完成三到四个科研上的尖端项目,为人类造福。我要一天二十四小时在实验室工作。当有了阶段性的成果我就外出旅行一段时间,去世界上每一个有趣的地方。

就这,我的要求并不高。我马上就要毕业。毕业后去加拿大,一切就会按部就班地开始。

宜欣说：明白了吗？所以我要走了。我不再来了。我明天和马斯举行订婚仪式。但是，你我心里都明白，你是我永远的爱人，永远的中国和永远的故乡。

听到这里，陆武桥如梦初醒，但身心却是如泥委地，一点儿劲儿都使不上来，只有泪水慢慢溢出眼眶。宜欣说完，立起身来，静静地站着。江汉关钟声奏响六点一刻。秋风阵阵，落叶在马路两侧不由自主地滚动发出轻微感伤的簌簌声。

陆武桥很想说点儿什么，可他发不出声音来。他成了一具流泪的木乃伊。宜欣突然俯下身来，吻了一吻陆武桥的泪水，然后迅疾地转身离开了房间。她将房门轻轻带上。咔嗒，这是门锁的声音。之后是她下楼的脚步声。之后一切归于宁静。

邋遢是第一个发现情况有异的人，因为陆武桥没有像往常那样在星期一上午里里外外巡视餐厅。到下午的时候陆武丽开始十分钟打一次陆武桥的 Call 机，但一直 Call 到夜里十一点，就是得不到陆武桥的回话。陆武丽便判断陆武桥肯定在宜欣那里，而他的 Call 机也一定落到了宜欣手中。第二天一早，陆武丽就冒冒失失，骂骂咧咧地从汉口跑到武昌的大学区域，她在好几所大学之间转来转去才发现她根本说不准宜欣的学校名称和所学的专业。晚上陆武丽不敢回家，怕父母知道了急坏，就找个借口住到了姐姐陆掌珠家。姐妹俩一晚上不住气地打电话询问陆武桥的三朋四友，同时也不住气地 Call 陆武桥，最后还是没结果，陆武丽哭了起来。第三天刘板眼带着陆掌珠和陆武丽来到洞庭里十六号，关键时刻还是男人比较冷静。刘板眼认为有必要首先找邻居们了解一下陆武桥的来踪去影。

洞庭里十六号的李老师说他倒有一个推测。但他说他只能对刘板眼一个人谈。陆武丽被强行劝出李老师的房间，她对着李家唾了一口，说：呸！

陆掌珠看见尤汉荣正从不远处走过来，便责备陆武丽说：你别这样好不好？

陆武丽故意大声说：你不觉得他这么做蛮丑吗？他为什么要找刘板眼单独谈？总没好话！他以为刘板眼会和他是一路的，都与我大哥有仇。其实他儿子被送去劳教又不仅仅是和二哥扎伙诈骗钱那件事。李浩淼阴险狡猾，干的坏事多了，这条街上谁人不知谁人不晓？

尤汉荣没理睬陆武丽，待她说完，便说：你这丫头啊！精明不到点子上，现在是找你大哥最要紧嘛。我去看看他们在怎么推测。

李老师的推测从动机来说的确不无对陆武桥的怨气，而且推测本身的确也比较恶毒。他说他认为陆武桥没有出走就在楼上他的房间里，并且还是和一个女人在一起。他认为现在世风日下，道德沦丧，到处有春药卖，到处流传着淫秽录像带，那么，陆武桥和那女人会不会贪欢多用了虎狼药，在床上精疲力竭了？

刘板眼不无揶揄地说：李老师你真是知识分子富于想象！

李老师这才说了一句有用的话，他说：我想象什么！我与他楼上楼下一板之隔，星期天整整一夜，他们折腾得地覆天翻，吵得人睡不着哇！

尤汉荣恰好这时闯进来听见，说：老不要脸的胡说些什么！我就是一夜睡到大天光，早起看见那女的正走出里弄，一般武桥不是在她前面替她买早点去了就是在后头锁门。他总是要送她的。

刘板眼出来与陆家姐妹商量了一下以上大家提供的情况，他提出有一点值得重视，那就是应该先进陆武桥的房间看看。陆武丽坚决不同意，她说这里有条铁的规矩，不经陆武桥本人许可，谁也不能擅自打开他的房间。但陆掌珠说顾不得这些了，她还是比较看重她丈夫的意见。

刘板眼提醒陆武丽说如果再找不到人就只好到派出所报案，报了案派出所第一件事就会撬开房门寻找线索，与其让别人撬门倒不如自家人设法先开门。

于是，陆武丽让邋遢在街上请了个锁匠，大家一块儿上楼，不到一分钟，门便打开了。

陆武桥一个人衣着整齐地躺在床上，已经气息奄奄，不省人事。

## 十六

陆武桥住院了。不过他恢复得比较快，一周之后就出了院。无论是医生还是朋友还是家人问他出了什么事，他一律回答：不清楚。喝了一点儿酒就睡过去了。

这样，也没人再问他。

陆武桥明显的变化是眼眶在日渐凹陷下去，这是消瘦的缘故。但是他会朋友，打电话，在餐厅迎来送往，做国内国外凡捞得上手的生意，一切照旧。

只有陆武丽深切地感觉到她大哥的心不在身上了。她痛恨宜欣到了极点，常常暗地里诅咒她。但她也庆幸宜欣的突然离去，她希望她可以陪伴她大哥一直到老。

转眼又逢大礼拜，陆武桥又准备请朋友来家里放松放松了。吃喝玩乐的方式没什么两样，朋友却又是另外几个，这次是潘兆龙、黄耀华和吴文宏，也都是职能部门的工作人员。

上午九点半，陆武桥穿了一身新全毛西装，去弄堂口迎接朋友。李老师坐在大门一侧晒太阳看书。李老师瞧着陆武桥西装袖子上的商标，见商标是一条小鳄鱼，便搭讪：哟，名牌咧。

陆武桥扔了一支香烟过去，说：卵子！

卵子——李老师立刻在膝盖头摊开笔记本写道：武汉市民间流行的时髦用语；与“不”的意思相近，但比“不”更有个性色彩也更为生动。可以说是当代年轻市民的含着自嘲意味的否定专用词，相当于英语中的“No”。

（《小说月报》1995 年第 4 期选载）

# 大厂

谈歌

早上一上班，厂长吕建国就觉得机关这帮人都跟得了鸡瘟似的，这年过得好像还没缓过劲来呢。就恨恨地想，今年一定要精简机关。在走廊里，工会主席王超见面就跟吕建国诉苦，说厂里好几个重病号都住不了院怎么办？吕厂长您得想法弄点钱啊。吕建国含含糊糊地乱点着头说，行行，就往办公室走，心里直骂娘：我他妈的去哪弄钱啊？

进了办公室，吕建国发现窗子没关，早春的寒风呼呼往屋里灌着，窗台上的那两盆月季花都打蔫了。吕建国忙着关上窗子，才发现窗子的插栓坏了，就又忙着找铁丝想把窗子拧上。

厂里越来越不景气，日子长长短短地瞎过着，已经两个月没开支了。前任许厂长让戴大盖帽的带走了，据说是弄走了厂里好几十万块钱，工人们恨得牙疼。吕建国上台一年多了，也没闹出什么起色来，春节前倒闹出来两件大事。

一件是厂办公室主任老郭陪着河南大客户郑主任嫖妓，让公安局抓了。今年郑主任要跟吕建国订一千多万块的合同呢，所以吕建国叮嘱老郭，姓郑的要干什么，你就陪着他干什么，只要哄得王八蛋高兴，订了合同就行。郑主任是个酒色之徒，那天喝多了，非要找小姐玩玩。老郭傻乎乎的就真去找了两个小姐，也闹不清是正嫖着还是刚刚嫖完，公安的就踹门进来了。要是乖乖地让人家逮走，关上几天，再罚点钱，也就没什么事了，偏偏那天两人都喝多了，跟公安局的动手打起来了。那个郑主任可能是练过几下子，还把两个警察给打了。问题就严重了。人到现在还没放出来呢。郭主任的老婆又哭又叫，天天到厂里来找，要求厂里快快把老郭保出来。闹得吕建国乱藏乱躲。

第二件是厂里唯一的一辆高级轿车丢了。前任许厂长买了不少高级轿车，吕建国一上台都卖了,就留下一辆车为了跑业务,怕被客户们瞧不起。春节前,市里管计划生育的钟科长的儿子结婚,说要用用车。厂里管计划生育的老吴不敢得罪钟科长,就死乞白赖地跟吕建国求情,把车借出去了。谁知道开车的小梁那天接了亲就没回来,让人家留下喝酒,等喝完了酒,晕晕乎乎地出来,车就没了。

不光这两件窝心的事,还有那一大帮要账的,住在厂招待所里不走,嚷着要在"沙家浜"扎下去了。这帮人吃饱了喝足了睡醒了打够了麻将,就到厂里乱喊乱叫各办公室乱窜着找吕建国要钱,有几个还在吕建国家门口盯梢,跟特务似的。吕建国实在藏不住了,就和党委书记贺玉梅在饭店请这帮爷吃了一顿。这帮爷一边吃一边骂,说欠账不还是什么玩意儿啊?贺玉梅赔着笑说:我们已经撒出去大队人马要账了,一回来钱,马上还大家。吕建国也满脸堆着笑说:我姓吕的也是要脸的人,也不愿跟各位耍滚刀肉啊,实在是没钱啊。不瞒各位,我刚刚回来点钱,也得给工人们发工资啊。就快过节了,我要是一分钱不给职工发,我这个厂长还是人吗?求各位替我想想,我给各位磕头了,说着就四下作揖,揖着揖着就泪流满面了。弄得这帮人也说不出什么来了。山东的老刘苦笑道:吕厂长把话说到这个份儿上了,那就算尿的了,我们先回去过年吧。于是,这帮爷们就忙着回家了。吕建国算是松了口气,也忙着没头没脑地过年。

吕建国年也没过好。大年初一,郭主任的老婆又找上门,进了门就号,吕建国急不得恼不得,连蒙带劝把她哄走了。大年初二,厂里的总工袁家杰来拜年,又说起想调走的事情。袁家杰是吕建国的同学,现在是技术上的台柱子。吕建国好话说了一火车,袁家杰阴着脸也没说不走的话。吕建国心里起火,一下子病了好几天,发高烧。厂卫生所还没药,说现在除了量量体温血压什么的,别的都不行。吕建国的老婆刘虹在电厂上班,慌着把电厂的医生请来,给吕建国打了几天针,才算好些了,可嗓子眼还是肿肿的。

好容易过了年,吕建国一上班,就把丢车的事交给秘书方大众办去了。方大众有个同学在派出所,想求那个同学卖卖力气,快点把车找回来。吕建国则去公安局说好话,先得把那位郑大爷弄出来再说啊。本想拉着贺玉梅一块去,可是贺玉梅回老家看老娘了,吕建国只好自己去,可是去了几趟都让公安局的戗回来了,公安局的说:你还是厂长呢,这是什么性质的事情啊?你还有脸找?吕建国没办法,就又到处找关系。昨天晚上,吕建国跑了好几家,可找谁谁都嘬牙花子,都说不好办,吃了什么了?撑得敢打公安局的?弄得吕建国灰溜溜的。昨天贺玉梅上班了,吕建国就让贺玉梅去找找梁局长,请梁局长找人把那两个混蛋弄出来。吕建国最近跟梁局长关系挺紧张,有一次开厂党委会,吕建国说局里就知道天天开会,不干正事。不知道这话让谁捅给了梁局长,说吕厂长说梁局长不干正事,梁局长见了吕建国就直翻白眼。局里有跟吕建国不错的就告诉了吕建国,吕建国气得牙疼了好几天,可又不能跟梁局长解释,这种事越描越黑。贺玉梅跟梁局长关系挺好。贺玉梅是工农兵大学生,毕业后跟着当时还是科长的梁局长当科员。后来梁局长当了局长,就把贺玉梅提拔起来当局团委书记,去年厂里换班子,她就来当了党委书记。

吕建国找了根铁丝,把窗子拧上。屁股还没坐稳,会计科长冯志文就苦着一张脸进来了,朝吕建国嚷嚷着:我这个科长不当了,厂长您另派别人吧。

吕建国笑道:你是不是过年吃多了,还没消化呢,乱叫唤什么?

冯科长骂道:赵明不肯交钱,说要钱没有要命一条,我去找他,他还想动手打人呢。我这个财务科长成什么了?我不当了。

吕建国脸上就硬了:他不是说过了年就交钱的吗?说话是放屁呢?这事你别管了,我去找他。

冯科长苦笑:您去?怕是您也要不回来的,他就听齐书记一个人的。

吕建国不耐烦地说:我就不相信他赵明没钱。对了,现在有回款的没有?

冯科长摇头叹气:也就是回来仨瓜俩枣,现在谁还钱啊?节前撒出去十几个人,要回万把块钱来,还不够旅差费的呢。这月的工资也还没影呢。

吕建国想了想:催催市里的几家,四海商行该咱们六十多万呢,弄回来够开工资的了。

冯科长摇头笑道:四海商行的赵志高是个地痞,怕是更不好要了。我去了好几趟,连人影也见不到。说完冯科长起身走了。

吕建国就给方大众打电话,想问问那车找得有没有眉目了。方大众不在。吕建国想了想就给袁家杰拨电话,想找袁家杰谈谈。他不想让袁家杰走,现在厂里的技术还真得靠老袁呢。袁家杰办公室也没人,吕建国骂了一句就放了电话。门一推,党委书记贺玉梅进来了,脸上血拉拉的好几道子。吕建国吓了一跳:怎么,又干仗了?

贺玉梅叹口气,眼睛就红了:这日子没法过了。就坐下闷闷地叹气。

贺玉梅两口子最近总干架。贺玉梅的爱人谢跃进原来在局里当办公室主任,前几年下海开了个公司,听说挺挣钱的。谢跃进有了钱就不安分,贺玉梅管不了,两人总打架。她是个挺要强的人,好几回想离婚算了,可又下不了狠心。吕建国也做过工作,说你刚刚当了书记就闹离婚就不怕别人说你什么吗?贺玉梅活得真是挺难的。

吕建国叹了口气,他想不出怎么劝贺玉梅。班子里,他跟贺玉梅挺团结,纪委书记齐志远和赵副厂长几个都跟他尿不到一个壶里。老齐和老赵原来都憋着要当书记当厂长的,恨吕建国抢了饭碗,总跟他弯弯绕。贺玉梅家里又是这样一个情况,天天脑袋耷拉着,心不在焉。吕建国就觉得自己挺孤立,就后悔不该当这个什么厂长的。

吕建国就问:你去找梁局长了吗? 他怎么说? 能保出来吗?

贺玉梅苦笑:我昨天晚上找他了,他说给试试。看样子他不想给使劲的,谁让你说他坏话来着。

吕建国骂:就是老齐那家伙乱造谣,我什么时候说过那种话的?

贺玉梅笑道:反正你是洗不清了。你这两天找公安局怎么样?

吕建国叹道:一下半下不好说的,那两个警察还躺在医院里呢。昨天又交给我两千多块的药条子,让报销呢。先不说这个了。老袁找你了吗? 他坚持要走,得想办法留下他啊。

贺玉梅苦笑:你留不下他。换我也走,我听说那家乡镇企业一月给他两千块,还不算奖金。现在咱们厂都快开不出支了,有点本事的都想往外蹦呢,袁家杰这算是开了个头啊。

吕建国叹了口气:我想再找他谈谈。

贺玉梅摇头说:谈也没用,别看你俩是老同学,关系又铁,现在这社会都认钱了。

俩人就闷闷的,觉得没什么话说。感到挺压抑。

贺玉梅站起身:我去到车间看看。三车间那点活挺吃紧呢,别误了工期啊!

吕建国想起赵明的事,就说:刚刚老冯来了,说赵明欠承包款不还,还骂人,这事真是难办了。我想终止这小子的合同,你看呢?

贺玉梅想了想:还是跟他谈谈,咱们得关照点他姐夫的面子啊,总是常常用人家,慎重点的好。

吕建国皱眉道:可这小子也太蹬鼻子上脸了。我去找他谈谈,他要是硬不交钱,就停了他算了。有的是人想承包呢。不然工人们还觉得咱们吃了他多少黑心钱呢。

贺玉梅笑笑:那你可得注点意,那小子是个二百五。说完就走了。

吕建国心说你贺玉梅是不是激我啊,你以为我怕他赵明啊。我偏找他试试。他抬起屁股就要去找赵明,桌上的电话急急地响起来了。

电话是妻子刘虹打来的。刘虹说:咱们村的志河来了,想弄点废钢材,你就给他弄点吧,也算咱们老三届支援贫困地区了。

吕建国苦笑道:说得容易!我倒是有啊?志河是当年吕建国和妻子下乡那个村的团支部书记,这几年在村里开工厂,闹腾得挺欢实。每年都给吕建国送土特产,什么地瓜干儿啦,玉米糁儿啦小米啦绿豆啦,吕建国就有点烦了,集贸市场有的是,还送这干什么啊,还得知他的人情,这老乡们是越来越精了。

刘虹不高兴道:我就不相信你办不了这事?刘虹要面子,当年的老乡们一找她。她就帮人家。

吕建国想了想:他要多少?我这儿可也是不好过呢,还到处找米下锅呢。

刘虹笑道:他要不多,看把你吓的。你回来一下吧,跟志河坐坐。咱们找个饭馆吃点得了。

吕建国为难地说:我真是脱不开身啊,现在我正找人忙着往回弄车呢。

刘虹笑道:找回来也没有你一个车轱辘啊,志河可是等着你呢。

吕建国恨不得给妻子磕头了:你就替我解释解释吧。我真是脱不开身啊。

刘虹无奈地说:那我先陪志河喝着,你要有空就来一趟。就挂了电话。吕建国就拔脚去找赵明了。

这几年厂里效益不好,在厂门口盖了一个饭馆。来了业务在那儿招待,方便,也比在街上吃便宜。盖好了就让销售科承包了。谁知道,饭馆弄得不像样子,价钱还挺宰人。厂里再来了客人,还是得到市里的饭店去吃,饭馆就冷清了。前年,销售科就又把饭馆转包给了赵明。赵明是个滚刀肉,厂里没人敢惹他。前年的承包费就没交,说是赔了。前任许厂长屁也没敢高声放一个,就算拉倒了。去年吕厂长上台,就重新找人承包。可是赵明把价钱抬得高高的,几个想承包的都吓跑了,于是还是给赵明承包了,讲好每年向厂里交十万块钱。春节前,赵明赖着说没钱,过了年一定给,这又不给了。吕建国心里蹿火,就准备亲自去找赵明谈谈。

吕建国走到厂门口,突然又停下了,他想自己去找赵明要是谈崩了怎么办,那小子仗着他姐夫是市委常委,谁的账也不买。吕建国就多了个心眼,在门卫给保卫科打电话,保卫科有人接了电话,听出是吕建国,就忙说:我给您找徐科长啊。吕建国听见电话里边吵吵嚷嚷的,心里就烦。这些日子厂里总丢东西,年前四车间还丢了一台电视,保卫科长老徐从各车间抽调上来十几个人,夜里乱转,徐科长的两眼熬成了猴屁股,也没逮住谁。可东西还总是丢。

等了一会儿,徐科长接了电话。吕建国说:你来一趟。就低声说了去赵明饭馆的事情。老徐笑道:行,我就来。这小子欠钱不给,还挺牛的。厂长,这事你是该出马了。

贺玉梅进了三车间,见工人们正在扎堆说什么呢,就笑道:上班扎堆聊天,小心我扣你们的工资啊。工人们就轰地笑起来。有人说:贺书记,您扣什么啊?都两个月不开支了。说着就散了。

车间主任乔亮说:贺书记啊,您来得正好,您看这事怎么办啊?章荣师傅病了,他儿子刚刚找来了,跟我大吵了一通,说厂里卸磨杀驴,他爸爸干不动了,也没人管了。还骂骂咧咧的,讲了些不三不四的话。要不是看在章师傅面上,我真想揍他。

贺玉梅皱眉问:章师傅怎么了?

乔亮苦笑道:还是他那老病。去年老汉有两千多块钱的药条子没报销,不是厂里没钱嘛!这回老汉说什么也不去住院了。

贺玉梅就心里乱乱的。章荣是厂里的老劳动模范,还出席过全国的劳模大会,也是市里的知名人物了,现在弄得药费都报不了。这事传出去,让人家怎么看啊!贺玉梅硬硬地说了一句:你到章师傅家把那药条子要来,我去找吕厂长签字,报销。

乔亮苦笑道:厂里不是没钱吗?

贺玉梅说:有钱没钱也得给章师傅治病。他那些年没日没夜地干,累了一身的病,老了老了,连病也看不了,日后谁还干活啊!我听说财务刚刚进了一万多块钱的回款。

乔亮看看贺玉梅,眼睛就潮了:贺书记,我不是当面奉承您,您这话叫话。现在真是没人好好干活了。您知道,现在连工人阶级都不叫了,叫什么?叫工薪阶层。厂长不叫厂长,叫老板。真是他妈的,都成了打工的跟资本家的关系了,还有什么主人翁责任感啊?工人们都骂,说办公室老郭带人去唱卡拉OK,还嫖,被抓起来了。厂里用的这叫什么人?

贺玉梅道:行了行了,别乱说了,你那嘴整天没个准头。那个姓郑的想嫖,老郭不带着去行吗?咱们指着人家的合同呢。这个月的活能按时完成吗?

乔亮苦笑道:看看吧,我也吃不准,现在大家都憋着要工资呢,没钱大家不愿干。这半年多,我可是让人骂着过来的啊。

贺玉梅笑道:少哭穷,你上个月卖废铁的钱都哪去了?听说你卖了好几千块呢。

乔亮吓了一跳，心说这车间里有汉奸呢，嘴上就叫：冤死了。好几千？我偷去啊？

贺玉梅笑道：你急什么？我又没说没收你的。反正你能让工人干活，我就不管你。

乔亮笑道：您真是个开明领导，不像吕厂长天天黑着个脸。

贺玉梅笑说：你小子当着我骂吕厂长，当着吕厂长骂我。迟早我和吕厂长得当面对质。你忙不忙？要是不忙，跟我去看看章师傅。

两人就骑着自行车出了厂，到了街上，进了一家食品店，买了几听罐头两袋奶粉出来。刚刚上了车，贺玉梅就听到有个女的喊她，回头一看，就跳下车来，笑了：袁雪雪，你打扮这么漂亮干什么啊？

袁雪雪穿得挺洋气，骑着一辆大摩托车，赶过来就停住，笑道：老远看着就像你们。袁雪雪是袁家杰的妹妹，原来是厂里的车工，嫌累，前几年辞了职，跟男人去开饭馆了。听人说她钱都挣海了，还花了几十万买了一套商品房呢，有人去过，说里边装修得跟宫殿似的。

袁雪雪看看乔亮手里提的东西，笑着问：你们这是去哪儿啊？

乔亮笑说：章荣师傅病了，我们去看看他。

袁雪雪皱眉道：我听说他病得挺厉害的？就掏出一百块钱说，你替我给章师傅吧。贺玉梅忙说：我可不给你带这个，要去你自己去吧。

袁雪雪就笑：怎么，还怕我脏了谁啊？就骑上摩托车嘟嘟地跑了。

贺玉梅看着袁雪雪的背影，就苦笑道：袁总一肚子学问也赶不上他这个小学没毕业的妹妹啊。

乔亮笑道：现在谁出去干都比在厂里傻干强。要不袁总也要走呢。

贺玉梅看看乔亮：你也听说袁总要走的事情了？

乔亮笑道：这种事瞒住谁啊？厂里都嚷嚷开了。

吕建国和徐科长去了赵明的饭馆。进了门，没几个人吃饭，可能是刚刚过了年的原因。两个打扮得花大姐似的服务员正在跟一个大胡子男人乱逗呢。那个大胡子吕建国认识，是赵明的一个哥们儿，姓蔡，市委秘书长的外甥。

蔡大胡子起身笑道：吕厂长啊，哟，徐科长也来了。有饭局？

吕建国问：赵明呢？

蔡大胡子笑道：赵老板两天没来了，有事跟我说一声吧。

吕建国说：他去年的承包费还没交呢。什么时候交啊？

蔡大胡子笑道:这事啊,不瞒您说,现在真是没钱。

吕建国冷笑一声:没钱?鬼才相信。你告诉赵明,不交钱,厂里就把这饭馆封了。

蔡大胡子脸上就硬了,恶笑道:吕厂长,你也太凶了点吧。

吕建国火往上撞:凶?我今天就是要凶一凶了。我要是让你们坑厂里,我这个厂长就不是厂长了。老徐,把门给他们封了。

雅间的门开了,赵明走出来笑道:吕厂长,这是干什么啊?有话慢慢讲嘛。

吕建国看了他一眼:你好不容易露头了。什么时候交钱啊?

赵明嘿嘿笑道:烦不烦啊?不就是那点破钱吗?都催了几回了?我不是不想交,可眼下真是没钱。这事我已经跟齐书记讲过了。齐书记也答应了。

吕建国一愣,没想到赵明把球踢到齐志远那里去了。

赵明一脸不耐烦:吕厂长,都是公家的事,您真是何必呢?

吕建国道:那好,我跟齐书记核实一下再找你。老徐,咱们走。就转身出来了。走出好远,老徐苦笑道:厂长,就这么算了?吕建国眼一瞪:算了?我先看看老齐是怎么乱答应的!就大步走了。

吕建国去了齐志远的办公室,齐志远不在,在走廊里迎面碰到了袁家杰。吕建国笑道:我一上班就找你,去哪儿了?

袁家杰皱眉说:我去四车间了,我想走之前把这批活弄完。

吕建国笑道:谁说同意你走了。真事似的。

袁家杰不笑:厂里真要是不同意,那我就辞职。

吕建国怔住,呆了呆,就问道:你真是铁心了?

袁家杰看吕建国一脸凄楚,就叹了口气,动情地说:建国,你跟我一块走吧。这个破厂有什么待头啊?你这个破厂长有什么当头啊?

吕建国摇摇头,空空地一笑:家杰,我可真不是舍不得这个破厂长。说实话,自上台那天起,我就后悔得肠子都疼了。我是没脸走,厂里现在这种样子,两千多工人盯着咱们呢,还指着咱们这几块破云彩下雨呢。我现在走了,我算怎么回事啊?就算是今后发了大财,我也没脸见大伙儿了。

袁家杰一愣,冷笑一声:你是说我吧?就生气地转身走了。

吕建国愣愣地看着袁家杰的背影,一时想不出自己哪句话说错了,苦苦一笑,转身回到办公室。

刚刚坐下,门一开,齐志远笑嘻嘻地进来了。吕建国忙说:我正找你呢。

齐志远一屁股坐在沙发上,笑道:你去找赵明了吧。我刚刚听老徐说了。

吕建国看了齐志远一眼:我正要问你呢,你答应赵明不交钱了?

齐志远笑道:我是他什么人啊?我替他担保啊。没有的事。

吕建国说:那我今天就停这小子,把门给关了。

齐志远忙说:厂长,咱们不能跟他来硬的啊,他姐夫是市委常委,咱们惹不起啊。

吕建国看看齐志远:老齐,咱们都穷成这样了,还怕什么常委不常委的?这十万块钱,够全厂发奖金的了。你去告诉赵明,他要是两天之内不把钱交来,就叫他滚蛋。

齐厂长脸一红:你别火,我去跟他说说,也许这小子手里是没钱。

吕建国说:他爱有钱没钱,没钱就去给我借,反正得交。

从章师傅家里出来,已经快中午了。贺玉梅和乔亮分了手,在小饭馆吃了饭,她就去了谢跃进的公司。这几天谢跃进真是蹬鼻子上脸,有时半夜也有女人往家里打电话,弄得贺玉梅心里起火。昨天晚上两个人吵起来,还动了手。她知道谢跃进的公司里有一个叫方晶的女孩,最近跟谢跃进打得火热,整天黏黏糊糊的。贺玉梅决定去公司看看,顺便问问妹妹贺芳。

贺玉梅想来个突然袭击,轻手轻脚进了谢跃进的办公室,谢跃进正躺在沙发上打呼噜,嘴角还淌着口水,挺难看的睡相。脑门上两道子伤痕,那是昨天晚上让贺玉梅抓的。贺玉梅正要悄悄出去,就听到有人在她背后笑道:姐,你来了。

贺玉梅回头一看,是妹妹贺芳。贺芳手里拿着一张电报,看看躺在沙发上的谢跃进,就把电报放在了谢跃进的办公桌上,回头低声对贺玉梅说:有事啊?

贺玉梅就转身走出来,姐妹俩进了贺芳的办公室。贺芳前几年在农村干得不耐烦,就进城投奔姐姐,贺玉梅给她找了份临时工,一边让她上夜大读书。她读完了夜大,就来姐夫这里当了公关部主任,天天打扮得花大姐似的,跟刚进城那会儿判若两人。贺玉梅常常感慨这城市真是把贺芳同化了。

贺芳给贺玉梅冲了一杯热牛奶。贺玉梅笑道:我喝不了这东西,你还是给我冲杯茶吧。

贺芳笑道:你总是赶不上潮流,这东西美容。

贺玉梅接过贺芳递过的茶,呷了一口,笑道:你上次见过的那个怎么样啊?也不给个信,人家都等不及了啊。

贺芳道:我早把他忘了。他长得什么样来着?我现在已经回忆不起来了。

说着咯咯地笑起来。

贺玉梅就不大高兴,都二十八岁了,见过的男人快一个排了,没有一个看上眼的,也不知道她心里憋着嫁给谁呢?她好像也不着急,真让人摸不透。刚刚进城几年,就比城里人还城里人了啊。为这事贺玉梅跟谢跃进说过好几回了,让他帮着贺芳找一个。谢跃进答应得挺好,可就是没动静,对这个小姨子的终身大事似乎没放在心上。

贺芳问:你找我们谢总有什么事啊?

贺玉梅笑道:什么谢总谢总的,他是我男人。

贺芳脸一红,也笑了:我几乎都记不得你们是两口子了。

贺玉梅想问问谢跃进最近的情况, 可是张不开口, 这种事不好跟妹妹讲的。可要是不问问,心里又放不下,就说:小芳,你姐夫是不是跟你们公司一个叫方晶的挺那个的啊?

贺芳一愣,就笑:挺哪个的啊? 你说什么呢?

贺玉梅就皱眉道:你姐夫那人爱花花,你可替我盯着点啊。

贺芳脸一红,说:姐,让我说你什么好啊。姐夫干的是生意,生意场上的事离得开吃喝玩乐吗? 你真是的,那个方晶是什么层次啊,亏得你还能想到她身上去,真是抬举她了。

贺玉梅就笑:嗬,嗬,我这才说他几句,你这个当小姨子的就吃劲了。不说了。贺玉梅站起身说:我今天是有事找他,明明的学习成绩最近下降得厉害,学校找了我好几回了。我想让他去学校一趟,跟老师说点好听的,哄哄人家。

贺芳就笑道:姐夫天天忙得恨不得长出四只手来,这事你还烦他啊! 你自己去办不就行了嘛。

贺芳送贺玉梅下了楼就回去了。贺玉梅拐弯去了百货公司,想去给自己买一件风衣,上次她看中了一件,浅绿色的,一千三百块钱。她想买,又怕穿出去让厂里人说闲话。最近她咬咬牙,还是想买下来。谢跃进开的这个公司,也没见他怎么费劲,可钱就挣得流水似的了。贺玉梅恨得不行,厂里的工人们死干活干,也挣不来多少,钱就都让谢跃进这些人挣去了,这世道可真是有点不讲理了啊。谢跃进月月提回好些钱来,开始贺玉梅还挺高兴,后来就害怕了,她担心迟早谢跃进得被抓进去。

贺玉梅到了百货公司二楼,售货员说那种风衣早卖完了。贺玉梅心想这年头有钱的还真是不少呢,就怏怏地出来。走到存车的地方,刚刚把车子推出来,就听到有人喊她的名字。她回头一看,就笑了。

吕建国中午在厂食堂吃了点，躲过了饭口。他怕跟志河喝酒，那家伙太能喝，每次都得把吕建国灌醉。吕建国不喝，志河就跟在自己家里一样理直气壮地不高兴，还使性子。儿子吕强背后就骂，说农民都这样，你越对他客气，他就越上脸，就敢在你家地毯上大模大样地吐痰。开始吕建国不爱听，可渐渐地也特别烦村里那帮乡亲，尤其烦志河。进了家，浑身酒气的志河正躺在吕强的床上，四仰八叉地呼呼大睡，大脚丫子朝着门，袜子也扒了，一股汗臭味在屋里弥散。吕强没在家，一定是躲出去了，大概又跟女朋友跳舞去了。吕强大学没考上，小小年纪开始乱搞对象了，气得吕建国没话说。刘虹还挺惯着吕强，两人就这么一个儿子。

桌上留着刘虹写的一张条子，说她有事到厂里去了。吕建国看了就轻手轻脚地躺到沙发上，闭着眼想厂里的乱事，想着想着，脑袋就沉了起来，刚要睡着，就有人敲门。他迷迷糊糊地应了一声，方大众就满头大汗地跑进来，笑道：厂长，车找到了。

吕建国马上精神了，又嘘了一声，压着嗓子问：真的？你这个同学还真办事。

方大众朝吕建国伸手：厂长来根烟抽。我的烟扔在派出所了。

吕建国忙打开抽屉，掏出一包红塔山，扔给方大众：奖给你了，快说说。

方大众低声说：妈的，就是结婚时来的那帮人中一个小子偷的，把车卖给郊区的下洼村了。真他妈的胆大，把牌子换了就开出来了。也该着，派出所的去调查的时候，那辆车就在村边上停着呢。

吕建国高兴地说：现在怎么着呢？

方大众说：派出所让去看车呢。

吕建国急道：那你就去一趟吧！

方大众笑：那我就去一趟。不过得请派出所的一顿吧，人家挺辛苦的。

吕建国说：行。你就看着办，也别太那个了，咱们是穷厂，工人们挣点钱血苦的，不容易。财务上也就一万多块钱，还是刚刚追回来的呢。

早春的太阳明晃晃的，可是一点也不热烈。风倒是挺寒的。吕建国一路上打了好几个喷嚏，就觉着今天又不顺。他这些日子挺迷信的，总觉得要出点什么倒霉的事。

吕建国昨天晚上在家里跟志河喝了一场，又差点被灌趴下。志河一身高档服装，要不是那口土话，真像个城里的大款。志河一劲夸吕建国，说当年村里那些知青，就数吕建国有出息。吕建国听得挺受用，就迷迷糊糊地喝多了。志河就提出要十吨钢材，吕建国酒就醒了些，说这种事他一个说了不算，得跟书记商量商量。志河就有点不高兴：你当厂长还说了不算啊。刘虹也在一旁说：建国你就给办办嘛！吕建国不好当着志河的面顶刘虹，就说过两天我给你话吧。现在厂里有几件烂事，等我处理出个眉目来。志河就取出一个大信封，厚厚的往吕建国怀里塞，说是让吕建国买几包烟抽。吕建国酒就全醒了，忙说：咱们不闹这个，还不定办成办不成呢，要是来这个就成经济的事了。志河就尴尬地看刘虹，刘虹笑道：志河啊，建国可不是当年在乡下偷鸡的时候了，现在看不上这几个钱了。吕建国嘻嘻笑，没说话，心里骂刘虹爱占小便宜，自己干这个要是传扬出去，在厂里就没法待了。

吕建国早上起来，已经把志河的事扔到脖子后头了，上班的路上就想着今天要拉上贺玉梅去找梁局长。梁局长总不能不给贺玉梅点面子吧。局里的人都知道贺玉梅跟梁局长关系好得不行，闲话委实不少。梁局长的爱人跑到局里闹过好几回了，为这事，才把贺玉梅放下来当书记的。可跟贺玉梅相处了这一阵子，吕建国又觉得这个人挺正经的，不像传说的那样啊？

一进贺玉梅的办公室，就看到贺玉梅和工会主席王超正在说什么呢，吕建国笑道：说我坏话呢？

贺玉梅抬头看看吕建国，说：正好，要找你呢。五车间一个工人的女儿病了，想借点钱呢。

吕建国连连摇头：不借不借。不是规定了嘛，私人一律不借款。

贺玉梅道：这次特殊。老王，你跟厂长说。

王超就说五车间小魏的女儿得了白血病，要做手术，得好几万块钱。小魏女人的厂子没效益，小半年不开支了。小魏还是车间的生产骨干呢。吕建国听完就闷住了，呆呆地抽烟。

贺玉梅想了想说：老王，工会能不能救济救济啊，你们不是还有工会经费了吗？

王超苦笑道：那才几个钱啊。下个月就是三八妇女节了，我正在发愁给女工们发点什么呢，还想让厂长赞助我点钱呢。

吕建国叹道：厂里真是没钱啊！这可怎么办啊？

三个人谁也不说话了，空气中有一种让人压抑的味道在弥散着。吕建国看着窗台上，那几盆花实在是该浇水了，叶子都蔫蔫的，好像要枯萎的样子。

王超想了想说:算了,我先跟医院说说,先让孩子住院啊。现在医院没押金不收。我小姨子的婆婆在医院当副院长呢,我先找找她吧。

贺玉梅笑道:太好了,有这个关系你怎么早不说啊。你快去吧。

王超走了。贺玉梅叹了口气:厂长,你看这事该怎么办啊?

吕建国痛苦地摇摇头:玉梅,我最近好像傻乎乎的,什么事都没主意。眼瞅着……算了,先不说了。先说怎么把那姓郑的小子弄出来吧,我都愁死了。

贺玉梅苦笑道:你跟我乱嚷有什么用嘛。

吕建国也笑了:我是急得不知道怎么好了。咱俩去找找梁局长吧,真得让他说话了。他认识人多,找找人把那混蛋放出来,哪怕咱们破费点呢。我得罪了他,我去跟他说好话。

贺玉梅道:就怕梁局长不管这事。梁局长滑着呢,这种破事他躲还躲不及呢,他肯往泥里踩啊?

吕建国一瞪眼:他是主管领导,不管怕是说不过去吧。

贺玉梅摇头叹道:厂长,你真是实在。行,咱们去一趟。现在就去?

刚刚出门,徐科长急步走来了,喊着:吕厂长,贺书记。

贺玉梅问:什么事?

徐科长说:昨天晚上抓住了,四车间的,六个工人,年前那台电机也是他们偷的。

吕建国大怒:人呢?

徐科长骂:几个王八蛋都让我关在保卫科了。我让人接着审呢。

贺玉梅忙说:老徐,你可不能打人啊!把事情弄清楚再说。

徐科长说:厂长,您是不是去看看啊。开除他们算屌了。

贺玉梅说:开除不开除,你说了不算。老徐,你接着问。我得跟吕厂长去找梁局长。有事呢。

梁局长正在开会,吕建国和贺玉梅就在办公室等着。等了一会儿,吕厂长不耐烦,就溜到会议室去扒着门缝听。就听到里边正嘻嘻哈哈地说笑话呢。梁局长有声有色地说他们家楼上的老孙,天天给老婆按摩,按摩得他老婆性起就乱叫,就跟老孙复习夫妻功课,复习得老孙面黄肌瘦,天天跟犯了大烟瘾似的。众人就乱笑。吕建国听了半天,没一句正经的,就气嘟嘟地回来了,见贺玉梅正坐着看报纸,也拿起一张报纸乱看,也不知道看的是什么。

过了一会儿,走廊里乱响。吕建国知道散会了,忙站起来。梁局长端着个大茶杯走进来,朝两人笑笑:这会开的,开着开着就扯开了不正之风。乱七八糟的,也没学多少。你们喝水不?

贺玉梅忙笑道:不喝。您快坐吧。我们就是那点事,请您去帮着跑跑。您答应了我们马上就走。

梁局长苦笑道:这事情你让我怎么跟人家张嘴啊?

吕建国赔笑道:不管您怎么去讲,反正您得赶快把人帮我们弄出来,那小子手里有咱们一千多万元的合同呢,不能为这事泡了汤啊。

贺玉梅也说:是啊,局长,厂里今年还指望这一千多万活命呢。

梁局长皱眉道:嫖妓这事就够×蛋的了,还打警察。你们怎么让老郭干这种事啊,找个理由推了就得了嘛,打打麻将什么的,跳跳舞什么的,再不行去洗洗桑拿浴,也挺过瘾的嘛!说着,就嘿嘿地笑。

吕建国红着脸说:您现在说什么不是也晚了嘛。

梁局长叹道:你们啊,总是找麻烦。我去试试,可不一定行啊。你也别抱太大希望。对了,你们那车有信了吗?

吕建国答道:派出所说有点眉目了,看看怎么办吧。就说了方大众的消息。

梁局长道:找到了就好,不过,这年头我有个经验,凡事太顺了,就不是什么好事了。不定还出什么妖事呢,你们也别高兴太早了。

吕建国笑道:局长说得是。心里骂,你盼着我们出事才高兴呢。

梁局长看了看表,就站起身:就这样吧,我抽时间去公安局找找人。你们也别太指着我这块云彩下雨啊,这年头的事情真是不好办呢。再说企业早就转换经营机制了,什么事局里都不管了,你们今后别再给局里找麻烦了。边说边送贺玉梅和吕建国出来。吕建国走在前边,眼角的余光看到梁局长好像在贺玉梅的腰上拧了一把。贺书记脸上笑着没吭气。吕建国就想传说梁局长和贺玉梅有那种事一定是真的了。

从梁局长那里回来,一路上贺玉梅皱眉想着,突然说:老吕,我想起来了,找老齐啊,公安局陈副局长是他党校的同学呢。我这脑子,真是乱了。

吕建国苦笑了:我早就知道,可是找老齐不如不找,他恨不得咱们出点事才好呢。有些人你就别指着他给成事,他不给你坏事你就算是念佛了。

贺玉梅笑道:你这人就是太倔,把人想得太绝对。我去跟他说。

吕建国笑道:你就去试试。

保卫科关着那六个偷铁的,吕建国老远就听见徐科长沙哑着嗓子乱吼乱喊:我×你们八辈祖宗！谁带的头,说！

六个人低着头,谁也不吭气。

说话啊！徐科长又炸雷似的吼了一声。一个小个子站起来,沮丧地说:徐科长,反正事情犯了,您就看着处理吧。该怎么着就怎么着。

徐科长一把揪住小个子的脖领子,狠狠打了一个耳光:你他妈的还嘴硬。

小个子栽倒在墙角,血就流下来。老徐怒气不息地冲过去,还要打。吕建国进来了,伸手挡住老徐。

小个子就吼起来:姓徐的,老子犯法有国家处理,也轮不着挨你小子的黑打。厂长,你都看到了吧。

吕建国吼道:怎么,你们不该打是怎么着？厂子穷兮兮的你们还偷,偷谁啊？打得你们轻！

有人就低低地说:现在干活也没钱,总不能让人饿死吧。

吕建国冷笑:就你们怕饿死啊？全厂两千多人都不怕啊？你们看看你们自己那样子,送进公安局判个几年也不冤。

几个人就胆小了,领头的脸黄黄的,问:厂长,还真送啊,我们退赔还不行吗？

吕建国黑下脸来:先把东西弄回来再说。你们……

话没说完,门就开了,方大众探进头来,朝吕建国说:吕厂长,您出来一下。

吕建国吩咐徐科长:让他们每人都写交代材料,等候处理。转身就出来了,徐科长忙跟出来:厂长,怎么处理啊？开除吗？吕建国恨道:往哪开？都开到社会上去？他们找谁吃饭啊？吓唬吓唬算了。徐科长笑笑,就进去了。

方大众在门口等他,吕建国问:弄回来了吗？

方大众气呼呼地骂道:他妈的,真不像话,车是找到了,可是开不回来。

吕建国纳闷道:你没带司机去啊？

方大众说:司机也没法,老百姓把车轱辘都卸了,还差点把咱们的人给打了。人家说得也有道理,这车是他们花钱买的,他们不知道是偷来的啊。

吕建国皱眉道:派出所的怎么说？

方大众说:派出所也没办法,李所长跟我说,不行厂里就掏点钱,赎回来算了。

吕建国火了:赎？我丢了东西还没理了？不赎,就跟公安局要,我就不相信,东西找着了还弄不回来了。你跟派出所的去找他们县长。

正说得热闹,宣传部门的叶莉一脸惊慌地跑来:厂长,您快去吧,四车间的一帮人在财务科乱砸呢。

吕建国急了:怎么回事?

叶莉皱眉道:听说是为小魏借款的事,冯科长说没钱,就吵了起来。越吵越不像话,四车间就来了一帮人,说为什么有钱让姓郑的去嫖娼,工人的孩子有了病倒没钱了。就动手打起来,把财务科砸了。

吕建国骂道:反了屄的了,我看看去。撒腿就跑。方大众忙跟上去。

财务科真是乱套了。几个工人把冯科长推搡到墙角,冯科长挨了几下子,头碰到桌子角上,血都冒出来。工人们开始乱砸,冯科长头上淌着血,嚷着:别乱来,别乱来啊。

没人听他的,一会儿工夫,财务科已经一片狼藉。

吕建国赶到的时候,楼道里塞满了人,都是看热闹的。有人还起哄喊着:打啊打啊。吕建国气得心里直哆嗦,眼睛红红地吼了一声:都干活去!有什么好看的!

众人忙让开一条道,吕建国进了财务科。

就听到有人喊:厂长来了,厂长来了。

吕建国先把冯科长拉起来,火冒冒地吼道:你们要造反啊?又对身后的方大众说:你先把老冯送卫生所去包一包。方大众就架着冯科长去了。

工人们都不吭气了。有人悄悄地从地上捡起账本放到桌上。

吕建国红着眼睛喊道:咱们都穷成这样了,你们还折腾?能折腾出钱来也行,我跟大家一块折腾!有事说事,这是干什么?谁带的头?站出来,有汉子做就有汉子当。

没有人吭气。

吕建国冷笑道:刚才的勇气都哪去了?砸了就是砸了,怕个屄,站出来!

车间副主任于志强红着脸走出来:厂长,是我带的头,你别骂了。该怎么办就怎么办吧,我就是恨有些当官的不能一视同仁。

吕建国看着于志强,就愣了,于志强平常给他的印象挺不错,小伙子干活肯卖力气,刚刚提了车间副主任。

吕建国黑了脸:于志强,你知道这是什么性质的问题吗?

于志强闷在那里。有人嚷嚷起来:这事不能怪于志强,是我们一块来的。

吕建国看着于志强:你要是相信厂里有钱,你要是相信我姓吕的看着小魏的孩子住院不肯掏钱,你就当着众人打我吕建国的耳光!

于志强被吕建国说愣了,呆住了。

吕建国看看大家,难受地说:我这个厂长没本事,你们想打我就打,想骂就骂,可别砸东西啊。咱们厂经不起折腾了。小魏的女儿得了白血病,你们以为我心里好受啊?我……可是……

吕建国声音就涩住了。他顿了顿:我说句没出息的话吧,现在大家指望不上厂里,咱们自己帮帮自己吧。于志强,你负责给小魏募点钱。说着,就从兜里乱七八糟地掏出一把钱来,几个钢镚蹦蹦跳跳地跑到桌子下面,吕建国弯腰捡起来,又把手表摘了,放到于志强手里,颤声说:志强,我就这些,算是带个头,大家也捐一点,就算厂里动员大家了。说着,就弯下腰去,深深给大家鞠了个躬。

屋里一片死静。吕建国转身出来,他听到有人哭了,呜呜地。

起风了,这个季节是个刮风的季节。浑浑黄黄的大风生猛地扬起来,烈烈地扑打着窗子。太阳软软的,像一个破了口的西红柿,鲜血般的汁液,在西天上弄得一片狼狈,一片零零乱乱地红。

贺玉梅今天决定继续跟踪谢跃进,看看他到底去哪?

那天她在百货公司门口碰到了贾小芹。贾小芹原来是局团委的干事,跟贺玉梅一起干了好几年,前年放下去当了副厂长。可那破厂子不行,一年多不开支了,厂子就放了长假,贾小芹找贺玉梅说了说,就去谢跃进的公司打工了。贾小芹告诉贺玉梅,公司现在有好几个女人整天缠着谢跃进,让贺玉梅小心些,现在这些小姐们可是不像咱们做姑娘的时候了,疯着呢。贺玉梅听了心里就更乱了。

今天谢跃进早上起来说:我中午不回家吃饭了,有客人。贺玉梅道:你最好天天有客人,我可省饭钱了。谢跃进苦笑道:我现在都吃怕了,真想天天回家吃点素的。贺玉梅心里好笑,就说:我们厂办主任老郭就跟你一样的,天天陪客吃白食,还卖乖。什么吃得太痛苦了,好像让你们去受刑似的。谢跃进笑笑,提着包就下楼了。贺玉梅感觉谢跃进已经出了楼门,就给吕建国打了个电话,说家里有事晚去厂里一会儿。她放下电话,就跟了出去。

太阳亮亮的,街上没有风,真是一个好天气,街道两边的柳树都悄悄地抽条了。贺玉梅远远尾着谢跃进,拉开一百多步的距离,就看到谢跃进在路边招手喊住一辆出租车。贺玉梅也忙喊住一辆出租,上了车,司机是个大胡子,问道:小姐去哪?贺玉梅说:跟着前边那辆黄车。大胡子看看贺玉梅,笑笑,就尾着那辆黄车跑起来。

谢跃进进了一家酒店。贺玉梅急忙下车跟进去。大胡子在后边喊她,她才记起没付钱呢，忙掏出一张五十元的票子让大胡子找。大胡子磨磨蹭蹭地找钱,贺玉梅急道:快点啊师傅。等大胡子找完了钱,贺玉梅已经看不到谢跃进的影子了,就在酒店里乱转着,转得眼花缭乱,觉得酒店就像一个装满了各种杂物的衣兜,谢跃进被装进去,就很难一把再掏出来。一个服务员小姐走过来,朝贺玉梅笑道:您好。找人吗?

贺玉梅忙道:请问东方公司的谢经理在哪儿?

服务员小姐笑笑:请跟我来。就款款地走进了一个雅间。贺玉梅跟进去一看,一个二十多岁的女人正搂着谢跃进的脖子喝交杯酒呢。贺玉梅气得声音都颤了,怒喝一声:谢跃进!

谢跃进猛地回过头来,惊讶地张大了嘴:你怎么来了?

贺玉梅嘿嘿冷笑道:我怎么就不能来啊。就看看那个女人,那女人嘴唇抹得刺眼红,满不在乎地看着贺玉梅。一桌人也都呆呆地看着贺玉梅。

贺玉梅恶笑道:谢跃进,我搅了你的兴致了吧。你跟这种臭女人在一起也不怕着上点什么病啊?

那位小姐拉下脸问道:谢总,这人是干什么的?

贺玉梅骂道:滚一边去,你他妈的算干什么的?

谢跃进气得浑身哆嗦,他吼道:贺玉梅,你还像个有知识的人吗?我这里谈业务呢,你……

贺玉梅嘿嘿笑道:谈业务?我今天就让你业务业务。一伸手,把桌子掀了,响起一片瓶子盘子的碎裂声。满桌子的人都慌得四下散开,谢跃进气急败坏地过来跟贺玉梅抓挠在了一起。人们都傻傻地看着两个人打,这时慌慌地进来一个白胖白胖的男人,使劲把贺玉梅拉开了。贺玉梅认识这个白胖子,这人是这家酒店的老板,姓马,去过贺玉梅家。马老板气喘喘地赔着笑:贺小姐,贺小姐,消消气啊。

贺玉梅冷眼看了一眼马老板:你刚刚叫我什么,小姐?这年头婊子才叫小姐呢。转身就走。

下午一上班,吕建国先去了贺玉梅的办公室。进门就说:玉梅啊,你昨天不是说老齐公安局有熟人吗?咱们去求求他吧。他突然发现贺玉梅脸黄黄的,惊问道:你脸色怎么这么难看啊?病了?

贺玉梅强笑道:没事。

吕建国狐疑地问:是不是又跟老谢生气了?

贺玉梅笑道:像你这样天天咒我,没事也让你咒出事来的。

吕建国笑了:没事就好。怎么样?咱们是不是去求求老齐啊?

贺玉梅说:就怕他不办事,还看热闹的。

吕建国叹道:试试吧。

贺玉梅站起身,突然又想起什么,就开了抽屉,拿出一个纸包递给吕建国。吕建国问:什么啊?

贺玉梅说:这是一万块钱,我放着也没用,谢跃进能挣。就捐给小魏的孩子看病吧。你别说是我捐的啊,省得工人们说闲话。

吕建国呆了呆,忙说:这不行,太多了,老谢挣钱也不容易的。

贺玉梅苦笑道:屁,他们挣钱跟玩似的,算了,不说这个了,越说越上火。

贺玉梅说:你只当是打土豪了。吕建国看看贺玉梅,一时不知道说什么好,就拿着那钱苦笑道:那我就处理了!就转身去办公室把钱锁了,然后两人就去了齐志远的办公室。一进门,齐志远正在给宣传部门的叶莉看手相呢。

叶莉这女人长得太妖,总让男人色眯眯的,又特别爱跟男人犯贱,有事没事总往齐志远的办公室跑。她原来是车间的车工,上了两年文科函大,毕业后就想进机关,前任许厂长看中了她,调她到宣传部门搞党员教育,机关里关于她和许厂长的闲话特别多。许厂长下台后,她又搭上了纪委书记齐志远,两人混得挺热乎。去年宣传部长老李退休了,齐志远就提议让叶莉上,贺书记没同意。吕建国还想着今年机关精简把她减下去呢。

齐志远抬头见厂长书记两人进来,有点不好意思地笑道:我最近正在研究周易,拿小叶练练技术。你们二位不算算?

叶莉忙站起身:齐书记算得真是准哟。神了。

贺玉梅笑道:小叶,你就让齐书记骗你吧。全是胡说八道,没一句是真的。

叶莉笑道:是说得准呢。又对吕建国笑道:厂长,刚刚市委宣传部打电话来,说省报明天有两个记者要来采访,关于国有企业如何走出困境的话题。您见不见啊?

吕建国苦笑道:我现在就困境着呢。你就说我不在。

贺玉梅说:不见。不怕人家笑话,现在咱们真是饭都管不起了。

叶莉笑道:那就算了。叶莉屁股一扭,转身走了。

吕建国就坐在齐志远对面:老齐,我听说公安局陈局长是你的同学。你是不是求求他,把那个姓郑的王八蛋弄出来。

贺玉梅笑道:老齐你真得出山了啊。

齐志远笑道:厂长,姓郑的这种人,就该抓进去,蹲上几年。咱们还给他跑这事啊? 算了吧。

吕建国就苦笑说:老齐,不是我这人犯贱,他手里不是有咱们一千多万的合同嘛?

贺玉梅也赔笑:就是,老齐,就找找你的那个老同学吧。

齐志远摇头道:真是,我不想为这件破事去求人。不够丢人的呢。

吕建国看看齐志远一脸不肯通融,就说,那就算屌了。转身出去了。贺玉梅走在后面,突然又回过身来,问:老齐,说实话,你是想看老吕的笑话吧。

齐志远一下窘住了:贺书记,别瞎说啊。

贺玉梅笑道:别不说实话,你和老赵都想让老吕早点滚下台呢。其实,老吕也是瞎操心,要是换上我,就不为这么个半死不活的破厂操心,谁们家的啊,还让别人暗着解气。说完,她转身就走。

齐志远脸就红了,笑骂道:贺书记,你怎么也跟吕厂长学坏了,嘴里也吐不出好话来了啊。

临下班的时候,吕建国给四海商行打电话要钱。一劲儿在电话里说好听的,最后泄气地把电话挂了。

齐志远贺玉梅一前一后进了吕建国的办公室。

吕建国淡淡地看了齐志远一眼,问道:有事?

齐志远笑道:老吕,我跟我那个同学说了,今天晚上在鸿宾楼谈谈放人的事。

吕建国一怔,喜道:老齐,真是得谢谢你。这事还得你出马。

齐志远笑道:怎么说也是咱们厂的事情。我要是不办,大家都得骂我。再说了,真要是发不出工资来,我也是一份啊。

吕建国没想到他一下子变得这样,竟怔住了。

齐志远笑道:厂长,你是不是信不过我啊?

吕建国忙笑:看你说的。

贺玉梅苦笑道:老齐,这一桌子得多少钱?咱们厂可是真没钱了。你这个同学好不好打发啊?

齐志远想了想:我去借点吧。财务是没钱了。说完就出门走了。

鸿宾楼是市里一家很有名的餐馆，据说请的是京城的名厨，价钱也很厉害，但是每天仍然食客如云。齐志远带着吕建国贺玉梅到了鸿宾楼。贺玉梅说：老齐，你来过不少回了吧？

齐志远笑道：反正只要有人请，我就吃。齐志远在市委党校进修过，同学大都是头头脑脑的，平常总爱搞个小聚会，到处乱吃。进了餐厅，服务员小姐好像跟齐志远很熟悉，微笑着把他们三个人让进了一个雅间。

陈局长还没来，三个人就坐着喝茶。吕建国笑道：老齐，这地方来一家伙得多少钱啊？

贺玉梅笑道：厂长你别害怕，钱不够，就把老齐押在这儿。

吕建国就看墙上挂着的一幅画，一个外国女人，全身光光的，挺招人的眼神看着他们三个人。吕建国就笑骂：好像是干那个的吧。

齐志远就笑：厂长，您这叫什么眼神啊？这可是艺术品啊。

正要再说笑，就听到外边有人说话。齐志远忙站起身：来了。就迎出门去，引进来陈局长。

吕建国和贺玉梅忙站起来跟陈局长握手。

陈局长看看表，笑道：真是紧赶慢赶，还晚了十分钟。东城下午杀了一个出租车司机。

贺玉梅惊讶道：又杀人了？

陈局长骂道：这两年事出得太多，头春节到现在，我几乎就没睡过一个安生觉。

齐志远笑道：我也没见你瘦了。

一个亭亭玉立的服务员小姐进来，微微一笑：几位点菜吗？贺玉梅笑道：点。就把桌上菜谱递给陈局长：陈局长，您点。吕建国也忙说：陈局长，点吧。

陈局长笑道：随便吧。真是的，不好让你们破费了，听老齐说，你们厂也太穷了。

吕建国就笑：再穷也不能穷了嘴，再苦也不能苦了胃。点。陈局长，咱们是头一回，一定得好好喝喝。

齐志远笑道：厂长，算了吧，你这话要是让工人听了，非得挨揍不可。老陈总在外面吃，今天就是坐着说说话，我来点。就拿过菜谱点了起来。

贺玉梅笑道：老齐你真是的，让陈局长点几个嘛，你知道他爱吃什么啊？

齐志远笑说：今天听我的。齐志远点了几道便宜的菜，又要了两瓶古井贡。然后对服务员小姐说：先吃着，不够再说。

贺玉梅给陈局长倒了杯茶,四个人闲扯社会治安。吕建国就想着怎么开口讲放人的事。菜上来了,齐志远起身忙着开酒瓶子。贺玉梅说不能喝,想喝饮料。陈局长笑道:不喝饮料,坐在一起就都喝一样的,现在女同志更能喝,都是改革改的。大家就笑。贺玉梅笑道:那我今天就舍命陪陈局长了。

四个人连着干了三杯。吕建国就说了求陈局长放人的事。桌上的气氛有些紧张,齐志远看着陈局长:老陈,帮个忙吧。

贺玉梅叹道:真是没办法,我们还指着那小子吃饭呢。

陈局长对吕建国说:这人我们真是不好放,放了他,就等于给社会上的一些王八蛋长了志气,以后我手下的人还不得让人随便打啦。换了你吕厂长,你肯干吗?

吕建国苦笑道:陈局长,我也知道不该来找您,可是我实在没办法。刚刚贺书记也说了,我们厂两千多职工还指着那个王八蛋一千多万的合同过日子呢。现在外面欠我们好几百万,也弄不回来,工人们等着吃饭啊。那天几个工人找到我问,厂长,我们要是没干活也行,可是我们辛辛苦苦干了,还是一分钱也拿不到,这叫什么事啊?吕建国眼圈红了,说不下去,猛地喝了一杯酒。

齐志远赔笑道:老陈,你就给我一点面子吧。我们真是不容易啊。现在都说当企业家的能捞,你是没到吕厂长家去看过,穷兮兮的。他这个破厂长当的,别提多窝囊了。

吕建国心里一热,没想到齐志远能说出这样几句话来,他感激地看了齐志远一眼,接过话头:真是像齐书记说的,陈局长,要说我心里话,我恨不得你们枪毙了那个王八蛋。可我得为厂里两千多口子的嘴发愁啊,这……说着泪就淌下来。吕建国抬手去擦,可就流得更猛了。吕建国就转过脸去,贺玉梅的眼睛也红了。

陈局长目光就软下来,叹口气:老吕,我看你这人也是个实在人,不像是那种不管工人死活的东西。你别急了,人,我想办法给你弄出来。掏出无线电话,拨通了,就说:刑警队吗,我是陈志雄,找杜洪。杜洪啊,那天打咱们人的那几个怎么处理的?什么?这么快?嗯,嗯,行,我下来再找你吧。陈局长脸灰灰地放了电话。

齐志远忙问:怎么回事?

陈局长叹道:不好说了,案子报到省里去了。怕是……

吕建国怔了怔,苦笑道:陈局长,您尽了心了。您的人情我领了。

陈局长想了想:我再想想办法。吕厂长贺书记,你们别着急。×蛋,这事也就是晚了一天,不然我一准给你们办了。就仰脖干了一杯酒。

齐志远苦笑道:老陈,你这酒可不能白喝啊!你还得再想办法啊。

吕建国看看齐志远,心里热了一下,觉得老齐这人还是挺好的,自己不该跟他闹不团结的。

回到家里,刘虹刚刚吃过,见吕建国进了门,就说:志河走了,人家可是放下话了,过两天就来车提货呢。到底有戏没戏啊?

吕建国不耐烦地说:行了行了,快别烦我了。

刘虹不高兴道:全世界就好像你一个人忙似的,不就当了个破厂长吗?

家里的气氛一下子就沉下来,三口人呆呆地吃饭。吃完了,刘虹就进屋了,吕建国就去洗碗。吕强忙过来说:爸,您歇会吧,我来干。吕建国一愣,看了吕强一眼,吕强朝他笑着。吕建国心里一动,感觉儿子长大了,懂事了,就笑笑:好,好。就退出来,坐在沙发上看新闻联播。还没看出中央领导跟哪国的贵宾亲切友好地谈话呢,桌上的电话就响了。

是方大众从派出所打来的。方大众气呼呼地说:我们刚刚从县里回来,那辆车的事还是挺不好办,跟农民讲不出理来。那个县的县长就向着他们,说是要保护农民利益。那个乡长更不讲理。厂长您说这事还怎么办啊?

吕建国恨道:你就别乱嚷嚷了。明天我去看看吧。把电话挂了,又给厂汽车队打了个电话,明天一早要车去县里,先找他们的乡长。

一路上风景真是不错。田野里的麦子都探头探脑地钻出来了,绿绿的让人爽眼。吕建国想起当年下乡帮老百姓拔麦子的情景,就骂出声来:怎么这年头老百姓也都学坏了啊。

方大众笑道:您骂谁啊?老百姓还骂呢。这年头好像谁都不高兴,真是邪了。

吕建国想起来:你带上钱了吗?弄不好咱们得请兔崽子们一顿呢。

方大众苦笑:人家吃不吃你的请还是回事呢!

三十多里路一个多小时就到了。车子拐进了韩庄乡政府,就见一群农民正在乡政府门口吵吵什么呢。一群鸭子呱呱乱叫着,在院子里乱跑。

方大众把吕建国领到乡长办公室,门虚掩着,方大众敲敲门。

门开了,一个白胖子一脸不高兴地走出来,见到方大众,就说:你又来了?

方大众忙说:谭乡长,这是我们吕厂长。

吕建国忙上前跟谭乡长握手。谭乡长笑笑:屋里坐吧。

吕建国走进屋里,闻到满屋子酒气,就看到了办公桌下边一堆酒瓶子。屋里挺乱的,墙上挂着几面奖旗,什么先进之类的。

吕建国坐在靠墙的沙发上,笑道:谭乡长,我是来讨我们厂那辆车的,还请您多多帮忙啊。

谭乡长笑道:昨天方主任和两个公安的同志来过了,真是不好办啊。我们那家企业也是受了骗啊。

吕建国说:谭乡长,这车我们一定要带回去的,我们是个穷厂,还指着这辆车干活呢。现在国有企业也真是不容易啊。

门被轻轻推开了一个缝,一个妇女探进头:乡长,还开会不了?

谭乡长嘻嘻笑道:开你娘个脚。等着去吧!那妇女就笑着跑了。

谭乡长说:吕厂长,您也不容易,这我知道。可是老百姓也不容易啊,好容易攒俩钱,买辆车,你说是赃物,就弄走,真要是死两口子人咋办啊?您也替我想想。换换个,您能不管不顾去把车弄出来就让人家带走吗?

吕建国看着这个白白净净的乡长,总觉得他像某部电视剧里的太监,直想骂,可是脸上还得赔着笑:谭乡长,真是请您帮帮我们,我们厂真是太穷了。

谭乡长扑哧笑了:不能吧?穷厂还能买这种高级车啊?

吕建国叹口气:这不是图个脸面嘛。人是衣裳马是鞍嘛,不买车,人家看不起你,谁还跟你谈生意啊?

谭乡长看看表,起身说:吕厂长啊,您看这事是不是下午再商量,我还有个会,真是不好意思了。就坐到办公桌前,拉开抽屉乱找,也不知道找什么,嘴里还一个劲骂着脏话。

吕建国强笑道:好的,下午再说,您忙吧。就退出来。

上了车,方大众问:咱们去哪?

吕建国说:上县委,找县长去。

贺玉梅听吕建国说了去要车的经过,就笑:你真是行,没让人家打一顿就算是便宜了。

吕建国骂:打人?我还想打人呢。那个姓门的县长简直就是个混蛋,你跟他说东他说西,最后还发脾气,说他不管这些破事,说完就躲了。正说着,王超进来了,笑道:两位领导都在,市工会知道了章荣的病,体谅咱厂的困难,拨下来三千块钱,让给章荣看病。

吕建国高兴道:真是不错。给章荣送去了吗?

王超苦笑道:章师傅不收啊,让把这钱交到卫生所,给卫生所进药。可人家市工会说,这是特批款,专款专用的。

吕建国说:那当然,章师傅是省管劳模。走,咱们一起去看看他。

章荣住的还是厂里的旧宿舍,本来早想重盖,可总是没钱。楼道里的墙皮都已经剥落了,露出灰灰的水泥,还用粉笔写着某某小王八大王八之类的骂人话。吕建国记得,章荣早就应该搬进厂里的新宿舍,可是章荣让了几回,就一直没有搬成。吕建国心里酸酸的,现在像章荣这样的老工人真是不多了啊。

进了章荣的家,一股呛人的中药味扑得吕建国要呕。

章荣的儿子章小龙迎出来,懒懒地点头道:领导们来了,屋里坐吧。

屋里光线挺暗,窗帘拉着。章荣正躺着,就睁开眼问:谁来了?章小龙忙说:厂领导来看您了。就过去把窗帘拉开,太阳光软软地漫进来。吕建国看到玻璃坏了两块,用纤维板钉着呢。灰灰的墙上贴着好些奖状,纸都泛着黄,有些已经看不出日期了,吕建国感觉那好像是上一个世纪的故事了。

章荣撑起身子,笑道:快坐啊,小龙,给领导们拿椅子,沏点水来。章小龙就出去了。王超追出去:小章,别忙了,我们不喝。

吕建国凑到床前,笑道:好些了吗?整天瞎忙,也没顾上来看您。

章荣笑道:没事的,让领导操心了。老尿的了,不中用了。想起咱们搞大会战的时候,就跟昨天似的。

吕建国笑道:可不是嘛!一眨眼,我都快五十岁了。

章荣笑笑:你那次为了赶活,出了废品还不想返工,我扣你的红旗分,你还哭鼻子哩……说着,章荣剧烈地咳嗽起来,脸立刻涨得通红。

章小龙忙过来给他捶背。吕建国摸摸章荣的额头,吓了一跳:章师傅,你发烧呢。

章荣笑笑:没事,一会儿泡点姜汤就行了。

贺玉梅说:章师傅,还是去住院吧。厂里都联系好了啊。

章荣说:我这病住院也不行了,就在家待着吧。我是真怕死在医院里。说着又咳嗽起来。

王超急道:章师傅,市工会拨给您的特款,让您住院的,您还是去吧。这不,厂长书记都来劝您了。

章荣摇摇头:不去了。我都这样了,干啥还糟蹋那钱啊。

吕建国看看章荣,眼睛就红了,叹道:章师傅,说什么还是要住院的,你是咱厂的老模范了,你不去,工人们要骂我们的。

章荣叹道:算了,厂长,是我自己不去的,谁骂你们啊。厂里对我挺好的,我满意着呢。现在厂里这么紧张,我这破病还治个什么劲啊?不给厂里添乱了。

吕建国说:您看病这点钱还是能挤出来的,再说市里也给了些钱专门给您看病的。

章荣还是摇头:不行,我知道厂里那点钱,都是工人们一分钱一分钱挣来的,我不能全扔在医院的病床上。市里要是真给点钱,就给咱厂的卫生所进点药吧。我听说现在卫生所连感冒药也没了,这怎么行啊……

章荣说着又剧烈地咳嗽起来。

吕建国再也忍不住了,泪就流了满脸,说了声:章师傅,您歇着吧。就起身告辞。

章荣突然喊住吕建国:厂长,你站一下,我,我有话说。

吕建国一脸泪水地回转过身:章师傅,您说。

章荣看看吕建国和贺玉梅:我老了,有今天没明天的,心里有句话,你们当领导的比我想得长远,说得对不对的,就……

贺玉梅忙扶住章荣:您慢慢说,有什么困难就提。

章荣吃力地摆摆手:我没困难。我是说厂、厂里现在挺难的,你们千万顶住这一段困难,什么事情也有个潮起潮落的,别觉得天都要塌了,我说得不好,毛主席怎么说来着……

吕建国心头一阵痛热,他一下子抓住章荣的手,颤声道:章师傅,您说得对。您……吕建国的泪唰唰流下来。

从章荣家回来,几个厂领导闷闷地坐在办公室,吕建国突然抓起电话,让徐科长来一下。不一会儿,徐科长就颠颠地跑来,一进门看出气氛不对,小心地问吕建国:厂长,有事?

吕建国恶狠狠地说:老徐,你明儿就把赵明的饭馆封了。告诉他,三天之内把十万块钱交来。

徐科长看看齐志远。齐志远望着窗外,不说话。窗外灰灰的,天渐渐阴死了,太阳胆怯地躲进了云层。

徐科长问:他要是真不交呢?

吕建国恶笑一声:你就让他滚蛋。你告诉他,就说这话是我姓吕的讲的。

徐科长答应一声就出去了。贺玉梅想了想:厂长,四海商行的钱也该再去要要了。

吕建国想了想说:我去一趟四海商行,找找那个姓赵的混蛋。这六十几万不是个小数啊。

贺玉梅叹道:怕是不好要啊!

吕建国说:不行就跟他打官司吧。

齐志远苦笑:赵志高那小子是个人精。他现在有好几个企业,跟咱们有关系的那个四海商行早就是个虚名了,法院就是查封,也掏不出几个子儿来,他盼着跟咱们打官司呢。再者,我听说他表姐夫就是法院院长。

吕建国骂:他妈的。这叫什么事啊?

一上班,贺玉梅就进了吕建国的办公室:厂长,你猜我找到谁了,这回准能治了那个姓谭的。

吕建国笑道:除非你找到了他爹。不过他听不听他爹的,也难说哩。

贺玉梅笑道:他不听他爹的,他得听县太爷的。

吕建国摇头苦笑:算尿了,那个县长我上次就碰过了,也是个混蛋,根本不讲理。他能向着咱们说话?

贺玉梅坐下喝了口水,笑道:三车间乔亮告诉我,他们车间岳秀秀是那个姓门的县长的亲外甥女,我见岳秀秀了,岳秀秀说没问题,她姨夫肯定给办。她刚刚给姓门的打了电话。

吕建国一下来了精神:真这么简单啊。

贺玉梅说:一把钥匙开一把锁,说简单就真简单。

吕建国说:那你去一趟吧,上次我跟姓门的差点吵起来。我一去,别再把事情办砸了屁的。

贺玉梅到县里的时候,正是中午。贺玉梅想,正好把门县长请出来吃顿饭。到了门县长的办公室,门县长正跟几个人说话呢,见到岳秀秀就忙让那几个人走了,跟岳秀秀嘻嘻哈哈笑着,聊着家长里短。岳秀秀说了要车的事,门县长笑道:你怎么管这事啊?岳秀秀说:我在厂里负责呢,我不管谁管啊?门县长笑道:真的啊,早知道是这样一个关系,我早就让他们把车放了。说着,才看到贺玉梅。岳秀秀介绍了贺玉梅。贺玉梅笑着说:真是不好意思,我们办不了,只好麻烦您了。就说了谭乡长的态度。

门县长道:还挺牛的哩。放心,这事我给你们办了。对了,你们还没吃饭吧,咱们先吃饭去。就喊来一个瘦男人,门县长说:李秘书,你去打电话把老谭给我喊来。李秘书转身走了。贺玉梅笑道:不忙,咱们先吃饭吧。

门县长说:不是我着急,我上次开会听他们念叨了几句这件事,你们厂一个姓方的和一个姓吕的也来找过我。要是不赶紧找老谭,他们就敢再给你卖了屎的。到时上哪找啊?

贺玉梅心里一紧张,脸上笑道:那得快点,这年月什么都是改革速度,真是卖了,我们可就惨了。

门县长就带着岳秀秀贺玉梅去了县委门口的饭店。进了门,老板慌慌地迎上来:县长,您吃饭啊?门县长笑道:临时来了几个亲戚,在你这闹一顿吧。老板忙笑道:平常请也请不到您呢,昨天晚上做梦听到喜鹊叫呢,敢情今天有贵客来啊。门县长哈哈笑:×蛋的,你可真会说好话。几个人进了雅间。门县长也不看菜谱,乱点了一气,老板就让人把菜端上来,又端上两瓶五粮液和两盒红塔山,客气了几句,就退出去了。贺玉梅心里就害怕,怕一会儿结账钱带得不够。

小岳撒娇说:姨夫,这事您可真得给办了啊,要不厂长可得扣我的工资啊。

门县长笑道:外甥女的事,我还能不管啊。来,贺书记,喝酒喝酒。我这个外甥女你可得照顾着点啊。贺玉梅忙笑道:您放心好了。

吃过饭,贺玉梅忙去结账。门县长拦住她,笑道:贺书记,到我这地面上还用你结账啊。就对老板说:先记我账上吧。老板笑道:您甭管了。就忙着送他们几个出来。

贺玉梅觉得喝得有点多了,头晕晕的,就笑着说:看起来,真是当个县长好,一方土地,说了算啊。

门县长笑笑:您是没见我受制的时候呢。

回到县委,刚在门县长屋里坐了,李秘书就进来说:县长,谭乡长来了。门县长点点头:让他进来。

李秘书出去,一会儿,谭乡长就进来了,进门就笑:县长,您真是,连饭也不让我吃好啊,今天您得请我。又朝贺玉梅小岳笑笑。

门县长哈哈笑了:你小子还用我管饭啊。坐吧,这两位找你有事呢。这是贺书记。就掏出烟来扔给谭乡长一支。

谭乡长点着烟,傻怔怔地笑问:县长,什么事啊?

门县长瞪眼道:什么事?你还好意思说,偷人家的车,还不给人家。咱县的脸快让你们丢光了。

谭乡长笑道:刚刚李秘书跟我讲了,县长,不大好办啊。谁知道是贼车啊,要知道是贼车,白给也不敢要啊。现在也不能说拿走就拿走啊,吴大水那个愣头儿青还不得跟我玩命啊?

门县长笑道：谁敢跟你玩命啊，说得吓人呼啦的。

谭乡长说：门县长，这事真是不好办。那车是吴大水花三十万块买来的，手续都全，硬给他拿走，他真怕是接受不了。

门县长哈哈笑了：屁话。三十万？哄鬼呀？吴大水那个鬼精，我还怀疑他给钱没给钱呢？别废话了，这事你去办吧。这是我外甥女的车，你去告诉吴大水，他要是不放车，就是不给我老门面子，我还真就不要了。

谭乡长尴尬地站起身，朝贺玉梅笑道：上次您厂的吕厂长找过我的，您能不能出几万？五万块行不行？

贺玉梅心想这个姓谭的真够难缠的，笑了笑，刚想说几句没钱的话。门县长就火了：贺书记，你别理他，这小子见谁都想割一刀的。

谭乡长哈哈笑了：县长，我真是斗不过您的。好吧，既然县长发话了，我料定吴大水屁都不敢高声放一个的。我明天把车给您开到县委来。就朝贺玉梅笑笑，出门走了。

贺玉梅有点愣，没想到这事就这样有一句没一句开着玩笑就办了。

门县长朝贺玉梅笑道：那您就住一夜吧。明天一早他就送车来。

贺玉梅笑道：还是您面子大。

门县长说：大个屁，我要不是县长，他们才不理我呢。

岳秀秀笑问：姨夫，他们明天要是不来呢？

门县长眼睛一瞪：敢？过明天中午我都饶不了他们。

吕建国正在给那几个要账回来的人开会呢，贺玉梅在门口探头。吕建国忙起身出来，贺玉梅笑道：车开回来了。就把事情跟吕建国说了个大概。

吕建国高兴道：行，真是有你的。你先回去歇歇吧，我看你累得也够呛。

贺玉梅笑说：我真得歇歇了，那个姓门的可真是个酒桶，昨天真把我灌坏了。

贺玉梅进了家，就想躺下睡一觉。躺在床上，又想给妹妹打个电话，问问谢跃进这两天的行踪，自上次在酒店闹了那一回，谢跃进就没回家。

贺芳不在公司，一个女的接的电话，说贺芳住院了，两天了。贺玉梅吓了一跳，忙问贺芳怎么了。那女的说：我知道怎么了，我又不是她妈。你愿去就去看吧，妇产医院。

贺玉梅更是吓坏了，就问：妇产医院，她住妇产医院干什么？

那女的好像跟贺芳有深仇大恨似的，干硬硬地冷笑道：你这人好烦啊，你去看看不就明白了嘛。

贺玉梅一点睡意也没有了，慌慌地跑到街上叫住一辆出租就朝妇产医院去。一路上没头没脑地乱想，越想越怕，直到进了病房，看到谢跃进正坐在贺芳床前，她仍是没有反应过来，脑袋木木的。贺玉梅急急地问贺芳：怎么回事？你怎么住这儿了？

贺芳脸色苍白，朝贺玉梅笑笑：我没事。你怎么知道的？

贺玉梅喘着气说：我刚回来，打电话说你住院了。又看看一旁的谢跃进，贺玉梅心里突然跳了一下，似乎明白了些什么。看看贺芳，再看看谢跃进，贺芳头歪向一边，流下泪来。贺玉梅猛地搞清楚什么了。

谢跃进尴尬地站起身，笑笑：玉梅，你待一会儿吧。我还有点事，先走了。

病房里只剩下了姐妹两个了，空气有点发紧。贺玉梅低低地叫了一声：小芳。贺芳回过头来，两人呆呆地互相望着。

贺玉梅叹口气：芳芳，你都让我糊涂了。你和谢跃进到底怎么回事？

贺芳突然不哭了，冷笑一声：姐姐，你既然全知道了，还说什么蒙在鼓里。你让我说什么？我喜欢他。但我并不想在你们中间惹是生非，否则，我绝不会打掉这个孩子的。

贺玉梅叫起来：什么？你真的有了孩子？

贺芳淡淡地说：你放心，我不会让他跟你离婚的。

贺玉梅只觉得头疼得厉害，全身颤抖。她怒吼起来：你不该这样啊！你知道谢跃进在外面搞着多少女人吗？

贺芳冷冷地说：你别乱吵乱嚷。他没有欺骗我，是我情愿的。你别恨他，是我自己对不住你。

贺玉梅静下来，看看贺芳：好吧，你先住院吧。就往外走。走到门口，又回过头来：小芳，也许他在你眼睛里是个什么了不起的。但是在我眼里他很不值钱，你愿意跟他，我拱手让给你。就摔门出去了。听到贺芳的哭声，贺玉梅脚步迟疑了一下，还是大步走了。

到了医院门口，看到谢跃进正在那里推着摩托车抽烟呢，似乎是在等她。贺玉梅没理他，扭身就要走。谢跃进跟上来：玉梅，你听我说。

贺玉梅硬声道：你还想跟我说什么？

谢跃进苦笑道：事情到这一步，还能说什么？

贺玉梅冷笑：你到底跟芳芳什么时候有的这种关系？

谢跃进道：一年前。你就看着办吧。

贺玉梅冷笑一声:我看着办?你把芳芳毁了,还问我怎么办?说罢,扬手给了谢跃进一个耳光,掉头就走。

就听到谢跃进在她身后冷笑道:别把自己装成修女的样子,你跟姓梁的事谁不知道啊?

贺玉梅身子一颤,她回过头来,盯着谢跃进,突然笑了:你也相信这事。谢跃进,我真是白白跟你过了这些年了!

谢跃进骑着摩托车走了,剩下贺玉梅呆呆地站在那里。阴阴的天空落下了几丝雨,夹着软软塌塌的雪花,冰冰的。贺玉梅仰起头,看着散散的雨夹雪,就记起上学时一位老师讲过,这种东西叫作霰。

王超来找吕建国,说小魏的女儿明天要开刀了,问吕厂长是不是去看看?

吕建国说:去,厂领导们都去看看。

王超发愁说:职工们给小魏捐了五万多块钱,可还不够。医院要十万押金啊。怎么办啊?

吕建国叹道:下来再说吧,咱们先去看看。

两人起身出来,就听到楼道里一阵乱吵,赵明骂骂咧咧地走过来。

赵明喝得醉醺醺的,身后跟着蔡大胡子。方大众跟在他身后赔着笑:老赵,有意见慢慢讲嘛。赵明一把推开了方大众:滚你一边去。你他妈的就会拍马屁,我找姓吕的说话。

吕建国黑着脸站在走廊里,冷冷地问:赵明,你来交钱了?

赵明抬头看到吕建国,就恶笑道:吕厂长,你凭什么封我的门?

吕建国不想跟他在走廊里吵,就转身进了办公室,赵明跟了进来。吕建国说:我正要找你,正好你来了。我就要你一句话,你到底交不交承包费。

赵明点一支烟,吐了个烟圈:我不是告诉你了嘛,现在没钱,先记着,年底一块算,少不了厂里一分钱。说完就往沙发上一躺,把脚蹬在了沙发扶手上。

吕建国摇头:那我跟你就没什么好说的了,厂里决定,你的承包合同就此终止。

赵明把烟在手里拧死了,狠狠摔在地上,跳起来:你姓吕的两片嘴一碰就完了?你不让我干,要包赔我的损失!

吕建国愤怒地站起来:赵明,你别在这里胡搅蛮缠。

赵明眼睛冒出火来,向前一步,一拳打在吕建国的脸上,吕建国鼻子就冒出血来。

王超和方大众呆住了,扑过去抱住赵明,赵明跳脚骂道:姓吕的,老子今天非打残了你不可。门外冲进来几个人,赶忙去扶吕建国。

吕建国摆摆手,对众人说:放开他,让他过来,我不相信他敢打死我姓吕的。

赵明愣住了,他不明白吕建国为什么不跟他急眼。

吕建国擦擦脸上的血,淡淡道:赵明,你小子用良心想想,如果你真是没钱,就算我姓吕的白活了。现在厂里穷得锅都揭不开了,好几个病号都……小魏的女儿白血病就在医院躺着,等着钱用。还有章荣,不说了,这你都知道。你该着厂里的钱不给,你要是有一点人味,你能不能这么干?我怎么也想不透,你也算是在厂里干了二十多年了。你……我告诉你,你今天不就是想惹急了我,让我也动手,你就可以赖账了吗?我就是当着这个厂长就算了,我真是连宰你的心都有了!说完,转身就走,走到门外,又转过身来,恶狠狠地骂一句:赵明,你是个王八蛋!就啪的一声把门摔上。门又弹开了,走廊里渐渐远去了吕建国生硬的脚步声。

一阵风生猛地刮进来,已经没有了严冬里那种尖利的寒气。这是冻人不冻冰的季节了。

众人都愣在那里,呆呆地听着风呼呼地刮着,十分的单调。

赵明呆呆地,蔡大胡子一旁低声问道:赵哥,咱们……赵明低声吼道:明天把钱交给姓吕的!一跺脚转身走了。

吕建国到医院的时候,毛毛刚刚醒过来。厂里好多人都呆呆闷闷地坐在走廊里,吕建国看到袁家杰也来了。

吕建国进了病房,毛毛眼睛艰难地睁开了,看看吕建国他们,笑了,谢谢叔叔们。

吕建国笑道:毛毛,就会好的。就会好的。

毛毛额头上淌着细细的汗珠,她艰难地说:还是让我出院吧。别再让厂里的叔叔阿姨们给我花钱了,治不好了,我知道的。谢谢叔叔阿姨们关心我。我现在一点都不疼了。

吕建国眼睛潮了,他努力克制着自己,不让眼泪掉下来,转身走出了病房。

病房外面,一帮人正在劝慰小魏。小魏两口子呆呆地坐着,傻了一样。吕建国走过来:小魏,先给孩子看病,有什么困难下来再说。

小魏哭着说:吕厂长,说什么也不看了,我不能拿着大家伙的钱往坑里扔啊。我……

于志强火冒冒地说:混账话。你怎么就知道治不好呢?

小魏泪流满面:我什么都明白。大家的心意我领了。真的,厂长,您就别让我难受了。

吕建国拍拍小魏的肩,叹道:别这样。治,一定要治。只要咱厂子不垮,毛毛的病就得看,别说十万,就是二十万,厂里也会想办法。

小魏拼命地摇头:厂长,厂长。不能这样,真的不能这样。

齐志远眼泪落下来:小魏啊,你就别再乱说了啊。

小魏和他爱人就扑通跪下了。

吕建国心里一酸,怒声吼道:你这是干什么,浑!你给我起来!起来!一把扯起小魏。吕建国的声音颤抖:要骂,就该骂我,打我,我这个厂长无能啊。

走廊里哭声大作。

吕建国中午饭也没吃好,跟刘虹吵了几句就出来了。刘虹一劲追问他志河的事办得怎么样了。吕建国恨不得狠狠骂妻子几句,他感到这帮人十分可恨,在自己倒霉的时候,连句安慰的话也没有,还一个劲地找事儿。他突然觉得自己挺没劲的,来到办公室,就坐在沙发上闷头闷脑地抽烟。

袁家杰走进来,看看吕建国,就重重地坐在沙发上,不说话。

吕建国笑道:又怎么了?看你样子怪怪的。掏出一支烟扔给袁家杰。

袁家杰接过吸了,吐出一团雾,叹道:我知道你挺恨我的。

吕建国抬起头:你说什么呢?我凭什么要恨你啊?

袁家杰苦笑,没说话,呆呆地抽烟。抽完了,又伸手朝吕建国要了一支。

吕建国叹道:我想通了,你还是走吧。在哪儿干好了都是国家的。

袁家杰一怔,迷茫地看着吕建国。

吕建国也苦脸看着他。

两人一时没话可说了。风从窗子缝中溜进来,发出滋滋的响声。

袁家杰呆呆地说:我不走了。今天把我那个专利卖了。

吕建国一怔:卖了?卖给谁了?

袁家杰苦笑道:卖给那个乡镇企业了,一百三十万。我跟他们要的现金,我怕钱汇过来让银行给截住抵了利息。

吕建国心慌地问:那你……吕建国知道,袁家杰这个项目搞了好几年了,本来厂里想上这个项目,可是前任许厂长跟袁家杰闹不来,就耽误了。吕建国上台后想搞,可是厂里又没钱,银行一个子儿也不贷给了。

袁家杰脸色苍白地站起身:他们一两天就来谈。你接待一下吧。

吕建国站起身,声音有些发涩:家杰,这事是不是你再想想?这可是你十几年的心血啊!

袁家杰苦笑道:还想什么啊?厂里都到了这份上了,唉!转身就走。

吕建国猛地喊了一声:家杰……声音就哽住了。

袁家杰回过头来,也呆呆地看着吕建国。一时屋里静得能听到两人的心跳声。

太阳明晃晃地照进来,吕建国脸上滑下几滴泪,在阳光中跳跃着。

袁家杰涩涩地笑笑:建国……就再无话了。

两个人都呆呆地盯着窗台上那盆月季,浇过水的月季,叶子已经悄悄舒展了。

有人把门撞开了,吕建国一惊,就见章小龙脸色灰灰地跑进来,进门就哭:厂长,我爸过去了。

吕建国一惊,袁家杰颤声道:昨天不是还挺能吃的吗?怎么这么快啊?

吕建国难过地对袁家杰说:咱们去送送章师傅吧。

章荣真是死了。等吕建国几个人赶到医院的时候,章荣已经给推进了太平间,静静地躺着,眉头却紧紧皱着,似乎有无限的心事还没有放下。吕建国心头一阵凄楚,泪涌下来,就闷着头出来了。走廊里已经站了一大片厂里的工人。十几个过去给章荣当过徒弟的,呜呜哭着,哭声在医院里低低地传远了。

门外,春雨下得正紧,啪啪砸在台阶上,让人感觉心里冰冷。吕建国抬头看看,天空白茫茫的,院中的几棵杨树绽出星星点点的绿,就要抽出新条了。

下午快下班的时候,吕建国接到了陈局长的电话。

陈局长在电话里道:老吕,人今天放,你们派人来接一下吧,写个保证,罚五千块钱,不能再少了。

吕建国高兴道:谢谢陈局长了。我什么时候请您喝酒啊?

陈局长哈哈笑道:行了行了,你那个破厂能给工人开支就算念佛了,别把工人们逼得上了街就算照顾我了。最近怎么样啊?

吕建国苦笑道:挣扎吧。

又说了几句,陈局长放了电话。吕建国就打电话喊方大众来。方大众进来问:厂长,有事?

吕建国骂道:你一会儿去把姓郑的那个王八蛋接回来,刚刚陈局长打了电话,说今天放人,你去财务拿上五千块钱的罚款。

方大众笑道:厂长,还是您亲自去一下吧,显得重视啊。

吕建国恼了:你让我重视什么?我坐着车去接那个流氓?我没心思。

方大众笑道:算了算了,看您这么多话,我去吧。在哪给他们接风啊?吕建国想了想:你随便找个地方吧,就说我不在家。方大众笑了:那好,反正明天您得见人家啊。就转身走了。

吕建国就去告诉贺玉梅。进了贺玉梅办公室,就看出不对劲了,贺玉梅眼睛红肿着,好像是刚刚哭过。吕建国就问:又打架了?

贺玉梅恨恨地说:厂长,你别劝我了。我要跟谢跃进离婚。

吕建国惊讶道:你怎么说风就是雨啊?到底怎么了?

贺玉梅叹口气,摆摆手:不提了,我不想说。

吕建国就暗暗想:这个女人挺不容易的啊。就不再问,闷闷地坐着。

吕建国突然又想起志河的那件事来,就对贺玉梅说:有件事我一直忘了跟你说了,我下乡插队的那个村来人找我要几吨废钢材,我不好推,先给你打个招呼,日后我老婆要是来问你,你就说党委不同意。

贺玉梅苦笑道:你要是推不开就给人家几吨吧,好歹你在人家那里下过乡呢。

吕建国说:我那天喝酒喝多了,就随口乱答应了。不说了,今后你要是不愿办的事,就往我这儿推,我要是不想办的事,就往你那儿推。

贺玉梅笑道:行啊。互相背黑锅吧。

吕建国看看表:下班了,走吧。

贺玉梅说:你先走吧,我想一个人再待会儿。

吕建国苦笑道:别有什么想不开的吧?

贺玉梅突然问:都传说我跟梁局长有事,你相信吗?

吕建国一怔,哈哈笑了:你说什么啊?我怎么一点都没听说啊,别瞎想了。就出来了。走出几步,听到贺玉梅在办公室呜呜地哭了。吕建国心里一酸,仰天长叹了一声,大步走出楼去。

吕建国站在厂门口,突然发现厂门口的树一夜之间,已经绿绿的了,恼人的春寒大概就要过去了。

(《小说月报》1996年第3期选载)

# 永远有多远

铁凝

你在北京的胡同里住过吧？你曾经是北京胡同里的一个孩子吧？胡同里那群快乐的、多话的、有点缺心少肺的女孩子你还记得吧？

我在北京的胡同里住过，我曾经是北京胡同里的一个孩子。胡同里那群快乐的、多话的、有点缺心少肺的女孩子我一直记着。我常常觉得，要是没了她们，胡同还能叫胡同吗？北京还能叫北京吗？我这么说话会惹你不高兴——什么什么？你准说。是啊，如今的北京已不再是从前，她不再那么既矜持又恬淡、既清高又随和了。她学会了拥抱，热热闹闹、亦真亦假的拥抱，她怀里生活着多少多少北京之外的人啊。胡同里那些带点咬舌音的、嘎嘣利落脆的贫北京话也早就不受待见了——从前的那些女孩子，她们就是说着这样的一口贫北京话出没在胡同里的。她们头发干净，衣着简朴（却不寒酸），神情大方，小心眼儿不多，叫人觉得随时都可能受骗。二十多年过去了，每当我来到北京，在任何地方看见少女，总会认定她们全是从前胡同里的那些孩子。北京若是一片树叶，胡同便是这树叶上蜿蜒密布的叶脉。要是你在阳光下观察这树叶，会发现它是那么晶莹透亮，因为那些女孩子就在叶脉里穿行，她们是一座城市的汁液。胡同为北京城输送着她们，她们使北京这座精神的城市肌理清明，面庞润泽，充满着温暖而可靠的肉感。她们也使我永远地成为北京一名忠实的观众，即使再过一百年。

当我离开北京，长大成人，在B城安居乐业之后，每年都有一些机会回到北京。我在这座城市里拜访一些给孩子写书的作家，为我的儿童出版社搜寻一些有趣的书稿，也和我的亲人们约会，其中与我见面最多的是我的表妹白大省（音 xǐng）。白大省经常告诉我一些她自己的事，让我帮她拿主意，最后又总是推翻我的主意。她在有些方面显得不可救药，可我们还是经常见面，谁让我是她表姐呢。

现在，这个六月的下午，我坐在出租车上，窗外是迷蒙的小雨。我和白大省约好在王府井的“世都”百货公司见面，那儿离她的凯伦饭店不远。她大学毕业后就分配在四星级的凯伦，在那儿当过工会干事，后来又到销售部做经理。有一回我对她说，你不错呀，刚到销售部就当领导。她叹了口气说哪儿呀，我们销售部所有的人都是经理，销售部主任才是领导呢，主任。我明白了，不过这种头衔印在名片上还是挺唬人的：白大省，凯伦饭店销售部经理。

出租车行至灯市西口就走不动了，前方堵车呢。我想我不如就在这儿下来吧，“世都”已经不远。我下了车，雨大了，我发现我正站在一个胡同口，在我的脚下有两级青石台阶；顺着台阶向上看，上方是一个老旧的灰瓦屋檐。屋檐下边原是有门的，现在门已被青砖砌死，就像一个人冲你背过了脸。我迈上台阶站在屋檐下，避雨似的。也许避雨并不重要，我只是愿意在这儿站会儿。踩在这样的台阶上，我比任何时候都更清楚我回到了北京，就是脚下这两级边缘破损的青石台阶，就是身后这朝我背过脸去的陌生的门口，就是头上这老旧却并不拮据的屋檐使我认出了北京，站稳了北京，并深知我此刻的方位。“世都”“天伦王朝”“新东安市场”“老福爷”“雷蒙”……它们谁也不能让我知道我就在北京，它们谁也不如这隐匿在胡同口的两级旧台阶能勾起我如此细碎、明晰的记忆——比如对凉的感觉。

从前，二十多年前那些夏日的午后，我和我的表妹白大省经常奉我们姥姥的吩咐，拎着保温瓶去胡同南口的小铺买冰镇汽水。我们的胡同叫驸马胡同，胡同北口有一个副食店，店内卖糕点罐头、油盐酱醋、生熟肉豆制品、牛羊肉鲜带鱼。店门外卖蔬菜，蔬菜被售货员摆在淡黄色竹板拼成的货架上，夜里蔬菜也那么摆着不怕被人偷去。干吗要偷呢？难道有人急着在夜里吃菜吗？需要菜，天一亮副食店开了门，你买就是了。胡同南口就有我说的那个小铺。如果去北口副食店，我们一律简称“北口”；要是去南口小铺，我们一律简称“南口”。

“南口”其实是一个小酒馆，台阶高高的，有四五级吧，让我常常觉得，如果你需要登这么多层台阶去买东西，你买的东西定是珍贵的。南口不卖油盐酱醋，它卖酒、小肚、花生米和猪头肉，夏天也兼卖雪糕、冰棍和汽水。店内设着两张小圆桌，铺着硬挺的、脆得像干粉皮一样的塑料台布的桌旁，永远坐着一两位就着花生米或小肚喝酒的老头。我觉得我喜欢小肚这种肉食就是从“南口”开始的。你知道小肚什么时候最香吗？就是售货员将它摆上案板，操刀将它破开切成薄片的那一瞬间。快刀和小肚的摩擦使它的清香“噗”地迸射出来，在整间酒馆弥漫。那时我站在柜台前深深吸着气，我坚信这是世界上最好闻的一种肉。直到售货员问我们要买什么时，我才回过神儿来。“给我们拿汽水！”这是当年北京孩子买东西的开场白，不说“我要买什么”，而说“给我们拿……”“给我们拿汽水！”“冰镇的还是不冰镇的？”“给我们拿冰镇的，冰镇杨梅汽水！”我和白大省一块儿说，并递上我们的保温瓶。我已从小肚的香气中回过神儿来了，此时此刻和小肚的香气相比，我显然更渴望冰凉甘甜的杨梅汽水。在切小肚的柜台旁边有一只白色冰柜，一只盛着真冰的柜。当售货员掀开冰柜盖子的一刹那，我们及时地奔到了冰柜跟前。嗬，团团白雾样的冷气冒出来，犹如小拳头一般打在我们的脸上痛快无比。冰柜里有大块大块的白冰，一瓶瓶红色杨梅汽水就东倒西歪地埋在冰堆里。售货员把保温瓶灌满汽水，我和白大省一出小酒馆，一走下酒馆的台阶——那几级青石台阶，就迫不及待地拧开保温瓶的盖子。通常是我先喝第一口，虽然我是白大省的表姐。以后你会发现，白大省这个人几乎在谦让所有的人，不论是她的长辈还是她的表姐。这样，我毫不客气地先喝了第一口，那冰镇的杨梅汽水，我完全不记得汽水是怎样流入我的口中在我的舌面上滚过再滑入我的食道进入我的胃，我只记得冰镇汽水使我的头皮骤然发紧，一万支钢针在猛刺我的太阳穴，我的下眼眶给冻得一阵阵发热，生疼生疼。啊，这就是凉，这就叫冰镇。没有冰箱的时代人们知道什么是冰凉，冰箱来了，冰凉就失踪了。冰箱从来就没有制造出过刻骨的、针扎般的冰凉给我们。白大省紧接着也猛喝一大口，我看见她打了一个冷战，她胖乎乎的胳膊上起了一层鸡皮疙瘩。她有点喘不过气似的对我说，她好像撒了一点儿尿出来！我哈哈笑着从白大省手中夺过保温瓶又喝了一大口，一万支钢针又刺向我的太阳穴，我的眼眶生疼生疼，人就顿时精神起来。我冲白大省一歪头，她跟着我在僻静的胡同里一溜小跑。我们的脚步惊醒了屋顶上的一只黄猫，是九号院的母猫妞妞，常串着房顶去找我们家的男猫小熊的。我们在地上跑着，妞妞在房顶上追着我们跑。妞妞呀，你喝过冰镇汽水吗？哼，一辈子你也喝不着。我们跑着，转眼就进了家门。啊，这就是凉，这就叫冰镇。

白大省从来也没有抱怨过在路上我比她喝汽水喝得多，为什么我从来也不知道让着她呢？还记得有一次为了看电影《西哈努克访问中国》，我和白大省都要洗头，水烧开了，我抢先洗，用蛋黄洗发膏。那是一种从颜色到形状都和蛋黄一样的洗发膏，八分钱一袋，有一股柠檬香味。我占住洗脸盆，没完没了地又冲又洗，到白大省洗时，电影都快开演了。姥姥催她，洗好头发的我也煞有介事地催她,好像她洗头原本就是一个无理的举动。结果她来不及冲净头发就和我们一道看电影去了。我走在她后边,清楚地看到她后脑勺的一绺头发上,还挂着一块黄豆大的蛋黄洗发膏呢。她一点儿也不知道,一路晃着头,想让风快点把头发弄干。我心里知道白大省后脑勺上的洗发膏是我的错误,二十多年过去,我总觉得那块蛋黄洗发膏一直在她后脑勺上沾着。我很想把这件往事告诉她,但白大省是这样一种人:她会怎么也弄不明白这件事你有什么可对她不起的,她会扫你要道歉的兴。所以你还是闭嘴吧,让白大省还是白大省。

我就这样站在灯市西口的一条胡同里,站在一个废弃的屋檐下想着冰镇汽水和蛋黄洗发膏,直到雨渐渐停了,我也该就此打住,到"世都"去。

我在"世都"二楼的咖啡厅等待白大省。我喜欢"世都"的咖啡厅。临窗的咖啡座,通透的落地玻璃使你仿佛飘浮在空中,使你生出转瞬即逝的那么一种虚假的优越感。你似乎视野开阔,可以扬起下颏看远处夕阳照耀下的玻璃幕墙和花岗岩组合的超现实主义般的建筑,也可以压着眼皮看窗外那些出入"世都"的人流在脚下静静地淌。我的表妹白大省早晚也会出现在这样的人流里。

现在离约定时间还早,我有足够的时间在这儿稳坐。喝完咖啡我还可以去二楼女装部和四楼的家庭用品部转转,我尤其喜欢各种尺寸和不同花色的毛巾、浴巾,一旦站在这些物质跟前,便常有不能自拔之感。我要了一份"西班牙大碗",这厚敦敦的大陶杯一端起来就显得比"卡普契诺"之类更过瘾。我喝着"西班牙大碗",有一搭无一搭地看身边过往的逛"世都"的人,想起白大省告诉过我,她看什么东西都喜欢看侧面,比如一座楼,比如一辆汽车、一双鞋、一只闹钟,当然也包括人,一个男人或一个女人。白大省的这个习惯有点让我心里发笑,因为这使她显得与众不同。其实她有什么与众不同呢,她最大的与众不同就是永远空怀着一腔过时的热情,迷恋她喜欢的男性,却总是失恋。从小她就是一个相貌平平的乖孩子,脾气随和得要死。用九号院赵奶奶的话说,这孩子仁义着哪。

## 二

白大省在二十世纪七十年代初期,当她七八岁的时候,就被胡同里的老人评价为"仁义"。在七十年代初期,这其实是一个陌生的、有点可疑的词,一个陈腐的、散发着被雨水洇黄的顶棚和老樟木箱子气息的词,一个不宜公开传播的词,一个激发不起我太多兴奋和感受力的词,它完全不像另外一些词汇给我的印象深刻。有一次我们去赵奶奶家串门，我读了她的孙女、一个沉默寡言的初中生的日记。当时她的日记就放在一个黑漆弓腿茶几上，仿佛欢迎人看的。她在日记中有这样几句话："虽然我的家庭出身不好，但我的革命意志不能消沉……"是的，就是那"消沉"二字震撼了我，在我还根本不懂消沉是什么意思时，我就断定这是一个奇妙不凡的词，没有相当的学问，又怎能把这样的词运用在自己的日记里呢。我是如此珍视这个我并不理解的词，珍视到不敢去问大人它的含义。我要将它深埋在心，让时光帮助我靠近它明白它。白大省仁义，就让她仁义去吧。

白大省也确实是仁义的。她上小学一年级的时候，就曾经把昏倒在公厕里的赵奶奶背回过家（确切地说，应该是搀扶）。小学二年级，她就担负起每日给姥姥倒便盆的责任了。我们的姥姥不能用公厕的蹲坑，她每天坐在屋里出恭。我们的父母当时也都不在北京，那几年我们与姥姥相依为命。白大省小学三年级的时候，中国很多城市都在放映一部名叫《卖花姑娘》的朝鲜电影，这部电影使每一座电影院都在抽泣。我和白大省看《卖花姑娘》时也哭了，只是我不如她哭得那么专注。因为我前排的一个大人一边哭，一边痛苦地用自己的脊梁猛打椅子背，一副歇斯底里的样子。他弄出的响动很大，可是没有人抱怨他，因为所有的人都在忙着自己的哭。我左边那个大人，他两眼一眨不眨地盯着银幕，任凭泪水哗哗地洗着脸，一条清鼻涕拖了一尺长他也不擦。我的右边就是白大省，她好像让哭给呛着了，一个劲儿打嗝儿。就是从看《卖花姑娘》开始，我才发现我的表妹有这么一个爱打嗝儿的毛病。单听她打嗝儿的声音，简直就像一个游手好闲的老爷们儿。特别是当她在冬天吃了被我们称为"心里美"的萝卜之后，她打的那些嗝儿呀，粗声大气的，又臭又畅快。"老爷们儿"这个比喻使我感到难过，因为白大省不是一个老爷们儿，她也不游手好闲。可是，就在《卖花姑娘》放映之后，白大省的同学开始管她叫"白地主"了，只因为她姓白，和《卖花姑娘》里那个凶狠的地主一个姓。有时候一些男生在胡同里看见白大省，会故意大声地说："白地主过来喽，白地主过来喽！"

这绰号让白大省十分自卑，这自卑几乎将她的精神压垮。胡同里经常游走着一些灰色的大人，那是一些被管制的"四类分子"。他们擦着墙根儿扫街，哈着腰扫厕所。自从看过《卖花姑娘》，白大省每次在胡同里碰见这些人，都故意昂头挺胸地走过去，仿佛在告诉所有的人：我不是白地主，我和他们不一样！她还老是问我：哎，除了和白地主一个姓，你说我还有哪儿像地主啊？白大省哪儿也不像地主，不过她也从未被人比喻成出色的人物比如《卖花姑娘》里的花妮，那个善良美丽的少女。我相信电影《卖花姑娘》曾使许多年轻的女观众产生幻想，幻想着自己与花妮相像。这里有对善良、正义的追求，也有使自己成为美女的渴望。当我看完一部阿尔巴尼亚影片《宁死不屈》之后，我曾幻想我和影片中那个宁死不屈的女游击队员米拉长得一样，我唯一的根据是米拉被捕时身穿一件小格子衬衣，而我也有一件蓝白小格衬衣。我幻想着我就是米拉，并渴望我的同学里有人站出来说我长得像米拉。在那些日子里我天天穿那件小方格衬衣，矫揉造作地陶醉着自己。我还记住了那电影里的一句台词，纳粹军官审问米拉的女领导、那个唇边有个大黑痣子的游击队长时，递给她一杯水，她拒绝并冷笑着说："谢谢啦，法西斯的人道主义我了解！"我觉得这真是一句了不起的台词，那么高傲，那么一句顶一万句。我开始对着镜子学习冷笑，并经常引逗白大省与我配合。我让她给我倒一杯水来，当她把水杯端到我眼前时，我就冷笑着说："谢谢啦，法西斯的人道主义我了解！"

白大省哧哧地笑着，评论说"特像特像"。她欣赏我的表演，一点儿也没有因无意之中她变成了"法西斯"就生我的气，虽然那时她头上还顶着"白地主"的"恶名"。她对我几乎有一种天然生成的服从感，即使在我把她当成"法西斯"的时刻她也不跟我翻脸。"法西斯"和"白地主"应当是相差不远的，可是白大省不恼我。为此我常做些暗想：因为她被男生称作了"白地主"，日久天长她简直就觉得自己已经是个地主了吧？地主难道不该服从人民吗？那时的我就是白大省的"人民"。并且我比她长得好看，也不像她那么笨。姥姥就经常骂白大省笨：剥不干净蒜，反倒把蒜汁沤进自己指甲缝里哼哼唧唧地哭；明明举着苍蝇拍子却永远也打不死苍蝇；还有，丢钱丢油票。那时候吃食用油是要凭油票购买的，每人每月才半斤花生油。丢了油票就要买议价油，议价花生油一块五毛钱一斤，比平价油贵一倍。有一次白大省去北口买花生油，还没进店门就把油票和钱都丢了。姥姥骂了她一天神不守舍，"笨，就更得学着精神集中，你怎么反倒比别人更神不守舍呢你！"姥姥说。

在我看来，其实神不守舍和精神集中是一码事。为什么白大省会丢钱和油票呢，因为九号院赵奶奶家来了一位赵叔叔。那阵子白大省的精神都集中在赵叔叔身上了，所以她也就神不守舍起来。这位姓赵的青年，是赵奶奶的侄子，外省一家歌舞团的舞蹈演员，在他们歌舞团上演的舞剧《白毛女》里饰演大春的。他脖颈上长了一个小瘤子，来北京做手术，就住在了赵奶奶家。"大春"是这胡同里前所未有的美男子，二十来岁吧，有一头自然弯曲的卷发，浓眉大眼，嘴唇饱满，身材瘦削却不显单薄。他穿一身没有领章和帽徽的军便服，那本是"样板团”才有资格配置的服装。他不系风纪扣,领口露出白得耀眼的衬衫,洋溢着一种让人亲近的散漫之气。女人不能不为之倾倒,可与他见面最多的,还是我们这些尚不能被称作女人的小女孩。那时候女人都到哪儿去了呢,女人实在不像我们,只知道整日聚在赵奶奶的院子里,围绕着“大春”疯闹。那“大春”对我们也有着足够的耐心,他教我们跳舞,排演《白毛女》里大春将喜儿救出山洞那场戏。他在院子正中摆上一张方桌,桌旁靠一只略矮的杌凳,杌凳旁边再摆一只更矮的小板凳,这样,山洞里的三层台阶就形成了。这场戏的高潮是大春手拉喜儿,引她一步高似一步地走完三层“台阶”,走到“洞口”,使喜儿见到了洞口的阳光,惊喜之中,二人挺胸踢腿,作一美好造型。这是一个激动人心的设计,这是一个激动人心的场面,是我们的心中的美梦。胡同里很多女孩子都渴望着当一回此情此景中的喜儿,洞口的阳光对我们是不重要的,重要的在于我们将与这卷发的“大春”一道迎接那阳光,我们将与他手拉着手。我们躁动不安地坐在院中的小板凳上等待着轮到我们的时刻, 彼此妒忌着又互相鼓励着。这位“大春”,他对我们不偏不倚,他邀请我们每人至少都当过一次喜儿。唯有白大省,唯有她拒绝与“大春”合作,虽然她去九号院的次数比谁都多。

为了每天晚饭后能够尽快到九号院去,白大省几次差点和姥姥发火。因为每天这时候,正是姥姥出恭的时刻。白大省必得为姥姥倒完便盆才能出去。而这时,九号院里《白毛女》的“布景”已经搭好了。啊,这真是一个折磨人的时刻,姥姥的屎拉得是如此漫长,她抽着烟坐在那儿,有时候还戴着花镜读大三十二开本的《毛主席语录》。这使她显得是那么残忍,为什么她一点儿也不理解白大省的心呢? 站在一边的我,一边庆幸着倒便盆的任务不属于我,又同情着我的表妹白大省。“我可先走了”——每当我对白大省说出这句话,白大省便开始低声下气而又勇气非常地央求姥姥:“您拉完了吗? 您能不能拉快点儿? ”她隔着门帘冲着里屋。她的央求注定要起反作用,就因为她是白大省,白大省应当是仁义的。果然门帘里姥姥就发了话,她说这孩子今天是怎么啦? 有这么跟大人说话的吗? 怎么养你这么个白眼儿狼啊? 拉屎都不得消停……

白大省只好坐在外屋静等着姥姥,而姥姥仿佛就为了惩罚白大省,她会加倍延长那出恭的时间。那时我早就一溜烟似的跑进了九号院,我内疚着我的不够仗义,又盼望着白大省早点过来。白大省总会到来的,她永远坐在一个不起眼的角落,虽然她是那么盼望“大春”会注意到她。只有我知道她这盼望是多么强烈。有一天她对我说,赵叔叔不是北京户口,手术做完了他就该走了吧? 我说是啊,很可惜。这时白大省眼神发直,死盯着我,却又像根本没看见我。我碰碰她的手说，哎哎，你怎么啦？她的手竟是冰凉的，使我想起了冰镇杨梅汽水，她的手就像刚从冰柜里捞出来的。那年她才十岁，她的手的温度，实在不该是一个十岁的温度，那是一种不能自已的激情吧，那是一种无以言说的热望。此时此刻我望着坐在角落里的白大省，突然很想让"大春"注意一下我的表妹。我大声说，赵叔叔，白大省还没演过喜儿呢，白大省应该演一次喜儿！赵叔叔——那卷发的"大春"就向白大省走来。他是那么友好那么开朗，他向她伸出了一只手，他在邀请她。白大省却一迭声地拒绝着，她小声地嘟囔："我不，我不行，我不会，我不演，我不当，我就是不行……"这个一向随和的人，在这时却表现出了让人诧异的不大随和。她摇着头，咬着嘴唇，把双手背到身后。她的拒绝让我意外，我不明白她是怎么了，为什么她会拒绝这久已盼望的时刻。我最知道她的盼望，因为我摸过她的冰凉的手。我想她一定是不好意思了，我于是鼓动似的大声说你行你就行，其他几个女孩子也附和着我。我们似乎在共同鼓励这懦弱的白大省，又共同怜悯这不如我们的白大省。"大春"仍然向白大省伸着手，这反而使白大省有点要恼的意思，她开始大声拒绝，并向后缩着身子。她的脑门沁出了汗，她的脸上是一种孤立无援的顽强。她僵硬地向后仰着身子，像要用这种姿态证明打死也不服从的决心。这时"大春"将另一只手也伸了出来，他双臂伸向白大省，分明是要将她从小板凳上抱起来，分明是要用抱起她来鼓励她上场。我们都看见了赵叔叔这个姿态，这是多么不同凡响的一个姿态，白大省啊你还没有傻到要拒绝这样一个姿态的程度吧。白大省果然不再大声说"不"了，因为她什么也说不出来了，"咕咚"一声她倒在地上，她昏了过去，她休克了。

很多年之后白大省告诉我，十岁的那次昏倒就是她的初恋。她分析说当时她恨透了自己，却没有办法对付自己。直到今天，三十多岁的白大省还坚持说，那位赵叔叔是她见过的最好看的中国男人。长大成人的我不再同意白大省的说法，因为我本能地不喜欢大眼睛双眼皮的男人。但我没有反驳白大省，只是感叹着白大省这拙笨之至又强烈之至的"初恋"。那个以后我们再也未曾谋面的赵叔叔，他永远也不会知道，当年驸马胡同那个十岁的女孩子白大省，就是为了他才昏倒。他也永远不会相信，一个十岁的女孩子，当真能为她心中的美男子昏死过去。他们那个年纪的男人，是不会探究一个十岁的女人的心思的，在他眼里她们只是一群孩子，他会像抱一个孩子一样去抱起她们，他却永远不会知道，当他向她们伸出双臂时，会掀起她们心中怎样的风暴。他在无意之中就伤了胡同里那么多女孩子的心，当他和三号院西单小六的事情发生后，那些与他“同台”饰演喜儿的小女孩才知道,他其实从来就没有注意过她们,他倾心的是胡同里远近闻名的那个西单小六。为什么一个十岁的小女孩能为一个大男人昏过去呢,而西单小六,却几乎连正眼都不看一下那“大春”,就能弄得他神魂颠倒。

## 二

西单小六那时候可能十九岁,也可能十七岁,她和她的全家前几年才搬到驸马胡同。她们家占了三号院五间北房,北房原来的主人简先生和简太太,已被勒令搬到门房去住,谁让简先生一九四九年前开过药铺呢,他是个小资本家,而西单小六的父亲是建筑公司的一名木匠。

西单小六的父母长得矮小干瘪,可他们是多么会生养孩子啊,他们生的四男四女八个孩子,男孩子个个高大结实,女孩子个个苗条漂亮。他们是一家子粗人,搬进三号院时连床都没有,他们睡铺板。他们吃得也粗糙,经常喝菜粥,蒸窝头。可他们的饮食和他们的铺板却养出了西单小六这样一个女人。她的眉眼在姐妹之中不是最标致的,可她却天生一副媚入骨髓的形态,天生一股招引男人的风情。她的土豆皮色的皮肤光润细腻,散发出一种新鲜锯末的暖洋洋的清甜;她的略微潮湿的大眼睛总是半眯着,似乎是看不清眼前的东西,又仿佛故意要用长长的睫毛遮住那火热的黑眼珠。她蔑视正派女孩子的规矩:紧紧地编结发辫,她从来都是把辫子编得很松垮,再让两鬓纷飞出几缕柔软的碎头发,这使她看上去胆大包天,显得既慵懒又张扬,像是脑袋刚离开枕头,更像是刚跟男子有过一场鬼混。其实她很可能只是刚刷完熬了菜粥的锅,或者刚就着腌雪里蕻吃下一个金黄的窝头。每当傍晚时分,她吃完窝头刷完锅,就常常那样慵懒着自己,在门口靠上一会儿,或者穿过整条胡同到公共厕所去。当她行走在胡同里的时候,她那蛊惑人心的身材便得到了最充分的展示。那是一个穿肥裆裤子的时代,不知西单小六用什么方法改造了她的裤子,使这裤子竟敢曲线毕露地包裹住她那紧绷绷的弹性十足的屁股。她的步态松懈,身材却挺拔,她就用这松懈和挺拔的奇特结合,给自己的行走带出那么一种不可一世的妖娆。她经常光脚穿着拖鞋,脚指甲用凤仙花汁染成恶俗的杏黄——那时候,全胡同、全北京又有谁敢染指甲呢,唯有西单小六。她就那么谁也不看地走着,因为她知道这胡同里没什么人理她,她也就不打算理谁。她这样的女性,终归是缺少女朋友的,可她不在乎,因为她有的是男朋友。她加入了一个团伙,号称西单纵队的，“西单小六”这绰号，便是她加入了西单纵队之后所得。究其本名，也许她应该被称为小六吧，她在兄弟姐妹中排行老六。“西单小六”的这个团伙，是聚在一起的十几个既不念书（也无书可念）、又不工作的年轻人，都是好出身，天不怕地不怕的，专在西单一带干些串胡同抢军帽、偷自行车转铃的事。然后他们把军帽、转铃拿到信托商店去卖，得来的钱再去买烟买酒。那个时代里，军帽和转铃是很多年轻人生活中的向往，那时候你若能得到一顶棉制栽绒军帽，就好比今日你有一件质地精良的羊绒大衣；那时候你的自行车上若能安一只转铃，就好比今日你的衣兜里装着一只小巧的手机。“西单小六”在这纵队里从不参加抢军帽、偷转铃，据说她是纵队里唯一的女性，她的乐趣是和这纵队里所有的男人睡觉。她和他们睡觉，甚至也缺乏这类女人常有的功利之心，不为什么，只是高兴，因为他们喜欢她。她最喜欢让男人喜欢，让男人为她打架。

她的种种荒唐，自然瞒不过家人的眼，她的木匠父亲就曾将她绑在院子里让她跪搓板。这西单小六，她本该令她的兄弟姐妹抬不起头，可她和他们的关系却出奇的好。当她跪搓板时，他们抢着在父亲面前替她求情。她罚跪的时间总是漫长的，有时从下午能跪到半夜。每一次她都被父亲剥掉外衣，只剩下背心裤衩。兄弟姐妹的求情也是无用的，他们看着她跪在搓板上挨饿受冻，心里难受得不行。终于有一次，她的那些同伙，西单纵队的哥们儿知道了她正在跪搓板，他们便在那天深夜对驸马胡同三号搞了一次“偷袭”。他们翻墙入院，将西单小六松了绑，用条红白相间的毛毯裹住扛出了院子。然后，他们骑上每人一辆的凤凰牌18型锰钢自行车，再铆足了劲，示威似的同时按响各自车把上那清脆的转铃，紧接着就簇拥着西单小六在胡同里风一样地消失了。

那天深夜，我和白大省都听见了胡同里刺耳的转铃声，姥姥也听见了，她迷迷瞪瞪地说，准是西单小六她们家出事了。第二天胡同里就传说起西单小六被“抢”走的经过。这传说激起了我和白大省按捺不住的兴奋、好奇，还有几分紧张。我们奔走在胡同里，转悠在三号院附近，希望能从方方面面找到一点儿证实这传说的蛛丝马迹。后来听说，给西单纵队通风报信的是西单小六的三哥，西单小六本人反倒从不向她那些哥们儿讲述她在家里所受的惩罚。谁看见了他们是用条红白相间的毛毯裹走了西单小六呢，谁又能在半夜里辨得清颜色，认出那毛毯是红白相间呢？这是一些问题，但这样的问题对我们没有吸引力。我们难忘的，是曾经有这样一群男人，他们齐心协力，共同行动，抢救出了一个正跪在搓板上的他们喜爱的女人。而他们抢她的方式，又是如此地震撼人心。西单小六仿佛就此更添了几分神秘和奇诡，几天之后她没事人似的回到家中，又开始在傍晚时分靠住街门站着了。她手拿一根勾针，衣兜里揣一团白线，抖着腕子勾一截贫里贫气的狗牙领子。很可能九号院赵奶奶的侄子、那卷发的“大春”就是在这时看见了西单小六吧，西单小六也一定是在这样的时候用藏在睫毛下的黑眼珠瞟见了“大春”。

这一男一女，命中注定是要认识的，任什么也不可阻挡。听赵奶奶跟姥姥说，那鬼迷心窍的“大春”手术早就做完了，单位几次来信催他回去，他理也不理，不顾赵奶奶的劝阻，竟要求西单小六嫁给他，跟他离开北京。西单小六嘻嘻哈哈地不接话茬儿，只是偷空跟他约会。后来，西单纵队的那伙人，就是在赵奶奶的后院把他俩抓住的。照例是个夜晚，他们照例翻墙进院，用毛毯将裸体的西单小六裹了走，又把那“大春”痛打一顿，以匕首威胁着将他轰出了北京。

胡同里有人传说，说这回西单纵队潜入赵奶奶家后院，是西单小六故意勾来的。她一挑动，男人就响应。她是多么乐意让男人在她眼前出丑啊。这传说若是真的，西单小六就显得有点卑鄙了。美丽而又卑鄙，想来该是伤透了“大春”的心。

赵奶奶哭着对姥姥说，真是作孽啊，咱们胡同怎么招来这么个狐狸精。姥姥陪着赵奶奶落泪，还嘱咐我们，不许去三号院玩，不许和西单小六家的人说话。她是怕我们学坏，怕我们变成西单小六那样的女人。

我就是在这个时期离开了北京，回到了B城父母的身边。那时我的父母刚刚结束在一座深山里的五七干校的劳动，他们回家之后第一件事就是把我从姥姥家接回来，要我在B城继续上学。他们是那样重视与我的团聚，而我的心，却久久地留在北京的驸马胡同了。我知道胡同里那些大人是不会想念我这样一个与他们无关的孩子的，可我却总是专心致志地想念胡同里一些与我无关的大人：卷发的“大春”、西单小六、赵奶奶，甚至还有赵奶奶家的母猫妞妞。我曾经幻想如果我变成妞妞，就能整日整夜与那“大春”在一起了，我还能够看见他和西单小六所有的故事。我听说西单纵队的人去赵奶奶家后院抓“大春”和西单小六时，妞妞在房顶上好一阵尖叫。她是喊人救命呢，还是幸灾乐祸地欢呼呢？而我想要变成妞妞，究竟打算看见“大春”和西单小六的什么故事呢？以我那时的年龄，我还不知道一个男人和一个女人在一起要做什么事。我的心情，其实也不是嫉妒，那是一团乱七八糟的惆怅和不着边际的哀伤。因为我没像白大省那样“爱”上赵奶奶的侄子，我也不厌恶被赵奶奶说成狐狸精的西单小六。我喜欢这一男一女，更喜欢西单小六。我不相信那天夜里她是有意让“大春”出丑，就算是有意让“大春”出丑又怎样？我在心里替她开脱，这时我也显得很卑鄙。这个染着恶俗的杏黄色脚指甲的女人，她开垦了我心中那无边无际的黑暗的自由主义情愫，张扬起我渴望变成她那样的女人的充满罪恶感的梦想。十几年后我看伊丽莎白·泰勒主演的《埃及艳后》，当看到埃及艳后吩咐人用波斯地毯将半裸的她裹住扛到凯撒大帝面前时，我立刻想到了驸马胡同的西单小六，那个大美人，那个艳后一般的人物，被男男女女口头诅咒的人物。

在很长的时间里我都没把对西单小六的感想告诉我的表妹白大省，我以为这是一个忌讳：当年是西单小六"夺"走了白大省为之昏过去的"大春"。再说，到了二十世纪八十年代初期，三号院那五间大北房又回到了住门房的简先生手中，西单小六一家就搬走了。她已经消失在驸马胡同，我又有什么必要一定要对白大省提起西单小六呢。直到有一次，大约两年前，我和白大省在三里屯一个名叫"橡木桶"的酒吧里见到了西单小六。她不是去那儿消遣的，如今她是"橡木桶"的女老板。

那是一间竭力模仿异国格调的小酒吧，并且也弥漫着一股异国餐馆里常有的人体的膻气和肉桂、香叶、咖喱等调料相混杂的味道。酒吧看上去生意不错，烛光幽暗，顾客很多——大都是外国人。墙上挂着些兽皮、弓箭之类，吧台前有两个南美模样的女歌手正弹着西班牙吉他演唱《吻我，吉米》。我就是在这时看见了西单小六。尽管二十多年不见，在如此幽暗的烛光下我还是一眼就把她认了出来。我为此一直藐视那些胡编乱造的故事，什么某某和某某十几年不见就完全不认识了并由此引出许多误会什么的，这怎么可能呢，反正我不会。我认出了西单小六，她有四十多岁了吧？可你实在不能用"人老珠黄"来形容她。她穿一条低领口的黑裙子，戴一副葵花形的钻石耳环；她的身材丰满却并不臃肿，她依旧美艳并对这美艳充满自信；她正冲着我们走过来，她的行走就像从前在驸马胡同一样，步态悠然，她的神情只比从前更多了几分见过世面的随和。她看上去活得滋润，也挺满足，虽然有点俗。我对白大省说，嗨，西单小六。这时西单小六也认出了我们，她走到我们跟前说，从前咱们做过邻居吧。她笑着，要侍者给我们拿来两杯"午夜狂欢"——属于她的赠送。她的笑有一种回味故里的亲切，不讨厌，也没有风尘感。我和白大省也对西单小六笑着，我们的笑里都没有恶意，我们对她能一下子认出从前胡同里的两个孩子感到惊异。我们只是不知道怎样称呼她，只好略过称呼，客气又不失真实地夸赞她的酒吧。她开心地领受这称赞，并扬扬手叫过了一个正在远处忙着什么的宽肩厚背的年轻人，那年轻人来到我们面前，西单小六介绍说这是她的先生。

那个晚上我和白大省在"橡木桶"过得很愉快。西单小六和她那位至少小她十岁的丈夫使我们感慨不已。我们感叹这个不败的女人,谜一样的不败的女人。白大省就在那个晚上告诉我,她从来就没有憎恨过西单小六。她让我猜猜她最崇拜的女人是谁,我猜不着,她说她最崇拜的女人是西单小六,从小她就崇拜西单小六。那时候她巴望自己能变成西单小六那样的女人,骄傲,貌美,让男人围着,想跟谁好就跟谁好。她常常站在梳妆镜前,学着西单小六的样子松散地编小辫,并三扯两扯扯出鬓边的几绺头发。然后她靠住里屋门框垂下眼皮愣那么一会儿,然后她离开门框再不得要领地扭着胯在屋里走上那么几圈。她看着镜子里的自己,亢奋而又鬼祟,自信而又气馁。她是多么想如此这般地跑出家门跑到街上,当然她从来就没有如此这般地跑出过家门跑到过街上,也从没有人见过她模仿西单小六的怪样,包括我。

那个晚上我望着走在我身边显得人高马大的白大省,我望着她的侧面,心想我其实并不了解这个人。

## 三

我的这位表妹白大省,她那长大之后仍然傻里傻气的纯洁和正派,常常让我觉得是这世道仅有的剩余。在中学和大学里她始终是好学生,念大三时她还当过校学生会的宣传部部长。她天生乐于助人,热心社会活动,不惜为这些零零碎碎的活动耽误学习。我窃想也许她本来就不太喜欢学习本身。她念的是心理系,有时候她会在上课时溜回宿舍睡大觉,不过这倒也没有妨碍她顺利毕业。她毕了业,进了四星级的凯伦饭店,后来就一直固定在销售部。在那儿得卖房,单凭散客和旅行社的固定客户是不够的,得主动出击寻找客源。她的目标是京城的合资、独资企业以及外国公司的代表处,她须经常在这些企业的写字楼里乱窜,登门入室,向人家推销凯伦的客房,并许以一些优惠条件。凯伦的职员把这种业务形式统称为“扫楼”。听上去倒是有一种打击一大片的气势,扫视或者扫射吧,这可不是闹着玩儿的。我简直想不出白大省拿什么来作为她“扫楼”的公关资本,或者换个说法,白大省简直就没有什么赖以公关的优势。她相貌一般,一头粗硬的直短发,疏于打扮,爱穿男式衬衫。个子虽说不矮,但是腰长腿短,过于丰满的屁股还有点下坠,这使她走起路来就显得拙笨。可是她的“扫楼”成绩在她们销售部还是名列前茅的,凭什么呢白大省?难道她就是凭了由小带到大的那份“仁义”吗?凭了她那从里到外的一股子莫名其妙的待人的真情?

我领教过白大省待人的真情。那年她念大二，到我们B城一所军事指挥学院参加封闭式的大学生军训。军训结束时，我给她打电话，让她先别回北京，在B城留两天，到我家来住。那时我刚结婚，幸福得不得了，我愿意让白大省看看我的新家，认识我对她说过一百遍的我的丈夫王永。白大省欣然答应，在电话里跟王永姐夫长姐夫短的好不亲热。我们迎她进门，给她做了一大堆好吃的。回想起小时候在驸马胡同南口买冰镇汽水的时光，我还特意买来了小肚，这曾经是我和白大省小时候最爱吃的东西。我的父母——白大省的姨父和姨妈也赶来我家和我们一起吃饭。大家异口同声地说军训使白大省黑了，也结实了。话题由此开始，白大省就对我们说起了她的军训时光。毫无疑问她是无限怀恋这军训的，她详细地向我们介绍她每天的活动，从早晨起床到晚上睡觉，背包怎么打，迷彩服怎么穿，部队小卖部都卖些什么，她们的排长人怎么怎么好，对她们多么严格，可是大家多么服他的气，那排长是山东人，有口音，可是一点儿也不土，你们不知道他是多么有人情味儿啊，别以为他就会“立正”“稍息”“向右转”，就会个匍匐前进，就会打个枪什么的，那个排长啊，他会拉小提琴，会拉《梁祝》，噢，对了，还有指导员……

整整一顿饭，白大省沉浸在军训的美妙回味中。她看不见眼前的饭菜，看不见我特意为她买来的小肚，看不见她的姨父姨妈，看不见她的姐夫王永，看不见我们明快、舒适的新家。除了军训、排长、指导员，她对一切都视而不见。此时此刻仿佛她身在何处、与谁在一起都是不重要的，哪怕你就是把她扔到街上，只要能允许她讲她的军训，她也会万分满足。到了晚上，白大省去卫生间洗澡时，我给她送进去一块浴巾，谁知这浴巾竟引得她把自己关在卫生间里哭了一场。我隔着门问她怎么啦怎么啦，她也不答话。一会儿，她红头涨脸、眼泪汪汪地出来了，她说我告诉你吧，我现在见不得绿颜色，什么绿颜色都能让我想起部队，想起解放军。话没说完，她把脸埋在那块绿浴巾里又哭起来，好像那就是她们排长的军服似的。

白大省这种不加克制的对几个军人的想念，实在叫人心烦，也使她看上去显得特别浑不知事。我不想再听她的军训故事，我也担心王永不喜欢我的这位表妹。第二天早饭后我提议和白大省上街转转，她还不知道B城什么样呢。白大省答应和我一起上街，可是紧接着她就问我附近有邮局吗，她说她昨天夜里给排长他们写了几封信，她要先去邮局把信发出去。她说告别时她答应了他们一回去就写信的，她说要说话算数。我说可是你还没有回到北京啊，她说在当地发信他们不是收到得更快么——唉，这就是白大省的逻辑。幸亏不久以后驸马胡同发生了一系列变化，要不然她对亲人解放军的思念得持续到何年何月啊。

先是我们的姥姥去世了，姥姥去世前已经瘫痪了三年。姥姥一直跟着白大省的父母，也就是我的姨父和姨妈生活，可是因为姨父和姨妈八十年代初才从外地调回北京，所以姥姥和白大省在一起的时间最长。在我的记忆里，她指责、呲打白大省的时间也就最长。特别当她瘫痪之后，她就把指责白大省当成了她生活中一项重要的乐趣。她指责的内容二十多年如一日，无非是我从小就听惯的"笨"呀、"神不守舍"什么的，而这些时候，往往正是白大省壮工似的把姥姥从床上抱上抱下给她接屎接尿的时候。白大省的弟弟白大鸣从不伸手帮一帮白大省，可是姥姥偏袒他，几个舅舅每月寄给姥姥的零花钱，姥姥全转赠给了白大鸣。白大鸣什么时候往姥姥床前一栖乎，姥姥就从枕头底下掏钱。有一次我对白大省说，姥姥这人最大的问题就是偏心眼儿，看把白大鸣惯得，小少爷似的。再说了，他要真是小少爷，你不还是大小姐么。白大省立刻对我说，她愿意让姥姥护着白大鸣，因为白大鸣小时候得过那么多病。可怜的大鸣！白大省眼圈儿又红了，她说你想想，他生下来不长时间就得了百日咳；两岁的时候让一粒榆皮豆卡住嗓子差点憋死；三岁他就做了小肠疝气手术；五岁那年秋天他掉进院里那口干井摔得头破血流；七岁他得过脑膜炎；十岁他被同学撞倒在教室门口的台阶上磕掉了门牙……十一岁……十三岁……为什么这些倒霉事儿都让大鸣碰上了呢，为什么我一件都没碰上过呢，一想到这些我心里就一阵阵的疼，哎哟疼死我了……

白大省的这番诉说叫人觉得她一直在为自己是个健康人而感到内疚，一直在为她不像她的弟弟那么多灾多病而感到不好意思。我还有什么可说的呀，我再说下去几乎就成了挑拨他们姐弟的关系了，尽管我一百个看不上白大鸣。

姥姥死了，白大省哭得好几次都背过气去。我始终在猜想她哭的是什么呢，姥姥一生都没给过她好脸子，可留在她心中的，却是姥姥的一万个好。有一回她对我说，姥姥可是个见过大世面的老太太。那会儿，七十年代末，商店的化妆品柜台刚出现指甲油的时候，白大省买了一瓶，姥姥就说，你得配着洗甲水一块儿买，不然你怎么除掉指甲油呢？白大省这才明白，洗指甲和染指甲同样重要。她又去商店买洗甲水，售货员说什么洗甲水，没听说过。白大省对我说，哼，那时候她们连洗甲水都不知道，可是姥姥知道。你说姥姥是不是挺见过世面？我心说这算什么见过世面，可我到底没说，我不想扫白大省的兴。我只是觉得一个人要想得到白大省的佩服太容易了。

姥姥死后，姨妈的单位——市内一所重点中学又分给他们一套两居室的单元房，属于教师的安居工程。全家作了商量：姨父姨妈带着白大鸣搬去新居，驸马胡同的老房留给白大省。从今往后，白大省将是这儿的主人，她可以在这儿成家立业，结婚生子（或女），永远永远地住下去。在寸土寸金的北京西城商业区，这是招人羡慕的。白大省就在这时开始了她的第二场恋爱（如果十岁那次算是第一场的话）。那时她念大四，她的很多同学都知道她有两间自己的房子。有时候她请一些同学来驸马胡同聚会，有时候外地同学的亲戚朋友也会在驸马胡同借住。同班男生郭宏的母亲来北京治病，就在白大省这儿住了半个月。后来，郭宏就和白大省谈恋爱了。郭宏家是大连的，这人我见过，用白大省的话说，"长得特像陈道明或者陈道明的弟弟"。这人话不多，很机灵，凭直觉我就觉得他不爱白大省。可我怎么能说服白大省呢，那阵子她像着了魔似的。你只要想一想她怀念军训的那份激情，就能推断出在这样的一场恋爱里她的情感会有怎样的爆发力。

## 四

那时候白大省经常问我，要是你和一个男人结婚，你是选择一个你们俩彼此相爱的呢，还是选择一个他爱你比你爱他更厉害的呢，还是选择一个你爱他比他爱你更厉害的呢？当然，你肯定选择彼此相爱，你和王永就是彼此相爱。白大省替我回答。我问她会选什么样的，她说，也许我得选择我爱他比他爱我更……更……她没再往下说。但我从此知道，事情一开始她给自己制定的就是低标准，一个忘我的、为他人付出的、让人有点心酸的低标准。她仿佛早就有一种预感，这世上的男人对她的爱意永远也赶不上她对他们的痴情。问题是我还想接着残忍地问下去问我自己，这世上的男人又有谁对白大省有过真的爱意呢？郭宏和白大省交朋友是想确定了恋爱关系毕业后他就能留在北京。我早就看出了这一层，我提醒她说郭宏在北京可没家，她说我们结了婚他不就有家了嘛。

也许郭宏本是要与白大省结婚的，他们已经在一块儿过起了日子。白大省把伺候郭宏当成最大的乐事，她给他买烟，给他洗袜子，给他做饭，招一大帮同学在驸马胡同给他开生日派对，让所有的人都知道他们的恋爱是认真的，是往结婚的路上走的那种。郭宏家的人来北京她是全陪，管吃管住还管掏钱买东西。她开始厚着脸皮跟家里多要钱，有一次为了给郭宏的小侄子买一只"沙皮狗”，她居然背着姨父和姨妈卖了家里一只旧电扇。真是何苦呢。可是忽然间，就在临近毕业时，郭宏又结识了学校一个日本女留学生，打那儿以后郭宏就不到驸马胡同来了。他是想随了那日本学生到日本去的，郭宏一好友曾经透露。这是一个打定了主意要吃女人饭的男人，当他能够去日本的时候，为什么还要留在北京呢？用不着留在北京，他就不必和白大省结婚。

直到今天我还记得白大省向我哭诉这一切时的样子，她膀眉肿眼，散着头发，盘腿坐在她的大床上，咬着牙根（我刚发现白大省居然也会咬牙根）说我真想报复郭宏啊我真想报复他，让他留不成北京，让他回他们东北老家去！接着她便计划出一大串报复他的方式，照我看都是些幼稚可笑没有力量的把戏。说到激动之处她便打起嗝儿来，凄切而又嘹亮，像是历经了大的沧桑。可是，当我鼓动她无论如何也要出这口恶气时，她却不说话了。她把自己重重地往床上一砸，扯过一条被子，便是一场蒙头大睡。我看着眼前的这座“棉花山”，想着在有些时候，棉被的确是阻隔灾难的一件好东西，它能抵挡你的寒冷，模糊你的仇恨，缓解你的不安，掩盖你的哀伤。白大省在棉被的覆盖下昏睡了一天，当她醒来之后就再也不提报复郭宏的事了。遇我追问，她就说，唉，我要是有西单小六那两下子就好了，可我不是西单小六啊，问题是——我要真是西单小六也就不会有眼前这些事儿了。郭宏敢对西单小六这样吗？他敢！这话说的，好像郭宏敢对她白大省这样反倒是应当应分的。

白大省就在失去郭宏的悲痛之中迎来了她的毕业分配，在凯伦饭店，她开始了人生的又一番风景。她工作积极，待人热诚，除了在西餐厅锻炼时（去餐厅锻炼是每个员工进店之后的必修课）长了两公斤肉，别处变化不大。她还是像个学生，没有沾染大酒店假礼貌下的尖刻和冷漠之气。偶尔受了同事的挤对，她要么听不出来，要么哈哈一笑也就过去了。她赢了个好人缘，连更衣室的值班大妈都夸她：别看咱们饭店净漂亮妞儿，我还就瞧着白大省顺眼。多咱见了我们都打招呼，大妈长大妈短，叫得人心里热乎乎的。不怕您笑话呀，现如今我儿媳妇叫我一声妈都费老劲了，哎，我说白大省，今儿个你干吗往衬衫领子下头围一块小绸巾呀，绸巾不是该往脖子上系的吗……更衣室大妈不拿白大省当外人，逮着她就跟她穷聊。

过了些时候，白大省开始了她的又一次恋爱。这一回，对方名叫关朋羽，凯伦饭店客房部的，比白大省小一岁，个子和白大省差不多。他俩是在饭店圣诞晚会的排练时熟起来的，关朋羽演唱美声的《长江之歌》，白大省的节目是民歌《回娘家》。这首《回娘家》白大省大学时就唱熟了。她还有一个优点就是不怵台,这跟在学生会做过宣传部部长有关。只是在排练过程中她总是出一些小麻烦,比如当唱到"左手一只鸡,右手一只鸭,怀里还抱着一个胖娃娃"时,她理应先伸左手再伸右手,她却总是先伸右手后伸左手。麻烦虽不大,但让人看着别扭。那时坐在台下的关朋羽就悄悄地冲她打手势,提醒她"先左,先左"。白大省看见了关朋羽的手势,也听见了他的提醒,他的小动作使她心中涌起一种莫可名状的感动,也就像有了靠山有了仗势一样地踏实下来,她遵照关朋羽的指示伸对了手——"先左"。到了后来,再遇排练,还没唱到"左手一只鸡,右手一只鸭"时她就预先把眼光转向了台下的关朋羽,有点像暗示,又有点像撒娇。她暗示关朋羽别忘了对她的暗示:我可快要出错儿了呀,你可别忘了提醒我呀。到了伸手的关键时刻,她其实已经可以顺利地"先左"了,可她却还假装着犹豫,假装着不知道她的手该怎么伸。台下的关朋羽果真就急了,他腾地向她伸出了左手。白大省就喜欢看关朋羽着急的样子,那不是为别人着急,那是专为她白大省一人的着急。白大省乐不可支,她的"调情"技巧到此可说是达到了一个小高潮——也仅此而已,她再无别的花招。

关朋羽和郭宏不同，他是一种天生喜欢居家过日子的男人，注意女性时装,会织毛衣,能弹几下子钢琴,还会铺床。第一次随白大省到驸马胡同,他就向她施展了来自客房部的专业铺床和"开床"技术。他似乎从未厌烦过他平凡的本职工作,甚至还由此养成了一种职业性的嗜好:看见床就想铺它、"开"它。他吩咐白大省拿给他一套床单被单,他站在床脚双手攥住床单两角,哗啦啦地抖开,清洁的床单波浪一般在他果断的手势下起伏涌动,瞬时间就安静下来端正地舒展在床垫上。然后他替白大省把枕头拍松,请她在床边坐下,让她体味他的技术和劳动。他们——关朋羽和白大省,此刻就和床在一起,却谁也没有意识到他们能和这床发生点什么事情,叫人觉得铺床的人总是远离床的,就像盖房的人终归是远离房。白大省只从关朋羽脸上看到了一种劳动过后的天真和清静,没有欲望,也没有性。

他们还是来往了起来。饭店淘汰下一批家具，以十分便宜的价格卖给员工,三件套的织锦缎面沙发才一百二十块钱。白大省买了不少东西,从沙发、地毯、微波炉,到落地灯、小酒柜、写字台,关朋羽就帮她重新设计和布置房间。白大省想到关朋羽喜欢弹琴,还咬咬牙花五百块钱买了饭店一架旧钢琴(外带琴凳)。白大省向父母要钱或者偷着卖老电扇的时代过去了,她远不是富人,可她觉得自己也不算缺钱花。她在新布置好的房间里给关朋羽过了一次生日,这回她多了个心眼儿,不像给郭宏过生日那回请一堆人。这回她谁也没请,就她和关朋羽两个人。她从饭店西餐厅订了一个特大号的“黑森林”蛋糕，又买了一瓶价格适中的“长城干红”。那天晚上，他们吃蛋糕，喝酒，关朋羽还弹了一会儿琴。关朋羽弹琴的时候白大省就站在他身边看他的侧面。她离他很近，他的一只耳朵差不多快要蹭到她胸前的衣襟。他的耳朵红红的，像兔子。白大省后来告诉我，当时她很想冲那耳朵咬一口。关朋羽一直在弹琴，可是越弹越不知自己在弹什么。身边的一团热气阻塞了他的思维，他不知道是一直看着琴键，还是应该冲那团热气扭一下头，后来他还是冲白大省扭了一下头。当他扭头的时候，不知怎么的，他的头连同他那只红红的耳朵就轻倚在白大省的怀里了。这是一个让白大省没有防备的姿势，也许她是想双手搂住怀中这个脑袋的，可是她膝盖一软，却让自己的身子向下滑去，她跪在了地上。她的跪在地上的躯体和坐在琴凳上的关朋羽相比显得有点肉大身沉，尽管这样看上去她已经比他显得低矮。她冲他仰起头，一副要承接的样子。他也就冲她俯下身子，亲了亲她的嘴，又不着边际地在她身上抚摸了一阵。她双手勾住了他的不算粗壮的脖子，她是希望一切继续的，他应该把她抱起来或者压下去。可是他显然有点胆怯，他似乎没有抱起她的力气，也没有压住她的分量。很可能他已经后悔刚才他那致命的一扭头了。他好像是再也没事干了才决定要那么一扭头的，又仿佛正是这一扭头才让他明白眼前的白大省其实是如此巨大，巨大得叫他摆布不了。或者他也为自己的身高感到自卑，为自己的学历感到自卑？白大省是大本文凭，他念的是旅游中专。也许这些原因都不是，关朋羽，他始终就没有确定自己是不是爱上了白大省。他终于从白大省的胳膊圈儿里钻了出来。他坐回到桌旁，白大省也坐回到桌旁，两个人看上去都很累。

忽然白大省说，要是咱们俩过日子，换煤气罐这类的事肯定是我的。

关朋羽就说，要是咱们俩过日子，换灯泡这类的事肯定是我的。

白大省说，要是咱们俩过日子，我什么都不让你干。

关朋羽就说，你真善良，我早看出来了。

他说的是真话，他明白并不是每个男人都能碰见这份善良的。就为了他早就发现的白大省这份赤裸裸的善良，他又亲了她一次。然后他们平静、愉快地告了别。

他们还没有谈到结婚，不过两人都是心照不宣的样子。销售部的同事问起白大省，她只是笑而不答。白大省到底积累了点经验，她忍耐住了她自以为的幸福。要是我们的另一位表妹小玢不来北京，我判断关朋羽会和白大省结婚的。可是小玢来了。

小玢是我们舅舅的女儿,家住太原。一连三年没考上大学,便打定主意到北京来闯天下。她的理想是当一名时装设计师,为此她选择了北京一家没有文凭、不管食宿、也不负责分配的服装学校。她花钱上了这学校,并来到驸马胡同要求和白大省同住。她理直气壮,不由分说。

## 五

小玢没来过北京,她却到哪儿也不怵,与人交往,天生的自来熟。她先是毫不忸怩地把驸马胡同当成了自己的家,她打开白大省的衣橱,唰啦啦地把白大省挂在衣杆上的衣服"赶"到一边,然后把自己带来的"时装"一挂一大片。她又打量了一阵写字台,把白大省戳在桌面上的几个小镜框往桌角一推,接着不同角度地摆上了几只嵌有自己玉照的镜框;其中一帧二十四寸大彩照,属于影楼艺术摄影那种格调的,她将它悬在了迎门,让所有人一进白大省家,先看见墙上被柔光笼罩的小玢在作妩媚之笑。最后她考虑到床的问题,她看看里屋唯一一张大床,对白大省说她睡觉有个毛病,爱睡"大"字,床窄了她就得掉下去。她要求白大省把大床让给她,自己再另支折叠床。白大省没有折叠床,只好到家具店现买了一张。剩下吃饭的问题,小玢也自有安排:早饭自己解决;晚饭谁早回来谁做(小玢永远比白大省回家晚);中饭呢,小玢说她要到凯伦饭店和白大省一块儿吃,她说她知道白大省她们的午饭是免费的。白大省对此有些为难,毕竟小玢不是饭店的员工,这是个影响问题。小玢开导白大省说,咱们不要双份,咱俩合吃你那一份就行,难道你不觉得你该减肥了吗?再不减肥,以后我给你设计服装都没灵感了。白大省看看自己的不算太胖、可也说不上婀娜的身材,一刹那还想起了比她文弱许多的关朋羽,就对小玢作了让步。女为悦己者瘦啊,白大省要减肥,小玢的中饭就固定在了凯伦饭店。说是与白大省合吃,实际每顿饭她都要吃去一多半,饿得白大省顶不到下午下班就得在办公室吃饼干。

凯伦饭店的中饭开阔了小玢的视野,她认识了白大省所有的同事,抄录下他们所有的电话、BP机号码。到了后来,她跟他们混得比白大省跟他们还熟。她背着白大省去饭店美容厅剪头发做美容(当然是免费);让客房部的哥们儿给她干洗毛衣大衣;销售部白大省一个男同事,自己有一辆"富康"轿车的,居然每天早上开车到驸马胡同接小玢,然后送她去服装学校上学,说是顺路。这样,小玢又省出了一笔乘坐中巴的钱。她心安理得地享受着这些方便,当然她也知道感谢那些给她提供方便的人。她的习惯性感谢动作是拍拍他们的大腿，之后再加上这么一句："你真逗！"男人被她拍得心惊肉跳的，"你真逗"这个含意不清的句子也使他们乐于回味，可他们又绝不敢对她怎么样。动不动就拍男人大腿本是个没教养的举动，可是发生在小玢身上就不能简单地用没教养来概括。她那一米五五的娇小身材，她那颗剪着"伤寒式"短发的小脑袋瓜，她那双纤细而又有力的小手，都给人一种介乎于女人和孩子之间的感觉，粗鲁而又娇蛮，用意深长而又不谙世事。她人小心大，旋风一般刮进了驸马胡同，她把白大省的生活搅得翻天覆地，最后她又从白大省手中夺走了关朋羽。

那是一个下午，白大省和福特公司的客户在民族饭店见面之后没再回到班上，就近回了驸马胡同。这次见面是顺利的，那位客户，一个谢顶的红脸美国老头已经答应和凯伦签合同，他们代表处将在凯伦饭店包租一年客房。这也意味着白大省可以从租金中得到千分之二的回扣。白大省这天的确用不着再回班上了，白大省实在应该回家好好庆祝庆祝。她回家开了门，看见小玢和关朋羽躺在她的大床上。

不能用鬼混来形容小玢和关朋羽，真要是鬼混，事情倒还有其他的一些可能。问题是小玢不想和关朋羽鬼混，关朋羽也觉得他应该娶的原来是小玢。这样，本来可能是白大省丈夫的关朋羽，没出两个月就变成了白大省的表妹夫。

想来想去，白大省不像恨郭宏那样恨关朋羽，让她感到揪心疼痛的是，她和关朋羽交往一年多了都没打过床的主意，可关朋羽和小玢没见过几次面就上了床。那是她的床啊，她白大省的床！

小玢搬出了驸马胡同，一句道歉的话也没跟白大省说，只给她留下一件她亲自为遮掩白大省那下坠的臀部而设计制作的一件圆摆衬衫，还忘了锁扣眼儿。倒是关朋羽觉得有些对不住白大省，有一天他跟小玢要了驸马胡同的钥匙——还没来得及还给白大省的钥匙，趁白大省上班，他找人拉走了白大省的旧床，又给白大省买来一张新双人床，还附带买了床罩、枕套什么的。他认真为她铺好床，认真到比铺他和小玢的婚床更多一百分的小心。他不让床单上有一道褶痕，不让床裙上有一粒微尘。接着他又为她开了床，就像他在饭店客房里每天都做的那样，拍松枕头，把罩好被单的薄毯沿枕边规矩地掀起一角，再往掀起的被角上放一枝淡黄色的康乃馨。就像要让白大省忘却在这个位置上发生的所有不快，又像是在祝福白大省开始崭新的日子。

白大省下班回来看见了新床和床上的一切，那是关朋羽技术和心意的结合，是他这样一个男人向她道歉的独特方式。白大省坐在折叠床上遥望这新大床一阵阵悲伤，因为她怀念的其实正是关朋羽让人搬走的那张旧床，那张深深伤害了她的旧床。倘若她能重返旧床，哪怕夜夜只她单独一人，至少她也能体味关朋羽曾经在过这床上的那一部分——就算不是和她。另一部分，小玢占据的那一部分她甚至可以遮起来不想。在旧床上她的心和身体都会感到痛的，可那是抓得住的一种伤痛，纵然痛，也是和他在一起的。眼前的新床又算什么呢，一堆没有来历的木头罢了。

关朋羽的新床带给驸马胡同的是更多的凄清。好比一个男人，早就打定了主意要背离爱他的女人，告别之前却非要给这女人擦一遍桌子，拖一拖地板，扶正墙上的一个镜框，再把漏水的龙头修上一修。这本是世上最残忍的一种殷勤，女人要么在这样的殷勤里绝望，要么从这样的殷勤里猛醒。

我的表妹白大省，她似乎有点绝望，却还谈不上就此猛醒，她只是久久不在那新床上睡觉就是了。第一次睡她那张新大床的是我。那次我来北京参加一个少儿读物研讨会，有天晚上住在了驸马胡同。我躺在白大省的新床上，她躺在那张折叠床上，脸朝天花板跟我讲着小玢和关朋羽。她说小玢和关朋羽结婚后就不念那个服装学校了，两人也没房，就和关朋羽的父母一起住。他家住在一幢旧单元楼的一楼，辟出一间临街开了个门，小玢开起了成衣店，生意还挺不错。白大省说他们结婚时她没去，她是想一辈子不搭理他们的，那时候天天下班回家就发誓。白大鸣为了支持白大省，自己先作了姿态，他不与他们来往。可也不知怎么的，临近婚礼时白大省还是给他们买了礼物，一只消毒碗柜，托客房部的人转给了关朋羽。白大省说关朋羽又托客房部的人给她送了一袋喜糖。她说你猜我把那喜糖放哪儿去了，我说你肯定没吃。她指指房顶说我告诉你吧，让我站在院里都给扔到房上去了。

我闭眼想着我们头上那滋生着干草的灰瓦屋顶，屋顶依旧，只是母猫妞妞和男猫小熊早已不在了，不然那喜糖定会引起它们的一阵欢腾。最后白大省又埋怨起自己，她说全怪她警惕性不高啊，一不留神啊……我说这和留神不留神有什么关系，白大省说那究竟和什么有关系呢。

我没法回答白大省的问题，我于是请她看电影。那次我们看了一个没有公演的美国电影《完美的世界》，研讨会上发的票。看电影时我们都哭了，虽然克制但还是泪流满面。我们尽量默不作声，我们都长大了，不像从前看《卖花姑娘》的时候那么抽抽搭搭的。白大省偶尔还打一个嗝儿，憋成很细小的声音，只有我这么亲近的人才能觉察出她是在打嗝儿。《完美的世界》，那个罪犯和充当人质的孩子之间从恐惧憎恨到相亲相近的故事使白大省激动不已，仅在销售部，她就把这部电影给同事讲了四遍。我回B城后还接到过她一个长途电话，她说她从来没有像看了《完美的世界》以后那样热爱孩子，她第一次有点从心里羡慕我的职业了，她问我有没有可能托关系把她调到一个儿童出版社，她已经开始考虑改行了。我劝她说别神神经经的，出版社的活儿也不是那么好干。白大省后来没再坚持改行，她不是听了我的劝，那是因为，她仿佛又开始恋爱了。

## 六

白大省认识夏欣是在驸马胡同，夏欣骑车拐弯时撞了正在走路的白大省。撞得也不重，小腿擦破了一点儿皮，夏欣一个劲儿向白大省道歉，还从衣兜里掏出一片创口贴，非要亲手按在白大省小腿上不可。后来白大省听夏欣说，那天他是去三号院看房的，三号院的简先生要把他那间八平方米的门房租出去。本来夏欣有意要租，希望简先生在租金上做些让步，但简先生分毫不让，他也就放弃了。

夏欣认为自己是一个才华横溢的人，只是生不逢时，社会上的好机会都让别人占了去。他毕业于一所社会大学，多年来光跟人合伙办公司就办过八九个，开过彩扩店，还倒腾过青霉素。样样都没常性，干什么也没赚了钱，跟父母的关系又不好，索性就想从家里搬出来。他让白大省帮他物色价格合理的房，他说他简直一天也不想再看见他父母的脸。白大省给夏欣提供了几则租房信息，有两次她还陪他一道去看房。看完了房，夏欣要请白大省吃饭，白大省说还是我请你吧，以后你发了财再请我。

白大省把夏欣领进了驸马胡同，从此夏欣就隔长补短地在白大省那儿吃饭。他吃着饭，对她说着他的一些计划：做生意的计划、发财的计划、拉上两个同学到与北京相邻的某省某县开化工厂的计划……他的计划时有变化，白大省却深信不疑。比方说到开化工厂缺资金，白大省甚至愿意从自己的积蓄里拿出一万块钱借给夏欣凑个数。后来夏欣没要白大省的钱，因为他忽然又不想开化工厂了。

我非常反感白大省和夏欣的交往，我不喜欢一个大老爷们儿坐在一个无辜的女人家里白吃白喝外加穷“白话”。我对白大省说夏欣可不值得你这么耽误工夫，白大省说我不如她了解夏欣，说别看夏欣现在一无所有，她看中的就是夏欣的才气。噢，夏欣居然有才气，还竟然已被白大省“看中”。我让白大省将夏欣的才气举出一二例，她想了想说，他反应特快，会徒手抓苍蝇。我向她说，你们俩现在究竟是一种什么关系呢？她说还谈不上什么关系，夏欣人很正派，有天晚上他们聊天聊到半夜，夏欣就没走，白大省在里屋睡大床，夏欣在外屋睡折叠床，两人一夜相安无事。

这样的相安无事，可以说洁如水晶，又仿佛是半死不活。是一男一女至纯的友谊呢，还是更像两个男人的哥们儿义气？白大省也许终生都不会涉足这样的分析。她渴望的，只是得到她看中的男人的爱。夏欣无疑被她看中了，她却怎么也拿不准他那一方的态度。有了郭宏和关朋羽的教训，加上我对她的毫不掩饰的警告，她是要收敛一下自己的，很可能她也假模假式地伪装过矜持。她告诫过自己吧：要慢一点慢慢的斯斯文文的；她指点过自己吧：要沉稳千万别显出焦急；她也打算像个会招引人的女人那样修饰自己吧：小玢的娇蛮、西单小六的风骚，都来上那么一点……可惜的是，理论与实践的结合总是不妥帖的时候居多。当她想慢下来的时候她却比从前更快；当她打算表演沉稳的时候她却比从前更抓耳挠腮；当她描眉打鬓、涂胭脂抹粉时，她在镜子里看见的是一个比平常的自己难看一千倍的自己。她冲着镜子"温柔"地一笑，类似这样的"温柔"并非白大省与生俱来，它就显得突兀而又夸张，于是白大省自己先就被这突兀的温柔给吓着了。

转眼之间，白大省和夏欣已经认识了大半年，就像从前对待郭宏和关朋羽一样，她又在驸马胡同给夏欣过了一次生日。白大省这人是多么容易忘却，又显得有点死心眼儿。谁也弄不清她为什么老是用这同一种方式企图深化她和男性的关系。这次和前两次一样，是她要求给夏欣过生日，夏欣是一个答应的角色，他答应了，还史无前例地对她说了一声："你真好。""你真好"使白大省预感到当晚的一切将至关重要，她暗中给自己设计了一个从容、懂事、不卑不亢的形象，可事到临头，她却比以往更加手忙脚乱并且喧宾夺主。没准儿正是"你真好"那三个字乱了她的手脚。那是一个星期六，她几乎花了一整天给自己选择当晚要穿的衣服。她翻箱倒柜，对比搭配。穿新的她觉得太做作；穿旧的又觉得提不起精神；穿素了怕夏欣看她老气；穿艳了又唯恐降低品位。她在衣服堆里择来择去，她摔摔打打，自己跟自己赌气。最后她痛下决心还是得出去现买。燕莎、赛特都太远无论如何去不成，最近的就是西单。她去了西单商场，选中一件黑红点儿的套头毛衣才算定住了神。她觉得这毛衣稳而不呆，闹中有静，无论是黑是红，均属打不倒的颜色。哪知回家对着镜子一穿，怎么看自己怎么像一只"花花轿"。眼看着夏欣就要驾到了，饭桌还空着呢。她脱了毛衣赶紧去开冰箱拿蛋糕,拿她头天就烹制好的素食锦,结果又撞翻了盛素食锦的饭盒,盒子扣在脚面上,脏污了她的布面新拖鞋。她这是怎么了,她想干什么? 疯了似的。

好不容易餐桌上的那一套就了绪，她才发现原来自己一直带着个胸罩在屋里乱跑。她就顺便低头看了一眼自己的胸,她总是为自己的胸部长成这样而有些难为情。不能用大或者小来形容白大省的乳房,她的乳房是轮廓模糊的那么两摊,有点拾掇不起来的样子。猛一看胸部也有起伏,再细看又仿佛什么都没有。这使她不忍细看自己,她于是又重返她那乱七八糟的衣服堆,扯出一件宽松的运动衫套在了身上。

那个晚上夏欣吃了很多蛋糕,白大省喝了很多酒。气氛本来很好,可是,喝了很多酒的白大省,她忽然打乱自己那“沉着、矜持”之预想,她忽然不甘心就维持这样的一个好气氛了。她的焦虑,她的累,她的没有着落的期盼,她的热望，她那从十岁就开始了的想要被认可的心愿，宛若噼里啪啦冒着火花的爆竹,霎时间就带着响声、带着光亮释放了出来。她开始要求夏欣说话,她使的招数简陋而又直白,有点强迫的意思。仿佛过生日的回报必是夏欣的表态,而且刻不容缓。她就没有想到,这么一来,他人并不曾受损,而她自己却已再无退路。

说点什么吧,白大省对夏欣说,总得说点什么。夏欣就说,我有一种预感,我预感到你可能是我这一生最想感谢的人。白大省追问道:还有呢?夏欣就说,真的我特感谢你。他的话说得诚恳,可不知怎么总透着点儿不吉利。白大省穷追不舍地又发问道:除了感谢你就没有别的话要说了吗? 夏欣愣了一会儿说，本来他不想在生日这天说太多别的，可是他早就明白白大省想要听见的是什么。本来他也想对他们的关系作个展望什么的,不是今天,可能是明天、后天……可是他又预感到今天不说就过不去今天，那么他也就顾不了许多了干脆就说了吧。这时他一反吞吐之态,开始滔滔不绝。他说他和白大省的关系不可能再有别的发展，有一件事给他留下的印象太深刻了：那天他来这儿吃晚饭,白大省烧着油锅接一个电话,那边油锅冒了烟她这边还慢条斯理地进行她的电话聊天;那边油锅着了她仍然放不下电话,结果厨房的墙熏黑了一大片,房顶也差点着了火。夏欣说他不明白为什么白大省不能告诉对方她正烧着油锅呢,本来那也不是什么重要的电话。她也可以先把煤气灶闭掉再和电话里的人聊天。可是她偏不,她偏要既烧着油锅又接着电话。夏欣说这样一种生活态度使他感觉很不舒服……白大省打断他说油锅着火那只不过是她的一时疏忽和生活态度有什么关系啊。夏欣说好吧就算这是一时的疏忽,可我偏就受不了这样的疏忽。还有,他接着说,白大省刚跟他认识没多久就要借给他一万块钱开化工厂,万一他要是个坏人呢是想骗她的钱呢?为什么她会对出现在眼前的陌生男人这样轻信他实在不明白……

夏欣的话匣一开竟难以止住,他历数的事实都是事实,他的感觉虽然苛刻却又没错儿。他,一个连稳定的工作都没有的男人,一个连养活自己都还费点劲的男人,一个坐在白大省家中,理直气壮地享用她提供的生日蛋糕的男人,在白大省面前居然也能指手画脚,挑鼻子挑眼。那可怜的白大省竟还执迷不悟地说:我可以改啊我可以改!

他们到底无法谈到婚姻。夏欣在这个生日之后就离开了白大省。白大省哭着,心里一急,便冲着他的背影说,你就走吧,本来我还想告诉你,驸马胡同快要拆迁了,我这两间旧房,至少能换一套三居室的单元,三居室!夏欣没有回头,聪明的男人不会在这时候回头。白大省心里更急了,便又冲着他的背影说,你就走吧,你再也找不到像我这么好的人了!你听见了没有?你再也找不到像我这么好的人了!听了这话,夏欣回头了,他回过身来对白大省说,“其实我怕的也是这个,很可能再也找不到了。”这是一句真话,不过他还是走了。白大省这叫卖自己一般的挽留只加快了夏欣的离开。他不欠她什么,既不属于说了买又不买的顾客,也不属于白拿东西不给钱的顾客,他连她的手都没碰过。

很长一段时间,白大省既不收拾饭桌也不收拾床,她和夏欣吃剩的蛋糕就那么长着霉斑摆在桌上,旁边是两只油渍麻花的脏酒杯。夏欣生日那天她翻腾出来的那些衣服也都在里屋她的床上乱糟糟地摊着,晚上下班回来她就把自己陷在衣服堆里昏睡。有一天白大鸣来驸马胡同找白大省,进门就嚷起来:“姐,你怎么啦?”

## 七

白大鸣对白大省当时的精神状态感到吃惊,可他并无太多的担心。他了解他的姐姐白大省,他知道他这位姐姐不会有什么真想不开的事。白大省当时的精神只给白大鸣想要开口的事情增设了一点小障碍,他本是为了驸马胡同拆迁的事而来。

白大鸣已经先于白大省结了婚,女方咪咪在一所幼儿师范教音乐,白大省是两人的介绍人。白大鸣结婚后没从家里搬出去,他和咪咪的单位都没有分房的希望，两人便打定主意住在家里，咪咪也努力和公婆搞好关系。虽然这样的居住格局使咪咪觉出了许多不自如，可现实就是这样的现实，她只好把账细算一下：以后有了孩子，孩子顺理成章地归退休的婆婆来带，她和白大鸣下班回家连饭也用不着做，想来想去还是划算的，也不能叫作自我安慰。要是没有驸马胡同拆迁的信息，白大鸣和咪咪就会在家中久住下去，咪咪已经摸索出了一套与公婆相处的经验和技巧。偏在这时驸马胡同面临着拆迁，而且信息确凿。白大省已经得到通知，像她这样的住房面积能在四环以内分到一套煤气、暖气俱全的三居室单元。一时间驸马胡同乱了，哀婉和叹息、兴奋和焦躁弥漫着所有的院落。大多数人不愿挪动，不愿离开这守了一辈子的北京城的黄金地段。九号院牙都掉光了的赵奶奶对白大省说，当了一辈子北京人，老了老了倒要把我从北京弄出去了。白大省说四环也是北京啊赵奶奶。赵奶奶说，顺义还是北京呢？

三号院的简先生也是逢人就说，人家跟我讲好了，我们家能分到一梯一户的四室两厅单元房，楼层还由着我们挑。可我院里这棵树呢，我的丁香树我的海棠树，我要问问他们能不能给我种到楼上去？简先生摇晃着他那一脑袋花白头发，小资本家的性子又使出来了。

白大省对驸马胡同深有感情，可她不像赵奶奶、简先生他们，她打定主意不给拆迁工作出一点难题。新的生活、敞亮的居室、现代化的卫生设备对白大省来说，比地理方位显得更重要。况且她在那时的确还想到了夏欣，想到他四处租房，和房东讨价还价的那种可怜样儿，白大省在心中不知说了多少遍呢：和我结婚吧，我现在就有房，我将来还会有更好的房？

驸马胡同的拆迁也牵动了白大鸣和咪咪的心，准确地说，最先反应过来的是咪咪。有天晚上她翻来覆去睡不着觉，就把白大鸣也叫醒说，早知道驸马胡同会这样，不如结婚时就和白大省调换一下了，让白大省搬回娘家住，她和白大鸣去住驸马胡同。这样，拆迁之后的三居室新单元自然而然便归了他们。白大鸣说现在说什么也晚了，再说咱们这样不也挺好吗？咪咪说好与不好，也由不得你说了算。敢情你是你爸妈的儿子，我可怎么说也是你们家的外人。你觉着这么住着好，你知道我费了多少心思和技巧？一家人过日子老觉着得使技巧，这本身就让人累。我就老觉着累。我做梦都想和你搬出去单过，住咱们自己的房子，按咱们自己的想法设计、布置。白大鸣说那你打算怎么办呀，咪咪说这事先不用和爸妈商量，先去找白大省说通，再返回来告诉爸妈。就算他们会犹豫一下，可他们怎么也不应该反对女儿回家住。白大鸣打断咪咪说，我可不能这么对待我姐，她都三十多岁了，老也没谈成合适的对象，咱们不能再让她舍弃一个自己的独立空间啊。咪咪说，对呀，你姐一个人还需要独立空间呢，咱们两个人不更需要独立空间么。再说，她老是那么一个人待着也挺孤独，如果搬回来和爸妈住，互相也有个照应。白大鸣被咪咪说动了心，和咪咪商量一块儿去找白大省。咪咪说，这事儿我不能出面，你得单独去说。你们姐弟俩说深了说浅了彼此都能担待，我要在场就不方便了。白大鸣觉得咪咪的话也对，但他仍然劝咪咪仔细想想再做决定。咪咪坚决不同意，她说这事儿不能慎着，得赶快。她那急迫的样子，恨不得把白大鸣从床上揪起来半夜就去找白大省。又耗了几天，白大鸣在咪咪的再三催促下去了驸马胡同。

白大鸣坐在白大省一塌糊涂的床边，屁股底下正压着她那团黑红点点的毛衣。他知道他的姐姐遭了不幸，他给她倒了一杯水。白大省喝了水，按捺不住地对白大鸣说起了夏欣。她说着，哭着，眼泪像断了线的珠子，白大鸣看着心里很难过。他想起了姐姐对他几十年如一日的疼爱，想起小时候有一次他往院子里扔了一块香蕉皮，姥姥踩上去滑了一跤，吓得他一着急，就说香蕉皮是白大省扔的。姥姥骂了白大省一整天，还让白大省花了一个晚上写了一篇检讨书。白大省一直默认着自己这个"过失"，没有揭穿也没有记恨过白大鸣对她的"诬陷"。白大鸣想着小时候的一切，实在不知道怎么把换房的事说出口。后来还是白大省提醒了他，她说大鸣你是不是有什么事来找我?

白大鸣一狠心，就把想和白大省换房的事全盘托出。白大省果然很不高兴，她说这肯定是咪咪的主意，一听就是咪咪的主意，咪咪天生就是个出这种主意的人。她说她早就后悔当初把咪咪介绍给白大鸣，让咪咪变成了他们白家的人。她质问白大鸣，问他为什么与咪咪合伙欺负她——难道没看见她现在的样子吗，还是假装不知道她从前的那些不如意?她说大鸣你真可恶真没良心你真气死我了你是不是以为我这人从来就不会生气呀你?她说你要是这么想你可就大错特错了现在我就告诉你我会生气我特会生气我气性大着呢，现在你就回家去把咪咪给我叫来，我倒要看看她当着我的面敢不敢再重复一遍你们俩合伙捏鼓出的馊主意?

白大省的语调由低到高，她前所未有地慷慨激昂滔滔不绝，她就像换了一个人似的言词尖刻忘乎所以。她不知道什么时候白大鸣已经悄悄地走了，当她发现白大鸣不见之后，才慢慢使自己安静下来。白大鸣的悄然离去使白大省一阵阵地心惊肉跳，有那么一会儿她觉得他不仅从驸马胡同消失了，他甚至可能从地球上消失了。可他究竟犯了什么错误呢她的亲弟弟?他生下来不长时间就得了百日咳；两岁的时候让一粒榆皮豆卡住嗓子差点憋死；三岁他就做了小肠疝气手术；五岁那年秋天他掉进院里那口干井摔得头破血流；七岁他得过脑膜炎；十岁他摔在教室门口的台阶上磕掉了门牙……可怜的大鸣，为什么这些倒霉事儿都让他碰上了呢，从来没碰上过这些倒霉事儿的白大省为什么就不能让她无比疼爱的弟弟住上自己乐意住的新房呢？白大省越想越觉得自己对不住白大鸣，她是在欺负他是在往绝路上逼他。她必须立刻出去找他，找到他告诉他换房的事不算什么大事，她愿意换给他们，她愿意搬回家去与父母同住……

她在白大鸣的单位找到了白大鸣，宣布了她的决定。想到数落咪咪的那些话她也觉得不好意思，就又给咪咪打电话，重复了一遍她愿意和他们换房的决定。她好言好语，柔声细气，把本来是他们求她的事，一下子变成了她在央告他们，甚至他们答复起来若稍有犹豫，她心里都会久久地不安。

她献出了自己的房子，驸马胡同拆迁之日，也就是她回到父母身边之时。这念头本该伴随着阵阵凄楚的，白大省心中却常常升起一股莫名的柔情。每天每天，她走在胡同里都能想起很多往事，从小到大，在这里发生的她和一些"男朋友"的故事。她很想在这胡同消失之前好好清静那么一阵，谁也不见，就她一个人和这两间旧房。谁敲门她也不理，下班回家她连灯也不开，她悄悄地摸黑进门，进了门摸黑做一切该做的事，让所有的人都认为屋里其实没人。有一天，当她又打着这样的主意走到家门口时，一个男人怀抱着一个孩子正站在门口等她。是郭宏。

郭宏打碎了白大省谁也不见的预想，他已经看见了她，她又怎么能假装屋里没人？她把他让进了门，还从冰箱里给他拿了一听饮料。

这么多年白大省一直没有见过郭宏，但是她知道他的情况。他没去成日本，因为那个日本女生忽然改变主意不和他结婚了。可他也没回大连，他决意要在北京立足。后来，工作和老婆他都在北京找到了，他在一家美容杂志社谋到了编辑的职务，结婚几年之后，老婆为他生了一个女儿。郭宏的老婆是一家翻译公司的翻译，生了女儿之后不久，有个机会随一个企业考察团去英国，她便一去不复返了，连孩子也扔给了郭宏。这梦一样的一场婚姻，使郭宏常常觉得不真实。如果没有怀里这活生生的女儿，郭宏也许还可以干脆假装这婚姻就是大梦一场，一切都可以重新开始，作为一个男人他还算不上太老。可女儿就在怀里，她两岁不到，已经认识她的父亲，她吃喝拉撒处处要人管，她是个活人不是梦。

此时此刻郭宏坐在白大省的沙发上喝着饮料，让半睡的女儿就躺在他的身边。他对白大省说，你都看见了，我的现状。白大省说，我都看见了，你的现状。郭宏说我知道你还是一个人呢。白大省说那又怎么样。郭宏说我要和你结婚，而且你不能拒绝我，我知道你也不会拒绝我。说完他就跪在了白大省眼前，有点像恳求，又有点像威胁。

这是千载难逢的一个场面，一个仪表堂堂的大男人就跪在你的面前求你。渴望结婚多年了的白大省可以把自己想象成骄傲的公主，有那么一瞬间，她心中也真的闪过一丝丝小的得意，一丝丝小的得胜，一丝丝小的快慰，一丝丝小的晕眩。纵然郭宏这“跪”中除却结婚的渴望还混杂着难以言说的诸多成分，那也足够白大省陶醉一阵。从没有男人这样待她，这样的被对待也恐怕是她一生所能碰到的绝无仅有的一回。一时间她有点糊涂，有点思路不清。她低头看着跪在地上的郭宏，她闻见了他头发的气味，当他们是大学同学时她就熟悉的那么一种气味。这气味使此刻的一切显得既近切又遥远，她无法马上作答，只一个劲儿地问着：为什么呢这是为什么？

跪着的郭宏仰起头对白大省说，就因为你宽厚善良，就因为你纯、你好。从前我没见过、今后也不可能再遇见你这样一种人了你明白吗。

白大省点着头忽然一阵阵心酸。也许她是存心要在这眩晕的时刻，听见一个男人向她诉说她是一个多么美丽的女人，多么难以让他忘怀的女人，就像很多男性对西单小六、对小玢、对白大省四周很多女孩子表述过的那样，就像我的丈夫王永将我小心地拥在怀中，贪婪地亲着我的后脖颈向我表述过的那样。可是这跪着男人没对白大省这么说，而她终于又听见了几乎所有认识她的男人都对她说过的话，那便是他们的心目中的她。就为了这个她不快活，一种遭受了不公平待遇的情绪尖锐地刺伤着她的心。她带着怨愤，带着绝望，带着启发诱导对跪着的男人说，就为这些吗？你就不能说我点儿别的吗你？

跪着的男人说，我说出来的都是我真心想说的啊，你实在是一个好人……我生活了这么些年好不容易才悟透这一点……白大省打断他说，可是你不明白，我现在成为的这种“好人”从来就不是我想成为的那种人？

跪着的男人仍然跪着，他只是显得有些困惑。于是白大省又说，你怎么还不明白呀，我现在成为的这种“好人”根本就不是我想成为的那种人？

跪着的男人说，你说什么笑话呀白大省，难道你以为你还能变成另外一种人吗？你不可能，你永远也不可能。

永远有多远？！白大省叫喊起来。

我坐在“世都”二楼的咖啡厅等来了我的表妹白大省。我为她要了一杯冰可可，我说，我知道你还想跟我继续讨论郭宏的事，实话跟你说吧这事儿很没意思，你别再犹豫了你不能跟他结婚。白大省说，约你见面真是想再跟你说说郭宏，可你以为我还像从前那么傻吗？哼，我才没那么傻呢，我再也不会那么傻了。噢，他想不要我了就把我一脚踢开，转了一大圈，最后怀抱着一个跟别人生的孩子又回到我这儿来了，没门儿！就算他给我跪下了，那也没门儿！

我惊奇白大省的“觉悟”，生怕她心一软再变卦，就又加把劲儿说，我知道你不傻，人都会慢慢成熟的。本来事情也不那么简单，别说你不同意，就是你同意，姨父姨妈那边怎么交代？再说，你把自己的房都给了大鸣，就算你真和郭宏结婚，姨父姨妈能让你们——再加上那个孩子在家里住？白大省说，别说我们家不让住，郭宏他们一直住他大姨子的房，他大姨子现在都不让他们爷儿俩住。所以，我才不搭理他呢。我说，关键是他不值得你搭理。白大省说，这种人我一辈子也不想再搭理。我说，你的一辈子还长着呢。白大省说，所以我要变一个人。她说着，咕咚咕咚将冰可可一饮而尽，让我陪她去买化妆品。她说她要换牌子了，从前一直用“欧珀莱”，她想换“CD”或者“倩碧”，可是价格太贵，没准儿她一狠心，从今往后只用婴儿奶液，大影星索菲娅·罗兰不是声称她只用婴儿奶液嘛。

我和白大省把“世都”的每一层都转了个遍，在女装部，她一反常态地总是揪住那些很不适合她的衣服不放：大花的，或者透得厉害的，或者弹力紧身的。我不断地制止她，可她却显得固执而又急躁，不仅不听劝，还和我吵。我也和她吵起来，我说你看上的这些衣服我一件也看不上。白大省说为什么我看上的你偏要看不上？我说因为你穿着不得体。白大省说怎么不得体难道我连自己做主买一件衣服的权利也没有啊。我说可是你得记住，这类衣服对你永远也不合适。白大省说什么叫永远也不合适什么叫永远？你说说什么叫永远？永远到底有多远？

我就在这时闭了嘴，因为我有一种预感，我预感到一切并不像我以为的那么简单。果然，第二天中午我就接到白大省一个电话，她告诉我她是在办公室打电话，现在办公室正好没人。她让我猜她昨晚回家之后在沙发缝里发现了什么，她说她在沙发缝里发现了一块皱皱巴巴、脏里巴叽的小花手绢，肯定是前两天郭宏抱着孩子来找她时丢的，肯定是郭宏那个孩子的手绢。她说那块小脏手绢让她难受了半天，手绢上都是馊奶味儿，她把它给洗干净了，一边洗，一边可怜那个孩子。她对我说郭宏他们爷儿俩过的是什么日子啊，孩子怎么连块干净手绢都没有。她说她不能这样对待郭宏，郭宏他太可怜太可怜了……白大省一连说了好多个可怜，她说想来想去，她还是不能拒绝郭宏。我提醒她说别忘了你已经拒绝了他，白大省说所以我的良心会永远不安。我问她说，永远有多远？

电话里的白大省怔了一怔，接着她说，她不知道永远有多远，不过她可能是永远也变不成她一生都想变成的那种人了，原来那也是不容易的，似乎比和郭宏结婚更难。

那么，白大省终于要和郭宏结婚了。我不想在电话里和她争吵或者再规劝她，我只是对她说，这个结果，其实我早该知道。

这个晚上，我和我丈夫王永在长安街上走路，他是专门从 B 城开车来北京接我回家的。我从来也没有像今天这样渴望见到王永，我对我丈夫心存无限的怜爱和柔情。我要把我的头放在他宽厚沉实的肩膀上告诉他“我要永远永远待你好”。我们把车存在民族饭店的停车场，驸马胡同就在民族饭店的斜对面。我们走进驸马胡同，又从胡同出来走上长安街。我们没去打搅白大省。我没有由头地对王永说，你会永远对我好吧？王永牵着我的手说我会永远永远疼你。我说永远有多远呢？王永说你怎么了？我对王永说驸马胡同快拆了，我对王永说白大省要和郭宏结婚了，我对王永说她把房也换给白大鸣了，我还想对王永说，这个后脑勺上永远沾着一块蛋黄洗发膏的白大省，这个站在水龙头跟前给一个不相识的小女孩洗着脏手绢的白大省是多么不可救药。

就为了她的不可救药，我永远恨她。永远有多远？

就为了她的不可救药，我永远爱她。永远有多远？

就为了这恨和爱，即使北京的胡同都已拆平，我也永远会是北京一名忠实的观众。

啊，永远有多远啊。

（《小说月报》1999 年第 2 期选载）

# 淡绿色的月亮

须一瓜

## 一

不是谁都能看到淡绿色的月亮的,它只是有的人在有的时候能够看到。

芥子在那天晚上看到了。她是在钟桥北的汽车里看到的。桥北到机场接回了回娘家一周的芥子。然后,他们停好汽车,手牵手开门进屋。桥北在开门的时候,顺势低头吻咬了芥子的耳朵。

保姆睡了。她把房间收拾得很干净,能发亮的物件都在安静地发亮。玄关正对着大客厅外的大落地窗,阳台上的风把翡翠色的窗帘一阵阵鼓起,白纱里子就从翡翠色窗布的侧面,高高飞扬起来。卧室在客厅侧面隐蔽的通道后面。

芥子的头发还没吹干,桥北已经在床上倒立着等她了。说是倒立健脑,桥北还有很多健身的方式,比如,每天坚持的两千米晨跑,周末三个小时的球类运动。桥北无论生活还是工作,都充满创意。比如,做爱。近期,桥北在玩一种花生粗细的红缎绳。芥子叫它中国结,桥北不厌其烦地纠正说,叫爱结。红缎绳绕过芥子的漂亮脖颈,再分别绕过芥子美丽的乳房底线,能在胸口打上一个丝花一样的结, 然后一长一短地垂向腹深处。桥北给全裸的芥子编绕爱结的过程,也是他们双方激情燃烧的美妙过程。芥子喜欢这个游戏。

入睡的时候大约是晚上十二点。芥子一直毫无睡意,起来吃药的时候,她不敢看钟。再次醒来的时候,她第一感觉是谁在喊叫。有一只一人高的小白兔站在她床前。眼睛很涩,她睁开眼睛马上又想闭上,可是,她突然打了个激灵,一下从床上坐了起来。

是的,不是做梦,真的有人站在她面前,手里有刀! 桥北不在身边。那人脸上戴着小白兔面具,白兔一只耳朵翘起,一只耳朵折下来;客厅灯亮着。芥子一张嘴就想喊桥北,小白兔一下捂住了她的嘴,刀尖差一点就要扎在芥子的鼻子上。芥子闻到那只陌生的粗糙的手心上的汗味混合什么的怪味。

小白兔的表情始终是得了大萝卜的高兴表情,可是面具后面的人挥着刀,手势十分凶狠:敢喊,我就不客气! 喊不喊?

芥子慌忙摇头。小白兔用力捏了下芥子的脸颊,拿开了他的手,但刀没移远。出去! 那人说。

芥子下床。她穿着冰绿色的细吊带丝质睡裙,睡裙长达脚面,可是胸口比较低,所幸爱结还在脖颈上,松松垮垮地吊着,芥子觉得多少掩饰了一些空当。

桥北在客厅,他被绑在一张餐椅上,一个戴着大灰狼面具的人站在他身边。没有看到保姆。一见到芥子,桥北就做了个没有食指配合的"嘘"的表情。芥子知道桥北要她安静、镇静,可是,芥子克制不住地颤抖、想哭,也想叫喊。小白兔晃了一下耳朵,大灰狼就过去拖过一张餐椅。大灰狼去拖餐椅的时候,芥子发现他是个不太严重的瘸子,不知想平衡,还是想掩饰,大灰狼用跳跃的方式行走。

大灰狼把椅子放在沙发前,离桥北四步远的地方。芥子被小白兔用力按坐了下去。大灰狼马上拿着不知从哪里拿出来的棕绳,要绑芥子。芥子尖叫起来,小白兔一巴掌就甩了上来,芥子噤声,转头看桥北。桥北没什么表情,似乎闭了下眼睛,还是要芥子安静的意思。芥子的一滴眼泪掉下来。大灰狼就把芥子的手熟练地反绑在后面了。桥北对芥子说,别紧张,没事,他们不是有困难,不会到我们家的。是吧? 兄弟,看喜欢什么,你们拿好了,我们也不报警,只请你别伤害我们。

桥北的包、芥子的包、两人的手机都在沙发前的大茶几上。小白兔示意大灰狼看好两人,他开始搜包,两人包内每一个夹层的东西都倒出来了,大小面额的钱、购物发票、优惠卡、会员卡、身份证、医疗卡、口红、粉盒、卫生护垫倒了一大摊,桥北的包竟然只有一个旧的电话本、一部手机和两块电池;小白兔在一个夹层中找到五十元和包着它的一张发票;芥子的包内东西占了一大堆,可是,这一大堆里的钱只有两百多元。桥北现在使用的黑包不在。

芥子想幸好把两千元钱给了妈妈,还有桥北的现在用的黑包肯定是落在车上了,这个是他已经不用的旧包。小白兔突然冲到桥北面前,一把揪起桥北的睡衣前襟:还有的钱在哪儿!

桥北说,我也不清楚。包不是都翻了吗? 三部手机你们都拿走吧,请把 SIM

卡留下好吗？

大灰狼瓮声瓮气地说，这手机当然是我们的。还有钱呢？

小白兔面具的眼睛窟窿位置，射出非常阴冷的光。显然他是主谋。你们俩住这样的房子，不是只有这点钱的人！快点！我没时间！

大灰狼面具的嘴巴窟窿，能隐约看见后面的人脸上有一副挺长的龅牙，人脸瓮声瓮气地说话，可能是想把牙齿遮盖得好一点，以至养成了习惯。他说我大哥一旦见了血，就收不住手了。你们最好不要让他见血。

桥北说，到卧室的床头柜抽屉里看看吧。

## 二

歹徒是凌晨五时离去的。他们在用人房找到了被毛巾堵嘴、捆绑得快死过去的保姆。钟桥北说，歹徒大约是凌晨四时进来的。他是在卧室卫生间听到客厅好像有异常动静，于是走到通道观察的时候就和两名歹徒相遇了。月亮非常亮，西斜的月光洒过阳台，透过白纱窗帘，照在沙发上。小白兔和大灰狼的黑影就突兀在沙发前。然后他们扑了上来。

歹徒总共得到了五千二百元现金，其中五千元是银行卡上根据密码到柜员机上连夜提的款；四万元航空债券，再过两个月到期；两个戒指、一条白金项链；三部手机，其中桥北的是才买一个月的商务通手机，价值近五千元。

警察接到报警电话就来了。先是两个，后来来了好几个，乱哄哄的。芥子想想就想哭。警察分别给桥北和芥子、保姆做了笔录，不同的警察，问的问题差不多，但是，他们还是一对一对地反复提问、记录。警察似乎越来越怀疑保姆，有关她的问题，问得越来越细。

钟桥北和芥子离开刑警中队的时候，已经中午十二点半了。保姆要稍后问完，他们就先走了。也许受了警察影响，钟桥北也开始分析保姆作案的种种可能性，但芥子不想参与分析，她不想说话。就是不想说话。桥北说，你怎么啦？

芥子小声说，很累。

两人到牛排馆随便吃了点午餐。桥北说，回家睡一下就好了。别难过。钱毕竟身外物。想开点，好吗？

芥子还是不想说话。桥北说，这案子你说能破吗？

一块牛排被芥子割得稀烂，她只是吃了一个煎鸡蛋。桥北已经明显感到芥子情绪低落。他动手用自己的叉子叉了一块牛肉往芥子嘴里送。芥子扭过头，不接。芥子说，他们都比你个子小很多，其中有个人是瘸子。

桥北愣了愣。可是，桥北说，他们手上有刀。对不对？

芥子点头。

桥北是当晚七时的飞机。飞大连，有个展览会。他不知道芥子午睡也失眠，芥子当时尽量不动地躺在桥北身边，桥北打呼噜的时候，她悄悄爬起来，一到客厅，凌晨四时发生的一切又历历在目。歹徒是开门进来的。她不知道桥北是和歹徒怎么遭遇的，她对她醒来的前面，一无所知。只是警察进门之前，他们说了几句。桥北说，我一看见陌生人，就什么都明白了。我马上说，你们要什么就拿吧。我不反对，大家出来混也都不容易。桥北说，幸好我反应快，开了灯我才发现他们手里有刀！

下午五时许，桥北提着行李出门。三分钟后，他又回来了。他说，你情绪很差，要不我叫我妹妹来陪你？芥子说不要。芥子不喜欢钟桥南，桥南是那种直爽和无耻分不清界限的人。

你开门。

芥子把防盗门打开。桥北进来，放下包，用力抱了抱芥子。你行吗？桥北说，我不放心。芥子说，你走吧，我不害怕。你快走吧，赶不上飞机了。

芥子是站在窗前看着桥北下楼后，穿过后围墙被人图走近道而拆毁的铁栅栏，走到马路对面的停车场的。桥北的确非常帅气，高大结实，开车的样子也像个赛车手。芥子站在窗前回忆，小白兔和大灰狼好像都和她差不多高，应该在一米六七左右。

保姆怨气冲天地煮了两份面条。她说她都快被坏人弄死了，到现在胳膊还在痛，那些警察案子又不会破，一直问我们有什么用啊。她把面条放在桌上，就翻起衬衫给芥子看她被捆得发青的绳痕。

芥子说，要不要涂什么药？保姆哼了一声，说又没破。那两个坏蛋如果抓住了，我要亲口咬死他们！芥子说，收拾好了，你早点睡吧。昨天没睡好。

芥子临睡前又把门和窗看了一遍。都是反锁反扣好的，如果没人配合，外面的人是进不来的。可是，芥子在床上还是翻来覆去睡不着。她爬起来，想象凌晨四时的情景。她先到卧室的卫生间。桥北站在卫生间听到了外面的异常动静，然后，他怎么走过两米多的通道呢？客厅里站着两个陌生动物，其中一个还匆匆调整了一下面具。桥北没有扑过去，如果扑过去会怎么样呢？桥北反应过人、孔武有力。可是，桥北没有扑过去，而是矮小的入侵者向高大的桥北扑来。

芥子开着灯，在沙发上久坐。保姆出来了，揉着眼睛说，为什么不睡呀？睡吧,没事了,你到自己房间把门反锁好就行了。要不要我陪你?

芥子忽然感到了极度的恐惧,谁是真正的敌人啊。芥子站起来,说,我没事,我这就去睡,你也睡吧。芥子连忙进了房间,把门反锁后又检查了两遍。整个晚上睡不好。

次日一早,警察上门请走了保姆。芥子吃过麦片,靠在沙发上竟然睡了过去,直到电话响起来。桥北说,你没事吧?

芥子想哭,可是她感到自己不想让桥北知道她想哭了。她说,我没事。飞机很顺利是吗?桥北说,很顺利,进城安顿下来太迟了,没敢去电话,怕吵你。芥子,听我一句话,钱是身外物,你别看不开。破财消灾,懂吗?

我知道。芥子低声说。她本来想说,这不是钱的事。但芥子说,那你什么时候回来?桥北说,七八天吧。有事打小王的手机,我都和他在一起。你记下他的手机号好吗?

芥子说好,你说吧。其实,芥子手上没有纸也没有笔。桥北在电话里三个三个一组地报号码,芥子三个三个地重复着,但什么也没记下来。

## 三

芥子到她的“芥子美剪”美发店的时候,早班的员工都到了,几个洗头工在叽叽喳喳地议论芥子家的事。因为昨天芥子跟师傅阿标说了几句,就到警察那里忙了大半天,一整天没过来看店。阿标手艺不错,就是见人就黏糊,店里的洗头小女工被他泡得争风吃醋,吵来吵去,可是,很多女顾客喜欢阿标料理头发。阿标的大腿会讲话,手上的剪刀不停,动作准确,腿上的膝头也善解人意地和女顾客促膝谈心。钟桥南最会骂阿标,可是,她指定阿标做她的头发,不管是剪还是染,非阿标不干。再迟也等。

钟桥南来做头发倒是都付钱的,她说亲兄弟明算账,可是,她要是带朋友来弄头发,就非常豪迈。走时,照例喊一声,多少钱?芥子照例说,算了算了,自家人你干什么呀?

钟桥南就说,那好吧。或者转身就对朋友说,怎么样,下次还来找芥子、阿标吧?我叫他们优惠。

芥子就笑着送客。阿标有时会撒娇,拦着不让桥南走。因为他是靠抽成的。他说,姐姐,我欠房租了,你不付钱苦了我啦,要不我晚上睡你身上?桥南伸手就狠捏阿标无肉的腮帮,阿标就顺势矮下来,杀猪一样叫唤:啊,姐姐!那你睡我吧！姐姐！睡我吧，怎么睡都行！

阿标一看到芥子进来，就拨开了身边的女孩，站了起来。他说，怎么样啊，老板？有希望破案吗？芥子说，天知道。反正都抢走了。阿标说，真的是好几万元吗？芥子不想多说，她说，前天毛巾谁洗的，一股味道。客人提意见了。不是说过，这些小节要注意吗？阿标你查一下。扣钱。

正说着，桥南进来了。桥南像一个两头尖的大柠檬，她理着板寸头，金色的头发，穿着青黄色的大号T恤衫，下面是一条牛仔热裤，短得到了大腿根，衣服一盖，就像没穿裤子。阿标一见就哇哇大叫起来，姐姐，我受不了你啊，求你穿上裤子再来吧！桥南二话不说，一屁股坐到了阿标的腿上，还用力蹭了一下。

桥南说，怎么回事？芥子，我哥给我打电话了，让我来看看你。真是怪了，肯定是你家保姆里应外合干的！

芥子虽说是嫂子，可是，桥南比她大四岁，平时都是桥南说话，没有芥子多说的份儿，芥子也不喜欢和桥南抢说什么。芥子说，警察还没破案呢，我也不知道是怎么回事。

桥南说，我分析呀，就是那个保姆。我平时看她就贼眉鼠眼的。他们带刀是吗？听说连脸都不敢露出来，肯定是熟人！芥子认为有道理。

他们怎么进来的，个子高吗？什么口音？桥南像侦探一样发问。芥子就她知道的部分，粗略地说了一下，因为她不愿意在店里谈这些问题，尤其是小工这么多的情况下。

桥南不管。桥南说，没错，那个保姆最值得怀疑。苦肉计嘛，谁都会！我早就跟我哥说过，芥子你记得吧，我早就说换掉她。我哥那人，唉，傻×一个！平时整天跑步健身什么的，好像牛得不行，结果，真的来了歹徒，扯！和他们谈判！卖家求和！要是我啊，非和他们拼了不可！在自己家，谁怕谁啊，他们心虚得脸都不敢露出来，要我先一把扯下它！再用凳子砸，动静一大，吓都把他们吓跑啦！

姐姐啊，你是孙二娘啊。怪不得我怕你。

桥南瞪了阿标一眼，去！闲着就给我洗洗头、吹吹。我没空和你啰嗦。快点，用沙宣。

芥子说，可是，他们有刀。

刀？刀算什么？关键是他们做贼心虚！你一凶他们就软了，你反抗他们就怕了，他们还会用好刀吗？我哥腿那么粗，一脚就踢飞他的狗屁刀。天下歹徒都一样，唉，你们两个窝囊哪，尤其是我哥，真没劲！我要在你家，一棍子劈死他们！

正在给桥南满是泡泡的头发上抓洗的阿标,听了哧哧笑。

## 四

晚上回到家就十点半了。是阿标提醒芥子要不要先走,他来顾店,并说要不要送送她。芥子说很近路灯又亮,就先走了。保姆真的被警察留住了,接下去不知道会怎么样。想起保姆前一段和芥子聊天时说,看到什么什么地方的人,因为面对歹徒不肯交钱,结果被砍了二十多刀。真是不值得,人嘛,把钱看得比命还重是傻瓜。芥子说,是啊,命比钱重要。

现在回想起来,这保姆真是像同伙,是不是提前做思想工作来着?芥子进屋后,仔细检查门窗,然后开始洗澡。关掉客厅的灯回卧室的时候,她发现客厅月光明亮。她站了一下,不由又站到了桥北听到动静后出来的位置,是啊,看客厅非常清楚,两个小个子歹徒目测是一目了然的。桥北说什么,他说他幸好反应快,马上就说,要什么你们拿去,你们出来混也不容易,喜欢什么就拿吧。

是这样说吗?是这样说的。后来开灯才发现,他们有刀。就是说,还没看见刀的时候,桥北就妥协了。对吗?

昨天凌晨的事态中,芥子有三次感到强烈委屈。一是桥北说我不知道钱在哪,那一瞬间,芥子感到压力特别大。是啊,很多人家都是女人管钱的,也许歹徒家也是;后来,桥北让芥子指引歹徒到卧室床头柜开抽屉。

抽屉的钥匙在书房第三格书架的杂物盒里。小白兔解开芥子和椅子绑在一起的绳子,但还是反绑住她的双手。他要她带他们拿钥匙、开抽屉。在桥北无奈和鼓励的眼神下,芥子乖乖地带着他们取钥匙。就是这次,他们找到了银行卡和债券还有首饰。

他们重新回到客厅。这一次没有再把芥子和椅子绑在一起,小白兔让芥子坐在沙发上。他把银行卡拿在手上晃动,他说,说出密码!

桥北和芥子互相看着。小白兔站起来,用刀在桥北的脖子上划了一下,芥子瞪大了眼睛。看上去不重,可是,有一颗血珠在桥北脖子划痕的下端慢慢大了起来。芥子又开始颤抖。桥北说,告诉他吧。

小白兔点头。似乎是赞同,也似乎是明白了:是这女人管家。

小白兔坐到了芥子身边。沙发陷了陷。芥子尽力挺直胸,想让衣服和身体接触密实,因为只要两肩一松,旁边人就很容易从胸口看到乳房,甚至透过乳沟看到小腹。桥北确实是不知道这张银行卡的密码,可是,芥子还是再次感到委屈。

芥子报出的是错误密码。小白兔看了芥子好一会儿，似乎在断定她有没有撒谎。芥子低下头。小白兔起身再次检查了桥北的绑绳，让大灰狼飞快地出门找柜员机提款去了。

小白兔更近地挨着芥子坐下。芥子想站起来，被他一把拽下，几乎跌在小白兔怀里。再不老实，把你再绑到椅子上！芥子感到面具后面的人脸不怀好意地笑了一下。小白兔重新把放在茶几上的刀拿在手上把玩。

别那样！桥北说，大哥，不是要什么都让你拿了吗？

小白兔这回笑出了声。真的吗？

他用刀尖把芥子脖子的爱结，小心翼翼地挑了出来，端详着，兔子的耳朵碰到了芥子的脸。芥子努力往后，小白兔突然用力扯了红绳子一把，芥子栽向他，然后，他把爱结掉个头，长带放脖颈后面，似乎换一个角度欣赏着，可突然从背后猛提起绳子。芥子的脖子一下被卡得火辣辣，舌头被勒得伸了出来。可是，小白兔马上把手松了。芥子剧烈咳嗽，她闭上眼睛。她觉得自己差点就死了。

小白兔又把红绳子掉转回头。芥子抖得无法克制，可是，她知道桥北救不了自己，所以就不肯睁开眼睛。小白兔坐在了芥子大腿上，然后不是用刀，而是用手，把爱结轻轻放回原来的地方。他的左手食指少了一节，好像是被切断重长的，因此，指甲变形、指尖圆大得像个肿瘤。那手送红绳子进去后，就停在她的乳房上。芥子觉得，那只肮脏的手，停着，开始慢慢地用力，她不由全身绷紧了。就在这时候，门外响起了大灰狼的脚步声，小白兔像弹簧一样，高高跳离了芥子。

芥子睁大眼睛看桥北，桥北也大睁着眼睛看她。芥子大睁着眼睛，泪水就越过睫毛掉了下来。

芥子在月光明亮的客厅内走动，桥北的位置、她的位置、小白兔的位置，还有大灰狼的位置。她一一都走到位，停留，昨天晚上的一切历历在目。她到烘干的衣服里找到了爱结，看了很久，然后，她找出剪刀，在茶几上，把它一截一截地剪碎了。

还是睡不着觉。什么人都没有的房间不时发出了啪嗒的细微响声，像有人从隐蔽的角落出来，不慎碰到了什么。芥子感到害怕，而且越来越怕。她把灯打开，又把卧室的门锁检查了一遍。快十一点四十了。桥南本来说要来陪她睡，可是她不肯，说自己一点也不怕。现在，给谁打电话呢？没想到，她拿起电话就按了谢高的电话。

谢高说，是你。有事吗？

芥子说，噢，没事。听说你通知明天下午开业主会议？

是啊，居委会综治小组长都通知了吧。你自己来吧，要整治发廊秩序了，有些新规定。

我自己来。会开很久吗？

不会。说说整治计划，签个责任书就好了。你就这事啊？

嗯。我问问。那再见吧。

过了两分钟，电话响了。芥子以为是桥北，却是谢高的。谢高说，我知道你家出事了。钟桥北做完笔录出差了。你是不是一个人害怕？

没有。我不害怕。

你是害怕。要不我过去陪陪你？今天我值110。

我不害怕。

谢高很轻地叹了一口气，说，你自己关好门，我叫联防队员巡逻时多走你那段。好好睡吧，不可能再发生一次的。没这个概率。

## 五

谢高是这个辖区的治安警察，专门管特种行业的，什么发廊啊按摩院啊、洗脚城还有歌厅舞厅娱乐厅的。很多小业主都巴结他，可是谢高总是神情郁闷。他郁闷着脸到处转悠，看到不顺眼的张口就骂、抬脚就踢。今年特种行业放开了，不需要公安审批，申请人只要完成工商、税务登记什么的，就能开张。一时之间，这条街上冒出了十几家发廊，还不算小巷深处的。如果五十米内有六家发廊，你说靠什么竞争呢？实际上，这六家可能都不是发廊了，可能合起来，都找不到一个正规师傅、甚至一把剪刀。你叫它色情按摩院也对，尤其是偏远一点的小店。

在“芥子美剪”的后面拐角一个叫“情思”的发廊，水平不怎样，可是生意兴隆。每天都有几个乳房快跌出小衣服的小姐，坐在店门口，飞着媚眼，打捞路过的男人。两对男女被突然行动的谢高他们逮个正着，两个正在从事色情摸弄的小姐都是包着毯子押出来的。阿标他们看到了。芥子后来问谢高为什么，谢高说，一穿上衣服，她们就什么都不认账了。没办法。

还是抓不过来。这个“情思”关了，还有更多的“情思”缠绵着开。谢高他们挺烦的，大骂工商闭着眼睛审批，根本不看市场需求，人为恶化治安环境；可是，工商那边也不含糊，说不是一切由市场调节吗？谁要管那么宽，经营不下去，自然就倒了。谁爱开谁开。

等黄了一条街的时候，人民群众当然大骂警察笨蛋，有人往市人大、政协写信，信访件一层层转下来，谢高他们就要一件件用文字说明情况。谢高就经常恼火，看到张店光线不良、李店小姐媚笑，甚至偷做隔间，就气不打一处来，态度十分恶劣。而他已经无权封他们的店了。

但是，谢高对芥子非常友好。芥子一向守法经营，芥子有阿标这样的小有名气的两位大师傅，还有两个小师傅，还有六名基本安分守己、技法熟练的洗头工，芥子还有一大群的固定顾客，因此，从来不给谢高他们添乱。认识谢高的时候，谢高还是责任区警察。两个喝多的东北人，一头撞进店内，开口就要小姐。值班师傅说这里没有，他们竟然就把师傅痛殴了一顿，把店里砸得乱七八糟。通过那事，来处理案件的谢高就认识芥子了。

同行竞争难免蜚长流短，就有人说，芥子是靠谢高的保护伞发财的，说芥子和谢高关系很那个。芥子自己的员工有的也这么偷偷议论，有些洗头工流动性大，流来流去说只看见谢高在芥子面前会有笑容。芥子不管它，她爱桥北，桥北也知道，桥北从来不把发廊里那些东西当回事，比如，那个不男不女的阿标，而一个小警察，桥北就是听到什么，也断然不屑放在心上。他们互相认识，桥北对谢高十分客气，见面总说，谢谢老哥关照；谢高对桥北也非常礼貌，谢高对芥子说，你老公挺不错，又帅。

会议在街道办三楼小会议室开。谢高主持的，他们所领导也来了。街道分管治安的副书记、街道综治办主任及各居委会综治小组长都来了。美容美发行当小老板、小业主也都来了。讲了辖区治安情况、讲了精神文明、讲了发案率，点名批评了不良发廊，表扬了包括“芥子美剪”在内的守法经营店家，然后，各家签下治安责任状，发誓保证本店文明守法，并积极检举揭发他店破坏治安的不正当竞争行为。举报有奖。

散会的时候，谢高叫住芥子帮他收拾会场。谢高说，晚上一起吃饭好不好？反正你保姆出不来了。

芥子说，我的保姆真的有问题？

你以为我们总是乱抓人吗？

芥子说，去哪呢？我是说吃饭。芥子突然很想和谢高待在一起，她否定是情感上寻找依靠，她认为她只是想知道一些关于这起入室抢劫案的内幕。所以，芥子说，我请你好吗？

谢高笑起来。好啊，你不怕别人说你拍我马屁？

我又不干坏事，我拍警察马屁干吗？

谢高到所里换下警服，就和芥子一起走了。

## 六

“茉莉苑”是利用一栋旧别墅改建的酒家，外墙和内部装潢都非常温馨怀旧，就像别人的温暖的家的感觉。老板是个男人，打扮得像刚从高尔夫球场归来。看到谢高，奔过来就拥抱，好像久别重逢。谢高没有表情地和他拥抱一下。他们互相拍了拍对方的后背。原来这是谢高过去在这做责任区警的朋友。谢高说有包间吗？拐角那个小间的。

老板看着芥子，暧昧地说有有有，给你留着呢。谢高也不怎么笑，说，菜快点上好吗？我中午没吃饭。芥子觉得谢高真的脸色郁闷，好像没什么人能令他愉快，不过谢高看到桥北真的非常友好，虽然他们毫无友谊可言，这样说来真是可贵。三楼拐角的小包间，是利用小阳台改建的，玻璃墙看出去就是微波荡漾的茉莉湖，垂柳弯弯的，扶桑花在水边的柳丛下，火一样，一团一团的。景致很深远。

这包间就只能坐两个人。谢高说，喜欢吗？

芥子说，真没想到。以后我还来。她本来想说，下次我要和桥北一起来，可是话到嘴边就不想说了。谢高说，我喝点啤酒，你要不要？或者来点果汁。芥子说，我也喝酒吧。

两人就没话了。芥子第一次单独和谢高一起吃饭，本来有很多话想说，可是，一时不知如何开口，只好等谢高问。她以为谢高会问前天晚上的事，可是，谢高不说话了，只是抽烟。

芥子尴尬起来。点菜的小姐怎么还不来？她说。

谢高说，不用点，他们知道我爱吃什么。你今天就陪我吃我爱吃的吧，好不好？钟桥北什么时候回来呀？

七八天吧。芥子说。谢高轻轻笑了，你老实说吧，昨天半夜打电话是不是吓到了？芥子摇头。谢高点头笑了笑。

我的保姆真的是一伙的？

我不知道。案件不是我办的，但他们不会抓错人的。

你是不是不想对我说真实情况？

你要知道什么真实情况？

我家的事。我不知道保姆说了什么？你们抓她是发现了什么不对头的地方吗？还有同案的人在哪里？

我真的不知道，即使我知道，可能也不便告诉你，因为现在案件还在侦查审理中。你别想这个事好不好？

小姐端来一个小瓦斯炉，原来全部是吃蛇。蛇皮蛇肉分开了，切装了十几个小碟，白的肉、黑花的皮，还有棕色的调味酱、芫荽、青瓜什么的摆了一桌。蛇骨不知怎么团成一个圆圈，正放在汤里熬。

谢高说，我听说过你吃蛇。吃吧，降火。你上火了。

芥子会吃蛇，但不爱吃蛇。谢高说她上火，她就想自己一直没睡好。谢高替她舀了蛇汤，然后把白白的蛇肉片放进沸腾的小锅中。等水一开，他就把烫熟的蛇肉放在芥子碗里，教她蘸着调味酱吃。

芥子说，如果歹徒是到你家，你会怎么样？

谢高惊讶地仰起脸。我？没想过。

那你想想吧。情况和我家的一样。两个小个子进来了，谢高你有多高？

一米七九，比你老公矮。

你家突然出现的两个歹徒，只有我这么高，有一个还是瘸子，不过他们手上有一把匕首，像一本书那么长，很尖。你会怎么办呢？

我不能回答好。也许我会本能地抵抗，制服了他们；也许我被砍伤砍死了；也许我把钱给他们，就像你们做的那样。

你为什么要给他们钱？

因为他们可能丧心病狂，我不是对手。其实这个问题，一定要看具体的情景，你在当时会形成具体的感觉，并判断什么反应是最正确的。你为什么问这个？

要是我们就是不合作呢？

那我可能已经见不到你了。谢高笑了笑，你为什么一直问这种傻问题？告诉你，你碰到的歹徒是新手，如果是老手，早就搞定了，没必要拖那么久，危险性大大增加了。还被你蒙骗错误密码，来来去去的。

你知道案情呀？

快吃吧，清凉降火。我也饿了，你老问话，我才吃了两块。

过了一阵子，芥子忍不住又说，你真的会妥协吗？可你是警察啊！

警察也是人啊。别想这事了,案件有希望。办得快的话,东西都能找回来。谢高一边说,一边站起来,不断往芥子碗里放烫熟的蛇肉。

如果我现在和你穿过茉莉湖,碰到歹徒,你会怎么办?

唉,又来了。打得过就打,打不过就给钱。如果还要人身侵害,比如劫色,只好和他们拼了。

但是,那时候你已经被打坏了,或者被绑起来了,因为你一开始就不反抗。

你能不能不说这个问题啊。要不,我们现在就下去走走,看看有没有歹徒出来,让我们试验一下? 你这是怎么啦?

我觉得一般人都会认为和警察在一起比较安全。

看到谢高的脸色阴郁下来,芥子闭嘴。开始自己打捞蛇肉。谢高不再回答问题。芥子也不敢再问了。谢高后来意识到了什么,说,喝酒吧,芥子。我们说点轻松的,免得你晚上又睡不好。来,多喝点,晚上好睡觉。等会儿我送你回去,好吗?

## 七

桥北回来的前一天,案件告破了。办案刑警叫芥子前往指认。芥子其实认不清楚作案人的脸,因为他们始终戴着面具,她是凭他们的身形辨认的。大灰狼有点瘸,没错;小白兔的手很粗糙短小,左手的食指第一节缺失,而食指尖变得像蛇头一样尖圆。保姆确实和他们是一伙的。在警署,警察把戴着手铐的保姆带过芥子身边时,保姆冲着芥子笑,还想用手拉芥子,芥子惊叫一声。警察呵斥着保姆,推她走。

手机三部销赃出一部,是芥子的三星;首饰和航空债券都未及出手,现金五千二百元只剩几百元。警察说,要等开退赃大会的时候,一起领。

桥北在电话里知道案件告破非常高兴,说回来请警察吃饭。桥北回来的时候,直接进了家,然后给店里的芥子打电话,要芥子回来。芥子说,买点菜吗? 每次从外面回来,你不是想吃稀饭?

桥北说,保姆不在,不方便。我们上街找稀饭吃。

在无名指吃饭的时候,桥北说,我再给你买部手机吧。你高兴吗? 等会儿就上手机店挑去。

芥子说好。桥北说,这件事把你胆子练大了。我本来以为你会不敢一个人待着。桥南却说你一点都不怕。

是谢高说,不可能再发生第二次的。

回头你跟谢高说,明天我请他和他的办案兄弟们喝酒。请他帮忙招呼。谢高人不错啊。他到我们家来过吗?陪你?

没有。他让联防队员巡逻的时候,多巡我们这一带了。谢高说,如果那事发生在他家,他可能会抵抗,制服他们;也可能像我们一样,把钱给他们。

他毕竟是警察,和我们不一样。我要是警察,保姆她敢叫同伙来试试。

芥子说,要是你一开始就反抗会怎么样?

桥北停下来,看着芥子。芥子把眼睛转开了,看大街上。

一开始我冲过去了,我踢倒了一个。桥北说,可是我被茶几绊倒了,他们两个就扑过来,压住我。我的脖子被踩住了,后腰被踢了,第二天青了一片,现在都褪色正常了。我知道他们会玩命的,所以我说,要什么你们拿,别这样吓人,我不会报警。你吃了安眠药,你什么动静都听不到,等你出来就看到我被绑在椅子上了。对吗?

芥子点头。

谢高叫了两个承办刑警过来,其中一个是陶峰,是他的同学、好朋友。桥北也叫了公司两个朋友过来,因为在桥北走后,他们都很关心他的妻子,桥北不在的时候,总是来电问需要什么帮助。

陶峰很爱说话。大家喝着酒,吃着螃蟹,吹着海风,听陶峰主说。原来是这样,保姆的丈夫就是小白兔,而大灰狼是保姆的亲弟弟,实际上就是姐夫和小舅子的搭档配。大家笑,桥北也笑。芥子看到,谢高看了她一眼。谢高本来就不喜欢笑。芥子也没有笑,她在想那只曾经放在她乳房上的手。这一节,做笔录的时候,第一次她曾含糊说到,第二次以后,就不愿意再说了,每次都跳过去。她也不知道为什么。桥北当然看得很清楚,但是,桥北会说吗?应该也不愿说。

如果他们不是姐夫小舅的搭档配,接下去会发生什么呢?芥子突然一阵反胃,呕了一下,她慌忙用手堵嘴。耳朵下的皮肤和手臂外侧,激起一片鸡皮疙瘩。桥北说,你没事吧?

桥南说,食物中毒喽!说完自己哈哈大笑。芥子也笑了笑,说,吞了一个甲锥螺了。桥北拍了拍芥子的背,说,好,算我们补钙。

大家喝了酒,随便一句话都滥笑。谢高喝了很多酒,但很少笑。

晚上芥子又是失眠。她以为桥北睡着了,便爬起来吃药。以前桥北总是一沾枕头就睡的。可是,今天芥子刚吞下药的时候,桥北背对着她说,我给你按摩一下，好吗？

芥子有点反应不及，说不出话来。桥北从来没有躺下这么久没有入睡的。所以，芥子说，你怎么没睡呀？

你怎么又服药呢？桥北说，你不是说是偶尔一两次吗？或者喝浓茶、做爱太兴奋。昨天我们没有做爱，可是你也服了，我并没睡着；今天也是，你怎么又服呢？你这样会上瘾的。

我不知道。越急越睡不着，所以我就……

我走的这八天，你是不是天天失眠？我看到你的药瓶了，一下少了那么多。

芥子爬到床上。桥北伸出胳膊把她搂向自己，我告诉你，你不能这么脆弱。这事已经过去了，永远过去了。没有什么大不了的，大部分东西不是都在吗？

芥子点头，说，我没有想这事了。

那你刚才想什么？说真话。芥子看到桥北的眼睛闪烁着暧昧的意思，可是，她不需要。桥北开始抱紧她，芥子把他胸口推开，说，我头发晕。桥北伸出手，手掌盖在她脸上，大拇指和无名指分别按摩她的太阳穴。我跟你说啊，芥子，人家说破财消灾，还有塞翁失马，焉知非福，知道吗？我知道你不是小心眼儿的人，不是爱钱如命的人，你只是惊吓过度，对吗？现在我回来了，天天在你身边，你看，你伸手一摸，我就在你旁边，热乎乎的。你还担心什么呢？

如果，芥子在他手掌下面说，如果他们两个不是那种关系，你说，他们会怎么样？

谁？他们啊，反正钱是少不了的。怎么分赃是他们内部的事。

我不是说这个。

为什么要找难受呢？你这个傻瓜。现在不是一切都挺好？睡吧，要我抱着吗？如果再不睡，明天我开车会危险的。

## 八

开退赃大会的时候，桥北正好又出差了。骑着警用摩托的谢高在公安分局门口看到芥子，说，噢，退赃会。钟桥北呢？

芥子说，他出差了。谢高说，细软很多吧？上来。我送你的宝贝回家。

到宿舍楼，芥子邀请谢高上楼到她家去。谢高有点意外，几乎有点不好意思。他有点口吃起来，我，还有事，要不，我陪你上去一下。

新保姆到位了，可是还不是太利索，洗个水果又把盘子给打了。芥子赶紧去帮忙，她怕慢了，谢高要走。谢高在她家走动着，四处观看，似乎非常欣赏。然后谢高就坐在沙发上，就是那天晚上芥子和小白兔并肩坐的位置。

挺漂亮的，你家。谢高说。

芥子说，陶峰那人很有趣啊。你们两个很合得来呀。

我们当年住在一个宿舍。他很讨女孩子喜欢，也很能干。

我还不知道你是调过来的，我还以为你和陶峰他们一样，是分配过来的。调过来不容易吧？

在那混不下去了，死活得调过来。再不卖人卖血也得调。

现在你坐的位置，就是那天晚上我坐的位置，那里的窟窿就是被刀扎的。桥北在那，他被绑着和椅子连在一起，不能动，站不起来了。后来，一个歹徒坐在我身边。

谢高眼睛一眨不眨地盯着芥子，芥子突然明白，谢高什么都知道，于是她停了下来。谢高开始吃杨桃，他小心地用小叉子，一片片叉起来送进嘴里。芥子看着谢高。谢高说，你来一片？很甜。

芥子说，要是那两个人不是姐夫和小舅子，你说会发生什么？

你比我清楚。谢高说。

我不要这个结果。我们真的什么也不能改变吗？

谢高叹了一口气。你是我见过最固执的女人了。想听警察的忠告吗？警察从来不鼓励受害人蛮干硬顶，尤其是力量悬殊的时候。生命是无价的，最值得珍惜的只有它。美国警察告诉市民，身上最好放一点小钱，是的，就是花钱消灾用的。你可以尽量记住犯罪人的特征，随后报警，为警察提供最好的线索。要知道，你是老百姓，首先要爱护自己。

那见义勇为怎么办？报纸上还不是总是报道那些不畏强暴、勇敢的人。

那是报纸。不过，我从心底也敬重那些不畏强暴、见义勇为的人。可我是警察，警察要保护老百姓，所以，我们首先希望老百姓都能平安。

求你查个问题，好吗？

谢高说，只要我能办到。你说吧。

出事那天晚上，我因为用药，醒来之前发生什么事，我都不清楚。我很想知道前面的事。我想，你帮我了解一下好吗？

钟桥北不是醒着吗？

芥子点头。可是，我还想知道他们两个是怎么说的。有的事桥北也不知道。我想看他们的口供笔录。

看笔录,这不可能。你查问这有什么意义呢?你听不懂我的话,唉,我有点明白你是怎么回事了。但我真的不希望你这样固执。

你帮不帮我?你不帮我我就直接去找陶峰。

谢高不说话,看着芥子。你真的很傻。谢高站了起来。

芥子一把拉住谢高的手,帮我!好吗?悄悄地。

## 九

连续一周,芥子有空就给谢高打电话。谢高总说忙。芥子说,那你就在电话里告诉我,他们两个说了什么?

开始谢高说,他还没看笔录,后来说找不到陶峰他们,后来又说电话上不好说,其实情况就那样,和你知道的差不多。芥子就拿着电话不说话。谢高停了一下,说,你生气了?芥子还是不说话。谢高说,下午我来你店里吧。芥子说,我下午不去店里,到我家好不好?芥子是不愿意店员们听到什么,到店外说话,又怕大街上闲言碎语。

谢高犹豫了一下,说,我下午四点来吧。有变我打电话。

谢高很准时。才坐下,芥子就说,他们两个怎么说,是不是一致的?

差不多。凌晨三点半左右,保姆把门打开,然后,他们进了保姆房间,捆绑、堵毛巾,把床翻乱,椅子放倒,制造完现场,然后戴上面具。

谢高述说的时候,芥子慢慢把大拇指竖在唇边,她的眼睛睁得很大,她在咬指甲。

他们来到客厅,小舅子拔电话线的时候,碰倒了那盆龟叶菊盆上放的电蚊拍,之后,走到前面的姐夫把这个放杂志报纸的杂物夹给踢倒了。这时,卧室通道有光射出来,卧室开门了,随后,桥北走出来查看。桥北个子很大,小舅子想跑回保姆房拿忘在那里的刀。

他是瘸子。

对。关于这一节,两人供述不一致。姐夫说小舅子吓了一下,想逃跑,小舅子说是想去找刀。接下来供述又是一致的,姐夫一见桥北就马上扑上去了。桥北闪身说,别这样!我配合!想要什么你们就拿吧。这工夫,小舅子从后腰踹了桥北一脚,桥北身子一歪,他们两个趁势扑了上去,压住了桥北并捆绑。桥北很生气,桥北说,兄弟,你紧张什么?我不是让你拿吗?我也知道,你们不是有困难,不会来找我。大家都不容易,喜欢什么就拿吧。拿了就走。

捆好桥北,小舅子就赶紧去保姆房拿刀。姐夫接过刀,要小舅子看着桥北。他收拢客厅找到的你们的包和外衣,然后,姐夫提着刀往卧室走去。桥北大喊一声,钱都在包里！小舅子甩了桥北一巴掌。

谢高突然伸手打掉了芥子放在嘴里使劲噬啃的手。芥子愣了愣,说,后来呢?

后来你醒了。发现两只大动物在你家。

那灯什么时候开的?我醒来时,客厅灯是亮着的。

我忘了注意了。亮着就亮着吧。也许他们控制了钟桥北胆子就大了。

他们两个真的都是那么说的?

口供基本相吻合。应该就是事实了。

那桥北是怎么跟你们说的呢?关于这一段。

基本差不多,区别在钟桥北说他一眼就看见了他们有刀,他感到极大的威胁。

我是说,桥北他有反抗吗?比如打他们、踢他们?

谢高又开始看芥子,他停下不说了。芥子说,我想听下去呀。

谢高说,我记不住了。钟桥北跟你是怎么说的呢?你说说,我也许能回忆起来。

我忘了。芥子说。你下次再帮我查看一下吧。

谢高轻轻地笑起来。你是傻瓜,这样做,你会后悔的。

芥子不说话。芥子后来说,你走吧。

谢高走后,芥子一个人坐在沙发上发了很久的呆,新保姆从厨房跑过来,迟疑地为她开了灯,又问要不要开电视。其实遥控器就在芥子手上把玩。芥子说,给我一杯冰橙汁吧。保姆说好,转身进厨房没十秒钟,只听当啷一声,她又把什么给打碎了。新保姆上任一周,已经打碎包括汤匙在内的六七样器皿了。芥子懒得进去,连问也不愿意。过了一会儿,新保姆脸涨得红红地出来,双手递过一杯冰橙汁,说,对不起,杯子滑掉了。芥子摇摇头,说,没事。

小白兔押着芥子去卧室开床头柜抽屉取东西出来,桥北说,喝点什么吧,冰箱有啤酒和橙汁,你们要吗?

歹徒没有搭理桥北。

大灰狼一瘸一瘸气急败坏地进来,说密码是错的！小白兔就一刀扎进真皮沙发里。他站在桥北和芥子之间:谁告诉我正确的?我只问这一次！

桥北说，让她再想想！你们吓着她了。芥子！再想想！别紧张，钱赚了就是大家花的，对不对？你们二位喝点什么吧？让她想一想。

芥子竟然又报出了错误密码。当大灰狼第二次气急败坏一歪一歪地冲进来时，还没说话，小白兔就一把将扎在沙发上的刀拔了出来。

告诉他们！桥北低声喊，芥子！别孩子气！求求你了！

## 十

桥北经常冲着新保姆发脾气。那个有刀伤的棕色大沙发，他要求保姆去找一个好师傅，尽量不露痕迹地缝合好，可是，保姆找来的师傅，开价又贵脾气又大，还竟然把一块浅棕色的皮垫补了下去。看那沙发就像画上了一个嘴巴，比以前的伤口还醒目。桥北回家，站在沙发面前，瞠目结舌了好一会儿，猛然挥手，大吼一声：给我拆了！再不行，把沙发换了！新保姆当场要哭出来。

当他发现芥子屡屡失眠，而且再也找不到制作爱结的红缎绳时，他就经常一个人看电视到深夜，或者很迟回家。终于有一次，他问芥子，我们的红绳子呢？

芥子说，不知道。看到桥北有点犀利的目光，芥子说，也许保姆收到哪去了，或者会不会洗了被风吹走了？要不我们再买一条吧？

桥北不说话，但他再也不提红绳子的事了。

有一天，芥子独自在家看片子《纽约大劫案》，桥北回来，看了一眼，就走开了；后来有一次在音像制品店，两人产生小小争议，因为，芥子很想买《石破天惊》《生死时速》。桥北说，你别那么孩子气，美国拼命树立孤胆英雄只是为了票房价值。就骗你这样傻瓜的钱。你以为是真的？

又有一天，他们在家正吃晚饭，桥南带着儿子来了。然后报告社会新闻。桥南说，前天晚上在小伊甸园那个景区，一个大学生，遇到两个抢钱的坏人，就和他们打起来了，那个男学生被砍了十几刀，血淋淋的，到一个公用电话报警，结果，警察在轮渡口把两个歹徒都抓住了。早上在出租车上听广播说，连医务人员都很感动。很多市民带着花篮、水果篮去看望那大学生，嗨，我想主要是老阿婆老阿公啦，谁那么有空。

他个子很大吗？芥子脱口而出。桥南说，我怎么知道？要不你也去看看那个勇士？哎，钟老哥，那天你要是反抗了，会不会也被砍十几刀啊？我的天哪，那我们家也出英雄啦！

桥北笑了笑，说，我已经被砍死了！我的傻老妹，你还想当英雄的妹妹啊。就你这样疯疯癫癫的，我真担心你儿子被你带傻了。小鱼头，跟舅舅过吧，舅舅带你坐飞机去，来，我们现在就去！

桥北把孩子抱到阳台上去了。桥南追了过去，声音又响又亮：想儿子自己生去！又不是生不动；生不动，小鱼头就送给舅舅舅妈好啦！

桥北的公司在岛外，那天晚上，桥北来电话，说有一单出口业务要谈，不回来了。芥子洗了澡早早上床，胡乱看着电视，不知怎么就睡过去了。迷糊中，感到脖子发痒，翻了个身，痒的范围更大了。是有人在轻轻地抚摸她。

芥子睁开眼睛。是桥北躺在身边。对不起，桥北轻声说，我不想弄醒你的，可是，看你睡熟的可爱样子，无忧无虑的，忍不住想亲亲你，我马上就睡……

芥子把手伸给了桥北，抱住了桥北的脖子。你不是说不回来吗？

是的，桥北的脸在芥子的颈窝里，他像在呜咽一样地说，我改变主意了。芥子的敏感部位，桥北很清楚，但是，现在好像它们转移到桥北不知道的地方了。芥子不安了，小声说，对不起。桥北说，没关系。放松，你放松，慢慢放松，我等你。

芥子还是不行。越急越不行，她无法集中感觉。对不起。芥子说。桥北把她的嘴吻住了，一直摇头，示意她闭上眼睛。

现在行了，芥子说，你上来好吗？

芥子从卧室的卫生间出来，桥北把她搂在怀里，弄疼你了是吧？

没有。怎么会呢？

你骗不了我。你在假装。

不是这样。

就是这样。

第二天一早，桥北就走了。芥子醒来的时候，只看到他喝剩的奶杯，他最喜欢吃的大理石蛋糕，一点都没动。新保姆去买菜了。这是他们最后一次做爱。阳光洒在了芥子的床尾，芥子忽然想起那天晚上看到的淡绿色的月亮。

## 十一

桥北似乎开始千方百计地出差，把别人的活儿都揽过来做了。他南征北战地到处飞，接单、谈判、巩固客户关系，每一次都带小礼物给芥子，他们说话和以前一样的和气温馨，但是，他们和过去的生活有点不一样了。

谢高似乎也尽量回避芥子，芥子经常看不到他，有时他经过店里，也是例行公事地转转，就走了。芥子到底忍不住，那天，叫住了正在离开店内的谢高。

你欠我的事呢。

谢高不说话。芥子看他胸部深深地起伏了一下，知道他在叹气。晚上我请你喝咖啡，好吗？芥子说。谢高说，怎么说你才明白呢，你在糟蹋自己的生活啊！

你去不去？

几点？最好别在我们辖区。

在山楂树咖啡馆的水幕玻璃墙下面，他们坐在带绳索的摇椅上。面对面。芥子不喝咖啡，要了芦荟牛奶，换穿便衣的谢高不喝咖啡也不喝茶，只要了钴蓝色的蓝珊瑚，又要了红粉佳人冰淇淋。

谢高说，老实告诉你，我不想做那事了。案件卷宗我实在不想再去看。讲个故事给你听吧。芥子神情黯然，说我知道，你不愿意帮我了。你现在老回避我。

我回避你干吗呀，这不是小事一桩吗？这我就要回避，我当什么警察啊，比这麻烦讨厌的事多着呢，我回避得了吗。喂，听不听故事？

芥子看着谢高，谢高不等她表态，就说了。从前啊，沙漠上有一只聪明的猴子，它过着无忧无虑的快乐生活。可是有一天，它在一块大石头下面，突然看到一条毒蛇，猴子当场就吓晕过去了。它知道那块石头下面有条蛇后，每一次经过那里，都忍不住想翻开石头看看，可是，每次翻开石头，它都看见了那条毒蛇，结果，每次它都会被吓晕过去。即使这样，每次路过，它还是想看石头下面的东西……

你在说我。芥子说，我像个傻猴子，是吗？

原来的生活不是挺好吗？石头下面有什么和你有什么关系呢？不该探究的，就要学会放过去。你这个样子很折磨人。折磨男人，也折磨警察。

怎么会呢？我怎么会折磨……还，折磨到你？

对。你不了解我。你的确在折磨我。听我一句话，不要再看石头下面的东西了，好吗？那并不影响你的生活。

你不了解我的感受。那天晚上我多次想哭，不是因为害怕。你知道我的意思吗？我知道你懂很多东西，我看得懂你不说话的眼神，可是，你不明白我的感受。你真的不明白。因为你是男人。

我肯定明白。我明白无误。就是因为我是男人，我是警察，所以我太明白你的感受。可是，那没有意义呀。你真的就绕不过那块石头吗？

我不知道……女人总希望男人是勇敢的，他有勇气、有能力保护自己的家，保护自己心爱的一切。桥南都说了，那天晚上她要在，她会一棍子劈死他们的。

谢高笑起来。桥南是个二百五，是个大三八，难道你不知道吗？谢高说完又笑，态度很轻蔑。芥子不再说话。谢高说，你有没有想过，那天晚上，如果桥北动手了，可能惹来杀身之祸，结果仍然是，他保护不了包括你在内的任何东西。这样的结果你愿意看到吗？

芥子摇头。不愿意，我爱他。芥子说，可是，我真的很想看到他不是那样……芥子想说窝囊，但不肯说出口，她说，我心目中的人和那天晚上的突然不一样了，就是不一样了，再也不一样了，我回不去了，我也不愿意这样，可是我回不去了……

泪水忽然就溢出了芥子眼眶。谢高把头转向窗外行人。

## 十二

怀孕太让芥子意外了。医生说去做孕检，芥子脱口而出：不可能！我没有……填化验单的医生很不友好地瞪了她一眼，想想，抬起头，又瞪了她一眼。小便化验是明白无误了。拿着报告单，芥子懵懵懂懂地站在妇科门口，她在想肯定就是那次不愉快的做爱了，也就是他们最后一次的做爱。每次做爱都有安全保障的，但有时会出点技术偏差。

她本来就和桥北说好，过两年再要孩子，而现在纷乱心绪中，她更是一点思想准备都没有，胎儿来得太匆忙，不请自到，好像是赶来弥合什么缝隙的，也许就像赶来补那个受伤豁口的沙发。这么想着，芥子更加难以适应。她给桥北打电话，桥北在上海，马上要飞去日本，可是，拨到最后一个号，她又放下了电话。

芥子突然想起来，一个月左右前她因为感冒咳嗽，吃了一些药，还拍过X光胸透片。她打电话给桥南。桥南一听，就说，打掉！万一生个有毛病的，你们这辈子就完蛋啦。马上打掉！我给你联系好医生。

芥子说，你哥要是不同意怎么办？

不可能！拍过X光的胎儿，要长恶性肿瘤的！他怎么会那么傻。我哥聪明人哪！再说，你要等他半个月从日本回来决定，就太大了。不行不行！我决定了。听我的，我这就联系一个非常好的医生。是我同学的妈妈。

桥南办事快刀斩乱麻，第二天就把芥子弄到妇产专科医院。等桥北回来，已经过去半个月了。桥北又带了礼物，每个人都有份儿，包括小鱼头的。桥北一直对小鱼头非常疼爱。看到桥北像没长大的男孩一样在反复端详小鱼头的礼物，芥子怎么也开不了口，她不敢说。第一天过去了，第二天晚饭后，他们一起到桥南家去送礼物。在路上，芥子开始担心桥南那个快嘴，肯定要告诉桥北，她想可能还是她自己先说比较好，可是，桥北在车上，一边开车，一边在接一个什么电话，听上去事情有点棘手，他在训什么人，有时声音很大。

芥子想在车上给桥南打电话，但马上觉得不可能了，桥北就在旁边。她一心指望能一到桥南家，就能悄悄拉过桥南请她干脆不要提那事。没想到，一进去，桥南就奔过来咋咋呼呼地喊，哈，老哥你要感谢我，你看芥子这小月子坐得多好，这气色多水灵。我们小鱼头还亲自去给舅妈送过一只土鸡呢，儿子哎，快来看！舅舅给你带日本礼物来啦！

桥北瞪着眼睛看芥子，又看桥南。芥子说，那个，不行……

桥北根本没听明白，连芥子自己也不明白自己说了什么，但是，桥北点了点头，就脱鞋进去了。他和小鱼头一起拆礼物包装纸，然后，对着礼物，和小鱼头一起振臂发出“耶——耶！”的惊呼声，什么异常也看不出来。桥南说，我哥越来越不行啦，老啦，慈祥啦，想要小孩啦。桥北还是笑眯眯地和小鱼头一起组装玩具。

桥南过去踢了桥北屁股一脚，哥！要是这次不流掉，你想要男的还是女的？

芥子紧张得不敢呼吸。可是，桥北笑嘻嘻地说，当然是儿子，不过女儿也不错。我会有一个漂亮的女儿的，芥子会把她打扮得像小天使，对吗？桥北回头看芥子。芥子连连点头。

回去的路上，桥北一句话也没有说。他一直专注地开车，好像车上只有他一个人。芥子感到了巨大的压力，可是，她不知道压力从哪里来，桥北的反应，让她完全不适应，甚至她有点侥幸地推想，桥北也许根本就没有要孩子的思想准备，这事可能就这样过去了。

到家后，芥子洗了就到床上去了，桥北在客厅看大电视，好像在频繁换台；芥子在卧室看小电视，本来想选个 DVD 好片子看，又觉得心里毛躁，就没看；桥北一直没进来，也不洗澡，他接了两个电话，大约在深夜十二点的时候，把电视关了，芥子以为他接下来会进卧室，或者去冲澡。可是，电视声音一停，客厅非常安静。

芥子起床，轻轻走到门口，走到通道口。桥北头枕着两臂，仰面躺在沙发上，眼睛在看天花板。芥子走到他身边，桥北没动，芥子蹲在他身边，开始用手摸桥北的脸，头发。桥北闭上眼睛说，你把孩子流产了？

因为不知道怀孕，上次感冒吃了药，还拍了胸透……

芥子看着桥北，有点结结巴巴：他们说这样的孩子不好……会畸形……长肿瘤，我就……

为什么不告诉我？

怕你……生气……

孩子多大？

四十多天吧。

桥北坐了起来。可你的胸透是两个月前做的。我陪你去的，我记得时间，因为正好接了一个出口大单。

芥子也觉得好像真是两个月前做的。她困惑慌张地看着桥北。

你是故意的，你不想要我的孩子。桥北站起来，走到窗前。芥子跟了过去，她站在桥北的后面。芥子说，我不是故意的，我知道这不好，但我不知道这么严重，我只是……

桥北猛然转过身，眼睛喷火：你！你杀我的儿子！

不是这样，我真的不是……

芥子第一次看桥北眼眶里闪出泪光，她自己霎时也忍不住泪水直淌。

桥北一下就恢复了正常。桥北把手搭在芥子的肩头，他不是我的孩子，对吗？

## 十三

桥北连续八天都没有回来睡觉。他说公司事情太多，因为准备到大连参加一个投洽会。桥北岛外公司是有宿舍，但都是单身公寓，要是午睡，桥北都是睡在自己办公室沙发上。芥子到衣服柜里看了看，也看不出桥北有没有拿走衣服，平时这些都是保姆打理的。

但桥北几乎每天都会打个电话来，简单说一两句。芥子觉得很奇怪，原来桥北也会在电话里简单说一两句什么，听起来特别体贴，现在好像话也差不多，可是，再也没有原来那种感觉。究竟是谁的问题呢？

这期间，芥子碰到谢高两次。一次是谢高到店里视察，芥子跟他笑笑。谢高说，老板，你可真憔悴啦。谢高就走了。芥子天天在镜子里看自己，因为店里到处都是镜子，所以，她倒不觉得自己脸色异常。谢高走后，她悄悄叫过阿标。阿标,芥子坐在一张空椅子上,看着镜子,问:我最近很瘦吗?

芥子声音很小,阿标声音却很大。阿标说,不是瘦,是气色很不佳。你熬夜太多啦。两个正在焗头发、耳朵又尖的熟客就哧哧笑起来。阿标说,我请你去吃药膳吧,我请客,你埋单。我保证挑一份最合适你的。

第二次碰到谢高是在街头大药房门口,人家不卖那么多安眠药给芥子。一次只能给四片。芥子讲了一大堆谎言,无人相信。谢高正好就从马路对面过来。他看到了芥子。芥子如见救星。谢高一说,大药房主任就给了芥子一瓶。

桥北离家第九天的早上,芥子手机的短信息响了。她没看,磨磨蹭蹭起来洗漱吃饭,后来就忘了。她也没在店里待多久,照例打的到几个大商场闲逛。桥北这八天不在家,她至少买了四千元的衣服和皮鞋。也不知道为什么,就是要买,买。已经有两件,还没到家就送给店里的小妹了。

大约是傍晚的时候,她提着三个购衣袋坐在巴黎春天的咖啡座上。这种设置在商场里夹层的咖啡房,大约专为购物狂休息小憩而设的。电话又响了。是谢高。谢高说,生日快乐。

芥子大吃一惊。谢高怎么知道,而桥北怎么忘了打电话?这两个问题交织在一起,使她脑子混乱,一下子什么也说不出来。最近是有点恍惚,她也忘了自己的生日。

芥子说,我想见你。你来找我好不好?我不给你添麻烦。

谢高说,你在哪呢?我来接你。我开着朋友的车呢。

谢高在巴黎春天的咖啡座上找到芥子时,一边走近一边就看见正看着他的芥子,脸上的泪水成串地跌落下来。谢高快到她面前时,芥子用双手掩住了脸。她非常安静,肩头也不抽动,谢高只看到泪水不断地顺着芥子的手往下流,流到咖啡桌上。

谢高说,到我车里去吧。谢高提起她脚边的购物袋。芥子就掩着脸,低头跟着走了。

早上就给你发了短信,祝你生日快乐。

芥子掏出手机,这才打开短信。芥子说,你怎么知道我生日?

不是让你们填过平安共建表吗?去哪里?

我不想回家。还去茉莉苑吧,不,去茉莉湖划船,我不想吃东西。

不,我要先吃饭,我饿了。在茉莉苑吃了饭,再去划船,万一碰到歹徒,我有点力气总好。芥子通过后视镜,看谢高不像是刺激她,可是,心里还是有点难受,想多了,又有点想哭。谢高非常敏感,他冲着后视镜说,你哭起来真难看。别再哭了。

谢高，你停一下好吗？

谢高瞪着后视镜，又干脆转过头来，看到芥子神色确实异常，就把车靠路边停下。他转身看着后排座上的芥子。芥子说，抱我一下，好不好？我想有人抱抱我。谢高似乎想从车子中间跨过去，考虑个子太大，他跳下汽车，拉开了后车门。

谢高踏上车，芥子往旁边让了点，谢高抱住了芥子。芥子嘴一撇，终于爆发了。她把脸藏在谢高的怀里，非常失态地号啕大哭。谢高说，小声点好吗？让你哭够了再走。芥子哭得很痛快，把眼泪、清鼻涕擦在谢高胸口一大片。爆发了一分钟，哭声渐渐小了下来，变成一串串轻轻的、呼吸不畅的抽噎。她呜咽着说，桥北……呜……可是……我还是……爱他的啊……

谢高眼神里是我知道的表情，可是他沉默着。

你知道选调生吗？谢高看着车窗外的行人，就是政府组织部门到大学考核后挑选出来的，认为品学兼优，具有绝对培养价值的大学生，可以说是凤毛麟角、前程锦绣。我有一个同学，大学毕业时就是作为选调生分配在省公安厅，后来安排他先在一个基层单位锻炼。很多同学非常羡慕，他自己也很珍惜机遇，非常努力。没有多久，责任区群众对他好评很多。在一起追捕网上通缉犯中，他受伤了。手术的时候，辖区很多老百姓自发去看望他。送水果，送土鸡，熬营养粥，因为秩序不良，老百姓和护士还差点吵架。当年度，这个选调生就被评为区人民满意好警察，并记三等功一次。给一个新警察这样的荣誉是很少见的。他真是太走运了。

可是，现在，你想知道这个人怎样了？他早就放弃了锦绣仕途，甚至不愿再做警察。

## 十四

芥子停止了抽泣。谢高拧开一瓶矿泉水，递给了芥子。芥子喝了一小口，将水倒在纸巾上，开始洗脸。谢高默默抽着烟，散漫地看着打开的窗外。

芥子说，后来呢？他为什么要放弃这么好的开始呢？

谢高喝了几口水，似乎有些倦怠。芥子说，你把故事说完，好吗？芥子不想马上出现在餐厅，她不希望有人发现她哭泣过。

谢高说，第二年的春末，那个选调生利用一个出差的机会，回老家去看望父母。当时,回程上火车的时候,他穿的是警服。本来非工作场所,大家都不会穿的,可是,那次没带换洗衣服,又嫌家里过去的衣服不好看,就又穿上出差用的警服。后来,他非常后悔。他说,如果那天我不是穿警服,情况肯定就不是那样了。就是说,如果他不是穿着警服,那么他现在还在省厅,肯定早就提拔了。因为起点本来就确实和普通警察不一样。

这个同学穿着警服上了火车。他是中铺。下铺是个好像生病的女人,由上铺的一个大学生模样的女孩在一路照顾她。他对面下铺和中铺,是一对退休的老夫妇,再上铺可能是个生意人。列车的终点站就是省城,晚上十二时到站。是晚上十一点左右,我同学坐在靠过道的窗前的翻夹椅上。忽然车厢就骚乱起来,那个同学站了起来,马上就有两个男人挥着刀,直冲他而来,一左一右站在他身边。我同学看见车厢前后门都站着拿马刀的男人,还有三个人挥舞着枪,不知道是真是假的枪。有个女人尖叫了一声,但马上就被什么掐掉似的虎头蛇尾,突然就没了。

有个男声撕裂喉咙似的吼喊,都别动!谁动就打谁!

车厢里顿时鸦雀无声。站在那个同学左右的男人说,小警察,听好了!你不管,大家都好,你敢动,现在就试试!

两把刀都顶在他的腰上。回去后,他看见两侧都刺破了,有点血,但他说当时并不觉得痛。可他不知道他为什么那么快就做出了决定。他说,好,我不动。但是这对母女,还有这对老夫妇都是我们领导的人,我必须完整带他们下车。

两个男人眼珠子交换了一下,一起点头说,行。你坐铺位里边去!

那个同学遵从了。车厢里的人,很多人都在看他,整个车厢安静极了。开始的巨大安静是迫于恐惧和震慑,后来的安静,这个同学明白,是因为期待和困惑。很多人被逼出钱后,还频频往他这边看,是的,他们和警察同车,他们有理由感到安全;在受到侵害的时候,他们有理由无法理解。他们不断往我们同学这边看,他们摘下首饰、交出钱包之际,都在往这边看。因为他们以为奇迹总会发生的,就像电影上演的那样。

可是我的同学,一动都没动。车厢像死亡一样安静,脸色惨白的人们就像在哑剧中。他听到咣当咣当的巨大的火车声几乎碾轧了一切。但他自己心脏,却在耳膜上像击鼓一样地猛烈跳动。歹徒守信了,他们放过了他的上铺下铺,放过了对面的老夫妇,可是,他们照样洗劫了他对面上铺的那个像做生意的中年男子。中年男子的一个不起眼的黑塑料袋中,被歹徒搜出了可能有两万块钱。

那个同学很意外他有那么多钱，但他也没有动。

七八名歹徒动作很快，他们洗劫了除协定保护之外的所有乘客。只有一个有点酒意的乘客，因为配合动作慢，小臂上被划了一刀。

歹徒们在省城站的前一个小站下车，然后迅速消失在夜色中。同学一直站在窗前，他看着恶徒们的背影远去消失。随后，他身后就像发生了大爆炸，哭声、叫骂声、歇斯底里的尖叫声爆起。那个同学始终面对着车外，突然，有人用劲把他推倒了，他不知道是谁，回过头，看见中年男子，也就是那个像生意人的男人，把一瓶喝了一半的啤酒瓶，猛地摔砸在那个同学头上。血从头上流下来，没有人说什么，只有那个生病的女人有气无力地说，别打他，他只是一个人呀。

他听到非常多的声音：警察！这种见死不救的警察养着干吗?！打死他！还有人喊出了警匪一家！说不定就是他勾结的！很多人在喊，有几个妇女把甘蔗段和鸡蛋摔在他身上。很多人围了过来。他们非常冲动，这种情况下，你不可能指望他们冷静。很多人扑了过来。愤怒像火山爆发，人们把财产损失、把所有的愤怒全部转泄到那个同学头上。那个同学事后说，好在空间小，要不打死我我也觉得很正常。他们实在还没怎么解恨呢。

我的同学无话可说。他的肋骨被打断了两根，多处软组织挫伤，轻度脑震荡。他咳了很长时间的血。最后是他对面的两个老人哭着跪下来求大家住手，老人说，他真的不是我们的熟人。

下车的时候，全身的伤痛使那个同学几乎拿不了自己的行李，没有任何人帮助他。应该的，对吗？因为就在他们最需要警察帮助的时候，警察却在袖手旁观。他在人人侧目之下艰难地离开了车站。这一夜，那个同学真是一夜扬名。很多人记住了他的警号，投书报社、投书公安督察，他住院也瞒不了任何人。第三天至少有两家报纸，没有采访他就将此事报道出来。他臭名远扬。他们找到了这个社会正不压邪的原因。

芥子完全被故事吸引了。谢高停下来，默然地看着芥子。芥子等了一会儿，推了他一把，后来呢？

谢高说，你说，如果他们真来采访了我……那个同学，他又能说什么呢？你连你丈夫都不理解，普通群众为什么要理解一个警察呢？对吗？芥子，你也认为他活该，你也一定认为他当时就应该冲上去，和他们拼个鱼死网破。对吗？

芥子摇头。缓缓摇头。你是这样想的。谢高扳正芥子的脸，我知道，你宁愿看到烈士，也不愿意看到你的英雄梦破灭。是啊，你们有理由这样。

会不会……如果你同学动手了，会……带动其他乘客一起抵抗……

有可能，但是，老百姓的损失可能会更大，流血，甚至严重伤亡。你说，作为势单力薄的警察，两害取其轻，是不是更正确的抉择？

后来呢？

后来那个同学快崩溃了。单位虽然没有处分他，但是领导们只愿意在非正式的、甚至私人场合口头肯定了他，认为他尽了最大的、也是最理智的努力。此外，局里、厅里的领导，也无法招架媒体的攻势，警方非常被动。唯一令他安慰一些的是，同车的两位老人还有那个女大学生，他们终于主动来做了证明。

他现在在哪里，真的不当警察了？

不知道。但我知道他过得很不好。因为还有更多的、像你这样的人，永远永远都不会原谅他。他的压力太大了，经常彻夜失眠。在那个特定的场合，他知道他对不起很多人，所以，他很想忘了那些事。可是，每天都会有人提醒他，煎熬着他。他想忘也忘不了了。他不愿看到石头底下的东西，可是别人会翻给他看。他只能远离沙漠，逃离那块石头。

那他现在好过了些吗？

我不知道。但我现在想，即使他不当警察了，肯定也过不好，比如，他做了你丈夫。

他真的问心无愧吗？芥子小心翼翼地说。

你说呢？要是你，你问心有愧吗？

## 十五

芥子站在茉莉苑门口，谢高在拐角钟楼的杧果树下泊车。芥子的电话响了。一看电话是桥北的，芥子有点轻微的紧张。拿着电话，她手指迟疑着按下通话键。她不敢肯定桥北会不会说生日的事，也有点害怕他问她在哪里。所以，接电话的时候，她一直感到口干。桥北说，你在哪？紧接着他说，我回来了，在盲人按摩中心门口。你来放松一下好吗？我来接你。

芥子在干巴巴地吞咽不存在的口水。停好车的谢高正在走近，芥子看着谢高，说，我在……买衣服……吃过了……我过来吧，我打的来……

谢高看定芥子的脸色。在茉莉苑三角梅爬满的门廊外，在那半明半暗的光线中，谢高似乎古怪地笑了一下，转身又走向汽车。芥子跟了过去，芥子在他身后小声说，桥北回来了，你送我到盲人按摩中心好吗？

谢高发动汽车，然后打开了汽车音响。汽车主人听的是《天鹅湖》。两人不再说话。车行驶了好一会儿，谢高把音乐调低，说，他是回来陪你过生日的。

芥子不说话，她不愿意说，桥北已经忘了今天是她生日了。他是叫她过去按摩的。他们有年卡，平时两人不定期会过去。看芥子不说话，谢高又把音量调高。再也没有人说话。快到路口的时候，谢高说，要不要送到中心大门口？不方便你就现在下吧。芥子说，方便，我买衣服啊，半路碰到你了。

老远就看到桥北和一个朋友站在按摩中心门口，没有看到他的车，可能在地下停车场。谢高下车的时候说，生日要快乐啊，别做小猴子。

桥北迎上来接过芥子手上的购物袋。他邀请谢高一起上去按摩。谢高说，还有活儿要做。欠我一次吧。

三个人被领到有六张床的按摩房。桥北点的号，都是中心几个最好的盲人按摩师，每次，他给芥子点的都是九十三号。九十三号被人一牵进来，桥北就说，失眠，她最近失眠很厉害。

九十三号笑了，说，两位好久没来了。你颈椎好点吗？他开始像按一只足球一样，在按芥子的脑袋。

芥子敷衍地说，好点儿了，手指没怎么发麻了。等会儿请你再帮我牵引一下。

九十三号经络摸得特别准，可是下手也特别狠，经常把芥子按得哀叫。九十三号从来不为所动，我不能让你花冤枉钱。九十三号说，看你这经络都紧结成球了，不想松开它你就别来这保健按摩啊！你花血汗钱，我挣血汗钱才心安。

能说会道心狠手辣的九十三号瞎子，经常逗得桥北哧哧笑。如果，芥子忍不住抬手阻挠按摩师的手，隔壁床的桥北就会伸手抓牢她的手。但是，今天桥北始终闭着眼睛，那个朋友也像睡过去一样，接受一个戴墨镜的老姑娘按摩。按摩房里非常安静，只有低低的背景音乐弥漫如淡雾。是卡朋特的《昨日重现》。

后脑风池穴，被九十三号按得令芥子疼出薄汗。芥子尽量忍着。这么多年来，桥北好像是第一次忘了芥子的生日。生活确实是发生很大改变了。芥子感到越来越复杂的失落感。这种情绪从桥北离家，就弥漫起来了。是开始害怕失去吗？是害怕不该失去的正在失去吗？今天，芥子又被谢高的故事，搅乱了脑子。如果谢高是正确的，桥北就是正确的，对吗？桥北的应急反应，是一个成熟的男人最正常的、最出色的反应，对吗？

桥北和朋友到地下停车场取车，芥子上一层就出了电梯，到左边的大门等候。桥北的汽车开了过来，靠近石阶边。他并没有像往常一样，为提着购物袋的芥子拉开车门。芥子慢吞吞地拉开车门，车门一开，车顶灯就亮了。就在她抬腿跨上去的时候，她左眼角似乎扫到了什么异常的东西，随着车门拉上，车内灯黑了，但空气中有清甜的气息。芥子迟疑了一下，疑惑着又扳开车门扣，借着骤亮的车顶灯，她扭头朝后排座看了一眼——

后排座上，整个后排座上，满满当当，全部是花！是百合花！至少有上百枝的百合花，怒放的、含苞的，绿叶掩映中葱茏蓬勃地一直铺到后车窗台上；雪白的、淡绿着花心的百合丛中，插着几枝鲜红欲滴的大瓣玫瑰。车顶上还顶着好多个粉色氢气球，飘垂着一条漂亮的带卷的粉黄丝带，每一条丝带上都写着，生日快乐！我的朋友。

芥子在发愣。她慢慢抬手，捧住了自己的脸。这就是钟桥北，永远和别人不一样的钟桥北啊。

桥北倾过身替她把车门关上，随即打开车灯，同时发动了汽车。

你好吗，今天？桥北说，我没有忘记你的生日，可是，我忘了今天是几号。最近这一段，日子过得很恍惚。下午在健身馆，突然在墙上看清了今天是你的好日子。

芥子伸手摸了摸桥北的脸。芥子说，如果你不知道今天是几号，那么，你健身完就回家吗？

桥北扭过脸，看芥子。他没有回答。

芥子说，往左吧。

家在右边方向。但芥子说，芥子轻轻地说，去那个店。我们去过的那个手工店。我想再买两条中国结。

桥北迟疑了好一会儿，说，快十一点了，关门啦。芥子说，不，我知道店主的家就住那上面。我们去敲门。

芥子真的用力在敲人家没关死的卷帘门。戴着眼镜的店主，可能是用遥控器把门打开了。卷帘门才升卷起半人高，芥子就弯腰进去了。站在柜台后面的店主说，不是从下面看到你是女人，我可不开门。要什么吗？

芥子指那种最粗的红缎绳子。芥子说两米四、一米二的各一条。店主把绳子放在玻璃柜台边沿上刻好的尺度，边量边问，门都要打破了，干吗呢？

桥北笑着，绑住——爱。懂吗？

## 十六

不是任何人在任何时候都能看到淡绿色的月亮的。那天晚上，桥北载着芥子开往回家途中，芥子躺在后排百合玫瑰的鲜花丛中，透过车窗灰绿色的贴纸，她看到了沿路的路灯，一盏盏都飘拉着青蓝色，或者橙色的丝般的长光，把夜空装饰得像北极光世界，去了两盏又迎来了两盏，迤逦的光束不住横飘天际，这个时候，芥子又一次看到了淡绿色的月亮。

红绳子绕过芥子光滑美丽的脖子，慢慢地勾勒一对美丽青春的乳房，在那个雪白细腻的胸口上，红缎带正一环一环、一环一环地盘丝般，构造一个爱之结。

芥子的后背在微微出汗。因为她感到慌张。出汗，是因为害怕让桥北觉察到她的慌张。其实，桥北所有的手势动作和过去一样吧，可是，芥子感到自己的身体和过去，就是不太一样了。因为觉察到不一样，觉察到自己身体对红丝带反应迟钝，心里就更加慌乱了，而身体就更加木然。她被绝望地排斥在情境之外。猴子看到了沙漠石头下的蛇，就晕倒了；猴子不应该有这样的反应，这是错误的，猴子应该快乐地跳跃过去，奔向快乐的远方。身体看到红丝带，也不应该有错误的反应，红丝带是你熟悉的，它不是石头下面的东西，是激情的火苗啊，是燃烧的欲望，它是快乐的远方啊，是平时一步就能到达的仙境，不是吗，你怎么通通忘了呢？

芥子绝望地闭上眼睛。她的脑海中一片黄沙，荒凉无际。她的全身，都变成了干涸绝望的大沙漠。

桥北终于住手，闭上了眼睛。

（《小说月报》2003 年第 7 期选载）

# 麦子的盖头

胡学文

## 一

那风确实很怪,先是沿着地面无声地奔走,之后突然转向,泼泼辣辣地卷过来。正在窖口拣土豆的麦子猛地打了个寒噤,脸一下紫白紫白的,鼻梁上那几粒雀斑几乎要跳起来。她下意识地拽了拽头巾,头巾才没飞走。

麦子关于风的记忆太深刻了,她就是在一个刮大风的日子遭暗算的。麦子患有严重的恐风症。难道又有什么事情要发生了吗?麦子惊恐地向四周望望。一辆马车在土路上咣当咣当地颠着。麦子的目光被马车牵住了。车是破车,马却是好马。麦子盯的不是车,也不是马,而是车上的汉子。麦子的目光涩涩的,她想起了自己的男人。男人离家已半年多了,一点信儿也没有。

车在门口停下,汉子从车上跳下来,拍打着木栅门。

麦子的心嗖地惊了一下,汉子拍的是她家的院门。麦子愣怔片刻,丢了筐往坡底疾走。她想汉子肯定是走错门了。窖口与院门也就几十米远,麦子却觉得这段路突然伸长了许多。日光青得发黑,轻轻一触,便纷纷扬扬落到脚面。麦子不敢往男人身上想,可男人还是执拗地钻进她的脑壳里,怎么扯都扯不出来。麦子暗骂自己,真没出息,都三十岁的人了。麦子想让自己轻松起来。

麦子和汉子撞了个满怀。

麦子看到一张陌生的看不出年龄的脸。汉子目光生硬,像是眼窝里戳了几根铁棍,样子很冷酷。

麦子喘了一口气,迎着铁棍问,你找谁?

汉子面无表情,这是马豆根家吗?

麦子点点头,反问,你是谁?麦子的眼里闪过警惕的神色。

汉子没有回答,却说,你是马豆根的女人吧?

麦子既没摇头,也没点头。汉子笑了一下,那张脸烫了似的一缩。汉子说,我叫老于,是马豆根的朋友。麦子哦了一声,还是被不祥的预感罩住了。麦子问,他……在什么地方?麦子结巴起来,两条腿突然间就软了。老于又笑了笑,说,他在店里呢,也没大事,生了点儿小病,他想你,让你去。麦子想,男人肯定是病得不轻,不然也不会叫人来接她。男人不能倒下,他是家里的多半个天呢。麦子不再问老于什么,她的心已经乱了。

麦子匆匆收拾了一下,就要跟老于走。老于搓搓手,我一天都没吃饭了。麦子顿了一下,系起围裙,麻利地给老于做饭。这当儿,老于一边抽着烟,一边有一搭无一搭地打量着麦子。麦子没有抬头,她没看到老于眼里那种奇怪的神色。麦子不是那种漂亮女人,但麦子耐看,身材匀称,无论从哪个方向看,都容易使男人想入非非。

老于吃饭时,麦子垂着手在一旁站着。老于说路远着呢,让麦子也吃些。麦子摇摇头。老于不再理麦子,不紧不慢地吃着。麦子盯着老于,恨不得眼里长出一双手,替老于把饭扒拉进嘴里。看样子,老于确实是饿了,那些饭被他很不客气地吃了个精光。麦子长吁了一口气。老于说,家里有啥事,你再安顿一下。老于像是暗示麦子什么,但麦子没听出来,她的感觉已经变得迟钝了。麦子轻轻摇摇头,这个家没啥安顿的。

马车颠起来,秋风被甩到后面。

## 二

那天的风很大,屋顶上呜咽不绝。麦子坐在炕沿边纳鞋垫,鞋垫上的图案是一只开屏的孔雀,就剩一只眼睛没绣了,用不了十分钟就可以完成。可是,呼啸的风声使麦子莫名地慌起来,她的手有些不听使唤。这样的天,马豆根会不会回来?麦子盼他回来,又怕他老是往回跑,来回那么远的路,多累人呀。

马豆根在三十里外的煤矿干活,以前每周回来一次。可自从发生了那件事,他就每天回来了。那件事说大不大,说小也不小:村主任在莜麦地里抱了麦子。麦子又慌又急,挣脱了村主任,跑出莜麦地。麦子记得碰见两个人,可当时她太紧张了,没看清是谁,或者说,没敢往人家身上看。她低下发烧的脸,急匆匆地走着。马豆根听到风言风语,回来套问麦子。马豆根也是半信半疑的,语气就没那么强硬。麦子坚决否认,还装出生气的样子,说给自个儿女人扣屎盆子的男人都是蠢货。马豆根不问了,但从此就每天往回跑。男人回来,麦子自然是欣喜的,哪个女人愿意独自待在家里?况且,村主任不断地纠缠麦子。白天,麦子可以躲着走,要是村主任黑夜扑进来,麦子真不知怎么办。但时间久了麦子又觉得委屈,马豆根明摆着是不相信她。马豆根瘦小,干一天活,再骑三十里自行车,回到家脸都是紫的。每天回来,他都是先嗅着鼻子,四处瞅着,企图发现点儿蛛丝马迹。确信没问题了,方懒洋洋地松口气。马豆根这样不间断地往回跑,也遭人耻笑。笑的不只是马豆根,麦子也是被嘲笑的对象。在别人眼里,麦子是个不安分的骚货,一天不看着都不行。有一天,马豆根回来时被雨浇成了卤水豆腐,碰一碰就会烂掉似的。麦子给他熬了姜汤,给他盖了两个厚被子,他仍不住地哆嗦。麦子叫他变天就别回来了。马豆根沉下脸,哪有女人不让男人回家的?麦子就不说了。马豆根根本不在意麦子是不是受得了,呼呼睡了。麦子心有怨气,暗骂他不识好歹。可冷静想想,也不怪马豆根,村主任老是那个死样子,马豆根肯定听说了。

马豆根不敢惹村主任,麦子也不敢惹村主任,村主任毕竟没把她咋样。当然,她害怕村主任是因为村主任握着她的把柄。麦子结婚不久,一天一个人去镇上,回来的路上失了身。那天的风飕飕地响,麦子一点儿也没注意到那个家伙是怎么到身边的。她奋力挣扎,还是被拖进地里。麦子哭了半天,回村时脸上连泪渍都没留下。她没告诉任何人,决心让那耻辱烂在肚子里。两年后,那个家伙落入法网,他交代两年来在那条路上强奸过二十几位妇女。而真正报案的只有三位妇女。公安局局长在接受县电视台采访时,说犯罪分子正是抓住妇女不敢声张的心理屡屡得手,令人欣慰的是罪犯落网后又有几名妇女站出来做证,他希望更多的受害者冲破世俗,出来做证,让罪犯得到应有的惩罚,并强调他们会采取严格的保密措施。麦子看完电视,冲动起来。她抹不掉那片伤痕,她想既然能保密,去做个证怕啥的?于是她悄悄去了派出所,可进门时她突然后悔了,还没等公安询问便跑出来。就是那一刻,她和村主任撞了个正着。村主任咦了一声,问麦子来这儿干啥。麦子慌慌地说不干啥,逃了。麦子隐隐有些后怕,怎么也没想到会碰见村主任。第二天,村主任在路上截住麦子,问她是不是去做证的?麦子佯说,没有呀,我做什么证?村主任嘿嘿笑了,说麦子你别哄我,我看出来了,你吃过大亏。村主任的眼睛果然厉害,麦子的心几乎不会跳了,她说村主任你别瞎说,低着头走了。从此,村主任就缠上了麦子,今儿说派出所找他了,让他说服麦子出来做证,明儿说要告诉马豆根。村主任以此相要挟,他要干啥麦子岂能不明白？麦子恨透了村主任，却又无可奈何。万一村主任告诉马豆根……她不敢往下想，马豆根疑心重，就算她死不承认，以后的日子肯定是疙疙瘩瘩的。

麦子对付村主任的办法就是和他周旋，既不惹恼他，又不让他得逞。

麦子听着风的尖叫，那段记忆便残忍地跳出来。麦子的心突然乱了，举着鞋垫，一针也没缝下去。

麦子听见敲门声，放下鞋垫走出去。刚开了一道缝，村主任就挤进来，连着呸了好几口，这天，刮死人了。麦子撵不走他，便和他隔开距离，问他有啥事。村主任说没事就不能来了？麦子说别人说闲话呢。村主任嘿嘿笑，麦子你会装啊，这么多年马豆根也没看出点儿苗头？麦子打断他，村主任说啥呢？我听不懂你的话。村主任说，等我告诉马豆根，你就听懂了。麦子本来心烦，忍不住刺了村主任几句。村主任火了，冷笑着说，不给你点儿颜色，你就不知道马王爷几只眼。麦子意识到危险，忙又说软话。村主任趁机抱住她。村主任说麦子我想你想死了，就这一次我保证以后绝不缠你，我说话算数。麦子的反抗便缓下来，她实在是让村主任缠怕了。如果村主任不再缠她，马豆根就不会拼着命往回跑了。麦子心疼马豆根。结果，麦子的衣服被村主任扒开了。

马豆根就在这个时候撞进来。

村主任溜了。马豆根狠狠揍了麦子一顿。马豆根要去告发村主任，后来村主任找了个中间人说情，又送来五百块钱，马豆根便将告状的念头咽下了。但他没饶过麦子，得空儿就审问麦子和村主任从什么时候开始的，几次了。任麦子怎么解释，马豆根都不相信。他骑在她身上，瞪着僵灰色的眼睛，嚷，说呀，你倒是说不说？麦子没怨恨过马豆根，她一点儿都不怨恨他。马豆根打她，她咬牙撑着，心里把村主任骂了一百遍。

可是，马豆根忽然不打她了。他说不想在煤矿干了，要去后草地贩牛。贩牛这种活儿要体力也要脑子，马豆根哪一样也不沾边，但麦子没有反对，她知道反对也是白搭。麦子把家里所有的钱都拿出来，马豆根临走，麦子忍不住嘱咐了几句。马豆根黑着脸，不耐烦地唔了一声。

马豆根一走就再没回来。麦子方悟出马豆根贩牛只是个幌子，他是想躲开她。

麦子别无选择，她只有等下去，等马豆根把钱花完了，自然会回来的。没想到他病在了外面，是因为生病，他才这么久没回家的吗？坐在颠簸的马车上，麦子一厢情愿地想。

## 三

秋风哗啦啦地卷过。

麦子先前是坐着的,后来就半仰在那儿。躺着要舒服一些,可面对一个陌生的男人,她觉得躺着样子太难看。直坐着,肩又酸痛酸痛的,于是她采取了这种半躺半仰的姿势。麦子的膀子缩着,有些轻微的哆嗦。

一直没说话的老于回过头,问,冷吗?

麦子说,不冷。老于盯着麦子看了一会儿,脱下褂子,丢在麦子身上。麦子说我不要,把褂子拽下来。老于没说话,重又把褂子丢在麦子身上。麦子觉到了来自褂子的力量,没再动。

土路上只有风声和车轱辘声。

转过一个坎儿,老于忽然问,你俩结婚几年了?

麦子像被这个问题难住了,半晌才说,几年?七八年了吧。

老于意外地看了麦子一眼。

老于问,他对你好吗?

麦子把头往高抬了抬,脸上掠过一丝警觉。静默了好一会儿,麦子反问,你问这个干啥?

老于说,没啥,没啥,随便问问。

麦子确信老于没别的意思,才说,他没打过我。说这话时,麦子感到脸颊火辣辣地疼。

她和村主任被马豆根撞见以前,马豆根确实没打过她。

老于说哦。老于的声调很冷淡,是啊,马豆根打不打她,和别人有什么关系?

老于似乎觉得光是哦不太妥当,又补充道,路远着呢。

麦子问,一天到不了?

老于说,到不了。

麦子叹了口气。

老于说,你急也没用,再说,他不是什么大不了的病。

麦子说,这个家就指望他呢。

老于问,他每年挣很多钱?

麦子说,不多。

老于不再说话。麦子觉出老于是个沉默少言的人。老于目光生硬,可他的眼底却藏着一丝忧郁。

麦子从自己的情绪中走出来,琢磨老于。

麦子问,你也去后草地贩牲口?

老于很敏感,他知道麦子想问什么,就说,是呀,我和马豆根挺合得来。

麦子问,嫂子她咋样?

老于说,死了。

老于说得很突然,语气中含着一丝粗暴。麦子一下不知说什么好,她觉得自己犯了个错误。麦子虽然看不到老于的表情,但能感觉到老于的脸阴下来了。

老于半天没听麦子说话,以为麦子睡着了。他回过头,却见麦子坐直了,正呆呆地望着遥远的天际。

当晚,老于和麦子住进一家车马大店。说是车马大店,其实只有两个客房,其中一间已住了人。两人简单吃了饭,老于把麦子送到客房,出去了。过了一会儿,老于进来,坐在麦子对面。麦子以为老于有事,便询问地望着他。老于说,早点歇着吧,明天还要赶路。麦子点点头,却不见老于走。老于说,没闲屋子了。麦子听出老于的意思,有些紧张。老于说,我没别的意思,出门在外,凑合吧。麦子没吱声,一丝愠怒却爬上脸颊。老于说,你睡吧,我睡门口就行。抱着被子出去了。麦子暗吐一口气,拉被子盖在身上。夜慢慢静下来,麦子却怎么也睡不着。麦子心里乱糟糟的,眼前一会儿是马豆根的面孔,一会儿是老于的面孔。后半夜,麦子跳下地拉开门,老于脑朝后跌进来。老于跳起来,愣怔怔地望着麦子。麦子说,进屋睡吧。老于也没推让,将被子抱到床上。麦子一直警惕着,她知道老于没睡着。麦子和别的男人挤在一张炕上睡过,但那是马豆根在的时候,单独和陌生男人睡一张床的事还没经历过。

天蒙蒙亮,两人就上路了。老于说,这是抄近路,天黑就到了。麦子只记着是朝北走的,别的什么也记不清了,车辙道两旁一片荒凉的景象,扎得人眼疼,想打瞌睡。

起风了,一波一波的黄沙旋过。麦子想起那个刮风的日子,眼泪不知不觉地流下来。

老于回头和麦子说话,见麦子落泪,猛然吃了一惊。他将马勒住,问,怎么了?

麦子说,眼里进沙子了。

老于问,疼不疼?要不我给你看看?

麦子说,不疼,走吧。

老于说,有啥,你就说。

麦子说,我没事。

老于不再说话。

傍晚时分,马车走进一个稀稀拉拉的村庄,然后在一个院落前停下。干打垒院墙,土坯房。那匹马兴奋地打着响鼻。老于让麦子下车,麦子疑疑惑惑地问,马豆根不是在店里吗?老于说进屋吧,进屋就知道了。麦子拖着酸麻的腿走进院子,又走进屋子。

麦子打量了一下简陋的屋子,问,马豆根在哪儿?

老于站在门口,他的脸呈现出古铜色,很肃穆的样子。老于说,到了这个份儿上,该和你说实话了。

麦子一下紧张起来,她已经意识到自己被蒙了,紧盯着老于,大气都不出。

老于说,马豆根死了。

麦子突然被雷击了似的,身子猛一哆嗦。继而大叫,你胡说。嗓子似乎被撕裂了,那叫声特别刺耳。

老于说,我没骗你,他就埋在村后的山冈上。

麦子恨恨地骂,你这个骗子!然后狠狠朝老于撞去。老于猝不及防,被麦子撞倒。麦子想跑出屋子,老于发现了麦子的企图,一把将她拉住,粗暴地把她推搡到炕上。麦子叫着,骂着,撕着,咬着,然而老于没放开她。一通歇斯底里的发泄后,麦子的力气用尽了,终于消停下来,只用仇恨的目光剜着老于。

老于说,我说的都是真的。

麦子冷笑,他都埋了,你还接我干啥?

老于说,马豆根让我照顾你。

麦子骂,鬼话!

老于说,你看我像坏人吗?他不说,我怎么知道你?

麦子说,马豆根的身体好好的,咋一下就死了?

老于叹口气,唉,我也说不准。

麦子不甘心,他得的啥病?

老于说,我不清楚,他只发高烧,怎么也退不下来。

麦子又叫起来,你骗我!

老于说,我是马豆根的朋友,怎么会骗你?

麦子猛地坐起来，你带我去他坟上，我要亲眼看看。

老于拦住她，今天不行，太晚了。

麦子犯犟，不，我偏要去。

老于推麦子，麦子猛地咬住老于的手腕。老于让麦子松口，麦子不松，老于狠狠推了麦子一下，麦子仰面摔在地上。

## 四

这一夜麦子没怎么睡，一会儿清醒一会儿糊涂的。马豆根虽然瘦弱，但她不相信他这么轻易地死去。就算他真死了，怎么会什么话也没留下，单单把她托付给一个陌生的男人？若说这一切是假的，老于怎么会跑那么远的路找她？麦子想不明白，可她拼命去想，脑袋几乎被撑破，一阵阵地胀痛。

天一亮，麦子就去喊老于。麦子住东屋，老于住西屋。麦子担心老于半夜闯进来，她已经不相信他了。在这一点儿上，老于倒像是马豆根的朋友，他没来骚扰她。麦子头发乱着，眼窝红着，嗓子哑着，霜打了一样。老于问，怎么，一夜没睡？麦子冷冷地说，我要见马豆根。老于叹口气，说了句女人呢。麦子不知老于为什么感叹，再说了，老于的感叹关她什么事？

从村里出来，走了二里多路，到了一片满是乱石的山冈。老于指着一个土包，说那就是马豆根的坟。麦子望去，果然是一座新坟。麦子觉得自己的眼窝被掏空了，向前挪了几步，软软地倒在地上。麦子想哭，却怎么也哭不出来，想骂，连嘴唇都拉不开。她像一摊泥，一点点儿地向四周渗着，怎么也收拢不起来。

老于想把麦子拽起来，可麦子咋也站不住。老于说，死的死了，活的还要活，你别犯傻。后来，老于把麦子背在身上。麦子没有反抗，她的脑袋乱哄哄的，已支配不了身子。快到村口时，麦子说，放下我。老于没理她。麦子又说，放下我。麦子的声音把秋风搅得沙啦啦响。老于放下麦子，又怕麦子站不稳，顺手扶了她一下。麦子狠狠地甩开。老于跟在麦子后面，一直看着她走进小院。

麦子睡了两天。

第三天，麦子早早地起来了。麦子的精神恢复了些，脑袋也清醒了一些。躺在这里不行，麦子要回去。麦子出来，却见老于正拿着扫帚在院门口有一下没一下地扫着。明显是堵她的。麦子像是没看见，径直走过去。老于问，你去哪儿？麦子冷着脸说回家。老于说，马豆根让我照顾你。麦子冷冷地说，我不需要。老于挡在她前面，说，由不得你了。麦子退后一步，怎么，你要抢我？老于执拗地说，不是抢，是照顾。麦子冷笑道，就这么照顾？你是他什么狗朋友？老于说，只要你别出这个门，怎么都行。老于的声调粗暴、蛮横，没一点儿商量的余地。这时，一丝疑惑闪过麦子的脑子，老于不是马豆根的朋友，马豆根怎么会交这种朋友？麦子想冲过去，老于却一把将她抱起来，麦子乱抓乱咬乱骂，老于无动于衷，将她抱回屋子。老于把麦子扔在炕上，将门反锁住。麦子奋力拍打着门板，叫老于开门。门板是榆木的，已有些年头，很有些吃受不住的样子，咣咣地像要裂开。可直到麦子拍木了巴掌，用尽了力气，破木板依然歪歪扭扭地挺着。

麦子不再动了。看来，老于是铁了心要关她。麦子分析了自己的处境，想，来硬的是肯定不行了，不如先和老于周旋，等待时机逃走。

麦子喊老于开门，她说，我不走了，我有话问你。

老于打开门，凝视着麦子的眼睛，问，想通了？

麦子说，我问你句实话。

老于说，问吧，我从来不说假话。

麦子问，马豆根怎么认识你的？

老于说，我不是说过了吗？

麦子说，我问的是实话。

老于说，我没说假话。

麦子问，他到底得的什么病？

老于说，我不知道，知道他得的什么病，他就不会死了。

麦子又问，他为啥把我托付给你？

老于说，我是他的朋友嘛。

麦子突然就火了，声音提高了好几度，朋友哪有你这样的？！

老于说，你安心待着吧，我会好好照顾你的。

麦子说，别绕弯子了，你到底要把我怎样？

老于说，和我过。

麦子呸了一声，死了你的心吧，我才不呢。

老于说，你会同意的，这也是马豆根的意思。

麦子问，他当时咋说的？

老于说，让我照顾你嘛。

麦子冷笑一声，骂，你是个骗子，是个无赖。

老于说，只要你不走，怎么骂我都行。

麦子强忍着没让自己哭出来，冷声道，你走吧，让我想想。老于盯着麦子看了一会儿，转身走开。

晚上，麦子正懒懒地躺着，老于进来了。麦子闻到了酒味。刚才吃饭时，老于并没喝酒。肯定是在外面喝的。老于的脸有些红，他冲麦子笑笑，用灼热的目光狠狠地箍住麦子。麦子不由紧张起来，作为一个女人，她太知道老于这种目光意味着什么。麦子感到了危险，她坐起来，往后挪了挪。麦子想抓住件什么东西，可她的手抓了抓，什么也没抓住。麦子说，你……你要干啥？老于说，你知道我要干啥。麦子的话音里带出了明显的恐慌，我要喊了。老于嘿嘿笑起来，喊吧，你就是喊破嗓子，也没人救你，你现在是我的女人。麦子退到墙角，再没地方可退了。老于移过来，将一张粗涩的脸触在麦子面前，嘴里喷着浓重的酒气和烟味。麦子觉得自己的身子正一点点儿沉下去，沉进一个黑暗的无底洞。老于试图亲麦子的脸，麦子举起双手蒙住了。老于便抓麦子的肩膀，往下扒麦子的衣服。麦子惊醒过来，开始反抗。麦子没有喊叫，老于也不说话，两人无声地动作着。先是在炕上翻腾，后来就滚到了地上。从炕上摔下去的时候，麦子是先摔下去的，可在落地的时候，老于用胳膊架了麦子一下，结果先落地的是老于。老于哎哟叫了一声，松开手，麦子趁机爬起来。麦子的褂子被撕开了，白白的胸一闪一露。麦子将胸掩了，冷冷地盯着老于。老于躺在地上，喘着粗气说，你咋这么有劲？我还没碰见过你这样的女人。麦子骂，畜生。老于说，要是畜生就好了，我早就把你……哼！麦子说，你是无赖。老于龇牙咧嘴站起来，四下瞅瞅，然后将丢在墙角的一根铁棍捡起来。他冲麦子晃了晃，轻轻一折，铁棍就弯了。老于说，你是我的女人，我下不去手。麦子吸了口冷气，她的胳膊无论如何没有铁棍硬。老于不再理麦子，看样子他要离开。

就在老于推门的时候，麦子喊住他。

老于回过头。

麦子问，这是怎么回事？

老于装不懂，什么怎么回事？

麦子说，你是个骗子。

老于说，我……你说是就是吧，现在，你说什么也没用了，我不会害你，只让你和我过日子。

麦子说，我还想去马豆根的坟上看看。麦子的声音很平静，好像刚才什么事也没发生。

老于想了想，说，好吧，我陪你去。

麦子说，不，我一个人去。

## 五

一连数日,老于没来骚扰麦子,可越是这样,麦子越是不踏实。她不知道老于要用什么招数对付她。老于表面上粗鲁,实则是一个极有心计的男人。那天,麦子独自一人去了马豆根的坟上。麦子弄不清老于的话是真是假,她想亲自证实一下,一到那儿就不顾一切地挖起来。挖了两下,她忽然想,马豆根死了,她挖出来有什么用?若是马豆根没死,这不成挖别人的坟了?无论如何,老于是不放她走的。老于没有跟来,快逃!这样想着,麦子便绕过村庄,朝来的方向猛跑,是的,麦子要逃,她决不能困在这儿。麦子边跑边回头看,老于没有追来。也不过跑了两三里,麦子突然发现老于站在路中央。老于抱着膀子,没有表情地望着她。麦子一下就泄气了,她软软地坐在地上,用袖子擦着汗。秋风中,麦子脸颊上跳跃着一抹霞光。老于脸上渐渐浮起一层清晰可见的温情。老于说回吧,麦子顺从地站起来。麦子不想让老于碰她。

晚上,麦子像往常那样没脱衣服就躺下了。麦子实在太疲惫了,躺下没几分钟,眼皮子就厚厚的拉不开了。梦里,麦子拼命地跑着,像一只野兔。可四周是茫茫的草原,根本望不见尽头。后来,麦子竟被浓重的烟雾包围,怎么也跑不出去。麦子想喊,却喊不出声,浓烟钻进麦子鼻孔,她咳嗽了两声,醒来。屋子里烟雾沉沉,老于正坐在炕沿上吸烟。老于眉头紧锁,心事重重的样子。麦子惊了一下,想坐起来,却发现自己的双手被反捆了,而她的衣服,不知什么时候已被老于扒光。麦子羞愤难忍,骂了一句,眼泪直流出来。老于心硬得很,看都不看麦子,只是吸烟的动作越发猛了。

麦子哭求道,大哥,放了我吧。

一支烟燃完了,老于又接了一支。灯光下,老于的脸青油油的,像是化了妆。

麦子说,大哥娶个好女人吧,我不合适你,我不会跟你一条心。

老于终于回头看了麦子一眼。老于说,我不在乎,只要你别离开。

麦子僵了一下,说,我死也不会同意。

老于叹口气,你是个好女人,可惜……

麦子央求不成,声音便硬起来,你松开我,你凭什么绑我?

老于说,一会儿我会放你的,我还让你离开这儿。

麦子在老于脸上探寻了一会儿,猜测着他的心思。

老于说，马豆根没死。

咚的一声，麦子的心响了一下。她睁大眼睛问，什么？……你说什么？她拼命拽着，眼球才没滚出来，可她的眼肌终因用力过度，弓一样拉弯了。

老于又说，马豆根没死。

麦子问，你说的是真的？他在哪里？快放开我！

老于说，我不知道他在哪里，他去哪里与我无关，和你说实话吧，马豆根把你输给我了。

麦子嚷，胡说！马豆根从来不赌钱。

老于苦苦一笑，我骗你马豆根死了，是想让你死心塌地和我过，没想到你这么固执，你不跟我，我骗你还有啥用？我琢磨了好几天，决定放了你，可……我不能白白地放你走，就算一夜，我也要当回你男人，你放心，我说话算数，明天肯定让你走。

麦子惊恐地叫了一声，不，这不可能。

老于说，你看了会伤心的。说着，老于从怀里掏出一个信封，从信封里抽出一块儿折叠的纸。老于展开，伸到麦子眼前。麦子的目光变直了，她认得马豆根的字，那确实是马豆根写的。纸上清清楚楚地写着马豆根欠老于一万六千块钱，愿将女人杨麦子抵押。纸下面还有马豆根血一样的红手印。

麦子感到一阵撕心裂肺的痛，眼一黑，昏了过去。

麦子醒过来时，发现自己身上盖着被子。老于依然在她面前坐着。麦子的脸寡白寡白的，冰镇了一样。麦子说，拿过来，我再看看。

老于把纸伸到麦子面前。麦子的目光坚硬起来，在白纸上扎满了一个个窟窿。

麦子问，到底是怎么回事？老于说，他输红了眼。

麦子说，他去了哪儿？我要见他。

老于说，我真不知道，不过，那个家，他肯定是不回去了。

麦子问，你怎么知道的？

老于说，他是这么跟我说的。

麦子问，他还说什么了？

老于摇摇头，又说，马豆根是条汉子，眼睛都不多眨一下。

麦子冷笑一声，像是对老于，又像是对马豆根。

老于说，其实想开了，男人和女人就那么回事。

麦子骂，你这个王八蛋。

老于垂下头，不理麦子。

麦子说，你现在就要吗？那就来吧，你说得对，男人和女人就那么回事。

老于坐着没动。

麦子催促道，来呀，你不就图这个吗？

老于说，算了算了，我给你松开吧。

麦子脸上擦过一丝古怪的表情，很坚决地说，老于，马豆根把我输给了你，我就是你的女人，就算你是一条狼，我也跟你，我不反悔。

老于怔住，很意外地看着麦子。

麦子说，我愿意做你的女人，可是现在你不能碰我，我给你做饭，给你缝衣服，不过你不能跟我睡一个屋。我要找马豆根，我要听他亲口说出来。找不见他，我不会做你的女人，你要硬来，我就碰死。我说到做到，麦子最后强调说。

老于说，我不知道他在哪儿。

麦子说，只要他活着，我就能把他挖出来。

老于说，好吧，等找见他，你就知道我没骗你。老于把麦子松开，说，好好睡一觉吧。

麦子独自愣了一会儿神，然后套上衣服走出去。秋夜，已杀出彻骨的寒气，可麦子却感觉不到冷。麦子站在院子里，望着满天的繁星，与麦子过去看到的一模一样。那时候，麦子是马豆根的女人，现在，麦子是老于的女人。仅仅几天的工夫，麦子却觉得那是上辈子的事。麦子不知道马豆根这时候在干什么，老于说马豆根死了，麦子悲伤极了，现在想想还不如他死了呢。马豆根死了，麦子还能想他，现在麦子连恨都恨不起来了。就算她有千般的错，他也不该把她作为赌注，她是他的女人，不是一件破褂子。这样一个男人，恨他有什么用？

## 六

老于的身影消失后，麦子疯跑起来。脚底扑扑地响着，像是踩碎了一个个气泡。她怕他反悔，把她逮回去。他以为她还会回来？做他的鬼梦去吧。麦子没骗过人，可为了逃出老于的手心，她不得不编出理由。麦子找马豆根不是为了往他脸上吐痰的，她想让马豆根跟她回去。起初，麦子确实挺恨马豆根。输掉女人的事麦子只听老年人说过，哪想这种事会落到自己头上。可很快，麦子就不恨他了，还有些想他。马豆根死要面子，他一定是绝望了，不然，干不出这种事。

望见小镇灰白的影子,麦子才慢下来。衣服被汗洇透,紧紧裹在身上。老于没骗她,小镇果然没多远。麦子回头望望,无际的荒滩,没有一个人影。老于没有追上来。这个老于倒是好骗,无论能不能找见马豆根,她也不会回到这个鬼地方。

麦子在小镇等了一个多小时,终于有一辆破旧的中巴车驶过来。车主问麦子去哪儿,麦子反问你们到哪儿,车主说到白水县,麦子说我就到白水县。擦着车主的身子挤进去。一车硬辣辣的目光戳在身上,麦子很不舒服。这个地方缺水,人的目光也缺水,荆皮一样。只有地名例外,个个水汪汪的,啥细水镇、白水县,笑死人了。让麦子待在这么一个地方,会把她渴死的。中巴车熄了火,发动时显得十分吃力,就像一头半死不活的猪,哼一声,停停,再哼一声。车上的人司空见惯,一脸的淡漠。麦子不耐烦了,低低地骂了句这破车。没想到让车主听见了,他说就这玩意儿,坐不坐随你。麦子不敢吭声了,她怕这个厚嘴唇的车主把她撵下去。大约十几分钟后,中巴终于慢腾腾地启动了。

第二天中午,麦子就到了家。一进屋,先从怀里掏出马豆根写给老于的契约,几下撕碎,嫌不解恨,又将纸片捡起来,划火柴点着。其实,就算老于追来,他也奈何不了她了。他总不敢把她抢了去。那个老于真是死笨,纸条是麦子偷的。麦子长长地舒了口气,几天来,还是第一次露出笑脸。有惊无险,麦子就当是出了趟远门。

麦子有些累,可因了这机智的胜利,疲乏没有停留太多,吃点东西便下地了。还有二分萝卜没起,土豆也在地里堆着。麦子相信马豆根会回来的。她要等他回来。

傍晚,麦子前脚进屋,村主任后脚就跟进来了。自从发生了那件事,村主任没再纠缠麦子,可每次见着麦子,他都要冲麦子挤挤眼,仿佛两人之间有什么秘密。麦子不再怵他了,她板着冷冰冰的脸,看都不看他。村主任说,出门了,麦子?我来好几趟了。麦子恨恨地说,你来干啥?村主任说,收提留,就差你们一家了。村主任办公差总是理直气壮的。麦子说,等马豆根回来就交,我没钱。村主任说,我给了马豆根钱,那件事早就扯平了,你不能拽出马豆根压我,你以为他离开你是我的过?这狗日的早就想离开了,正愁没个借口呢。麦子的脸弥漫上一层紫色,你别损他。村主任冷冷一笑,我损他?他躲着不回家,是在市里享福呢。麦子说,你胡说。村主任说,信不信由你,有人亲眼在市里看见他,他身边还有个女人,细皮嫩肉的,没准还是个城里人。麦子说,这不可能,他去了后草地。村主任说,后草地那地方他能待住?那是骗你呢,这么个男人,你还拿他当宝儿。麦子的声音陡地提高了，关你什么事？滚出去！村主任说，好，好，不关我的事，你把提留交了，我立马就走。麦子说，你找马豆根要吧，我没钱。村主任说，我去哪儿找马豆根……要不，我先给你垫上？麦子说，垫吧，你给全村人都垫上才好呢。村主任嗤地一笑，他们？我只给你垫。村主任往前凑了凑，试图搂住麦子。麦子往旁边一跳，咬牙骂，你咋这么没脸？村主任僵了僵，声音就冷了许多，还没人这么说过我呢，过去的事一笔勾销，我早就不欠你了，给你三天时间，到时候不交，别怪我不客气。

村主任一走，麦子顿时抽了筋骨一样，软软地靠在那儿。她不是被村主任吓住了，而是被村主任带来的消息击中了。马豆根果真在市里吗？他在市里干什么？他真的不要她了？

麦子想了一夜，决定去找马豆根。如果马豆根在市里，就一定能找见他。这时，麦子方觉得村主任带给她的也不是一个坏消息，村主任以为她会伤心，哼，她才不呢。

第二天，麦子揣着卖土豆的钱，悄悄走了。她想起村主任说的三天期限，暗自庆幸。

麦子脸上荡漾着春风，仿佛马豆根和她约好了，他会在市里迎接她。

下了火车，站在车站广场，麦子脸上的春风被刮得干干净净。广场上的人像蚂蚁一样窜来窜去，麦子的眼睛被晃晕了。麦子是第一次到大城市，她没想到这里有这么多人。马豆根在这个城市就是草地上的一株草，她不知去哪儿找他，就那么茫然地站着。这时，不断有人问她住店不，吃饭不，麦子摇着头，走进候车室。

麦子在火车站蹲了一夜，一大早便沿着大街走，看见工地，麦子就走过去，打听马豆根的下落。麦子想，马豆根只会在这样的地方干活，把这个城市的工地跑遍，不信找不见他。麦子转了一整天，跑了三个工地，没有马豆根的任何消息。话说多了，加上着急，嗓子都快冒烟了。

麦子找了一个星期，一无所获。那天，麦子走到市郊，从一处工地出来，天已经暗下来。麦子想找个小店住下，绕了一圈也没找着。她看见一栋刚刚建好的楼房，想到那儿凑合一宿。楼房被隔离板围着，麦子转了半天才找见个豁口钻进去。一个长着蒜头鼻的男人问麦子找谁。麦子一说，蒜头鼻就笑了，他仔细打量了麦子几眼，说这儿四处透风，不能住人。麦子说我不怕。蒜头鼻指了指旁边的简易棚，说，他们刚搬走，你去那儿凑合一夜吧。麦子十分感激地点点头。

简易棚里乱糟糟的，床板还没拆走。蒜头鼻给麦子抱来一床脏兮兮的被褥。麦子没资格挑剔，脏被子总比没有强。麦子实在太累了，往那儿一栽就迷糊了。

麦子觉出动静，蒜头鼻已站到她面前。麦子紧张地问，你干啥？蒜头鼻嘿嘿笑着，抓住麦子。麦子醒过神儿，惊恐地往后缩着。蒜头鼻把麦子逼到墙角，捏住麦子的乳房。麦子一阵痉挛，顺着墙蹲下去。蒜头鼻弯下腰，伸手解麦子的衣扣。麦子惊叫一声，跳开。蒜头鼻趔趄了一下，马上站稳了。麦子的力气早已耗尽，哪是蒜头鼻的对手，最终被那家伙扑倒在床上。麦子的脑袋嗡嗡响着，耳边全是凛冽的风声，那可怕的记忆再次浮现出来，她知道自己完了。

麦子想起了老于，她在这个时候没想马豆根，竟想的是老于。老于也曾撕破过她的衣服，现在她才明白，老于那是让着她。

蒜头鼻快得逞时，麦子忽然大喊，你等等。蒜头鼻愣住。麦子急促地说，你别动我，我给你钱。蒜头鼻咧嘴笑了，给我钱，你有多少钱？麦子摸索着掏出一张五十元的票子。蒜头鼻接过去，来回弹了几下，说，就这么点儿？麦子的眼睛蓄满了泪水，央求蒜头鼻放了她。蒜头鼻说，那就都拿出来吧。麦子下意识地抱紧了胳膊。蒜头鼻冷笑一声，掰开麦子的手，将她身上的钱一股脑儿搜了去。

## 七

冬日的一天，老于去村后的山冈看虎子。这几天，老于烦得要命，嘴边的泡像蘑菇一样疯长，几乎把嘴吃掉。虎子走了以后，老于常常莫名其妙地烦躁。虎子是老于心爱的猎犬。老于曾骗麦子说那是马豆根的坟，为此还懊悔了好几天。马豆根算啥，怎么可以和虎子比？这是对虎子的侮辱。可是，老于实在是想让麦子留下来，不是被迫的，而是死心塌地的。老于没想到麦子对马豆根痴情得要死。这天底下的女人，真是说不清楚。

老于曾有过一个女人。那个叫婉儿的女人是旗杆镇铁匠的闺女。那时，老于常去铁匠那儿买刀。铁匠是位打铁好手，能打出各种形状的刀。老于从铁匠手里低价买来，然后出售给骡马贩子、皮毛贩子、盐茶贩子。贩子们喜欢老于的刀，也喜欢老于这个人。老于常给他们带路。婉儿是铁匠的独生女，长得不像北方人，脸白白净净的，嘴唇鲜艳欲滴。老于第一次见婉儿就被她迷住了，往铁匠那儿跑的次数频繁起来。买了刀，老于不急着走，而是磨磨蹭蹭地帮铁匠干活。作为回报，铁匠常留老于吃饭，有时也留老于过夜。一来二去，老于和婉儿有了意思。由于铁匠很少让婉儿离开他身边，老于和婉儿没有进一步的发展。

一天晚上，铁匠和老于喝酒时回忆起往事，因为高兴，喝多了。睡下不久，铁匠就打起了呼噜。老于兴奋而紧张，他拉着婉儿往外走，可没等迈出门槛，俩人就走不动了。有了第一次，一切顺当起来。他们尝到了甜头，所以总是想方设法哄铁匠多喝点儿酒。等铁匠发现，婉儿的肚子已经大了。铁匠让婉儿跟了老于。孩子生下没多久就夭折了，可是老于和婉儿都没有过多的伤痛。老于和婉儿年轻气盛，两人没日没夜地创造欢乐，创造生命，只是婉儿的肚子再也没有鼓起来。那时，老于在后草地已有些名气，贩子们都知道老于。老于人缘好，讲义气，常把贩子领回家。直到有一天，婉儿和一个骡马贩子私奔。

婉儿走后，老于再没有找过其他女人，他和虎子相依为命。老于一直等着婉儿回来，可是许多年过去了，婉儿再也没露面。老于由希望而失望，于是迁怒于贩子。老于不相信贩子了，不再给他们带路，他整日泡在旗杆围子的大店里，和过往的贩子赌博。老于把赌博作为报复的手段，并发誓要从贩子手里赢回一个女人。老于和马豆根就是在赌场上认识的。在老于的印象中，马豆根不言不语，一副腼腆相，老于并不想打马豆根的主意。可是马豆根输掉本钱后，突然提出要把女人押上。老于知马豆根输昏了头，劝他下次再来，但马豆根执意要押。让老于更为惊异的是，马豆根把女人输掉，竟然长长地吐了口气。老于的感觉是马豆根对自家的女人厌倦透了。那一定是个引不起男人兴趣的女人。可老于一见麦子就喜欢上她了。

冬天快过去了，麦子没有回来，老于对麦子的归来没抱任何希望。他知道这个女人和他玩把戏，但他放走了她。老于不想强迫一个自己喜欢的女人。

老于久久地站在虎子坟前，他的身影像一棵枯干的树。

一个人爬上山冈，在老于身后站定，咳嗽了一声。老于转过身，目光呆了一下，站在他面前的是乔金牙。去过旗杆围子的人都知道乔金牙的大名。乔金牙嘿嘿笑着，露出一嘴假牙，问老于是不是想媳妇了。老于说，我说呢眼皮子直跳，这不就碰见鬼了？哦，你来干吗？乔金牙说，老于，咱说正经话，你要不要女人？乔金牙就是靠贩女人发财的。老于的目光阴阴地盯着乔金牙，没说话。乔金牙说，我弄回两个，在满子家呢，你去相一相。老于说，不要。丢下乔金牙往山下走。乔金牙喊，等等我。他追上来，咬在老于身后。乔金牙说他弄来的女人货真价实，奶子肥、屁股大，干活、使唤、生孩子都是好手，又恭维说全村的光棍就老于识货。老于猛地顿住，恶狠狠地说，你他妈滚远点儿，我——不——要。

老于走进自家小院，咣地将门摔了。老于知道乔金牙没跟来，这是摔给他自己听的。乔金牙的话刺痛了他。老于没有女人，可老于从不把自己看成是光棍。光棍是和无能画等号的。乔金牙的话提醒了他,在外人眼里,他老于不是光棍又是什么?

老于躺了一会儿,脑子里全是女人。乔金牙的话一下一下撞击着他。老于骂了一句,猛地坐起来,觉得该去满子家看看。他不会从乔金牙手里买女人。乔金牙是什么东西,他经手的女人能有好的? 老于只是去看看,解解闷而已。

满子女人在院里喂鸡,看见老于便惊惊乍乍地叫起来,是于哥呀,随后又神神秘秘地说,俩人都还没主呢。圆鼓鼓的胸脯几乎蹭到老于膀子上。一股鸡屎味窜进鼻孔,老于烦躁地哦了一声。满子女人在身后说,在西屋呢。这娘儿们嘴贱,难怪满子老是揍她。老于脑子里闪过婉儿的影子,他从没打过婉儿,可是婉儿还是跑了。满子成天揍女人,女人却像胶粘在了满子身上。

屋子里已有三四个青年光棍。乔金牙靠在椅子上,正夸自己的"货":看中了,别搞价,钱是什么?钱是王八蛋,没了再去赚。一个光棍说,关键是咱没王八蛋呀。乔金牙说,妈的,没诚意,别来这儿起哄。抬头看见老于,乔金牙眼睛一亮,说识货的来了。老于扫了一眼,问,人呢?乔金牙起身打开西屋的门,老于探进头。地上蹲着两个女人,一个脸皮子光亮些,另一个低着头,老于没看清她的脸,可是老于的心还是动了一下。

老于死死盯着低头的女人,几乎不敢出气。

乔金牙喊,抬起头来。

女人没有抬头,将头沉得更低了。乔金牙骂了一句,走过去,扯住女人的头发,将她的头拎起来。老于哆嗦了一下,喊,麦子?!

麦子伸直了目光,盯住老于,竟是一脸的迷茫。老于说,是我呀,麦子。麦子的眼泪一下就出来了,你是老于?这是真的?老于抱住麦子,是真的,走,跟我回家。

一直呆愣的乔金牙醒悟过来,问,怎么回事? 没等老于说话,麦子扑上去,咬住了乔金牙的胳膊。乔金牙咧着嘴大叫,想推开麦子,可膀子被老于抓着。乔金牙动弹不得,脸扭得猪肚子似的。

老于说,行了,行了。麦子抬起头,愤怒地瞪着乔金牙。

老于说,咱们回吧。

乔金牙扭着脸问,怎么回事,老于?

老于说,你再不识相,我就把你的牙敲掉。

老于的样子很凶,乔金牙捂着胳膊不吱声了。这时,一直蜷缩在墙角的女人喊,姐!

麦子猛地转回头。女人说，姐，你不能丢下我。麦子说，起来，跟我回家。

乔金牙这下急了，喊，不行！

麦子骂，你这个骗子，就等好吧，哪天得让狼撕了你！

乔金牙说，老于，你不能砸了我的饭碗子呀。

老于看看麦子，想说什么。麦子看出来了，咬着牙骂乔金牙，你这个遭雷劈的畜生！

乔金牙堵住门口，叫，老于，咱可别坏了规矩。老于看看被麦子拽着的女人，又看看乔金牙。麦子说，老于，我俩是一块儿的。

麦子的声音像是碎裂的玻璃，狠狠地扎了老于一下。老于的身体陡地硬了，冲乔金牙说，走开！乔金牙没动。

老于吼，滚开！

乔金牙刚张开嘴，老于猛地扯住他的衣领。乔金牙忙挤出一丝干巴巴的笑，算了算了，为一个半个女人，不值嘛。老于领着麦子和那个白脸女人离开。

麦子和白脸女人跟在老于身后。麦子像是做了一场梦，她没了路费，想找个活干，糊里糊涂跟着乔金牙上了车，然后就到了这儿。白脸女人紧紧抓着麦子的胳膊，几天前，她和麦子还不认识呢。

一进门，麦子的腿就软了。老于把麦子抱到炕上，麦子竟有些羞涩，盯着老于的眼睛说，我以为见不到你了。

## 八

老于烧了一锅水，掩门出去了。听老于走远，麦子冲白脸女人笑笑，跳起来将门锁牢。

麦子和白脸女人将衣服脱了，开始洗澡。白脸女人告诉麦子，她叫陆梅，是出来打工的，没想到让人骗了。陆梅动情地说，多亏了姐夫，要不我这辈子就完了。麦子说，你歇两天，让他送你回去。

老于回来时，麦子和陆梅已收拾利索了。老于的脸色很不好看，麦子和陆梅都看出来了。陆梅说，姐夫再晚去一会儿，我俩恐怕就让人买走了。老于谁也不看，闷声说，天不早了，睡吧。陆梅忙站起来，说，我去西屋。麦子一把拽住陆梅，咱俩睡一屋。陆梅一脸尴尬，那怎么行？麦子说，有啥不行的？陆梅低着头不敢看老于。老于无言退了出去。

尽管连日颠簸劳累，麦子和陆梅都没有睡意。两人都知道对方没睡着，再次翻身时，麦子小声问，想家了？陆梅说，我是怕姐夫怪我呢。麦子沉默了半晌，说，睡吧，别管他。陆梅问，你离家多长时间了？麦子说，几个月了。陆梅问，你不想？麦子说，不……想。陆梅以为麦子害羞，劝，姐，我心里不安呢，咱都是过来人，你过去吧。麦子替陆梅掖了掖被子，别胡说了，好好睡吧。

第二日，陆梅说什么也要走。麦子没有硬挽留，让老于去送。老于稍稍迟疑了一下，但什么也没说。麦子嘱咐老于一定要把陆梅送到家里。老于走出几步，又折回来，小声说，晚上把门闩插好。麦子说，你放心，我不跑。老于生气地说，我没拴你的腿。

老于走后，麦子本来可以离开的，但她没走。她没找到马豆根，绕了半天，又绕回老于手里，也许这是定数。但麦子不相信命。麦子没有离开，是因为她没和老于道别。况且，麦子也累了，她想歇一歇。麦子里里外外把家收拾了一番，然后拆洗被褥。干这些活儿时，麦子又找到了家的感觉。院里有口压水井，麦子压水时，一个男人走进来。男人光着头，穿一件很脏的皮袄，贼眉鼠眼的。麦子觉得男人面熟，很快想起昨天她和陆梅就是关在他家的，男人还在她屁股上摸了一把。男人嬉皮笑脸地问，压水呢？麦子没理他，而是夸张地甩着胳膊。男人问老于不在？麦子依然没理他。男人似乎并不需要麦子回答，又问，老于去哪儿了？麦子冷冷地说不知道。男人说，嫂子火气挺大呀，咱们还是一家人呢，于哥能耐够大的，什么时候把你弄到手的？水桶满了，麦子沉着脸提回去，砰地摔了门。

晚上，麦子早早躺下了。可是，她像是得了健忘症，一进屋就想不起门是否关上了，连着出去了好几次，确信门闩插牢了，才放心。躺在那儿，麦子盘算老于到了什么地方，不知不觉间，她开始惦念老于了。

院里传来重物触地的声音，麦子一下就听出来了。她爬起来，悄悄撩开窗帘一角，不由吸了口冷气，两个黑影正轻手轻脚地逼过来。麦子的身子老半天都麻木着，直到黑影逼近窗前了，她才醒悟，这两个人是冲着她来的，他们肯定知道老于不在家。麦子往后挪了挪，从锅沿边摸见菜刀。麦子的心怦怦跳着，她想好了，黑影若是进来她就豁出去了。黑影站了一会儿，轻轻地往开拨弄窗户。麦子突然想，自己根本不是黑影的对手。麦子灵机一动，喊了声谁？而后又大声说，快起，外面有人。院里响起急促的脚步声。麦子撩开窗帘瞧时，那两个黑影已跃出墙头。麦子不敢大意，她麻利地穿好衣服，握着刀，一直坐到天亮。

三天后，老于风尘仆仆地回来了。麦子一边听老于说经过，一边打了盆水，让老于洗脸。然后麦子把水端到脚下，要给老于洗脚，老于说什么也不洗。麦子小声说，我是你女人，怕啥？老于顺从地把脚伸进盆里。麦子轻轻地搓着，可是她渐渐地觉得什么地方不对劲，猛一抬头，和老于火辣辣的目光撞在一起。麦子的脸倏地红了，她想躲开，可老于猛地踢翻脸盆，将她揽在怀里。老于的力气很大，麦子觉得自己的骨头被他勒碎了。老于在麦子的脸上嗅着，麦子闻到了一股儿马样的味道。麦子想挣扎，却怎么也使不上劲，僵直的身子慢慢软下来。老于腾出一只手，解麦子的扣子。麦子闭着眼，浑身抖个不停。她在心里反复念叨，我是他女人，我是他女人。可就在老于攥住她丰满的乳房时，她尖叫一声，从老于怀里挣脱。

老于显然没防备，一只手还在空中停着。麦子一边系扣子一边解释，我有点儿难受。老于没说话，摸出烟点了一支。麦子蹲下去，轻轻地擦拭着老于的脚，眼泪无声地淌下来。

老于瞅着麦子说，我也没把你咋样嘛，哭啥？

麦子说，对不起。

老于说，算了，说这些有啥用呢？

麦子知道老于不爱听，老于需要的是一个女人。

## 九

麦子每天不歇着，该拆的拆了，该洗的洗了，该缝的也缝了。除了不和老于在一个炕上睡，麦子哪一点都是一个贤惠的妻子。老于没再强迫麦子，麦子对他又敬重了几分。麦子干活儿时，老于就坐在一旁和她说话，目光暖暖地淌到她身上。麦子有些不自在，又不忍给老于难看，心里总是慌慌的。麦子觉出这个男人是喜欢她的，可麦子仍无法接受做他女人这一事实。就算他救了她，她也不能。老于挺怪，与麦子接触过的其他男人不一样，他似乎要用耐心俘获麦子。麦子不住地给自己打气，千万别动心，千万！可每当夜深人静，麦子孤零零地躺在那儿，老于的目光总是在她脑里跳跃。

老于屋里再找不出活干了，麦子又想离开了。麦子想不出理由，上次的理由已不能再用。麦子烦躁不安，院里站一会儿，屋里站一会儿，出出进进，像是丢了什么东西。老于的目光里渐渐显出了异样，后来，他问麦子是不是想离开。麦子点点头，她觉得底气不足，故意放大声音，是，我想家。老于问，还要找马豆根？麦子点头。老于说，你不是想听马豆根说那句话的，你还想着马豆根，还想和他一块儿过，是不是？麦子故意伤他的心，是，我就是不想跟你。老于将脸扭开，好一会儿，老于很伤感地说，我想象不出来，马豆根怎么会把你这样的女人输掉。麦子说，他肯定中了你的套子。老于笑笑，没想到你这么想，噢，你打算去哪儿找他？你看这样好不好？你先留下来，等有了马豆根的信儿你再走，我说话算数，肯定让你走。麦子说，马豆根的信儿会自个儿掉出来吗？老于说，我帮你打听。麦子说，不，我要自己去找他。老于迟疑了一下，说，你想走就走吧，要是找不见他，你还回来，好不好？老于的态度让麦子感到意外，对这么个要求，麦子就不忍拒绝了，她说，好。

老于给麦子拿了些钱，麦子本来不想要，可想到自己身无分文，就收下了。她说，你不怕我骗了你？老于淡淡一笑，没有回答。临走，麦子说，这钱，我会还的。

麦子仍然是先回家，尽管马豆根不会回来，可麦子一定要回去看看。麦子住了一夜，第二天就去了市里。这一次，麦子警惕多了，不肯再随便找个地方睡觉了，她也不怕再被别人骗。可是几天后，麦子病倒在小旅店。浑身无力，脑袋胀痛，说话都有些困难。麦子托店主买了些药，过去有个头痛脑热，吃几片药就好了。谁料吃了药，一觉醒来，反而更重了。身上没有一个部位不疼，连抬胳膊的劲儿都没了。店主让她去医院，麦子翻了翻，她的钱已花得差不多了。店主问麦子家里还有什么人，他帮她打个电话。麦子摇摇头，马豆根没有消息，她能找谁？麦子也想过老于，但她不想再麻烦老于了，说到底，她和老于没一点儿关系。到最后，她的钱花光了，却还是起不了身，店主让她离开，不然就往收容所送她。麦子只好让店主给老于拍个电报，那地方不通电话。

老于很快赶来了。他带麦子到医院输了几天液，没啥大病，可麦子差点丢了命。老于说麦子这个样儿不能留在城里，让她回家养一段。麦子同意了，她的精神像是被耗尽了，看上去软绵绵的。

麦子跟着老于回了家。老于不让麦子下地，一日三餐侍候着她。老于杀掉了仅有的几只鸡，麦子天天有鸡汤喝。麦子过意不去，让老于也喝，老于说他身子骨好，喝了浪费。麦子休养期间，老于依然用暖暖的目光包裹着她。麦子担心老于提出什么要求，可到了晚上，老于便独自去了西屋。麦子先还插门闩，后来就不插了。夜里，麦子竖着耳朵听外面的动静，她的心情很复杂，害怕声音，却又期待着声音。但没有，一直没有。

麦子的脸被老于喂得红润起来。麦子寻找马豆根的念头没那么强烈了，但她还是要走的。麦子不想这么快就离开，那样对老于太绝情了。

一天晚上，老于起身去西屋时，麦子叫住他。老于问麦子有什么事。麦子说，今儿你别去那边睡了。老于怔住了，他当然明白麦子的意思，他早就等着这一天了。老于发怔，是不明白麦子为什么这样，他看着她，想把目光插进她心里。

麦子表面平静，其实内心紧张极了，她咬着牙，还是控制不住哆嗦。

老于俯过来时，麦子突然恐惧地坐起来，同时重重地推了老于一下。老于尴尬地僵着。麦子的心一下软了，忙解释，我不是故意的……重又躺下去。老于粗重的喘息一点点逼近，麦子猛地感觉到尖锐的刺痛，怎么会这样？她拼命忍着，还是叫出了声。

## 十

麦子在东坡的洼地种了一片豌豆。为种这片豌豆，麦子和老于还发生过争执。老于从不种地，他的口粮都是从坝上换的。当地土质差，根本不适宜种庄稼。可麦子不听，执意要种。老于说你需要多少豌豆，我给你弄来。麦子不要，就要自己种。麦子的许多行为在老于看来都是不可思议的。麦子头天种，第二天就从院里挑了水浇。垧旱，不浇水豌豆是不会发芽的。从家里到东坡约两三里的路程，麦子来回得一个多小时。老于要帮麦子挑，麦子不让。老于让麦子等等，早晚要下雨的。麦子开老于玩笑，等啥呀，老天爷又不是你家亲戚。

老于出去了。麦子捶着酸胀的腰，注视着老于渐行渐远的背影。老于的背影像马豆根，麦子想怎么会呢，她晃了晃头，想看得清晰一些。可马豆根已经远去了，麦子的眼前飘着一抹淡淡的雾。

麦子把第七担水挑到地头，一群麻雀飞过来，叽叽喳喳地叫着。麦子说，口渴就喝吧，叫啥呀。麦子放下担子，坐在一旁。一只麻雀鬼鬼祟祟地窜过来，跳上桶沿。见麦子没有反应，那群麻雀呼啦一下全过来了。麦子瞧着麻雀的顽皮相，无声地笑了。

在麦子的意识深处，她已经不忍再离开老于了，可死乞白赖地待着，算怎么回事啊？她总得有个事儿做，有个待下去的理由，于是不顾老于反对，种下这片豌豆。再者，麦子勤快惯了，整天无所事事地闲着，还真享不了这份清福。

一天中午，麦子挑了水正要出门，却见门口站着一个衣衫褴褛的汉子。麦子以为是要饭的，放下担子要进屋取食物。汉子叫了声麦子，麦子愣了愣，突然一阵晕眩，晃了晃，终是没有摔倒。

竟然是马豆根。

如果不是马豆根喊她，她绝对认不出他。麦子惊喜、慌乱，伴着阵阵心痛。

她想摸摸马豆根的脸，马豆根绕着弯儿往屋里走，有啥饭，饿死了。麦子手忙脚乱地热了饭，她想趁马豆根吃饭的时候和他说说话，他在什么地方躲着？怎么把自己弄成了这个鬼样子？麦子有太多的话要问明白。可马豆根只顾低着头狼吞虎咽，麦子的目光便从他乱草样的头发上滑落下去。她渐渐冷静了，深藏在心底的怨恨慢慢浮上来。马豆根竟然有脸来找她！

一大堆饭被马豆根风卷残云般装进肚里。他终于抬起头，看了麦子一眼。意识到麦子的冷漠，尴尬地问，你还好吧？

麦子没好气地说，好呀，谢谢你把我输给老于，他懂得心疼人。

马豆根愧疚地说，我也是昏了头。

麦子冷笑，骗谁呢？咋不把自个儿押上？

马豆根争辩，我一个大男人，谁要我？我本来想过些日子就把你赎回去，可干啥赔啥，我……没脸见你呀。

麦子讥讽，现在有脸了？她的气已消了大半，但没说自己去找他的事。

马豆根说，我不能把你扔在这儿。

麦子说，别说好听的了，我是你输给人家的。

马豆根说，你都和他过一年多了……我错了，我不是东西，以后我对你好好的，啊？

麦子轻轻叹了口气。她心里已拿定了主意，和马豆根回去。

麦子吃不准老于会不会放她走。老于是许诺过有了马豆根的信儿就放她，可毕竟此一时彼一时。不管老于是啥态度，麦子是不会被他拦住的。

老于是黄昏时分回来的。看见马豆根，老于的脸上掠过意外和惊愕，不过很快就调整好了。老于热情地打着招呼，豆根兄弟来了？马豆根没应声。麦子本来做好了和老于交锋的准备，现在却不知从何谈起，她心里突然酸酸的。老于看着桌上的菜，责备麦子，怎么不弄点肉？返身出去提回来一块儿干肉，让麦子煮。麦子说吃过了。老于说晚上吃嘛，又找出一瓶酒。一切准备妥当，老于说，我再去买点菜。转身出去了。麦子想留住他，可张不开口。老于没回来。一直没回来。麦子便和马豆根睡下了。麦子心里空落落的，像是孤身走在旷野上，辨不清方向。马豆根猴急猴急的，恨不得一下将麦子吞了。麦子把自己蜷在被子里，你不是累了吗？别折腾了。马豆根不听。麦子说，这是别人家，你还有那份心？马豆根一下子沮丧起来，挤在麦子身边，一口一口地叹气。过了一会儿，又翻身起来，而且比先前强硬了许多。麦子生气了，你不是躲我吗？这么长时间你都躲着，这么一会儿就忍不住了？马豆根说，你还真把自个儿当他女人了？麦子恨恨地说，我就是他女人，是你不要我的。

麦子以为马豆根会负气离开，孰料他扭过身，没一会儿就打起了呼噜。麦子想，他确实累坏了，有啥事，明天再说吧。

麦子心乱如麻，一夜无眠。

第二天一整天，老于也没露面。麦子出去找了一大圈，没见着他的影儿。麦子不知老于是什么意思，马豆根一来他咋就躲了呢？马豆根提醒麦子，老于是不是挽什么套子，他想趁老于不在带麦子离开。麦子想了想，终是没跟马豆根走，她要等老于回来。

第三天，老于依然没回来，像是彻底消失了。

几乎是突然之间，麦子明白了老于"失踪"的缘由。他不拦她，他是让她离开的。他不露面，是为了避免尴尬。他是替麦子着想。老于和麦子生活了不长时间，但他处处维护麦子，尽最大可能满足麦子。一时间，麦子对自己产生了怀疑，离开老于，是不是犯了一个错误？

麦子最终和马豆根离开了。

两人一路无语，快到小镇时，马豆根回头看看，忽然诡秘地笑起来。麦子问他怎么了，马豆根说回去再告诉你。麦子瞪他一眼，你别又要什么鬼吧？马豆根从怀里掏出一个钱夹子，在麦子眼前晃了晃。麦子觉得这个钱夹子眼熟，想了想，是老于的。那次老于给她路费，就是从这个钱夹子里拿的。麦子突然紧张起来，厉声问，从哪儿弄的？马豆根说，厉害啥？你猜！麦子说，快说，从哪儿弄的？马豆根说，从他衣柜里翻出来的。麦子大叫，马豆根！马豆根见麦子的脸都红了，问，怎么了？麦子说，你可真够有出息，都会偷了。马豆根怪怪地说，他捣鬼赢我的钱，还偷了我的女人，拿他个钱夹子算啥？我以为里头怎么也得装个万儿八千的，×！才几百块钱。麦子冷冷地说，送回去！马豆根觉出麦子确实动气了，说，你没发烧吧。麦子提高了声音，送回去！见马豆根不动，麦子劈手抢过钱夹子，转身离去。

马豆根嚷，你给我站住！

麦子停住，回过头，看着气急败坏的马豆根。

马豆根说，你要去见他，就不要再来见我！

麦子再次转身，大步走开。

荒野上，麦子娇小的身子很快缩成一个点……

（《小说月报》2004年第10期选载）

# 喊山

葛水平

## 一

太行大峡谷走到这里开始瘦了，瘦得只剩下一道细细的梁，从远处望去赤条条的青石头悬壁上下，绕着几丝云，像一头抽干了力气的骡子，瘦得肋骨一条条挂出来，挂了几户人家。

这梁上的几户人家，平常说话面对不上面要喊，喊比走要快。一个在对面喊，一个在这边答，隔着一条几十米直陡上下的深沟声音倒传得很远。

韩冲一大早起来，端了碗吸溜了一口汤，咬了一嘴黄米窝头口齿不清地冲着对面喊："琴花，对面甲寨上的琴花，问问发兴割了麦，是不是要混插豆？"对面发兴家里的琴花坐在崖边上端了碗喝汤，听到是岸山坪的韩冲喊，知道韩冲想过来在自己的身上欢快欢快，斜下碗给鸡泼过去碗底的米渣子，站起来冲着这边喊："发兴不在家，出山去矿上了，恐怕是要混插豆。"

这边厢韩冲一激动，又咬了一嘴黄米窝头，喊："你没有让发兴回来给咱弄几个雷管？獾把玉茭糟害得比人掰得还干净，得炸炸了。"

对面发兴家里的喊："矿上的雷管看得比鸡屁眼还紧，休想抠出个蛋来。上一次给你的雷管你用没了？"

韩冲咽下了黄米窝头口齿清爽地喊："收了套就没有下的了。"

对面发兴家的喊："收了套，给我多拿几斤獾肉来啊！"

韩冲仰头喝了碗里的汤站起来敲了碗喊："不给你拿，给谁？你是獾的丈母娘呀。"

韩冲听到对面有笑声浪过来，心里就有了一阵紧一阵的高兴，哼着秧歌调往粉房的院子里走，刚一转身，迎面碰上了岸山坪的外来户腊宏。腊宏肩了担子，担子上绕了一团麻绳，麻绳上绑了一把斧子，像是要进后山圪梁上砍柴。韩冲说：“砍柴？”腊宏说：“呵呵，砍柴。”两个人错过身体，韩冲回到屋子里驾了驴准备磨粉。

腊宏是从四川到岸山坪来落住的，到了这里，听人说山上有空房子就拖儿带女地上来了。岸山坪的空房子多，主要是山上的人迁走留下来的。以往开山，煤矿拉坑木的包了山上的树，砍树的人就发愁没有空房子住，现在有空房子住了，山上的树倒没有了。獾和人一样在山脊上挂不住了就迁到了深沟里，人寻了平坦地儿去，獾寻了人不落脚踪的地儿藏。腊宏来山上时领了哑巴老婆，还有一个闺女一个男孩。腊宏上山时肩上挑着落户的家当，哑巴老婆跟在后面，手里牵着一个，怀里抱着一个。哑巴的脸蛋因攀山通红透亮，平常的蓝衣，干净、平展，走了远路却看不出旅途的尘迹来。山上不见有生人来，惹得岸山坪的人们稀罕得看了好一阵子。腊宏指着老婆告诉岸山坪看热闹的人，说：“哑巴，你们不要逗她，她有羊羔子疯病，疯起来咬人。”岸山坪的人们想：这个哑巴看上去挺利索的，要不是有病，要不是哑巴，她肯定不会嫁给腊宏这样的人。话说回来，腊宏是个什么样的人——瓦刀脸，干巴精瘦，豆豆眼，干黄的脸皮儿上有害水痘留下来的窝窝。韩冲领着腊宏转一圈子也没有找下一个合适的屋，转来转去就转到韩冲喂驴的石板屋子前，腊宏停下了。

腊宏说：“这个屋子好。”韩冲说：“这个屋子怎么好？”腊宏说：“发家快致富，人下猪上来。”韩冲看到腊宏指着墙上的标语笑着说。标语是撤乡并镇时村干部搞口号让岸山坪人写的，当初是韩冲磨粉的粉房，磨房的主要收入是养猪。韩冲说：“就写个养猪致富的口号。”写字的人想了这句话。字写好了，韩冲从嘴里念出来，越念越觉得不得个劲，这句话不能细琢磨。韩冲说：“我喂着驴呢，你看上了，我就牵走驴，你来住。”韩冲可怜腊宏大老远的来岸山坪，山上的条件不好，有这么个条件还能说不满足人家？腊宏看中这房子，主要石头房子离庄上远，他不愿意抬头低头地碰见人。

住下来了，岸山坪的人们才知道腊宏人还懒，腿脚也不勤快。其实靠山吃山的庄稼人，只要不懒，哪有山能让人吃尽的。但腊宏常常顾不住嘴，要出去讨饭。出去大都是腊月天、正月天，或七月十五、八月十五，赶节不隔夜，大早出去，一到天黑就回来。腊宏每天回来都背一蛇皮袋从山下讨来的白馍和米团子。山里人实诚，常常顾不上想自己的难，老想别人的难，同情眼前事，恓惶落难人。哑巴老婆把白馍切成片，把米团子挖了里边的豆馅，摆放在有阳光的石板上晒。雪白的馍、金黄的米团子晒在石板地上，走过去的人都要回过头咧开嘴笑，说哑巴聪明，知道米团子是豆馅，容易旱坏。

腊宏的闺女没有个正经名字，叫大。腊月天和正月天，岸山坪的人会看到，腊宏闺女大端了豆馅吃，紫红色的豆馅上放着两片酸萝卜。韩冲说："大，甜馅儿就着个酸萝卜吃是个什么味道？"大以为韩冲笑话她就翻他一眼，说："龟儿子。"韩冲也不计较她骂了个啥，就往她碗里夹了两张粉浆饼子，大扭回身快步搂了碗，进了自己的屋里，一会儿拽着哑巴出来指着韩冲看。哑巴乖巧的脸蛋儿冲韩冲点点头，咧开的嘴里露出了两颗豁牙，吹风露气地笑，有一点感谢的意思。

韩冲说："没啥，就两张粉浆饼子。"

韩冲给岸山坪的人解释说："哑巴不会说话，心眼儿多，你要不给她说清楚，她还以为害她闺女呢。"

挖了豆馅的米团子，晒干了，煮在锅里吃，米团子的味道就出来了。哑巴出门的时候很少，岸山坪的人觉得哑巴要比腊宏小好多，看上去比腊宏的闺女大不了多少，也拿不准到底小多少。哑巴要出门也是在自己的家门口，怀里抱着儿，门墩上坐着闺女，身上衣服不新却看上去很干净，清清爽爽的小样儿还真让青壮汉们回头想多看几眼。两年下来，靠门墩的墙被磨得亮旺旺的，太阳一照，还反光，打老远看了就知道是坐门墩的人磨出来的。

岸山坪的人不去腊宏家串门，腊宏也不去岸山坪的人家里串门。有时候人们听见腊宏打老婆，打得很狠，边打还边叫着："你敢从嘴里蹦一个字出来，老子就要你的命！"岸山坪的人说，一个哑巴你倒想让她从嘴里往出蹦一个字？

有一次韩冲听到了走进去，就看到了腊宏指着哆嗦在一边的哑巴喊着"龟儿子，瓜婆娘"，看着韩冲进来了，反手捏了两个拳头对着他喊起来："谁敢来管我们家的事情？我们家的事情谁敢来管？"腊宏平常见了人总是笑脸，现在一下黑了脸，看上去一双豆豆眼聚在鼻中央，怪凶的。韩冲扭头就走，边走边大气不出地回头看，怕走不利索身上沾了什么晦气。

现在韩冲驾了驴准备磨粉，他先牵了驴走到院子一角让驴吧嗒两粒驴粪，然后又给驴套上护嘴捂了眼罩驾到石磨上，用漏勺从水缸里捞出泡软的玉茭填到磨根上。韩冲拍了一下驴屁股，驴很自觉地绕着磨道转开了。

韩冲因为家境不好，三十岁了还没有说上媳妇。想出去当上门女婿，出去几次也没有找到合适的家户，反复几年下来就这么耽搁了。也不是说韩冲长得不好，总体看上去比例还算匀称，主要问题还是山上穷，山下的哪个闺女愿意上来？次要问题是他和发兴老婆的事情。天下没有不透风的墙，这种事情张扬出去就不是落到了尘土深处，而是落入了人嘴里，人嘴里能飞出什么好鸟吗？

头一道粉顺着磨缝挤下来流到槽下的桶里，韩冲提起来倒进浆缸，从墙上摘下箩，舀了粉，一边箩，一边擦着溅在脸上的粉浆。白糊糊的粉浆像梨花开满了衣裳，韩冲想：都说我身上有股老浆气，女人不喜欢挨，我就闻着这个味道好，琴花也闻着这味道好。一想到琴花，想到黑里的欢快，他就鸟儿一样吹了两声口哨。他箩下来的粉叫第二道粉，也是细粉，要装到一个四方白布上，四角用吊带拎起来吊到半空往外沥水，等水沥干了，一块一块掰下来，用专用的荆条筐子架到火炉上烤。烤干了打碎就成了粉面，和白面豆面搭配着吃，比老吃白面好，也比老吃玉茭面细，可以调换一下口味。

甲寨和沟口附近的村子，都拿玉茭来换粉面。韩冲用剩下来的粉渣喂猪，一窝七八头猪，单纯用粮食是喂不起的，韩冲磨粉就是为了赚个喂猪的粉渣。做完这些活儿，韩冲打了个哈欠给驴卸了眼罩和护嘴，牵了出来拴到院子里的苹果树上，眯了眼睛望了望对面崖边上，远远地他就看见了他现在最想找的人——发兴的老婆琴花。

"韩冲，傍黑里记着给我舀过一盆粉浆来。"

琴花让韩冲舀粉浆过去，韩冲就明白是咋回事了，心里欢快地跳了一下，他知道这是叫他晚上过去的暗号。还没等得韩冲回话，就听得后山圪梁的深沟里下的套子轰地响了一下，韩冲一下子就高兴起来，对着对面崖边上的琴花喊："×他娘，前晌等不得后晌，崩了，吃什么粉浆，你就等着吃獾肉吧！"

韩冲扭头往后山跑，后山的山脊越发的瘦，也越发的险，就听得自己家的驴应着那一声爆炸，惊得"哥哦哥，哥哦哥"地叫。

韩冲抓着荆条往下溜，溜一下屁股还要往下坐一下。韩冲当时下套的时候，就是冲着山沟里人一般不进去，獾喜欢走一条道，从哪里来到哪里去，一点弯道都不绕。獾拱土豆，拱过去的你找不到一个土豆，拱得干干净净，獾和人一样就喜欢认死理。韩冲溜下沟走到了下套的地方，发现下套的地方有些不对劲，两边有两捆散开了的柴，有一个人在那里躺着哼哼。韩冲的头霎时就大了，满眼金星出溜出溜地往出冒。

炸獾炸了人了！炸了谁了？

韩冲腿软了下来问："是谁？"

"韩冲，你个龟儿子，你害死我了。"

听出来了，是腊宏。

韩冲奔过去，看到套子的铁夹子夹着腊宏的脚丢在一边。腊宏的双腿没有了，人歪在那里，两只眼睛瞪着比血还红。韩冲说："你来这里干啥来了？"腊宏抬起手指了指前面，前面灌木丛生，有一棵野毛桃树，树上挂了十来个野毛桃果，有一个小松鼠鬼鬼祟祟朝这边瞅。韩冲回过头，看到腊宏歪了头不说话了，他忙把腊宏背起来往山上走，腊宏的手里捏了把斧头，死死地捏着，在韩冲的胸前晃，有几次灌木丛挂住了也没有把它拽落。

韩冲背了腊宏回到村里，山上的男女老少都迎过来，看背上的腊宏黄锈的脸上没有一丝血色。韩冲把他背进了家放到炕上，他的哑巴老婆看了一眼，紧紧地抱了怀中的孩子扭过头去，弯下腰呕吐了一地。听得腊宏轻轻地咳嗽了一声，哑巴抬起身迎了过来。韩冲要哑巴倒一碗水，哑巴端过来水，突然腊宏的斧头照着哑巴砍了过去。腊宏用了很大的劲，嘴里还叫着："龟儿子你敢！"韩冲看到哑巴一点也没有想躲，腊宏的劲儿看着猛，实际上斧头的重量比他的劲儿要冲，斧头咣当垂直落地了。哑巴手里的一碗水也落地了。腊宏的劲儿也确实是用猛了，背过一口气，半天那气丝没有拽直，张着个嘴歪过了脑袋。韩冲没敢多想，跑出去紧着招呼人绑担架要抬着腊宏下山去镇医院，岸山坪的人围了一院子抻着脖子看，对面甲寨崖边上也站了人看，琴花喊过话来问："炸了谁了？"

这边上有人喊："炸了讨吃了！"

他们管腊宏叫讨吃。

琴花喊："炸没人了，还是有口气？"

这边上的说："怕已经走到奈何桥上了。"

韩冲他爹扒开众人走进屋子里看，看到满地满炕的血，捏了捏腊宏的手还有几分柔软，拿手背儿探到鼻子下量了量，半天说了声："怕是没了。"

"没人了。"话从屋子里传出来。

外面张罗着的韩冲听了里面传出来的话，一下坐在了地上，驴一样"哥哦哥，哥哦哥——"地号起来。

## 二

炸獾会炸死了腊宏，韩冲成了岸山坪第二个惹出命案的人。

这两三年来，岸山坪这么一块小地方已经出过一桩人命案了。两年前，岸山坪的韩老五外出打工回来，买了本村未出五服的一个汉子的驴，结果驴牵回来没几天，那驴就病死了。两人为这事麻缠了几天，一天韩老五跟这汉子终于打了起来。那韩老五性子烈，三句话不对，手里的镰刀就朝那汉子的身子去了，只几下，就要了人家的命。山里人出了这样的事，都是私下找中间人解决，不报案。他们知道报案太麻缠，把人抓进去，不是毙了脑瓜，就是两家有了仇恨，最终顶个屁？山里的人最讲个实际，人都死了，还是以赔为重。村里出了任何事，过去是找长辈们出面说和说和，找个都能接受的方案，从此息事宁人。现在有了事，是村干部们出面，即使是出了命案，也是如法炮制。两三年前，韩老五还不是最终赔了两万块钱就拉倒了事。

如今腊宏死了，他老婆是哑巴，孩子又小，这事咋弄？岸山坪的人说，人死如灯灭，活着的大小人儿以后日子长着呢，出俩钱买条阳关道，他一个讨吃的又是外来户，价码能高到哪儿去。

这天韩冲把山下住的村干部一一都请上来，村干部随韩冲上了岸山坪，一路上听事情的来龙去脉，等走上岸山坪时，已了解得八九不离十了。

他们看了现场，出门找了一个僻静的地方站下来，商量了一阵子，认为最好的办法是按这里的老规矩办。他们责成会计王胖孩来当这件事情处理的主唱：一来他腿脚勤；二来这种事情不是什么好事，一把手二把手不便出面；三来这王胖孩的嘴比脑子翻转得快。

返进屋里坐下，王胖孩用手托着下巴颏对哑巴说："你们住的这房是韩冲原来的吧？韩冲对你家腊宏应该是不错吧？他俩没仇没恨吧？腊宏因为砍柴误踩了韩冲的套子，这种事谁也没有料到吧？"咳嗽了一声，旁边的一人突然想起了什么，有些摸不着深浅地问："都说哑巴是十哑九聋，不知道你是听得见还是听不见？要是听见了就点一下头，要是听不见说也白说。"村干部和韩冲的眼光集体投向哑巴，就看到那哑巴居然慌怵怵地点了一下头。

干部们惊讶地抬直身体嗷了一声，王胖孩舔了舔发干的嘴片子，尽量摆正态度，把话说普通了："这么说吧，你男人的确是死了……不容置疑。"

说到这里就看到腊宏老婆打了个激灵。王胖孩长叹一声："真是生死由命，富贵在天。你说骂韩冲炸獾炸了人了吧，他已经炸了，你说骂腊宏福薄命贱吧，他都没命了。这事情的不好办就是活的人活着，死的人到底死了。活的人咱要活，死的人咱要埋，是吧？这事情的好办是，你不是一个不讲道理的妇女，你心明眼亮可惜就是不会说话。我们上山来的目的，就是要活的人更好地活着，死的人还得体面地埋掉。你一个哑巴妇女，带了两个孩子，不容易啊。现在男人走了，难！咱首先解决这个难中之难的问题，你相信我这个村干部，就让韩冲埋人，不相信我这个村干部，你就找人写状纸，告。但是，你要是告下来，韩冲不一定会给腊宏抵命，我们这些村干部因为你不是岸山坪的，想管，到时候怕也不好插手，说来你母女仨还是个黑户嘛！”

腊宏的哑巴老婆，惊讶地抬起头瞪了眼睛看。王胖孩故意不看哑巴扭头和韩冲说：“看见这孤儿寡母了吗？你好好的炸尿什么獾？炸死人啦！好歹我们干部是遵纪守法爱护百姓的，看你凿头凿脑咋回事儿似的，还敢炸獾？赶快把卖猪的钱从信用社提出来，先埋了人咱再商量后一步的赔偿问题！”

哑巴像是丢了魂儿似的听着，回头望望炕上的人，再看看屋外屋内的人，哑巴有一个间歇似的默想，少顷，抽回眼睛看着王胖孩笑了一下。

这一笑，让有强烈的表现欲望的王胖孩沉默了。哑巴的神情很不合常理，让干部们面面相觑不知道她到底笑个啥。

干部们做主让韩冲把他爹的棺材抬出来装了腊宏，事关重大，他爹也没有说啥。韩冲又和他爹商量用他爹的送老衣装殓腊宏，韩冲爹这下子说话了：“你要是下套子炸死我了倒好了，现成的东西都有，你炸了人家，你用你爹的东西埋人家，都说是你爹的东西，但埋的不是你爹，这比埋你爹的代价还要大，我×！”

韩冲的脸儿埋在胸前不敢答话，他爹说：“找人挖了坟地埋腊宏吧，村干部给你一个台阶还不赶快就着下，等什么？你和甲寨上的娘儿们混吧，混得出了人命了吧？还搭进了黄土淹没脖子的你爹。你咋不把脑袋埋进裤裆里！”说完，韩冲爹从木板箱里拽出大闺女给他做好的送老衣，摔在了炕上。

把腊宏装殓好，棺材准备起了，四个后生喊：“一二，起！”抬棺材的铁链子突然断了，抬棺材的人说：“日怪，半大个人能把铁链子拉断，是不是家里不见个哭声？”

哑巴是因为哭不出声，女儿儿子是因为太小，还不知道哭。王胖孩说：“锣鼓点儿一敲，大幕儿一拉，弄啥就得像啥！死了人，不见哭声叫死了人吗？这还是咱们的工作没有做好，这样吧，去甲寨上找几个女人来，村里花钱。”

马上就差遣人去甲寨上找人，哭妇不是想找就能找得到，往常有人不在了，论辈分往下排，哭的人不能比死的人辈分大。现在是哭一个外来的讨吃，算啥？

女人们就不想来，韩冲一看只好一溜儿小跑到了甲寨上找琴花。进了琴花家的门，琴花正在做饭。听了韩冲的来意后，琴花坐在炕上说：“我哭是替你韩冲哭，看你韩冲的面，不要把事情颠倒了，我领的是你韩冲的情，不是冲村干部的面子。”

韩冲说:“还是你琴花好。”

看到门外有人影儿晃,琴花说:“这种事给一头猪都不见得有人哭。这不是喜丧,是凶丧。也就是你韩冲,要是旁人我的泪布袋还真不想解口绳呢。”门外站着的人就听清了——琴花要韩冲出一头猪,这可是天大的价码。

琴花见韩冲哭丧着脸,一笑,从箱子里拽了一块枕巾往头上一蒙,就出了门。

走到岸山坪的坡顶上看了一眼黑压压的人群,就扯开了喉咙:“你死得冤来死得苦,讨吃送死在了后梁沟——”

村干部一听她这样哭,就要人过去叫她停下来——这叫哭吗?硬邦邦的没有一点儿情感。

琴花马上就变了一个腔:“水流千里归大海,人走万里归土埋,活归活啊死归死,阳世咋就拽不住个你?呀喂——啊啊啊。”

琴花这么一哭把岸山坪的空气都抽拽得麻怵起来,有人试着想拽了琴花头上的枕巾看她是假哭还是真哭,琴花手里拄着一根干柴棍抡过去敲在那人的屁股蛋上,就有人捂了嘴笑。琴花干哭着走近了哑巴,看到哑巴不仅没有泪蛋子在眼睛里滚,眼睛还望着两边的青山。琴花哭了两声不哭了,你的汉子你都不哭,我替你哭你好歹也应该装出一副丧夫的样子吧。

埋了腊宏,王胖孩叫来几个年长的坐下商量后事,一干人围着石磨开始议事。比如,这哑巴和孩子谁来照顾,怎么个照顾法,都得立个字据。韩冲说:“最好一次说断了,该出多少钱我一次性出够,要连带着这么个事,我以后还怎么讨媳妇?”大伙研究下来觉得是个事情,明摆着青皮后生的紧急需要,事儿是不能拖泥带水,得抽刀斩水。

一个说:“事情既出由不得人,也是大事,人命关天,红嘴白牙说出来的就得有个道理!”

一个说:“哑巴虽然哑巴,但哑巴也是人。韩冲炸了人家的男人,虽然不是他有意想炸,既然炸了,要咱来当这个家,咱就不能理偏了哑巴,但也不能亏了韩冲。”

一个说:“毕竟和韩老五打架的事情不是一个年头了,怕不怕老公家怪罪下来?”

一个说:“现在的大事小事不就是俩钱嘛?从光绪年到现在哪一件不是私

了？有直道儿不走，偏走弯道儿。老公家也是人来主持嘛，要说活人的经验不一定比咱懂多少，舌头没脊梁来回打波浪，他们主持得了这个公道吗？”

王胖孩说：“话不能这么说，咱还是老公家管辖下的良民嘛！”

王胖孩要韩冲把哑巴找来，因为哑巴不说话，和她说话就比较困难。想来想去想了个写字，却也不知道她是否认字。王胖孩找了一本小学生的写字本和一根铅笔，在纸上工工整整写了一行字，递给哑巴看。

哑巴看了看，取过笔来，也写了一行字递过去。韩冲因为心里着急抻过去脖子看，年长的因为稀罕也抻过脖子，发现上面的第一行是村干部写的：“我是干部王胖孩，你叫啥？”后一行的字歪歪扭扭写了：“知道，我叫红霞。”

所有的人对视了一下，稀罕这个哑巴不简单，居然识得俩字。

“红霞，死的人死了，你计划怎么办？要多少钱？”

“不要。”

“红霞，不能不要钱。社会是出钱的社会，眼下农村里的狗都不吃屎了，为什么？就因为日子过好了。钱是啥？是个胆儿，胆气不壮，怕米团子过几天你母女仨也吃不上了。”

“不要。”

“红霞妇女，这钱说啥也得要，只说是要多少钱？你说个数，要高了韩冲压，要少了我们给你抬，叫人来就是为了两头取中间主持这个公道。”

“不要。”

小学生写字本上三行字歪歪扭扭看上去很醒目，大伙儿觉得这个红霞是气糊涂了，哪有男人被人炸死了不要钱的道理？要知道这样的结果还叫人来干啥？写好的纸条递给韩冲，要他看了拿主意，使了一下眼儿，两个人站起来走了出去。收住脚步，王胖孩说：“她不是个简单的妇女，不敢小看了，她想把你弄进去。”韩冲吓了一跳，脚尖踢着地面张开嘴看王胖孩。王胖孩歪了一下头很慎重地思忖了一下说：“哪有给钱不要的道理，你说，她不是想把你弄进去是什么？”韩冲越发不知道该说什么了。王胖孩指着韩冲的脸说：“要暖化她的心，打消她送你进去的念头，不然你一辈子都得背着个污点，有这么个污点你就甭想说上媳妇。”韩冲闭上嘴，咽下了一口唾沫，唾沫有些划伤了喉咙，火辣辣地疼。

“这几天，你只管给哑巴送米送面。你知道，我也是为你好，让老公家知道了，弄个警车来把你带走了，你前途毁了，以后出来怎么做人？趁着对方是个哑巴，咱把这事情就哑巴着办了，省了官办，民办了有民办的好处。明白不？”韩冲点了头说：“我相信领导干部！”

两个人商量了一个暂时的结果，由韩冲来照顾她们母女仨。返进屋子里，王胖孩撕下一张纸来，边念边写：

“合同。甲方韩冲，乙方红霞。韩冲下套炸獾炸了腊宏，鉴于目前腊宏媳妇神志不清，不能够决定赔偿问题，暂时由韩冲来负责养活她们母子仨，一日三餐，吃喝拉撒，不得有半点不耐烦，直到红霞决定了最后的赔偿，由村干部主持，岸山坪年长的有身份的人最后得出结果才能终止合同。合同一方韩冲首先不能毁约，如红霞对韩冲的照顾有不满意之处，红霞有权告状，并加倍罚款。”

合同一式两份，韩冲一份，哑巴一份。立据人互相签了字，本来想着会有一番争吵的，但事情就这么说定了，岸山坪人的心里有一点盼太阳出来阴了天的感觉，心里结了个疙瘩，莫名地觉得哑巴真的是傻，互相看着都不再想说话了。

送走王胖孩，韩冲叠好条子装进上衣口袋，哑巴前脚走，韩冲后脚卸了炉上的粉走进了哑巴家。进了哑巴家，韩冲看到哑巴的房梁上吊下来两个箩筐，箩筐下有细小的丝线拉拽着一条一条的小虫，韩冲知道那箩筐里放的是讨来的晒干了的米团子和白馍。哑巴没有停下手里的活，她手里正拿了一捧米团子放在锅台边，一块一块往下磕上面生的小虫，磕一块往锅里煮一块，锅台上的小虫伸展了身子四下跑，哑巴端下锅，拿了笤帚，两下子就把小虫子扫进了火里，坐上锅，听得噗噗地响。

韩冲眯缝着眼睛歪着脖子说：“这哪是人吃的东西。”提下了锅走回家倒进了自己的猪圈里，猪好久没有换口味了，咂巴着干梆硬的米团子，吐出来吞进去，嘴片子错得吧唧吧唧响。韩冲给哑巴提过来面和米，哑巴拉了闺女和孩子笑着站在墙角看他一头汗水地进进出出。韩冲想，你这个哑巴笑什么，我把你汉子炸了你还和我笑，但他不敢多说话，只顾埋头干他的活儿。

这时候就有人陆续走上岸山坪来看哑巴和孩子，有的想收留哑巴的孩子，有的干脆就想收留哑巴。韩冲装作没看见，他想要是真有人把哑巴收留了才好，她一走我就啥也不用赔了。但哑巴这时候面对来人却很决绝地把门关上了。

王胖孩又来到了岸山坪，要韩冲叫了年长的和有些身份的人走进了哑巴的家。王胖孩坐下来看着哑巴说：“今天我来是给你做主，有啥你就说。”韩冲坐到门墩上琢磨着这个事情该怎么开头，说什么好。就听得王胖孩说：“咱打开天窗说亮话，不绕弯子了，这理说到桌面儿上是欠了人家一条命，等于盖屋你把人家的大梁抽了，屋塌了。现在，你一个孤寡妇女，又是哑巴，带着俩孩子，容易吗？要我说就一个字——难。红霞，老话重提，你说出个数字来，要多少？”

哑巴抬起头拿过一根点火的麻秆在石板地上写了两黑字——不要。村干部接过麻秆来，大大地在地上写了两个字——两万。韩冲低下头看，请来的人也低下头看，抬起头互相点了点头，大意是有了韩老五的事情在前面做样板，这样的处理结果也是说得过去的。韩冲说话了：“胖孩哥，两万块暂时拿不出，能不能分期付？如果不行，就得给我政策，让我贷。”

王胖孩想了半天说：“上头的政策主要是鼓励农民贷款致富，哪有让你贷款用来买命的？这事要说也没有个啥，摆到桌面上就是个事。你是不是到对面的甲寨上找一找发兴，他儿在矿上，煤矿现如今效益不错，他家里想来是有货的，借一借嘛。琴花虽然是出了名的铁公鸡，毕竟是喝过你的粉浆，吃过你的獾肉，还是你的相好，你炸死的这个人用的雷管还是她提供的。咱嘴上不说，如果要说，她是脱不了干系的。”

韩冲不好意思地低下了头。

事情说到这里，王胖孩对哑巴红霞说：“按我的意思来，你不要，不等于我们不懂，我们不懂就是欺负你了，这不符合山里人的作风。等韩冲凑够了钱，我再到这山上来亲手递给你。咱这事情就算结束，你也好准备你的退路。一个妇道人家没有汉们帮衬，哪能行啊！韩冲，话说回来大家是为了你办事，光跑腿我就跑了几趟，你小子懂个眼色不懂？”

韩冲大眼儿套小眼儿看着王胖孩，王胖孩举起手里的麻秆说：“这，缩小了像个啥？”韩冲想，像个啥？哑巴从王胖孩手里拿过麻秆掰下的一小截，叼在嘴上咂巴了两口，韩冲明白了，他是想要烟呢。稀罕得岸山坪的长辈们放下手中的旱烟锅子看哑巴，哑巴被看得不好意思地低下了头。

韩冲赶紧出去到代销点上买了两条烟递给了王胖孩。王胖孩说：“这是啥意思？乡里乡亲的弄这？”说罢，掰开一条烟给坐着的长辈一人发了一包，自己把剩下的夹在腋窝下起身走了。

长辈们看着手里的烟，咧开嘴笑着，心里却不是个滋味，啥也没表态走了两步路就赚了一包烟，很有点不好意思。韩冲说：“算个啥嘛，都是德高望重的人，就是没事我韩冲也应该孝敬你们！”

## 三

借钱的事情很简单，也很复杂，简单得就像天上的一颗太阳，无际蓝天，没有鸟儿飞翔，看上去空旷；复杂得突然就乱云飞渡，飞渡的云不是瓦片和挠钩状，是黑云压山，兜头浇得韩冲凉刷刷的。

韩冲去对面的甲寨上，要下了沟，绕出山，再转回来上对面，大约要一个半钟点。

这地方的人叫吃亏不叫吃亏，叫吃家死，韩冲这一回借钱就吃了大家死。

走到甲寨上人们就说："韩冲，还敢不敢下套子了？胆子大啊，那讨吃下那深沟做啥去了，活该要他的命。"韩冲挠了挠头发，呵呵笑了一下，很不舒展。不断有人问，韩冲就不断很不舒展地呵呵。

走进发兴的院子里，看到发兴坐在小马扎上抽旱烟，烟锅子在地上磕了一下子，说："你来了，稀客。有啥事不喊要过沟来说？我可是头一回见你大白天来。也是的，炸獾咋就炸了人？"

韩冲说："话不能这样说，大白天不来搭黑来干啥？老哥你就不要瞎猜了，人倒霉了放个屁都砸脚后跟。我也思谋着他下那沟做甚了，两捆柴好好地甩在一边，手里握着一把斧头不丢，看见我眼睛瞪得快要出血，恨不能把我吃掉，我×。不过话说回来，咱是断了人家哑巴的疼了。"

琴花撩开碎布头拼成的门帘出来，说："韩冲，以后不要下套子了，那獾又不是光吃你的玉茭，你把人炸了，亏得他是外来的，要是本地的，不让你抵命才怪。"

韩冲低下头看着自己的脚尖，鞋是一双解放球鞋，因为旧了，剪了前边和后边，当凉鞋穿。韩冲看着看着就想把过来的意思挑明。韩冲说："我过来是有个事情想求你们两口儿帮忙。"

琴花返进去从屋子里端出一罐头瓶水来递给他说："帮啥忙？跑腿找人的事，发兴能帮得上就一定帮。这两天驾驴磨粉了？你不要因为这事把猪饿了，该做啥还做啥，腊月里我大儿要订婚，还想借你一头猪下酒席呢。你要赶不上喂，赶过来我喂，秋口上卖了咱二一添作五。"

韩冲抬起头看琴花，琴花脸上挂着笑，嘴角上的一颗黑土眼(痣)翘起来顶在鼻子边。韩冲想，琴花脸上的这个黑土眼坏了她好几分人才。

发兴说："事情最后怎么处理了？说了个甚解决办法？听说有人上来说哑巴，女人要是没有了男人，小腰就断了，就拖不动腿了，也怪可怜的。"

琴花说："傻哑巴不知道哭，看来是真有病，山下有人要她，收拾走算了，省了你来照顾。"

韩冲鼓了鼓勇气说："不瞒你们两口儿说，我今儿过来这甲寨上就是想和你们打凑俩钱，给哑巴。救个急，误不了你娶媳妇，我韩冲是说话算话的。”

一听说是借钱，琴花就示意发兴闭嘴。琴花走到韩冲的面前看着他说：“说起来是应该帮忙，出了这么大的事情，啊呀，我当时就不敢过去看那死鬼，听人说，下半截整个都没了，吓死了。事情是出了，有事说事，按道理是得赔人家，是不是？按道理谁能帮上忙就帮忙，乡里乡亲的，抬头不见低头见，谁家不出个事？古话说了，有啥别有事，没啥别没钱，两件事都让你摊上了。可有些事情摊上了，还真是帮不上你这个忙。我给你说吧，腊月里要给大儿订婚正月里不娶，明年秋口上也得娶。如今说个媳妇容易吗？屁股后捧着人家还要脱落，敢松口气？我要是真有钱我还真舍得借你，不怕你不还，可就是没有钱，活了个人带了个穷命，难啊！”

韩冲看着琴花的嘴一张一合的，想自己还亲过这张嘴，嘴里的舌头滑溜溜的，有时候也咬一下韩冲的下嘴片子，到韩冲的忘情处会说，人家都穿七分裤了，你也给我买一条穿穿，我是二尺四的腰，要小方格子的面料。韩冲会说，穿那干啥，不好看，憋得屁股和两瓣蒜一样。琴花说，你不买，你就给我下来，我看你哪头难受！韩冲在她身上正忙着，只好忙说，买买。

韩冲你给我买一盒舒肤佳香胰子，韩冲你给我看看我的肚皮是不是松得厉害了，我也想买条裹腹裤。韩冲，我除了不和你住一个屋子，住一个屋子里干的事，咱都干了，也就等于是一家人了，你赚了钱就给我花，我从心里疼你……

韩冲看着琴花心想你身上穿的从里到外哪一样不是我买的，你琴花疼我了？疼我什么了？关键的时候，说到钱的时候，你就和我二心了。

发兴说：“这不是帮忙不帮忙的事情，是帮不了这忙，是人命关天。小老弟，都怪你炸尿什么獾嘛！”

韩冲想，也就是啊，炸尿什么獾嘛！

琴花的短腿直着一条，斜着一条，直着的硬邦邦地站着，斜着地抖抖地闪，闪得人心中想生气。韩冲说：“看在以往的面子上，你们就帮我一回吧。我炸死人，要不是你给我雷管，我拿什么炸他？”

琴花一下把斜着的那条腿收了回来指着韩冲说：“以往怎么啦，以往就吃了你几次粉浆，当是什么好东西啊，给猪吃的东西，从崖下吊给我吃，讨你什么便宜了？韩冲，不是说不借给你钱，是没有东西借给你，你当是清明上坟托鬼洋，八月十五打月饼，找个模子就现成？我是给你雷管了，我叫你韩冲炸人了？你炸死人怨我的雷管，笑话！既然说到这个份上了，我哭讨吃的那头猪不要了，落得送你个人情。”

韩冲说:“我多会儿说要送你一头猪了?”

发兴说:“装傻,谁都知道你要给一头猪!要说讨便宜,你是讨了大便宜了,别说是一头猪,十头猪你也不吃家死。别人不知道,我是心知肚明。”

琴花打断了发兴的话:“你心知个啥,肚明个啥?不会说不要抢着说。”

韩冲端起罐头瓶一口喝了瓶里的水说:“我也就是到了困难的时候才找你们来张嘴,张一回嘴容易吗?张开了难合住,给个面子,没多总有个少吧?这沟里就你们还有俩钱,我也是屎憋到屁股门上了,我要有二指头奈何也不会张嘴求人,琴花求你了!”

琴花说:“韩冲,我是真想帮你这个忙,可就是心有余而力不足,十块八块的又不顶个事情办,三千两千的我还真没有见过,要有就借你了。丑话说到头了,你走吧,甲寨上的人在大门外看咱的笑话哩。”

韩冲站了起来要走,琴花又说话了:“你欠我多少,不是一头猪能还得了的,走归你走,但你得记清楚了。”这一句话说得不是时候,琴花的本意是想说,要是还想着我,你就来,来就得带零花儿来。可说这话儿不是个地方,韩冲都快急得火烧眉毛了他哪里能绕过这个弯。

韩冲一下站住了说:“两清了。这钱我不借了,你有本事继续要你的本事,隔着崖,你是甲寨上的,我是岸山坪的,井水不犯河水。发兴,你老婆本事大啊。”

琴花的脸霎时就青了,这叫人话吗?得了便宜卖乖,不借你钱,舌头就长刺了,这就让琴花难咽这口气。

琴花说:“站住,韩冲!”一下就扑过去跳起来照着韩冲的脸掴了一个巴掌,韩冲没有防备,一下就怔住了。

韩冲说:“不借钱就算了,你还打我,我打你吧,我不君子,不打你吧你太张狂了,跳起来打,不够三尺高的人就是毒。我拿雷管炸了人,那雷管我有吗?还不是你给的!就是你给的!”

发兴站起来拖住了琴花,琴花兜头给了发兴一巴掌,跳着脚跑出院外,甲寨上看热闹的人自动让了个场地看琴花表演:“你个缺德鬼,你害了死人害活人,你炸獾咋就不炸了你,讨吃哪天说不定就来勾你命,你等着吧,不在崖下在崖上,不在明天在后天,你死了也要狼拖狗拽了你,五黄六月蛆轰了你!”

韩冲听着身后的叫骂声,踢着地上的石头蛋走,脑子里轰轰响,石头蛋掀了脚指甲盖,也不觉得疼。自己说得好好的,这个娘儿们就翻了脸,真是人小鬼大难招架。我×!

## 四

这是哑巴第一次出门，她把孩子放到院子里，要大看着，她走上了山坡。煦风温软地吹着，她走到埋着腊宏的地垄头上。坟堆有半人多高，她一屁股坐到坟堆上，坟堆下埋着腊宏。她从心里想知道腊宏到底是不是真的去了？一直以来她觉得腊宏还活着，腊宏不要她出门，她就不敢出门。今儿，她大着胆子出门了，出了门，她就听到了鸟雀清脆的叫声从山上的树林子里传过来。

哑巴绕着坟堆走了几圈，用脚踢着坟上的土，嘴里喃喃着一串儿话，是谁也听不见的话，然后坐到地垄上哭。岸山坪的人都以为哑巴在哭腊宏，只有哑巴自己知道她到底是在哭谁。哑巴哭够了对着坟堆喊，一开始是细腔儿，像唱戏的练声，从喉管里挤出一声“啊”，慢慢就放开了，唢呐的冲天调，把坟堆都能撕烂，撕得四下里走动的小生灵像无头的苍蝇一样乱往草丛里钻。哑巴边喊边大把抓了土和石块砸坟头，她要砸出坟头下的人问问他，是谁让她这么无声无息地活着?

远远地看到哑巴喊够了，像风吹着的不倒翁回到了自己的院子里，人们的心才放到了肚子里。哑巴取出从不舍得用的香胰子，好好洗了洗头，洗了脸，找了一件干净的衣服换上出了屋门。哑巴走到粉房的门口，没有急着要进去，而是把头探进去看。看到韩冲用棍搅着缸里的粉浆，搅完了，把袖子挽到臂上，拿起一张大箩开始箩浆。手在箩里来回搅拌着，落到缸里的水声哗啦啦哗啦啦地响，哑巴就觉得很温暖。哑巴大着胆子走了进去，地上的驴转着磨道，磨眼上的玉茭塌下去了，哑巴用手把周围的玉茭填到磨眼里，她跟着驴转着磨道填，转了一圈才填好了磨顶上的玉茭。哑巴停下来抬起手闻了闻手上的粉浆味儿，是很好闻的味儿，又伸出舌头来舔了舔，是很甜的味道，哑巴咧开嘴笑了。

这时候韩冲才发现身后不对劲，扭回头看，看到了哑巴的笑，水光亮的头发，白净的脸蛋，她还是个很年轻的女人嘛，大大的眼睛，鼓鼓的腮帮，翘翘的嘴巴。韩冲把地里看见的哑巴和现在的哑巴做了比较，觉得自己是在梦里，用围裙擦着手上的粉浆说：“你到底是不是个傻哑巴？”哑巴吃惊地抬起头看，驴转着磨道过来用嘴顶了她一下，她的腰身碰了一下驴的鼻子，驴打了个喷嚏，她闪了一下腰。哑巴突然就又笑了一下，韩冲不明白这个哑巴的笑到底是羊羔子疯病的前兆，还是她本来就是一个爱笑的女人。

大搂着弟弟在门上看粉房里的事情，看着看着也笑了。

哑巴走过去一下抱起来儿子，用布在身后一绕，把儿子裹到了背上走出了粉房。

岸山坪的人来看哑巴，觉得这哑巴倒比腊宏活着时更鲜亮了。韩冲箩粉，哑巴看磨，孩子在背上看着驴转磨咯咯咯笑。来看她的人发现她并没有发病的迹象，慢慢走近了互相说话，说话的声音由小到大。谁也不知道哑巴心里想着的事，其实她心里想的事很简单，就是想走进她们，听听她们说话。

哑巴的小儿子哼唧唧地要撩她的上衣，哑巴不好意思抱着孩子走了。边走孩子边撩，哑巴打了一下孩子的手，这一下有些重了，孩子哇的一声哭了起来。孩子的哭声挡住了外面的吵闹声音，就有一个人跟了她进了她的屋子，哑巴没有看见，也没有听见。孩子抓着她的头发一拽一拽地要吃奶，哑巴让他拽，你的小手才有多重，你能拽妈妈多疼。哑巴把头抬起来时看到了韩冲，韩冲端着摊好的粉浆饼子走过来放到了哑巴面前的桌子上。他说："吃吧，断不得营养，断了营养，孩子长得黄寡。"

哑巴指了一下碗，又指了一下嘴，要韩冲吃。韩冲拿着铁勺子梆梆磕了两下子鏊盖，指着哑巴说："你过来看看怎么样摊，日子不能像腊宏过去那样儿，要来啥吃啥，要学着会做饭。面有好几种做法，也不能说学会了摊饼子就老摊饼子，你将来嫁给谁，谁也不会要你坐吃。妇女们有妇女们的事情，汉们种地，妇女做饭，天经地义。"

哑巴站起来咬了一口，夹在筷子上吹了吹，又在嘴唇上试了试烫不烫，然后送到了孩子的嘴里。哑巴咬一口喂一口孩子，眼睛里的泪水就不争气地开始往下掉。韩冲把熟了的粉浆饼子铲过来捂到哑巴碗里，就看到了梁上有虫子拽着丝掉下来，落在哑巴的头发上，一粒两粒，虫子在她乌黑的头发上一耸一耸地走。孩子抬起手从她的头上拽下一个虫子来，噗的一下捏死了它，一股黄浓的汁液涂满了孩子的指头肚，孩子呵呵笑了一下抹在了她的脸上。哑巴抹了一下自己的脸，搂紧孩子捏着嗓子哭起来。

哑巴一哭，韩冲就没骨头了，眼睛里的泪水打着转说："我把粮食给你划过一些来，你不要怕，如今这山里头缺啥也不缺粮食。炸獾炸死了腊宏，我也不是故意的，我给你种地，收秋，在咱的事情没有了结之前，我还管你们。你就是想要老公家弄走我，我思谋着，我也不怪你，人得学会反正想，长短是欠了你一条命啊！你怕什么，我们是通过村干部签了条子的。"

哑巴头摇得像拨浪鼓，嘴里居然还一张一合的，很像两个字："不要！"

岸山坪的人哑巴不认识几个，自打来到这里，她就很少出门。她来到山上第一眼看到的是韩冲，韩冲给他们房子住，给他们地种，给大粉浆饼子吃。腊宏打她，韩冲进屋子里来劝，韩冲说：“冲着女人抬手算什么男人！”女人活在世上就怕找不到一个好男人，韩冲这样的好男人，哑巴还没有见过。哑巴不要韩冲钱的另一层意思就是想要他管她们母女仨。

韩冲背转身出去了，哑巴站起来在门口望，门口望不到影子了，就抱了儿子出来。她这时看到韩冲的粉房门前站了好多人，手里拿着布袋，看到韩冲走过去就一下围住了他。韩冲粉房前乱哄哄的，先进去的人扛了粉面急匆匆地出来，后边的人嚷嚷着也要挤进去。一个女人穿着小格子裤也拿着一个布袋从崖下走上来，女人走起路来一摆一摆的，布袋在手里晃着像舞台上的水袖。哑巴看清楚是甲寨上的琴花。琴花替她哭过腊宏，她应该感谢这个女人。

琴花上来了，韩冲他爹在家门口也看见了。昨天韩冲去借钱受了她的羞辱，今日里她倒舞了个布袋还好意思过来，这个不要脸的娘儿们。一个韩冲怎么能对付得了她，好好的三门亲事都荒了，为了啥，还不是为了她。人家一听说韩冲跟甲寨上的琴花明里暗里的好着，这女人对他还不贴心，只是哄着想花俩钱儿，谁还愿意跟韩冲？名声都搭进去了，韩冲还不明就里，我就这么一个儿，难道要我韩家绝了户！韩冲爹一想到这，火就起来了，他从粉房里把韩冲叫出来，问他：“你欠不欠你小娘儿们的粉面？”韩冲说：“不欠。”韩冲爹说：“那你就别管了，我来对付这娘儿们。”

琴花过来一看有这么多人等着取粉面，她才不管这些，侧着身子挤了进去。琴花对韩冲爹说：“老叔，韩冲还欠我一百五十斤玉茭的粉面，时间长了，想着不紧着吃，就没有来取。现在他出事了，来取粉商的人多了，总有个前后吧，他是去年就拿了我的玉茭，一年了，是不是该还了？”

韩冲爹抬头看一眼琴花就不想再抬头看第二眼了。这个女人嘴上的土眼跳跃得欢，欢得让韩冲爹讨厌。韩冲爹头也不抬地说：“人家来拿粉面是韩冲打了条子的，有收条有欠条，你拿出来，不是说是去年的，前年的大前年的欠了你的照样还。”

琴花一听愣了，韩冲确实是拿了她一百五十斤、玉茭。拿玉茭，琴花说不要粉面了，要钱。韩冲给了琴花钱。琴花说：“给了钱不算，还得给粉面。”韩冲说：“发兴在矿上，你一个人在家能吃多少？有我韩冲开粉房的一天，就有你吃的一天。”琴花隔三岔五取粉面，取走的粉面在琴花心里从来不是那一百五十斤里的数，一百五十斤是永远的一百五十斤。孩子马上要订婚了，不存些粉面到时候吃啥？说不定哪天他要真进去了，我和谁去要？

琴花说："韩冲和我的事情说不清楚，我大他小，往常我总担待着他，一百五十斤玉茭还想到要打条子？不就是百把斤玉茭，还能说不给就不给了？老叔，你也是奔六十的人了，韩冲他现在在哪儿，叫他来，他心里清楚。他要是真有个三长两短，你说这粉面还真想要昧了我的呢。"

韩冲爹说："你是奔六十的人了，奔六十的人，不等于没有七十八十了。我活呢，还要活呢，粉房开呢，还要开呢！"

看着他们俩的话赶得紧了，等着拿粉面的人就说："不紧着用，老叔，缓缓再说，下好的粉面给紧着用的人拿。"说话的人从粉房里退出来，觉得自己在这个时候来拿也没有个啥，现在这女人一点透似乎真有些不大合适，不就是几斗玉茭的粉面嘛。

琴花觉得自己有些丢面子了，她在东西两道梁上，甚时候有人敢欺负她，给她个难堪？没有！她来要这粉面，是因为她觉得韩冲欠她的，不给粉面罢了，还折丑人呢。

琴花说："没听说还有活千年的蛤蟆万年鳖的，要是真那样儿，咱这圪梁上真要出妖精了。"

韩冲爹说："现在就出妖精了还用得等！哭一回腊宏要一头猪，旁人想都不敢想，你却说得出口，你是他啥人呢？"

琴花说："我不和你说，古话说，好人怕遇上个难缠的，你叫韩冲来，我倒要看他这粉面是给啊不给？"

韩冲爹说："叫韩冲没用，没有条子，不给。"

琴花想和他爹说不清楚，还不如出去找一找韩冲。

琴花用手兜了一下磨顶上放着粉面的筛子，筛子哗啦一下就掉了下来。琴花没有想那筛子会掉下来，她原本只是想吓唬一下老汉，给他个重音儿听听，谁知道那筛子掉了下来，满地上的粉面白花花地淌了一地，琴花就蛮横地说："我吃不上，你也休想吃！"

韩冲爹从缸里提起搅粉浆的棍子叫了一声："反了你了！"

琴花此时已经走到院子里，回头一看韩冲爹要打她，马上就坐在地上喊起来："打人啦，打人啦，儿子炸死讨吃了，老子要打妇女啦！打人啦，打人啦！岸山坪的人快来看啦，量了人家的玉茭不给粉面还要打人啦，这是共产党的天下吗？"

韩冲爹一边往出扑一边说："共产党的天下就是打下来的，要不怎么叫打江山，今儿我就打定你了！”

哑巴不明白发生了什么事，刚才她回家为琴花做了张粉浆饼子，端了碗站在院边上看，碗里的粉浆饼子散发出葱香味儿，有几丝热气缭绕得哑巴的脸蛋水灵灵的，哑巴看着他们俩吵架，兴奋了。她爱看吵架，也想吵架，管他谁是谁非，如果两个人吵架能互相对骂，互相对打才好。平日里牙齿碰嘴唇的事肯定不少，怎么说也碰不出响呀。日子跑掉了多少，又有多少次想和腊宏痛痛快快吵一架，吵过吗？没有，长着嘴却连吵架都不能。哑巴笑了笑，回头看每个人的脸，每个人看他们吵架的表情都不同，有看笑话的，有看稀罕的，有什么也不看就是想听热闹的，只有哑巴知道自己的表情是快乐的。

琴花还在韩冲的粉房门前号，看的人就是没有人上前去拉她。琴花不可能一个人站起来走，她想总有一个人要来拉她，谁来拉她，她就让谁来给她说理，给她证明韩冲该她粉面，该粉面还粉面，天经地义。现在她眯着眼睛哭，瞅着周围的人，看谁来伸出一只手。她终于看到了一个人过来了，这一下她就很踏实地闭上了眼睛——过来的人是哑巴。哑巴端了碗，碗里的粉浆饼子不冒热气了。哑巴走到琴花的面前坐下来，两手捧着碗递到埋着头的琴花脸前，哑巴说：“吃。”

这一个字谁也没有听见，有点跑风漏气，但是，琴花听见了。

琴花吓了一跳，止住了哭。琴花抬起头来看周围的人，看谁还发现哑巴会说话了。周围的人看着琴花，不知道这个女人为什么突然噤了声！

琴花木然地接过哑巴手里的碗，碗里的粉浆饼子在阳光下透着亮儿，葱花儿绿绿的，粉饼子白白的，琴花的眼睛逐渐瞪大了，像是什么烫了她的手一下，她叫了一声“妈呀”，端碗的手很决绝地撒开了。地上有几只闲散的觅食的鸡，发现了地上的粉浆饼子，小心地走过来，快速叼到了嘴里，展开翅膀跑了。琴花站起身，看着哑巴，哑巴咧开嘴笑，用手比画着要琴花到她的屋里去。琴花又抬起头看周围的人群，人们发现这琴花就是不怎么样，连哑巴都懂得情分，可她琴花却不领情，却把哑巴的碗都摔了。

琴花弯下腰捡起自己的面口袋想，是不是自己听错了？却觉得自己没有听错，她突然有点害怕，一溜儿小跑下了山。岸山坪的人想，这个女人从来不见怕过什么，今儿个怕了，怕的还是一个哑巴。真的没明白。看着琴花那屁股上的土灰，随着琴花摆动的屁股蛋子，一荡一荡地在阳光下泛着土黄色的亮光，弯弯绕绕地去了。

## 五

炕上的孩子翻了一下身子蹬开了盖着的被子,哑巴伸手给孩子盖好。就听得大从外面蹦蹦跳跳地进来了。大说:“我有名了,韩冲叔起的,叫小书。他还说要我念书,人要是不念书,就没有出息,就一辈子被人打,和娘一样。”哑巴抬起头望了望窗外,黝黑的天光吊挂下来,她看到大手里拿着一包蜡烛,她知道是韩冲给的。

用麻秆点燃了蜡烛找来一个空酒瓶子把蜡烛套进去,有些松。她想找一块纸,大给她拿过来一张纸,她准备卷蜡烛往里塞时,发现了那张纸是王胖孩给她打的条子,上面有她的签字。她抬起手打了大一下,大扯开嗓子哭,把炕上的孩子也吓醒了。哑巴不管,把卷在蜡烛上的纸小心取下来,又找了一张纸卷好蜡烛塞进酒瓶里,放到炕头上。拿起那张条子看了半天抚展了,走到破旧的木板箱前,打开找出一个几年前的红色塑料笔记本,很慎重地夹进去。哑巴就指望这条子要韩冲养活她母女仨呢,哑巴什么也不要!哑巴摸了大的头一下,抱起了炕上的孩子。这时候就听得院子里走进来一个人,是韩冲。韩冲用篮子提着秋天的玉米棒子放到屋子里的地上,说:“地里的嫩玉米煮熟了好吃,给孩子们解个心焦。”

韩冲说完从怀里又掏出半张纸的蚕种放到哑巴的炕上,说:“这是蚕种,等出了蚕,你就到埋腊宏的地垄上把桑叶摘下来,用剪刀剪成细丝儿喂。”

蚕种是韩冲给琴花订下的。琴花说:“韩冲,给我订半张秋蚕,听说蚕茧贵了,我心里痒,发兴不在家,你给我订了吧。”韩冲因为和琴花有那码子事情,韩冲不敢说不订。琴花就是想讨韩冲的便宜,人说讨小便宜吃大亏,琴花不管,讨一个算一个,哪一天韩冲讨媳妇了,一个子儿也讨不上了,韩冲你还能想到我琴花?现在秋蚕下来了,韩冲想,给你琴花订的秋蚕,你琴花是怎么样对我的?还不如哑巴。我炸了腊宏,哑巴都不要赔偿,你琴花心眼小到想要我猪啦,粉面啦。我见了猪,猪都知道哼两哼,你琴花见了我咋就说翻脸就翻脸了呢?

韩冲说:“一半天蚕就出来了,你没有见过,半张蚕能养一屋子,到时候还得搭架子,蚕见不得一点儿脏东西。哑巴,你爱干净,蚕更爱干净,好生伺候着这小东西。”

哑巴想,我哪里还知道什么叫干净呀,我这日子叫爱干净吗?

夜暗下来了,把两个孩子打发睡下,哑巴开始洗涮自己。木盆里的水汽冒上来,哑巴脱干净了坐进去,坐进木盆里的哑巴像个仙女。标标致致的哑巴躬身往自己的身上撩水，蜡烛的光晕在哑巴身体上放出柔辉。哑巴透过窗玻璃看屋外的星星，风踩着星星的肩膀吹下来，天空中白色的月亮照射在玻璃上，和蜡烛融在一起，哑巴就想起了童年的歌谣：

天上落雨又打雷，
一日望郎多少回。
山山岭岭望成路，
路边石头望成灰。

蜡烛的灯捻哔剥爆响，哑巴洗净穿好衣服，找出一把剪刀剪掉了蜡烛捻上的岔头，灯捻不响了，摇曳的灯光黄黄的铺满了屋子。倒出去木盆里的脏水，看到户外夜色深浓，月亮像一弯眉毛挂在中天上，半明半暗的光影加上阒寂的氛围，让哑巴有点嗒然伤心。她觉得腊宏是死了，又觉得腊宏还活着，惊惊地四下里看了一遍，她的思维在清明和混沌中半醒半梦着。走回来脱了衣裳，重新看自己的皮肤，发现乌青的黑淡了，有的地方白起来，在灯光下还泛着亮，就觉得过去的日子是真的过去了。哑巴心头亮了一下，有一种新鲜的震惊，像一枚石头蛋子落入了一潭久沤韵水池子，泛了一点水纹儿。水纹儿不大，却也总算击破了一点平静。

现在的季节是秋天，刚入秋，天到晚上有点凉，白天还是闷热的。哑巴摸索着从窗台上找到一块手掌大的镜子来，举起来，看不清楚，镜子上全部是灰。下地找了块湿布子抹了两下，越发看不清楚了。一着急就用自己的衣裳抹，抹到举起来能看到眉眼了，走到灯影下慢慢地看到了自己的脸。好久不知道自己长了个啥样，好久了自己长了个啥样并不重要，重要的是挨了上顿打，想着下顿打，眼睛盯着个地方就不敢到处看，哪还敢看镜子呀。

突然听得对面的甲寨上有人筛了铜锣喊山，边敲边喊："呜吡吡吡——呜吡吡吡——"

山脊上的人家因为山中有兽，秋天的时候要下出来糟蹋粮食间或糟蹋牲畜，古时传下来一个喊山。喊山，一来吓唬山中野兽，二来给静夜里游走的人壮胆气。当然了，现在的山上兽已经很少了，他们喊山是在吓唬獾，防备獾趁了夜色的掩护偷吃玉茭。哑巴听着就也想喊了，拿了一双筷子敲着锅沿儿，迎着对面的锣声敲，像唱戏的依着架子敲鼓板，有板有眼的，却敲得心慢慢就真的骚动起来了，有些不大过瘾。起身穿好衣服，觉得自己真该狂喊了，冲着那重重叠叠的大山喊！找了半天找不到能敲响的家什，扰出一个新洋瓷脸盆。这个脸盆是从四川挑过来的，一直不舍得用。脸盆的底儿上画着红鲤鱼嬉水，两条鱼儿在脸盆底快活地等待着水。哑巴就给它们倒进了水，灯晕下水里的红鲤鱼扭着腰身开始晃，哑巴弯下腰伸进去手搅啊搅，搅够了掬起一捧来抹了一把脸，把水泼到了门外。哑巴找来一根棍，想了想觉得棍儿敲出来的声音闷，提了火台边上的铁疙瘩火柱出了门。

山间的小路上走着想喊山的哑巴，滚在路面上的石头蛋子偶尔磕她的脚一下。偶尔，会有一个地老鼠从草丛中穿过去；偶尔，恓惶中的疲惫与挣扎，让哑巴想惬意一下，哑巴仰着脸笑了。天上的星星眨巴了一下眼睛，天上的一勾弯月穿过了一片云彩，天上的风落下来撩了她的头发一下，这么着哑巴就站在了山圪梁上了。对面的铜锣还在敲，哑巴举起了脸盆，举起了火柱，张开了嘴，她敲响了：

当！

新脸盆上的瓷裂了，哑巴的嘴张着却没有喊出来。当！裂了的碎瓷被火柱敲得溅起来，溅到了哑巴的脸上，哑巴嘴里发出了一个字——啊！接着是一连串的当当当——啊啊啊——从山圪梁上送出去。哑巴在喊叫中竭力记忆着她的失语，没有一个人清楚她的伤感是抵达心脏的。她的喊叫撕裂了浓黑的夜空，月亮失措地走着、颠着，跌落到云团里，她的喊叫爬上太行大峡谷的山脊使山下的植被毛骨悚然起来。直到脸盆被敲出了一个洞，脸盆才暗哑下来，一切才悄然无声。

哑巴往回走，一段一段地走，回到屋子里把门关上，哑巴才安静了下来。哑巴知道了什么叫轻松，轻松是幸福，幸福的芽头儿正顶着哑巴的心尖尖。

## 六

韩冲赶了驴帮哑巴收秋地里的粮食。驴脊上搭了麻绳和布袋，韩冲穿了一件红色秋衣牵了驴往岸山坪的后山走。这一块地是韩冲送给腊宏的，地在庄后的凤凰尾上，腊宏在地里种了谷。齐腰深的黄绿中韩冲一纵一隐地挥舞着镰刀，远远看去风骚得很。看韩冲的人也没有别的人，一个是哑巴，一个是对面甲寨上的琴花。琴花自打那天听了哑巴说话，回来几天都没有张嘴。琴花想，哑巴到底不是哑巴，不是哑巴她为啥不说话？琴花对发兴说。

发兴说："你不说没有人说你是哑巴，哑巴要是会说话，她就不叫哑巴了，人最怕说自己的短处，有短处由着人喊，要么她就是个傻子，要么就像我一样由了人睡我自己的老婆，我还不敢吭个声。”

琴花从床上坐起来一把搂了发兴的被子，说：“说得好听，谁睡我了？我还不是为了这个家，你少啥了？倒有你张嘴的份了！你下，你下！”琴花的小短腿小胖脚三脚两脚就把发兴蹬下了床。发兴光着身子坐在地上说：“我在这家里连个带软刺儿的话都不敢说，旁人还知道我是你琴花的汉子，你倒不知道心疼，我多会儿管你了？啥时候不是你说啥就是啥，我就是放个屁，屁眼儿都只敢裂开个小缝，眼睛看着还怕吓了你，你要是心里还认我是你男人你就拽我起来，现在没有别人，就咱俩，我给你胳臂你拽我？”

琴花伸出脚踢了发兴的胳臂一下，发兴赶紧站起来往床上爬，琴花反倒赌气搂了被子下了床到沙发上睡去。琴花憋屈得慌就想见韩冲，想和韩冲说哑巴的事情。

琴花有琴花的性格，不记仇。琴花找韩冲说话，一来是想告诉他哑巴会说话，她装着不说话，说不定心里怄着事情呢，要韩冲防着点；二来是秋蚕下来了，该领的都领了，怎么就不见你给我订的那半张？站在崖头上看韩冲粉房一趟，哑巴家一趟，就是不见韩冲下山。现在好不容易看到韩冲牵了驴往后山走了，就盯了看他，看他走进了谷地，想他一时半会儿也割不完，进了院子里挎了个篮子，从甲寨上绕着山脊往对面的凤凰尾上走。韩冲割了五个谷捆子了，坐下来点了根烟看着五个谷捆子抽了一口。韩冲看谷捆子的时候眼睛里其实根本就看不见谷捆子，看见的是腊宏。腊宏手里的斧子，黄寡样儿，哑巴，大和他们的小儿子。这些很明确的影像转化成了一沓两沓子钱。韩冲想不清楚自己该到哪里去借，韩冲盘算着爹的送老衣和棺材也搭里了，给不了人家两万，还不给一万？哑巴夜里的喊山和狼一样，一声声叫在韩冲心间，韩冲心里就想着两个字——亏欠。哑巴不哭还笑，她不是不想哭，是憋得没有缝儿，昨天夜里她就喊了，就哭了。她真是不会说话，要是会，她就不喊“啊啊啊”，喊啥？喊琴花那句话：“炸獾咋不炸了你韩冲！”咱欠人家的，这个“欠”字不是简单的一个欠，是欠一条命。韩冲狠狠掐灭烟头站起来开始准备割谷子。站起来的韩冲听到身后有沙沙声传过来，这山上的动物都绝种了，还有人会来给我韩冲帮忙？韩冲挽了挽袖管，不管那些，往手心里吐了一口唾沫弯下腰开始割谷子。

韩冲割得正欢，琴花坐下来看，风送过来韩冲身上的汗味儿。琴花说：“韩冲，真是个好劳力啊。”韩冲吓了一跳，抬起身看地垄上坐着的琴花。琴花说：“隔了天就认不得我了？”韩冲弯下腰继续割谷子，倒伏在两边的谷子上有蚂蚱蹿起蹿落。琴花揪了几把身边长着的猪草不看韩冲,看着身边五个谷捆子说:"哑巴她不是哑巴,会说话。"韩冲吓了一跳,一镰没有割透,用了劲拽,拽得猛了一屁股闪在了地上。韩冲问:"谁说的?"琴花说:"我说的。"韩冲抬起屁股来不割谷子了,开始往驴脊上放谷捆。韩冲说:"你怎么知道的?"琴花说:"你给我订的半张蚕种呢?你给了我,我就告诉你。"韩冲说:"胡屎日鬼我,你不要再扯淡!咱俩现在是两不欠了。"

韩冲捆好谷子,牵了驴往岸山坪走。琴花坐下来等韩冲,五个谷捆子在驴脊上耸得跟小山一样,琴花看不见韩冲,看见的是谷捆子和驴屁股。看到地里掉下的谷穗子,捡起来丢进了篮子里。篮子满了,看上去不好看,四下里拔了些猪草盖上。琴花想谷穗够自己的六只母鸡吃几天,现在的土鸡蛋比洋鸡蛋值钱,自己两个儿,比不得一儿一女的,两个儿子说媳妇,不是个小数目,现在就得一分一厘省。

韩冲牵了驴到哑巴的院子里,哑巴看着韩冲进来了,赶快从屋子里端出了一碗水,递上来一块湿手巾。韩冲抹了一把脸接过碗放到窗台上,往下卸驴脊上的谷捆。这么着韩冲就想起了琴花说的话:哑巴会说话。韩冲想试一试哑巴到底会不会说话。韩冲说:"我还得去割谷穗,你到院子里用剪刀把谷穗剪下来。你会不会剪?"半天身后没有动静,韩冲扭回头看,看哑巴拿着剪刀比画着要韩冲看是不是这样剪。韩冲说:"你穿的这件鱼白方格秋衣真好看,是从哪里买来的?"哑巴不好意思地低下头,抬起来时看到韩冲还看着她,脸蛋上就挂上了红晕,低着头进了屋子里半天不见出来。韩冲喝了窗台上的水,牵了驴往凤凰尾上走。没走多远,就听得对面有人问:"看上哑巴啦?"

一下子坏了韩冲的心情。韩冲一看是琴花,说:"你咋没走?"琴花说:"等你给我蚕种。"韩冲说:"你要不怕丢人败兴,我在这凤凰尾上压你一回,对着驴压你。你敢让我压你,我就敢把猪都给你琴花赶到甲寨上去,管她哑巴不哑巴,半张蚕种又算个啥!"琴花一下子脸就红了,弯腰提起放猪草的篮子狠狠看了韩冲一眼扭身而去。

韩冲一走,哑巴在院子里盘腿裸脚坐在地上剪谷穗,谷穗一嘟噜一嘟噜脱落在她的腿上脚上,哑巴笑着,孩子坐在谷穗上也笑着。哑巴不时用手刮孩子的鼻子一下,哑巴想让孩子叫她妈,首先哑巴得"妈",哑巴张了嘴喊时,怎么也喊不出来这个"妈"。

哑巴小的时候,因为家里孩子多,上到五年级,她就辍了学。她记得故乡是在山腰上，村头上有家糕团店，她背着弟弟常常到糕团店的门口看。糕团子刚出蒸笼时的热气罩着掀笼盖的女人，蒸笼里的糕团子出笼时，冒着泡泡，小小的，圆圆的，尖尖的。泡泡从糕团子中间噗地放出来，慢吞吞地鼓圆，正欲朝上满溢时，掀笼盖的女人用竹铲子拍它两下，糕团子一个一个就收紧了。弟弟伸出小手说要吃，她往下咽了一口唾沫，店铺里的女人就用竹铲子铲过一块来给她。糕团子放在她的手掌心，金黄色透亮的糕团子被弟弟一把抓进了嘴里烫得哇哇喊叫，她舔着手掌心甜甜的香味儿看着卖糕团子的女人笑。女人说："想不想吃糕团子？"她点了一下头。女人说："想吃糕团子，就送弟弟回去，自己过来，我管包你吃个够。"她真的就送回了弟弟，背着娘跑到了桥头上。

桥头上停着一辆红色的小面包车，女人笑着说："想不想上去看一看？"她点了一下头。女人拿了糕团子递给她，领她上了面包车。面包车上已经坐了三个男人。女人说："想不想让车开起来，你坐坐？"她点了一下头。车开起来了，疯一样开，她高兴地笑了。当发现车开下山，开出沟，还继续往前开时，她脸上的笑凝住了，害怕了，她哭，她喊叫。

她被卖到了一个她到现在也不清楚的大山里。月亮升起来时一个男人领着她走进了一座房子里，门上挂着布门帘，门槛很高。一进门，眼前黑乎乎的，拉亮了灯，红霞望着电灯泡，想尽快让光线将她带进透亮中，但是她只能看到幽暗的墙壁上有她和那个男人拉长又折断的影子。她寻找窗户，想逃跑，但被那个男人推到墙角。这时，火炉上的水壶响了，她吓了一跳，同时看到了那个叫腊宏的男人把幽暗都推到两边去的微笑。她哆嗦地抱着双肘缩在墙角，那个男人拽过了她，她不从，那个男人就开始动手打她——红霞后来才知道腊宏的老婆死了，留下来一个女孩——大。大生下来半年了，小脑袋不及男人的拳头大，红霞看着大就想起了自己的弟弟。在这个被禁锢了的屋子里她百般呵护着大，大是她最温暖的落脚地，大唤醒了她的母性。红霞这时才知道人是不能按自己的想象来活的，命运把你拽成个啥就只能是个啥。她一脚踏进去这座老房子，就出不来了，成了比自己大二十岁的腊宏的老婆。

一个秋天的晚上，她晃悠悠地出来上厕所，看到北屋的窗户亮着，那北屋里住着腊宏妈和他的两个弟弟。她看不见里面，听见有说话声音传出来。

腊宏妈说："你不要打她了，一个媳妇已经被你打死了，也就是咱这地方女娃儿不值钱，她给咱看着大，再养下来一个儿子，日子不能说坏了。下边还有两个弟弟，你要还打她，就把她让给你大弟弟算了。娘求你，娘跪下来磕头求你。"果真就听见跪下来的声音。

红霞害怕了，哆嗦着往屋子里返，慌乱中碰翻了什么，北屋的房门就开了，腊宏走出来一下揪住了她的头发拖进了屋子里。

腊宏说："龟儿子，你听见什么了？"

红霞说："听见你娘说你打死人了，打死了大的娘。"

腊宏说："你再说一遍！"

红霞说："你打死人了，你打死人了！"

腊宏反转身想找一件家伙，却什么也没有找到，看到柜子上放着一把老虎钳，顺手够了过来扳倒红霞，用手捏开她的嘴，揪下了两颗牙。红霞杀猪似的叫着，腊宏说："你还敢叫？我问你听见什么了？"红霞满嘴里吐着血沫子说不出话来。

还没有等牙床的肿消下去，腊宏又犯事了。他合伙和人用洛阳铲盗墓，因为抢一件瓷瓶子，他用洛阳铲铲了人家。怕人逮他，他连夜收拾家当带着红霞和大跑了。卖了瓷瓶子得了钱，他开始领着她们打一枪换一个地方。腊宏说："你要敢说一个字，我要你满口不见白牙。"

从此，她就寡言少语，日子一长，索性便再也不说话了。

哑巴听到院子外面有驴鼻子的响声，知道是韩冲割谷穗回来了。站起身抱着睡熟了的孩子放回炕上，返出来帮韩冲往下卸谷捆。韩冲说："我裤口袋里有一把桑树叶子，你掏出来剪细了喂蚕。"哑巴才想起那半张蚕种怕孩子乱动放进了筛子里没顾上看。掏出叶子返进屋子里端了筛子出来，把剪碎的桑叶撒到上面，看到密密的蚕蛹心里就又产生了一种难以割舍的感觉。游走在外，什么时候哑巴才觉得自己是活在地上的一个人呢？现在才觉得自己是活在地上的一个人！心里深处汩汩奔着一股热流，她想起小时候娘说过的话：天不知道哪块云彩下雨，人不知道走到哪里才能落脚，地不知道哪一季会甜活人呀，人不知道遇了什么事情才能懂得热爱。

哑巴看着韩冲心里有了热爱他的感觉。

## 七

蚕脱了黑，变成棕黄，变成青白，蚕吃桑叶的声音——沙沙，沙沙，像下雨一样，席子上是一层排泄物，像是黑的雪。

韩冲端了一锅粉浆给哑巴送去。送到哑巴屋子里，哑巴正好露了个奶要孩子吃。孩子吃着一个，用手拽着一个，看到韩冲进来了，斜着眼睛看，不肯丢掉奶头，那奶头就拽了老长。哑巴看着韩冲看自己的奶头不好意思地背了一下身子。韩冲想：我小时候吃奶也是这个样子。韩冲告诉哑巴："大不能叫大，一个女娃家要有个好听的名字，不能像我们这一代的名字一样土气，我和庄上的小学老师商量一下，想了个名字叫'小书'，你看这个名字咋样儿？那天我也和大说了，要她到小学来念书，小孩子家不能不念书。我爹也说了，饿了能当讨吃，没文化了，就是你哭爹叫娘也讨不来知识。我就是小时候不想念书，看见字稠的书就想起夏天一团一蛋的蚊子。"

韩冲说："给你的钱，我尽快给你凑够，凑不够也给你凑个半数。不要怕，我说话算数。你以后也要出去和人说说话，哦，我忘了你是不会说话的。琴花说你会说话，其实你是不会说。"

哑巴想告诉韩冲她以前会说话，她不要赔偿，她就想保存着那个条子，就想要你韩冲。韩冲已经走出了门，看到凌乱的谷草堆了满院，找了一把锄来回搂了几下说："谷草要收拾好了，等几天蚕上架织茧时还要用。"

说完出了大门，韩冲看到大趴在村中央的碾盘上和一个叫涛的孩子下"鸡毛算批"。这种游戏是在石头上画一个十字，像红十字会的徽标，一个人四个子，各摆在自己的长方形横竖线交叉点上。先走的人拿起子，嘴里叫着鸡毛算批，那个"批"字正好压在对方的子上，对方的子就批掉了。鸡毛算批完一局，大说："给？"涛说："再来，不来不给。"大说："给？"涛说："没有，你不下了，不下了就不给。"大说："给？"涛学着大把眼睛珠子抽在一起说："给？"说完一溜烟跑了。韩冲走过去问大："他欠你什么了？我去给你要。"大翻了一眼韩冲说："野毛桃。"韩冲说："不要了，想要我去给你摘。"大一下哭了起来说："你去摘！"韩冲想，我管着你母女仨的吃喝拉撒，你没有爹了我就是你的临时爹，难道我不应该去摘？韩冲返回粉房揪了个提兜溜达着走进了庄后的一片野桃树林。野桃树上啥也没有，树枝被害得躺了满地。韩冲往回走的路上，脑里突然就有一棵野毛桃树闪了一下，韩冲不走了，仄了身往后山走。拽了荆条溜下去，溜到下套子的地方，用脚来回量了一下，发现正前方正好是那棵野毛桃树。韩冲坐下来抽了一根烟，明白了腊宏到这深沟里干啥来了。

来给他闺女摘野毛桃来了。韩冲想：是咱把人家对闺女的疼断送了，咱还想着要山下的人上来收拾走她们母女仨。韩冲照脸给了自己一巴掌，两万块钱赔得起吗？搭上自己一生都不多！韩冲抽了有半包烟，最后想出了一个结果：拼我一生的努力来养你母女仨！就有些兴奋，就想现在见到哑巴就和她说，他不仅要赔偿她两万，甚至十万，二十万，他要她活得比任何女人都快活。

天快黑的时候,从山下上来了几个警察,他们直奔韩冲的粉房。韩冲正忙着,抬头看了一眼,从对方眼睛里觉出不对。韩冲下意识地就抬起了腿,两个警察像鹰一样地扑过来掀倒了他,他听到自己的胳臂的关节咔叭一响,然后就倒栽葱一样被提了起来。一个警察很利索地抽了他的裤带,韩冲一只手抓了要掉的裤子,一只手就已经被戴上了手铐。完了完了,一切都他妈的完蛋了。

审问在韩冲的院子里,韩冲的两只手铐在苹果树上,裤子要掉下来,警察提起来要他肚皮和树挨紧了。韩冲不挨紧也不行,裤子要往下掉。一个男人要是掉了裤子,这一辈子很可能和媳妇无缘了。苹果树旁还拴了磨粉的驴,驴扭头看着韩冲,驴不知道因为什么主人会和自己拴在一起。驴嘴里嚼着地上的草,嘴片儿不时还打着很有些意味的响声。

警察问了:“你叫腊宏?”

韩冲说:“我叫韩冲,不叫腊宏。我炸獾炸死了腊宏。”

警察说:“这么说真有个叫腊宏的?他是从四川过来的?”

韩冲说:“是四川过来的。”

警察说:“你只要说是,或者不是。你炸獾炸死了人?”

韩冲说:“是。”

警察说:“为什么不报案?”

韩冲看着警察说:“是或者不是,我该怎么说?”

警察说:“如实说。”

韩冲说:“獾害粮食,我才下套子炸獾。炸獾和网兔不一样,獾有些分量不下炸药不行,我下了深沟里。那天我听到沟里有响声泛上来,以为炸了獾,下去才知道炸了人。把他背上来就死了。人死了就想着埋,埋了人就想着活人,没想那么多。况且说了,山里的事情大事小事没有一件见官的,都是私了。”

警察说:“这是刑事案件,懂不懂?要是当初报了案,现在也许已经结了案,就因为你没有报案,我们得把你带走。你这愚蠢的家伙!”

韩冲傻瞪了眼睛看,看到岸山坪的几位长辈和警察在理论。

韩冲斜眼看到岸山坪的人围了一圈,看到他爹拄了拐棍走过来。韩冲爹看到韩冲,脸上霎时就挂上了泪水。韩冲一看到他爹哭,他也哭了,泪水掉在溅满粉浆的衣裳上。韩冲说:“爹,我对不住你,用你的棺材埋了人,用你的送老衣送了葬,临了,还要让老公家带走,我对你尽不了孝了。爹呀,你就当没有我这个儿子算了。”

韩冲爹用拐杖敲着地说:“我养了你三十年,看着你长了三十年,你娘死了十年,说没有养就没有养,说没有长就没有长了? 你个畜生东西! ”

韩冲看到王胖孩大步走小步跑地迎过来, 边走边大声问:“哪个是刑警队长同志,哪个是? ”

看到韩冲旁边站着的警察赶快走过来一人递了一根烟, 点了点头说:“屋里说,屋里说。”一干人就进了韩冲的粉房。

韩冲搂着苹果树,看身边的驴,耳朵却听着屋子里。屋门口围了好多大人小孩,屋外的警察走过来把他们驱散开,韩冲不敢扭头看,怕一下子扭不对了裤子会掉下来。就听得屋子里的人说:“我们是来抓腊宏的,你把腊宏的具体情况说一下。”村干部说:“这个腊宏我不大清楚,毕竟他不是我的村民,我给你们找一个人进来说。”村干部王胖孩走出来,踮着脚尖瞅了一圈岸山坪的人,指着韩冲爹很是神秘地说:“你,过来。”韩冲爹就走了过来。王胖孩小声说:“不是抓韩冲,误会了,是抓腊宏。逃亡在外的大杀人犯,炸死了,韩冲说不定还要立功。你进去反映一下腊宏的情况,如实的基础上不妨带点儿色。”重重拍了拍韩冲爹的脊背。

两人走了进去,接下来的话就有些听不大清楚。隔了一会儿又听得有话传出来:“真要是说上边查下来,你这个代表一级政府的村干部也得玩儿完。”“是是是! ”外面的人吵得乱哄哄的,有说腊宏是在逃犯,有说韩冲炸他炸对了,就把屋里的说话声压了下去。听不见说话声,韩冲就看驴,驴也看他,互看两不厌。

不大一会儿,粉房里的人都出来了。警察递给村干部韩冲的裤带,村干部王胖孩走过去给韩冲塞到裤襻里,紧了裤,韩冲才离开了紧靠着的苹果树。一个警察过来打开了韩冲的手铐,并没有放韩冲,而是让他从树上脱下手来,又铐上了,要韩冲走。韩冲知道自己是非走不行了,走到爹面前停下来,腿不由自主地跪了下来,安顿了几句粉房的事情,最后说:“哑巴的蚕眼看要上架了,上不去的要人帮助往上捡,她一个妇女家,平常清理蚕屎都害怕,爹,就代替我帮她一把,咱不管他腊宏是个啥东西,咱炸了人家了,咱就有过。”

韩冲爹说:“和爹一样,嘴硬骨头软,一辈子脖子根上就缺个东西,啥东西?软硬骨头。”

韩冲抬了脚要下岸山坪的第一个石板圪台的时候, 身后传来一声喊:“不要! ”

岸山坪的人齐刷刷把小脑袋瓜扭了过来,看到了哑巴抱着孩子,牵着小书往人跟前跑。

警察不管那个女人是谁,只管带了人走。韩冲任由推着,脑海里就想着一句琴花的话:哑巴她会说话,哑巴她真会说话!

## 八

哑巴手里拿着那张条子,走过去拽住村干部王胖孩。

哑巴比画的意思是:你打了条子的,怎么说把人带走就带走了,要你这村干部做啥?

王胖孩说:“说,说!你明明会说话,要我拐着弯子办事,你要是早说话,咱还用打条子?”

哑巴半天憋得脸通红了才憋出一个字:“不。”

王胖孩说:“那你现在是哪里在发声儿?”

哑巴哭了,低着头看着自己的脚尖。韩冲爹走过去拉了小书的手对王胖孩说:“要她跟着个杀人犯逃命,还要说话,不如绝了话好!”

韩冲爹找来村上的人要他看一天粉房,他想进城里去看看韩冲。

韩冲爹说:“你只用把火看好,不要让火灭了,火好粉才好干透,下来的粉面才不怕老浆臭,老浆臭的粉面不出货,还不够筋道,谁也不想要。午后喂一次猪,七八头猪要吃三桶粉渣,你做好这两项就好了,我搭黑就会回来。”

韩冲爹第二天就进了城里,在看守所里见到了韩冲,知道还在调查中。韩冲的雷管从哪里来的,琴花给的。琴花的雷管从哪里来的,发兴从矿上取回来的。发兴从矿上哪里拿的,从他儿子保管的仓库里找的。这样下来一件事情就拉长了战线。现如今才调查到了矿上,发兴的儿子也被看守了起来。

韩冲问他爹粉房的事情,他爹说:“好好,都好。那哑巴是真会说话。”

韩冲说:“会说话就好。”

韩冲爹瞅了韩冲一眼没吭声。

韩冲觉得有一句话憋在嘴里想说,却又不知道该怎么说,就说:“回去安顿哑巴,就说我要她说话!”

韩冲爹啥话也没有说,点了一下头扭身走了。

回到岸山坪,看到家户都黑了灯,唯有粉房亮着,村人正把火上烤的粉往下卸,一块一块地打碎。

村人的身影映在墙上像个小山包,一伸一缩的,在黑黝黝的山梁上看着这么点光亮，这么点晃动的影子，韩冲爹心里酸酸的，那个人就是我啊，我在替我儿子还债呢。

韩冲爹掏出两包烟走进门放到磨顶上，说："小老弟，舀一锅浆拿两包烟，我搭黑了，你也辛苦了。"村人说："谁家里不遇个难事，说啥客气话嘛。"

韩冲爹觉得门外有个东西晃，返身走出去，看到是哑巴。韩冲爹看着哑巴半天说了一句："韩冲要你说话。"

月光下，哑巴的嘴唇翕动着，她感到了一种前所未有的东西撞击着她的胸腔。这天夜里，她做了一个梦，突然被一个人叫醒了，那种生死两茫茫的无情的隔离随即就相通了。

秋天的尾声是悄无声息的。蚕全部上了架，蚕在谷草上织茧，哑巴看蚕吐丝看累了想到外面走走。因为长年闭门在家，很少到山间野地晃荡，深秋是个什么样子她还真不知道。山头上的阳光由赤红褪成了淡黄，抱了孩子站在崖头上望，看到所有在地里劳作的农民脸上挂了喜悦的微笑。哑巴想，在地里劳动真好啊。四处看去，但见天穹明净高远，少许白云似有若无，望过去显得开阔而清爽，之后山风涌动凉意渐生。她在粉房里看着驴磨着泡软的玉茭从磨眼里碎成浆磨下来，就是看不到韩冲。看到岸山坪的人们一挑一挑地往家挑粮食，就是没有韩冲。哑巴的心里颤颤地有说不出来的东西哽在喉头，哑巴回头教孩子说话。

哑巴说："爷爷。"

孩子说："爷爷。"

秋雨开始下了，绵绵密密地下个不停，泥脚、墙根、屋子里淤满霉味和潮气。天晴的时候，屋外有阳光照进来，哑巴不叫哑巴了叫红霞，现在红霞看到阳光是金色的。

（《小说月报》2005 年第 1 期选载）

# 我们都是“天上人”

裴蓓

## 一

这个年代，一切的一切，都在瞬息间变迁。这一切的变迁中，最无常的，莫过于财富。这个年代的很多人，都在财富最无常的变迁中折腾，很轻易地就把自己折腾成巨富，很轻易地又把自己折腾得一无所有。如果，一个人，有幸在巨富和一无所有之间折腾几个来回，基本上，他就不再是正常人了。

都市只是折腾了一个来回，就很有些不正常了。当然，这种不正常和精神错乱到底有些区别，至少程度不同，够不着精神科医生动用电棒电极来对付。都市的不正常，只是有些各色，有些不可理喻，令人捧腹，又啼笑皆非。

都市其实原来很正常的。假如他安守本分地在大学当一名教师，他会一直正常下去。可是，他鬼使神差地到南方沿海晃了一圈，鬼使神差地赚了一大把钱，又鬼使神差地变回“赤条条来去无牵挂”。于是，都市就不再是那个很有些学者风范的都市了，都市成了“天上人”。

“天上人”，是指那些让人感觉他天上知道一半、地上全部晓得，而且天上的事他能一半、地上的事他全能的那种人。“天上人”也有另一层意思，寓指有些人心悬在半空，上不着天下不着地，或者，不按常人的思维出牌，离经叛道，标新立异，特立独行。

无论哪种解释，都市似乎都套得上。

都市倾家荡产后，在南方挣扎了几年，回了北京。北京是他的根据地，就像南方沿海城市新海是他的根据地一样。尽管都市的家乡既不在北京，也不在新海，而在浙江一个偏远的小城里，在那个小城，都市的家族很有些来历。都市带着永远也改不了的乡音，一南一北两地跑，好多年没有回过家乡。都市家乡的人对都市的印象定格在他率领一大车队浩浩荡荡回家建希望小学的辉煌里。

熟悉都市的人，都不知道他回到北京是什么样的光景。大学是回不去了，他靠什么生存？但是，每次都市回到新海，都是热热闹闹的，都会有爆炸性新闻把大家的神经搅得混乱不堪，云里雾里。

都市第一次回来，是买地。那年，他挥舞着手臂在本市地图上画了一个大圈，语惊四座，他要把这个城市的一小半全都买下，还包括几个没有命名的小岛。这件事着实沸沸扬扬好一阵。可是，都市回去后，此事再没下文。那些翘首期待的朋友说，人家说虎头蛇尾，他却一点尾巴也没有，屁股光溜溜干干净净。

都市第二次回来，是收购一个上市公司。那是一个股票单价曾飙升到九十元的上市公司。不知怎么他就知道了那公司几个大董事意见不合，便游说了一个让董事们既能抽身退步、又能大获回报的可行方案，他的方案真的打动了这些人。只是，他满心以为稳赚的几亿人民币最后一分也没有进他的账户。

再后来，就是卖银行，一家外资银行。再后来，还有很多。

都市真不是坑蒙拐骗的主儿，他是正儿八经地筹划每一个项目，而且他的正儿八经还常常能让那些起初不相信他的人也正儿八经地相信他，有的还豪情万丈地和他一起忙碌折腾。

这些年里，都市就这样从北方到南方，又从南方到北方，来回惊天动地地折腾，至今，依然居无定所，颠沛流离。

这一次，都市又来南方了。

## 二

李子蕾接到都市的电话后，神经紧张了好一会儿，她不知道这个“天上人”这次又会给她添什么乱，她的生活已够烦了。

倒是对一切都怀着极大好奇的表妹心心听说都市来了，兴奋得不得了，满脸坏笑地嚷嚷要见这个声名卓著的人物。心心还自作聪明地猜测这一回都市又会爆什么惊天大冷门。

李子蕾当初能在新海落下脚来，多少与都市有关。如今，李子蕾没法说服自己不接待这个“贵人”，又没法说服自己安然地接待这个贵人，和都市相处的每一分钟她都别扭，都累。

李子蕾在都市钦点的假日餐厅为都市接风洗尘。都市说他喜欢假日餐厅巨大的落地玻璃窗外那蓬勃无际的大海，还有海边那几栋极尽气派别致的建筑。只有李子蕾明白，都市在意的不是大海，也不是那几栋建筑，而是那几栋建筑后面的一块地。都市曾是那块地的主人，他至今无法释怀。

这顿饭局，李子蕾通知了都市原来所有的朋友，却一个没来。表妹心心有招聘单位要面试，想来又来不了。于是，李子蕾只好孤零零地接待都市，又怕都市面子过不去，只是说没有通知其他人。

越发精瘦的都市和李子蕾隔着桌子坐着。都市的头发更长了，发尾已经齐到肩部，挡住了部分细长细长的脖子，这反倒使那原本就突出的喉结显得更加突兀，在脖颈上那薄薄的皮肤里蠕动着，让人担心那层皮肤什么时候会绷裂开来。

李子蕾有些紧张地等着都市发话，担心都市爆出的新闻再次超出她的承受能力。

都市常感叹曲高和寡。他本来是一只凤凰，却不得不在麻雀堆里行走，更可恨的是，麻雀因为凤凰和他们不一样，反倒认为凤凰丑陋。

都市说，这次，他来推销一艘航空母舰，美国的航空母舰。

李子蕾稍稍松了一口气，仅仅是一艘退役的航空母舰。之前，心心猜测，他可能这次会来推销金星火星。

“这项目不难的，附近海上就有一艘。”李子蕾说。

都市立即表示异议，伸出细长的手在空中比画，声调很高节奏很快地说：“那不一样，大不一样。那太落后了，太落后了。那叫航母吗？充其量就是一艘大军舰。我这艘，那可不一样。”

都市神情激越地说他的航母如何的不一样。从长宽高，到装备，到布局，到航速，数字精确到小数点后面好几位。

都市一口气将那艘航空母舰描述完，一口气喝了一碗汤，说：“你认识的那些老板要不要？唉！算了，那些老板土得掉渣，有几个买得起航母的？我还是直接和你们市长书记谈。”

李子蕾点点头，她希望这次都市做的事很真实，希望美国的旧航母卖给中国，希望都市能成。

都市不再说话，只是眼神迷离地看着窗外，看着海天交接的苍穹处，遐想着太平洋另一端的航母。

都市的脸有些黄，有些黄中带白，是病态的，都市的眼神也呈一种病态。李子蕾看着都市，记起青春时的那份萌动，那份萌动一直隐藏着，几年前才消失殆尽。

李子蕾拿出一串钥匙，说："这是我那套小屋的钥匙，你住吧。"

都市使劲摆手，摆得很利落很急切，一边摆一边说："不用，不用，我已经在大海湾酒店订了房。"

"那就把酒店的房退了吧，反正我那房也是空着，我已经让人打扫好了。"李子蕾很清楚，大海湾酒店的订房客人里不会有都市的名字。

可是，都市依然说："真的不用，真的不用，我习惯住酒店。我喜欢大海湾酒店夜床上的玫瑰，那玫瑰最鲜最靓。"都市一边说一边摇头赞叹，长长的头发在长长脖子上来回甩着。

"你住几号房？"

"唔，我想想，一一二〇。那房间，海景无敌！"

李子蕾沉默。一一二〇房是双号，大海湾酒店的双号房是朝北的，只能看山，不能看海。而且，大海湾酒店的夜床上从来不插玫瑰，只插百合，或者郁金香。

都市细细的眼睛放着光，好像他就在大海湾酒店的一一二〇房里，欣赏着窗外的无敌海景，还有那最鲜最靓的玫瑰。

李子蕾想了想，把钥匙收回来，准备放回包里。可是，都市立马把发散的眼光收了回来，看着李子蕾手中的钥匙，说："你那屋子空着啊？要不，我先拿着钥匙，等住酒店住烦了，就住那屋儿去。"

都市的口音是江浙一带的，都市的用词吐字却是京味儿，听起来，如同唱戏般荒腔走板。

李子蕾没再说什么，把钥匙递给他，起身去洗手。趁着洗手，把饭单给埋了。她要是当着都市的面埋单，他一定又会把单抢走，等单抢到手上，又会在兜里掏半天。等把掏出的钱给了服务员，那放光的眼睛一定会黯淡下去，因为那很可能就是他下一顿的饭钱。

李子蕾和都市走出餐厅，李子蕾说，先看看小屋，再决定住不住酒店吧，你钱再多也是钱哪，那小屋虽然简单一些，倒也舒适。

都市这才期期艾艾地上了李子蕾的车。

车在迷离的夜色中游着车河。多年前，都市最喜欢开着奔驰游车河。有时奔驰上也会坐着一两位美女，那种感觉很爽，很爽很爽。

都市拍拍李子蕾的本田车，一边拍一边摇头，说："这小日本的车，就是不如德国的，你说，那日耳曼人种怎么就那么优秀，连造出的车都是无与伦比的？我那奔驰，里面的配置，哪会这样？每一个部位，哪怕是一个很微小的零件都是和车体严丝合缝，珠联璧合。”

李子蕾把车停在斑马线上让行人过去，转过头说：“又买大奔了？”

都市刚刚还眉飞色舞的脸就黯淡下去，像蒙上一层灰。“是，又买了，大奔。”都市声音很小，忽地，声音又高亢起来，“在北京那边，没大奔，怎么办事呀？北京那是什么地方，那水多深龙多少?!”

都市突然提高了声音是有理由的。李子蕾又不在北京，就是偶尔去一去，他要么找借口说他不在北京，要么，他把什么人的车弄来开开，对付对付。他会用那车载着李子蕾，一边说，这车，我不喜欢了，得换了它，再好的车，开个两三年就该淘汰。等到她再下一次去北京，那车一定就不在了。

两人一进到那小房子，都市就嚷嚷，这屋真小！连一百平方米都没到，还没我那别墅的十分之一！那个连小学都没念完的暴发户凭什么买我的别墅？他配吗？那别墅的外形可是西班牙式的，装修可是意大利式的。那家伙连说话都结巴，他住在里面算什么事儿?!

都市很生气地往沙发上一坐，沙发的弹簧一阵震颤。都市意识到这动作很不雅，于是，赶紧站起来，说着对不起，然后慢慢地坐下去。都市一直以自己的贵族血统为傲，而且，他又在没有贵族的年代曾打拼成现代新贵。

李子蕾把都市的箱子推进卧室，真沉，似乎装着全部家当。李子蕾把很沉的箱子推到房间的一角，尽量不经意地说，这房没人住，你住多久都行。

都市看着那只箱子，不再说话。他要住多久？

前天，北京那间筒子楼的房东把他和这只箱子一起推了出来。现在，他只剩下两样东西，几近随风飘荡的身体，再就是，这只几近推不动的箱子。

李子蕾帮都市安顿着，都市看着李子蕾，有些手足无措。李子蕾走出门的一刹那，都市觉得这小房子其实挺大，空荡荡的。都市跟了出来。

李子蕾说，进去早点休息吧。

都市不说话，只是站在走廊上，看着李子蕾的车走远。小区的灯光很昏暗，身后的房子里很空。都市曾经有很多朋友，很多很多的朋友，有钱的，没钱的，男的，女的，老的，少的，漂亮的，不漂亮的，个个看到都市都屁颠屁颠的。都市当时是可以娶李子蕾的，如果他坚持，可那时太多的漂亮女人，总在都市面前眼花缭乱地晃。

## 三

李子蕾送完都市，丈夫周京的电话打进来。周京说，加班，晚些回家。周京的语气很温和，很歉疚。

李子蕾替周京累。每天这个时候，周京都打这个电话，都很温和，很歉疚。其实，周京从来不加班，也从来不在十二点之前回家。

李子蕾把车停进自家别墅的车库时，看到表妹心心站在门口。

心心表情怪异地告诉李子蕾，她在周京女秘书住的小区里看见了周京的车。

李子蕾只是很淡地“哦”了一声，眼睛看着草丛，草丛里有东西在动，是一只蚂蚱。草丛边那盏射灯，散射着浅蓝色的光，那只蚂蚱在浅蓝色的光线里颜色有些变异，蚂蚱好像受了伤，跳起来很不利索。

“姐，和他大闹一次吧！干吗要这样憋着？你要憋到什么时候啊？”

“有用吗？一个不了一个的。”李子蕾想抓住那只蚂蚱，看看它伤在哪里。

“那你就这么耗下去？”心心说得很急。

李子蕾没回答，那只蚂蚱跳进了草丛，她不敢伸手进去，有刺。

心心说：“我找人揍他！”

“有用吗？”蚂蚱不见了，李子蕾的眼神很空。

心心耸耸肩，说：“你那样子我看着难受。我还是不住你这里的好。”

“你不住这儿你住哪儿？”李子蕾站起身，看着心心。

心心立即兴奋起来，眉飞色舞地说：“我住都市那小房子去，我拿了那房的钥匙了，我太想看看这位天上人了。”

见李子蕾不吭声，心心又说：“你怕我们孤男寡女？你就放心啦，我有数啦。”一辆出租车经过，心心拦下，上车把门一关，一个挥手，把李子蕾撂在那里。

心心是直接开门进那房子的，把都市吓了一大跳。

此前的一秒钟，都市还在计算着那艘航空母舰给他带来的利润，至少有三千万吧?！他把三千万作了一个大致的规划，发现根本就预算不过来，这个数字最多也只够用作近期的一些安排。三千万太少！当初他卖一块地就赚了五千万，他炒一次外汇就是七千万！

这时，心心袅袅婷婷地站在都市面前。都市先是被心心的出现吓一跳，紧接着就是被心心的漂亮吓一跳。心心嚼着香口胶，歪着爆炸发型的脑袋，杏目含嗔，粉面带笑，朱唇微启，一翕一合间流香溢彩。都市有些呆，说，你是谁？

心心说："我是心心呀，我姐没和你说过？我姐倒是和我说过，有一个北京来的大款住在这里。我听了立马赶来见识见识，我这人有些心血来潮。"

都市乐了："你姐真这么介绍我的？"

心心奇怪地说："这还有假？我姐还说，你可是这里的风云人物。"

都市连忙说："那是，那是。你知道我最富有的时候有多少家产？"

心心瞪大眼睛说："多少？不会有一千万吧？"

都市把头扭向一边，说："一千万算什么？我问你，你父母是做什么的？"

心心说："普通职员呀。"

"难怪，难怪！"

"难怪什么？"

"你说难怪什么，就难怪什么。人的出身很重要。你知道我祖爷爷是谁？算了，不告诉你了，黄毛丫头！你要懂我，还得摸爬滚打很多年。"都市坐到沙发上，敲打着扶手，随后说："你晚上住这儿？"

"当然。"心心说着就往主卧室走，看见都市的行李在里面，便想推出来，一推，太沉，便嚷嚷道，"你来帮忙呀，怎么一点绅士风度都没有？还说出身贵族！"

都市很不情愿地走过去帮着推箱子，都市低着头，头发披到前面，挡住了脸，心心看不见都市的表情，只看见他整个脑袋全被包在头发里，心心想笑，但使劲忍着。两人把箱子推到隔壁的客房，心心说："本小姐住主卧室，天经地义，是吧？"

还没等都市发话，心心已经走着猫步进了主卧室，一边关门一边说："大人物，我睡了，我用房间里的洗手间，你用外面的。你忙你的吧。"

心心一关上门就靠在门上，使劲捂着嘴笑，真是个天上人！

都市看着主卧室的门，闻着空气里的香水味。这香水浓了一点，俗了一点，到底是普通人家的女孩子！都市叹了一口气。

都市在客厅怔怔忡忡地磨蹭了一会儿，发现十一点了。第二天一早还要见市长，都市赶紧从包里找出一瓶安眠药。

这些年，都市一直依赖安眠药。不吃就睡不了，吃了，睡了比没睡好不了多少，整天昏昏沉沉头重脚轻的。可他每天都得吃，每天吃毒药般地吃！都市手中的安眠药，如同一个符咒，他是中了邪，中了魔了。

都市一不小心把药瓶掉到地上，药瓶滚到沙发底下，发出药片翻滚的沙沙声。都市重重地叹了一口气。见鬼去吧！他疲惫地躺到沙发上，今天就这样，澡不洗药不吃，睡一觉。

都市看了看主卧室的门，想了想里面的心心在干什么，随后便闭上眼想他的航空母舰。那艘巨大的航空母舰，此时在没有边际的海洋上微微起伏着，海是银色的，他躺在足以容纳四十架飞机的甲板上，数着天上的星星。

都市在心里数着星星，相信数着数着，就会睡着。

都市艰难地数着星星，数到一百五十一时，他睁开了眼睛。天花板上的吊灯亮着，这灯太刺眼。他起身按了开关，屋子里骤然漆黑。他摸索着回到沙发上，重新回到航空母舰的甲板上，在微微起伏的海洋上，数着天上的星星。

都市的手臂有些痒，慢慢地，全身都痒。他应该洗个澡才对。在和李子蕾吃饭之前，他已经在一家廉价的旅馆里洗了澡，他说他是乘飞机来的，他不能让李子蕾看到他坐长途火车后的狼狈。那种小旅馆什么样的人都住过，淋浴室一定有很多细菌，他用带来的药水消了毒，但细菌多多少少还是会沾到身上。

都市决定洗个澡。

洗澡之前，他犹豫了一会儿，敲心心的门。心心故意小心翼翼地把门开成一条缝，故意很警惕地说："有事吗？"

都市说："有一点事。我想问你，你还出来吗？"

心心说："哦，我还说什么事呢！放心吧，我保证不越过这门一步。你在外面爱干吗干吗，裸奔，跳脱衣舞，都没关系。你尽兴吧。"说完，关了门。

都市从行李箱里拿出一套折叠得一丝不紊的真丝睡衣走进洗手间，停在那里半天。洗手间看上去很干净，但他还是决定消消毒。

都市折过来，又折回去，想把睡衣放下，却踌躇着不知该把睡衣搁在哪儿。他摸摸搁物架，没有灰尘，但还是小心地抽出几张纸巾垫在搁物架上，然后小心地把睡衣放好。他回到客厅，从包里拿出消毒液，把所有洁具一遍一遍地擦洗了几次。随后才放水洗澡。

南方人把洗澡叫冲凉。他不喜欢冲凉，他喜欢在浴缸里泡澡。冲凉是底层人的事，泡浴才是上档次的，才是贵族式的。他原来的别墅里就有一套极高级的浴缸，而且，他躺在浴缸里，可以欣赏窗外的山色海景。

李子蕾打电话来，说："我忘了告诉你，我已经叫人把屋子全部消了毒，那清洁工很专业，你可以放心使用。不用折腾了。"

都市懒懒地泡在浴缸里，挂上电话，心想，清洁工再专业，他也得重新弄一遍。李子蕾看上的清洁工最多也就是一个中等水平。不说别的，她家的消毒碗柜就是三天开两天不开的。李子蕾还说:“在这里生活,不能过于讲究,不然更要得病。”

这叫什么话?不讲究才得病呢?!如果她是贵族出身,就肯定不会说这话。每个人身上都有阶级烙印,工人阶级的烙印在她那里无处不在。虽然她爸爸当过厂长,但那能说明什么呢?他和李子蕾没有姻缘是对的,门当户对,门当户对,在任何年代任何时期都是适用的,是放之四海而皆准的,是绝对真理。真理是相对的,也是绝对的。

都市穿着皱褶齐整的睡衣出来时,已接近凌晨。想到明天还要在市长面前精彩演讲一番,便心急地往卧室走。都市经过沙发边时,想起了沙发底下的药瓶,但都市坚定地进了卧室。

这一回,都市真的睡着了。睡着的都市嘴角带着微笑,他梦见了航空母舰,还有那三千万的利润。都市发出轻微的鼾声,和着远处的海涛声,夜很寂静安宁。都市的世界难得这么安宁。

二十分钟后,都市突然醒了,没有任何声响,都市自己醒了。都市想到了吃药。这些年,吃药已经成了雷打不动的习惯。这是什么狗屁习惯?!吃药本来是为了催眠,现在却把他从梦中唤醒。都市只好走到客厅,找他的药。

都市在沙发边蹲下,用手到沙发底下去探。沙发离地面只有一个不大的缝,尽管都市的手臂很细,但沙发和地面依然把他的手臂挤压得有些痛。他摸索半天也没摸索到,只好把两脚叉开,趴到地上,头挨着地,往里瞅,他看到那药瓶,伸手够了很多次才抓住了药瓶。

那种感觉真是奇怪!都市在抓到了药瓶的刹那,心里骤然踏实了,就像在水里挣扎的人抓住了浮板,魂飞魄散的人抓住了“符咒”,或者是,欲火中烧的男人抓住了心仪的女人。女人是毒药!真的。

就在都市撅起屁股从地上爬起来的时候,心心开门出来。心心一眼就看到了都市撅得很高的骨头突出的屁股,大笑。这一笑,把都市吓得差点重新跌到地上。

心心笑得捂住肚子,说:“你太有意思!太有意思了!”

都市狼狈地站起来,说:“你不是不出来的吗?”

心心说:“你这么折腾,还让不让人睡啊?”

都市说:“嘿,你不是说我跳脱衣舞、裸奔都没关系的吗?我现在总比跳脱衣舞裸奔更安静吧?”

“你从地上捡什么?让我看看是什么东西。”心心嚷着,就要从都市手中抢那个药瓶。都市一边躲闪一边把药瓶抓得紧紧的。

心心说:“我知道,那是白粉。对不对?”

都市很受辱,生气地说:“你才吃白粉呢!”

“那,不是白粉,你藏掖什么?”心心一把夺过药瓶,看了看,摇了摇,“哦,不就安眠药吗?这剂量绝对没有生命危险。我又没怀疑你自杀,你紧张什么?不就睡不着,抑郁症吗?”

心心说“抑郁症”三个字轻描淡写的,可这三个字却像尖刀插在都市的心口上。都市几乎是狂怒地伸手就要抽心心两个嘴巴子。可手刚伸到一半,又停住了。心心那红口白牙灿烂的青春笑脸让都市实在抽不下去。

心心躲闪着都市的手臂,很无辜很害怕地说:“你干吗?你手伸那么高干吗?这深更半夜、孤男寡女的,你什么意思呀?”

都市放下手臂,哭笑不得地说:“你还知道孤男寡女啊?知道就赶快进去,锁好门。”

心心便迈着猫步进了门,一关上门,就立即打李子蕾的电话,小声说:“姐,这人有意思极了。好玩,真好玩!”还没等李子蕾回答,心心就挂了电话,一个人捂着嘴笑,笑得腰都弯下了。

都市吃了药,折腾到半夜两点钟,才昏然睡去。

## 四

都市不知道,他折腾的大半夜里,李子蕾根本就没睡。

心心走后,李子蕾没进家门,一直坐在别墅区湖边的石凳上。对面是李子蕾的家。四周静悄悄的,环绕屋檐的灯线诡谲地闪烁出别墅的轮廓,窗户里却没有一丝灯光,只有路灯有气无力地点亮着。

小时候,老家那一排一排职工宿舍,每家每户都挂着大大的千篇一律的灯泡,夏天,大家把竹床放到过道上乘凉,家家都有很多孩子,好热闹!厂长爸爸整天穿着有破洞的背心和大家谈天说地,妈妈不怎么说话,只是忙着在灯泡下缝补洗衣。

那时,灯泡光秃秃地吊在半空,灯光毫无遮挡地向四周散射。不像现在,连路灯都被有机玻璃包装得奇形怪状的,灯光从奇形怪状的玻璃里发出来,使得树木花草的阴影都显得隐晦显得暧昧。

丈夫周京回来的时候,差不多十二点。每天都这样,挺准时。那辆超豪华奔驰开着刺眼的大灯驶进了车库，李子蕾没有起身。

不一会儿，家里的窗户上有了灯光，当然那灯光不是发自光秃秃的灯泡，而是发自天花板上的吊灯，那款从意大利空运来的吊灯一直很让周京得意。

周京的电话打过来，问她在哪儿。李子蕾说，和心心在一起，没开车。周京说，那你早点回来啊，要不要接你？李子蕾说，不用。

周京的声音体贴温柔，周京在她面前从来都体贴温柔，不明底细的人会认为她找到了世界上最好的丈夫。

吊灯柔和的灯光照在窗户上半个小时，又黑了。

别墅区里，时不时有车进出，却没有一点人声。

这个时候，心心打电话过来，一个劲儿地说都市好玩。李子蕾本想说不要作弄都市，他也不容易。可心心很快就挂了电话。心心时时刻刻都是快快乐乐的，李子蕾在那个年龄也是快快乐乐的。那个年龄以为世界都是你的，以为世上的人永远都那么快乐。

李子蕾记得第一次见到都市时，都市就是她现在这个年龄。都市那时火得不得了，被很多的人捧着，追着，附庸着，都市很享用被附庸的感觉，快乐得每个细胞都绽着笑意。那时的都市以为世界永远被他这么主宰着，那种深入骨髓的笑意永远都从从容容地传达出来，阳光雨露般洒向附庸者。那时都市的笑声，听得人很舒心，会让听的人和他一样快乐。现在的都市也笑，还很亢奋地放声大笑，只是这种虚浮的笑声，从夸张放大的肢体语言中发出来，让人怎么听怎么别扭，好像那皮包骨的身体上，皮和骨相互游离。

那夜，都市和心心各自为政睡得很熟。要是没有那场意外，都市会一觉睡到天明。可是——都市最怕“可是”这个词，“可是”通常意味着变故，意味着天堂地狱般的变迁。

凌晨三点半，卧室上方突然发出撞击声，“咚！咚！”都市迷蒙地睁开眼，声音是楼上发出的。

“咚！咚！”什么声音？打架？不对，好像是打架般地做着亲密的事情。

都市很愤怒！愤怒中的都市真想冲到楼上敲那家的门，真想将门里衣裳不整的男女揍一顿，真想指着他们的鼻子吼，不要以为就你们俩会做那事！谁都会做！你们犯不着做谁都会做的事来影响别人休息。你们知不知道，影响别人休息和杀人没区别！

可突然，楼上的声音停了。随后再无声响，好像一切都没发生。都市彻底清醒了，再也睡不着。那该死的声音，撩起了他身体里的某种欲念——他的男性特征有了反应。他想到了女人,和毒药一般的女人。

他记不得自己到底有多久没有碰过女人了。自从他的巨额财富灰飞烟灭,就再没有一个值得他碰的女人主动让他去碰,以他的贵族气质,他也不会死乞白赖地去碰不主动让他碰的女人。性行为的文明含量他一点不肯马虎。

当然,在生理煎熬的日子,都市也动过流莺的念头。一次,一个女孩走向他,一个看上去很清纯的女孩。他把她带到房间。可最后,他还是不愿碰那女孩的身体,只借用了她的手。而且事前他让她用洗手液将手洗了许多遍,还进行了消毒。那女孩走后,只要是她用过,或者碰过的一应物品,能洗的洗、能扔的扔。此后,都市再也不会看一眼这类女人。

可是,此时此刻,都市又开始了生理的煎熬。都市不自禁地爬起来,走到主卧室的门口,想敲门,手伸出半天,又缩了回来。他把耳朵贴在门上听了一会儿,里面没声没息的。于是,都市在门外转了一圈,便吹起了口哨。口哨演绎的是那句"假如你要嫁人不要嫁给别人一定要嫁给我",都市吹得非常卖力,非常煽情。可是,这么煽情的曲子只是把都市自己的情欲煽动得如火如荼,主卧室里面始终无声无息。都市叹了一口气,回到自己的房间。

都市回房间时,故意没关好门,故意留了一条缝。这条缝当然是留给心心看的,是告诉心心,这扇门对她畅通无阻。

都市躺在床上一直看着那门缝,如果那门缝一点一点地扩大,他就赶紧闭上眼,发出轻微的鼾声,然后一个骨碌坐起来,好像很受惊吓,这就让心心觉得她完全是愿者上钩。

可是,那门缝一直动也不动。到六点钟,都市一直盯着门缝的眼睛实在太累了,都市迷糊睡去。

## 五

清晨六点半,都市被警车的鸣笛声惊醒。

都市郁闷地摇步走到窗前,天！楼下好多辆警车！发生什么事?

都市仔细看下面那些穿警服的人,也只是拉拉警戒线什么的,不像是发生大案要案的架势,大概也就盗窃抢劫什么的。都市绷紧的神经松弛下来。

都市看到时不时有警察抬头往上看,朝自己这个方向看。不对,好像更往上一些,视线的角度更大一些。

突然,楼下的警察忙碌起来,都市惊讶地瞪大眼睛,警察两人一组地抬着尸体从门里出来，一具，两具，三具。天哪！大命案！

都市紧张地小心翼翼地打开门出去。楼道站了很多人，命案发生在七〇一房，他的楼上，他住六〇一。

都市的脸煞白，天哪！几小时前那楼板上发出的声音居然是杀人！他昨天还想上楼去敲门。要是真敲了门，他可能今天也被放进黑色的尸袋抬出去了。

“咚！咚！咚！”都市一惊。再听，是敲门声。敲得很响，还有喊话。几个警察赫然站在门口，都市又是一惊。这房真不能住了，再住，非得弄出精神病不可。

一个胖墩墩的片警领着两个刑警走进了屋子，了解情况。都市很热情地把警察让进来，忙不迭地告诉警察，他昨夜听到声音是怎么样的，持续的时间大概多长，声音发出的位置在哪里。警察记录了他的话，并一再要求他重复叙述所有的过程。都市很配合地一再重复刚才的话，很认真地搜索每一个可能会对破案有帮助的细节。

可是，接下来发生的事，让本来很热心的都市很不高兴。

那个胖墩墩的片警在刑警问话的时候，眼睛一直瞧着主卧室的门。这时，他发话了：“那房间住了人吗？”

都市说：“是的。”

片警走过去敲主卧室的门，敲得和刚才一样响。

心心揉着眼睛打开门，不满地嘟哝地：“干吗，干吗？大清早的。昨晚折腾了大半夜还不够，还——”心心突然发现站在面前的是警察，愣住了，半天才说：“发生什么事了？”

都市说：“还什么事？昨晚楼上发生凶杀案了。”

心心说：“哦！My God！”

心心对刑警的所有问题都回答不知道。因为她睡得很死，根本没听见任何声响。

刑警很失望，片警却来了兴致，问：“你和这位先生是什么关系？”

“没什么关系呀？刚认识。”

“刚认识？你刚才说，昨天折腾了大半夜是什么意思？”

出事了！都市根本说不出心心的姓名，心心是小名。而心心只说都市名叫都市。其实，都市身份证上名字叫都梅林。而且，两人都不是本地户口，又没有暂住证。更麻烦的是，李子蕾和周京的电话又打不通。于是，两人越辩解越可疑，片警只好请两人去警务区。

这下，都市急了，嚷嚷着和市长约好了上午见面，如果耽误了事，要他们吃不了兜着走。片警说，你不要说见市长，你就是要见省长，也得把事情弄清楚再说。

两人足足在警务区折腾了两个半小时，才联系上周京，澄清了这两人并非卖淫嫖娼之流。

都市冲出警务区的第一件事就是给市长打电话。可市长的电话关机。这下，都市冲着正对他龇牙咧嘴的心心发火了："你千日万日不住那屋，昨天跑来捣什么乱?！"

心心的声音更大："我还没说你呢！我到这儿来，什么事都顺顺溜溜的，怎么碰上你这个丧门星！"

都市说："你要不是子蕾的妹妹，我早揍你了！"

心心扁着嘴说："你没搞错哇？你是寄宿在我姐家耶！"

都市一下蔫了，半天才说："你以为我是流离失所吗？我在大海湾酒店订了房，是你姐不让我去住。"

心心还想反唇相讥，看都市那强打精神的样子，便说："就是，就是，都是我的错！我自认倒霉还不成吗?！"

两人一前一后回到房子里。都市蔫蔫地坐在沙发上，一直拨着市长的手机。心心进房睡回笼觉。

两个小时后，都市终于和市长联系上了。市长很和蔼地表示，下午在办公室等他。都市重重地吐了一口气，整个人靠在沙发上。

这时，心心起床了，走到客厅拿包里的化妆品。都市看着心心。

心心说："看什么看？色狼似的。"

都市笑着说："你不化妆更好看。你很像你姐，你们真有血缘关系？"

"是啊，她是我姨娘的女儿。"

"难怪，难怪！十年前，你姐就你这样。不过——"

"不过什么？"

"她更清纯。"

"你干脆说我俗，不就得了？"心心看都不看都市一眼，拿了东西就往里走。

"那可不是。那可不是。你更艳丽。"都市笑着站起身，说，"不和你啰唆了。我要准备准备见市长的东西。"

心心进了房间就给李子蕾打电话，窃笑地说："这天上人还蛮可爱的。"

## 六

心心收拾成摩登女郎,袅袅婷婷出去应聘了。房子里安静了很多。都市松了一口气,闲时和这小妮子逗逗还行,要是整天沾着,烦都烦死!

都市冲了凉,坐在梳妆镜前开始精心打扮。他用定型发胶很仔细地把每一缕头发都归顺到他认为应该在的位置,最终他的发型便有些像当前女孩时兴的碎发,头顶中分,发尾垂在肩膀上。这样,都市就比昨天看起来精神了很多。他甩甩头,照照镜子,还算满意。唯一不满意的,是眼圈有些黑。

都市在镜子前一件一件地试衣服。他穿了一套白色的唐装式的绸缎夏装,配上他的瘦高身型和长发,便有些仙风道骨。都市欣赏了半天,最后还是脱下。这装束可能更适合和广东老板谈生意,广东人对命相大师有着与生俱来的膜拜。而他要见的是政府官员,官员在场面上对算命看相之流是忌讳的。他换了一套西服,有些燕尾服样子的西服。西方人造的航空母舰,和这燕尾服多少能扯上一些关系,多少有些匹配。

都市腰杆笔直地走出小区的门。昨天心心说他走路像是戴着为小学生矫正躬背的"背背佳"。到底是没见过世面的孩子,有佝偻着腰的贵族吗?

都市站在小区门口等的士。

一辆出租车在都市旁边停下。都市从窗户往里看了看,示意车开走。又一辆的士停下来。都市又看了看,又示意车开走。那个操北方口音的司机探出头,竖起两道浓眉说:"什么意思?"

"对不起,没什么意思,我不想坐你的车。"

司机不动,看着都市。

都市说:"车要打理得整洁才叫服务上乘。你这么乱糟糟的样子让人怎么坐?你知道我的奔驰当初是怎么打理的吗?我每天擦洗,打蜡——"

"当初?那干吗不坐你当初的奔驰去?"

都市的五官立即有些变形,随后便摇头撇嘴地说:"道不同不相与谋。"那浓眉下的眼睛狠狠地瞪了他一眼,车开走了。

接下来,都市拦了几辆的士,总算拦到一辆打理得还算干净的,这才上车。

车在海边行驶。一辆辆光洁得发亮的名车飞驰而过,窗外是磅礴无际的大海,海边是随风摇曳的棕榈,棕榈边是让人赏心悦目的奇花异卉,远处,青山连绵,山的绿色把高低错落的建筑衬托得格外别致格外风韵。这个城市真的很美,越来越美,让人叫绝。这个城市曾经记录了一个风云人物都市,风云人物都市曾经在这个城市呼风唤雨。

如今，除了都市自己保留的几张报纸，在可以查阅的公共资料中，都市的名字难寻蛛丝马迹。

都市以美国SIMJ公司驻华代表的身份坐在于副市长面前。SIMJ公司的来头很大，于副市长的态度很客气。

都市那天风度翩翩。因为有着驻华代表的"洋皮"，都市时不时地耸耸肩，都市的肩倒是耸得很有韵致，既洋派，又很中国化的儒雅。

"市长，这艘航空母舰如果真的落户新海，轰动效应那可不一般，绝对国际性。因为，到目前为止，这绝对是走向民间的最先进最完整最高规格的航空母舰。在它面前，邻市那艘供人游览的航母，简直就是一个小舢板，太小儿科了。"都市把一大沓资料摆放在市长面前，"您看看这图，这个巨大的甲板，这上面能停多少飞机？四十架。四十架飞机是什么概念？市长，您是学机械的，一定比我清楚得多。"

于副市长点头。于副市长的头点得有些勉强，有些居高临下。都市的笑变得有些别扭，有些谦卑，指着图纸的手指很不自在地弯了弯。不过，都市很快就恢复了刚才的状态。不就是一个副市长吗？连"常务"都不是！这样的官要放在北京找都找不见！

都市清清嗓子，继续说："这艘航空母舰一旦开进我们的海域，那仅仅是一艘船吗？当然不是，那是一个海岛，一个可以流动的海岛！岛上可以建一个游乐场，一个巨大的极具诱惑的游乐场，一个飞机可以自由起落、大型游艇随意接驳、娱乐项目应有尽有、超现代化、豪华无比、世界上独一无二的游乐场。市长，您想想，如果我们有了这样一个游乐场，我们作为一个旅游城市，那就不仅是合格，那是绝对的No.1！"

于副市长看看图纸，那是一沓非常详尽的图纸，不仅有目前这艘航空母舰的结构图，还有非常周密的规划改造图。图纸上，每项娱乐设施的布局很合理地排列着，就连配套酒店的房间以及防火通道都一一标出。

于副市长又点头。这次，头点得干脆有力很多。都市笑得很舒坦，眼角往上吊了起来。

和于副市长告别，都市能感觉到市长的手握得很有劲。下次，当他看完都市写的可行性报告，那手劲还会更大。为准备那些材料，都市真的是呕心沥血，那创意、实践性、文笔逻辑以及煽动性绝对一流。他学过心理学,学过社会学,学过音乐,学过美术,他有足够的能力打动一个人,说服一个人,甚至,游刃有余。

副市长算什么？是他命好！要是他都市运气好一点,还不早就是控制着全市经济命脉的资本大鳄,今天还轮得上他躬身登门？区区副市长还不整天忙不迭地上他巨大的办公室,谦卑地向他求助？人哪,有些事,就那么一瞬间的工夫！

都市走到市政府门口,很多名车飞驰而过。都市笑笑,奔驰算什么呢？悍马又算什么？等他那三千万到手,我要开本特利,一千两百万的本特利。让那些破牌子都见鬼去吧！

## 七

"子蕾,我请你吃饭。说,想吃什么？鲍参肚翅,什么都行。"都市这话一说,就后悔了。他忘了,那三千万现在还没到账。当然,很快就会到的。

"老朋友了,随便点,还是吃湖南菜吧。湖南菜实惠。"李子蕾在电话里说。

都市松了一口气,要吃了鲍参肚翅,真出不了餐厅的门了。但都市皱了好一会儿眉头才同意吃湖南菜！近来他的胃变得很脆弱,冷的热的,酸的咸的,都不行,就更别提那辣了。可这总比被拦着出不了门好。

心心听到李子蕾接都市的电话,死乞白赖地跟着来到湘江餐厅。都市见到心心,紧张地摸摸钱包。

打开餐厅的菜牌,都市蒙了。这家湖南菜一点也不便宜,菜点得好一些,他照样出不了这个门。这下,他更紧张了。点菜时,他的眼睛看着菜,眼睛的余光看着菜价。

心心悄悄地用手碰李子蕾的背,李子蕾用手指戳了戳她的腿,示意她正经一点。心心诡秘地笑笑。

都市说:"子蕾喜欢吃秘制酱板鸭,我找找,对,在这儿。"

可都市的眼睛停住了。酱板鸭五十元,秘制酱板鸭八十元。

都市说:"其实,秘制的不好,有一股怪怪的味道。"

心心发话了:"我就喜欢那怪怪的味道,姐,你也喜欢的,是不是？服务员,写上吧。"

心心说着,夺过都市手中的菜牌:"这样,我来点菜,你不是请我们吃吗？你这么富有，总得让我们吃得开心一点是不是？”

刹那间，都市的脸就有了一层红红的颜色。心心当作没看见，叫服务员小姐再拿一本菜单过来给都市，两人都看着菜牌，但表情极其不同。

心心专门挑最贵的点。而且，一边点，一边在都市那本菜牌上指指菜，再指指价格，还一边说：“这个菜不错，价格也不贵，是不是？”

都市低头看着菜单，头一个劲儿地点着，刚刚那层红色越来越深，到后来就成了猪肝色。

心心漫不经心地看着菜单，漫不经心地对服务员小姐报着菜名，漫不经心地在都市那本菜牌上指着。李子蕾使劲戳了几次心心的大腿，心心只是皱了皱眉，摸摸大腿，说：“还有蚊子哪。”

李子蕾也憋不住笑出声来。

心心还要点菜，服务员小姐打断了她：“小姐，你们是不是还有人没到？三个人吃不完这么多的。”

心心像是刚刚醒悟一样：“哦，对不起，对不起，你们这里好吃的太多了，我都忘了我们只有三个人。那，都老板，你看呢？我们去掉哪个？”

都市不敢抬起那猪肝红的脸，低头翻着菜单说：“没关系，只要你爱吃就吃，干吗不吃？”都市为了礼貌，抬头笑笑，那笑，哪是什么笑，眼角嘴角是往下拉，比哭好不了多少。心心诧异地说，都市大哥你笑得真可爱，像漫画人物。

李子蕾说：“去掉这三个菜吧。”

都市耷拉的眼角刚刚有一点往上抬，心心又发话了：“那就一人加一盅燕窝。”

都市脱口而出：“在这里吃燕窝啊？这里哪能做什么好燕窝啊？哦，对，对，只要燕窝做得好，在哪儿吃都一样，干吗非得去粤菜馆，是不是？”

心心笑笑：“这才是行话，这里的燕窝我吃过了，不比那些专业的店差。”

都市的头又一个劲儿地点着，点的频率更快了。

心心说：“你平时点头都这么快吗？和机器人似的。都市大哥，你真可爱。你看啊，你又英俊，又有钱，一定是女人中的抢手货吧？”

都市的脸色好了一些，看看李子蕾，想说什么，又咽回去了。李子蕾只是笑笑。

菜一个一个上来了。每上一个菜，心心就点头称是，太棒了，真谢谢你，大哥，老板，今天让我大饱口福。你吃啊，干吗不吃？不吃我可都吃了啊？

李子蕾对都市说：“我家心心从小被宠坏了，你别介意。”

“哪里。哪里。”都市依然笑得嘴角眼角往下拉，眼部线条似乎要把眼泪都挤出来。

心心满不在乎地一口一口地把燕窝吃完。其实，那燕窝确实炖得不怎么样。

这时，李子蕾说：“哦，我忘了告诉你们，这家餐馆新装修开业，发了很多优惠券，我有一些，今天这餐免单。”

这话一出，都市脸上的猪肝色慢慢退了。都市的精神气来了，使劲摆着手说，“这样不好，这样不好，优惠券你留着下次用，不是说好我请你们的吗？一餐饭，弄得这么复杂。不好的，不好的。”

李子蕾笑着，说：“安心吃吧。不吃白不吃。”

心心很不满地说：“那这次不是太便宜大哥了？那么大的老板，下次，我宰你没商量。”

都市笑着，嘴角开始往上吊，眉飞色舞地说开了：“今天我和市长谈得好极了。我生生地就把他给说动了，说服了。我的口才，子蕾知道的，有谁说不动的？”

李子蕾笑：“是，三寸不烂之舌。”

心心说：“就是，就是，你那嘴能把死人说活，能在水上点灯哪！”

都市的眼睛放出了光：“一年后，这个城市的品位会往上跳几个台阶，几个台阶！因为这艘航空母舰，这艘无与伦比的航空母舰！有这样的旅游设施才称得上旅游城市，真正的旅游城市！”

都市很快把一口汤喝进嘴里，因为太兴奋，发出很大的响声。

心心说：“这可不是贵——”心心想说，贵族的举止。但李子蕾用话岔开了。

如果心心真说了那话，都市一定会重新变了脸色，会抻长脖子申辩，人嘛，偶然出格也没有什么不可，贵族也有叛逆的时候，也需要自我超越，我们不是陈腐的贵族，是新贵！

“我真的希望你那几千万能到手。”李子蕾说的是真心话。

都市就更真了，几乎是手舞足蹈地说：“快了，你瞧着，三千万！”

从餐厅出来，心心忙着见她那帮朋友了，李子蕾送都市回那小屋。

都市进到小屋，还亢奋着。可一会儿，就有人敲门。又是那几个警察。

都市立即板着脸，挡在门口说：“上次折腾我们还嫌不够是不是？”

警察说了声对不起，便走进屋子。他们要都市重复那天晚上听到的每一个细节。

都市说："我已经说了许多遍了。三点半，几声咚咚的声音。我已经第N遍地告诉你们，我没有起床，我没有朝窗户外看，我也没有冲到楼上去敲门。我要去了，你们现在还能这样烦我吗？早被你们装进黑色尸袋抬走了。"

警察不理会都市的不耐烦，耐心地询问一个又一个问题。都市只得耐着性子回答。他看着那胖墩墩的片警，真想去拧他的脸。

警察好不容易走了。都市先前的兴致全没了。都市疲倦地坐到沙发上，今天睡觉又成问题了。

## 八

都市焦急地等着市政府的消息，每天都要看无数遍手机。手机每响一次他就激动一次。可是，他的手机很少响，而且大多是李子蕾的礼节问候。

晚上，都市老是在房间里踱着，主卧室老是空着，心心不常来。心心偶尔来一来，也都是口没遮拦地胡说八道，常常弄得都市很不高兴。都市不高兴的时候就会说，你还是住你姐的大房子吧，让我耳根也清静一些。可心心真的不来了，都市又空落落的，有个活宝在这里还是热闹一些，时间打发得也快一些。

都市把心心看成活宝，心心也把都市看成活宝。都市说心心是天上人，心心说都市是天上人。两个活宝，两个天上人，把这个小屋里弄得火药味四起，乌烟瘴气。

每次，都市气得不得了，就想一拳把心心揍翻，这小妮子也太没教养了！可心心杏眼一瞪，都市就蔫了，不仅蔫了，还有了想抱一抱亲一亲以及更深一层次的念头。可心心和猎犬一样灵敏，一旦嗅到可疑气息，便脚板搽油，往主卧室一溜，门一关，任心怀不轨的都市在外头自个儿为非作歹。

于是，都市整天就像一只没头的苍蝇，在小屋里打转乱飞。

终于，都市在第五天接到了市政府通知，旅游局的头儿要见他。都市一个人在房里快速地踱了半天，才用比较平静的语气告知了李子蕾。都市还想把消息告诉更多的人，可是他拿着手机半天不知该给谁拨。

都市只好一个劲儿地对李子蕾反复说那个刚刚上任的于副市长是如何有慧眼，如何前程远大。都市还说，人活着就应该这样，即使不能如夏日般绚烂，也该像流星般惊鸿一瞥。那些表现得什么都无所谓的人，要么就是平庸之才，要么就是虚伪！放浪形骸、行为乖张，是张扬，可所谓的超脱出世，更是张扬，那种标新立异的张扬，更隐晦更阴险。

旅游局长为都市设的宴席在大海湾酒店，就是都市动辄说他下榻的酒店。宴席的隆重连都市都咋舌，酒菜是自不必说的，只说赴席的人，除了旅游局的几个头头脑脑，其余是清一色的本地暴发大款。这些人是真正的囊中鼓胀、随时出击的主儿。

局长亲自给都市斟酒夹菜。局长说，钱没问题，这些人你都该在电视报纸上见过，对你那项目都感兴趣，现在关键是安排一个机会和那边接洽，看看实物。都市说，这没问题，太没问题了。局长还准备了一份合作意向书。

那天，都市喝得很醉，都市很久没有这么醉过了。他的运气，十年前的运气再次降临了。在醉意的朦胧中，他看到了上帝，宽厚仁慈的上帝。他哭了。幸好他没有当着局长的面哭，他是在洗手间里吐的时候哭的。他一边吐，一边哭。

那晚，都市坚持不要人送。他一上了的士，泪水再次涌出来。“医院，人民医院。”都市声音含混地对司机说。司机回头看都市，看到流动光影下那张满是泪水的脸，很同情地想说什么，没说，只是把车开得飞快。

到了人民医院门口，都市掏出一百块钱给司机，说：“你在这儿等我！”都市掏钱的动作很迅速很干脆，好久好久了，他没有这么干脆利落地掏过钱。他把钱往司机手上一塞，下了车。

他走进住院部的脑科病房。脑科今天没有病危者，也没有病亡者，医生狐疑地看着泪水汹涌的都市，问：“你找谁？”

“二○一。”

医生说：“二○一现在没人。”

都市点头，哽咽地：“那就更好。”

医生皱着眉头示意身边的护士，护士点头，紧张地跟在后面，随时准备打电话给精神科，让他们过来抓人。

都市径直走到二○一，门没锁。都市进去也不开灯，只是借着走廊的灯光，抚摩着床单枕头，痛哭。

护士站在门口说：“这房是工作人员的休息室，那张床是我们医生睡的。”

都市说：“六年前，这是不是病房？”

护士说：“那我不清楚。”

都市说：“那就请你什么也别说！”

都市哭了一回，起身离开病房。出租车等着他。司机指指病房，同情地问：“什么人啦？”

都市说：“妈，母亲。”

车行驶在闪烁迷离的灯光里。要不是那该死的破产通知书,母亲一定活到现在。都市用红肿的眼睛看着外面,霓虹灯晃着闪着,颜色红得像血。

## 九

市旅游局很快就收到了美国 SIMJ 公司的邀请函，请他们去参观那艘航空母舰。只是有一个条件,预付订金一百万元人民币。

旅游局在证实了这艘航空母舰和美国 SIMJ 公司的存在以后，通知了那个“百达翡丽”。一百万对一个大项目的确不算什么,何况是市领导牵头的项目。那款项很快就如数汇出。

第三天,都市的账上就有了二十万的活动经费。这个账户,是他唯一的账户,这笔款到账前,上面只有八百块钱,而之前,曾有多次透支的记录。

都市从银行出来就给李子蕾打电话:“假日餐厅,十二点,不见不散。”还没等李子蕾回答,都市就挂了电话。

都市坐在假日餐厅巨大的落地玻璃前等着李子蕾。都市看着那几栋建筑,更确切地说,看着那几栋建筑后面的那块地。

李子蕾到了以后,他一句话也不说,只是用细长的手指敲打着桌面,楠木桌子发出特别的响声。

李子蕾惊讶地说:“成了？”

都市说:“成了。”

都市很淡定很从容。李子蕾疑惑,这么多年了,都市要的不就是一个“成了”吗？要成了,他该是“欢欣鼓舞锣鼓喧天”的呀。李子蕾又问:“真成了？”

都市说:“成了。”

都市更加淡定了。李子蕾更疑惑了,要么是三千万全部到手,要么就是都市有点问题了。

李子蕾说:“你没什么事吧？”

都市把玩着手中的杯子:“在你看来,我成了,就是有事了。我就不应该成,是不是？”

李子蕾摇头。

都市说:“我想去一个地方。一个很遥远很遥远的地方。那里很美丽很美丽。我要去那里待一段时间。我要在那里画一幅画。一幅很美丽很抽象的画。画上是两个性交的人,他们巨大的生殖器与背景里雄浑的山峰映衬,他们的激情和原始的土色匹配。你知道吗？我为什么要画性交，因为只有激越的男女才是真正的天人合一的。”

李子蕾说：“在那很遥远很美丽的地方，你打算待多久？”

“那幅画画完了，我就离开。你知道，我有三千万，我在那遥远的地方十一辈子也花不完。我一定会来，到南方来，我要用这三千万去赚更多的钱，更多更多的钱。”

“然后呢？”

“然后，然后还有太多的事，你不懂。算了，告诉你吧。我要把我经历的都写成一本书，当然不是小说。小说算是什么玩意儿？我要写思想，写这些年的历史，用思想去写历史，用哲学去写历史。那书一定会轰动全世界。当然，我现在最想做的一件事，我要回一趟老家。”

都市一直想回老家给母亲买一块墓地，做一个最精致的墓碑。

这时，燕窝上来了，鱼翅上来了，鲍鱼上来了。都市说：“吃吧，我埋单。”

都市看着李子蕾，觉得她今天特别漂亮，又像少女时期。李子蕾少女时那种清纯呀，真是！都市说：“听说你老公越做越好了。”

李子蕾搅动鱼翅的手停了一下，说：“是，做得很好。”

都市点点头，他都市会做得更好。

这一夜，都市睡得特别沉，直到早晨有人敲门。还是那几个警察。

这回都市满脸堆笑，说：“请进来坐。你们是不是还想问，那天晚上我到底听见了什么，看见了什么。我可以无数次地重复给你们听。请坐，你们还想问什么？”

警察多次遭遇了都市的不满，都市这态度，他们反倒不适应了。

都市笑容可掬地说：“是不是还想我再重复一遍？那我就再重复一遍吧。那天，我听到楼上——”

警察打断了他说：“不用了，案子已经结了，我们顺便来给你道歉，这么多天打扰你了。”

都市说：“结了？抓住了？”

警察说：“看几天后的报纸吧。”

都市看着几个警察，觉得他们今天的样子比任何一次都更顺眼，连片警那傻傻的样子都很可爱。

都市非常客气地把警察送走，然后欢快地在屋里奔跑忙碌着，洗脸，穿衣，哼着歌。今天他要见一些人，那些曾经整日对他极尽夸奖和依附、在他这里捞得盆满钵满、后来碰面绕道走、三个电话接一个、还一个劲儿地说忙啊忙啊的那些朋友。

小胖接到都市的电话，半天也没反应过来对方是谁。那个曾经把"大哥"叫得像唱歌一样的小胖，现在拖着音调说："是你呀？"

都市赶紧说："我请你吃饭。"

小胖现在是很吃香的一个部门的科长了，每天饭局排都排不过来，说："改天吧，改天吧。"

都市说："我已经在大海湾酒店中餐厅订了房。"

小胖把音调拖得更长了："你老兄想宰人也别这样狠呀。"

"谁宰你？我说让你请客了？"

"发达了？"小胖的音调顿时短了很多，想想，又说，"我说你就不要这样破费了。说吧，有什么事要我做？"

"这饭你就别吃了吧，再见！"

都市很不快地在屋里踱了踱，又重新拿起了电话。宴席照开，只是客人变成了各媒体的记者。

都市第二天就成这个城市的热门人物。日报的头版上，都市站在旅游局长和几个大鳄中间很矜持地笑着。晚报更是用了几乎两个版来写都市的奋斗史。写这长篇报道的记者是作家出身，他用新闻的严谨和文学的煽动组合成了一个生动感人的都市。都市遭人嘲笑诟病的言行被冠之以个性，天马行空的思想被美名为天才般的创意，而当初一次一次的挫折失败，如今，就不再是失败，而是悲壮，伟人成大业的悲壮。

都市看完了报纸上的自己，再看电视上的自己。都市把瘦长的腿搁在茶几上，觉得自己在镜头前还真像那么回事。他站在几个所谓的名人中间，他们全都土得掉渣，整个的感觉，就是下里巴人陪同着贵族，或者是随从附庸着主人。当初，他要是当演员，准会是一个明星，大明星。

都市看着电视迷迷糊糊地睡着了，直到节目结束，电视机突然发出很大的电流声。他居然没洗澡，一身脏兮兮的，就睡着了。睡觉是多么简单的事，这么多年，怎么就这么难呢？

都市那天设的宴席很热闹。原来那些在身边转圈的人大多来了，小胖也来了。当然，这次没有请小胖，是他自己听说了，跟着来的。

都市看到小胖时，很客气地让座让茶。小胖一来就说："大哥，有种，连航空母舰都卖了。再下去，别是卖银河系了吧？"

“就是，就是，大哥再下去，要卖克隆人。大哥永远是大哥！”有人附和着。

都市心里说，我卖你妈！我把你们这些逆子逆孙都卖了！当然，都市嘴上却是笑笑，笑得很高深，很有贵族气质，说：“什么卖不卖的，喝酒！今天谁不喝，我和谁急。你看，我们兄弟多久没在一起聚过了？”

“就是，就是。你来了这里，也不打个招呼。”

都市心里说，我王八蛋没打招呼。都市嘴上说：“就是，我失礼了。”

都市示意服务员把马爹利给大家斟上。菜是极为的丰盛，山里的奇珍，海中的异鱼，全上了桌。都市还把每个人原来最爱吃的小吃小炒一个不落地点上了。都市看到，有那么几个人，脸上有了一些比叫大哥的声音更真实的东西，笑得也不像先前那么灿烂了，嘴角还动了动。

当然，大部分人还是乐呵呵地笑着：“还是大哥心细，大哥心细。”

那天，都市绝口不提他的三千万，他的银行，他的巨大的地皮，他的亚元。只是一个劲儿劝酒：“你喝不喝？你心里真有大哥你就喝！你不喝？你嫌我这个大哥丢了你的脸是不是？”

马爹利一连上了六瓶，都市还说，上！

直到有人钻到了桌子底下，有人当着众人从食道喷泻黄浆，都市才埋单。都市知道那单的数额大得吓人，但他签字的时候看都没看单，随手就把卡给了服务员。这宴席不要说几万，几十万他也照样。

接下来的一个星期，都市关门睡觉。每天睡十五六个小时，醒了就一个人到假日餐厅去看海。看完了接着回去睡。都市要把十年欠的觉全睡回来。上天是公平的，不会亏欠谁。都市还想到一句话，血债要用血来还！

## 十

都市收拾好行李准备回一趟老家，时间尚早。

都市在客厅里悠闲地踱着，老是看主卧室的门。心心一直没过来，这小妮子也不知道疯哪儿去了。都市纳闷，惦记那疯丫头干吗？有了三千万，什么样的女人找不到？

都市这样想，心便定了，坐下来看当天的早报。

天哪！那起凶杀案嫌疑犯的照片占了几乎大半个头版。嫌疑犯本来是入室劫财的，却惊动了户主，慌乱中，把户主杀了，最后干脆灭门。三尸命案，仅仅劫得三千块钱。三千块钱，三条人命！老天！

都市一边诅咒着，一边看着嫌疑犯的眼睛。都市突然像触电一样，那是什么样的眼神！杀气！全是杀气！再看，又不全是，除了杀气，还有很多别的东西。

报道说，嫌犯劫财是为了给母亲治病。

都市再也不敢看那双眼睛。在他最落魄的日子，到处是债主。一个债主搜走了他身上唯一的钱包，钱包里除了几张透支的银行卡外，只有二十块钱。那是他全部的财产，而那天，他已经两天没有吃饭了。

那个债主夺都市钱包的时候，都市有一股强烈的冲动，他想杀了那人，他想杀了那人后，再杀了自己，如果他手上有刀！

幸好，当时他手上没刀！

杀人有时是瞬间的事！就像发财有时是瞬间的事！

李子蕾进门时，惊异地发现都市年轻了很多。

都市听了很兴奋，走到镜子前，摆出几个姿势，正面的，侧面的，背面的，头却一直正对镜子，细长的脖子给了脑袋很大的转动空间。都市一边转动着身子，一边笑得很灿烂地说："我睡得好极了。你看，多年轻英俊，连笑纹都浅了。"

李子蕾被逗笑了，想说："你真可爱。"又觉得不是很妥，便只是笑。

都市最后一个姿势是照自己的背影，头和身子保持着一百八十度。随后，他转过头来说："我回老家一趟。那些食人者已经看了实物，同意投资了。"

李子蕾一个劲儿地点头："功夫不负有心人，祝贺你，祝贺你。"

都市离开镜子，走到吧台边，倒了两杯牛奶，递了一杯给李子蕾，说："我不喜欢喝酒，可我喜欢劝酒。我喜欢劝别人喝酒，然后我埋单。"

李子蕾点头。

都市拿起杯子，和李子蕾碰杯："在这个世界上，除了我妈妈，你是我唯一要感谢的人。你一直关照我。"

"你不需要我关照，你一直都说你过得很好。"

"我一直过得很不好，非常不好，我是强撑面子。"

李子蕾惊得大笑，你也会承认自己是强撑面子啊？都市也笑，都市笑的时候看着李子蕾。李子蕾笑得真好看，好久没看她这样笑了，以往一看她笑，他就动心。

李子蕾一边笑一边说："人要成功了，过去所有的落魄失意都成了炫耀的资本。"

"那些日子太暗无天日了！"

"你不是守得云开日出了吗？"

都市手舞足蹈起来,笑纹如花瓣似的绽放:“哈!哈!何止云开日出,我还要如日中天呢!三千万算什么?三千万到底算什么?!”

李子蕾听了,慢慢止了笑,淡淡地应了一声:“哦!”

这态度对都市刺激不小,都市刚才还在挥舞的长臂停在了半空,花瓣似的笑脸尴尬地凝结在那里。

李子蕾意识到自己走神,赶紧说:“哦,对,对,三千万不算什么。三千万算什么呢?”

这话明显是应付。都市放下手臂,转身走到窗前,用手指神经质似的敲着窗台。楼下的马路上车辆川流不息。“叭!”一辆货柜车经过时,居然违规按响了喇叭。声音很刺耳。

都市回过头来,满脸是掩饰不住的愤怒,说:“世上有一种鸟,叫鸿鹄。还有一种鸟——”

李子蕾低头不语,心不在焉地,只是礼貌地笑笑。

都市本来想克制自己不再说下去,但李子蕾的笑再次刺激了他,都市快速地说:“还有一种鸟叫燕雀。”

李子蕾走到都市面前,说:“你干脆直接说我燕雀不知鸿鹄之志啦。你再怎么变换了语法方式,还是陈胜的话呀,你又申请不了专利的。”

李子蕾说这话时歪着头笑,她想调侃调侃,舒缓一下都市的情绪,可都市听来却是更大的嘲讽。

都市狠狠地说:“你难道不认为你就是一只燕雀?!”

李子蕾怔怔地站了一会儿,说:“我先走了,我的车昨天剐碰了一下,在修理厂。我只能这样送你了。这房的钥匙我拿走,下次你也不需要了。”

李子蕾转身往门口走。都市敲着窗台的手就更快了,更神经质了。

李子蕾开门说再见的时候,都市猛转身,脚不点地地跑到李子蕾面前,说:“对不起,你不是燕雀。”

李子蕾开门的手停住了,转头看都市,都市很内疚很认真地看着她。李子蕾想笑,又有些不忍,说:“我就是燕雀。”

“不是,不是,你只是平庸了一些。”都市说完,又后悔了。

“有一句话不知道该不该说?”李子蕾说。

“你说,你说。”都市看着李子蕾闪闪的细牙。

“人,不是为别人活的,我说的是别人的眼光。”

李子蕾开门出去的时候,都市站在原地。李子蕾的背影比以往更丰腴更诱人,可他站在原地没动。都市站在那里好久,墙上有一只小蜘蛛在结网。他好像在看蜘蛛,又好像什么都没看。

又一声刺耳的喇叭声传来。都市转身走到窗口,发现马路上的车堵了长长的一溜,一个交警正向一辆货柜车走去,喇叭声大概就是那车发出的。都市手敲着窗台,罚!罚那个司机!这个社会就是这些没档次的人给弄糟的。

李子蕾居然说教起来,居然对我都市说教!她李子蕾有什么本事?不就是仗着漂亮嫁了一个有钱的老公吗?还好为人师!不为别人活?不为别人活,干吗不甘心,跑到这水深火热的南方来?人就是为掌声活的!掌声不要别人给吗?难道自己给自己鼓掌?人不为别人活,可要为自己的心活!心需要什么?不就是恩惠众人、收获感戴的感觉吗?这个李子蕾越来越虚伪。超脱?叫你吃了上餐愁下餐,你去超脱!

这时,心心开门进来。都市没回头。

心心走到窗边说:"怎么了?这么深沉?"

都市不吭声,也不看心心一眼。

心心疑惑地说:"你没事吧?"

都市还是不动。心心便摇头笑笑,哼着很劲的歌,迈着猫步进了房间。都市这才回过神来,他跟着心心进了主卧室。心心说,这闺房重地,异性免进。

都市说:"能和你谈谈吗?"

心心说:"我一个黄毛丫头,值得你谈吗?坐吧,谈什么?"

都市坐到床边的沙发上。都市幽幽地说着一个女人,周娜,那个媚得像狐狸一般的女人。那是多乖巧的女人呀!总是噘着红嘟嘟的小嘴说话,听得人心摇神荡,那眼睛细细吊吊的,闪着光,闪着对都市顶礼膜拜的光。

都市曾带周娜上豪华游艇,周娜在头等舱里偎依着都市,噘着红嘟嘟的小嘴说,亲爱的,今生我是不会离开你了,我从来没有见过你这样出色的男人,把书生的睿智和商人的机警,把学者的儒雅和俊杰的干练,融合得如此严丝合缝精致完美。天哪!搂着我的是一个何等卓越的男人呀!

都市说这些的时候,很深情地看着心心,好像站在眼前的不是心心,而是周娜。

都市为周娜在加拿大买了房,花了六百万。周娜去加拿大的时候,眼睛哭得像胡桃,周娜说,我会在那里等你,永远!

"后来呢?"心心追问下文。

都市倾家荡产后去了加拿大,敲那房的门,一个白人开门,周娜?哦,搬走了，房子我买下了。都市还以为周娜会闪着细细吊吊的眼睛说，你终于是我一个人的了。

都市说完，便往沙发上靠了靠，眼圈有些红，随后便站起身，往自己的房里走。

心心跟了过来。心心说，我姐说，你这次的项目还真的快成了？连钱都入账了？

都市点头。

心心说，你可以去找那个周娜呀！

都市摇头。

心心这回一点没笑，很认真地看着都市，看得都市很不自在。都市说，女孩子这样看人是很没教养的。

心心说，你半夜三更地在别人门前吹口哨，就有教养？

都市红了脸，说，你都听见了？

心心说，听力有问题才听不见。

都市这一脸红，触动了心心。心心挨着都市说，你再吹一支曲子给我听。

浓郁的香水味刺激着都市，都市下意识地往沙发的另一边挪。这些日子，都市无数次想过和心心发生点什么，可真的要发生了，都市却把身子蜷缩起来。

都市这一挪一蜷缩，心心更觉刺激了，便挨都市更近了。都市又挪着，都缩到沙发的一角了。心心本来是逗都市玩玩的，这一来，心心就干脆一不做二不休了。这么腐朽的男人真难得，真值得尝试一下。

都市在退得无路可退时，心心也进得无路可进了。心心先是用一只手穿过沙发和都市身体的缝隙，搂住都市细细的脖子，随后，另一只手也环绕上去，抱住了都市。都市有些慌乱，有些不知所措。如果说上次他给心心留门缝是守株待兔的话，那这次，他是被兔子逮了个正着，他心甘情愿地束手就擒。

都市的衣服是心心帮着脱完的，都市灵巧的手指此时僵硬得不听使唤。直到心心把她自己的衣服也脱完，玲珑剔透的胴体晃得都市眼睛发痛，都市僵硬的身体才开始发软，发抖。都市发抖的手在心心皮肤上滑动，都市先是想到什么是凝脂，随后，思维便腾空飞起，他想到了雄鹰，振臂展翅的雄鹰。好多好多年，都市的世界没有蓝天，那可以让雄鹰翱翔的蓝天！

都市还想到了烽火狼烟的沙场，想到了金戈铁马、浩荡旌旗、战鼓雷鸣。

都市开始回应心心，都市迫不及待地回应心心。都市是湛蓝天空的雄鹰，是烽烟沙场的壮士，他要挥鞭策马驰骋一番，他要酣畅淋漓地搏击一回。

可是,都市刚刚扬鞭挥茅,就偃旗息鼓,鸣锣收兵。

都市从心心腻腻的身体上滑下,脸埋在枕头里不敢看心心。壮志未酬身先死,原来不是悲壮,是羞愧!

心心本来有些期待有些迷离的眼神,重新变得无所谓。心心从床的另一边跳下地,若无其事又若有其事地穿好衣服,然后,一脸不以为然地走了出去。

都市蜷缩在床角,看着心心走,喘息着。

突然,一股腥味涌上都市的喉咙。都市飞速地跑到洗手间,“哇”地一口。马桶里的水立即弥漫成一片红。都市脸色煞白。

## 十一

都市在人民医院的各个科室穿梭了几天。内科医生郑重其事地问:“你家属来了吗?”

“我没有家属,和鳏寡老人属于同一类型。”都市说。

“那我就只能告诉你了,你患了胃癌,可能是晚期。”

都市抓住诊断书的手在颤抖,说:“这不可能,这怎么可能,我瘦,可身体很好,只是胃有点不舒服,你们一定是搞错了,搞错了。”

“我也希望错了。你准备住院动手术吧。”

都市往外走,身子轻飘飘的。白色的瘦长的绸缎套装,衬着白色的瘦长的脸,远远望去,如同半人半仙的大侠。都市就这样轻飘飘地出了医院的大门,都市扶着门边的墙,拨通了李子蕾的电话。

李子蕾说:“这可不是如日中天的声音呀。”

“我活不了几天了,我要死了。”

都市说完,泪水涌出来,扶着墙,慢慢地蹲下去。随后,就休克了。

李子蕾赶到医院时,都市躺在床上,眼神和面容一样枯槁。都市枯槁的眼神落在李子蕾的脸上,声音微弱地说:“三千万可以买命吗?你去问问医生。”

李子蕾说:“现在说这话早了一点。”

“片子我看过了,没救了。”都市枯槁的眼神投向窗外,“子蕾,麻烦你一件事,帮我联系国外的医院,最好的医院,我有三千万,有三千万,都不能买命吗?”

同室的那位直肠癌病人慢悠悠地说:“如果情况好,一万就够,你那三千万还能留着两千九百九十九万。要是情况不好,一个亿都没用。”

都市的脸色由白转成了黄。

李子蕾看了看那位病人。那病人笑笑:“都有个这样的过程,他得首先接受这个现实。”

都市愤怒地回头看那同室:“轮不着你来说教！我接不接受关你鸟事！”

都市这次一点都没不在乎贵族风范,他恨不得跑过去揪住那人的衣襟,抽他,只是他现在连抬腿的力气都没有。

那病人笑笑:“你以为三千万就很多吗？在这病房里你还得和我挤一间套房。为什么？都满了。那个程海一人就占了四间,没见外面有彪形大汉在转悠着？程海你不会不知道吧？身家该有几百亿吧？就这几天工夫了。”

同室说完就坐起来,站到地上。李子蕾觉得这人挺眼熟。对了,美梅电子集团总裁、市电子企业协会副会长,有一阵子很爱腆着肥肥的大肚子在电视屏幕上晃悠,如今看那体重最多不过百斤。

会长笑笑,慢悠悠地走出去。都市也认出了会长,脸色更黄了。

李子蕾给都市倒了一杯水,都市摇头不接。李子蕾说:“我有个朋友,当初诊断是晚期肺癌,后来手术一看,根本没那么严重。现在活得好好的,都十年了。”

“哼！我有那运气吗？我有那运气还会破产？我有那运气,三千万唾手可得的时候得这个病？”都市捶着床沿,“他妈的,我招谁惹谁了？我前世作孽了？那些匪徒流氓不得病,那些贪官污吏不得病,为什么偏偏我得绝症？”

李子蕾站在一边静静地看着他。

都市停住手,掩面痛哭,泪水从指缝里流出来。影视作品经常这样表现弱女子的悲伤。

李子蕾递了一条毛巾给他。他接过毛巾擦着,说:“三千万,三千万,人都要死了,我要那钱有什么用？”

“要是,三千万真能换你的命,你换不换？”

“那还用问？我早说了。”

“那些钱要真没了,你就得过回苦日子,可能过得还惨,你还过不过？”

“那——”

都市没说下去。他安静下来,看着窗外。还过吗？这些年他过得很累,非常累。

窗外,天很蓝,新海的天总是这样蓝。但那蓝天是身外的,都市的心空,没有蓝天。

## 十二

李子蕾从医院出来，犹豫了一会儿，把车开向富豪俱乐部，她去找丈夫周京。周京接到李子蕾的电话很意外，说："什么事不能回家说呀？晚上我早点回家，好吗？"

李子蕾说："不用了，你等我一会儿吧。我马上就到了。"

周京在富豪俱乐部的酒吧等李子蕾。这家专门为亿万富豪开设的俱乐部凭两点在全国一时无两，其一，极尽奢华；其二，包括游艇俱乐部、高尔夫球场在内的所有娱乐休闲设施一应俱全。俱乐部不定期举行的服装表演，清一色的国际大师作品，清一色的国际超级名模。俱乐部定期举行的派对，云集了国际国内、政商娱乐各界大腕名流。这里，酒店套间全有暗门暗道，保安的前身全是特种兵。

这样的俱乐部，不是仅仅有钱就可以加入的。周京是在不久前、在等了四年后才取得了俱乐部会员的资格。

李子蕾到达俱乐部，一时分不清东西南北。她把车钥匙交给门童后，一位非常漂亮的服务员先生引领着她上上下下地乘了几次抽象派形状的电梯，进了一道又一道按隐蔽开关开启的玻璃钢门，才进到了造型很离奇古怪的酒吧。周京从一个半封闭的包间站起身，过来迎接李子蕾。

周京轻搂李子蕾，说："这地方不错吧？几次说了带你来，你都不愿意。"

李子蕾笑笑说："我真是连门都摸不着，像走进科幻电影似的。"

周京很温情地看着李子蕾，说："很急吗？连晚上都等不到？什么事？"

李子蕾沉默了一会儿才说："我们离婚吧。"

周京半天没反应过来。

李子蕾又说："离婚吧。别演戏了。"

周京满脸惊愕，说："子蕾，你这是什么意思？我们可是大家眼里的模范夫妻，我们是连吵架都没有过啊。"

李子蕾看着窗外，窗外是高尔夫球场，一个球童不停地跳到人工湖里捞出落水的球。李子蕾把眼光收回，看着手中精致到光怪陆离的咖啡杯，说："大概，真正的模范夫妻都是要吵架的吧。"

周京说："是你有外遇了吗？"

李子蕾笑笑。

周京站起身说:“我和那帮朋友打声招呼,我们一起回家。”

李子蕾说:“不用了,就这样吧。我们还是协议吧,不要弄到法院去。”

李子蕾说完便站起身往外走。这次引领李子蕾的是一位服务员小姐。这位长相极其妩媚妖娆的服务员小姐行止极其温柔得体，一路引领着李子蕾曲曲折折走出了梦幻一般的建筑群。

已有门童把李子蕾的车开到门口。门童小心地伺候李子蕾上车,为她关上车门。李子蕾在说谢谢的时候,发现这个门童长着影星一般的身材和面孔。在这短短的一个多小时里，她见到的所有工作人员全都可以和偶像级的影视明星媲美。甚至,有过之而无不及。

车开出一段距离后,李子蕾回望。从外观上,谁都想象不出,这个俱乐部里面是一个怎样的世界。

就是这短短的一个小时,李子蕾对周京不再那么怨恨抵触了,她甚至理解和同情周京,甚至为自己一直深埋着怨气而歉疚。要一个身处如此迷幻世界的男人清清白白,实在太苛刻,太残忍了！李子蕾庆幸自己走了这么一趟,使她能够坦然地面对婚姻的破灭,使她能在离婚后不至于活得很怨怼。

当晚,李子蕾来到小屋那边。心心兴高采烈地说:“姐,你怎么来啦?”

李子蕾说帮都市取一些东西,他住院了。

心心说,难怪不见他,没他还怪冷清的。心心没太在意都市住院,都市早该住院了,住精神病科。

李子蕾给自己铺床,今晚她住这里了。心心在一边帮忙,说,早该给周京一点颜色了。李子蕾说,都市得的是胃癌。

心心愣了愣,随后不以为然地说:“不会吧?他得癌症?我还以为他看心理专科。”

李子蕾说:“可能是晚期。”

心心又愣了愣,说:“那,他要真赚了三千万,还有什么用?”

两人忙碌完,李子蕾说:“房子还是小一点好,温馨。住在那别墅里,楼上楼下,都是空空的。”

心心的眼里泪光闪闪的,叫了一声姐。

那晚,李子蕾看天花板看了一整夜。心心睡得无声无息地。第二天一早,李子蕾叫醒心心,两人一起去医院。

医院草坪上的花草开得千姿百态,只是空气里没有花香,只有药水味。

草坪的南端是精神科病房,被一道很高的铁栅栏隔开。铁栅栏里,病人晃悠着，有郁郁的，有傻傻的，有笑嘻嘻的。一个病人不停地重复一个奇怪的动作，嘴还不停地嘟哝着什么。

心心饶有兴致地说："姐，他们到底在想什么呀？"

李子蕾摇头，说："谁知道呢。在想得不到的东西吧。"

两人进了住院部，走进很宽很长的电梯。李子蕾每次走进这种电梯，心里都有些发怵。心心拉住李子蕾的手，捏紧了。

李子蕾笑着说："你也知道害怕呀？"

心心说："到底在几层呀？"

李子蕾说："顶层。"

心心说："天哪！"

好不容易上到顶层，两人稍稍松一口气，可电梯门一开，撕心裂肺的哭声便灌进来。

哭声发自走廊东边的尽头。那是最高级的病房，那个拥有几百亿家产的程海包下那四个房间。哭声从那里传来。

心心捏李子蕾的手更紧了。

都市的同室会长从房里出来，循哭声望去，说："程海死了。"

会长的眼神不像昨天那么不经意。那双深陷在眼窝里的眼睛，被一层什么东西罩着，很厚的、很晦暗的。

一会儿，一辆手推车被白衣护士推出来。车上盖着一块白布，白布下面躺着一个刚刚失去生命的人。生命都没了，还是"人"吗？可这个人曾呼风唤雨，动一发而牵全局。现在他只是被白布盖着的一堆碳水化合物，很快会化成灰变成土。

手推车经过李子蕾身边时，李子蕾赶紧把眼睛移开，心心早跑到一边去了。

会长说："你看，那蒙着的就是一块白布，和任何病人蒙着的布没区别。其实，就是用金线银线织成的布，也还是一块布。"

会长说完，眼神又恢复了漫不经心。手推车进了最西边的电梯，家属的哭声立即被厚厚的电梯门关住了。走廊东边的尽头，几个彪形大汉不见了，走廊里空空的。

会长说："那边房间空出来了，你可以去办换房手续了。走一个进一个。"会长一边说，一边慢悠悠地回了病房。

李子蕾和心心也进了病房。都市注射了镇静剂，睡得悄无声息的，脸色很黄。

李子蕾趁这个时间去给都市办换房手续。都市多次说他一分钟都不愿再看见那个狗屁会长,搬得越远越好,越快越好。

心心死活不肯和李子蕾一起去了,她怕又碰见什么手推车。可李子蕾走到门口时,心心又跑出来,说:"都市那样子好可怕,他是不是快死了?我还是回去吧。"李子蕾让心心等她。心心很不情愿地坐到都市的病床旁边,她根本不敢看都市,只是把脸对着窗外。她也不愿意看窗外的下面,那块草坪上的人都穿着病号服。心心只是看远处的蓝天,盼望李子蕾赶快回来,带她出去。

过了一会儿,都市翻身。心心一惊,回头看到都市,大笑起来:"哈哈!你是活的呀?!"

一看到心心,都市的脸腾地就红了,都市想起了那次的草草收场。可心心只是大笑,根本就忘了那事了。都市看心心那神态,就更颓丧了。

李子蕾帮都市换了房。手续很简单,交了钱,工作人员给她一张通知单,单子上写着,一二〇一号,二〇〇七年八月二十五日。

也就是说,二〇〇七年八月二十五日,有一个病人离开了,从这天开始,住一二〇一号病房的人叫都市。那在下一个什么时间,搬进一二〇一病房的会是什么样的人?叫什么?

其实,叫什么都一样,都只是一个符号。

## 十三

都市在住院五天后准备动手术。手术前的两小时,都市请求李子蕾陪着他。

都市拉着李子蕾的手说:"这么多年,好多人都以为你是我的情人,其实,这是我第一次正儿八经地拉你的手。说说,你过得怎么样?"

这话说得恳切和蔼,好像不是都市说的。都市好多年不这样说话,只沉浸在自己的世界里。

李子蕾说:"我要离婚了。"

都市有些激动地说:"你早该离了。他在外面从来就没闲着。"

李子蕾说:"我原来看上他的安分。安分的人有了钱,更变本加厉。"

"那他应该给你很多财产呀?"

李子蕾没回答。

"一定比三千万还多吧?"

“如果我要的话,算是吧。”

“那也算值了。”

李子蕾抽回手,望着窗外。

“还打算结婚吗?”都市的眼神也是好久没有的,很依恋,很温情。

李子蕾摇头。

都市说:“子蕾,如果早知道这个结局,我当初就不该到南方来,如果我留在大学教书,现在该是大学者了。我就这样死了,那么多深刻的思想就消失了。那些足以影响几代人的思想,尚未人知,就要消失了。”

李子蕾回头看都市。都市说:“我会死在手术台上。我要死了。”

李子蕾握住都市冰凉的手,轻轻地说:“告诉我,你现在想什么?”

“不甘!”

“还有呢?”

“写作!”

“下了手术台,你就可以安心地写作,然后影响几代人。”

“不会有机会了。”

“你受不了写作的寂寞?”

“连阎王爷都见了,还怕他妈的寂寞!”

几个护士进来,都市紧张地一把拽住李子蕾的衣服,像一个不肯走路的孩子,使劲拽着大人的衣角不放。李子蕾轻声说:“没事的,我为你祈祷过,没事的。”

都市的眼泪流了出来。

都市被抬上手术车,几个护士推车出门。李子蕾远远地看着。一群白衣护士推着一个生命,走向走廊的最西头。亚热带的阳光射进来,把李子蕾的眼睛刺得很酸。

李子蕾在手术室门外等了四个半小时,直到都市被推出来,才离开。李子蕾离开医院后,直接回了家。她真的很累了。人很累的时候,就想回家。

李子蕾进门就躺倒在沙发上。

周京从房间里出来,走到沙发边。李子蕾吃惊地坐起来:“你怎么这个时候在家?”

周京说:“我天天都在家。我们可以谈谈吗?”

李子蕾坐直身子。周京坐到一边,脸色发青,说:“一定要离婚吗?”

李子蕾点头。

“你想过没有,你现在这个年龄——离婚后,你真的就会更好吗?当然,我可以给你很多钱。可是——”

“说不定更好，说不定更惨，谁知道呢！”

“那为什么一定要离？”

“现在我活得不好。”

“有些事，都是逢场作戏，你何必那么在意？”

李子蕾笑笑。

“子蕾，你心里到底想的什么？”

“我什么都没想。”

“什么都没想还离婚吗？你连牢骚都没有一句，就直接说离婚，你还说你什么都没想？”

李子蕾眼睛看着别处说：“我只想平平淡淡过日子。”

周京笑着说：“学七仙女嫁董永？”

李子蕾也有些想笑，说：“连仙女都这样选择，何况我这样一介民女？”

周京大笑，说：“民女才不愿意嫁董永呢。好了，好了，别耍小孩脾气了。我看你很累了，去冲个凉，休息一会儿。”

“我已经说过了，我们最好不要弄到法院去。”

“你到底什么意思？”周京火了。

李子蕾不动也不吭声。

“你到底什么意思？你说清楚！”周京的声音更大了。

李子蕾起身走进自己的书房，关上门。

心心是在周京发火的时候进门的。心心站在门边，看到周京对着书房吼：“我今天才算见识到你的厉害，你太可怕了！”

心心走进客厅，站在周京身后说：“姐夫，你怎么啦？你是说我姐吗？”

周京看到心心，没好气地哼了一声，上了楼。

心心敲开书房的门，站在李子蕾的身后，说：“你知道他到底有多少财产吗？”

“我怎么可能知道？”

“那你干吗那么快提出来呀？你应该等到一切都弄清楚了才提呀。他要是做手脚，你就亏大了。你傻呀，姐。”

李子蕾靠在椅子上默然无语。

心心坐到李子蕾身边的椅子上，说起了都市，笑个不停地说：“我刚刚去看都市了，找了一大帮朋友陪着去，医生还不让进，问是看病人呢，还是打老虎。

都市麻醉还没醒呢！不然，看我们一大帮人站在病床前，一脸的庄严表情，还不知道怎么想。”

当晚，周京再次要求和李子蕾沟通。周京和李子蕾的这次对话堪称当代婚姻焦点问题辩论的经典绝版。

周京说：“子蕾，不要离婚。你还有这个家是我的归宿。”

李子蕾说：“那我的归宿是什么？这栋大房子？”

“以后，我会尽量多回家，尽量多带你一起出去。”

“演戏吗？大家都那么累。”

“你要知道，男人有男人的生活。”

“也包括婚外性生活吗？”

“是，但那只是感官刺激。子蕾，夫妻多年，我们是心中的朋友。”

李子蕾低头好久，才问周京，和那么多女人好，到底是什么样的心理。周京说，猎奇，还有征服欲，可是，不管他在外面多放肆，到了夜里十一点，就想家，就迫不及待地回家，一回到家，看见李子蕾，就踏实了。

“在外面那样荒唐，从来就不腻？”李子蕾问。

“经常腻，很空虚，经常觉得女人和女人之间没多大差别，都只是一个女人。可又控制不住自己。那种心瘾，和毒瘾一样，戒不了，折磨人。”

周京说，七仙女喜欢董永是因为董永单纯，董永单纯是因为他没有钱，假如董永有了钱，他就不是董永了，钱真不是好东西！可钱又真他妈的是好东西，有钱人的生活没钱人连想的资格都没有。

周京说，他这么拼命赚钱，赚这么多钱，赚得这么辛苦，总得补偿补偿自己，人生一世，草木一秋，生不带来，死不带去，要那么多钱干吗？不就是想过得开心吗？做他的太太，只要不多想，也会开心。

见李子蕾沉默，周京又说，你到底要什么？真的是男耕女织？我挑水你浇园？那你当初来这里干吗？你干脆嫁一农民。那些人不就这样活吗？他们开心？

李子蕾有些激动，你怎么知道他们不开心？至少，他们的女人不会每天搓洗丈夫衣服上的口红印子，不会闻到丈夫身上每天不同的香水味，不会和丈夫亲热的时候琢磨他此刻想到的是哪个女人，他们的妻子还知道，她的丈夫和她相依为命。你怎么知道他们不开心？

李子蕾还说，周京你真的开心吗？心都不见了，还有什么开心？

周京说，那回到居家男人的生活，整天柴米油盐酱醋，就有心了，就开心了？

李子蕾不再说什么。周京原来很习惯李子蕾不说什么，现在李子蕾不说什么，他就发怵，以往，他从没意识李子蕾的无言里蕴藏着如此能量。周京说："你想找什么样的男人？"

"没合适的，一个人也可以过的。"

周京一下拉住李子蕾，哽咽道："子蕾，不要离开，接纳我，接纳你的丈夫，包容你的丈夫，包容所有男人都相同的本性。"周京还想说，无论他在外面多么风光，多少女人为他争妍斗艳，他明白得很，假如他哪天没了钱，一切便化为乌有。可是周京哭了，说不下去。

李子蕾也哭了。周京抱她，她不让，说："离婚吧，周京。放我走。我不要你的钱，放我走。"

## 十四

都市醒的时候已经是第二天的晚上。都市第一眼看见了月光。天哪！我还活着！

都市喃喃地说："活着，是很好的事。"窗外，天很蓝，星星稀落，云很淡，月也很淡。都市又喃喃地说，活着，真好！

医生进来，手中拿着切片报告。都市看着天花板，输液瓶的管子慢慢地滴着液。都市的手抖得厉害。

医生说："早期。保养得好，再活三十年看来没问题。"医生和都市熟了，说话有些随意。

三十年？都市先是怔怔地看着医生。随后，大声喊："天哪！三十年！"他一下坐起来，手挥动着，点滴瓶被拉得直晃。

护士赶紧拽住他的手，血从手背的针缝里冒出来，他的手还想挥动："天哪！那时都七老八十了，还怕死吗?!"

都市突然又安静下来，说："医生，你不会骗我吧？"

"这是病理报告，你自己看吧。"

都市看完报告就给李子蕾打电话。都市在电话里喘息半天，弄得李子蕾很紧张。都市说，我不会死了。都市的声音发颤，和上次一样，但上次是说，我要死了。

心心抢过李子蕾的电话，听见都市重复着，我不会死了，我不会死了。心心大笑，说，你长生不老啊？留在世上长獠牙？

心心挂了电话，李子蕾说，这么一折腾，都市大概不会再是天上人了吧。心心说，那可没准，都老板可不是凡人，天才知道。李子蕾问心心第二天去不去看都市。心心说，我就不去了，都没事了，我去干吗，我要去了，怕气得他伤口迸裂，他烦我。嘿嘿！

第二天一早，李子蕾去医院看都市，特地买了一束康乃馨。刚刚和死亡擦肩而过，都市该是别样心情。

李子蕾走进病房时，都市半躺半坐在病床上。李子蕾没太注意都市的神情，只是一边道贺，一边把花插进花瓶。都市半天不说话，李子蕾先以为他是在看花，后来才注意到他的神色不对。

都市看李子蕾的眼光很怪异。李子蕾疑惑，不知道又发生了什么事。

都市半天才说："这医院应该给我赔偿！"见李子蕾没答话，都市又说："这医院应该赔偿我，明明是早期，他们却判我死刑，他们应该为自己的不负责任付出代价！"

都市的思维和别人永远不在一条线上。心心猜对了。

李子蕾说，诊断病情总有个过程的。

都市的声音提得很高。都市很愤怒，他们的医术不精！他们不精的医术对他造成了巨大的精神伤害和物质损失，误诊致使他错过了参加航空母舰谈判的机会，他的缺席很可能致使这单生意泡汤。这些医生是在看病吗，他们是在犯罪！

都市激动得面红耳赤，让人担心他刚缝合的伤口随时会迸裂。

都市说："我怎么能不激动呢？你要知道，那三千万对我意味着什么！说得俗一些，那是救命的稻草。"

李子蕾本想调侃，这稻草还真贵。但李子蕾不敢和都市开玩笑了。

稍微停息了一会儿，都市问："SIMJ 公司和你联系过没有？"

李子蕾点头。

都市一下把半个身子抬起来："他们怎么说？"

李子蕾想了想，说："基本上没问题了。等你好一点，可以参与签约。"

"老天！这还差不多，我不和那些狗屁医生计较了！"都市很放松地躺了下去，把一只手枕在脑后，看着天花板，说，"子蕾，我已经把那三千万的支配计划好了。"

"有没有慈善计划呀？"

都市手一挥，那是后一步的事。都市现在最关键的是投资，赚更多的钱，等赚到几十亿，天哪，几十个亿是真正花不完的。到那时，再安安心心做慈善。到那时，他会成立一个慈善基金会，在地球上只要有人烟的地方都建起孤儿院。

李子蕾问他会不会隐姓埋名。

都市不屑地说，干吗要隐姓埋名？我的孤儿院全部叫都市孤儿院。你以为这是沽名钓誉啊？沽名钓誉有什么不好？把我都市的阳光雨露洒满人间，这有什么错？

都市说这些话的时候，眼睛炯炯发亮。此时，都市已完全走进他的世界。在那个世界，他穿梭于地球的每个角落，巡视着每个角落的都市孤儿院。在孤儿院里，穿着整齐脸色红润的孤儿们仰视着都市，齐声高呼——都市爸爸！都市爸爸！那情形，就像信徒感戴教父，就像臣民跪呼万岁。当然，他在接受膜拜的时候，身边还站着陪着一干人，这些人全是当地的达官贵人。他受之无愧！

都市此时在床上坐得笔直，瘦骨嶙峋的躯干顶着大大的脑袋。脑袋后部，是长而稀疏的头发，前部，是由苍白转为红润的脸。他的眼睛熠熠生辉。

李子蕾走到窗边，窗外是医院巨大的草坪。南边被栅栏隔开的草坪，好些精神病人在走动。

李子蕾说："我去为你续交钱。"

"哦。"都市应了一声，随意地礼节性地问，"我卡里的钱够吗？"

"够了。"李子蕾没回头。

其实，都市的卡里分文全无。市政府办公室的人已经打了电话过来，什么航空母舰？那个什么英文字母的公司只是几个骗子的精密组合，航空母舰只是这个精密组合的精密骗局，都市只是一个不明就里的工具。

投资者现在正在追索付出的一百万订金。都市手术前让李子蕾保管的那十多万早打回去了，李子蕾不仅用自己的钱补齐了二十万，还支付了都市这段时间所有的费用。

还有一件事，李子蕾可能永远也不会告诉任何人——今天，她去了一个慈善机构，准备把丈夫同意分给她的财产捐出去。

李子蕾出门的时候，都市的眼睛依然放着光，都市依然沉浸在那个万人景仰的世界里。

李子蕾关上门，几个病人从她身边走过。李子蕾看着松松垮垮的病号服在那几个病人身上晃着摆着。四周是刺眼的白色。李子蕾疑惑地看着四周的白色。

到处都是病人，或许，她病得最重?!

（《小说月报》2008年第8期选载）

# 叛逆者

界愚

## 一

中弹之后，林楠笙开始失去知觉。他不知道自己是躺在一口棺材里离开上海的，也不知道那架日本运输机在启德机场一降落，就有一辆救护车载着他呼啸而去。直到醒来，看着站在病床前那名医生头戴的日本军帽，他还以为自己已经被捕，就重新闭上眼睛，把那句最想问的话咽回肚子。

接下来的整整一天，林楠笙都趴在手术台上。他从麻药中一次次醒来，又一次次被麻醉过去。日本军方后来找来一名英国医生会诊。看完X光片，英国医生俯视着那个比他矮了大半截的日本军医，用英语傲慢而自信地说，这个世界上除了上帝，谁也没有能力取出这颗子弹。说完，傲慢的英国医生脱下白大褂，仰起他苍白的脸，走到手术室门口推开门，对守在外面的卫兵仍旧用英语说，送我回集中营吧。

林楠笙是在完全清醒后才知道，那颗射入他脊椎的子弹同时伤及了他的中枢神经。

它会让人慢慢地失去知觉，如果到那时还活着，你将成为一个永远感觉不到疼痛的人。日本军医铃木正男用生硬的英语说完这话，就垂下他那颗硕大的头颅，笔直地站在林楠笙的病床前，如同致哀。

林楠笙始终一言不发，他每天像个哑巴趴在病床上，即便在伤口疼到钻心时，也只是咬紧了牙齿，默默地观察着那些进出他病房的医生与护士。然而，医生与护士的脸上并没有他想要的答案。他们每个人都是那样的尽职与专业，对他的照料更是无微不至，让他只能把所有的疑问都深埋进心底。

这天,左秋明提着一个皮箱进入特护病房,脸上挂着温和的笑容,就像一位远道而来的旅客。林楠笙仍然一言不发,看着左秋明打开皮箱,把里面的衣服一件件挂进壁橱,把一些书放在床头柜。然后在他拉过一把椅子坐下后,才看着他的眼睛,第一次开口问:这是哪里?

香港。左秋明说完,马上微笑着补充:日本人的皇家陆军医院。

林楠笙愣了愣,就再也不说话了,扭头看着窗外碧蓝的天空。

左秋明是林楠笙特训班时的同学,毕业后就去了广州,从一名普通的情报分析员一路升迁,现在是总部派驻香港区的对外联络官。他在短暂地吐出一口气后,把嘴巴凑到林楠笙耳边说,记住,现在你叫庞家骏。说完,他掏出一个信封塞到林楠笙的枕头底下,接着又说,你的父亲是南京的中央委员庞然。

林楠笙不说话,一直到左秋明起身告辞,也没再动一下嘴巴,林楠笙只是用眼睛平静地注视着他。

左秋明塞在枕头底下的信封里装着一本绿色的证件,上面烫着两行金字:中国国民党中央执行委员会特务委员会特工总部。

这是汪精卫的情报机关。林楠笙在上海时曾经去过,在极司菲尔路七十六号,门口的暗堡里架着两挺机枪,每个进去的人都必须站在枪口下接受搜查。那时候,他刚由重庆的总部调派上海站,主要工作是收集情报与策反汪伪政府人员。他以路透社记者的身份采访丁默邨,就是总部决定策反这个出名叛徒前的一次投石问路。

握别之际,他微笑着说,丁先生,我们都不希望再发生西伯利亚皮草行的事件。

一年前,丁默邨在西伯利亚皮草行门外的大街上险遭中统特工枪杀。而此刻,他却像什么事情都没有发生过那样,平静地看着林楠笙,淡淡地问:你的老板姓陈?

林楠笙仍然微笑着说,姓陈姓戴又有什么关系呢?

丁默邨点了点头,抽回手掌说,那你替我问候你老板吧。

林楠笙经历了入行以来最惊心动魄的一刻。从七十六号的大门出来,沿着人行道一直走到愚园路,他发现汗水早把西服里面的衬衫浸透。

当天晚上,在东亚饭店的一间套房里,顾慎言亲手为他倒了一杯白兰地,笑着说,压压惊吧。

顾慎言是林楠笙的长官,也是他在特训班时的教务主任。他把无数的热血青年培养成党国的特工,但自己却始终像个优雅的绅士,喜欢听交响乐,喜欢唱京戏与下围棋，有时还会在房间里用法语吟诵波德莱尔的诗歌。他在仔细听完林楠笙说的每一个字后，把夹在指间的雪茄掐进烟缸，说，找机会你再去一趟，就说我要跟他见面，时间、地点由他来决定。

林楠笙想了想说，今天他没把我扣下，也许就是为了钓你这条大鱼。

那就让他钓吧。顾慎言说，干我们这一行的就是在刀尖上跳舞。

汪精卫在南京另立政府不久，他的军政顾问忽然来到上海，在参加完日本驻沪海军司令部的会议后，他还将出席一场为和平建国军筹款举行的答谢舞会。

这是唯一的机会。那天，顾慎言在他办公桌里，拿出一张照片，说，这天我们已经等了两年。

林楠笙知道，这个人在日本陆军部花名册上登记的名字是上村净，他还有个中文名字叫童自重。在军统的暗杀名单里，排在第二十一位。

这应该是外勤组的工作。林楠笙说完就有点儿后悔，自从军统上海站站长投敌，行动部门几近瘫痪。

他今晚就回南京。顾慎言说，我们没时间去外勤组调人。

问题是我从没杀过人。

但你知道怎么杀人。顾慎言起身走到窗前，望着大街，缓慢而坚定地说，有些事是我们必须要做的。

林楠笙只有半天的时间做准备。他回家在浴缸里放满热水，用了整整两个小时，把自己浸在浴缸里，一直到夜色降临，才起来擦干身体，刮干净脸，换上礼服。他拉下窗帘，打开屋里所有的电灯，站在屋子中央看了一会儿，在转身拉开门的同时，掏出钥匙扔在地板上。然后，轻轻地关上门，头也不回地跑下楼梯。

林楠笙赶到红房子西餐厅才发现，前来跟他接头的人是蓝小姐。她是闻名沪上的交际花，许多月历牌上都印有她的芳容，但今晚她是林楠笙的助手，负责把他带进会场、提供武器与掩护撤退。她对林楠笙讲完全盘计划后，一指桌上的牛排说，吃吧。林楠笙顺从地点了点头，拿起刀叉吃到一半时，她忽然说，我最喜欢这里的煎牛排与蘑菇汤。

林楠笙愣了愣，抬头看着她那双漂亮的眼睛，却再也没有胃口吃完盘子里的牛排。

答谢舞会在华懋饭店八楼大厅举行。这是一场汉奸与亲日分子的盛会，楼下的八角厅里站满了验收请柬的便衣。他们彬彬有礼,同时也对每个进入电梯的男女进行仔细搜查。

童自重的到来把舞会推向高潮。他在一片掌声中开始发表演讲。蓝小姐转身去了女宾化妆间，出来就把一支手枪插在林楠笙的后腰，然后用手搭在那里,就像位温顺的恋人,把脑袋轻轻地靠在他的肩上。

掌声再次响过后,天花板上的灯光渐渐暗去,音乐像潮水般涌上来。蓝小姐掏出一块手帕,轻柔地擦去林楠笙鬓角的一丝汗迹,在他耳边说,来吧。

说完,她拉着林楠笙步入舞池,两个人再也不说一句话。

按照计划,林楠笙将在与童自重擦身而过时掏枪射击,然后跑上十一楼,在那里的一间客房里度过一夜,第二天离开饭店。可是,还没等他们接近童自重,舞池里的枪声已经响起。

一个男人推开他的舞伴,一枪将童自重射倒后,在女人的尖叫声中又朝他身上补了两枪,然后往用人通道的方向跑去。但是,童自重的保镖们冲进舞池,子弹在瞬间追上了他。男人一头倒在舞池的边缘。

林楠笙慌忙扔掉手枪,拉着蓝小姐混入人群,却没有跟着他们往下跑,而是上到十一楼,一直到进了那间客房,还紧紧地拉着蓝小姐的手。

蓝小姐慢慢地抽出她的手,拿了件浴袍去了卫生间,出来后脸上已无丝毫惊惶之色。

林楠笙说,如果不是那个人,死的一定是我。

不会是你。蓝小姐摇了摇头,爬上床,用被子裹紧自己。

确保林楠笙安全地撤离,必要时哪怕付出自己的生命,这是蓝小姐今晚任务中的最后一项。

林楠笙是看着她的眼睛一点一点变得暗淡的。这天晚上,华懋饭店里闹腾了一夜，他们蜷缩在一张床上同样彻夜未眠。就像所有经历了生死的人们一样,他们变得亲近。关掉灯后,蓝小姐在黑暗中说她有个不到四岁的儿子,她的丈夫战死在南京的下关。

第二天,林楠笙去复命时,顾慎言的案头放着很多份报纸。他在听林楠笙仔细说完后,揉着太阳穴说,应该是中共。

林楠笙说,为什么不是中统?

顾慎言想了想,拿起一份报纸,仔细盯着上面的照片,说,这不是中统的手法。

## 二

一年后,林楠笙基本放弃了对敌的策反工作,而把更多精力转移到情报的收集与分析上。租界里从来是个鱼龙混杂的地方,几乎全世界的情报组织都设有办事处,还有无数巡捕房的密探与帮会的耳目,这些人在日本加入轴心国后似乎变得更加忙碌。有时候,从办公室的窗口望下去,林楠笙甚至觉得每个行色匆匆的人都各怀使命。

现在,林楠笙的对外身份是华兴洋行的业务帮办。这家从事丝绸与茶叶出口的公司,实际上是军统在上海的情报中转站。顾慎言为此租下了湘湖大厦的整个顶层楼面,就在南京路最热闹的地段。这里是上海的商业中心,也是太平洋西岸的情报集散中心。每天,各种各样的信息通过各个渠道雪片一样飞来,经过辨别、分析、归类后,又像雪片一样散出去。

林楠笙几乎忙得不可开交。可是,哪怕再忙,每个星期他都忘不了要去一家叫雅力士的酒吧,去见一个有着一半俄罗斯血统的男人。

那人是这家酒吧的调酒师,也是中共留守在上海的情报员。林楠笙坐在吧台前,除了喝他调的鸡尾酒,更多是为寻求那些可以交换的情报。顾慎言在授命他这一任务时说过:情报工作就是你中有我,我中有你。他同时也提醒林楠笙——在情报的世界里没有永远的敌人,更不会有永远的朋友。

然而很多时候,林楠笙喝着那些叫不上名字的混合酒,他发现自己跟眼前的调酒师竟然有了一种默契。那天晚上,调酒师破例请他喝完一杯伏特加后,扭头看着酒吧的一个角落,说,明晚接替我的人会坐在那里,桌上放一杯血腥玛丽。

林楠笙说,那你呢?

我该走了。调酒师说,我在一个地方待得太久了。

第二天晚上,林楠笙再次来到酒吧,发现跟他接头的人竟然是朱怡贞。将近六年不见,她最大的变化是满头的秀发——当初是童花头,现在烫成了大波浪。

那时候,林楠笙还是沪江大学里的英语助教,同时也是朱怡贞的初恋情人。他们的师生恋情瞒过了整座学校的眼睛,却瞒不了朱怡贞的母亲。她在一天早上闯进校长的办公室,说在教会学校发生这种事是上帝的耻辱。临走,她给了年轻的校长两个选择:要么把伤风败俗的英文助教除名,要么明天她把报社的记者请来。

离校的前夜，林楠笙在操场后面的小教堂等到天亮。他坐在狭小漆黑的祷告厢里，那是他们无数次幽会过的地方。他们曾在这里拥抱、接吻与做爱，就在上帝的眼皮底下。林楠笙记得她说过：我一天是你的人，一辈子就是你的人。可是，那天晚上朱怡贞没有出现。她被母亲关在了家里，跪在她父亲的遗像前一直反省到天亮。

两个人离开酒吧后，朱怡贞站在街上，说，如果你要求换人，我可以向我的上级提出来。

林楠笙淡淡地说，只怕这就是你们上级的意思。

朱怡贞愣了愣，低头看着自己的脚尖。

重庆现在每天都在遭空袭。林楠笙说，我们需要日本空军的一切动向。

你也应该知道我们需要什么。朱怡贞说完，伸手招来一辆黄包车。她再也没有看林楠笙一眼，让车夫拉着绕了好几条马路后，才换乘另一辆回到家。纪中原正坐在台灯下刻章，他曾经是朵云轩的篆印师，如今在福佑路的偏僻处开了一家装裱店，挂出来的招牌上同时写着兼刻印章。

这里是他们的家，也是他们的情报收发站。

朱怡贞去里屋换上一件毛衣后出来，坐在纪中原的桌边，一直看到他抬起头来，才说，这就是你让我接替调酒师的原因？

纪中原点了点头。

朱怡贞看了眼梳妆台上那个带锁的抽屉，说，你偷看了我的日记。

还有你的相册。纪中原平静地说，你不该保存这些东西。

我留着不是让你偷看的。

我需要了解你。纪中原说，我们是夫妻。

朱怡贞发出一声冷笑，说，难道你想让我去跟一个军统特务旧情复燃？

纪中原的眼光开始变得暗淡，他说，我只知道这个人对我们很重要。

那我呢？

你是个情报员。纪中原说，你要明白，情报高于一切。

朱怡贞沉默了很久后，说，我要求向上级反映现在的情况。

这是你的权利。纪中原说，但在没有得到上级答复前，你必须服从我的命令。过了很久，他一指梳妆台的抽屉，又说，那些日记，还是趁早处理了吧。

林楠笙第二次与朱怡贞见面是在地地斯咖啡馆。

地点是林楠笙挑的，他记得朱怡贞喜欢喝这里的热巧克力。可这一次，她要了杯不加方糖的黑咖啡。

林楠笙笑着说，你的口味变了。

朱怡贞就像没听见。她把一本《良友》画报放在桌上，说，这是日本第三飞行师团在汉口的驻防情况，你们应该用得着。

林楠笙同样也像没听见。他看着朱怡贞无名指上那道戒指留下的印痕，说，干吗要把它摘了？

朱怡贞蜷紧手掌，说，你也应该给我点什么吧？

你们真的是夫妻？林楠笙若无其事地摇着头，说，我不相信你会嫁给一个开装裱店的篆印师。

说着，他见朱怡贞要起身，就一把抓住她那只手。

朱怡贞说，放开。

他是你的上级。林楠笙收敛起脸上的笑容，盯着她的眼睛，说，你的任务不只是交换情报。

朱怡贞说，请你放手。

林楠笙渐渐松开手，靠回椅子里，认真地说，贞贞，这一行，不是一个女人该干的。

朱怡贞愣了愣，说，是你没资格干这一行，你破坏了我们之间的规矩。

说着，她起身，头也不回地离开咖啡馆。

这一回，朱怡贞没有绕道，而是直接回到福佑路上的装裱店。一进里屋，就对纪中原愤愤地说，该死，他跟踪过我，还摸到了你的底。

这是意料之中的。纪中原笑着说，我们不也跟踪与调查过他？

那不一样。朱怡贞说，他会给我们带来危险。

我们也一样可以给他带去危险。纪中原仍然微笑着，笃定地说，他明白这个道理。

你有点儿过于相信一个国民党的军统特务了。朱怡贞的语气变得冷峻，她说，请你别忘了皖南事变。

纪中原在一把椅子上坐下，仰面看了朱怡贞好一会儿，忽然说，怡贞，你们曾经是恋人，你们相爱过。

朱怡贞一愣，但马上说，那是过去。

那现在呢？你信任我吗？纪中原说完，仍然一动不动地看着她，一直看到她一点一点地垂下眼帘，再也不说一句话。

这天清晨，纪中原取出一把湘妃竹的折扇交给朱怡贞，让她送到城外的真如寺,回来时已是下午。朱怡贞提着一盒真如寺的素生煎,在福佑路上走了不一会儿,就听到了装裱店方向传来的爆炸声。她的心一下子悬到嗓子眼里。等到第二声爆炸响起,她几乎是小跑着奔向家的方向。

朱怡贞是迎面被人抱住的。那人穿着长衫,头戴礼帽,不由分说把她塞进一辆停在路边的黄包车,朱怡贞这才看清楚帽檐下林楠笙的脸。她说,让我下去。

林楠笙就像没听见。他对车夫说,快走。

你放开我。朱怡贞还是不停地挣扎着,不停地说让她下车,直到林楠笙掏出手枪,顶在她腰间,她才一下睁圆了眼睛,瞪着他。他们的呼吸都有点儿急促,喷在彼此的脸上。

好一会儿,林楠笙收回手枪,在她耳边说,你要镇定。

可是,朱怡贞镇定不下来,眼前老是出现藏在家中的那颗手雷。她记得,那是一颗日军制式的九七式步兵手雷。纪中原在把它放进藏着发报机的那个暗格时曾说,它的威力足可以把整间屋子炸毁。他还说,这是为他自己准备的。

林楠笙始终紧搂着朱怡贞的肩膀,一直到进了他的公寓,关上门,才松开手。他告诉朱怡贞,这一天出事的不光是福佑路的装裱店,还有八仙桥的米行、十六铺的茶馆、小东门的当铺,不是被扔了炸弹,就是有人遭乱枪射杀。这些地方应该都是你们的联络点。最后,林楠笙说,问题出在你们的高层。

朱怡贞呆立了好一会儿后,直视着他说,那你怎么会在那儿?

我收到消息七十六号在福佑路上布控,就赶去通知你。林楠笙说,幸好你没在里面。

朱怡贞再也不说一句话。她在沙发里一直坐到天色黑尽,才忽然站起身往外走。林楠笙一把拉住她,问,你去哪儿?朱怡贞不说话。林楠笙用力把她摁进沙发,又说,现在,你哪儿都不能去。朱怡贞咬紧牙齿,拼命想让自己站起来。林楠笙就更加用力地摁住她,说,你这是去送死,他们张着口袋在等你呢。

那就让我去死。朱怡贞忽然爆发出一声尖叫。

## 三

上海的梅雨季节,空气中潮得都能拧出水来,但更难受的是人,好像有什么东西从骨头深处在一点一点地往外滋长。大病之后的朱怡贞神情憔悴,每天待在林楠笙的公寓里,隔着窗玻璃,她眼中的世界只剩下巨籁达路上那两排法国梧桐。在雨水中,每片叶子都绿得让人揪心。

可是,朱怡贞哪里都去不了。林楠笙的话是对的,只要没把叛徒找出来,她唯一能做的就是隐藏好自己。日本宪兵封锁了离开上海的每条通道,七十六号的特务们日夜守候在租界的水陆码头。他们对每个准备离开的平民严加盘查,几乎每天都有无辜者因此丧命。

但朱怡贞还是想要离开。一天傍晚,她换上来时穿的那件旗袍,从房间里出来对林楠笙说,我不能再待在这里。

你能去哪儿?林楠笙说,一出去你就有可能被捕。

我不怕。朱怡贞说,我受过训练。

一旦被捕,你的忠诚就会受到质疑。

我们的组织不像你们。朱怡贞说,它只会证明我更忠诚。

那你也用不着去自投罗网。林楠笙说,无谓地活着总比无谓地死去要好。

可我不能活在这里。

我们不是敌人。林楠笙看着她,说,至少我们还是朋友。

朱怡贞一下就沉默了,转身回到房间,关上门,整个晚上都没有出来。

几天后,顾慎言把林楠笙叫到办公室,开门见山地说,你收留了一个女人?

林楠笙低下头,说,是。

她是中共的情报人员。

林楠笙还是低着头,说,让她落进日本人手里,对我们没有好处。

但她掌握的情报对我们肯定有用。

她已经是只断线的风筝。林楠笙抬起头,面无表情地说,我有责任保护她。

你是在自毁前程。

我入这一行,不光是为了前程。

顾慎言一愣,说,对抗敌期间的婚恋,戴先生是有明确规定的。

林楠笙再次低下头,说,是。

顾慎言说,你可以让她成为我们的同志。

当晚,林楠笙带着朱怡贞离开公寓。路灯下细雨如丝,他们合打着一把伞,就像一对出门散步的年轻夫妻,朱怡贞的身体裹在一件男式风衣里。他们沿着巨籁达路一直走到霞飞路,再从那里叫了辆车来到苏州河边。对岸就是日本人的军营,林楠笙却始终不说一句话,朱怡贞也没开口问过一个字,只是挽着他的胳膊,沿着河堤走了很久,才钻进一辆停在黑暗中的汽车。

护送他们进入日租界的是个留着仁丹胡子的男人,除了回头看一眼外,他跟林楠笙之间自始至终没说过一个字。汽车在哨卡待检时,林楠笙忽然伸手把朱怡贞搂进怀里,另一只手拉过她的一只手,轻柔而有力地握着,但朱怡贞还是听到了自己的心狂跳不已。

她一直到下了车,看着汽车驶离,才站在雨里冷冷地说,原来你们跟日本人勾勾搭搭是真的。

林楠笙笑着说,中国人里有汉奸,日本人也一样。

说着,他撑开伞,两个人在日侨聚集的平安里街上又走了一会儿,林楠笙把她带进一幢小公寓顶层的阁楼。打开门,他把钥匙放进朱怡贞手里,说这里是他为自己准备的。

那你就不该带我来。朱怡贞说。

林楠笙没说话,只是用眼睛平静地看着她,一直看到两人都再也没话可说。

朱怡贞的房东是个头发花白的中国寡妇,同时也是日本遗孀。三十年前,为了爱情,她的日本情人抛妻弃子、背井离乡来到这里与她生活在一起。他们靠行医为生。现在,情人早已成了挂在墙头的一幅遗像,但她并不悲伤,每天除了为他点上三炷香、泡一壶铁观音外,整个白天都会坐在窗边的绣桌前。

老寡妇把她所有的思念都化成了绢帛上的一针一线,那种姿态总让朱怡贞回想起自己的母亲。母亲死于淞沪会战的炮火,与她们家的祖宅一起成为灰烬。她此生唯一的心愿就是把女儿嫁入豪门,梦想以此来重振她们日渐衰败的家族。

朱怡贞像是一下迷上这项古老而繁复的手艺,开始每天在老寡妇房里学习刺绣,有时也帮着她缝制和服,到了周末就去街口的报摊,买一份当天的《每日新闻》。那是她跟林楠笙临别前的约定——只要他还安然地活着,每个周末都会在《每日新闻》中缝登一则相同的寻人启事。

除此之外,朱怡贞几乎足不出户。时间让她的皮肤日渐苍白,眼神却变得越发安宁。可是,这样的日子到了秋天就一下子结束。在一个天高云淡的午后,朱怡贞站在报摊前,在《每日新闻》上看到那则熟悉的启事的同时,她还看到了另外一则。

那是一句只有她才能读懂的暗语,是组织对她的召唤。

约见朱怡贞的是个戴着黑框眼镜的中年男人。坐在虹口公园的一条长凳上,他说,我姓潘,你可以叫我老潘。

朱怡贞想起了第一次跟纪中原见面。他说我姓纪,你可以叫我老纪。朱怡贞点了点头，问他，老纪的尸骨埋在哪里了？

老潘愣了愣，说，革命者马革裹尸，他永远活在我们心中。

朱怡贞低下头去，开始诉说这几个月里的经历。老潘却一摆手，制止了她。朱怡贞说，我有必要向组织上交代清楚。

你从没离开过组织的视线。老潘说，我在这里见你，就充分体现了组织对你的信任。

那你们早该联络我。

我们得先找出叛徒。老潘说，我们付出了很大的代价。

他是谁？

老潘叹了口气，没有回答。他交代给朱怡贞的任务是恢复与军统的情报交换机制。最后，他说，林楠笙这个人值得我们去争取。

朱怡贞不说话，远远地看着草坪对面那几个身穿和服的日本男女。

有什么困难，你可以提出来。

朱怡贞摇了摇头，还是不说话。

我知道你在想什么，我们要把目光放远。老潘说，日本鬼子迟早会滚出中国去的。

朱怡贞忽然回过头来，看着他，说，你不怕我被他策反过去吗？

老潘笑了，说，组织上相信你。

朱怡贞回到老寡妇的房间，就像什么事都没发生过。整个下午，她都坐在那张绣桌前穿针引线，一直到傍晚才起身回到她的阁楼，拉起窗帘，直挺挺地躺在床上，睁大眼睛出神地看着黑乎乎的屋脊。

三天后，她跟林楠笙在地地斯咖啡馆见面时，林楠笙的脸上露出一丝无奈的笑容。他说，我们还是回到了老地方。

朱怡贞用勺子在咖啡杯里搅了很久，才说，你瘦了。

林楠笙说，我们开始吧。

朱怡贞点了点头，却忽然有种说不出来的难受。她在用力喝下一大口咖啡后，一下用手捂住嘴巴，看着窗外。

临别之际，朱怡贞从包里掏出那把钥匙，放在桌上。她没有再看林楠笙一眼，起身就往外走，但到门口却一下站住，就像听到有人叫她那样，回过头来。

林楠笙不紧不缓地走上前，拉过她的手，将那把钥匙放进去，说，还是留着它吧，那个地方是灯下黑。朱怡贞看了他一眼，还是推门想走。林楠笙仍然拉着她的手，张了张嘴，却不知道说什么好，于是就笑了笑，说，再见。

现在，朱怡贞每天早出晚归，每个星期跟林楠笙见一次面，除了交换情报，他们几乎不说一句多余的话。朱怡贞变得异常忙碌，她再没时间去老寡妇房间学习刺绣，就自己从旧货行里买了张绣桌，放在阁楼上，一到夜深人静就埋头坐在那里，凝神屏气，穿针引线。朱怡贞绣得那样的专注与忘我，好像这世上除了绣桌上紧绷的这块绢帛，再没有让她倾心的东西。可是，有一天晚上她却像疯了一样，绣着绣着，忽然拿过一把剪刀，几下就把那幅即将完工的“蝶恋花”铰成了碎片。

朱怡贞一头趴在绣桌上，等她再抬起头来时，灯光下，她的眼中蓄满了泪水，但她没有哭出一丝声息。朱怡贞起身，洗了把冷水脸后，就像什么事都没发生过，拿过扫帚仔细把地打扫干净，重新在绣桌上绷上一块绢帛，找出绣样铺在上面，俯身开始一点一点地勾图。

朱怡贞绣的还是那幅“蝶恋花”。

## 四

汪精卫政府在《中华日报》上公布《渝方蓝衣社上海区组织以及其名单》的当天，顾慎言下令烧毁整个华兴洋行，却没想到酿成了一场灾难。大火从湘湖大厦的顶层向下延伸，很快吞噬了整幢大楼。在一片救火车的警报声中，他长久地站在新世界大饭店一扇临街的窗前，远处大楼上的火焰在他眼睛里不停地跃动。

顾慎言缓慢地回过头来，对垂立在身后的下属们说，你们要记住今天。

这天是一九四一年的十一月二十八日。军统在上海地区的十个部门、八个行动队、五个情报组全部暴露。顾慎言在接到撤回重庆的命令后，却选择留下来。他对林楠笙说，放弃上海，我们就等于瞎了一只眼睛。

林楠笙小心翼翼地提醒他：留在上海，我们就违背了戴先生的命令。

你想过没有，我们为什么会落到今天的地步？顾慎言看着他，在长叹了一声后，接着说，任何组织一旦把忠于个人或某个集团作为精神支柱，今天的悲剧就在所难免。林楠笙一时不知道说什么好，顾慎言戴上了一直捏在手里的礼帽。他要分别去杭州与南京重新招募人手。他最后对林楠笙说，你的任务就是等我回来。

当天晚上，林楠笙闯进朱怡贞住的阁楼时，身上穿着和平建国军的制服，一条胳膊缠着绷带，挂在脖子上，就像个从陆军医院里溜出来寻欢的年轻军官。

你没把我的衣服都扔掉吧？林楠笙笑着对朱怡贞说，我要在这里住几天。

朱怡贞笑不出。整个傍晚她都坐在绣桌前看那张《中华日报》，而现在，她把目光停在林楠笙那条吊着的胳膊上。

没事。林楠笙继续微笑着，随手扯下绷带，同时环顾着四壁，说，这里比当初更像个家了。

朱怡贞还是不说话。她取出一套原先留在柜子里的睡衣放在床上后，转身坐到绣桌前，哈了哈冷得有点儿僵硬的手，拿起针线开始往那块绢帛上刺绣。

这是个奇特的夜晚，窗外不时有警笛声远远地传来，屋里却静得只有针线穿过绢帛的声音。

林楠笙在床上躺了会儿，就掀开被子，赤着脚站到地板上。朱怡贞总算第一次开口了，眼睛看着那只绣到一半的蝴蝶，说，你应该撤离，而不是来这里。

总有人得留下来。林楠笙迟疑了一下，走过去，把两只手搭在她肩上，像个按摩师那样揉捏一会儿，他说，你不能坐着到天亮。

朱怡贞轻轻地挣脱他的双手，说，一晚上没事的，明天我就去买床被褥。

林楠笙无声地退回床上，说，是我不该来。

朱怡贞笑了笑，说，好好睡觉吧。

几天后，日本军队接管整个租界，飞机一大早就在低空盘旋，无数的传单像雪片一样撒落，而日租界的大街上却显得异常的冷清与洁净。只有那些裹着绑腿的中国警察在寒风中踱步。快到中午的时候，朱怡贞出去了一趟，但很快又回来。

日本向英美宣战了。一进门，她有点儿喘息地说，早上他们击沉了停在黄浦江里的派德列尔号炮舰。

说完，她脱掉洋装，换了旗袍，对着镜子飞快地盘起头发。

林楠笙靠在窗边，静静看着她，说，今天你出得了上海吗？

朱怡贞愣了愣，说出不去也得去。说着，她转身拧了把毛巾，把脸上的妆容擦干净后，又说，抽屉里还有半个面包。

林楠笙在她拉开房门时，拦住她，说，我替你去吧。

朱怡贞一笑，说，这是不可能的。

那让我陪你去。

这也是不可能的。

如果我有通道出城呢?

朱怡贞没再说话,她抬眼认真地看着林楠笙。可是,他们走在街上的样子根本不像急着要出城。更像是一名年轻的军官陪着他的情人在漫步。走到一个电话亭时,林楠笙进去打了个电话,出来继续搂着朱怡贞的腰,去了街边的一家清酒屋。

大街上不时有载满日本士兵的军车驶过,他们通过苏州河进入上海的腹地。

朱怡贞看着桌上的杯盘,说,你要我等到什么时候?

林楠笙不说话。他一口一口地喝酒,一口一口地吃菜,一直等到有辆黑色尼桑轿车在门外停下,才放下筷子起身说,我们走吧。

朱怡贞记得这辆车,也记得坐在驾驶室里那个留着仁丹胡子的日本男人。但是这一次,仁丹胡子在他们钻进车厢后,并没有马上发动汽车,而是用流利的中文对林楠笙说,我们结束了,你说过我们不再见面。

你就不能帮朋友一个忙吗? 林楠笙笑着说。

我们不是朋友。仁丹胡子看着车窗外一辆驶过的军车,说,我现在就可以杀了你们两个。

你还是把它当成一次额外的交易吧。林楠笙仍然微笑着, 掏出一把小钥匙,从后面塞进他西装的口袋,说,中储银行里有个保险柜,送我们出城,里面的东西就是你的。

仁丹胡子没有动,他插在西装内袋里的右手始终握着一把手枪。

林楠笙拍了拍他的肩膀,继续微笑着,说,小林君,杀人是需要勇气的。

小林大介透过后视镜,盯着林楠笙的脸看了好一会儿,才说,林桑,你穿这身军装,一旦被捕是会被枪毙的。

林楠笙脸上的笑容一点一点凝固。他闭上眼睛,靠在座位里,淡淡地说,开车吧。

小林大介是日本驻沪领事馆的二等秘书,自从第一次跟林楠笙交易情报,他就知道已经失去了自己的祖国,就像他失去生命的妻儿那样。小林大介的妻儿死于一场车祸,肇事者是名醉酒的海军陆战队少尉。几周后,就在那名少尉被当庭释放的晚上,小林大介用手枪抵在自己的颚下,却始终没有扣动扳机。

黑色的轿车在通过最后一道关卡很远后,停在一条偏僻的小路边。林楠笙并没有开口,他在目送朱怡贞下车后,掏出手枪,顶在小林大介的后脖颈上。

你知道我不怕死。小林大介双手放到方向盘上，平静地说，生命对我早就没有意义。

林楠笙叹了口气，说，下车吧。

小林大介顺从地下车，走到后备厢跟前，自觉地把它打开，然后转身对着黑洞洞的枪口，眼睛看着林楠笙，把身上所有能证明自己身份的东西一样一样掏出来，丢在脚下，连同那把小钥匙。小林大介抬头，最后看了眼阴沉的天空，爬进后备厢，就像睡觉那样闭上眼睛。他在枪声响起的瞬间，看到了自己的妻子与年幼的儿子。

朱怡贞跑回车边时，林楠笙正蹲在地上，把小林大介的钱包、证件、手枪、手表、戒指还有那把小钥匙一样一样捡起来，放进口袋。

你还回来干什么？林楠笙抬头看着她说，如果死的是我，你就走不了了。

他要杀我们，用不着等到出城。

他迟早会下手的。说着，林楠笙起身，把那个小钥匙放进朱怡贞手里，说，收好它，这是你抽屉上的。

朱怡贞马上就明白，银行里根本没有那个保险柜，他现在只是个穷途末路的情报员。迟疑了一下后，朱怡贞拉开副驾驶室的车门，坐进去，看着林楠笙那张越发变得苍白的脸，说，你没必要这么帮我。

不是帮你。林楠笙扭头看着光秃秃的田野，说，我是为我自己。

入夜时分，他们在两条岔路口的破庙前分手。朱怡贞去找她的组织传递情报。林楠笙开车来到太浦河边的堤坝上，夜空中忽然下起了零星的小雪。他打开后备厢，把尸体仔细翻了一遍后，从自己的口袋里掏出小林大介那些钱包、证件、手枪、手表、戒指，一样一样扔进河里。最后，他松开汽车的挡位，用力把它推进河里。

林楠笙又累又饿，回到破庙已是深夜，可朱怡贞并没有等在里面。一直到第二天中午，她才沿着小路远远走来，手里挎着一个包袱，身上的大衣与旗袍也换成了短袄。

朱怡贞把包袱递给林楠笙，里面是两块年糕与一套男人的棉袄。她说，吃了就换上吧，你这一身太招眼了。

当晚，他们在返回上海的途中住进一家客栈，如同一对结婚多年的夫妻，在房间里默默地洗漱，默默地上床。六年来，这是他们第一次并排躺在一个被窝里，彼此都小心翼翼的，就连后来做爱时也是这样。他们都尽量克制着自己的呼吸。事后，林楠笙在她耳边说，告诉我，这六年你是怎么过的？

朱怡贞没有开口。她在黑暗中用力咬紧了自己的牙齿,直到林楠笙用舌头撬开它们,才把一口长长的气吐进他嘴里。

第二天黎明的时候,朱怡贞忽然说,我有丈夫。

林楠笙一下睁大眼睛,但很快在她眼里找到了答案,说,可他已经死了。

## 五

日本人在市区的很多街道拉起了铁丝网,并且划出管制区。白天,他们对每个觉得可疑的行人进行盘查,到了晚上就施行宵禁,这反倒使日侨的聚集区呈现出异样的繁华。许多酒家、歌厅、妓院与赌档一到夜里就门庭若市,好像每个人都是过了今天没有明天那样,到处都充斥着及时行乐者们的喧嚣。

林楠笙却显得格外沉静。每天只要朱怡贞不出任务,他们就会一整天都待在小阁楼里,一个刺绣,一个看书,但更多时候是在床上。

可是,这样的日子随着顾慎言返回上海很快结束。他在一家意大利人开的妓院里约见林楠笙,一见面,就指着房间里嵌满四壁的镜子,随口问他,见识过这些玩意儿吗?林楠笙摇了摇头。顾慎言笑着说人不风流枉少年,他在法国留学时就去过巴黎的妓院,还爱上了那里的一位金发女郎。那里才是真正活色生香的地方。顾慎言说着,就像在追忆他逝去的青春岁月,眼中闪烁着一种从未有过的光芒。他在沙发里坐下后,长久地注视着杯中那些金黄的液体,感慨地又说,爱情就像一杯美酒,它能让人沉醉,也能给人勇气,让你不顾一切。顾慎言的目光透过酒杯,慢慢移到林楠笙脸上,说,但你也要知道,最美的酒也只能给人片刻的欢愉。

林楠笙心里动了动,垂首说,是。

顾慎言在一口饮尽杯中的酒后,开始下达任务,说他招募的特工正在陆续赶往上海。他要求林楠笙尽快制定出一套全新的联络方式,以防情报员在被捕后牵扯出整个组织。

要吸取失败的教训。顾慎言说,我建议你可以参照一下中共的组织结构。

林楠笙一愣,说,为什么要参照他们?

顾慎言说,中共情报网的体制未必是最科学的,但实践证明,在现在这种形势下肯定最管用的。

林楠笙说,是。

顾慎言摆了下手,示意他坐下后,重新在自己的杯中倒上酒,开始说起了他将在上海重新铺开的情报网络。

林楠笙赶紧打断他的话，说，先生，你不该把这些告诉一个下属。

那你知道我为什么要把这些告诉你？顾慎言微笑着说，信任有时候就是那么奇怪的东西。他扭头看着林楠笙，又说，你值得我信任吗？

林楠笙一下站起身，在他面前站得笔直，却不知道如何回答好。

顾慎言仍然微笑着，说，非常时期，我一样得以防不测。

林楠笙说，不会有这一天的。

顾慎言的脸色变得严峻，说，我已经请示总部，如果有这一天，将由你接替我的工作。

离开妓院的一路上，林楠笙心潮起伏，同时也越发觉得后怕。他把许多事情反复想过之后回到家里，朱怡贞已经准备好了晚饭，正坐在灯下静静地等着。

饭吃到一半的时候，林楠笙忽然说，你得尽快离开这里。

朱怡贞愣了愣。继续埋头吃着碗里的饭。

林楠笙又说，这里已经暴露。

朱怡贞这才放下碗，起身关掉电灯后，站到窗前往下看了很久，却没发现任何异常。于是，她重新打开灯，坐下把碗里的饭吃完，把桌子收拾干净后，坐到那张绣桌前，大半个晚上都在绢帛上刺绣。

朱怡贞一直到上了床才开口说话。她在黑暗中看着枕边的男人，喃喃地说，我们是到了该结束的时候了。

林楠笙又像回到了从前，每个星期都跟朱怡贞见面，有时是一次，有时是两次，有时是白天，有时是傍晚，但每次见面都不是为了交换情报。他们跟所有热恋中的男女一样，除了一起吃饭、看电影、泡咖啡馆外，也会在旅馆的房间里做爱。只是，他们的每一次约会都格外的小心，像是在接头，又像是偷情，彼此间充满着一种危险的快感。

春节过后的一天，顾慎言忽然把林楠笙找去，说他要跟中共在上海的负责人见面。

林楠笙说，据我所知，中共的江苏省委已经撤离上海。

他们新四军的办事处还在。顾慎言用不容置疑的语气说，找到他们，要快。

林楠笙连夜闯进朱怡贞的新居。第二天下午，他在城隍庙的九曲桥边等待回复，远远看到朱怡贞出现在人流中时，也发现了尾随她而来的便衣。按照特工守则,现在林楠笙唯一能做的事就是转身离开,但他没有。他毫不犹豫地迎上去,在人群中一把搂住朱怡贞,说,跟我来。

两人挤在人群中,飞快地跑过九曲桥,穿过佛堂与后面的香房,从后院的一扇小门离开城隍庙。路线是林楠笙来前就观察好的,这已成为他的本能。可是,这一次他们碰到的是高手。出了巷子,林楠笙只能拉着朱怡贞狂奔起来。

枪声就在这个时候响起。子弹从后面穿透朱怡贞胸口的同时,也钻进林楠笙的脊背。就像一下被绊倒在地,林楠笙脸贴在石板路面上叫了声:贞贞。

朱怡贞看着他,张了张嘴,血从她的口鼻呛了出来。

当晚,一辆黑色轿车缓缓驶进愚园路一〇一号的花园大门。顾慎言头戴礼帽,身穿貂皮大衣,跟着一名警卫走进一间书房后,在沙发里坐了很久,才看见丁默邨推门进来。

已经调任交通部部长的丁默邨显然是从床上起来,身上紧裹着一件丝绵的睡袍。

顾慎言微笑着说,故人相见,你不请我喝一杯?

丁默邨站着没动,冷冷地看着他,说,据我所知你们已经全线撤出上海。

你们的情报从来都不准确。顾慎言依旧微笑着。起身去酒柜前挑了瓶白兰地,给自己倒上一杯后,看着酒瓶上的标签,说,一九三五年的干邑,那一年我们应该都在南昌的剿总行营吧?

有话直说吧,在这里就不必套近乎了。

请你帮我去日本人手里捞一个人。

丁默邨在沙发里坐下,说,你现在应该考虑的是怎么从这间屋子里全身而退。

丁部长若要执意挽留,也该先容我用戴先生架设在你处的电台通报一下重庆吧?

丁默邨的脸色变了,好一会儿才说,你要知道日本人那边的事都很难办。

我知道你还兼着特工总部的主任。

你要救的是什么人?

一个下属。

为了一个下属,你深更半夜闯进我家里?

此人现在在仁济医院的急救室里。

我可以帮你让他永远闭嘴。

你们就是这样对待自己同志的?

丁默邨笑了，说，慎言兄，你本质上还是个共产党人。

这一回，轮到顾慎言的脸色变了。他放下酒杯站起来，抬手看了眼腕表后，说，我们的时间不多了。

但我想知道的是你会怎样回报我？

顾慎言想了想，说，我来找你，就是对你的回报。

## 六

林楠笙出院那天忽然下起了阵雨，香港的秋季仍像夏天一样阴晴不定，空气中弥漫着一股浓烈的海腥味。铃木正男军医打着一把雨伞相送，一路上，两个人谁也不说话。他们在这漫长的八个月里已经成为朋友，时常会在伤残军人活动室里下围棋或者喝茶，有时也用英语谈论文学，但更多时候是相互学习中文与日语。

经过医院的大门外时，林楠笙看了眼穿着橡胶雨衣站得笔直的卫兵，忽然用日语问：你杀过几个中国人？

铃木正男愣了愣，用中文说，我是个医生，我只会救人。

林楠笙接过他提着的那个皮箱，说，那好吧，再见。

铃木正男把握着的伞交到林楠笙的手里，认真地说，庞桑，你能用自己的两条腿走出来，这是个奇迹。

林楠笙笑了笑，转身在铃木正男的注视下上了一辆三轮车，对车夫只说了三个字：众坊街。

那是顾慎言留给他的住所，就在这条街三百七十三号的二楼，窗口正对着一个广场，一到晚上就聚满着杂耍、算卦与做小买卖的人。林楠笙第一次来这里时，刚刚可以从轮椅里站起来独立行走。左秋明开着一辆车把他拉到楼下，指了指上面的窗口，说，我在车里等你。

林楠笙费了很大的劲才爬上二楼，在推开门见到了顾慎言的瞬间，就想到了朱怡贞。考虑了很久后，他还是开口问道：那天跟我接头的人怎么样了？

顾慎言躺在一张藤椅里，一手夹着雪茄，一手摇着折扇，盯着他看了好一会儿才说，你不该问这个。

林楠笙低下头去，说，我想知道。

顾慎言想了想，说，忘却就是最好的怀念。

长久的沉默之后，林楠笙抬起头来，说，那让我跟你回上海。

顾慎言摇了摇头，离开藤椅走到窗前，撩开窗帘望着楼下的广场，在发出一声苦笑后，忽然说，你会背叛党国吗？林楠笙吓了一跳。顾慎言却不等他回答，就像在对着那块透明的窗玻璃说，一个叛逆者是永远得不到信任的。

几天前，当顾慎言接到总部令他回重庆的电报那一刻，在心里对自己说的就是这句话。他在安排好上海的一切后，决定由香港绕道广西，再经南宁返回重庆，事实上并不是为了来看望这个大难不死的学生。他只是要见一个人，下达一道他们彼此都已等候多年的命令。

顾慎言把林楠笙送到门口时，拿起桌上的钥匙交给他说，你就留在香港吧，我已经替你安排好了。

说完，他像个老人那样扶着门框，看着林楠笙艰难地下楼后，关上门，躺回那张藤椅里，一直躺到将近中午，才起身打开衣橱，取出一个皮箱，离开这间屋子。

顾慎言来到中环的卜公码头，登上一条渔船，那船就扬帆起航了。

孟安南在船舱里的矮几上摆开酒菜。顾慎言的目光却始终停留在他那张黑瘦的脸上，直到他在两个杯中斟上酒，才说，有十年了吧？

孟安南点了点头，说，时间都快让我忘了自己是谁。

顾慎言当年收留他时，他还是个不到二十岁的小伙子，在驻河内的中国使馆里当实习生。顾慎言在那里当了四年武官，就把他培养成了一名特工，并且给他取名为孟安南。可是，在带他回来的途中，顾慎言却把他留在了香港。现在，孟安南已是《大公报》的时事版编辑，同时也是香港海员工会的理事，而另一个更隐蔽的身份是印度支那共产党员。

这一次，顾慎言交给他的任务是想办法去苏北，进入新四军的核心。他放下酒杯说，现在，你已经具备了条件。

孟安南沉吟片刻，说，延安一直在搞整风运动，这股风早就刮到了苏北。

顾慎言点头，说一九三九年总部曾派遣过去的大批人员，现在基本已被清除干净，所以这是一次机会。他看着孟安南的眼睛，说，你要知道，你跟那些人都不同，你在这里的十年已经把自己染红，而且，到了苏北你没有上线，也没有下线，你要做的就是一颗闲棋冷子。说着，他解下手腕上一块没有秒针的梅花牌手表，放在桌上，又说，如果有一天你见到一块同样没有秒针的手表，那就是我派来找你的人。

既然我是一颗闲棋冷子，就不需要有第三个人知道。

如果我们这次是永别呢？顾慎言说，我不想你成为一只断线的风筝。

孟安南低下头，看着桌上的半杯酒，说，自从父母死后，我就是一只断线的风筝。

九宫航运位于维多利亚港口的一侧，表面看是个日本人开的株式会社，实际上它是军统在香港区的一个情报接收站。

林楠笙又干回了老本行，每天提着公文包去那里上班与下班，把接收来的情报经过辨别、分析与归类后，用渔船运到公海，再由美国人设在船上的电台发送出去。出于对他身体的考虑，长官派人在办公室放了张皮制的躺椅，但林楠笙从未使用过。每天，他宁可坐在办公桌前，一直坐到麻木的感觉从脊椎扩散到全身，就像血液在凝固那样。很多时候，他甚至盼着就这么一头倒在桌上，慢慢地死去。

一次，他去医院复诊时问铃木正男：如果一个人完全没了知觉，那跟死人还有什么区别？

铃木正男说，至少你还能用眼睛看，用脑袋去想事。

只要我还活着，这一天迟早会来的。林楠笙忽然笑了起来，那样子就像个喝多的酒鬼。

现在，很多深夜他都会去那些开在皇后大道的酒廊里，混迹于妓女、赌徒与鸦片贩子之间，喝那种用甘蔗私酿的烧酒。然后，醉醺醺地回家，躺在床上感受头痛欲裂的感觉。这是他唯一还能让自己感受到疼痛的方法。

可是有一天晚上，就在回家的途中，林楠笙发现被人跟踪。那人戴着一顶鸭舌帽，不紧不慢地尾随在他身后，好像故意要让他发现似的。

林楠笙的酒一下就醒了，快步进入一条巷子。那人好像也并不着急，仍然不紧不慢地走着。当林楠笙一下从他身后转出来时，他的脸上丝毫没有惊诧之色。

大吃一惊的人是林楠笙。就在那人缓缓回过身来，他的眼睛一下直了。

纪中原摘下帽子，说，林先生，我们应该不陌生吧。

原来，纪中原并没有死。那天他一发现装裱店被监控，就引爆了第一颗手雷，这是传递暴露信号最彻底的方法。在七十六号特务冲进来时，他又引爆了第二颗，然后趁乱从炸开的墙洞里逃离。

在把林楠笙请进停在街边的一辆汽车后，他说，我没想活着跑出来。

林楠笙淡淡地说，死是需要勇气的。

我死是因为工作需要，现在活过来，同样是工作需要。

林楠笙冷笑一声，说，你诈死，只是想让她有足够的空间来拉拢我。

但她并没有完整地执行我的命令。纪中原的声音一下变得干涩，扭头看着车窗外空无一人的街道，说，我跟她结婚两年，她从没有一天忘记过你。

那你就不该娶她。

是你们不该有过去。纪中原回过头，他的目光在黑暗中闪烁：我们都是干这行的，你比我更清楚，我们连生命都不属于自己。

沉默了很久后，林楠笙抬起头来，用平缓的声音问，你们把她葬在哪里？

纪中原说，根据我们的情报，那天晚上仁济医院里运出了两口棺材。

什么意思？林楠笙一下睁大眼睛，瞪着他，说，你想暗示我什么？

我只是向你转达我们的一份情报。

林楠笙说，你费那么大劲，就是为了告诉我这些？

纪中原摇了摇头，说，我们需要知道日军在广州湾与雷州半岛的动向……这些你能办到。

没有上峰的指令，我不会给你任何情报。

侵略者不会等你上峰的指令。

我是个军人。林楠笙说着，伸手推开车门，想了想，又说，我只服从上峰的命令。

纪中原一把拉住他，用一种逼人的眼神直视着他，说，你的情报能救很多人的命。

## 七

圣诞之夜，为了庆祝香港停战协定签署一周年，大街上挂满了日本国的国旗与军旗，身穿和服的艺伎替代了挂着白胡子的圣诞老人。到处是肆意寻欢的日本军人。

左秋明步行来到洛克道的英皇旅社，一进门厅就发现这里已经暴露，但他并没有马上离去，而是直接去了电话间，把一张纸条吞进肚子后，拨通一个电话，不等对方接听就一下挂断。他从怀里掏出手枪，拉了下枪栓，放在大衣口袋里，用手紧握着推门出来。

便衣们就在这时围上来。左秋明拔枪击倒两人后，跑到一根柱子后面，把枪顶在自己的太阳穴上。可是，他还来不及扣动扳机，就被一颗子弹击中胸部，猛然跌倒在地。

一个小时后，铃木正男在为他动手术时，手术室的门被粗暴地推开。进来的是名一身戎装的日军中尉。他掏出一本特高课的证件晃了下后，朝铃木军医一躬身，用日语说，麻烦你剖开他的肚子，我们需要的情报应该是被他吞进了胃里。

铃木正男示意护士摘下口罩后，张着双手，说，那会要了他的命。

他的生命不重要。中尉说，重要的是情报。

可我是医生。铃木正男说，我不能这么做。

你首先是帝国的军人。中尉说，你必须服从命令。

铃木正男低头站了会儿，走到手术台前，从护士手里接过手术刀。

中尉有点儿不耐烦了，上前一把掀开盖在左秋明身上的手术布单，说，请你快点。

铃木正男没有理他，而是让护士在左秋明的静脉里又加注了一针麻药后，才一刀划开他的肚子。

两天后，左秋明奇迹般地活了过来，但他却选择了自杀。第三天深夜，等到查房的医生与护士都离开后，他摘掉氧气罩，拔掉插在静脉里的输液管，把双手伸进被子，用力扒开身上的两处伤口。然后，睁着眼睛，静静地躺在黑暗中，在剧痛中让血一点一滴地流干。

当铃木正男把整件事告诉林楠笙时，他们正坐在一家茶楼的大厅里。铃木正男说完就站起身，表情肃穆地对着林楠笙深鞠一躬后，坐下说，庞桑，我对不起你的朋友。

林楠笙不说话，一直到把杯中滚烫的茶水慢慢地喝干，才放下杯子，说，你搞错了，他不是我的朋友。

我见过他来探望你，不止一次。

你这话会让我被捕的。

我是你的医生，也是你的朋友。铃木正男认真地说，我约你出来只是想告诉你，一个勇士应该得到厚葬，而不是躺在停尸间里。

林楠笙平静地说，铃木，同情你的敌人，就等于背叛你的帝国。

我没有敌人。铃木正男抬头看着林楠笙，说，作为医生，我只有病人。

林楠笙的脸上看不出丝毫表情，他只是不停地喝茶与斟水，离开茶楼后，回到公司继续上班与下班。他把这次跟铃木正男的见面看成了日本人的某种试探，直到几天后在报纸上看到那则认领无名男尸的启事。看着照片里左秋明的遗容，林楠笙忽然变得心潮起伏。

当晚,林楠笙求见军统在香港的最高长官。等他把话说完,长官拉开抽屉,取出一沓卷宗,说,你是搞情报分析的,你来判断一下。

卷宗里夹着很多照片,都是左秋明去过的地方与见过的人。林楠笙在其中一张上看到了纪中原的侧脸,心里一下就明白了,但还是说,这能证明什么?

所以我们还需要甄别,这是最后的机会。

他已经是个死人。

但我们要知道他是谁的烈士。长官长叹一声,站起来,走到一个地球仪前,用力转了一下后,又说,如果我没判断错,会有人去给他收尸的。

林楠笙再也不说一句话。他在离开长官的办公室后去了皇后大道的酒吧,在那里不停地喝酒,不停地跟吧女调笑,然后提着半瓶酒,醉醺醺地来到与纪中原见面的那条巷口,就像个无家可归的人,一连五个深夜都醉卧在那里。

第六天的深夜,一辆三轮车在转了一圈后停在他跟前。一身车夫打扮的纪中原把他扶上车后,林楠笙长长地吐出一口气,说,你终于出现了。

纪中原用力蹬着车,说,要是我不出现呢?

林楠笙反问道:你会死心吗?

天快放亮的时候,纪中原带着他过海来到大屿山的一片坟地。站在一座没有墓碑的新坟前,他说,我知道你们是多年的好友。

他什么时候为你们工作的?

他不是为谁工作。纪中原说,他只是在尽一名中国特工的职责。

林楠笙低下头站了会儿后回到船上,始终没说一句话,默默地独自坐在船头,迎着初升的朝阳与海风。一直到登岸后,他回头对纪中原说,从往来的电文上综合分析,日军会很快要向广州湾出兵。

那法军的动态呢?

英国人都没守住香港,法国人行吗?说完,林楠笙扭头就走。可是,走了没几步,他又折回来,看着纪中原,犹豫了一下,说,希望你们在上海的人能帮忙查找她的下落……

放心。纪中原面无表情地打断他的话,说,她是我们的同志,也是我的妻子。

为了接收林楠笙传送来的情报,纪中原特别开辟了一条专线,由他亲自接收。但是,这样的日子并没有持续多久,忽然一纸调令,林楠笙被召回重庆,出任中美合作所的技术教官。

临行，林楠笙没有跟任何人道别，也没有联络纪中原，而是一个人孤零零地来到码头，跟随旅客登上邮轮。可是，就在他踏进船舱的瞬间，一眼就见到了纪中原。他身穿着白色的服务生制服，手里托着一盘热毛巾，笑吟吟地上前，说，先生，擦把脸吧。

林楠笙冷冷地说，你想送我去重庆吗？

纪中原还是笑吟吟的，在递上毛巾的同时，交给他一张纸条，说，任何时候，你需要联络我们，就把它登在《中央日报》上。

纸条上是一首《咏梅》的七律，署名：黄山云。

林楠笙靠在船舷上把诗默念了一遍，随手撕成碎片，扔进了海里。他闭上眼睛，就听到了汽笛拉响的声音。

## 八

重庆的夏天奇热难耐，歌乐山下的军统校场就像个巨大的蒸笼。每天，林楠笙在这里教授学员们联络与通讯、情报的分析与辨别以及行动的技术，有时也会充当那些美国教官们的翻译。他是培训班里唯一的中国教官，却穿着美式的军服，到了晚上就在外国人招待所里，跟那些美国军官一起喝酒与跳舞，用英语吟唱美国的乡村歌曲。

林楠笙似乎变得无忧无虑，甚至忘记了射入脊椎的那颗子弹，随时都会要了他的命。

这天，总部督察室的胡主任忽然来到校场，用车把林楠笙拉到嘉陵江边的一个渡口。两人沿着石阶走了很久，来到一幢民居的二楼。胡主任推开窗户，指着街对面一个小院，说，知道这是什么地方吗？

林楠笙当然知道。顾慎言到了重庆不久就被软禁在此。有人说，这是对他火烧湘湖大厦的惩罚。也有人说，他只是军统为了掩饰上海惨败的一只替罪羊。然而，更多人认为他会有今天的结果，是违背了戴老板的意志所致。

胡主任这时又说，他是你的老师，你为什么不来看望他？

我得避嫌。林楠笙说，这里是重庆。

胡主任笑了，说，顾先生桃李满天下，连戴老板都听过他的课，你有什么嫌好避的？

林楠笙却认真地说，胡主任有什么要吩咐的，请尽管明示。

师生一场，你要多去看望他，多关心他，还要分析与研究他。胡主任说着，脸上的笑容开始消失，两只眼睛透过镜片直视着林楠笙，然后话题一转，说起了顾慎言重建的地下情报网与他上报总部存档的那些文件。经过甄别，文件里提供的大部分人员的名单、组织代码、联络方式都是根本不存在的。胡主任再次直视着林楠笙，说，我们要知道他想干什么？那些活生生的人都去了哪里？

但是，林楠笙仍然不相信，这就是总部调他回重庆最终的目的。他挑了个周末的下午去看望顾慎言。那天，眼看就要下雨，乌云黑压压地聚在嘉陵江上，让人有种喘不过气来的感觉。

顾慎言正坐在廊下的棋盘前打谱，一手握着卷宋版的《忘忧清乐集》，一手执子，见老仆人领着林楠笙进来，脸上就露出了笑容，好像已经等候多时的样子，一指棋盘，说，黑子先行。

整个下午，林楠笙都陪着顾慎言在雨声中下围棋，一盘接着一盘地厮杀，一直下到天近黄昏。顾慎言忽然把白子往棋缸里一丢，站起来。对伺立一旁的老仆人说，你去找把伞，送送林教官。

说完，他头也不回地进了屋子。

林楠笙打着伞回到歌乐山的校场时身上已经湿透。第二天，胡主任派车把他拉到总部的督察室，一见面就说，昨天傍晚我一直在这里等你。

林楠笙说，我想那个老仆人会来向你汇报的。

胡主任愣了愣，忽然一笑，说，你还发现了什么？

林楠笙早就发现，除了这幢小楼是个固定监视点外，在街口各设着一个流动观察哨，杂货铺里还隐蔽着几名行动队队员。这是军统最高级别的监控，在重庆一般只针对曾家岩五十号的八路军办事处。但是，他在想了想后，却说，我相信他要走的话，没有地方留得住他。

胡主任没说话，摘下眼镜，用一块手帕仔细地擦拭了很久。

等到林楠笙再去顾慎言家里，老仆人已经变得知趣，总会找个借口离开，不是出去买菜，就是进屋里收拾房间，留下两个人独处的空间。只是，师生俩同样都闭口不谈上海，也不谈时势与情报。他们就像两个步入暮年的老者，林楠笙每次一来就与他坐在屋檐下或是院中的树荫里，常常对着棋盘一下就是大半天。有时候，林楠笙索性留下来吃晚饭，就像在当年的特训班时。可是，只要一出这扇院门，他就会被一名便衣带进对面的小楼，当着众人的面，脱光身上所有的衣服，等他们把每一件都检查完毕再穿上。然后，去到另一间屋里，关上门，坐在一台录音机前，把顾慎言说过的每一句话复述到磁带上，同时也留下他对这些话的判断与分析。

有一天，林楠笙盯着棋盘忽然说，先生，如果你想离开这里，我会在外面接应。

顾慎言笑了，深吸一口雪茄后，在徐徐吐出的烟雾里说，你要是帮我离开，你就背叛了党国。

我不怕，我是个随时会死的人。林楠笙也跟着笑了笑，抬头看着顾慎言，说，有些事是我必须要做的。

你不觉得这也是对你的一次甄别吗？顾慎言的脸色一下变得冷峻，但在转眼间就笑着一指对面小楼的窗口，又说，如果我猜得没错，那扇窗户里应该站着个会读唇语的人，这会儿正用望远镜看着你的嘴。

林楠笙不动声色，只是执着地盯着他那双深不可测的眼睛，一直看到他长长地吐出一口烟雾，再也不说一句话。

两个人在棋盘上的厮杀却第一次变得惊心动魄。

一九四三年八月二十三日，五十四架日本飞机从武汉出发，对重庆进行了最后一次轰炸。等到那些俯冲而下的飞机扔完炸弹，在一片火光与浓烟中调头离去时，老仆人发现顾慎言早已不见踪影。

傍晚时分，林楠笙被召到这座院子。一进门，胡主任已等在那里。两个人谁也没开口，在几名便衣的引领下，默默地把屋里屋外勘查了一遍后，站在台阶上。

胡主任看着林楠笙，说，他要是去了延安或是南京，我们俩都得完蛋。

只怕他哪儿都不会去。林楠笙的眼睛始终盯在棋盘上摆的那副残局。说着，拿起搁在椅子上的那本《忘忧清乐集》，翻到其中的一页，对照着棋盘看了好一会儿后，扭头对老仆人说，这套棋谱有三本，你去把另外两本都找出来。

老仆人不敢动，抬眼一直看着胡主任示意，才匆忙进屋。

胡主任显然不懂围棋，更看不明白棋谱。他从林楠笙手里接过那本《忘忧清乐集》，说，这是什么？密码的母本吗？

林楠笙眼睛看着棋盘里那些黑白棋子，说，这应该是用棋谱简单加密的莫尔斯码。

说着，他拉过椅子坐下，抓起一把黑子开始往局里填子。

两天后的早上，除了那些残垣断壁，整个重庆已看不出丝毫被轰炸过的痕迹。林楠笙步行来到朝天门码头，挤在人群中往四下看了好一会儿，才掉头走进一家热闹的茶楼。

在一间临江的雅座里，顾慎言穿着一件洁净的白绸长衫，见到林楠笙进来，就微笑着翻起桌上的一个茶杯，往里面倒上茶水后，从怀里掏出一个小银盒，打开，取出一颗药丸，就着茶水吞服下去。然后，他撩起衣袖，看了眼腕上的手表，说，我们大概有半个小时。

林楠笙点了点头，在他对面坐下。

这时，顾慎言笑着又说，看来我还行，我还没有老到要你帮我脱身。

说着，他拿起搁在烟灰缸上的雪茄，愉快地吸了一口后，扭头望向窗外的江面，就像在回顾他的一生那样，笑容很快在他眼睛深处收敛。

二十岁那年，顾慎言远渡重洋去法国留学，在那里加入了旅欧中国少年共产党，回国后进入黄埔军校，曾参加过两次东征与北伐。一九二七年清党的时候，他在上海做出了他人生中最重要的一次选择——脱离中共，后来跟随戴笠加入力行社。这些履历都记录在军统局的档案里。没有备案的是他在途经广西时，去了南宁的监狱，看望了一个他不该看望的人。那个越南人是他留学法国时的同学，曾用名：阮爱国、李端、胡光、秋翁，现在叫胡志明。顾慎言回到重庆做的第一件事，就是让人把这个情报转达了曾家岩五十号。戴老板为此勃然大怒，在办公室里当面第一次斥责他说，你这是背叛党国。

我只是想让他能早日回国组织越南的对日反击，从兵力上牵制住日军，从而减轻我们远征军在缅印战场上的压力。说完这些，顾慎言抬手又看了眼表后，仔细地掐灭雪茄，看着林楠笙，忽然一笑，说，我的一生是失望的一生。

林楠笙沉默了很久，看着他，说，那你可以重新选择。

顾慎言摇了摇头，抿紧嘴巴，把桌上放着的一本《波德莱尔诗选》轻轻推到林楠笙面前，用手在上面轻轻地拍了拍，说，也许它能帮你解脱眼下的困境，可谁能帮助我们那些潜伏在敌后的人呢？

说着，顾慎言露出一丝苦笑，伸手想解下手腕那块表，手指却已不听使唤。林楠笙赶紧起身，帮他解下手表。

顾慎言看着这块没有秒针的梅花牌手表，又说，我本想把它留给你，现在我想明白了，我得放他一条生路。

说完这些，顾慎言已经累得不行，但还是用力把手伸出窗口，把手表扔进江里后，就像完成了最后的心愿那样，靠进椅子里，长长地吐出一口气。血就在这时从他鼻孔里流淌下来，滴落在白色的衣襟上，他却像毫无知觉，任它在胸前化成一片，红得就像春天里盛开的鲜花。

林楠笙忽然想起来了，睁大眼睛，说，你还没告诉我，从仁济医院出来的另一口棺材到底去了哪里?

可是,顾慎言再也不能说话,那颗包裹在糖衣里的药丸已经要了他的命。

一直到胡主任再没耐心守在楼下,带队破门而入时,林楠笙还坐在顾慎言的对面,一动不动地握着手里的茶杯。

两个星期后,林楠笙根据《波德莱尔诗选》里的标注,以《忘忧清乐集》做母本,破译出上海情报网的人员名单与联络方式,因此获总部的嘉奖。事实上,这些从未离开过军统档案室的保险柜,就在顾慎言上报存档的那些文件的字里行间中,那些人员名单被巧妙地隐藏着。

林楠笙在把解密后的文件交到胡主任手里时,说,多一个人知道,这些人就多一分危险。

胡主任摇了摇头,说,最危险的是背叛。

## 九

第二年春天来临的时候,要不是偶尔还在响彻的空袭警报与那些射向天空的探照灯,真让人怀疑战争已经结束。歌乐山下的外国人招待所彻底沦为了美国军官的夜总会。每个周末,后勤都会用军卡从市区拉来成群花枝招展的女人。她们大多是失业的舞女、流亡的大学生、落魄的姨太太与失去丈夫的军眷们。她们在挂着水晶吊灯的大厅里刺耳地欢笑、跳舞、喝酒,在黑暗中与那些年轻的美国军官寻欢作乐,有时在他们床上,有时就在敞篷的吉普车里或哪面墙下。然后,带着他们的精液、玻璃丝袜与巧克力,在夜色中被送回寂静的城里。

已经有无数次了,林楠笙在喝到分辨不清怀里的女人那张脸时,总有个突如其来的念头——就这样,让自己静静地、疲惫地死在那些不知是谁的女人身上。可是,第二天早上醒来,他每次都会想起朱怡贞,想起与她一起醒来的那些短暂而寒冷的清晨。

林楠笙就在这样的一个晚上再次邂逅了蓝小姐。她出现在外国人招待所的宴会大厅,身上穿着一条水色的府绸连衣裙,就像那些下等歌厅里的流莺,对每个男人的怀抱都来者不拒。那天晚上,林楠笙变得格外的沉静,靠在吧台的一角,若无其事地看着她,一直看到她醉醺醺地挽着一名美国军官出了大厅。

夜深以后,哨子响了起来。那是召唤女人们离开的讯号。林楠笙是在卡车边上堵住蓝小姐的。他说,我看你不是来出勤的。

蓝小姐脸上的妆容早已褪尽，显得苍白而浮肿。她懒洋洋地瞥了眼林楠笙,好像根本不认识眼前这个男人那样,冷冷地说,你管得着吗?

说完,她把手伸给车上的同伴,使劲登上卡车。

蓝小姐一直到下了卡车,回到租住的那间小屋,在床上坐了好一会儿才起身,往木盆里打满清水,脱光衣服开始濯洗身体。

冰冷刺骨的水让她一下变得清醒。

晨光透过窗棂的缝隙照进来时,蓝小姐仍然蜷坐在水盆里,就像个快要融化的蜡像,埋着脑袋,头发盖住了整个面孔。可是,经过整个白天的睡眠,到了夜幕降临,蓝小姐变得容光焕发。她在梳妆镜前仔细地化完妆,起身去挂在墙角的一排衣服前挑了件旗袍穿上,又照了照镜子后,吹灭油灯,拿起提包就出门了。

督邮街是重庆最热闹的地方。一到晚上,这里就成了上海的南京路,到处灯火通明,到处车水马龙,到处是操着各地方言的官员与商人,还有穿着各式制服的军人与各个国家的记者。这里,就像是城市的一盘大杂烩,也是蓝小姐每天晚上工作的地方。跟许多的站街女郎一样,她抱着胳膊在人行道上转悠,一边用眼神向路人兜售自己。有时,也夹着香烟,去找那些衣着整洁的男人借火,跟他们讨价还价。

几天后的晚上,林楠笙忽然出现在她面前时,她的眼神一下就结成两道冰凌,说,走开。

别这样。林楠笙说,你跟我走。

我不做你的生意。

林楠笙想了想,一把抓起她的一条胳膊就往停在路边的吉普车里拖。

蓝小姐用力一甩,但没有挣开,就用了招擒拿的手法,还是没有挣脱那只手。她忽然低头,像只母兽那样,一口咬在林楠笙的手背上,一直咬到血顺着手腕染红了他衬衫的袖口。

林楠笙毫无知觉。他用另一只手搂住她的肩膀,在众目睽睽之下,把她使劲摁进车里。

你用不着可怜我。蓝小姐在车里一坐下就变得平静。她从包里掏出一块手帕,对着后视镜擦干净嘴上的血迹后,把它包裹在林楠笙伤口上,却再也不说一句话。她抱着胳膊一支接着一支地抽烟。

林楠笙同样一言不发,直到把车停在中央银行高级职员的宿舍前,拉着她上了楼,进了房间。他打开灯,说,你要做就做我一个人的生意。

这里是顾慎言生前为自己准备的其中一个窟。他人还没到重庆时就让人用重金租下，却从没启用过。好像早知林楠笙会有这一天，他在下棋的时候说，房间的钥匙就寄存在嘉陵宾馆的总台。

蓝小姐的目光沿着四壁游走了一圈后，慢慢走进卧房，打开床头灯，随手把包往衣架上一挂后像变了个人。她解开衣服的扣子，很快把自己脱光，然后扭头看了眼站在门边的林楠笙，说，你还等什么？

林楠笙站在门边，有点儿迟疑地说，其实，我不是为了这个。

蓝小姐抿嘴笑了笑，上前拉住他的两只手，一直把他拉到床上。他们的做爱到后来更像是在搏斗。事后，蓝小姐伸手关掉床头灯，直挺挺地在黑暗中躺了很久，她忽然说，你要是真的可怜我，就帮我回到上海去。

军统上海站全线撤离时，蓝小姐奉命赶到吴淞口，上了船才被告知，他们将要去的地方是重庆。

蓝小姐一下睁大眼睛，说，那我孩子怎么办？我不能把他扔在上海。

负责撤离的是个掌柜模样的中年人。他摇了摇头，说，以你的级别是不能带家眷的。

那我留下，我哪儿都不去。

负责人又摇了摇头，说，我的任务是把你们送到重庆，一个不多，一个不少。

蓝小姐回头看了看坐在船舱里的男人与女人。他们都是同事与战友，虽然很多人是第一次聚首，可这时每个人都抬头看着她。

蓝小姐转身走出船舱，一直走到驾驶室，对船老大说，把船靠岸。

船老大没有看她，而是望着她身后的负责人。

你要下船，我只能把你的尸体带回去。负责人用一把手枪指着蓝小姐，说，这是上面的命令。

蓝小姐没说话，盯着他黑洞洞的枪口，一直看到他垂下枪口，接着又垂下眼帘。

负责人叹了口气，又说，还是服从命令吧，别为难自己了，也别为难我。

好在到上海的邮路从未中断过。蓝小姐一到重庆就被安排在外设的稽查处，每天的工作就是检查往来沦陷区的信件与邮包。刚开始的时候，每个月她都会给保姆的家里写好几封信。薪水不够就变卖了身上的首饰给他们汇钱，求他们要像对待自己的孩子那样抚养她的儿子。可是有一天，督察室的人忽然来找她谈话,拿出厚厚的一沓信件与汇票,说,你的孩子才六岁,你的保姆认字吗?

这里每个星期都遭轰炸,蓝小姐说,我只是要让他们知道,我还活着。

过了没几天,蓝小姐被调离稽查处,也被迫搬出了总部的宿舍。她去电话局当了一名接线员,每个月的薪水连飞涨的物价都应付不了。

保姆就在这个时候让人写信来,说她的儿子到了该上学的年龄。这天晚上,蓝小姐离开电话局的集体宿舍。她在街上走了很久后,闯进一家外国人聚集的酒廊,直到第二天早上在一张陌生的床上醒来,她才记起睡在身边的男人是个加拿大的机械师。

蓝小姐就是在一天深夜决定潜回上海的。天空中,空袭警报在刺耳地响,飞机的轰鸣由远而近,停电后的大街上一片漆黑,早已跑得空无一人,她却像根木头那样站在一座石牌楼前。

爆炸声响起来了,地动山摇,火光冲天。蓝小姐却站得纹丝不动。

督察室的便衣再次出现在她面前时,他们带来了她花重金托人订购的船票,还有一副手铐。蓝小姐说,你们知道,在上海我还有一个儿子要养活。

你也知道,擅自返回沦陷区就有投敌的嫌疑。

蓝小姐被带回总部的禁闭室,整整关了一年多才得以释放。

这些事,蓝小姐从没对林楠笙说起过,林楠笙也从来不问。每个周末,他一下班就离开校场,回到央行的那套宿舍,就像个体贴而本分的丈夫,吃完饭,有时候还会帮着一起洗碗。这是林楠笙最为宁静的一段日子。

可是一天傍晚,蓝小姐在饭后点燃一支蜡烛。坐着,默默地盯着烛火看了很久,说今天是她儿子八岁的生日。说完,她低下头,目光也随之变得幽暗,又说她一直以为是孩子离不开母亲,现在才明白,事实上,更多时候是当妈的离不开自己的孩子。

那天晚上,很长一段时间里林楠笙都没说话。洗完澡后,他站在窗前,看着街对面那家还没打烊的杂货店。这时,蓝小姐悄无声息地走过来,从后面抱住他,把下巴架在他的肩膀上,说,那里新来了一个伙计。说完,慢慢把脸移到他背部,紧贴在那里,又说,知道吗,我迟早会拖累到你。

林楠笙始终不说话,仍然一动不动地看着那家灯光暗淡的杂货店。

几个星期后,《中央日报》上刊登了一首署名为黄山云的《咏梅》七律诗。过了没几天,警备司令部的一辆吉普车驶进中美合作所的大门,拉着林楠笙去了浮图关下的一幢别墅。

一进客厅，一名西装革履的中年人就笑着迎上来，说他是受八路军办事处的委派，代表香港的纪先生来跟林楠笙见面。说着，他伸出手掌，又说，这首诗，我们已经等了很久。

林楠笙点了点头，站着，有点儿迟疑地说，我想请你们帮忙……送一个人离开重庆。

去哪里？

上海。

中年人想了想，说，以你现在的能力，你自己完全可以办到。

如果我可以，我不会来找你们。林楠笙在一张沙发里坐下后，接着说，你可以把它看成是我提的条件。

中年人笑了，在另一张沙发里坐下，说，共产党人不做交易。

有情报就一定有交易，林楠笙说，没有交易，我们之间也不会有香港的纪先生。

中年人又笑了，说，我们干革命靠的是信仰。

罗马不是一天能建成的。林楠笙扭头看着他眼睛，说，你们要理解一个刚刚做出了选择的人。

## 十

庆祝抗战胜利的欢呼声还没有散尽，惩处汉奸的行动已经开始。上海的街头日夜都能听到警车拉着警笛呼啸而过。许多人从家里被揪出来，可往往人还没到监狱，他们的家产已经被瓜分，他们的妻女同样也会被瓜分。

胜利者从来都是用掠夺来欢庆他们的胜利。

林楠笙人还没到上海，他的公寓已经准备妥当，就在静安寺边上的爱丁堡大厦。这是他的学生与同僚们送给他的一份薄礼，为了祝贺他荣任上海肃奸委员会的帮办。但是，他更重要的任务是协助长官筹建中美合作所上海办事处。

前来虹桥接机的是他特训班上的学生，现在已是忠义救国军的一名队长。他把林楠笙请上车，并没有直接驶向爱丁堡大厦，而是去了华懋饭店的小宴会厅。那里有一场为他接风的晚宴，林楠笙却在步入八角厅的瞬间想起了蓝小姐。

晚宴过后，林楠笙在众人的簇拥下出来，仍然没回爱丁堡公寓，而是沿着南京路一直往前走。他对坚持要送他的学生说，这里我比你熟，你让我一个人走走。

林楠笙在上海的街头整整逛了一夜。天亮时分,他坐上一辆黄包车穿过苏州河桥,来到曾与朱怡贞同居的那幢小楼前,站在马路对面仰头长久地看着阁楼上那个窗口。

现在,林楠笙每天除了工作、应酬与睡觉外,把闲暇的时间都花在查阅日伪遗留的档案上,连仁济医院里的病历都没放过,却就是没有找到一九四二年春节期间关于朱怡贞的任何记录,也没有他自己的。

一个月后,林楠笙第一次跟上海的组织接头。这是早在重庆就定下的时间与地点。他推开春申旅社的一扇房门,就见到一个戴着黑框眼镜的男人坐在茶几边,微笑着看着他,说,你来晚了。

林楠笙关上门,说,我得确保我们彼此的安全。

我姓潘。那人起身,伸出手说,你可以叫我老潘。

林楠笙握住老潘的手,说,我认识你,你曾经是朱怡贞的上线。老潘一愣,还不等他开口,林楠笙就笑了笑,说,当初我跟踪过她。

过去的事不谈了。老潘给他倒了杯水后,就说起了在重庆的和谈,说起了国军对伪军的整编。他长叹一声道:协议签订了,这战幕只怕还是拉不下来。

林楠笙却轻描淡写地说,政治斗争嘛,就是老人们举着酒杯交谈甚欢,孩子们在桌子底下大打出手。

情报工作也一样。老潘话题一转就开始布置工作,从他们的传送线路到交接方式到备用方案,以及情报传递中的各种可能发生的意外与处理,他一一交代完后,又向林楠笙伸出手,笑着说,从今天起,我们就是串在一根绳上的两只蚂蚱。

但是,林楠笙坐着并没有告辞的意思。他抬头看着老潘,说,你得告诉我朱怡贞的情况。

老潘皱紧眉头,眯起眼睛,就像在脑海翻找这么个人,想了很久,才说,如果她还活着,现在应该在苏北的根据地。说完,他看着林楠笙,又说,我只知道这些,也只能告诉你这些。

其实,朱怡贞这个时候就在上海,就住在浙江中路一套带阁楼的公寓里。跟她住在一起的人是孟安南,现在已改名黎广文,在法国图片社里当编辑。每天,他提着公文包出门上班,朱怡贞就上到阁楼。这里已经成为她的绣房,到处挂满了各色的丝线与绣品,而在窗台下暗格里还放着一台发报机。

除了黎太太,朱怡贞另一个更隐秘的身份是孟安南的报务员。他们在离开苏北根据地的前夜第一次见面，就在阜宁城外的一间茅屋里。隔着一盏马灯，孟安南用一种审查似的眼神看了她好一会儿，说，你熟悉上海，也有过假扮夫妻的经验，你是最合适的人选。见朱怡贞低着脑袋久久不语，他接着又说，当然，你也可以拒绝，我能理解你的心情。

我服从命令。朱怡贞抬起头说。

那好，孟安南合上手里的卷宗，说，你回去准备一下，明天出发。

是。朱怡贞起身，走到门口忽然回身，说，我想知道，我是谁的妻子。

孟安南说，我。

朱怡贞最后看了他一眼，离开茅屋，沿着一条漆黑的小路走到村头时，再也没有力气挪动一步。她靠着一口枯井的井台，一点一点地坐到地上，胸口那个曾被子弹贯穿的地方又开始隐隐作痛。

中弹后的朱怡贞至今都不知道自己是怎样离开上海的。等她醒来时，已在嘉兴的一家德国诊所里。看护她的是个年迈的犹太女人。她是诊所的女主人，也是这里唯一的护士。此后的三个多月里，朱怡贞不止一次问过她：是谁把我送来的？年迈的犹太护士每次都是摇晃着她那颗灰白的头颅，用流利的中文说，是上帝，我的孩子。

于是，伤愈之后的朱怡贞成了诊所里第二名护士。直到盛夏的一天深夜，她悄悄离开诊所，搭乘一艘运纱的航船由十六浦码头登岸，重新回到上海，就像个寻亲不遇而落魄的女人，每天混居在闸北最下等的旅馆里，跟那些逃难者、算命的、拐骗的、做小买卖的一起。朱怡贞把身上所有的钱都花在了刊登寻人启事上，那是她唯一联络组织的方式。

终于，在一个多月的等待与寻找之后，朱怡贞在兆丰公园的后门见到了老潘。

可是一见面，老潘却说，根据组织原则，你不应该到处找我，你已经失踪半年多了。

我不是找你，我找的是组织。朱怡贞看着马路对面的一个报亭说。

根据组织原则，我也不应该来见你。说着，老潘叹了口气，掏出几张法币塞进她手里，又说，改天我们换个地方再见面吧。

两天后，他们再次见面时，老潘静静地听她说完这半年里的经历，把一个牛皮纸信封放在她面前，说，这些钱你拿着，离开上海后，找个地方好好安顿下来。

我不要钱。朱怡贞低下头说，我干这一行也不是为了钱。

可你也知道这一行是有制度的,你断线的时间太久了。老潘说,这半年多里,我们通过各个渠道找你,但找不到一点线索。

所以你们就怀疑我背叛了组织。

如果你背叛了组织,今天你见到的就不是我了。

锄奸队吗?朱怡贞直视着他镜片后面的眼睛,一字一句地说,任务失败,使命终止,身份暴露,必须撤回老家,这是我来上海前组织上给我的命令。

老潘低下头,沉默了很久后,说,我可以安排你回去,但到了根据地你会受到严格的审查。

审查才会证明我的清白。

说不定会要了你的命。

朱怡贞愣了愣,说,我不怕,我已经死过一次了。

老潘再也不说一句话。半个月后,朱怡贞一到根据地就被关押,在一间由柴房改建成的审讯室里,她对审查她的两名新四军干部说,我什么都不能告诉你们,这是组织原则,除非你们是我的直线上级。

你不要顽固不化,这是一场运动,我们是在抢救你。

朱怡贞摇了摇头,转脸看着从窗口透进来的那缕阳光,再也不说一句话。她一直被关到第二年的春天才得以释放。前来迎接她的上级一个箭步握住她的手,张了好一会儿的嘴,却一个字都没吐出来,就像关了这么久的人是他。

朱怡贞出奇的沉静,只是有点儿虚弱。她嗓音沙哑地说,首长,我可以归队了吗?

上级使劲一点头,说,我就是来接你归队的。说完,他看着朱怡贞,又说,这没什么,为了革命,受点委屈算不了什么。

## 十一

林楠笙把蓝小姐母子俩接进爱丁堡大厦那天,特意请来红房子的厨师,在家里做了一桌法式大餐。然后,温情脉脉地看着她说,我记得你喜欢吃煎牛排。

蓝小姐没有说话,低头看着桌上的蘑菇汤,很久才拿起汤匙,一口一口,喝得特别慢,特别小心翼翼。自从重庆的八路军办事处把她秘密送回上海,一夜间,她像又变了个人。每天除了准时接送上学的儿子,她还买菜、做饭、养花、收拾房间,到了晚上就捂在被子里一面织毛衣、一面教儿子上海话与英语。蓝小姐的儿子在保姆家里住了三年,已经沾染上满口的苏北话,活像个刚刚从江北逃荒过来的野小子。

这天，吃完最后一道甜点时，他对林楠笙说，我还要。

蓝小姐说，子璐，你要记得，说话前先要叫人。

于是，她儿子就对林楠笙咧了咧嘴，叫了声：叔叔。

林楠笙笑着说，你得叫我爸爸。

蓝小姐一下抬起眼睛，发现林楠笙正扭头看着她。

子璐却在这时用带着苏北口音的上海话说，我爸爸早就死了。

夜深人静之后，蓝小姐替儿子掖好被子，关了床头灯，悄无声息地下床，摸黑去到林楠笙的房间。一钻进被子，就拉过他的一条手臂，枕在自己头下，长长地吐出一口气后，说，在上海，你知道他们怎么称呼我这样的女人？不等林楠笙回答，她接说，破鞋、野鸡、拖油瓶、扫帚星……

我订好了教堂，林楠笙打断她，说，就下个礼拜天。

还是退了吧，我这样的人能进教堂吗？

我请了杜先生做我们的证婚人。

我不会嫁给你的。蓝小姐伸手在黑暗中摸索着林楠笙的脸，说，你别忘了，离开重庆那一刻，我就成了局里的通缉犯。

那些都已经过去，林楠笙说，现在我有能力保护你。

就在军统改组为保密局不久，林楠笙被任命为上海区的情报专员兼市政府的调查室主任，同时还兼着东方通讯社的社长，全面负责上海地区的党政与军事情报的收集与分析工作，并直接对南京的总部负责。

蓝小姐在沉默了片刻后，又长长地吐出一口气。把脸埋进林楠笙怀里，说，你应该找个好女人，生一个你们的孩子。

林楠笙一下想起了朱怡贞，伸手抱住蓝小姐，忽然在她耳边无声地一笑，说，说不定是我拖累你，我是个哪天睡下去就会醒不过来的人。

那我每年都去给你扫墓，每天都会给你上香。蓝小姐认真地说，直到我死。

可是，比他们俩死得更早的人竟然是子璐。就在几个月后的一天夜里，福熙路上的金都大戏院门口发生了一件震惊全国的宪警火并案。三名宪兵在戏院门口打了一名警察后，事态很快发展成了群殴。大批的警察从警局赶来增援，宪兵团也出动了两辆卡车，全副武装的宪兵们封锁了现场的各个路口。

那天是星期天，戏院里正在放映《龙凤花烛》。枪声响成一片时，保姆带着子璐跟随惊恐不已的观众一起拥向出口。就在跑下台阶时，远处飞来的流弹击中了保姆，同时也击中了子璐。许多市民在惨叫声中倒地。

一连三天，蓝小姐把自己反锁在房间里，不吃不喝，也不声不响，就像当年得知丈夫阵亡时一样，她的脸上看不到一丝泪痕。第四天，她打开房门出来，没看林楠笙一眼，而是坐到餐桌前，一口气就喝干了碗里的薄粥，几乎吃光了桌上所有的点心。然后，又回到房里，躺在床上开始沉沉地入睡。

第五天是公祭的日子，地点在中央殡仪馆，内政部与国防部的专员们将会悉数到场。蓝小姐一大早起床，仔细地修剪指甲、洗澡、洗头、吹风、盘发、化妆。最后，她换上一条素色的旗袍，找出一顶带面纱的帽子戴上，径直去了书房，拉开林楠笙的抽屉，取出他那把勃朗宁手枪，熟练地检查完毕，一下就把子弹推进枪膛。

五天来，蓝小姐这才第一次正眼看着林楠笙。她说，我说过，我迟早会拖累你的。

我不怕。林楠笙同样看着她，说，但我不能让你去送死。

他战死在下关时，我对自己说，我要为他报仇，我还要为了儿子活着。蓝小姐平静地说，现在，我只想去死。

说着，她就往外走，却被林楠笙一把抱住。蓝小姐没有挣扎，而是扭头看着窗台上的一盆盆景。

林楠笙伸手撩起她的面纱，把她的脸拨过来，让她看着他的眼睛，说，你不能为我活着吗？

蓝小姐的眼里有了些许微妙的变化，却在转瞬间把枪顶在林楠笙的颌下，说，别想阻挠我，我会开枪的。

林楠笙仍然抱着她，嗓音却越发干涩地说，你活着，至少每年能为他们扫墓，每天能为他们上香。

朱怡贞的核心工作是把孟安南收集来的情报发回苏北根据地。有时，也接收根据地的指令，把它们的密码写在纸上或者干脆绣进绣品里，这完全取决于指令的等级。再把它们送到西马桥弄的吴越绣庄，由那里分配到各条线上。

中共代表团撤离上海后，她接收指令的次数越发频繁，几乎每个星期都要去一两趟绣庄。这天，她一离开绣庄就觉得被人跟踪了，在绕了很大一个圈子后，发现其实是自己多疑了。可是，就在她回到家里，刚换上居家服，敲门声响了起来。

朱怡贞打开门一眼看到了林楠笙。他身穿灰色的华达呢长衫，头戴礼帽，手里还拿着一份报纸，站在门口就像回家那样，伸手摘下帽子，连同报纸一起递给朱怡贞，说，我还是找到你了。

朱怡贞呆立在那里，直到林楠笙进屋，仍然紧咬着嘴唇。

林楠笙环顾四壁，最后把目光停留在墙头那张结婚照上，说，这是你的新上级？

朱怡贞愣了愣，说，他是我丈夫，我结婚了。

林楠笙又看了眼照片里的男人，说，他至少大你十岁。

朱怡贞到了这时才发现手里还拿着他的礼帽与报纸，就把它们放在桌上，顺势在一边的椅子上坐下，扭头看着洁净的地板，说，你带来的人呢？让他们都上来吧。

原来你早知道我在上海。林楠笙默默地在桌子对面坐下，盯着她看了很久，才垂下眼帘说，你应该让我知道，你还活着。

我能让你知道吗？朱怡贞淡淡地说，如果你不是来抓我的，还是请走吧。

可我有很多话要对你说。林楠笙坐着没动，抓过桌上的礼帽在手里把玩了一会儿，又说，你怎么不问问我是怎么找到你的？

朱怡贞纹丝不动地坐着，一颗心却在瞬间跳到了嗓子眼。

事实上，林楠笙是从一块绣品上发现朱怡贞的。两个月前，保密局的行动队在辛庄破获了一个中共交通站，在收缴来的大量物品中，林楠笙看到一幅蝶恋花的刺绣，一下就想起了在阁楼上与朱怡贞同居的日子。只是，他不动声色，独自花了将近半个月的时间，几乎找遍了上海所有的刺绣作坊，最后才在吴越绣庄再次见到那些他熟悉的针法、用色与构图。此后的几个星期里，只要一有空，他就会坐在绣庄对面的茶楼里，泡上一壶安吉白片，一边跟茶客们下棋，一边透过窗口留意每个进出绣庄的女人。

但是，他并没有告诉朱怡贞这些，也没有说起纪中原。他只是在长久的沉默之后，叹了口气，说，只要活着就比什么都好。说完，林楠笙戴上帽子，起身走到门口，忽然又站住了，说，放心吧，我不会再来了。

朱怡贞还是坐着没动，平静地看着他，那目光黑得几乎看不到一点眼睛的光亮。她一直要坐到林楠笙的脚步声在楼梯上消失，才如同一个泄了气的皮球，瘫坐在椅子里。然而，朱怡贞很快就跳起来，几步跑到窗口，看着林楠笙背影消失在街口后，去卧房换掉身上的居家服，抱着一脸盆的洗漱用品匆匆地出门、下楼、穿过马路，去了对面的一家浴室。

她从前门买了票进去，不一会儿从后门出来时，手里抱着的脸盆已经不在了。

朱怡贞去的地方是法国图片社。一见面，孟安南在一间堆放杂物的房间里严厉地说，我跟你说过，你不能来这里。

可是，情况紧急。朱怡贞飞快地说完刚刚发生的一切后，又说，我可以肯定，从绣庄出来他就跟踪了我。

你跟他是什么关系？

现在不是讨论这些的时候，你得下令，马上清空绣庄。

要出事的话，现在已经来不及了。孟安南不假思索地说，我看过你的审查材料，为什么你从没提到过林楠笙这个人？

我能提吗？提了我就是国民党的特务，我早就不在这个人世了。朱怡贞说，当初我接到的命令是通过情报交换的机会，拉拢与策反他。

孟安南想了想，说，如果我判断没错的话，他之所以上门来找你，就是为了传递一个信息，绣庄已经存在暴露的可能。

朱怡贞睁大眼睛，好一会儿，才说，这不可能，他是个特务。

在我们的圈子里谁不是特务？孟安南想了想，说，现在你回家去转移电台，然后到备用地点等我。

我还能回去吗？

你能出来，就一定能回去。孟安南忽然笑了。他笑着说，如果他要钓大鱼，首先会抓你去逼供，然后在家里布控，守株待兔，他不会选择平白无故先来惊动你。

你好像很了解他们的抓捕程序。

那当然。孟安南说，不了解他们，我们怎么去战胜他们？

也许他是想敲山震虎，然后观察我们。

孟安南又笑了，说，前线的仗都打到这份儿上了，他们还会有这个耐心吗？

几天后的深夜，在他们备用的小屋里，朱怡贞仰面躺在床上说，我建议向老家发报，请他们查证林楠笙的身份。

孟安南在地板上翻了个身，说，作为一名情报员，你不应该有这样的好奇心。

这不是好奇心，朱怡贞说，这关系到我们今后的工作，还有我们的安全。

可你能确保查证的过程一定安全吗？那些环节上就不会有敌人安插的内线？孟安南叹了口气后，缓慢地又说，你要知道，我们在上海的情报人员不光只有华东局的，还有延安方面的，还有江苏特委与共产国际的，你要查证一个不在一条线上的人，就会有并线的可能，就会给双方带来暴露的危险。

朱怡贞再也无话可说。她在黑暗中闭上眼睛，可往事却又一次扑面而来。

长久的沉默之后，孟安南忽然又说，这个人的身份对你就这么重要吗？

## 十二

林楠笙在他的专员办公室里见到老潘时，几乎不敢相信自己的眼睛。等到押送的卫兵退下后，他紧皱着双眉，说，你在玩什么把戏？

老潘笑了笑，说，只有这样，我才能见到你。

原来，老潘在三天前的一次搜查中意外被捕。按照惯例，像这样进来的疑犯就算没人保释，在关押上一段日子后也会被释放，可他却在上刑后的不久开始招供。老潘一边捂着嘴巴咳嗽，一边对预审员说，我要见你们的最高长官。

预审员有点儿不高兴了，但还是朝站在门口的守卫递了个眼色。守卫很快请来一名少校军官。

老潘却摇了摇头，说，我要见的是最高长官。

少校显然是个见多识广的人。他半个屁股靠在审讯桌上，朝一边的打手抬了抬下巴，打手上前就是两个嘴巴。

老潘没有吭声，弯腰捡起眼镜重新戴上后，抬起手背使劲地抹去嘴角的血迹。他用一种恶狠狠的眼神看着少校，说，我姓潘，我的名字叫潘新民，代号“食指”。

少校眼睛亮了，说，往下说。

老潘又摇了摇头，说，够了，你把这几个字往上报吧。

少校有点儿疑惑，拿起审讯记录，把那几个字又看了一遍。这一回，他没有鲁莽，而是拿审讯记录去了情报科。等到这张审讯记录出现在林楠笙的办公桌上，已经两天过去了。

林楠笙摇了摇头，对老潘说，你应该清楚，像你这样被抓进来的，只要找不到证据，用不了几天就会被释放。

可我没时间去等那几天。老潘的脸上已经看不到一丝笑容，他对林楠笙说，现在，你仔细听好了。

说着，他开始向林楠笙下达命令，一道接着一道，直到全部说完，才长长地吐出一口气，用力咳嗽起来。

林楠笙半晌都没说话，而是坐在办公桌后面一动不动地看着他。

老潘又笑了，说，开始执行吧。

林楠笙还是紧盯着他的眼睛，说，如果我失败了呢？

那我一辈子都会背着这个叛徒的罪名。老潘仍然微笑着说。

我不会为了你的名声去做任何事，林楠笙冷冷地说，我也不会在乎你的死活。

我知道，老潘说，对于一个情报员来说，生命不重要，名誉同样也不重要，重要的是任务。

你还有一件事没告诉我，林楠笙站起来，说，我收到情报后怎么送出去？

三天没我的消息，我的报务员就会销毁密码本，自动撤离上海。老潘仰起脸看着他，说，现在，已经三天过去了。

林楠笙再也没说一句话。他最后看了老潘一眼，走过去拉开门，让卫兵进来把他带走后就直接去了档案室，在那里找出许多文件，一直埋头看到下班才离开保密局大楼。

这天晚上，林楠笙回到家里已是深夜。他没有惊动蓝小姐，悄悄地洗漱，悄悄地上床。第二天吃完早餐，他放下手里的筷子，看着蓝小姐，说，你得帮我个忙。

蓝小姐点了点头说，说吧。

但是，林楠笙并没有开口，而是掏出一张纸条，展开，交到蓝小姐手里，等她看完，才说，没问题吧？

蓝小姐拿过火柴，划着，点燃纸条后，扔进烟缸，抬眼看着他，说，你收留我，就是为了这一天？

林楠笙摇了摇头，说，如果还有别的办法，我绝不会让你去。

蓝小姐说，放心吧。

林楠笙说，你可以问我的。

我不用问你。蓝小姐忽然露出一个笑容，说，从你送我离开重庆的那一刻，我就知道你是什么人了。

林楠笙上班后的第一件事就是去了站长的办公室。一见面，他递上审讯记录，说，这个人你应该有印象吧？

站长看了眼，说名字没听说过，不过这个代号他知道，在一九四〇年前后是中共上海情报网里的一支梭子。

此人就关在我们的地下室里。林楠笙说，不过，我去查了以往的档案，有关食指这个代号，有很多不同的描述，其中一份里还说他是个女人。

是不是食指不重要，站长说，重要的是他能给我们提供什么。

林楠笙笑了，说，他口口声声要见这里的最高长官。

站长也笑了，抬手看了眼表，说，那就去见见吧，十点钟我还要去一趟警备司令部，有个例会。

可是，审讯开始不久，站长就让呆立一边的副官去把他的会议推了。他就像个已经入戏的听众，完全被老潘说的话吸引。老潘显得有点儿疲惫，不停地要水喝，不停地咳嗽，从他在满洲出生开始，整整大半天，就像在回顾他的人生，说了很多人、很多事与很多地方。

快到中午的时候，站长有点儿不耐烦了，打断他，说，潘先生，你还是说点儿能帮得上你，也能帮得上我们的吧。

老潘点了点头，用力地咳了一声后，说出了两个地址与两个信箱的编号后，就闭紧了嘴巴。

站长说，我们要的是大鱼，这种小虾米我们兴趣不大。

老潘笑了，抬头看着四壁，说，在这种地方怎么审得出大鱼来，在这里只有小虾米。

站长想了想，按响桌子上的电铃，让卫兵进来把老潘带下去后，扭头吩咐预审科科长去华懋饭店准备两个房间，从行动队多抽调人手，整个楼层执行二级警戒。他说，他要摆谱，我们就陪他摆这个谱。

预审科科长应声离去后，站长来到隔壁的监听室，看着林楠笙说，你怎么看？

林楠笙说，我还是想不通，他这么资深的特工，怎么可以这么轻易就出卖了自己的下属。

再资深的特工也是人，站长笑着，说，你别忘了顾顺章。

还是派行动队先去摸摸那两个地方，信箱可以让我们在邮局的人盯着。林楠笙说，对这种小虾米，我们尽量不要打草惊蛇，说不定这是他发出的遇险信号。

站长点了点头，说，让行动队去布置吧。

下午的审讯看上去更像是场谈判，在华懋饭店的一间豪华套房里，所有的电扇都已经打开。林楠笙坐在站长的一侧，除了偶尔喝一口杯中的咖啡，始终一言不发地盯着老潘镜片后面那双眼睛。

但是，老潘好像只对站长一人感兴趣，隔着条桌不断地咳嗽，不断地提出他的要求。

可你用什么来交换这些要求呢？换上便装的站长如同一个老练的商人。

老潘略微低了低头，说，今天星期几了？

站长说，今天是八月二十七号，礼拜五。

今晚九点二十五分，百乐门舞厅外左侧的柱子前，我有一次接头。老潘说完，长长地吐出一口气。第一次环视着条桌对面的三位审讯者，最后把目光停在林楠笙脸上，说，我们的合作今晚就能见分晓。

来人是谁？预审科科长不由得问道。

华东局派往宁沪两地的联络人，老潘说，我将跟他做工作上的对接。

房间里一下变得静谧，就连书记员也抬起了头。林楠笙却闭上了眼睛，如同在辨别这些话的真伪那样。

这时，站长忽然站起来，看着屋里所有的人，说，诸位，今晚九点半以前，大家就在这里陪着潘先生吧。

我要这么多男人陪着干吗？老潘也跟着站了起来，看着众人，毫不客气地说，还是找个女人来陪我吧。

然而，到了晚上的九点二十五分，就在林楠笙离开华懋饭店的同时，老潘刚站到百乐门舞厅外左侧的水泥柱前，就被迎面飞来的第二颗子弹射穿额头。第一颗子弹贴着他的发梢射进了后面的墙壁。老潘没有动，而是仰起脸，迎着枪声传来的方向，直到枪声再次响起。

蹲点的便衣们一下有点儿乱套，纷纷掏出手枪。负责现场的行动队队长从一辆车里跳出来，指着街对面大楼的天台，大喊一声：还愣着干吗？上面！

行动队的便衣们迅速包围了大楼。他们从正门冲进来时，在灯光暗淡的楼道里与蓝小姐相遇。她穿着一套深色的夏装，手里握着林楠笙那支勃朗宁。在一阵短暂的对射过后，蓝小姐提着空枪退回天台。她看了眼从两面包抄上来的便衣，举枪顶在自己的太阳穴上，一直退到天台的栏杆前，就像忽然中弹那样，一头就倒栽出去，嘭的一声摔死在楼下的大街上。

半个小时后，警务处的干探赶来，在天台的水箱里捞起一把毛瑟 98K 步枪，里面还剩三发没射完的子弹。昨晚，林楠笙从黑市的军火贩子手里买来这杆枪后，就把它藏在这幢大楼天台一角的隔热砖下，然后对着手表，勘察好进出的路线，把它们标注在那张纸上。为了这次刺杀，他在最短的时间里做了最完善的准备。可是，事情还是出了意外。原本十点后才上锁的后门，这天晚上竟被看门人莫名其妙地提前锁了。蓝小姐把步枪扔进水箱后跑下天台，顺着楼梯一直跑到后门，才一下发现今晚将是她人生中的最后一个夜晚。

转念间,她在黑暗中忽然感到了一种让人揪心的惆怅。

## 十三

林楠笙在一家旅馆的房间里等到半夜,就已预感到事情的结果。一下子,他像被抽干了血那样倒在床上,一动不动地睁着眼瞪到天明,无力地蜷缩着身体,如同死了一样。

可是,当他午后走进丹桂戏园时,已经恢复了常态,只是两只眼睛里布满了血丝。

林楠笙在二楼的一间包厢里等到台上的戏开演，才在一片喧天的锣鼓声中见到茶房挑起门帘。来人竟然是南京国防部作战厅的荣将军。两个人同时愣了愣,他们曾在很多场合不止见过一次。林楠笙却一下就明白了,这是一场值得为之付出生命的约会。

荣将军把手插进裤袋,里面应该是一把子弹上膛的手枪。

林楠笙淡淡地说,如果这是一个圈套,你杀了我也已经无济于事。

荣将军的脸上没有表情,他拉开一把椅子坐下后,看了眼摊在桌上那张报纸。上面是老潘的死讯,还配着一张现场的大幅照片。

林楠笙说,老潘已经遇难,我是接替他的人。

荣将军说,他应该知道,我不会相信任何人。

他之所以选择在公众场合赴死,就是为了让你能从报纸上看到他的死讯。林楠笙扭头看着他,说,你也应该知道,如果他活着,是绝不允许任何人来见你的。

荣将军没有再说话,坐直身体看着楼下舞台上的演出。

于是,林楠笙在喝了口茶水后开始从老潘的意外被捕说起,一直说到他离开华懋饭店前的那一刻。为了能见我一面,他出卖了自己;为了让人相信他的变节,他甚至不惜牺牲掉两条下线。林楠笙说到这里,一下就想起了蓝小姐。他看着荣将军,说,你必须相信我,我也必须要完成他交代的任务。

荣将军始终一言不发,眼睛盯着舞台上的演出,一支接着一支地抽烟。

我应该已经暴露,林楠笙顿了顿,又说,我们的时间不多了。

荣将军掐灭烟头后,又从烟盒里抽出一支烟,划着火柴点上,深深地吸了一口,透过吐出来的烟雾,定睛看着林楠笙,说,老潘应该告诉你最关键的一件事。

林楠笙愣了愣,在脑子里把老潘曾说过的那些话重新过了一遍后,说,你们是同乡,你们曾一起在十九路军共事过,在上海一起抵抗日军……他在老家时的名字叫刘宗铭。

荣将军摇了摇头,说,我想他一定会对你说,在得知他死讯的情况下,我还能出现在这间包厢里,就足以证明我要传递的情报比我们的生命更重要。

说完,荣将军掐灭香烟,起身头也不回地挑帘离去。

林楠笙呆坐在包厢里,半晌都没缓过神来,直到起身准备离去,看见荣将军遗留在桌上的那包香烟与火柴,才长长地吐出一口气。

傍晚时分,根据写在火柴盒里的地址,林楠笙来到安福义庄的殓房,在一具即将火化的尸体身上找出一个油纸包后,直接就去了朱怡贞那个备用的家。

敲开门,朱怡贞的脸色一下就有点儿发白了,说,你真是阴魂不散。

只要让我找到你,我就不会再让你离开我的视野。话说到一半时,林楠笙就已经后悔。他又一次想起了蓝小姐,胸口像被什么堵住了,一下就低下头去。林楠笙再次抬头看着朱怡贞时,他说,我需要你的电台,还有密码。

做梦。朱怡贞正在做晚饭,身上还系着一条围裙。她头也不回就进了厨房。

林楠笙跟着走到厨房门口,从袋里掏出那个油纸包,看着她的侧脸,说,这是国防部刚刚核准的辽沈地区的兵力布置与增兵长春的计划。

朱怡贞一愣,扭头,说,你到底是什么人?

我是你们当年费尽心机想让我成为的人。林楠笙说着,走过去,把那个油纸包递到她面前,又说,为了这个,老潘死了,我的妻子现在生死不明,你必须得把它发出去。

可是,朱怡贞没有看他,也没有看那个油纸包。她慢慢放下手里切菜的刀,解开围裙,随手搁在台板上,默默地走出厨房,走到窗前看着昏暗的天空。忽然间,她是那么想流泪,那么想嘶喊。

孟安南回到家时天色已经黑尽。他的脸上丝毫没有突兀的表情,坐在餐桌边吃完碗里的饭,继续听林楠笙讲完后,去厨房里漱了好一会儿的口,才出来,说,我相信这些都是真的,但我得向组织汇报,还得查证。孟安南看着林楠笙说,这是程序。

林楠笙点了点头,说,那我要等到什么时候?

等到我回来的时候。说着,孟安南拿起提包就匆匆地出门。

林楠笙坐在那张餐桌边一直等到第二天中午, 就在他全身都开始变得僵硬时,孟安南开门进来。他看了看坐在桌子另一头的朱怡贞,对林楠笙说,我们只对上了食指的身份,一九四一年他随新四军办事处撤回苏北,一九四二年去了延安抗大学习后，不排除会被重新派回上海的可能。但我找不到一点关于你的信息，你得给我时间。

它不会给我们时间。林楠笙一举手里的油纸包。说，你们必须得把它发出去。

孟安南又看了看朱怡贞，一点头，说，照他说的做吧，发华东局，请转西柏坡。

可是……

没有可是，上级会甄别情报的真伪。孟安南说着，接过林楠笙手里的油纸包，递到朱怡贞手上，又说，快去，这是命令。

朱怡贞离开后，林楠笙长长地吐出一口气，靠进椅背里，看着孟安南想说句什么，却最终没有开口。

孟安南笑了笑，看了眼桌上的剩菜，转身从柜子里拿出半瓶洋酒，说，喝点儿酒，睡一觉。

林楠笙顺从地点了点头，接过酒杯，一饮而尽后，说，你就不怕这是个圈套吗?

我只是做了该做的。孟安南说着，忽然一笑，摇了摇脑袋后，看着林楠笙，却更像是在对自己说，信任有时候就是那么奇怪的东西。

林楠笙一愣，一下睁大了他那双布满血丝的眼睛。他记得，就在那家意大利人开的妓院里，顾慎言曾说过一模一样的话。

将近中秋前的一天深夜，林楠笙终于离开上海。他在朱怡贞家的客厅里整整住了半个月。这是孟安南再三叮嘱的:你已经遭保密局秘密通缉，只要不出这扇门，你在上海就是安全的。

林楠笙笑了笑，他深知在那两份情报没有最终被确认前，他在哪儿都安全不了。他又开始喝酒，先是让朱怡贞去街上两瓶两瓶地买，白天坐在窗前喝，晚上躺在客厅的地板上睡不着，就盘坐在黑暗中喝。后来，朱怡贞索性让酱园的伙计扛了一坛绍兴酒上来，说，我们买不起更好的酒。

林楠笙头也不抬地说，没关系。

然而有一天，就在朱怡贞离开家门后不久，林楠笙放下酒杯去了他们的房里，快速地检查了整个房间。最后，他在一个上锁的箱子底发现一块没有秒针的梅花牌手表。

第二天，朱怡贞去屋顶晾完衣服回来，刚坐到绣桌前，林楠笙忽然说，你们是对假夫妻。

朱怡贞愣了愣，挺起背，说，你不再缅怀你妻子了？

林楠笙像被针猛然扎了一下，但他还是说，你了解他是什么人吗？

朱怡贞一动不动地看着窗台上的阳光，说，她长得漂亮吗？

许多话，林楠笙一直想说，但他最终没有吐露一个字，而是紧闭着嘴，起身去厨房的酒坛里舀了杯酒，出来，一口喝掉半杯后，又去厨房把杯子加满。

可是，那坛酒还没有喝到见底，确认林楠笙身份的电报就来了。朱怡贞在抄收电文的瞬间，竟然有种热泪盈眶的感觉。她匆忙跑上楼，看着林楠笙。好一会儿，才吐出一句话：老家来电……在召唤你回去。

林楠笙坐在窗前没有出声，也没有抬眼。他拿过放在窗台上的酒杯，慢慢地把里面的半杯绍兴酒喝干。

两天后，孟安南亲自开了警车一直把林楠笙送到江苏地界时，天色已经发白。孟安南把车停在路边。看了看手表，说，我们来早了。说着，他从怀里掏出一把手枪，又说，拿着，路上防身用。说完，他补充说道，但愿你这一路上都用不着它。

林楠笙接过手枪，熟练地检查完弹夹，一把将子弹推上膛后，就把它顶在了孟安南的太阳穴上。

孟安南愣了愣，说，前面有驻军，枪声会惊动他们的。

林楠笙用另一只手从怀里摸出那块没有秒针的手表，说，你是顾慎言放出去的一只鹞子？

孟安南点了点头，说，我知道你是他的学生，但你不知道我是他收养的义子。说着，他伸手拿过那块手表，看着它，又说，只是我们都选择了我们自己的路。

接着，他在枪口下告诉林楠笙，自从跟随顾慎言由越南来到香港，他踏上中国这块土地快有十六年了，顶着一个军统特工的名头，却从没为他们干过一件事。相反，他每天在做的，正是他父母未竟的事业。

孟安南的父母曾经都是胡志明的追随者，他们一起留学法国，在那里认识了顾慎言。可是，在他十岁那年，他们双双死于西贡法国人的监狱。那时，孟安南的名字叫阮志中。

说完这些，孟安南扭头让枪口顶到了额头的位置，看着林楠笙说，到了根据地，你可以去华东局的政治处，那里有我的档案，里面有我全部的历史。

但事实上，林楠笙并没有到达根据地。在穿越封锁线时，他乘坐的舢板被碉堡里射出的子弹击沉，同时中弹身亡的还有护送他的交通员。林楠笙在水里游到精疲力竭，醒来时发现自己已躺在一条航船的甲板上。

救他的是个下乡收租的米行老板。他把林楠笙载回上海郊外的一个小镇，站在三江汇流的码头上，他说，坐船再往东去就是大上海了，往南是浙江省，江苏在北面。

林楠笙说，那这是什么地方？

米行老板说，这个地方叫斜塘镇。

## 十四

上海解放的消息是从一队溃败的国军士兵嘴里传开。他们在抢劫了镇上的米行、肉铺、糕饼店与成衣铺后，叫嚷了几句要上山去打游击，就匆匆离开镇子，消失在水网如织的平原尽头。斜塘镇很快恢复了平静，几乎跟以往的日子没有什么分别。林楠笙每天照常去圣类思中学上班。现在，他已是那里最受欢迎的历史兼英文教师，就像许多流落到这个镇子上的男人与女人们一样，他们都把这个地方当成自己的家乡。

这天，校长忽然闯进他的课堂，说，工作组的同志来了，在办公室等你呢。

来找林楠笙的是两个年纪比他学生大不了多少的年轻人，穿着黄军装，戴着黄军帽。他们是来重新登记户籍的。一见面，其中的一个就说，姓名？

林秋明。

出生年月？

一九一二年十一月十九日。

籍贯？

浙江富阳。

怎么到这里的？

逃难。

现在解放了，为什么不回家乡？

老家没人了。林楠笙说，一九三七年轰炸时，家就没了。

年轻的军人放缓口气，说，婚姻状况。

林楠笙看了看办公室里的老师们，垂下眼帘，说，丧偶。

事实上，这一年多来不是没人给他做媒，战争留在天底下最多的就是孤儿寡母。林楠笙却都一一谢绝了。他对每个人都说同样的一句话——这样挺好的，我就不去拖累人家了。

斜塘镇的人都觉得林老师是眼界高，看不上那些没文化的女人。可是，只有林楠笙自己心里清楚。他在这个世界上的日子不多了。他的身体在夏天已经感觉不到炎热,到了冬天同样感觉不到寒冷。

这年元旦前的一天,没风没雪,天却冷得出奇,家中的水缸里都结上了厚厚的冰层。林楠笙爬上竹梯,帮着门房刚把一盏红灯笼挂在校门口,就看见一辆军用吉普扬着一路尘土驶来。

两个小时后,这辆车载着林楠笙同样一路尘土地离开斜塘镇,在路上整整走了半天,开进上海市区时已是华灯初上的入夜时分。

林楠笙在上海市公安局的一间办公室里见到纪中原时,淡淡地说,你何必费这么大劲找我来呢?

纪中原穿着黄呢制服,可怎么看仍像是当年的篆印师。他笑着说,我们找你快两年了。说着,他从柜子里取出一盒卷宗,说他一九四八年年底从香港回来接手老潘的工作,就开始秘密寻找林楠笙。他不相信像林楠笙这样一个特工会死在过封锁线的时候。

林楠笙说,你就不能当我真的死了吗?

纪中原摇了摇头,打开那盒卷宗,让林楠笙自己看。这些都是下面报上来的材料,都是他在斜塘镇上的一举一动。原来,早在半年前林楠笙就已经被监控。检举他的是镇上的一名保长。他曾是保密局培养的外围人员,曾在上海远远地见过林楠笙一面。只是,当地的公安部门坚信,一名大特务躲在一个小镇上。背后一定藏着一个大阴谋。他们要放长线,钓大鱼。

这些材料最近才转到我手上。纪中原说,我们需要你回来。

林楠笙说,我被监视了半年都没觉察出来,我已经不是一名特工了。

但我们不会忘记你的贡献,纪中原说,你不该待在小镇上当一名教师。

我本来就是一名教师,我的理想就是当一名教师。林楠笙扭头看着壁炉里还在燃烧的炭火,眼前又出现了朱怡贞穿着校服时的模样。那时,她留着一头童花状的头发。

如果这是命令呢?纪中原说着,起身去办公桌上拿过一份任命书,交到林楠笙手里,说,革命成功了,我们的战斗远没有结束。说完,他郑重地看着林楠笙,又说,这是组织上对你的信任。

现在,林楠笙每天的工作就是整理当年遗留下来的档案,从中找出那些早已中断的线索。最终找到那个人,确定与指认出他们的身份。林楠笙又开始喝酒,下班回到家里,第一件事就是倒一杯烈酒,一口一口,一直喝到昏昏沉沉。

这是他唯一还能让自己入睡的方式。

五月的一天，比天气更热的是民众为志愿军募捐的热情。上海的街头到处是抗美援朝保家卫国的标语与口号，林楠笙却在挤电车时忽然倒下。

等他醒来时已经动弹不了。漆黑的病房没有声音，也没有其他的病人，就像躺在自己的坟墓里，这是他无数次预想过的结局。林楠笙黑暗中静静回顾他的一生，发现在这世上，他既没有朋友，也没有亲人，唯一剩下的就是脑子里那些回忆。

第三天一早，纪中原来探望了他以后，在回办公室的途中走进一家店铺，拿起柜台上的电话，拨了一个号码，说，给我接静安区委。

下午，朱怡贞捧着一纸袋苹果走进病房。这是他们在他重回上海后的第一次见面，尽管彼此都知道，他们上班的地方只隔着几个街区。朱怡贞在静安的区委工作，一直住在市府的单身宿舍里。有很多次，在喝了再多的酒都无法入睡的夜里，林楠笙都会一个人从家里出来，步行到她的宿舍楼前，站上一会儿，看一眼那扇亮着灯光的窗口，然后回家继续喝酒。

朱怡贞坐在病床前一声不响地削完一个苹果，一片一片地喂进他嘴里。

你丈夫呢？你们为什么不是一起来？林楠笙看着她手里的水果刀，忽然一笑说，说不定这是最后一面了。

朱怡贞没有回答，只是垂下眼帘，同样看着手里那把水果刀。

上海解放不久，孟安南就向组织提交报告，要求回国参加胡志明领导的抗法战争。但是，得到的答复却是随三野开赴福建前线的命令。临别的前夜，他对朱怡贞说，你不嫁给我没关系，你总得让我知道原因吧。

朱怡贞平静地注视着他那双深陷的眼睛，很久才说，我有一个死而复生的丈夫，我还有一个生死不明的爱人，你说我能嫁给你吗？

孟安南再也不说一句话，看着朱怡贞扭头进了房间，轻轻地关上房门。整整一夜，他就坐在朱怡贞房门口，靠在自己的行军包上，一直到天亮才起身，悄无声息地离开。

朱怡贞的神情始终有点儿恍惚。她在折起水果刀时，忽然无端地一笑，抬眼看着林楠笙，说，我们真傻。

林楠笙想坐起来，可是肌肉不听他的使唤。他只能直挺挺地看着眼前的女人，想了想，说，还好，我还是见到了你。

（《小说月报》2011 年第 12 期选载）

# 师父

徐皓峰

## 一

“比武的秘诀是——头不躲。人的头快不过人的手……”

一九三三年，天津租界，秋山街洪德里的“坚村”咖啡馆，一个鼻青脸肿的青年如是说。

他身后的桌位远远坐着一位日本女人，白地碎花和服，露一截藕白后颈。他叫耿良辰，劳工小贩的短打装束。他的同桌是两位中年人，放在桌面上的手厚过常人，指节处的茧子铜黄，是长年打沙袋、木桩的结果。

他俩穿着长衫，质地上等。天津的武馆受政要富贾支持，拳师的月薪可买百斤牛肉。看得出，他俩忍着厌恶。

“不信？你打我！来！”耿良辰离座，要他俩站起来一个。他俩互看一眼，站起一人，慢打一拳。这是试手，取消了速度力量。

耿良辰登时兴奋，头侧躲，擒住那人手腕一晃，让那人的手打上自己的脸：“看看！腕子细，脖子粗，你说手转得快，还是头转得快？”

那人一脸无聊：“手！”

耿良辰呵呵笑了，父亲激励孩子似的笑：“再来！”

那人狠瞪着耿良辰，再次慢打一拳，耿良辰头不躲，出掌贴上那人肋骨，那人拳头在他脸前停下。耿良辰：“头没手快，手比头快。”

那人退后两步，抱拳作礼：“受教了。”眼中厌恶到了极点。

还坐着的一人说话，语调不卑不亢，武馆里总有这种会讲场面话的人才：“半个时辰前，在武馆里，他就败给你了。照武行规矩，对踢场子的人，不论输赢，武馆都要请客，你非要喝咖啡，我们也做到了，为何还要羞辱他？”

耿良辰：“练拳的坐一块儿，不就是聊聊拳吗？我没错吧！”

“跟你再比一次！”

两拳师怒不可遏。耿良辰反而坐回椅子，喝尽残咖啡：“我才练了一年拳，头不躲，难免给人打上。这个月比武多了点，门牙给打松了，想再比，您得过十天，容我的牙长牢点。”

“我给你镶金牙！”

一拳师出手，顿时肋下中掌，未及呻吟，瘫死过去。另一拳师忙掀起他上身，用膝盖抵住他脊椎，手抄他下巴将脖子仰起，嘴里进了气，哭出一声，如婴儿之泣。

人醒了，四肢仍废着，要起身还得缓一会儿。柜台内有两位侍者，为何日本咖啡馆的侍者总是老人？远处桌位的和服女人已站起，脂粉煞白，几同玩偶。

耿良辰捂着嘴，盯着那拳师的救治手法，呜噜噜搭话：“您这手，绝了！”拳师忙于施救，一时忘了敌我：“这算什么？练拳的都会。你师父没教你？”

耿良辰摇摇头：“我那师父啊……”拳师眼中恢复了敌意，他没再说下去，捂嘴向门走去。

身后传来一声：“要给你镶金牙吗？”

咖啡馆的门上镶着毛玻璃，街面朦胧如梦。耿良辰眼中有一抹恍惚，未答话，推门而出。

## 二

“你躺着，怎么给你换床单？起来！”

“你过来，就知道怎么换了。”

“呸！”

逗房东的二女儿有一会儿了，耿良辰躺在床上，捂着嘴。房东有三女，皆浑圆性感，渔民后代的习性，不忌男女调笑，甚至骨子里喜欢。天津本是水城，九河汇拢处。

大女半年前嫁人，耿良辰常跟二女说，他睡过她姐姐。

房东老太太在院子里喊了，催二女上街。耳朵眼胡同的炸糕金黄酥脆，红豆馅嫩如鲜果，是老太太唯一的嗜口。人老，不吃晚饭，怕消化不起，夜里难受。吃年糕在下午三点。

二女:“快别闹了。”

她一步跨到床前,耿良辰挺身跃起。二女本能一竖小臂,护住乳房,撞进耿良辰怀里。耿良辰如受火烫,蹿到门口。占女人便宜,只到此程度。

二女:“快滚吧!”俯身换床单了。

她臀部滚滚,腰部圆圆。听街头的老混混讲,姑娘出嫁后,腰会瘦下来——瞄着她的腰,耿良辰有种奔跑后喝水喝急了的不适感,喝一声:“哪天你嫁人,我就在前一天睡了你!”

她没听见。耿良辰出门了。

他喜欢的不是她。他是个街头租书的。

一九二二年,以《江湖奇侠传》为启,南方有了武侠小说。一九三三年,是“北五家”时代,还珠楼主的《蜀山剑侠传》已现世有一段时间了,风头正劲,除报纸连载外,以小册子方式,写一段售一段。

一册字数少则两万多则六万,押金两角,租一天一分。他也出租“北五家”的白羽、郑证因等人的小说,但主要靠还珠楼主活命。上海一户五口之家,两人打工,一月三十三元可得温饱。在天津,需十四元。他是一人独活,七元足矣。

北马路上的一片五米长墙根,是他的营生地。那是北海楼的西墙根,北海楼是商场,三楼有茶馆。天津水质咸,不能直接饮用,自家烧水煤费高,都是去水铺买水。茶馆提供热水,茶馆是北方人的半个家,老客户刷牙、洗脚也在里面。

茶客租了书,拿上茶馆看。还有街头散客,天津人不愿待在家里,喜欢待在街上。书摊家当是一架独轮车,五个小马扎。车上摆书,马扎供人坐看。五个马扎不够,但也不多准备了,人会靠墙站着看。

耿良辰原本是个脚行,帮人搬家运货的,是师父让他干了租书,因为“习武人禁不起力气活”,练拳后扛重物,精力奔泻,等于找死。

“我那个师父啊……”去北海楼的路上,耿良辰再次感慨。他拥书七十本,是师父出的钱,可谓恩重如山,他打了八家武馆,有了大人物自然而有的谦逊心理——人活着竟可如此荣耀!但近日有种莫名其妙的预感——师父在盼着他死。

“怎能这么想?这叫忘恩负义,耿良辰,你是个小人!”他抽了自己一记耳光。天津人走在街上,跟在家里一样,不顾忌旁人眼光。他又自抽了一记耳光。

师父是一年前遇上的，农历三月二十三，天后宫庙会。那时，他还做脚行。

脚行设有“站街”一职，监视街面，见有商家自运货物，便呼来附近兄弟扣下，勒索高价运费，遇上伙计多的商家，总是一场群殴。脚行人都出身穷苦，有恶行也有善根，见老人摔伤街头，会帮忙送医；见混混调戏妇女，会上前阻拦。

庙会上女人多，每年都出事。晚饭时，他听一个站街讲，散庙会的时候，有对夫妇被混混盯上，跟了几条街，因为女的漂亮。要被跟到住址，便会后患无穷。男的露了功夫，一人打七个混混，都是一下倒一个，快得看不清手法。

天津武馆多，对于街头显功夫的高人，天津人不稀罕。他却有了好奇，想看看这女人的漂亮。天津女人时髦，紧追上海，街上漂亮的多了，原该不稀罕。

第二天早晨，他买了盒三炮台香烟，见到站街便递一根，一个个路口串下去，光了半盒烟，找到那对男女家。

三炮台质劣，抽一口皱下眉。这个家，只有一间房，无遮无拦。一道不足膝盖高的荆棘围出个院子，房前一地木屑。有木匠台子，一个未刷漆的柜子立在防雨的油布棚下。

看到了那女人。她站出门槛，把一手瓜子皮扔了，反身回屋。

阳光暴烈，瓜子皮透亮如雪花。女人小脸纤身，脖颈如荷叶秆挺拔。

跨过荆棘，站在院中，他喊：“屋里有人吗？”女人走出，一双眼镇住了他。

不是十六七姑娘的明眸，不是青楼女子的媚眼，如远山，淡而确定不移。神差鬼使，他说他是来比武的。

她以拒人千里之外的神情，做出招待亲朋的礼节，从屋里端出个脸盆架，说：“洗把脸，慢慢等。我男人回来，得要一会儿。”

他洗了脸。两个时辰后，她成了他的师娘。

半个时辰后，她男人回来，手里拎着八十只螃蟹。天津河多，螃蟹不值钱，买不起白面的底层人家，螃蟹等同于野菜。

男人洗脸，她去蒸螃蟹了。螃蟹蒸好，他被打倒四十多次，眼皮肿如核桃，流着鼻血。男人停手时，额头淌下大片汗水，有些气喘。

街头总有纠纷，脚行都会打架。他手黑，反应快，逢打群架就兴奋，盯上一个人，追出几条街，也要把人打趴下，被骂作“猪吃食，不撒口”。

没想到，给人耍猴般地打了！他记起所有他不屑的混混手段，撒石灰、捅刀子、打弹弓——第一次想弄死一个人。

男人让女人摆桌子，拍拍他肩膀，语带歉意，说去河边买螃蟹，受了湿气，身上不畅快，想出出汗，便多活动了会儿。还赞他骨头架子比例好、两脚天生的灵活。

他憋着一股委屈，随时会像小孩般哭出来，也像小孩般听话，女人递上毛巾，他乖乖洗脸，男人一递上螃蟹，就吃了起来。

他吃了二十只，男人吃了十只，她吃了五十只。

平素吃不上猪肉的人，饭量都大，干活的日子，一个脚行一顿饭能吃两斤米。但吃螃蟹不是嗑瓜子。她未免太能吃了——她的腰不见肥，这是女人有男人的好处。

饭后，男人说："你这身子骨，不学拳，可惜了。跟我练吧。"他脑子蒙蒙的，当即磕头，叫了师父。

师父叫陈识，师娘叫赵国卉。女人名中有个"国"字，实在是太大了。

北海楼西墙根，摆着他的书摊。坐在马扎上看书的有两个学生、一个前清老秀才。书摊边是个茶汤摊子，一个清朝的龙嘴大铜壶。耿良辰不在时，茶汤姑娘帮他守书摊。

她比他小五岁，但他总占她便宜。今天让她看摊，是回去午睡。自从牙松了以后，生出老人毛病，白日里常犯困。

她肥腰肥腿，日本玩偶般面色雪白、瞳仁墨黑，见耿良辰过来，咧嘴一笑，露出一口齐整的牙。有一点喜欢她吧，喜欢她的牙。牙的质地和牙床的鲜红度，显示出她遗传优良，有一条长长的健康的祖先谱系。

他也是健康的。练拳后，常梦见自己的肋骨，十二根肋骨洁白坚硬，如同象牙。健康是一种磁性，健康的人之间有着特殊的吸力——这是他观察师父、师娘得出的结论。

或许，服从于健康，他和茶汤女会吸在一起，结婚生子——唉，跟她过日子，自己会很不耐烦，一定早死。临终时，咬着她的耳朵嘱咐："我练了一辈子武，有点成就。肋骨拆下来，卖给洋人，就说是象牙。"

他的十二根肋骨，被当作小象的牙，卖了很多钱，她抽鸦片、赌博、养小白脸，仍绰绰有余，但她人老实，只会省吃俭用地活着，成为一个高寿的老太太，一脸慈祥地死去，糟蹋了这笔钱——他无数次重复这个想法，尤其见到她面后，暗中一想，快乐无比。

发觉他一脸坏笑地盯着自己，她会叫："你怎么啦？"脸蛋显出两簇淡淡的血丝。最新鲜的苹果和最新鲜的桃子，皮上也有这样的血丝。

他走向她，她回自己的茶汤摊子去了。坐在书摊后，有着吃了一顿冷饭冷菜后的沮丧,看着熙攘人群,他告诫自己,振作点,还有许多武馆要踢,你是一个门派的全部未来。

习武后,师父判断练三年,他可以踢馆。他的天赋比预想的高,只用了一年。

天津有武馆十九家,平均一所武馆十来个学员,靠收学费根本无法维持。武馆重要的不是学员,是师父。自民国初年,国民政府提倡武风以来,武术只促成了武侠小说热潮,对大众改变甚微,大众要劳苦过活或吃喝玩乐,没时间练武。

官员和商人给武馆捐款,只为养住有名的师父。名师越出越多,凑成繁荣格局, 历史上名不见经传的小拳种纷纷现世, 耿良辰的师父便是个小拳种门人。

耿良辰第一次踢馆的前夜,在师父家吃了顿螃蟹。师父说,不与大众发生关系的事,也可以兴盛,比如国画、瓷器,便是富贾高官玩出来的。武术现今的处境等于国画、瓷器,但武术不是实物,进不了"奇货可居"的金钱游戏。政治需求改变后,武术的兴盛便会断亡。

漫长的清朝,民间是禁武的。眼前的畸形繁荣,恰是小拳种出头之日,机不可失——耿良辰质疑,既然断亡是必然,赶在断亡前出名,有何意义?

师父:"籍籍无名,愧对祖师。你现在不懂,但等我死了,只剩你了,就会明白这个'愧'字有多难受。"

师父的神色,有着长远谋划者的酸楚与壮志,征服了他。

武术跟科技一样,是时代秀。明知南北都一样,开武馆收不到学员,北方官员仍组织"七虎下江南""九龙降羊城"的活动,让北方拳师联合南下授徒,做半月游或一月游,大造舆论。

虚名的意义何在? 提倡武风已有二十年,一个持续的事物,不论虚实,总会有人不断投入。师父练的是咏春拳,限于广东福建,习者寥寥。师父以个人的方式,北上了。

天津是武馆最多的城市,赢了这里,便有一世之名。他渐渐体会出师父的思路:以木匠身份入津,为摸清众武馆底细,选一个天津本地人做徒弟,可免去"南拳打北拳"的地域敏感。

只是不知师父的下一步。天津武馆十九家,踢多少方止? 扬名以后,如何收场? 应该不会是"扬名、开馆"这么简单,太顺理成章的事情总有危险。

街面上过去一队运货的脚行,他们中有旧日兄弟,都没理耿良辰。摆书的独轮车，是脚行工具。脚行的老大叫“本屋”，脚行是一天一结账，但跟本屋有口头契约，一干三年或五年，退行要赔款——耿良辰没跟师父说，自己交了这笔钱，交了又心疼，那是卖了多年力气攒的，用的独轮车便没还给脚行。

独轮车不值钱，本屋没追要，但行有行规，脚行兄弟从此不理他。

踢到第五家武馆，很想花钱请脚行兄弟喝酒。不为炫耀，源于恐慌。他愿意花光所有的钱，但知道他们不会来。

望着远去的脚行兄弟，他抽了独轮车一巴掌，如一记耳光。树木山石都挡不住天敌，野外物种最大的保护，是它的群体。这个不值钱的东西，让他成了一只失群的羊，无躲无藏。

到晚饭时分，书摊还可以摆下去。独轮车上挂有马灯，十米外有路灯，都不太亮，半个时辰后，几位散客看酸了眼，他就挣到了一天的钱。

下来了一批茶客，茶馆只提供点心、面条，他们是去附近饭庄吃饭。其中有人还书，有人搭话：“听说你又踢了个武馆，真的假的？”

这种话，他从不理，耻于成为闲人谈资。他还没到惊动富贾高官的程度，打出来的名声，仅对混混起作用，路过书摊，他们会鞠躬打千，眼中是真诚的佩服。但武行和混混是相互制约的两股势力，不能有私交。

牙，或许没那么松，是个拖延去踢第九家武馆的理由——耿良辰的牙疼了起来，七八天了，他只敢喝粥，见到馒头都犯怵。

想喝一碗茶汤。冲茶汤前，会撒下几颗冰糖碎渣儿，滚水一冲，五步内都是甜丝丝的香气。茶汤女在看他，她总是看他，他总是占她便宜，只要递个眼神，她就会飞快冲一碗送来，不算钱。

他几乎要递出那个眼神了，一个人力车夫在茶汤摊停下。人力车是日本人的发明，人力车夫原本属于脚行，随着日本在天津建了造车厂，车行就从脚行分离出去，一个车行一个老大，也叫本屋。

车夫身材壮硕，娃娃脸，买了碗茶汤。耿良辰备感厌恶，转身点马灯了，忽觉脖梗一凉，后背肌肉收伞般收紧——这是遭遇劲敌的预感，如野兽直觉，没踢过八家武馆，他不会有。

缓缓回视。

车夫蹲着喝茶汤，低压的毡帽帽檐下，闪着狼眼的亮光。

蹲着的姿势，腿形松垮，无习武迹象。

呵呵。

耿良辰，你疑神疑鬼，说明你当小人物当得太久，记着，你是一个门派的全部未来。

## 三

这是一个“出师父不出徒弟”的时代，各派都有名师，都后继无人——天津八卦掌耆老郑山傲如是说。陈识北上天津，唯一拜访的人是他。

扬名需要深远策划。“一战成名”只属于武侠小说，现实中，一次扬名行为的周期是三到五年，布局和善后占去大部分时间。

放耿良辰去踢馆，是想好了后路。耿良辰踢到了第八家，已是天津武行能忍受的极限，将会有一位名师出面将他击败，维护住天津武林的体面。在这位名师的主持下，耿良辰作为一个犯乱的徒弟，被逐出天津，而连踢八家的战绩得到承认，背后的师父浮出水面，收取胜利果实，立名号开武馆。

——这是小拳种搏出位的运作方式，踢馆者是牺牲品，一个门派立住了，一个人才毁掉了。这位承担除乱、扶正责任的名师，是运作最关键的一环，得是年高德劭、各派皆服的人物，陈识选中的是郑山傲。

郑山傲一个人有两个脑子，老江湖的狡猾、武痴的纯真。

两年前一次“九龙降羊城”的北拳南下，郑山傲是九龙之首。陈识托人引荐，以晚辈身份，向郑山傲展示了咏春拳。咏春拳只有三个套路，皆简短，快打不足一分钟。他打的是咏春拳的第一套拳“小念头”，打了一半，郑山傲便不再看，低头喝茶，会见就此结束。

南拳不入郑山傲法眼，引荐人备感无趣，陈识则心中有数，不再出家门。第三天，等来了郑山傲孤身夜访，他入门便问：“八卦掌的东西，你怎么会？”

公之于世的八卦掌，是走转不停的拳术，而内部则以静立久站来训练，与咏春拳“小念头”要领一致：两脚内八字站立，大腿有缓缓夹意。

人体是天然的卸力系统，拳头的击打力再大，也会被肌肉弹开，最多把人打得皮开肉绽。而经过站法训练，拳头可产生透力，透过骨肉震伤内脏。这一站，在八卦掌叫“夹马桩”，在咏春拳叫“二字钳羊马”。

真人面前不说假话。咏春拳的第三套拳叫“标指”，伤敌眼目的毒招，不能对外演练，有“标指不出门”的戒律，陈识也打给郑山傲看了。郑山傲变了脸色，因为跟八卦掌的“金丝抹眉”同理。

“金丝抹眉”是郑山傲师父留给他的绝招，只用过两次，赚下一世威名。

郑山傲感慨："年轻时习八卦掌，有个疑问，如此高妙之术，难道只有我家祖师一人悟到？但看了三十年，今天才看到。果真'天道不独秘'，南方也有人悟到。"

这一夜，郑山傲是武痴本色，跟陈识称兄道弟。

利益上建立的友谊，常以背叛为结局；学问上建立的友谊，可以依靠。半年后，陈识北上天津，直说为扬名而来，郑山傲就没在饭庄请客，以免人多眼杂，给武行人物瞧见。要在日后承担处乱、扶正的任务，便要隐瞒两人的私交。

给陈识接风，选择了武行人不会去的北安里俱乐部——法国人开的赌场。郑山傲徒弟中有一位是军阀的副官，在赌场消费可记账，偶尔也彻夜滥赌，这天一脸严肃地带陈识去了赌场内的舞厅。

舞厅有大腿舞表演，舞者多为白俄女子。俄国革命后，许多俄国贵族流亡到天津，迅速落魄。大腿舞是法国式的，还有俄国的格鲁吉亚舞。

经历了裸露程度惊人的大腿舞后，看着一位高帽长裙的舞者登场，陈识小有惊诧。长裙及地，看不到脚，舞者身形不动，行了一圈，状如飘行。

舞者十八九岁，正在最美年龄，端庄如王后。比起大腿舞的活蹦乱跳，她仅凭行走便赢得掌声，格外超凡脱俗。

毕竟是艳舞表演，行了五六圈后，一位男舞者扯下她的长裙，她维持着舞姿，长腿亮如银梭。飘行的奥妙，原来是在裙子遮挡下，高频率地小步而行，膝盖内侧肌肉如鱼的游姿——

陈识的眼神有了变化，郑山傲凑过来："看到了？"陈识点头。郑山傲："走吧。"

赌场外有花园，设供人吸烟、闲聊的长椅。郑陈二人在那里，谈出一件逆世功业。

"天下武馆都是摆面子的，收不到学员，去学也受骗。我学拳的时候，师兄弟间不能有交流，师父都是单独传授。武馆是学员们一块练，违反千古的传艺规矩，哪个名师会把真东西在那里教？"

"唉，好武之风，是政客们的游戏，习武人反而是陪着玩的。"

"我不是感慨这个。八卦门规矩，一代得真传者不超过三人，市面上流行的八卦掌就不是八卦，我不知该叫它什么。我看不下去，但学拳之初，已发誓守秘。自世上有了武馆，二十年来，没出过人才，因为天下武馆，批发的都是假货。"

"您那句名言——这是个出师父不出徒弟的时代，原来是在骂人。"

"老了,还骂人,就无趣了,我现今想的是别的。提倡武术从来是一件虚事,我想把它变实了。天道不独秘,格鲁吉亚舞裙下步法跟'八卦走转'同理,这个白俄女人吓坏了我,如果我们再不教真的,洋人早晚会研究出来,我们的子孙要永远挨打了。"

天津的名师们不会违反守密原则,否则会被各自的门派讨伐,需要一个外来者率先犯规。二人在长椅上是同向并坐,郑山傲转头,正对陈识:"如果你答应开武馆传真的,我便让咏春拳在天津扬名。"

陈识一病七天。

第八天,郑山傲在以做德式西餐闻名的起士林餐厅宴请他。他答应了。

他要教出一个踢馆的弟子,在找到这个天才前,找到了一个女人。就在郑山傲请客时,她是起士林餐厅的托盘姑娘,脖颈如荷花秆挺拔。

他也发过守密誓言,承诺此生只真传两人。他做的是欺师灭祖的决定,起士林的面包免费,不自觉越吃越多,吃到第七盘,托盘姑娘说:"别吃了,我见不得占便宜没够的男人。"

她的眼,如远山,淡而确定不移。

男人的伟业,总是逆世而行。逆世之心,敏感多情。郑山傲叹口气,看出陈识中邪,一眼迷上了她。

她有个舅舅是教会学校的锅炉房师傅,有个远房舅舅供应起士林水果,所以在教会学校长大,在起士林打工。她是个无嫁妆的贫家女,最好的命运是被一个来旅游的德国绅士看上,远嫁欧洲。她思考过,此人不必是青年。

郑山傲找她父母商谈,她嫁给了他。

陈识家在广东开平号称"九十九楼",曾是建洋楼最多的豪族,衰败于一场兵变。家境好时,他年少体弱,为治病学了咏春拳,不料成为日后唯一的生存技能。他给南昌商人做过保镖,在广州警察局短暂任职,护送过去南洋的货船……

他有些积蓄。他带她住进了贫民区——这是郑山傲的建议。

日后,当他训练出的人开始踢馆,会不断有武行人找上家门,责问为何放任徒弟作乱,他只能回答"管不住"。自顾不暇的贫穷生活,可以博得他人原谅。

穷人都是忙人。他学会了木匠活,让家里呈现出越忙越挣不到钱的底层特征。在郑山傲看来,娶她是一步棋,一个好吃懒做的女人是男人最好的伪装。

作为在世上混过一圈的人,陈识经历过一些露水姻缘,半夜在一个女人身上醒来，总闻到自己散发着讨厌的鱼腥味。新婚之夜，他闻自己，是雨后林木的清爽气。

什么也不能对她说。只是一夜一夜地睡她。

她也不作多想。有次问她："我怎么样？"她："好。"

不如抱着她就此死了，咏春拳扬名之事，本该下一代完成。

没想到耿良辰会出现，天意。

教给耿良辰的，都先教给了郑山傲。成名容易，保名难，郑山傲十五年没比过武，日后一战，不但要赢，还要赢得漂亮。

隔三岔五，陈识以"接了修门窗的活儿"为由离家。低压毡帽，走街串巷，确定没碰上武行人物，才转奔郑山傲家，敲后门而入。

郑山傲追根问底的武痴本色，令陈识越教越多，远超过耿良辰所学。咏春拳只有三套拳，在他师爷一代，吸收了清朝水兵用的八斩刀，在狭隘船面上作战，敌我双方都无躲避余地，八斩刀是一击必杀的攻击型刀技。

在他这一代，吸收了江西镖师用的日月乾坤刀。走镖路上遇土匪，要以和为贵，一旦动手，让其"劳而无功，自愧而退"为上策。日月乾坤刀是最擅防守的刀，在一根齐胸长棍的两头安刀，一把略长一把略短。对敌时，两手握棍子中部，左右轮番扇出。

手握部位装有月牙形护手，月牙尖冲外。如果敌人兵器突破了两头的刀，攻到近身时，仍可用月牙对拼。

北上时，将刀拆散后装箱携带。唉，为郑山傲装上的刀。每每看郑山傲练得津津有味，想起北上时的豪情，陈识会一阵恍惚：这事似乎郑山傲成了最大获益者。

唉，越执着，越会为人所夺——这是咏春拳的交手口诀，也是人事规律。

日月乾坤刀一直放在郑宅，郑山傲练刀热情不减，不好要回去。一日走出郑宅，陈识忽生悔意，后悔这一天用在武术上，这一天用来陪她，该有多好。

回家路上，有人卖狗崽，叫卖词动人："不为挣钱，只为给狗狗找个好人家。"

陈识上前，卖狗人堆笑："看您一脸善相，给多少钱都行！"经过一番讨价还价，抱了一只小狗走。

小狗卧于臂弯，像块烤红薯。他心里暖暖的，这下好了，自己在郑宅时，它可以陪她。

一年后，耿良辰开始踢馆，小狗也长到半个小腿高。

## 四

习武人谈判，放杯子的一下，是最终表态。中州、夏虞两家武馆的管事造访陈识，问责耿良辰踢馆事件。两家武馆是天津武馆的翘楚，馆长之下管事最大。

陈识应答的是“此徒乖张，我管不了”。两管事放下茶杯，杯底都在茶盘沿馆长之下管事最大。上蹭了一下——这是要生事端的表示。

陈识知道，事态按预计的又前进一步，天津武行不会容许第九家武馆被踢——郑山傲即将出山比武。

从未去过耿良辰住所，也没让他请过一顿饭。不愿意受他一点情，因为他是个棋盘上的弃子。送走两管事，以遛狗为由，陈识出门，向北海楼行去，那里有耿良辰的书摊——

最终没走到北海楼，转去河边买了螃蟹。

拎着八十只螃蟹回家，滴了一路水，解脱了负罪感：“大鱼吃小鱼，小鱼吃虾米。习武人活的就是‘强弱生死’，既然习了武，便要认命。我如此，他凭什么不如此？”

晚饭，陈识吃了三十只，她吃了五十只。

郑山傲六十三岁，所有年轻人的恶习——熬夜、抽烟、赌博——他都有，他的体能强于青年。但他是个老人了，老人都有恐慌，难以恰到好处，往往过分。耿良辰会残废——

掰裂螃蟹腿的声音刺耳，陈识三十只螃蟹的腿都匀给了她。

此夜，很想要她，但抑制住自己。她酒足饭饱，睡得四肢开张，如浮在浅水上的一大团落叶。

耿良辰最初学拳，是因为她。最初的一天，他拎着八十只螃蟹归来，她坐在门槛上嗑瓜子，耿良辰看着她，正如他在起士林看她的眼神。

学拳，为看她。耿良辰心思，陈识知道，自信他练下去便会改变，拳中有尊卑。果然，他不再敢看她，因为对陈识敬意日深。

摸上她胯骨，如抚刀背。

郑山傲是武痴，也是老江湖。名誉之战，必下狠手。耿良辰会身死——

等他死后，再要她吧。

为了第一次见到她时,她那双眼睛。

陈识如此许诺,猛想起自己拜师时发下的守密誓言,如遭雷击。天亮时分,趴上她身体,她本能地呻吟一声。

郑山傲在北安里俱乐部的消费,是徒弟林希文埋单。林希文出师后参军,现是山东督军的副官,督军在天津造了洋楼,他一月一次来津监工。

下午,陈识从后门入郑宅,郑山傲刚穿好衣服,准备出门。他穿着浅灰色衣裤,说这一身原本雪白,一等宁波绸缎。

林希文这次来津,带了台摄影机,要拍郑山傲的“少林破壁”。天下功夫出少林,少林寺有群僧习武的大型壁画,其中对练的人形有四十多组,参透其用法,称为“破壁”。

郑山傲并不懂少林拳理法,只是取姿势相近的八卦掌散招去套图形,都套上了。这是两月前,他在武馆跟学员聊天高兴了,随手玩出来的。不料学员们如获至宝,整理后登报,获评“破千古之谜,惠当代百姓”。

经林希文力捧,山东督军大感兴趣,让拍成电影带回山东。如得督军赏识,它可能成为军队的操练项目。

郑山傲的雪白绸衣,是当年“九龙降羊城”的拳术表演服,剪裁精当,动起来尤显身形潇洒。郑山傲十分喜欢,才穿过两次。但电影胶片忌讳白色,会让画面不成调。只好用香灰洗成灰衣,看似一般棉布。

郑山傲笑道:“有点心疼!”

看他兴致正高,求他对耿良辰手下留情的话,陈识就没说出口,反正日子还多,只说今天来教刀。“改日,改日。”郑山傲走了,正门有接他的车。

美国福特轿车。因国民政府大量配用,几乎是中国的官车。

后几日,陈识再来,后门用人均说郑山傲未归家。

日子禁不起拖,陈识被叫去了中州武馆,还有三位别家的馆长在。

已表明自己是个管不住徒弟的师父,按理,比武帖子该直接交给耿良辰——那就是要口头通知他,惩戒者人选是郑山傲。

陈识坐定,这是个圆桌。没有递上帖子,摆上一个茶盘,五杯沏好的茶。围坐的馆长们依次拿杯。

陈识知道,这是以茶表态。如果剩给自己的茶,是最边上的一杯,大家还是朋友。

剩下的是中央一杯。

这是为敌的表示。不会有比武了，他们将不择手段，将耿良辰除掉。

各馆长看着他，只要他拿了茶杯，便是默认这事，今日会面便可结束。

陈识背上一层如霜的冷汗："天津六十多家武馆，只你们几个说了算？郑山傲郑老先生什么态度？"

某馆长："摆茶，是为不说话。拿了吧。"

陈识伸手，指尖未碰到茶杯，各馆长已起身离座。

## 五

屋顶的瓦片，如武将的铠甲。郑宅是大四合套院，一个四合院、两个三合院、一个独门独院的组合。一个习武的，竟可如此有钱。

后门，陈识没有敲门，顺墙翻入。

郑山傲在家，刚穿好衣服，深色衬衫，雪白西装。

陈识感慨：他还是喜欢白色。

郑山傲警觉转身，有着一流高手的凶相，随即开口一笑，露出三颗新镶的金牙。他以跟小伙子比赛牙剥甘蔗皮闻名，一丈长的甘蔗能剥四根，一口天然好牙原是他的骄傲。

陈识没问他出了何事，他坐下穿皮鞋，笑呵呵说："我今天乘船出海，杭州转广州，去新加坡。有个人跟我走，我要去接她。你有话，咱们车上说。"

郑宅大门挂着出售告示，停一辆福特敞篷轿车。不是官员派车，郑山傲花钱雇的。

车驶入租界。郑山傲开言："天津没我这号人物了。"

传说西南边陲有一种叫"狗鹰"的鹰种，小鹰长大后先咬死老鹰。以前武行里，净是狗鹰。

习武人成名，多是打别的门派。如果自己师父有名，也可以打师父，称作"谢师礼"。无人觉得不妥，被打的师父觉得徒弟超过自己，是祖师技艺不衰，会请客庆祝。

二十年来，拳师成社会名人，输不起了。"谢师礼"被严令禁止，甚至青年人只能与同辈人比武，向前辈挑战，被视为大逆不道。

林希文心在仕途，习武不勤。对这个徒弟，郑山傲从未看重过。"少林破壁"

是两人对练，林希文主动当配手，换上的灰衣亦剪裁精当，动起来尤显身形潇洒。

郑山傲感到一丝好笑：他想跟着自己进入历史。

作为当世顶级武人，所拍影像必为后世重要文献。郑山傲夸了夸林希文："行坐有相，已是一等衣服，动起来还有相，难上难！你花了大心思。"

林希文满面通红。

师徒俩身形潇洒，站到摄影机前。"少林破壁"共四十二手，一招一招套下去就行了——一生比武四十余次，屡历凶险，未如今日紧张——就这样流传后世了？

恍然有了临终心境，只觉一生净是遗憾。许多事都可以做得再好点，应在五十岁前生下个孩子——套到二十多招了，郑山傲做出"老翁撒网"式，林希文的手触到郑山傲肘部，应对的是"寓女推窗"——

四十二手如人生，一应一对，便过完了。郑山傲生出一股倦怠，甚至想就此停手，不再套下去。

肘下，林希文的手拐上来，偏离了"寓女推窗"。拍摄前练习仅两日，他还不熟，没事，郑山傲自信自己能调过来，绝不会让督军看出瑕疵……

郑山傲醒来的时候，躺于拼在一起的两张八仙桌上，失去了三颗门牙。摄影机已撤，站着两个持步枪的士兵。中州武馆的邹馆长坐在西墙茶座，小跑着过来。

郑山傲起身坐于桌沿，两腿悬着，距地半尺。

半尺，如万仞，竟跳不下。

胶片上的影像，剪去开始时的套招，谁看都会觉得是一场真实比武。他留给后世的，是挨打的丑态。

"我是中了徒弟暗算啦？他身在军界，不是武行人，这么做是为什么？"

"江湖事，事过不问因由。郑大哥，您是老江湖，不问了吧。"

"他为了什么？为了向督军争宠？"

"郑大哥！这是你徒弟给你的。"

邹馆长手里拿着个信封，抽出几张银票的上端。

递上，郑山傲垂头。

邹馆长："不要？"

郑山傲抬头，缺了的门牙如地狱入口："他买走的是我一辈子的名声，干吗不要？"

北安里俱乐部门口有露天咖啡座，此时未至中午，坐着三五个白俄中年男人。他们彼此不说话，挤坐在两张小桌旁，面前各摆一杯红茶。

郑山傲："这杯茶，一天都不会喝，喝了，就会被侍者赶走。如果你给他两块银元，他会塞给你个事先写好的字条，是他家住址，可以去睡他老婆、女儿。"

俄国旧贵族在天津落魄至此。郑山傲也是旧贵族，清朝顶级武将后裔。曾祖父死于舟山群岛，一场与英国海军的战役，获"锐勇巴图鲁"赐号。巴图鲁，是满语的"勇士"。

他是一个有祖产的人。祖产仅剩那所套院。

要接的人，住俱乐部地下室。赌场技师和厨师酬劳高，在外有家，那是侍者和舞女的住处。

是个白俄女子，裹着老妇人的黑头巾。陈识一眼看出，她是跳格鲁吉亚长裙舞的姑娘，膝盖内侧肌肉如鱼的游姿。

她没沦落到父亲在门口喝红茶的地步，带她走，应需一笔钱。

她跟着郑山傲坐上汽车，中国妇女般仪态端淑。陈识有些伤感，开了句玩笑："高明！既然阻止不了洋人破解我们的武术，就把洋人娶了。"

郑山傲朗声大笑。

陈识："郑大哥，提防白俄女，你俩差着年龄，小心她骗走你养老钱。"盯着白俄女眼睛说的，有警告意味。这是他为郑山傲唯一能做的事了，之后，或许便此生绝缘。

白俄女会说几句中文礼貌语，目光炯炯直视陈识，瞳孔湖蓝色，漂亮得如教堂正午时分的彩绘玻璃，不知有没有听懂。

郑山傲转头看她，父亲看女儿的惬意，缓了一下神，领悟陈识的用意："她从小受穷，当然会很自私。但男人的钱，不就是让女人骗的吗？"

陈识一愣，随即一笑。与其瞩望于主义、宪法、佛道，不如瞩望于小孩和妇女。

郑山傲迎着一笑，笑容收敛后，是一张老江湖的审慎嘴脸："别想扬名，回广州吧。如果好心，带你徒弟走。"

## 六

耿良辰坐在书摊前，看着糟乱的街面。昨天，他做了件缺德事。

他的牙，长牢了些，白日犯困的老人病仍没去。昨日正午，托茶汤姑娘看书摊，回去午睡，却没回关家，去了西水凹。

师父是南方人，只知螃蟹是河里捞的，哪知道上等螃蟹是田里捉的。西水凹有片高粱地，高粱熟时，螃蟹成批上岸，一棵高粱秆上能挂四五只。

西水凹螃蟹肥实，水里岸上都得好。耿良辰买了八十只。

师父家在南泥沽，去时师父不在，师娘在屋里睡觉。天津人一般不睡烧火的土炕，用箱子、床板搭成土炕形的木炕。能并排睡五六人才称“炕”，白天摆上桌子，吃饭、做活都在炕面，所以要采光好，都是贴窗而建。

窗高两尺，上格一尺五，蒙半透光的高丽纸，下格五寸，镶玻璃——是割来的旧玻璃，到底师父从哪儿割来的，倒闭店铺的旧窗？洋人丢弃的酒柜？酒柜有玻璃门——

她的脸，在这块玻璃里装得满满。

耿良辰落荒而逃。八十只螃蟹，扔给路边玩土的小孩。

回到关家住所，才敢想她的睡容。她处于婴儿的深度睡眠，暗暗发育。她嘴角隐含笑容，不是小女孩的得意，是天后宫里天后娘娘的恬静之笑，对海洋众生的宏大赐福……

他躺在床上，如遭肢解，夜晚来临，也不知觉。

街灯亮起一段时间后，茶汤女把他的七十本书拎上来。虽然一块银元厚薄的小册子居多，但还得感叹，她真有劲啊。

这不是她第一次帮他收摊，如多年夫妻，他总是占她便宜。她把左手一摞书摔在门口：“快起来！自己收拾！”

他一动不动：“还是你代劳吧。”

她右手拎着一摞书到床前，喝一声，预计他会躲开，冲他脑袋砸下去。

他没躲。书有些重量，抬手捂住嘴，似乎牙又松了。她慌手慌脚地给他揉脸，几乎钻在他怀里。原本很黑的瞳孔又深了一分，如名砚古墨研出的墨汁。

他以掌根顶起她肩头：“没事。给你看样好玩的。”

走到门口，将门再打开些，掀开墙边一块破毛毯，取出叠木架，搭于门顶，自左右垂下。

门的厚度面正对他脸，横出四根棍子，居于垂线三点。最高一点并排两根，直指他胸口。下面一点一根，直冲小腹。再下一点，一根倾斜的棍子，下指小腿。

四根棍子代表敌人四种攻击，对之可练习反击手法。

四棍固定安在木桩上的叫“打桩”，随挂随拆地挂在门上的叫“拆桩”。打桩还需绑上半湿毛巾，以磨炼打击力度；拆桩是松松垮垮挂着，对之无法用力，练的是反击角度变化。

久玩拆桩，身形转折玲珑如蛇。

它是咏春拳秘传，因挂在半开的门上，耿良辰只在走廊无人的深夜练习，轻碰轻挨，静默无声。此刻打给她看，故意加速，手骨碰棍，一串敲核桃的脆响。

惊动了关家二女，她自楼梯走下，喝道："傻兄弟，闹什么呢？"

"滚吧你！"掀下拆桩，关上门，正对茶汤女黑透的眼仁。

刚才是取悦她。他对女人所知不多，只是半抱不抱地碰过关家二女，忽想结结实实地抱住她。

他的手快，第一下按上她右腰眼，第二下捏住她两片肩胛中间的脊骨——这是擒拿手法，是要打她吗？她小鹿般原地一蹦，两手交叉，卡住他喉咙。

她的瞳孔因愤怒，黑过了肉质极限，呈现玉石质地。

他的手滑落。她夺门而出，关家二女还在门外。

喉咙生疼，他认真思索：这是咏春拳的交剪手，她怎么会？看了拆桩，学会的？师父说过"天道不独秘"，难道是女人天生会的……

关家二女似乎对他开骂了。他关上了门。

坐在书摊前，耿良辰判定自己昨天做了件缺德事，看向茶汤摊。她瞪着他，不知是一直看着他，还是预感到他目光将至，先他一秒瞪过来。

她的瞳孔，不是昨天的玉石硬度，似宣纸上湿润的两粒墨点。

他知道，两粒墨点击碎了那块割来的旧玻璃，渗透了他。

## 七

陈识行至北海楼。转墙即是耿良辰书摊。

郑山傲不再能提供保护，武行的惩戒必来。他出身脚行，藏身于脚行运货车，是逃离之法。

北海楼共三层，一层是有名的环行围栏，出租商铺，几步便是一个门口。三位拳师模样的人自一个门口走出，拦住了他："陈师父，中州武馆请您楼上喝茶。"

习武人活的是"强弱生死"四字，平时为养精气神，得懒且懒，所以武行办事历来拖沓。惩戒耿良辰，起码是两天以后的事，不想来得这么快。

三楼茶馆设有单间,堂而皇之地坐着一伙武人,茶客们悠然自得,没人在意。中州武馆邹馆长欠身作礼,请陈识落座。

陈识:“我们师徒离开天津,永不再回。能否放过他?”

邹馆长:“他离开,你留下。你徒弟踢了八家武馆,我们就连师父带徒弟地赶走——显得我们霸道,外人会说天津这地方不文明!所以你留下,我们支持你开间武馆。至少开一年,大家都有面子。”

陈识:“一年后?”

邹馆长:“你走,不拦。”

茶馆在三楼,凭窗可见书摊,耿良辰正走向旁边的茶汤摊。

邹馆长一笑:“我们是武行,不是政客,不是黑帮。他活着离开,有伤无残。”

陈识垂首饮茶,掩饰地喘出了一口长气。

耿良辰不是冲她去,冲娃娃脸车夫。他来了一次便总来,毡帽下的狼眼盯着她。他还不敢跟她搭话,但已足够讨厌。

耿良辰一脚踢飞他手中茶碗。

娃娃脸扫了自己的车一眼,车夫都会在车底藏打架的家伙。各行有各行的家伙,混混用斧子把,脚夫用独轮车撑杆,车夫用一截废车把子。街头打架不见铁器,都是木棒,免出人命。

耿良辰:“以后,你别再来。”

娃娃脸:“凭什么?”

耿良辰:“看你不顺眼。”这是欺负人的话,也是心里话,自打第一次见,车夫便给他一种不祥之感,“不服气,打听打听,我是踢了八家武馆的耿良辰。”

说得自己都有些瞧不起自己,至于提这个吗?

娃娃脸服软,拉车走了。

原想把一碗茶汤钱赔给他。但他走得急,手掏到兜里还没碰到钱,人已在三十米外。耿良辰想喊没喊出口,劝自己:街上每天都有欺负人的事,我欺负一回,又怎么了?

看向茶汤女,她气愤而立,眉尖一道花蕊似的怒纹。

耿良辰:“我不是坏你生意,那小子……你要不要回家睡个午觉?我帮你看摊。”

她:“要!”

她走了。耿良辰忽然很想练拳,哪怕只打几下。

一队脚行兄弟推货车而过。他忍住了。

五人喝茶汤,六人看书。耿良辰感叹中午生意好,转眼又见那个娃娃脸车夫。他拉车自街西而来,车上坐着一位军官,径直到来,点了一碗茶汤。

军官剑眉鹰鼻,气势压人:“书摊也是你的?还珠楼主有新出的小册子吗?有,就拿来瞧瞧。”

新册才八千字,据说还珠楼主现在广西旅游,文字用电报打给书局,电报费可买一套床、柜、桌、椅共三十五件的嘉庆年间红木家具。

耿良辰去了书摊。新册在一个坐马扎的散客手中,耿良辰弯下腰:“有位军爷想看,估计就喝茶汤时翻两页,您匀他一会儿?”散客眼窄如刀,眼神不善,耿良辰补上一句:“要不这样,您今天白看了,看几本是几本,不收租金。”

散客递书,耿良辰接过。散客手指离书,一下扣住耿良辰腕子。另五个看书散客围上,人叠人将耿良辰扑倒。

被压在地,耿良辰才反应过来,猛力一挣,人堆颠开道缝。茶汤摊的六个吃客跑上来,硬底皮鞋一通乱踹。耿良辰口鼻出血,终于动弹不得,感慨:中了算计!幸亏茶汤女走了,我这狼狈相,怎好让她看见?

街上看热闹的人里有脚行兄弟、有佩服他的混混。一辆福特轿车停住,司机下来打开后门,那伙人架起耿良辰向车走去。街面鸦雀无声。

车顶及胸。耿良辰硬是不弯腰,这伙人连骂带打,弄了半分钟也没将他塞进后座。混混们爆发出叫好声,脚行兄弟也有人喊:“小耿,要不要帮忙?”

耿良辰爽快大笑:“不用!”想起茶汤女昨夜从自己怀里挣脱的样子,身子一颠,猛地抽出了左臂。

有一只手,就好了。近距离频繁变化角度的穿透技巧,是咏春拳所长。切颈袭眼,瞬间倒下三人。

军官和娃娃脸不急不缓地并排走来。又倒下两人,余下的人仍死死挤住。

娃娃脸揪开耿良辰身前的一人,军官抢步迈上,两枚匕首插入耿良辰腹部,像在自家门前,把钥匙插进锁里。

耿良辰的腰弯下,肩膀被人一推,跌到车座上。

## 八

三楼茶馆,安闲依旧。

洋人报纸说中国饭馆、茶馆吵闹不堪，无国民素质——这是异化写法，不符事实。各国的底层饭馆都喧嚣如集市，因为本就是集市性质。中国高档场合以无声为雅，饭馆、茶馆清静如夜。

凭窗下望，见不到匕首细节。

福特轿车开走，脚行和混混随着围观群众散去。书摊和茶汤摊无人管，也无人去动，天津毕竟是文明之地。

邹馆长："武术只在武馆里有用，在街上没用，人堆人地一压，多高的功夫也使不出。"腔调空洞，游离出一丝沮丧。

陈识："他是天津人，天津人都恋家。"

邹馆长："别怨我，惩戒他的不是武行人，是军人。"

那位军官是林希文，抢了本该武行人做的事，在街头亲自动手，是一种表态——表明天津武行的靠山以后是山东督军。

邹馆长："以前，是直隶督军。我们这一代习武人，都是客厅里摆的瓷器，一碰即碎，不能实用，只是主人家地位的象征。"

天津是海运大港，以走私枪支、药品闻名，山东督军插手天津，是看上这块利益。捐助武馆，不过九牛一毛，既有政绩又得口碑，何乐不为？

邹馆长："民国初建时，军人声誉好，民众早已不相信士绅、官僚，希望军人能改变世道。二十年来，我看着军队一步步败坏，看着习武人沦为玩物而不自知。"

"军人的底牌是抢钱、抢地盘，不办实政，只搞运动。以运动迷惑百姓，所谓振奋民心。张作霖搞拜祭孔子运动、吴佩孚搞恢复古礼运动，得了乡绅支持，也遭了学生骂。所有运动里，提倡武术最保险，无牵无挂，四处卖好。"

习武人在清朝是走镖护院的穷苦底层，武馆是民国才有的新事物。"我师父一代人，绝想不到我这一代人会如此富裕。我们有钱了，回不了头啦。"邹馆长举杯饮茶。

陈识也饮。入口，才知茶凉了很久，但两人都咽了下去。

福特轿车出津向西。林希文摘掉军官帽，亲自开车。后座，娃娃脸和另一个乔装的军人夹着耿良辰而坐。

插入腹部的匕首，柄长六寸，刃仅四寸，刺不破肝胆。这样的匕首，本不为杀人，为将人制住。匕首不能拔，否则肠子会流出，伤口捂上了手绢，血已凝结。

耿良辰老实坐着，沿途唯一说过的话是"开稳点"。林希文回答："路面不好。”天津西方，是廊坊。廊坊有火车站，可北上南下。

未至廊坊，车停下，离津二十里。耿良辰被架下车，三百米外有座青砖教堂，隐约可见墙体上的双狮子浮雕，不知是哪国标志。

林希文：“教堂里有医科，去求医吧。走快了，匕首会划烂肠子。你打伤我五个人，逼你慢走一段路，算我对你的惩戒。”

耿良辰：“小意思。”

林希文：“治好伤，到廊坊坐火车，南下北上，永不要回天津——这是武行对你的惩戒。”

耿良辰：“我哪儿都不去。”

林希文：“我在山东杀人二百，土匪、刁民。”

耿良辰：“我在天津活了二十六年，一受吓唬，就不要朋友、不要家了，我还算个人吗？到别的地方，我能有脸活吗？”

林希文手指天津方向：“天津人讨厌，是光嘴硬。你要让我瞧得起你，就往天津跑五十步。”

娃娃脸绽出揶揄的笑，暗赞林希文有政治天赋。耿良辰望向天津，一片铅灰尘雾，似一无所有。

他是一户穷人家的长子，生于天津，十五岁被父亲赶出门，要他自寻活路。这个家，再没回过。后来听说，父母带着几个弟妹去了更容易生存的乡下。他是他家留在天津唯一的人。

林希文感到无聊，开门坐到车里。两个手下忙松开耿良辰，跑上车。

沙屏腾起，轿车调头驶向天津。娃娃脸开车，另一手下坐副座，林希文独在后座。车内残留着血腥味，让林希文很不舒服，他从不吸烟，命副座手下点根烟，破破气味。

生命如此无聊，令每个人都变得下贱。林希文也二十六岁，还未见过一个高贵的人。督军不是，师父也不是，他俩是强者和聪明人。

头枕靠背，只想睡去。娃娃脸却叫起来：“头儿，看那是什么！”

后视镜中，一个渺小人影正奋力追来。

林希文扭头，从后车窗望去，耿良辰摔倒在土尘中。

娃娃脸：“头儿，要不要停车？”

林希文：“这么跑，活不成了。”耿良辰未爬起来，渐去渐远，近乎车窗上的一个污点。身子转回，林希文嘀咕声“蠢货”，却感到有些难过——或许，他是个高贵的人。

在副座手下眼中，林希文睡着了。

街灯亮起，茶汤女还未收摊。

她中午没睡觉，给耿良辰做了饭，回北海楼时听他被捉走，心存万一的可能，想他解决纠纷后即会回来。

有过几次倒地昏厥，但二十里路毕竟不长。耿良辰走回了天津，腰包一条破毡布，掩着匕首。每日有七百多吨蔬菜进津，毡布是沿途运菜车上抽下来的，盖菜筐的。

走回天津的动力，是想一直走到茶汤女跟前，要一碗茶汤，喝完说："拆桩是咏春拳秘密，帮个忙，去我家把它劈了吧。"语音未落，倒地身亡。

——这是他所能想到的"生于天津，死于天津"的最好结局，但真见到她，却觉得这个想法多么不适合自己。

他在距北海楼七十米远的街口，扒着墙边望着她。他知道自己脸色灰黑、五官走形，这样子不配死在她面前——男人何必死在女人面前?

不吓唬她了。

耿良辰狠看她一眼，转身离去。她是这辈子记下的人，下辈子碰上，要认出她。

走得越远越好，直走到卖炸糕的耳朵眼胡同。能走这么远，很容易产生"难道活下来了"的幻觉。耿良辰捂嘴，松的牙似乎长牢了。

街面上，八九个脚行兄弟推着五米长的木架车，车上绑着三层货箱，是正兴德茶庄拒收的"疲货"，要连夜退给茶厂。

正兴德鉴定茶叶分"奇、鲜、厚、疲"四个等级，疲货是不堪入口的下品。"我是疲货了。"耿良辰自嘲一笑，赶上去，在车侧挤出个位置。

有个脚行兄弟认识他："小耿，你不是我们的人了。"耿良辰："我今晚离开天津，就让我推一会儿吧。"

推出百米，他自车侧滑倒，如张纸飘落在地。

## 九

北方习俗，未结婚的青年男子死亡，是大凶之事，不能出殡。

耿良辰是在夜里埋的。坟场在西水凹，附近的高粱地产螃蟹。多数脚行一辈子无妻无子，死后都埋那儿。脚行终将耿良辰认作了自己人。

邹馆长通知，林副官申请下了陈识开武馆的经费，劝他搬离贫民区，找个像样点的住宅。陈识说："住惯了，不想动。"

邹馆长劝他："北上扬名的壮志，得来一个装装样子的结果，换作我，也对什么都没兴致了。但活着，不就是装装样子吗？你有女人，全当陪女人玩了。"

或许是对耿良辰之死的补偿，林希文给陈识定下的武馆开在繁华的东门里大街，临街大厅有二百四十平方米。原是一家老字号药店，后身是两重院落，二十二间房。药店要存货制药，院子开阔，正好聚众习武。

邹馆长担起开馆筹备事宜，对琐碎杂事亦亲力亲为，忙了二十多天，气色日佳，似有极大乐趣。

他亲笔写出开馆日流程表，字迹娟秀工整，除了传统礼仪，还有放电影一项。是影后胡蝶主演的武打片《火烧红莲寺》系列新拍出的一集，参加开馆仪式的有十一位馆长，对此均表欢迎。

开馆前日，陈识去了英租界"思庆永"钱庄，取消了租用的一个密码抽屉。去小白楼当铺赎出一只皮箱，里面有两身蓝呢西服、两双黄牛皮鞋——隐在贫民区，不便有高档衣物，当铺对服装有晾晒防虫义务，利息不高，在赎得起本金的情况下，是最好的存物处。

最后去西水凹买了八十只螃蟹。葬耿良辰时，听脚行聊天，才知螃蟹吃高粱。

他还住南泥沽，他吃了三十只，她吃了五十只。清理好饭桌后，准备跟她说话，才想起很少跟她说话。一年来，她如他的一只胳膊般跟他在一起。

将皮箱摆上桌，西服、皮鞋下面，有一沓银票、一盒珍珠。珍珠未穿孔，五十多颗，是他二十多岁做货船护卫，在南洋所得。又放上一张南下青岛的火车票，在青岛可转去广州。

他："这是我全部积蓄，交给你了。明天在火车站等我，我到时不来，你上车走。到了青岛不必去广州，再去哪里，随便你。"

她收珍珠时，眼眶微红，小有感动。原本期待她给他一个很好的晚上，但螃蟹撑得难受，躺到床上，一会儿便各自侧卧，昏昏睡去。

第二天，陈识出门前，想想还是要对她说番话。

"大清给洋人欺负得太惨，国人趋向自轻自贱。到建立民国，政府里有高人，知道重建民众自信的重要，但高人没有高招，提倡武术，是坏棋。

"在一个科技昌明的时代，民族自信应苦于科技。我们造不出一流枪炮，也造不出火车轮船，所以拿武术来替代。练一辈子功夫，一颗子弹就报销了，武术带给一个民族的，不是自信，而是自欺。

“开武馆，等于行骗——这是我今天开馆要说的话，武行人该醒醒啦！”

她小有感动，眼眶微红，昨夜收珍珠的样子。唉，她还不习惯听他说话，以致反应如此单一。

陈识走出门去。

跟她说的话，不会在开馆仪式上说，因为馆长们全知道。

装装样子，大家满意。一套程序走下来，陈识竟有“功成名就”的惬意，似乎一年前的北上之志已全部实现。

仪式下午一点开始，最后一项是晚宴，安排在晚九点，去宫北大街饭庄。晚宴需晚装，预留出大家回家换衣、往赴车程的时间，馆内仪式要在六点前结束。倒数第二项是放电影，在四点半开始，就在大厅。

祖师神龛前挂起银幕，横向摆了四排椅子。林希文身居军职为最尊者，首排居中，各馆长论资排辈一一落座。武馆改装不多，作为原药店大厅，封上门板、窗板后，即一片漆黑。

正片之前，有加片。竟是林希文打郑山傲，时长一分四十秒，打只有二十来秒，前后都是字幕，以林希文口吻，片头交代比武的时间、地点、见证人，片尾分析自己比武的胜因，是王羲之行书字体，洒脱多变。

偷袭的痕迹已被剪掉，只见郑山傲肋下挨了一掌后，急速反击，指尖碰到林希文眉弓，不知是后劲不续，还是在镜头看不到的角度林希文有一招应对，他竟然停住。林希文趁机一记重拳打上郑山傲下巴，一招得手，立刻跟上五六拳，下下中脸。

郑山傲挨第一拳时神志已失，只是仗着多年功力而不倒，口鼻出血后，突然亮出一个漂亮至极的身姿，后撤三米。可惜只是灵光一现，林希文追上，左右开弓如洋人的拳击。挨到第十拳，郑山傲终于不支，半扇死猪肉般拍在地上。

郑山傲的败因，是袭上林希文眉弓的手停了。陈识知道，那是八卦掌毒招“金丝抹眉”，他狠不下心瞎徒弟的眼睛。

大厅灯光亮起，放映员换《火烧红莲寺》片盒。各馆长或低头玩手或仰看大梁，闪避他人视线，但一念共通——皆明林希文放片的用意。

以前是军阀捐钱，武人自治，军界人物不入武行。林希文将破坏这默契，有打败郑山傲的战绩，当然有武行地位，他将以双重身份接管天津武行。各武馆将变质为他的私家帮佣，武行名存实亡。

二十年来，眼看着军队掏空了政府、国会、商会、铁路、银行——大势所趋，小小不言的武行怎能侥幸独存？馆长们心下黯然，老实坐着，等待胡蝶新片。

陈识今日是馆长，作为一地之主，陪坐在林希文右侧。他突然站起前行，掀开银幕，从祖师神龛上取出一柄刀。

日月乾坤刀。陈识："有武馆，便有踢馆的，我来踢馆吧。谁接呢？今日我是馆长，只好自己接自己了。哈哈。"

场面不祥。总有自以为是人物的人，一馆长起身打圆场："哈哈，您这是逗哪门子的乐子啊——"旁座人制止了他。

陈识："我徒弟踢了八家武馆，我想踢第九家。邹馆长，你接吗？"邹馆长陪坐在林希文左侧，笑笑，不接话。

陈识："哪位接？"馆长们皆沉默。

陈识走到林希文面前："你是打败郑山傲的人，你接？"

林希文苦笑，自己用功不勤，真没有起身比武的豪情。但此人气势不足，一人挑战全武行的壮举，并不令自己佩服，反倒显得古怪。

林希文："别不识抬举，你想清楚自己要干什么了吗？"

这个比自己小十几岁的人，有着锋利的眉形和高隆的额头，似乎在人种上优于一切人，占据着历史的高点。陈识片刻迷惘，恶行往往是历史演进的手段，谁也猜不透历史的终极，所以谁也没有评判权。善恶是无法评判的……

理想失落后，施暴是一种补偿。壮举都有一个自惭形秽的来源，许久以来，在我心中，耿良辰只是扬名大业的一个牺牲品，和眼前这些人一样，期盼他早日毁灭——

与一年前谋划北上扬名一样，谋划了一个月的开馆日复仇，事到临头，便显得可笑。封门大战，以寡击众，力尽而亡——只属于临睡前的热血沸腾，难道真要砍死砍伤眼前这些人吗？

邹馆长离座，走到陈识面前，试着将手伸向刀柄："陈老弟，放下刀。丧徒之痛，我们都体谅，只当你跟大伙开了个玩笑。"

陈识后腰冒出一层汗，有着大战过后的乏力感。邹馆长安慰："林副官也不会在意。"余光中，林希文点了下头。

邹馆长取下他手中的刀，将他送回座位。

日月乾坤刀两端都有刀头，邹馆长不知该如何摆放，靠墙，放桌子上，似乎都不对。陈识:“得拆开。给我吧。”伸出手,邹馆长犹豫一下,把刀递给他。

陈识低头拆刀,旁座人片刻紧张,随即放松下来。林希文好奇观看,脖颈几次凑到刀锋前。

日月乾坤刀是天下最善防守的刀，而自己没有守住做人的底线——一滴眼泪落在刀面上,如一滴平日保养刀用的桐油。

拇指一推,将这滴眼泪桐油般推展出去,永远渗在刀面里。

旁座人都见他落了泪,便不再看了。

刀拆成了两把短刀、两个月牙钩、一根齐胸棍。邹馆长问林希文:“放片子吧?”林希文:“嗯。”

大厅黑下。银幕出现“火烧红莲寺”的魏碑字体,字形取法于一千五百年前的古碑,而当代的书写者掺杂己意,半写半画,卖弄过多。

黑暗中突然一阵椅倒桌翻的乱响。

灯亮起,只见以邹馆长为首的五六位馆长将陈识压在地上。

众人将陈识架起,仍死死挤住,夹臂别腿。邹馆长脱身出来,向林希文解释:“他精神不正常,怕安静一会儿又生乱子,他就坐您身边,大伙不放心啊。”

林希文笑笑,对他人向自己卖好,久已生厌。看着眼前这伙人,不由得有些想耿良辰,唉,他如活着,武行能有趣些。

林希文走到陈识跟前，很想对他说“你徒弟不是我杀的，是他自己脾气大”,但见陈识眼中净是血丝,真如疯癫之人,便没说。不好处置啊,该投进监狱,还是送回他老婆身边……

正想着,陈识左臂脱出,抡了一下,迅速被旁人抄住,按回人堆里。

瞬间,林希文觉得自己似乎什么都明白了,又似乎什么都不明白。他捂着脖子,走出十五步,倒下时充满遗憾:如果血喷得慢一点,便可知许多答案。

他颈部动脉被切开。

刚才,陈识左手握着日月乾坤刀拆下的一把短刀。

记不清手中刀是被压在地上时随手抓的，还是被架起后，有人塞进手里的。现在,他已失去那把刀。卸刀的手法高明,刚有感觉,手已空了,究竟是哪派武学?

人堆有一丝松动。咏春拳抖脊椎发力的技法叫“膀手”,左右膀手齐出,一人受撞而倒。如倒了堵墙,陈识挣出人堆,奔向大门。

# 十

东门里大街，对着那所新开的武馆，陈识的女人已望了很久。没按嘱咐去火车站，因为一个信念：如果自己在他两百米内，他就不会死。

有件事从未跟他说过，她有过一个孩子。十五岁在教会学校，跟教地理课的美国教师发生了关系。到底是喜欢还是被迫？当时心智未熟，已追究不清。

那名教师是第二代美国人，有匈牙利和白俄血统。小孩生下就让人贩子抱走，只见到排出的胎粪，墨绿色，如一片卷起的柳树叶。

据说初生的婴儿都很丑，她在十七岁的一天，忽然想起了这个小丑，一想便断不下念头，想得渐近疯狂。舅舅送她入寺庙，老和尚告诉她：你永远不会失去你的孩子，只要你忆念你的孩子，孩子便会出现。在漫长的轮回转世中，一位母亲的坚固忆念，超过菩萨神力，即便是佛陀，也不能阻挡母子生生相见。

《圆通章》开示，女性思子的忆念力转而念佛，必获大成就。

她没有转而念佛，只是忆念自己的孩子。现在，她转而忆念他。

这个人突然来临，突然改变了她的生活。女人总要跟着一个人生活，她顺从了老天的安排。他给她的衣服，还没有起士林餐厅给她的好；他沉默寡言，只在晚上一味地睡她。到底是喜欢还是被迫？她懒得追究。

她只是跟他活在一起，他出门后，她有许多自己的事忙。

一天他从街上带回一只小狗，从此她用来实验自己的忆念力。据说小狗最多可有四岁小孩的智商，还可感受到游逛的神鬼。

两百米的范围内，她起心动念，小狗调头便回——她不太自信，或许只是小狗观察到她的神情或她不自觉的什么动作。

但在东门里大街，她必须自信。只要她在，他就得活着。

她坐在一间面包房门内。

或许今天他出门前的话改变了一切。她知道，那是些空话，但她确定了自己对他，不是被迫而是喜欢。

武馆封了门板、窗板，全然是一间关门的药铺。突然，十来块门板崩开，甩出一把筷子般跌到街面。陈识蹿出，一帮人追逐着他，向天后宫方向而去。

她自面包房跑出。

赶了两条街，已看不到陈识和追他的人，脚腕累得如刚炸好的油条，一掰即断。起心动念，小狗“嗷嗷”叫着，丢下她，飞速前奔，消失于人流中。

曾用两夜时间，熟悉东门里大街地形。陈识冲火车站相反的方向逃逸，穿街走巷，兜了一个自北向东的大圈，终于甩掉追逐者，按标准上车时间，赶至车站。

一个月的谋划，大多用上了。只是没有计划里"了断恩仇"的亢奋。

站台上，没有她。

想起郑山傲的话"男人的钱，不就是让女人骗的吗？"陈识笑了，转头见家养的小狗一溜烟跑来。抄起抱入怀中，它火炉般热。

她换了车票，乘更早一班火车而去，丢下了它——

乘务员催促上车。他把狗塞入衣襟下摆，混上了车。

坐下后，狗叫起来，他没考虑，便掏出它。邻座是个洋人，大声训斥，说车厢内不能带宠物。

陈识闪出杀人的眼光。洋人收声，起身离座，去找乘务员了。

抚着小狗，火车开动。永远离开了天津。

（《小说月报》2013 年第 2 期选载）

# 气球

万玛才旦

达杰翻遍了抽屉,翻遍了枕头底下,翻遍了所有能翻的地方,最后也没有翻到那个玩意儿。

他问他的老婆卓嘎,她说她也没看到。

完事之后,他就骑着他那辆破摩托车上路了。

路上,他远远看见两个小儿子各自牵着一个气球似的奇形怪状的玩意儿在玩。

走到近处,他才看清了那是个什么。他瞪大眼睛问两个儿子:"这玩意儿哪儿来的?"

两个儿子也瞪大眼睛互相看了看,没有说话。

跟两个儿子一起放羊的达杰的老父亲瞪大眼睛问:"这两个孩子今天一大早就拿着这么个玩意儿玩来玩去的,这是个什么呀?"

达杰继续瞪大眼睛瞪着两个儿子,之后又瞪着老人,没好气地说:"这是气球!"

老人有点不服气的样子,瞪着达杰说:"你想骗谁啊?气球是圆的,这怎么是气球啊?怪模怪样的!"

达杰继续瞪着老人,语气生硬地说:"这也是气球!"

老人没再说什么,转过头去,嘴里突然冒出了一句经咒:"嗡嘛呢叭咪吽!"

"嗡嘛呢叭咪吽"是观世音菩萨心咒。老人不识字,念不了太多其他经文,平常喜欢把这句挂在嘴边。别人问他你就不会念点别的经文吗时,他总是笑着说:"这就够了,所有的经文就包含在这里面了。你能念够一亿遍,你也就算是备好了去那个世界的资粮了。"

达杰知道这也是老人表示不满意的方式之一。他没理老父亲，自己点了一支烟，站起来继续瞪大眼睛把两个孩子手上的玩意儿一一弄破了。

那两个玩意儿相继发出“噗噗”的声音，恢复了它们本来的面目，变成两块很小的蔫不拉叽的东西，萎缩在了那儿。它们原来是两只安全套。

两个孩子眼睁睁地看着他们的玩意儿突然之间变成了另外的他们不想看到的什么东西，突然间放开嗓门哭了起来。

老人这次没有念六字真言，直接扭过头来瞪着达杰问：“你干吗把小孩子的玩意儿给弄破了？”

达杰瞪大眼睛没说话，笑了笑，继续抽烟。

两个孩子揉着眼睛继续哭，声音更大了。

老人继续瞪大眼睛问达杰：“我说你没事把小孩子的玩意儿弄破干吗？”

达杰没好气地看着老父亲说：“那不是什么好玩意儿！”

老人问：“那你刚才不是说那是气球吗？气球怎么不是好玩意儿了？”

达杰想了想，不知道该怎么解释，最后说：“那不是小孩子玩的气球，你不懂！”

老人有点咄咄逼人的样子，继续问：“那你的意思是说那是大人玩的气球吗？”

达杰这时忍不住“呵呵”地笑了。

老人瞪着他问：“你说说那是个什么玩意儿？”

两个孩子这时哭着嚷起来了：“就是气球，就是气球！”

看老人还在瞪着自己，达杰只好哄两个孩子说：“好了好了，下次我到县城给你们一人买一个彩色的气球，比这个好玩多了。”

两个孩子继续哭着，问：“你说的是真的吗？”

这时，达杰笑了，看了看老父亲说：“真的，阿爸说话算话，不会骗你们的。”

两个孩子这才破涕为笑，眼泪鼻涕抹了一脸。

老人又念了一遍六字真言：“嗡嘛呢叭咪吽。”这也是平常他用来转换情绪的一种方法，就看他用什么语气念了。老人这时的语气变得缓和了。

老人拨了一粒念珠之后问达杰：“你是去邻村借种羊吗？”

达杰说：“是，这次去借只好种羊。”

老人也会意地笑了。

达杰看着老人手上的念珠问：“你快念够一亿遍了吧？”

老人的脸上充满了一种满足感，说：“快了，快了。”

之后，他们又随便聊了几句。

之后，达杰就发动那辆破摩托车上路了。摩托车发出“隆隆”的声响，后面冒出了浓烟。

摩托车开出很远，老人还在后面喊：“去了一定要借只优质的种羊回来啊，那些一般的种羊都不顶什么用。”

天快黑时，达杰已经站在邻村朋友家的羊圈边上了。

朋友看着羊圈里的几只种羊说：“今年我买了几只新疆种羊，听说很不错，你也带一只回去试试吧。”

达杰也看着那些种羊说：“新疆种羊肯定不错，这两年我的羊群在退化，正需要好好改良改良。”

新疆的种羊们看上去很壮硕，蠢蠢欲动地跟在一些母羊后面跑来跑去的，显得骚动不安。它们的下垂的睾丸都用一块脏得都快看不清颜色的布紧紧地裹着。

晚上他俩喝了不少酒，聊了不少事情。

第二天一早，达杰的朋友就带达杰到了羊圈边上。达杰的朋友也是个壮硕的男人，他指着羊圈里的几只新疆种羊说：“你自己随便挑一只吧。”

达杰看着那几只种羊，不知道该挑哪只，嘴里说：“这些新疆种羊都很好，不知道该挑哪只呢。”

达杰的朋友满意地笑着，似乎达杰夸的是他。

达杰最后选中一只种羊，指给朋友看。朋友就让自己的儿子进羊圈捉那只种羊。朋友的儿子也是个壮硕的家伙，他在羊圈里追来追去追了好几圈才捉住了那只种羊。那只种羊看上去很威猛，几次差点从小伙子手中挣脱。

朋友看着达杰说：“你的眼力真是不错啊，那只种羊是我花大价钱买的，居然被你一眼就看中了。”

达杰也谦虚地笑了笑说：“你这会儿是不是有点舍不得了啊？”

朋友说：“要不是我昨晚喝多了你的酒，我肯定不会把这只借给你的。这只我是打算自己用的。但既然话已经说出去了，你就拿去先用吧。”

达杰往摩托车后座上绑那只新疆种羊时，朋友的老婆和儿子还在旁边有点不情愿地看着种羊。

达杰返回家里时才上午九点多。

达杰把新疆种羊从摩托车后座上取下来放在地上时，那只种羊有点站不稳脚跟的样子。但一会儿之后就马上恢复正常了，精神抖擞起来了。

老人跑出来看种羊。他前前后后地看了几遍，很满意地点头。

达杰说："这是新疆种羊，听说很厉害。"

老人走过来拿掉裹着种羊下体的那块脏布，使劲地捏了一把种羊的睾丸，说了声："真不错！"

种羊似乎被捏疼了，发出了一声怪叫，退后一步冲过来，把老人给撞倒了。达杰马上拉住了种羊。

老人没有爬起来，只是看着种羊不住地点头，露出很满意的样子，突然间嘴里冒出一句"嗡嘛呢叭咪吽"，然后说："这种羊真是不错啊！"

达杰笑着把种羊拉过去拴在了旁边的木桩上。

这时，两个孩子也跑过来问达杰："阿爸，你给我俩买的彩色气球呢？"

达杰看着两个孩子说："阿爸这次没去县城，等下次去一定给你们买上。"

这时，老人也从地上慢慢爬起来了，慢吞吞地说："这新疆的种羊就是不一样，以前只是听说过，现在见了果然名副其实啊。"

达杰听到这话很高兴，似乎老父亲夸的不是种羊，而是他。

老人从旁边的屋里拿来一块崭新的红布说："现在得把种羊的睾丸给裹住了，这样配种的时候才有力量。"

达杰说："不是原来就有吗？干吗用块新布？"

老人说："你看那块布多脏啊，得用块好布，得图个好兆头。"

达杰看着老人笑了笑，没再说什么。

之后父子俩就用那块红布把新疆种羊的睾丸给重新裹了起来。被柔软的新布裹住睾丸的种羊显然很不适，一下子坐立不安起来。

达杰的老婆卓嘎从屋里出来了，故意提高嗓门儿干咳了两声。达杰父子俩的脸上立即严肃起来，老人的嘴里又念起了六字真言。

卓嘎不看他俩，也不看新来的种羊，看着前面的什么地方说："早饭好了。"

达杰对老人说："阿爸，你先进屋吧。"

待老人进屋之后，达杰笑嘻嘻地看着卓嘎指了指种羊说："看看，这次这只种羊怎么样啊？"

卓嘎也看着种羊嘻嘻地笑，说："看上去跟你一样！"

达杰笑了笑，说："我怎么能跟这只种羊比，这是新疆的种羊，是最好的种羊。"

卓嘎过去给拴在另一边的那只母羊喂水。那只母羊是只老母羊,一副没精打采的样子,喝了两口就停下了。老母羊也偶尔看看新来的新疆种羊。新疆种羊也不时看看那只似乎对它毫无兴趣的老母羊。

达杰看着老母羊说:“这家伙已经连续两年没产羊羔了,看来也产不出羊羔了。”

卓嘎有点担心地说:“可是,它还挺听话的。”

达杰说:“听话有什么用?它产不出羊羔就说明它没用!”

卓嘎拿眼睛瞪自己的丈夫。达杰有些不好意思起来,没话找话地说:“你看给它喂水它也不喝。”

这时,老母羊像是好几天没喝水似的把盆子里的水喝了个精光,看着达杰和卓嘎。

卓嘎看着达杰笑。达杰看着老母羊说:“这家伙好像能听懂我的话。”

卓嘎继续笑。这时,达杰却一本正经地说:“过一个月咱们就得把它卖了,去交江洋下学期的学费生活费。”

卓嘎停下笑,没有说话,过去又拿来一瓢水,倒到母羊前面的盆子里,看着母羊。这次,母羊没有喝,好像故意给达杰看。

羊圈外面传来一个男人的声音:“喂,达杰,你在干吗啊?”

达杰抬头一看,见是乡卫生所的索南扎西,就指着拴在一边的新疆种羊说:“噢,我从朋友那里借了一只种羊,这几天准备给母羊们配种哪。”

索南扎西看了一眼说:“噢,是只新疆种羊吧,听说新疆种羊很好啊。”

达杰也看了一眼老婆卓嘎,笑着说:“听说不错,听说不错。”

索南扎西也笑着说:“那就好,那就好!”

说完准备走。卓嘎叫住他说:“周措大夫这两天在吗?怎么没看到她啊?”

索南扎西说:“她在呢,她这几天比较忙。怎么你要看病吗?”

卓嘎答非所问地说:“噢,我就是问问。”

索南扎西“噢”一声之后就走了。

索南扎西走远后,达杰突然问卓嘎:“你问周措大夫干什么?”

卓嘎赶紧说:“哦,没什么。”

早饭之后,卓嘎就一个人去了乡上的卫生所。

索南扎西正在给一个病人看病。索南扎西让卓嘎坐在旁边的凳子上等。

卓嘎四处望了望,问索南扎西:“你不是说周措大夫在吗?她去哪儿了?”

索南扎西也不看他，说："她出诊去看一个病人了，等会儿就回来，你先坐会儿吧。"

卓嘎"呀"了一声，不再东张西望了。

索南扎西给那个病人开了药，仔细交代了一番。

病人走后，索南扎西问卓嘎："你哪里不舒服？我可以帮你看看。"

卓嘎有点不好意思地说："你不能看，是女人的病。"

索南扎西笑着说："女人的病我们男大夫也可以看啊，谁说女人的病就只有女大夫能看？"

卓嘎笑了笑说："我还是等等周措大夫吧。"

索南扎西有点不高兴的样子，说："看看你们，都什么年代了，思想还这么保守。"

卓嘎只是笑着不说话。

索南扎西就不理她了，拿起一本杂志随便翻看着。

周措回来后跟卓嘎打招呼，没等卓嘎开口，索南扎西就抢先说："她在等你看病呢。"

周措说："那你怎么不帮她看看呢？"

索南扎西"哼"了一声，有点不高兴地说："她说是女人的病，不让我们男大夫看，非要让你看不可！"

周措看着卓嘎笑了笑，说："明白了，明白了。"

卓嘎有点不好意思的样子。周措看着索南扎西说："既然人家不愿意让你看，你还赖在这里干什么？这会儿你就不知道主动回避一下吗？"

索南扎西又"哼"了一声说："有什么大不了的，我又不是没见过女人！"

周措笑了，看着索南扎西说："你就别吹了，到现在连个媳妇都没娶上，你还吹什么！"

说完，周措和卓嘎都笑了起来。

索南扎西涨红了脸说："没娶媳妇不等于没见过女人！我是怕娶了个媳妇连最后那点自由也没有了！"

周措和卓嘎继续笑。

索南扎西从抽屉里拿了一包烟出去了，关上了门。

屋子里只剩下卓嘎和周措。

周措这时看着卓嘎说："说吧，你怎么了？"

卓嘎犹豫了一下，说："我想做结扎手术。"

周措说:“咳,我还以为是什么大不了的事呢。”

卓嘎不说话了。周措突然问:“你怎么突然想到做结扎手术了?”

卓嘎这才说:“结扎了省事,不用再提心吊胆的。”

周措笑着问:“不是给你们免费发了安全套吗,也很省事啊,怎么不用啊?”

卓嘎说:“用完了,最后两个还被小孩偷去当气球玩了呢。”

说完自己也忍不住笑了起来,周措也笑着说:“你家那口子是只种羊吗?是不是到发情期了?发了那么多还不够!”

卓嘎不好意思地笑着,压低声音说:“他这两年变得差不多和年轻时一样了,没个够,我也不知道怎么了。”

周措笑着说:“你是不是让他吃了什么不该吃的好东西了?”

卓嘎也笑着说:“什么不该吃的好东西?”

周措继续笑着说:“我怎么知道啊?”

卓嘎说:“没吃什么东西,就是偶尔吃点羊肉,除此之外我们还能有什么好吃的!”

周措说:“听说羊肉那东西很补啊,你最好让他少吃点。”

卓嘎说:“他就爱吃羊肉,我有什么办法。”

两人就笑起来。之后,卓嘎又问:“你什么时候给我做?”

周措想了想说:“下个月吧,正好你们村的几个妇女也要结扎,就一起做吧。”

卓嘎说:“好吧。”

周措又笑着说:“要不给你先上个环?”

卓嘎问:“环?”

周措说:“是啊,环。好上,今天就可以给你上了,也保险。”

卓嘎说:“那个就算了。上次旺加媳妇上的那个东西不小心掉了,她家小女儿还当戒指戴着呢,被村里人笑话,羞死人了。”

周措就大笑起来,问:“真的假的?”

卓嘎也笑着说:“当然是真的。”

周措也笑着说:“那就算了,那就算了,那个东西确实有点不保险。”

卓嘎笑着看周措,欲言又止的样子。

周措停住笑看着卓嘎说:“你还有什么事吗?要是没事了得让索南扎西进来了,要不他会以为咱俩在搞什么鬼呢。”

卓嘎这才说:“能再给我几个那个吗?”

周措故意问:“什么那个?”

卓嘎有点不好意思地说:“就是那个,免费发的那个,还能是哪个?”

周措这才恍然大悟似的说:“哦哦,明白了,直接说嘛,这年纪了,还像个小姑娘似的。”

卓嘎说:“我就是说不出口。”

周措说:“早就发完了,没货了,下次到了多给你几个。”

卓嘎说:“那我回去了。”

卓嘎准备走时,被周措叫住,打开自己的抽屉,从里面翻出一个安全套,说:“这儿还有一个呢,你要吗?”

卓嘎笑着:“一个有什么用呢?”

周措也笑着:“拿着吧,万一有用呢?这还是留给我自己的呢。”

卓嘎笑着问:“那你自己不用吗?”

周措说:“这段时间我用不着。你到底要不要?不要我就给别人了。”

卓嘎就赶紧把那东西装进了口袋里。

达杰和卓嘎的大儿子叫江洋,在县城上初中,这会儿也放暑假回来了。回来的路上遇见了正在外面放羊的爷爷和两个弟弟。

老人见了江洋很高兴,抓住他的手问:“江洋回来了,放假了?”

江洋说:“放假了,我可以在家里待一个月。”

老人继续问:“好好,在学校里没吃苦吧?”

江洋说:“没有,没有吃苦。”

老人又仔细看了看江洋,说:“没吃苦就好,不过有点瘦了。”

两个弟弟看着江洋问:“带了什么好东西?给我们看看!”

江洋笑着从书包里拿出一本连环画给了两个弟弟。

两个弟弟说:“没给我俩买什么吃的吗?”

江洋说:“哥哥没钱,等以后有钱了再给你们买很多很多好吃的。”

然后又看着爷爷说:“给爷爷也买很多很多好吃的。”

老人也笑。江洋就翻了一下连环画,说:“这个很有意思。”

两个弟弟就接过去饶有兴趣地翻看着。

翻了一阵之后,三弟问:“这小人书里面讲的什么故事呀?”

江洋说:“这个故事叫和睦四兄弟,这个学期我们学校还排练过这个节目呢,我演里面的兔子,可有意思了。”

二弟问:“这个故事讲什么呀?”

江洋说:“这样吧,我教你们怎么演吧,这样你们就知道讲什么了。”

两个弟弟一起“呀呀”地喊起来。

江洋看着他俩说:“要是还有一个小孩就好了,这个故事需要有四个小孩来演,现在咱们三个小孩怎么演啊?”

三弟指着老人说:“让爷爷演嘛。”

老人摇了摇头,说:“你们玩,我不玩。”

江洋也对老人说:“爷爷,咱们一起玩吧,你演大象,很有意思的。”

老人坚决地说:“这是小孩玩的,我不玩。”

三弟说:“阿爸还说你越老越像个小孩呢,跟我们玩吧。”

老人瞪着小弟弟,问:“他什么时候说的?”

三弟笑着说:“你跟我们一起玩,我就给你说。”

江洋也说:“爷爷,你就演大象吧,跟我们一起玩玩嘛。”

老人见推脱不掉只好笑着说:“好吧,好吧。”

江洋把他们三个叫到跟前,很认真地说:“那你们要听我的话啊,我说什么你们就得做什么。”

两个弟弟点头,爷爷也跟着点头。

江洋到处看了看,最后选了一个有树的地方。之后,江洋说:“很久很久以前,一只大象、一只猴子、一只兔子、一只鹦鹉先后来到了一片非常美丽的草地上,那片草地上有一棵很高大的结满果实的树。过了一段时间,他们想结拜为兄弟,但不知道谁大谁小,于是他们就一个个地讲述到达这儿时这棵树那时的大小。”

然后看着老人说:“爷爷,你是故事里面的大象,这是你现在要说的话:‘我到这片草地时,这棵树已结出了果实,我在底下还吃过果子呢。’”

说完,问老人:“爷爷,你记住你要说的话了吗?”

老人说:“记住了,这个故事我知道。”

江洋说:“那你说一遍。”

老人就又说了一遍。

江洋说:“好,没有错,爷爷你要记住你要说的话啊。”

然后指了指自己的鼻子说:“我演的是兔子,我说的话是:‘我到这儿时,树已经长高了,但没有结出果实。’”

然后转向二弟,说:“记住你是猴子,你要说的话是:‘我到这儿时,这棵树很小,只有一些枝丫。’”

之后又问他:“记住了没有。”

二弟说:“记住了,太简单了。”

江洋说:“那你把自己的话说一遍。”

二弟又说了一遍,一字不差,江洋夸完他之后转向三弟,说:“记住你是鹦鹉,你要说的话是:‘我到这儿时,这棵树只是一棵小小的幼苗,我还在上面撒过几次尿呢’。”

之后,江洋突然问三弟:“你是谁?”

三弟不假思索地回答:“我是鹦鹉。”

江洋又问:“你要说的话是什么?”

三弟想了想说:“我到这儿时,这棵树只是一棵小小的幼苗,我还在上面撒过几次尿呢。”

说完,三弟笑了,江洋说:“好,你念对了。”

三弟“嘻嘻”地笑了一声,说:“真好笑,鹦鹉还会尿尿吗?”

江洋瞪了他一眼说:“你别管,书上就是这么写的。”

三弟问:“书上写的都对吗?”

江洋说:“书上写的当然对了,要不然我们学那个干吗?”

小弟弟就说:“那好吧。”

江洋看着他的三个演员问:“你们记住自己要说什么了吧。”

他们齐声说:“记住了。”

然后江洋说:“就这样,它们分出了长幼,依次结拜为兄弟,大象背着猴子,猴子背着兔子,兔子背着鹦鹉,互相尊敬,过起了美好的生活。”

这时,老人像是突然想起什么似的说:“我应该演鹦鹉才对,现在反了,我演大象我倒成了最小的了。”

吃晚饭时,卓嘎特意煮了一锅羊肉。卓嘎把羊肉捞出来放在饭桌上说:“江洋,你和弟弟们、爷爷,你们好好吃吧。”

达杰斜眼看了一眼卓嘎,说:“怎么,你的意思是我不要吃吗?”

卓嘎也斜眼看着他说:“你就少吃点吧。”

达杰说:“为什么?”

卓嘎说:“没什么,就让孩子和老人多吃点。”

江洋这时拿起一块肉给了达杰,看着阿妈说:“阿爸也吃吧,这么多羊肉,我们吃不了这么多。”

达杰笑了，说：“主要是你们要吃，主要是你们要吃。”

几个男人正在吃羊肉时，卓嘎的妹妹也来了。卓嘎的妹妹叫香曲卓玛，她在附近的一个尼姑寺当尼姑。大家都站起来迎接她，问候她。

卓嘎握住香曲卓玛的手问：“在寺院没吃苦吧？”

香曲卓玛笑着说：“没有没有。”

卓嘎又问：“你怎么这个时候来了？”

香曲卓玛说：“今年秋天我们要翻修寺院的大殿，寺院的尼姑都要去化缘，我听说今天江洋放暑假了，就来了，我需要他帮我。”

老人说：“好事，好事，这是好事。”之后又看着达杰说：“家里一定要多捐点。”

达杰也说：“阿爸，这还用说吗？咱们家捐得多，别人家才会多捐的。”

香曲卓玛笑着说：“明天开始我就要挨家挨户去化缘，江洋要帮我登记什么的，我一个人忙不过来。”

卓嘎说：“江洋也没什么事，就让他帮你吧，也算为自己积德了。”

两个孩子说：“我俩也去。”

卓嘎说：“好好，你俩也去。”

老人接着说：“明天我先带江洋去村里的嘛呢寺替他奶奶点上几盏酥油灯，这一个月来我梦见他奶奶几次了，有一次还问起了江洋。”

江洋对老人说：“好好，咱俩先去嘛呢寺。”

两个弟弟也说：“我俩也要去。”

老人看着他俩说：“好好，你俩也去点酥油灯。”

香曲卓玛看着江洋说：“江洋，你脖子上那个很大的黑痣还在吗？你一生出来你阿妈卓嘎就认出来了，和你奶奶脖子上的黑痣一模一样，真是很神奇啊。”

江洋说：“还在呢，好像还变大了。”

卓嘎笑着说：“因为你也长大了嘛。”

两个孩子看着江洋说：“哥哥，让我俩看看那个痣吧。”

江洋说：“晚上睡觉时再让你们看。”

睡觉前，两个孩子很好奇地看了江洋脖子上的黑痣，想了想之后问老人：“爷爷，哥哥真的是奶奶的转世吗？”

老人说：“当然是啊，这还用问吗？”

两个孩子又问老人：“如果哥哥是奶奶的转世，那我俩是谁的转世呢？”

老人被逗笑了，说：“你们还没有确认是谁的转世，但肯定是六道轮回之中的某一个生灵的转世啊。”

三弟说:“那我做你的转世吧,那样你对我也会像对哥哥江洋一样好的。”

老人瞪了他一眼,说:“我还没死呢,转什么世啊?”

两个孩子有点不解地看着老人。

吃了早饭,他们就去了嘛呢寺。

他们把酥油灯点着之后,双手合十站在佛像前。老人一阵念念有词之后,闭着眼睛祈祷着。一会儿之后,又对三个孩子说:“现在你们也可以祈祷了。”

三个孩子也闭上眼睛像模像样地祈祷,之后睁开眼睛看着老人。老人开始磕头。他们也跟着磕起头来,故意把额头撞在木地板上,发出“咚咚”的响声。

走出嘛呢寺时,太阳已经升起老高了。两个孩子问老人:“爷爷,你刚才是怎么祈祷的?”

老人笑着说:“我对你们的奶奶说你的转世江洋来给你点酥油灯了,你不用再牵挂了。”

两个孩子又问:“那你没说我们俩也来给她点酥油灯了吗?”

老人大声地笑着:“也说了,我说你的两个小孙子也来给你点酥油灯了。”

两个孩子就高兴地笑。笑完之后,又突然问:“这样祈祷奶奶能听见吗?”

老人说:“当然能听见,只要你说心里话就能听得见。”

两个孩子“哦”了一声。

老人问两个孩子:“那说说你们俩怎么祈祷的?”

两个孩子看着江洋说:“哥哥先说。”

江洋看了看老人说:“其实我也没说什么,我就说我在学校里一切都很好,学习成绩也很好,请奶奶放心。”

老人又看三弟,三弟说:“我祈祷奶奶提醒阿爸到时不要忘了给我们买气球。”

老人瞪了他一眼之后问二弟:“你呢?”

二弟想了想,看着三弟说:“我跟他的一样。”

老人随后骂了一句:“没出息,要知道是这样就不带你俩来了。”

回去的路上,江洋问老人:“爷爷,我真的是奶奶的转世吗?”

老人看了一眼江洋说:“当然是啊,这还用问吗?你妈生下你时,我看见你脖子上那颗跟你奶奶脖子上一模一样的黑痣,我就知道是你奶奶的转世了。后来为你奶奶作法时,顿珠活佛也证实了这一点。”

江洋又问:“我怎么一点也不知道呢?”

老人说:“你长大了当然就不知道了，你刚会说话时还经常说一些你奶奶生前的事呢。”

江洋说:“我怎么一点也不记得了?”

老人说:“人越长大就越容易会失去一些灵性的东西。”

卓嘎和尼姑妹妹香曲卓玛坐在炕上聊天时，香曲卓玛无意间在枕头底下发现了卓嘎从卫生所要来的那个安全套。

香曲卓玛拿起那个东西看了看问:“这是什么?”

卓嘎从香曲卓玛手里抢过那个东西,笑着说:“给我,快把那个东西给我。”

香曲卓玛看着卓嘎手里的那个东西,一脸好奇,问:“快说啊,这到底是个什么东西?”

卓嘎暧昧地笑,不说话。

香曲卓玛又问:“快告诉我,那是个什么东西?”

卓嘎这才凑过身子对着香曲卓玛的耳朵嘀咕了几句。香曲卓玛立即从姐姐身边逃开,显出很害羞的样子,嘴里发出“呸呸”的声音,不敢在姐姐面前抬起头来。

卓嘎就赶紧把那个东西塞到枕头底下了。

香曲卓玛还是不解地看着那个地方,卓嘎起身出了屋子。

江洋回来之后,就和香曲卓玛去村里挨家挨户地化缘。村民都力所能及地捐一些钱和物,还说修建寺院大殿时一定去帮忙。香曲卓玛似乎有些意外地对江洋说:“没想到村民们还是那样热情,没太大变化。”

他俩回到家时,江洋看见父亲和爷爷在羊圈里忙乎着,就过去帮忙了。待香曲卓玛进屋之后,达杰就把那只新疆种羊牵到了羊圈里。羊圈里的羊们显得有些不安,受了惊吓的样子。新疆种羊看见羊圈里的母羊们骚动不安起来。一些胆子大的母羊也主动过来谨慎地闻一闻新疆种羊身上的气味，又马上不安地离开了。

新疆种羊又盯着那只拴在羊圈边上的被喂养起来准备卖掉的母羊看,还发出“咩咩”的叫声。那只母羊有点惊慌,不敢看新疆种羊。

这时,达杰拉住新疆种羊笑着说:“这是个不中用的家伙,这个就不用你费力了,等会儿你好好发挥就行了。”

老人也呵呵地笑着，看着新疆种羊。

江洋看了看那只拴着的母羊，又看看急不可耐的新疆种羊，又看了看父亲和爷爷的样子，脸上也露出一种奇怪的表情。

达杰看着老父亲说：“阿爸，现在放开它吗？”

老人说：“再等一会儿吧。”

他们就又等了一会儿。新疆种羊显得更加躁动不安。它看上去急于想挣脱拴住它的绳子，冲到羊群里。

老人终于解下围着种羊下体的那块红布，拿在手上看了看。那块红布脏兮兮的，沾满了种羊自己的精液。之后，老人就说：“放开它吧。”

达杰放开了新疆种羊。

新疆种羊一下子挣脱达杰手里的绳子，万般饥渴地冲向羊群。

达杰和老人，还有江洋怔怔地看着冲进羊群的新疆种羊。他们看见新疆种羊跟在几只母羊后面，闻着它们的屁股。最后，新疆种羊跟定了一只母羊，追逐着那只母羊。新疆种羊在羊圈里把那只母羊追来追去，有几次准备把前腿搭在母羊的身上，都没有成功。最后，新疆种羊终于把前腿搭在了母羊的身上，做出攻击的样子。

三个男人张大了嘴巴，一开始脸上的表情很严肃，慢慢露出了笑容。

屋里两个小孩子正趴在窗户边上，透过窗户的格子看外面羊圈里种羊配种。

过了一会儿，三弟说：“看，哥哥你看，新疆种羊趴到那只母羊身上了。”

卓嘎和香曲卓玛这时正在做饭，听到孩子说话，就走过去看了一眼说：“过来，小孩子不许看这个。”

两个孩子还是赖着不动。

卓嘎揪着两个孩子的耳朵，把他俩拉到锅台边上，让他俩帮着烧柴火。

烧了一会儿，二弟问：“阿妈，阿爸他们把那只新疆种羊放到咱们家的羊群里是干什么呀？”

卓嘎看着香曲卓玛笑了笑说：“小孩子不许知道这个。”

说完，尼姑妹妹也笑了起来。

连续配了两三次之后，新疆种羊身上那种蠢蠢欲动的劲儿几乎没有了，它只是站在离母羊们较远的地方，显出疲惫的样子。偶尔跟在几只母羊后面闻一闻，很显然也没有那么高的兴致了。偶尔几只母羊还主动过来闻一闻新疆种羊，用头蹭一蹭它，它也不怎么理它们。

趴在窗台后面的两个孩子也看着外面说:“新疆种羊现在看上去好像很累很累的样子,也没有什么精神啊。”

卓嘎过来揪着他俩的耳朵说:“去,你俩去炕上玩。”

两个孩子就乖乖地去炕上了。在炕上玩时,二弟无意间在枕头底下发现了那个安全套。二弟惊喜地碰了一下三弟,偷偷给他看。三弟看了一眼那东西,又看了一眼在锅台边上忙乎的卓嘎和香曲卓玛。

卓嘎看着他俩的样子问:“你俩又在搞什么鬼啊?”

他俩说了声“没什么”,互相使了个眼色,赶紧把那个东西塞进裤兜里,起身从炕上下来了。

卓嘎盯着他俩问:“你俩去哪里?”

两个孩子几乎异口同声地说:“我俩出去玩。”

两个小孩出去时,看见父亲达杰走过去捉住了新疆种羊。之后,他让江洋捉住了一只母羊。母羊显得惊慌失措。达杰把新疆种羊往那只母羊旁边拉,老人也过来帮忙。新疆种羊有点抗拒,但最后还是被拉到了那只母羊旁边。

三个男人很吃力地让新疆种羊跟那只惊慌失措的母羊交配。之后,他们放了那只母羊。母羊惊慌失措地跑进羊群里,回过头看着新疆种羊和三个男人。

达杰又让江洋去捉另一只母羊。母羊们似乎都受惊了,到处跑。江洋在羊圈里到处追那只没有捉到的母羊。

达杰有点生气,让老人牵住新疆种羊,过去帮江洋捉那只母羊。江洋轻轻地走到那只母羊后面,一伸手抓住了母羊的后腿,但自己摔了一跤,母羊一蹬腿就跑掉了。

达杰看着很生气,跑到母羊前面从前面堵住母羊,看着摔倒在地上的江洋说:“快起来,快起来捉住它!”

江洋慢吞吞地爬起来走过去伸手抓住了那只母羊的后腿。

达杰看着儿子笑,说:“抓紧了,不要让它再跑了,就剩这几个了,配完之后咱俩今天下午就得把种羊给人家送回去了,就没有机会了。”

说完过去帮江洋把母羊拉到了新疆种羊旁边。他们强迫新疆种羊跟那只母羊交配。

两个孩子还站在原地看这些。达杰突然看见了他俩,对着他俩喊:“看什么看,快去玩去!”

两个孩子就一溜烟跑了。

达杰看上去也显得有些疲惫,他看着老父亲说:“我看也差不多了,今天得把人家的种羊送回去的，说好只用两天的，咱们得说话算话，明年还得求人家呢。”

老人看了看羊群说：“也差不多了，还回去吧，明年的羊羔肯定好。”

达杰看了一眼江洋说：“你也跟我去吧，这次还得带上一只母羊呢。”

午饭之后，他俩就上路了。路上，达杰又看见两个小儿子在路边鬼鬼祟祟地说什么，就停下摩托车问：“你俩在干吗？像个贼似的。”

两个小孩其实在商量该怎么处理那个安全套，看见父亲就赶紧藏起来说：“没干什么，我俩在玩呢。”

达杰瞪了他俩一眼，说：“你俩等会儿早点回去，下午还得跟爷爷一起去放羊。”

两个小孩赶紧说：“呀呀。”

达杰加了油门，看了一眼在后座上和母羊绑在一起的江洋说：“抓牢啊，不要掉下来了。”

新疆种羊被夹在车把和达杰的肚皮之间，看上去很难受，但是它却一动也不动，似乎很舒服，也许是太累了吧。

两个孩子看着他们滑稽的样子就笑了，然后问：“阿爸，你这次去县城吗？”

达杰想也没想就说：“不去不去，我俩去还人家的种羊呢，哪有时间去？”

三弟很认真地说：“万一去了不要忘了给我俩买真正的气球啊。”

达杰没理他俩，一溜烟跑开了。

待摩托车的声音完全消失之后，二弟从裤兜里掏出安全套说：“这个怎么办？”

三弟想了想说：“那天咱俩玩拿这个做的气球的时候，多杰那家伙不是很羡慕吗？他当时想拿他的哨子换，咱俩去找他，看看他还想不想换吧。”

二弟马上说：“好，这个主意好，咱俩去找他。”

两个孩子到了多杰家门口，看见他们家的大门敞开着，就对着大门喊：“多杰，多杰。”

门口的狗突然站起来把铁链拉得哗哗响，“汪汪”地叫了起来。

二弟看见狗有点胆怯，说：“这狗不会挣断铁链冲过来吧？”

三弟说：“要是跑过来，咱俩也跑。”

二弟看了一眼三弟说：“要是追上了，你还跑得过狗吗？”

三弟说：“别管那么多了，把多杰喊出来，换了东西就走。”

之后,他"多杰,多杰"地叫了起来。

不一会儿从大门里出来一个跟他俩差不多的男孩,问:"你俩找我干什么?"

二弟直接问:"你那个哨子还有吗?"

男孩从兜里拿出哨子,吹了吹,说:"怎么了?"

二弟说:"你那天不是想拿哨子跟我们的气球换吗?"

男孩问:"你们的气球呢?"

二弟从兜里拿出那个安全套说:"在这儿呢。"

男孩走过来仔细看了看安全套,说:"这是什么呀?这怎么是气球啊?"

三弟说:"把它吹起来就是气球了。"

男孩说:"那你吹给我看。"

三弟就撕开包装,对着嘴吹了起来。

越吹越大,开始有了气球的样子,怪模怪样的。

男孩笑了,说:"呵呵,还真是个气球啊!"

两个孩子得意地笑,然后看着多杰问:"换不换?"

男孩不假思索地说:"换。"然后把哨子给了他俩。

两个孩子也把"气球"给了多杰,说:"不许后悔啊!"

男孩说了声"好"之后,就举着"气球"跑进家里去了。

两个孩子也说了声"快走",就吹着哨子沿着来时的土路跑起来了。

达杰的朋友很满意达杰作为回报送给他的那只母羊。达杰也极力地赞美朋友借给他的新疆种羊如何威猛,如何厉害。朋友惬意地享用着达杰的那些赤裸裸的、很直接的赞美,好像赞美的对象不是新疆种羊而是他自己。

之后,他俩喝了很多酒。喝得微醉时,达杰的手机响了。达杰让儿子江洋接电话。

江洋接了电话之后,眼睛直愣愣地看着父亲达杰的脸,说不出话来。

达杰随口问:"怎么了?"

江洋开始紧张地喘气,还是说不出话来。

达杰的朋友看着江洋的样子,也盯着他看。

达杰推了一把江洋,问:"到底怎么了?"

江洋这才结结巴巴地说:"爷爷没了,下午放羊时从山上摔下来死了。"

达杰的酒似乎一下子醒了,问:"什么?"

江洋说:“爷爷死了。”

达杰和江洋赶到家里时已是黄昏时分,几个僧人在为亡人念经做法事,村里的一些亲戚朋友在念六字真言,气氛很悲凉。达杰似乎不太相信这突如其来发生的事,脸上一副莫名的表情,也不跟任何人打招呼,就直接跑进了父亲的卧室。卧室里有点昏暗,炕上的一个方桌上点着一盏酥油灯,酥油灯也快灭了。达杰坐在炕沿上,看着那盏快要灭了的酥油灯,流出了眼泪。

办完丧事,达杰和江洋就去了寺院。

达杰给活佛献上了丰厚的供养之后,请求活佛超度父亲的亡灵。活佛闭上眼睛,念了一些经文之后,睁开眼睛说现在你们可以回去了。

达杰似乎有话要说,犹豫了一下之后,终于开口问活佛:“仁波切,我父亲的灵魂会转世到什么地方?”

活佛看着他问:“你阿爸是属什么的?”

达杰说:“属马。”

活佛又闭上了眼睛,还不时拨动手里的念珠。达杰和江洋就蹲在那里静静地看活佛脸上表情的变化。

过了一会儿,活佛突然睁开眼睛说:“老人会再次投胎转世到你们家里。”

达杰一脸不解的样子。

活佛又补充似的说:“时间是今年。”

达杰的脸上更加不解了。

活佛在一张纸条上写上一些经文的名字,笑着说:“回去找个僧人念念这些经文吧,老人很快就回来了。”

达杰的脸上是更加疑惑不解的样子,想问什么又终于没有说出口。

晚上,达杰把活佛说的话告诉了卓嘎。

卓嘎说:“不可能,三个孩子还这么小,家里又没有其他女人,这怎么可能呢?”

达杰说:“我也这么想,可是活佛就是那样说的啊。”

卓嘎说:“你当时没把家里的情况告诉活佛吗?”

达杰说:“我怎么说?难道我对活佛说你说的这样的事情不可能发生吗?”

卓嘎没再说什么。

第二天一早,达杰就去还做法事时从别人家里借的一些东西。回来看见老婆卓嘎坐在门口若有所思的样子,就问:“你在想什么?”

卓嘎看了一眼达杰，一副欲言又止的样子。

达杰又问:“你怎么了？”

卓嘎磨蹭了一会儿，最后说:“给你说个事。”

达杰问:“什么事？”

卓嘎说:“这个月我没来。”

达杰问:“什么？”

卓嘎说:“我是说这个月我没来月经。”

达杰问:“这是什么意思？”

卓嘎说:“我要去医院看看。”

到了卫生所，索南扎西看见卓嘎进来，就笑着对周措说:“我出去抽根烟。”

周措也笑了，让卓嘎坐。

卓嘎的表情有点怪怪的，看着周措动了一下嘴巴。

周措就问:“你怎么了？是不是又来要那个东西了？那东西还没到呢。”

卓嘎说:“我不要那个东西？”

周措问:“那你来干什么？”

卓嘎说:“我这个月没来。”

周措收起脸上的笑，说:“不会吧？”

卓嘎说:“真的。”

周措说:“那就查一下，查一下就知道了。”

周措给了卓嘎一个试纸条，说:“你自己去弄一下，知道怎么用吧？”

卓嘎说:“不知道。”

周措就把使用方法告诉了她。

卓嘎从卫生间出来后，把试纸条递给周措大夫看。周措看了一眼就说:“你怀孕了。”

卓嘎不说话了，在想着什么。

周措问:“现在怎么办？”

卓嘎开口说:“我不知道。”

周措说:“这有什么不知道的？赶紧拿掉吧，越早做就越少痛苦，今天就做掉吧。”

卓嘎又不说话了。

周措开导她说:“你已经有三个孩子了，再生一个干吗？咱们藏族妇女又不是天生就为了给男人生孩子才来到这个世上的。以前,一个女的生五六个、七八个孩子,那么辛辛苦苦的,干吗呀?你看我现在就一个孩子,也没觉得有什么不好。除了自己轻松,拿到补贴,孩子还能受到好的教育。”

卓嘎还是不说话。

周措说:“你倒是说话呀!”

卓嘎担心地说:“我得回去问问达杰。”

卓嘎快步离开,周措在后面喊:“卓嘎,你想清楚,再生还会罚款呢!”

卓嘎到家时,达杰在门口劈柴。

卓嘎走过来停在一边。达杰停下劈柴看卓嘎。看卓嘎不说话,达杰就问:“医生怎么说?”

卓嘎还是不说话。

达杰再次问:“医生到底怎么说?”

卓嘎说:“我怀孕了。”

这回,达杰不说话了,若有所思的样子。

进屋后,看见尼姑妹妹香曲卓玛坐在火塘边上,就坐在了她的旁边。

香曲卓玛看着姐姐说:“你怎么了?”

卓嘎想了想说:“我怀孕了。”

香曲卓玛有点兴奋,说:“活佛的预言多准啊,活佛就是活佛,具有看得见今生和来世的慧眼,我们常人真是无法想象啊,我们凡人有时候还怀疑,真是罪过。”

卓嘎瞪大眼睛看着自己的尼姑妹妹,说:“啊,你这么想?”

香曲卓玛不假思索地说:“那当然,要不然为什么偏偏在这个时候你怀上了?”

卓嘎觉得自己的身体几乎要瘫掉了,过了一会儿才说:“医生建议我拿掉这个孩子。”

香曲卓玛的嘴里呼出了一声奇怪的声音,说:“姐姐,你可千万不能胡来啊,亡灵既然选择某个肉身再次回到这个世界,那么拒绝他的降生对于他来说是非常残酷的事情;同时,能够成为某个灵魂依托的肉身,也是千年修得的积缘啊!”

晚饭时,达杰也突然感叹道:“活佛真是厉害啊!”

两个孩子也大概知道是怎么回事了,笑着说:“这么说爷爷很快就要回到咱们家里了。”

达杰连连点头，两个孩子就趁机说："阿爸，你可不要忘了到时给我俩买彩色气球啊，你可是在爷爷面前答应过我俩的。你要是不买，爷爷会在天上看着你的。"

达杰似乎被惊了一下，马上说："当然要买，当然要买。"

江洋看着他们，一直不说话。

第二天，整个村子的人都知道了这件事情。

香曲卓玛继续去化缘，回家时看见姐姐卓嘎一个人坐在院子里的一个木凳上发呆，就问："你又在想那件事情了？"

卓嘎不说话。卓嘎端了一盆水去喂那只拴在外面的母羊。那只老母羊被喂养得越来越膘肥体壮了，见卓嘎拿来水，就冲过来要喝。卓嘎把水放在了母羊面前。母羊很快就把水喝完了，很渴的样子，看着卓嘎。卓嘎没再理它。

晚上，达杰和卓嘎在炕上躺着，都不说话。达杰看上去有点高兴，卓嘎在想着什么。达杰看了一眼卓嘎，点上了一支烟。等他抽完了，卓嘎坐起来，看着达杰说："我想拿掉肚子里的孩子。"

达杰一下子坐了起来，盯着自己的老婆卓嘎，似乎不相信她会说出这样的话，愣了一会儿才问："你刚才说什么？"

卓嘎的表情没有变化，马上说："我想拿掉肚子里的孩子。"

达杰一下子就火了，说："你这个妖女！你这个没良心的东西！老人生前对你那么好，你就不想让他转世投胎到自己家里吗？"

卓嘎说："我也不想这样，可是——"

达杰问："可是什么？"

卓嘎说："我是在为这个家着想。"

达杰扇了卓嘎一巴掌，说："要是肚子里的孩子是你父母的转世，你会这么说吗？"

卓嘎流出了眼泪。慢慢地，她哭了起来，声音越来越大，怎么也止不住了。

吃完早饭，江洋说今天我去放羊吧，达杰说还是我去吧，母羊们刚刚配完种，这个时候要好好保护它们，让它们吃饱，这样明年才会有好羊羔。

达杰走到门口，想起什么似的回头对江洋说："好好照料那只老母羊，到你开学时就得把它卖了给你交学费生活费。"说完就出去了。

江洋拌好饲料，拿去喂那只老母羊。老母羊看见江洋来喂饲料，似乎很高兴。江洋把饲料放在母羊前面，看母羊吃。母羊很惬意地吃着。江洋看着母羊无忧无虑吃食的样子，想到很快就要把它卖给屠夫给自己当学费生活费，有点不忍，准备起身回去。

这时，香曲卓玛出来了，看见江洋就说："我去收一下昨天还没有收到的善款，有几家还没有收上。"

江洋站起来说："要不要我去帮忙？"

香曲卓玛说："不用了，不用了，就那么两三家，我一个人去就可以了。"

吃完早饭，一直闷闷不乐的江洋突然对卓嘎说："阿妈，你把你肚子里的孩子生下来吧，爷爷生前对我最好，我想让爷爷回到咱们家里。"

卓嘎吃惊地看着江洋。

达杰在山上放羊时，遇见了也在山上放羊的贡布老人。老人问他："快满七七四十九天了吧？"

达杰说："过两天就满了。"

老人说："你阿爸有你这样一个儿子真是好福气啊。"

老人和达杰的父亲生前是好朋友，看见老人达杰的心里生起了一股伤感。达杰说："其实我心里很愧疚，没有管好老人。"

老人说："你已经很孝顺了，你阿爸能投胎到你们家，就说明他很留恋这个家，要不然不会再回来的。"

达杰说："我阿妈死后也投胎回到了自己家里，阿爸生前也说过他死后还想回到这个家里的话。"

老人说："你们可要好好珍惜啊，这样的缘分是很少见的。听说你家卓嘎不想要这个孩子，是真的吗？"

达杰有点紧张地说："没有的事，没有的事。都是村里人在胡说八道。"

老人说："没有就好，没有就好。"

七七四十九天之后，家里又做了法事。

僧人们念了一天的经。等他们离开之后，突然停电了，屋里黑咕隆咚一片，谁也看不见谁，只能听见彼此间的粗重的喘气声。

黑暗之中，传来了尼姑香曲卓玛的声音："明天我想带姐姐到山上住一段时间。"

她的声音像是来自另一个世界。

黑咕隆咚之中没有任何回应，一片沉默，连彼此间的喘气声也听不到了。

第二天天刚蒙蒙亮，香曲卓玛就带着姐姐卓嘎离开了。

出发之前，达杰、江洋和两个孩子都起来送她俩。

最后，卓嘎小声对江洋说：“到了学校好好学习，不要担心阿妈，阿妈没事的。”

江洋使劲点了点头。

过了几天，江洋也开学了，达杰就捎着江洋和老母羊去了县上。

到了牲畜交易市场，他们被羊贩子们围住了。羊贩子们一忽儿抱起母羊掂量掂量，一忽儿又捏捏母羊的脊梁骨，一忽儿又扒开母羊的嘴巴看看，弄得江洋很不舒服。达杰只是在旁边看。最后，羊贩子们跟达杰谈价钱，讨价还价。但是达杰很镇定，咬住一个价不放，最后就成交了。羊贩子看上去不太愉快，不太情愿地数钱，最后拽着母羊走了。江洋早就跟这只老母羊混熟了，最后看着它被羊贩子们拽走了，想到它很快就要被他们宰掉肢解掉卖掉，被别人煮了吃掉，心里难过起来。

达杰数完钱，把钱装进兜里，看了一眼那只老母羊，就带着江洋离开了。

到了学校门口，达杰从刚才卖羊的钱里面抽出几张一百元的给了江洋，说：“快去吧，阿爸就不进去了。”

江洋犹豫了一下说：“阿爸，我也跟你回去吧，我不想再念书了。”

达杰瞪着江洋说：“你胡说什么呢，你这样说阿爸就生气了！”

江洋没再说什么，一副忧心忡忡的样子。

达杰说：“不要想家里的事情，你只要好好学习就行了。”

江洋还是没有说话。

达杰骑着摩托车走到街上时，在路边的一个摊位上看见了许多彩色的气球。

他在摊位前停住了，摊主对着他叫卖：“卖气球，卖气球！”

达杰看了看那些气球，突然说：“我要买两只红气球。”

摊主从众多彩色气球里面挑出两只红气球给了达杰。达杰把那两只气球拿在手里看看，又像个小孩子一样晃了晃。

摊主说：“你拿在手里要小心，气球里面是氢气，小心飘到天上去。”

达杰就用生硬的汉语问：“两只一共多少钱？”

摊主说：“本来一只三块钱，你要两只就给你便宜一点，一共五块钱吧。”

达杰也没说什么，直接从兜里拿出五块钱给了摊主。

之后，他把两只红气球拴在了摩托车的车把上，气球立即飘了起来。

摊主看着他说:“这样还挺好看。”

回家的路上,两只红气球一直在摩托车的车把上飘荡着,达杰看着觉得很惬意。

回到家里,他把气球给了两个孩子。

两个孩子很高兴,拿着气球使劲地跑起来。

他俩跑到一处开阔的草地上时,“砰”的一声响,其中一只气球突然爆掉了。

他俩就抢另一只气球,最后还打起来了。突然之间,那只气球从他俩手里脱落,飘向了天上。

两个孩子张大了嘴巴,仰着头看那只飘向天空的红气球。

红气球在天上越飘越高,越飘越小,最后消失不见了。

(《小说月报》2017 年第 4 期选载)